KB217701

폭풍의 언덕

폭풍의 언덕

에밀리 브론테 지음 | 김명신 옮김

더클래식

| 차 례 |

제1장

　1801년. 방금 집주인(나를 성가시게 할 유일한 이웃이다.)을 만나
고 돌아오는 길이다. 여긴 정말 아름다운 고장이다. 영국 전체를 다
뒤져도 세상의 소란으로부터 이렇게 완전히 동떨어진 곳은 찾을 수
없을 것 같다. 사람을 혐오하는 자에게는 더없는 천국이다. 그런 면
에서 히스클리프 씨와 나는 이런 한적한 장소를 나누어 갖기에 썩 알
맞은 짝이다.
　멋진 친구! 내가 말을 타고 다가갈 때 미심쩍은 듯 그의 검은 눈이
눈썹 아래에서 더욱 서늘해지고, 내가 이름을 댈 때 그의 손가락들이
단호한 경계심으로 움츠러들며 조끼 속으로 더욱 깊숙이 숨어드는
것을 보고 내가 얼마나 따스한 동료애를 느꼈는지 그는 상상도 못하
겠지.
　"히스클리프 씨인가요?"
　내가 물었다. 그는 고개만 까닥해 보였다.
　"저는 록우드라고 합니다. 새로 세 든 사람이지요. 도착하자마자

인사를 드리려고 이렇게 찾아왔습니다. 스러시크로스 저택을 빌려 달라고 졸라 대서 폐가 된 것은 아닌지 모르겠어요. 어제 들었습니다만 다른 계획이 있으셨다고요…….”

“스러시크로스 저택은 내 집이올시다.”

그는 얼굴을 찌푸리며 내 말을 가로막았다.

“내 힘으로 막을 수 있는 한, 어느 누구도 내게 폐를 끼치도록 놔 두지는 않을 거요. 들어오시오!”

앙다문 이 사이로 베어져 나온 그 ‘들어오시오.’라는 말은 ‘꺼져 버려!’라는 투로 들렸다. 게다가 그렇게 말하면서도 그는 기대고 있던 문을 열려고도 하지 않았다. 상대편이 이런 식이었기 때문에 나는 도리어 안으로 들어가야겠다고 생각했던 것 같다. 나보다 훨씬 무뚝뚝하고 내성적으로 보이는 사람이라 더욱 흥미를 느꼈던 것이다.

히스클리프 씨는 내가 탄 말이 가슴으로 문을 밀어 대는 것을 보고서야 손을 뻗어 문고리 사슬을 풀더니, 판석(板石) 위를 앞장서서 걸어갔다. 그리고 안뜰에 들어섰을 때 이렇게 소리쳤다.

“조셉, 록우드 씨의 말을 받아 드리고 와인 좀 가져오게.”

나는 이렇게 한 사람에게 두 가지 일을 시키는 것을 듣고, ‘이 집에는 하인이 한 명뿐인가 보군. 판석 틈새로 풀이 자라고, 손질 못한 생나무 울타리를 소들이 뜯어먹는 것도 이상한 일이 아니야.’라고 생각했다.

조셉은 나이가 지긋한, 아니 지긋함을 훌쩍 넘긴 노인이었다. 아직 정정하고 근력이 좋아 보였지만 나이가 굉장히 많은 것 같았다. 그는 나한테서 말고삐를 건네받으며 몹시 언짢은 듯 “아이고, 하느님!” 하고 나직하게 중얼거렸다. 그러면서 어찌나 우거지상을 하고 나를 쳐다보았던지, 나는 그가 점심때 먹은 음식을 소화하지 못해서 하느님의 도움을 구하는 것이지, 내가 예고 없이 나타나서 저러는 것은 아닐 거라고 좋게 생각하기로 했다.

히스클리프 씨가 거처하는 집의 이름은 워더링 하이츠였다. '워더링'이란 이 지방의 방언으로, 폭풍이 몰아칠 때 격렬하게 요동치는 대기의 모습을 표현하는 형용사다. 정말이지 그곳은 정면으로 바람을 받는 곳에 위치해 있어서 언제나 맑고 상쾌한 바람이 불어 댈 것 같았다.

집 가장자리의 전나무 몇 그루가 제대로 자라지 못한 채 지나치게 옆으로 기울어진 것이나, 앙상한 가시나무들이 태양의 자비를 갈망하듯 모두 한쪽으로 가지를 뻗기 늘어선 것을 보아도 등성이를 넘어 불어오는 북풍이 얼마나 거센지 짐작할 수 있었다.

다행히 건축가는 이 점을 감안하여 집을 튼튼하게 지었다. 좁다란 창문들은 벽에 깊숙이 박혀 있고 집 모서리는 크고 울퉁불퉁한 돌로 되어 있어 세찬 바람에도 끄떡없을 것 같았다.

현관에 들어서기 전에 나는 발걸음을 멈추고 집 정면에, 특히 현관 정문 주위에 새겨진 그로테스크 풍의 수많은 조각을 감상했다. 현관 정문 위에 부스러져 가는 그리핀(독수리의 머리와 날개에 사자의 몸통을 가진 괴수_옮긴이)과 벌거숭이 사내아이의 조각 사이에서 '1500'이라는 연도와 '헤어튼 언쇼'라는 이름이 눈에 띄었다.

나는 거기에 대해 몇 마디 언급하고 퉁명스런 집주인에게 이 집의 내력을 간단히 들려 달라고 청하고 싶었지만, 문간에 서 있는 그의 태도는 얼른 들어오든지 아니면 아주 가 버리라는 듯했다. 나로서도 그의 부아를 건드려서 집 안을 속속들이 살펴보기도 전에 돌아갈 생각은 없었기 때문에 잠자코 따라 들어갔다.

현관도 복도도 거치지 않고 한걸음에 거실이 드러났다. 이 고장에서는 그런 방을 특히 '하우스'라고 부르는데, 대체로 부엌과 응접실을 포함한다. 하지만 워더링 하이츠의 경우에는 부엌이 다른 쪽으로 밀려난 것 같았다. 사람들이 두런거리는 소리와 부엌 용기들이 덜거덕거리는 소리만 저 안쪽에서 들려오는 것이었다. 그리고 큼직한 벽난로에는 굽거나 끓이거나 빵을 구운 흔적이 전혀 보이지 않았고, 벽에는 번쩍이는 구리 냄비와 주석으로 만든 체 따위도 눈에 띄지 않았다. 과연 방 한 귀퉁이, 천장까지 닿는 거대한 참나무 찬장에서 수많은 백랍 접시와 은주전자와 큰 잔이 여러 단으로 켜켜이 쌓인 채 열과 빛을 반사하고 있었다.

천장에는 반자(지붕 밑 천장을 평평하게 만든 것_옮긴이)가 없어서 귀리 빵, 쇠다리, 양다리, 돼지다리 햄 등이 주렁주렁 매달린 곳을 제외하면 천장의 골격이 그대로 들여다보였다. 벽난로 위쪽에는 갖가지 낡은 구식 총들과 말안장에 매다는 두어 자루의 총들이 걸려 있었고, 장식 삼아 요란한 색을 칠한 차 깡통 세 개가 선반에 놓여 있었다. 바닥에는 매끈한 흰 돌이 깔려 있었고, 의자는 등이 높은 투박한 모양에 초록색 칠을 한 촌스런 것들이었다. 그 밖에도 한두 개의 육중한 검정색 의자가 구석진 곳에 놓여 있었다. 찬장 아래 아치에서는 덩치 큰 밤색 포인터 암컷이 낑낑거리는 강아지 떼에 둘러싸인 채 누워 있었고, 다른 개들도 이 구석 저 구석에서 어슬렁거리고 있었다.

방이며 가구는, 무릎까지 오는 반바지와 각반이 잘 어울리는 억센 다리와 완고한 표정을 한 소박한 북부 지방 농부의 소유로 조금도 이상할 게 없었다. 저녁 식사가 끝날 무렵, 이 언덕에서 5~6마일 안쪽에 사는 농부의 집을 방문하면, 둥근 탁자 위에 거품이 넘치는 커다란 맥주잔을 앞에 놓고 안락의자에 앉아 있는 이런 농부의 모습을 볼 수 있을 것이다.

그러나 히스클리프 씨는 그의 거처나 생활 양식과는 아주 대조적인 모습이었다. 얼굴은 집시처럼 거무스름했고 차림새와 태도는 신사다웠다. 신사라고 해 봐야 시골 지주 정도의 신사로, 단정하다고는 할 수 있을지 모르지만 자세가 바르고 균형 잡힌 체격이어서 아무렇게나 하고 있어도 볼썽사납지 않았다. 그리고 다소 침울하고 무뚝뚝한 편이었다. 이런 무뚝뚝함을 천하게 태어난 사람의 오만이라고 생각할 사람도 있을 것이다. 하지만 나는 마음속에 공감하는 바가 있어서 그런지 전혀 그렇게 생각되지 않았다. 그의 무뚝뚝함은 감정을 드러내 보이거나 서로에 대한 친밀감을 표현하는 것을 싫어하기 때문이라는 사실을 직감적으로 알아차렸다. 그는 사랑이든 미움이든 마음속에 감춰 두고, 이런 감정을 되돌려 받는 것을 쑥스럽게 느낄 것이다. 아니, 내가 너무 앞서기는 것인지도 모른다. 아마도 내 멋대로 그에게 내 성격을 투사하고 있나 보다.

히스클리프 씨가 사람을 처음 만날 때 몸을 도사리는 것은 나와는 전혀 다른 이유 때문일지도 모른다. 내 성격이 좀 별나다고 해 두자. 사랑하는 나의 어머니는 내가 원만한 가정을 이루지 못할 거라고 늘 말씀하셨는데, 바로 지난여름에만 해도 내가 안락한 가정을 꾸릴 만한 인물이 못 된다는 것을 증명하는 일이 있었다.

바닷가에서 한 달 동안 좋은 날씨를 즐기고 있을 때, 나는 굉장히 매력적인 아가씨를 알게 되었다. 그녀가 나에게 관심을 보이기 전까지만 해도 그녀는 내 눈에는 정말 여신과 다름없었다. 나는 사랑을 고백하지는 않았지만 표정이 말할 수 있다면 바보 천치라도 내가 그녀에게 홀딱 빠져 있음을 눈치챌 수 있었을 것이다.

드디어 그녀는 내 마음을 알게 되었고, 그 사랑에 대한 보답으로 이 세상에서 가장 상냥한 표정으로 나를 쳐다보았다. 그런데 나는 어떻게 했던가? 부끄러운 고백이지만, 마치 달팽이처럼 내 안으로 냉정히 움츠러들고 말았다. 그녀가 나를 바라볼 때마다 더욱 싸늘하게 멀찍이 물러섰다. 결국 그 순진한 아가씨는 가엾게도 자신이 잘못 짐작했다고 생각하고는 어쩔 줄 몰라하며 그녀의 어머니를 졸라 해변을 떠나고 말았다.

이런 별난 성격 때문에 내가 고의로 매정하게 군다는 소문이 나고 말았는데, 이 소문이 얼마나 부당한지 아는 사람은 오직 나뿐이다.

집주인이 벽난로 근처에 다가올 때 나는 반대편 받침돌에 앉아 침묵의 간격을 메울 겸 어미 개를 쓰다듬어 주려고 했다. 이 어미 개는 자신의 새끼들을 버려 두고 늑대처럼 살금살금 내 다리 뒤로 다가오다가 허연 이빨을 드러내며 한바탕 물어뜯으려는 듯 침을 흘렸다.

내가 쓰다듬자 그 개는 길게 으르렁거렸다.

"개를 가만두는 게 좋을 거요."

히스클리프 씨가 개와 합창이라도 하듯 함께 으르렁거렸다. 그리고 더 사납게 굴지 못하도록 개를 발로 한 번 찼다.

"그놈은 귀여움을 받는 것에 익숙하지 않소. 애완견으로 기른 게 아니니까."

이렇게 말하고 나서 그는 옆문으로 성큼성큼 걸어가더니 다시 소리쳤다.

"조셉!"

지하실에서 조셉이 뭐라고 웅얼댔지만 올라오는 기척이 없자, 주인은 지하실로 내려갔다. 그래서 나는 그 흉포한 어미 개와 털이 덥수룩하고 험상궂은 목양견 한 쌍과 마주하게 되었다.

이 개들은 서로 경쟁적으로 나의 일거수일투족을 감시했다. 나는 개들에게 물어뜯기고 싶지 않아 가만히 앉아 있었으나, 소리를 내지 않고 놀리면 개들이 알아채지 못할 거라는 생각을 하고는 개들에게 윙크를 하고 인상을 쓰면서 장난치기 시작했다. 그런데 내 표정이 비위에 거슬렸던지 갑자기 어미 개가 벌컥 성을 내며 내 무릎으로 덤벼들었다.

나는 그놈을 내동댕이치고는 그놈과 나 사이를 재빨리 탁자로 막아 놓았다. 그런데 이 행동이 벌집을 쑤셔 놓은 격이 되었다. 네 발 달린 마귀들 대여섯 마리가 큰 놈, 작은 놈, 늙은 놈, 어린 놈 할 것 없이 구석진 소굴에서 가운데로 튀어나온 것이다. 나는 그들의 표적이 내 뒤꿈치와 외투자락임을 직감하고, 부지깽이를 휘두르며 큰 놈들을 있는 힘을 다해 꽤 효과적으로 막았다. 하지만 평화를 되찾기 위해서는 집 안에 있는 다른 사람에게 큰 소리로 도움을 요청하지 않을 수 없었다.

히스클리프 씨와 그의 하인은 지하실 계단을 부아가 날 만큼 침착하게 올라왔다. 난로 근처에서는 개들이 물어뜯고 짖어 대는 대소동이 일어날 판국인데도 이들은 평소보다 단 1초도 빨리 움직이지 않는 것 같았다.

다행히 부엌에 있던 사람이 서둘러 와 주었다. 불의 열기로 인해 두 볼이 불그스름하게 달아오르고, 소매를 걷어 올려 두 팔이 드러난 풍만한 여자가 프라이팬을 휘두르며 한가운데로 뛰어들었다. 이 여자가 어찌나 효과적으로 혀와 무기를 사용했던지 마치 마술처럼 소동이 가라앉았다. 주인이 현장에 나타났을 때에는 개들이 모두 사라지고 그녀만이 강풍이 지나간 바다처럼 숨을 몰아쉬고 있었다.

"대체 어떻게 된 거요?"

그가 책망하듯 눈을 흘기며 물었다. 나는 형편없는 대접을 받은 뒤라 참고 있기 어려웠다.

"정말 대체 어떻게 된 겁니까?"

"귀신 들린 돼지 떼도 당신의 개들만큼 사납지 않을 겁니다. 손님을 호랑이 떼와 버려두는 것과 같지 않습니까!"

내가 투덜댔다.

"저놈들은 건드리지 않는 사람에게는 덤비지 않소."

그가 와인 병을 내 앞에 놓으며 말했다. 그런 다음 탁자를 제자리에 갖다 놓았다.

"저놈들이 하는 일이 지키는 것 아니오. 와인 한잔 하겠소?"

"아뇨, 됐습니다."

"물리지는 않았소?"

"물렸다면 나도 놈에게 부지깽이 자국을 남겼을 겁니다."

히스클리프가 얼굴을 누그러뜨리며 싱긋 웃었다.

"자, 자, 당황하셨구려. 록우드 씨. 와인 좀 드시오. 이 집에는 찾아오는 사람이 워낙 드물어서 주인이나 개들이나 모두 손님을 대접할 줄을 모른다오. 자, 당신의 건강을 위하여!"

그의 축배에 감사의 뜻을 표하고 나니 똥개들의 못된 행동 때문에 부루퉁하게 앉아 있는 것도 바보 같은 짓이라는 생각이 들었다. 게다가 그가 나를 더 이상 재밋거리로 여길 여지를 주기 싫었다. 그의 유머 감각이 그렇게 보였기 때문이다.

그는 그대로 공연히 좋은 세입자를 화나게 하는 것이 어리석은 짓이라고 생각하고는 태도를 바꾸기로 한 것 같았다. 대명사와 조동사를 생략한 딱딱한 말투가 다소 부드러워졌고, 내 흥미를 끌 만한 주제, 이를테면 내가 은둔 장소로 삼은 곳의 장단점에 대해 이야기했다.

그는 이 주제에 관해 아는 게 아주 많았다. 그래서 나는 집으로 돌아가기 전에 자진해서 내일 또 찾아오겠다고 할 만큼 기분이 풀렸다.

그는 분명 내가 다시 불쑥 찾아오지 않기를 바라는 눈치였다. 그럼에도 나는 다시 가 볼 작정이다. 내가 누군가에 비해 굉장히 사교적이라는 생각이 들다니 놀라운 일이 아닐 수 없다.

제2장

어제 오후부터 안개가 끼고 쌀쌀해졌다. 그래서 히스를 헤치고 진흙탕을 건너 워더링 하이츠까지 가는 대신 서재 난롯가에서 오후를 보내야겠다고 생각했다.

그런데 정찬(나는 열두 시에서 한 시 사이에 정찬을 먹는다. 이 집에서 세내어 살 때 붙박이 가구처럼 함께 딸려 왔던 침착하고 품위 있는 가정부는 다섯 시에 정찬을 했으면 좋겠다는 나의 생각을 이해하지 못했고, 이해하려고도 하지 않았다.)을 마치고 서재에서 빈둥거릴 요량으로 계단을 올라 방에 들어섰을 때, 하녀 아이가 사방에 빗자루며 석탄 통을 늘어놓은 채 무릎을 꿇고 앉아서 잿더미를 덮어 불을 끄느라 지독한 먼지를 피우고 있었다. 그 모습을 본 나는 얼른 물러 나왔다. 모자를 집어 쓰고 4마일을 걸어서 히스클리프 씨네 정원 문간에 이르자 내가 도착하기를 기다리기라도 한 양 깃털 같은 눈송이가 날리기 시작했다. 곧 눈보라가 들이닥칠 것 같았다.

바람이 휘몰아치는 언덕 꼭대기의 흙은 서리가 덮여 딱딱했고, 공기는 팔다리가 으스스 떨릴 정도로 찼다. 나는 문고리 사슬을 풀 수 없었기 때문에 울타리를 뛰어넘었다. 그리고 제멋대로 자란 구스베리 덤불이 듬성듬성 경계를 이룬 판석 길을 따라 뛰어 올라가서는, 개들이 짖어 대고 손가락 마디가 얼얼할 때까지 문을 두드렸으나 안에서는 아무 기척이 없었다.

'빌어먹을 인간들 같으니라고!'

나는 마음속으로 소리를 질러 댔다.

'사람을 이 따위로 냉대하다니 영원히 외톨이로 지내도 싸지. 적어도 나는 대낮에 빗장을 걸어 잠그지는 않는다. 어떡하든 들어가고 말겠어!'

그렇게 마음먹은 나는 손잡이를 움켜쥐고 격렬하게 흔들어 댔다. 그때 조셉이 헛간의 동그란 창문으로 언짢은 기색이 역력한 얼굴을 내밀었다.

"무슨 일이오?"

그가 소리쳤다.

"주인장은 양 우리에 갔소. 그 양반에게 할 이야기가 있거들랑 이 헛간을 뺑 돌아서 가 보시지."

"집 안에는 문 열어 줄 사람이 아무도 없단 말인가?"

나는 그에게 질세라 큰 소리로 물었다.

"주인마님밖에 없소. 날이 저물도록 소란을 피워 대도 문을 열어 주지 않을 거요."

"왜지? 내가 누구라고 자네가 말 좀 해 주면 안 되나, 조셉?"

"내가 왜! 내가 상관할 일이 아닌데."

그는 이렇게 중얼거리며 머리를 도로 넣어 버렸다.

눈발이 거세지기 시작했다. 내가 문고리를 잡고 다시 흔들어 대려 할 때, 외투도 입지 않은 채 쇠갈퀴를 어깨에 둘러맨 젊은이가 뒤꼍에서 나타나더니 나에게 따라오라고 소리쳤다. 그와 나는 빨래터를 지나고 석탄광, 펌프, 비둘기 우리 등이 있는 포장된 구역을 지나 마침내 널찍하고 훈훈한 실내에 이르렀다. 내가 전에 가 봤던 그 거실이었다. 석탄과 토탄과 나무를 함께 지펴 기세 좋게 타오르는 벽난로의 불길 덕분에 실내는 기분 좋을 정도로 따뜻했고, 식탁에는 저녁 식사가 푸짐하게 차려져 있었다. 게다가 전에는 있으리라고 상상도 하지 못했던 '주인마님'이 그 식탁 옆에 앉아 있는 것이 보이자 반가운 마음이 들었다.

나는 그녀에게 인사를 하고는 앉으라고 할 때까지 기다렸다. 그러나 부인은 의자에 기댄 채 나를 쳐다보기만 할 뿐 꼼짝도 하지 않고 입도 떼지 않는 것이었다.

"날씨가 사납군요. 외람된 말씀입니다만, 히스클리프 부인, 댁의 하인들이 어찌나 굼뜬지 문이 배겨 나질 못하겠던데요. 문간에서 사람을 부르느라 꽤나 애를 먹었습니다."

내가 말했다.

그녀는 입을 열지 않았다. 나는 그녀를 빤히 쳐다보았고 그녀도 나를 응시했다. 어쨌든 그녀는 계속 냉정하고 무시하는 태도로 나를 쳐다보았기 때문에 나는 몹시 거북하고 불쾌했다.

"앉으시오. 주인이 곧 돌아올 테니까."

젊은이가 무뚝뚝하게 말했다.

나는 그의 말대로 자리를 잡고 앉았다. 그러고는 헛기침을 하고 그 주노라는 불한당 같은 암캐를 불렀다. 두 번째로 만나는 것이었으므로 녀석은 황송하게도 나를 안다는 표시로 꼬리 끝을 살짝 흔들었다.

"참 잘생긴 개입니다!"

나는 또 말을 건넸다.

"부인, 이 녀석이 낳은 저 강아지들을 나눠 줄 생각이신가요?"

"내 것이 아니에요."

그 예쁘장한 안주인은 퉁명스럽게 쏘아붙였다. 히스클리프가 대답했다 해도 그보다 더 퉁명스럽지는 않았을 것이다.

"아하, 부인께서 좋아하는 것들은 여기에 있나 보군요."

나는 구석진 곳에 고양이 같은 것들이 올려져 있는 쿠션을 바라보며 계속 말을 이었다.

"그렇다면 별난 취향이겠죠!"

부인이 냉소적으로 말했다.

재수 없게도, 그건 죽은 토끼들을 쌓아 올린 것이었다. 나는 다시 한 번 헛기침을 하고는 벽난로 쪽으로 의자를 잡아당기며 궂은 저녁 날씨 이야기를 다시 꺼냈다.

"외출하지 말지 그러셨어요."

그녀는 이렇게 말하고 일어서서 벽난로 선반에 있는 두 개의 차 통으로 손을 뻗었다.

그녀가 그때까지 앉았던 자리에는 빛이 들지 않아서 그녀를 잘 볼 수 없었다. 그제야 그녀의 얼굴과 자태가 뚜렷이 드러났다. 호리호리한 몸매에 아직 소녀티도 완전히 가시지 않은 듯 보였다. 나는 그토록 감탄스러운 몸매와 예쁜 얼굴을 아직까지 본 적이 없다. 오목조목한 이목구비, 희디흰 살결, 우아한 목선 위에 드리운 담황빛, 아니 금빛 곱슬머리, 그리고 두 눈은 표정만 상냥했더라면 사랑에 빠져들 수밖에 없을 만큼 아름다웠다. 다감한 내 마음을 위해서는 다행스럽게도, 그녀의 눈이 나타내고 있는 감정이란 그 눈매에 전혀 어울리지 않는 냉소와 절박감이 뒤섞인 것이었다.

차 통은 그녀의 손에 닿을락 말락 할 뿐 쉽게 잡히지 않았다. 내가 도우려는 몸짓을 하자 그녀는 수전노가 금화를 셀 때 누가 도와주려 하면 질색을 하듯 나를 쳐다보았다.

"안 도와줘도 돼요. 저 혼자서도 내릴 수 있으니까요."

그녀가 쏘아붙였다.

"실례했습니다."

나는 서둘러 대답했다.

"차 마시러 오라는 초대를 받으셨던가요?"

그녀는 단정한 검은 드레스에 앞치마를 두르고 주전자에 찻잎을 한 숟가락 넣으려다 말고 다그쳐 물었다.

"한 잔 주시면 고맙겠습니다."

내가 내답했다.

"초대를 받으셨던가요?"

그녀가 다시 물었다.

"아닙니다."

나는 약간 웃음을 띤 채 말했다.

"초대를 해 주셔야 할 분은 부인이신데요."

그녀는 차며 숟가락이며 할 것 없이 모두 내동댕이치고 부루퉁해져서 의자에 다시 앉았다. 이맛살을 찌푸리고 막 울음을 터뜨리려는 아이처럼 붉은 아랫입술을 내밀었다.

그러는 동안 나를 안내했던 젊은이는 몹시 낡고 추레한 외투를 걸쳐 입고는 불 앞에 서서 아직 갚지 못한 불구대천의 원한이라도 있는 사람처럼 나를 흘겨보았다. 그 젊은이가 하인인지 아닌지는 알 수 없었다. 그의 차림새와 말투는 촌스럽고 투박해서 히스클리프 부부에게서 나타나는 높은 신분의 표지는 찾아볼 수 없었다. 숱 많은 갈색 곱슬머리는 손질을 하지 않아서 덥수룩했고, 구레나룻은 마치 곰처럼 볼 전체를 뒤덮고 있었으며, 두 손은 일반 노동자와 다름없이 거무스름했다. 그러나 태도나 거동에는 아무런 거리낌이 없는 데다 거만하기까지 해서 집안의 주인마님을 모시는 하인의 부지런함이나 싹

싹함은 찾아볼 수가 없었다.

그의 신분에 대한 분명한 증거가 없는 바에야 그의 이상한 거동에는 신경을 쓰지 않는 것이 상책이라고 생각했다. 5분쯤 지나서 히스클리프가 들어오자 어색한 상황에서 벗어났다는 해방감마저 들었다.

"약속대로 찾아왔습니다!"

나는 짐짓 명랑하게 소리쳤다.

"그런데 날씨 때문에 한 30분쯤 여기서 꼼짝할 수 없을 것 같은데요. 물론 머물도록 허락해 주신다면 말씀입니다."

"30분이라고요?"

그가 옷에서 흰 눈송이를 털어 내며 말했다.

"폭설이 몰아치는 이런 날을 골라 나다닐 건 뭐요. 늪지대에서 길을 잃을 수도 있다는 걸 모르시오? 이런 날 저녁에는 이곳 지리를 잘 아는 사람들도 길을 잃기 일쑤인데. 게다가 지금 같아선 날씨가 좋아질 기미도 없단 말이오."

"댁의 하인들 가운데 한 명이 길잡이를 해 주면 안 될까요? 그레인지에서 하룻밤 재우고 아침에 돌려보낼 테니, 하인 한 명만 빌려 주시겠습니까?"

"안 되오, 그럴 수 없소."

"허, 이것 참! 그렇다면 나 혼자서 어떻게 해 볼 수밖에 없겠군요."

"흥!"

"차를 끓이는 거야?"

초라한 외투를 입은 젊은이가 나를 흘겨보던 사나운 시선을 거두고 젊은 여자를 쳐다보며 다그쳐 물었다.

"저분도 차를 드시는 거예요?"

그녀가 히스클리프에게 물었다.

"준비나 하지 못해!" 하고 대답하는 그의 말투가 어찌나 사납던지

나는 흠칫 놀랐다. 그 말투는 그의 고약한 천성을 드러내는 것 같았다. 다시는 히스클리프를 멋진 친구라고 부르고 싶은 마음이 싹 가시고 말았다. 차 준비가 끝나자 그는 "자, 의자를 앞으로 당기시오."라고 말하며 내게 차를 권했다. 그 촌스런 젊은이까지 포함해 우리 모두는 식탁 주위에 둘러앉아 차와 음식을 먹기 시작했으나 무거운 침묵이 흐를 뿐이었다.

내가 분위기를 우울하게 한 장본인이라면 그 어두운 분위기를 걷어 내는 것도 나의 의무라는 생각이 들었다. 그들이 날마다 이렇게 아무 말도 않고 험상궂게 앉아 있을 리는 없었다. 아무리 성미가 고약하더라도 날마다 모두 이렇게 얼굴을 찌푸리고 살아가지는 않을 터였다.

"그것 참 이상하지요."

나는 차 한 잔을 다 마시고 또 한 잔을 따르는 사이에 말을 꺼냈다.

"관습으로 우리의 취향과 생각이 형성되니 말입니다. 세상과 완전히 동떨어져서 사는 이런 생활에 행복이 있으리라고 상상할 수 있는 사람은 많지 않을 겁니다. 히스클리프 씨, 하지만 당신은 이렇게 가족에 둘러싸여, 그리고 또 이렇게 아름다운 부인이 당신의 가정과 마음을 보살피는 수호신이니…….

"아름다운 부인이라고?"

그가 악마 같은 비웃음을 얼굴 가득 머금고 내 말을 가로막았다.

"도대체 누가 내 아름다운 부인이라는 거요?"

"히스클리프 부인, 당신 부인 말입니다."

"나 참, 그러니까, 내 부인이 죽은 뒤에도 영혼이 수호천사로 남아 워더링 하이츠의 재산을 지켜 주고 있다는 말이오? 그런 거요?"

나는 큰 실수를 했다는 사실을 깨닫고 수습하려 했다. 그들이 부부라고 하기에는 나이 차이가 너무 많이 난다는 사실을 진작 눈치챘어야 했다. 한쪽은 사십은 되어 보였는데, 그 나이 대의 남자들은 정신력이 왕성하므로 여간해서는 젊은 여성이 자신을 사랑해서 결혼하리라는 망상을 품지 않는다. 그런 꿈은 노후의 위안으로나 어울릴 법하다. 다른 한쪽은 열일곱 살도 채 되어 보이지 않았다.

그때 섬광처럼 이런 생각이 내 머리를 스쳤다.

'그럼 내 옆에서 대접으로 차를 마시고, 씻지도 않은 손으로 빵을 먹고 있는 촌뜨기가 저 여자의 남편이자 히스클리프의 아들인가 보군. 그렇다면 정말 산 채로 매장당한 게 아닌가. 이 세상에 더 좋은 사람이 있다는 걸 전혀 모르고 이 무례한 촌놈에게 자신을 내던지고 말았구나! 정말 안됐군! 나 때문에 그녀가 자신의 선택을 후회하지 않도록 주의해야겠어.'

마지막 생각이 잘난 척하는 것처럼 들릴지 모르겠다. 그러나 정말 그건 아니었다. 내 옆의 청년은 거의 혐오감을 불러일으킬 정도였지만, 나로 말하자면 경험상 여자들에게 꽤나 인기가 있었으니까 말이다.

"당신이 히스클리프 부인이라고 말한 아이는 내 며느리요."

히스클리프의 이 말은 내 추측이 맞았음을 확증해 주었다. 그는 이렇게 말하며 기묘한 표정으로 그녀를 쳐다보았다. 그것은 증오의 눈길이었다. 그의 얼굴 근육이 다른 사람들과는 달리 그의 심중에 반하여 제멋대로 움직이는 것이 아니라면 말이다.

"아, 그렇군요. 이제 알겠습니다. 당신이 바로 저 아름다운 분의 남편이시군요."

나는 내 옆의 청년에게 얼굴을 돌리며 말했다. 이 말은 앞의 실수보다 더 큰 실수였다. 그 청년은 얼굴이 새빨개지면서 덤비기라도 할 것처럼 주먹을 불끈 쥐었지만, 곧 자신을 다스리고는 무자비한 욕지거리를 중얼거리며 격분을 가라앉혔다. 그 지독한 욕은 나에게 들으라고 하는 소리였지만 나는 애써 모르는 척을 했다.

"추측이 영 맞지 않으시는군. 우리 두 사람 중 그 어느 쪽도 당신이 말하는 아름다운 수호천사의 주인이 아니오. 그 아이의 남편은 죽고 없소. 내가 며느리라고 했으니 내 아들과 결혼한 것이오."

"그럼 이 젊은이는……."

"물론 내 아들이 아니오!"

히스클리프는 자기를 그 곰 같은 사내의 아비로 보는 것은 지나친 농담이라는 듯 다시 웃음을 지었다.

"내 이름은 헤어튼 언쇼라고. 우리 가문을 업신여기지 않는 게 좋을걸."

청년이 으르렁대며 말했다.

"업신여긴 적 없소."

나는 속으로 자신의 가문을 내세우며 위엄을 떠는 그의 모습을 비웃으며 대답했다.

그는 나를 빤히 쳐다보았다. 나 역시 그 눈길을 되받아서 뻔히 쳐다보다가 그의 귀싸대기를 후려치고 싶은 유혹을 못 이기거나, 내가 속으로 놀리고 있는 소리를 그가 듣게 될까 봐 이내 눈길을 돌렸다. 나는 단란한 가족 사이에 낀 불청객처럼 느껴졌다. 정신적으로 불쾌한 기분이 점점 커져서 포근한 육체적 안락을 압도하고 말았다. 이 집구석을 세 번째로 방문하는 것은 신중히 고려해 봐야겠다는 생각이 들었다.

식사는 끝났고, 사교적인 말 한마디 건네는 이가 없었기 때문에 나는 날씨를 살피러 창가로 갔다. 바깥 날씨는 아주 나빴다. 평소보다 일찍 어둠이 찾아온 데다 숨 막힐 듯 내리는 눈발과 바람의 소용돌이 속에서 어디가 하늘이고 어디가 언덕인지 분간도 되지 않았다.

"이래서야 어디 길잡이 없이 집에 돌아갈 수나 있겠나."

나는 탄식하지 않을 수 없었다.

"길은 이미 눈에 묻혔을 테고, 설사 길이 묻히지 않았더라도 한 치 앞도 분간하기 어려운 상황이니 이걸 어쩐다?"

"헤어튼, 양 열두 마리를 헛간 앞 차양 밑에 몰아넣어라. 밤새 우리에 두었다간 눈에 파묻히고 말겠어. 그리고 앞에 판자나 한 장 막아 둬."

히스클리프가 말했다.

"나는 어떻게 하죠?"

초조해진 내가 물었다. 아무런 대답이 없어서 주위를 둘러보니, 개에게 먹일 죽 한 양동이를 들고 오는 조셉과, 차 통을 벽난로 위 선반에 올려놓다가 선반에서 떨어진 성냥 한 묶음을 심심풀이로 태우고 있는 히스클리프 부인만이 눈에 띌 뿐 아무도 없었다.

조셉은 짐을 내려놓고 흠잡을 거라도 찾는 눈으로 방을 휘 둘러보더니 갈라진 목소리로 잔소리를 해 댔다.

"다들 일하러 나갔는데 빈둥거리며 서 있는 꼴이라니! 말해 봐야 무슨 소용이겠누. 그렇다고 버릇이 고쳐지진 않을 테니. 제 어미처럼 바로 악마에게나 가라지!"

순간 그 잔소리가 나에게 하는 말이라고 생각한 나는 격분하여 그 심술궂은 노인네를 문밖으로 차 버릴 작정으로 다가섰다.

그때 들려온 히스클리프 부인의 대답이 나를 말린 셈이 되었다.

"이 트집쟁이 늙은 위선자야! 악마를 들먹일 때마다 잡혀갈 게 두렵지도 않아? 나를 건드리지 않는 게 좋을걸. 안 그랬다간 내가 악마에게 특별히 너를 잡아가라고 청할 테니까! 가만, 여길 보라고, 조셉."

그녀는 선반에서 길쭉하고 까만 책을 한 권 꺼내 들고서 계속 말을 이었다.

"내가 악마의 마법을 얼마나 익혔는지 보여 주지. 머지않아 마법에 통달하게 되면 이 집을 말끔히 쓸어버릴 거야. 붉은 암소가 죽은 게 우연인 줄 알아? 당신 류머티즘도 하늘의 섭리라고 여긴다면 오산이야."

"아, 사악하고 악독하도다!"

노인이 놀라서 숨을 헐떡였다.

"하느님, 저희를 악에서 구해 주시옵소서!"

"천만에, 이 무뢰한 같으니 당신은 하느님께 버림받은 사람이야. 당장 꺼져! 그러지 않으면 단단히 혼내 줄 테니! 밀랍과 진흙으로 당신들을 본뜬 인형을 만들 거야. 그리고 내가 정한 것을 맨 처음 깨뜨리는 자는…… 어떻게 된다고 굳이 말로 하지 않겠어. 곧 알게 될 테니까! 썩 꺼져, 내가 당신을 지켜보고 있어!"

이 귀여운 마녀가 아름다운 눈에 짐짓 악의를 띠자, 조셉은 정말 공포감에 벌벌 떨며 서둘러 밖으로 나가면서 기도문을 중얼거리고 '사악하다'는 말을 연신 내뱉었다.

이런 그녀의 행동은 무료한 나머지 장난을 친 것에 불과하다고 나는 생각했다. 그래서 우리 두 사람만 남게 되자, 내가 처한 곤경에 그녀의 주의를 끌어 보려는 시도를 했다.

"히스클리프 부인."

나는 진지한 목소리로 말을 꺼냈다.

"성가시게 해서 미안합니다만, 부인 얼굴을 보면 좋은 분이 아닐 수 없다는 생각이 들어요. 집을 찾아갈 수 있도록 표지가 될 만한 것을 알려 주십시오. 부인이 런던으로 가는 길을 모르듯 나는 이곳 지리를 통 모르니까요."

"왔던 길을 따라 돌아가세요."

그녀는 이렇게 대답하며 촛불을 들고 의자에 편히 앉아 기다란 책을 펼쳤다.

"간단한 조언이지만 제가 할 수 있는 가장 현명한 조언이에요."

"그럼, 제가 늪이나 눈 덮인 구덩이에서 시체로 발견되었다는 소리를 듣게 되어도 부인께서는 조금도 양심의 가책을 느끼지 않으실까요?"

"어째서 그렇죠? 제가 동행해 드릴 수는 없어요. 정원 담장 끝까지도 못 나가게 하는데요."

"부인께서 동행을 하시다니요. 이런 날 저녁에는 제 편의를 위해 바로 이 현관문 바깥에 나가는 것을 부탁하기도 송구스러운 일일 텐데요."

내가 외쳤다.

"저는 집에 가는 길을 가르쳐 주십사 하는 것이지 직접 안내를 해 달라는 것이 아닙니다. 아니면 히스클리프 씨에게 말씀드려서 길잡이 한 사람을 붙여 주십시오."

"누구를 붙여 달라는 말씀이세요. 이 집에는 히스클리프와 언쇼, 질라, 조셉 그리고 저뿐인데요. 그중에 누구와 함께 가시겠다는 말씀이시죠?"

"농장에 젊은 일꾼들은 없습니까?"

"없어요. 지금 말씀드린 사람이 전부인걸요."

"그렇다면 여기서 자고 갈 수밖에 없겠군요."

"그 문제는 집주인과 상의해 보세요. 저는 뭐라 말씀드릴 수가 없군요."

"이번 일을 교훈 삼아 앞으로는 경솔히 이 언덕을 돌아다니지 않기를 바라오."

부엌 문간에서 히스클리프의 준엄한 목소리가 울려왔다.

"여기서 자고 가는 문제에 대해서는, 여기에는 손님을 위한 방이 없으니 당신이 여기서 자고 간다면 헤어튼이나 조셉과 침대를 같이 써야만 하오."

"이 방 의자에서 자도 되는데요."

내가 대답했다.

"아니, 안 되오! 부자든 가난뱅이든 낯선 사람은 낯선 사람인데, 내가 지키고 있지 않을 때 집 안을 마음대로 돌아다니게 할 수는 없소!"

그 무례한 사내가 말했다.

이렇게까지 모욕을 당하자 내 인내심은 극에 달했다. 나는 혐오스런 표정을 지으며 그를 지나쳐 마당으로 나섰으나 서두르는 바람에 언쇼와 부딪쳤다. 어찌나 어두운시 출구를 찾을 수 없었다. 그래서 헤매는 동안 이 집 사람들이 서로 얼마나 예의 바른가 하는 또 하나의 표본 같은 대화를 듣게 되었다. 처음에 그 젊은이는 나를 도우려는 것 같았다.

"내가 숲까지 함께 가 주지요."

그가 말했다.

"지옥까지 함께 가지 그래."

그의 주인인지 뭔지가 소리쳤다.

"그러면 말은 누가 돌보나."

"하룻저녁 말을 돌보지 못하더라도 사람 목숨이 더 중요하지 않겠어요. 누군가는 가야 해요."

히스클리프 부인이 의외로 인정 있게 말했다.

"네 명령이라면 안 가겠어!"

헤어튼이 화를 내며 말했다.

"저 사람이 걱정되면 잠자코 있는 게 좋을걸."

"저 사람이 죽기라도 하면 그 원귀가 네게 나타나기를 빌겠어. 그리고 그레인지가 폐허가 될 때까지 세 들 사람이 없기를 빌겠어."

그녀가 앙칼지게 쏘아붙였다.

"저것 좀 들어 봐요, 모두를 저주하고 있다니까."

내가 향하고 있는 쪽에서 조셉이 중얼거렸다.

그는 사람들의 말소리가 들리는 곳에서 초롱불을 켜 놓고 소젖을 짜고 있었다. 나는 재빨리 초롱불을 집어 들고는 내일 돌려보내겠다고 외치며 가장 가까운 샛문으로 달려갔다.

"주인님, 주인님, 저이가 초롱불을 훔쳐 갑니다요."

그 노인은 내 뒤를 쫓아오며 소리쳤다.

"어이, 내셔야! 어이, 멍멍아! 어이, 울프야! 그자를 잡아라, 잡아!"

작은 문이 열리자마자 털북숭이 개 두 마리가 내 목을 향해 덤벼들어 나를 넘어뜨렸고, 초롱불도 꺼 버렸다. 그때 히스클리프와 헤어튼이 함께 웃어 대는 소리가 들려왔다. 분노와 모욕감이 머리끝까지 치밀었다.

다행히 개들은 나를 산 채로 집어삼키는 것보다는 앞발을 뻗어 하품을 하면서 꼬리를 흔드는 것을 더 좋아하는 것 같았다. 그러나 내가 움직인다면 가만히 있을 것 같지 않았다. 나는 그놈들의 악랄한 주인이 나를 구해 줄 때까지 누워 있을 수밖에 없었다. 나는 모자도 벗겨진 채 분노로 몸을 떨면서 그 악당들에게 몇 마디 조리에 닿지 않는 복수의 위협을 뇌까리며 1분만 더 그대로 두면 가만 있지 않을 테니 얼른 나가게 해 달라고 했다. 그 위협적인 말은 신랄함의 깊이가 리어 왕의 절규에 필적할 만했다.

어찌나 격분했던지 코피가 쏟아졌다. 그런데도 히스클리프는 껄껄 웃기만 했고 나는 계속 고함을 쳐 댔다. 만약 그 자리에 나보다 이성적이고 집주인보다 인정 많은 한 사람이 없었다면 이 장면이 어떻게 끝을 맺었을지 알 수 없다. 그 사람이 바로 건장한 가정부 질라였다. 마침내 그녀가 무슨 소동인지 알아보러 왔던 것이다. 그녀는 누가 내게 손찌검을 했다고 생각한 모양이었다. 그러나 감히 주인을 공격할 수는 없고 해서 젊은 악당에게 말의 포화를 쏘아댔다.

"이런, 언쇼 도련님, 이제 다음엔 무슨 일을 저지를 작정이에요? 우리 집 섬돌에서 사람을 죽일 거예요? 이 집은 내가 있을 곳이 못 되나 봐. 저 불쌍한 사람 좀 보세요. 거의 숨이 넘어갈 지경이네! 쯧, 쯧! 이렇게 그냥 둬서는 안 되겠어요. 들어오세요. 내가 치료해 드릴 테니. 자, 자, 가만 계세요."

그녀는 이렇게 말하며 갑자기 내 목덜미에 얼음물 한 바가지를 흩뿌리고는 나를 부축해 부엌으로 데리고 갔다. 히스클리프도 따라 들어왔는데, 웃으며 즐거워하던 표정이 평소의 침울한 표정으로 바뀌어 있었다.

나는 몹시 아프고 어지러워서 실신할 것 같았다. 그래서 어쩔 수 없이 이 집에서 하룻밤을 지내지 않을 수 없었다. 그는 나에게 브랜디 한 잔을 주라고 말하고는 안방으로 들어가 버렸다. 질라는 봉변을 당해서 안됐다며 나를 위로하고 주인이 시킨 대로 나에게 브랜디를 주었다. 그리고 내가 약간 원기를 회복하자 잠자리로 데려다주었다.

제3장

　그녀는 나를 위층으로 안내하면서 촛불을 감추고 소리를 내지 말
라고 일러 주었다. 내가 자게 될 방에 대해 주인이 기묘한 생각을 갖
고 있어서 누구도 그 방에서 자도록 허락하지 않기 때문이었다.

　나는 그 이유를 물었다.

　그녀는 자기도 모른다고 했다. 그녀가 이 집에 들어와 산 지는 한
두 해밖에 되지 않았고, 이 집에서는 이상한 일들이 어찌나 많이 일
어나는지 일일이 호기심을 가질 수 없다고 했다.

　나 자신도 너무 얼이 빠져 있어서 호기심을 가질 여력이 없었다.
문을 잠근 다음 침대를 찾아 방 안을 둘러보았다. 가구라고는 의자
하나와 옷장 하나, 그리고 윗부분을 마차의 창문처럼 사각형으로 도
려 낸 커다란 참나무 장롱 하나가 전부였다.

　가까이 가서 그 참나무 장롱 안을 들여다보니, 가족 한 명당 방 하
나씩을 배당할 필요가 없도록 아주 편리하게 설계된 독특한 모양의
구식 침상이었다. 사실 그것은 자그마한 하나의 침실을 이루고 있었

고, 그 안에 있는 창턱은 탁자로 쓰이게끔 되어 있었다.

나는 판자로 만들어진 옆문을 밀어서 열고는 촛불을 들고 들어가서 문을 다시 닫았다. 그러자 히스클리프는 물론 어느 누구의 눈에도 띄지 않을 것 같은 게 마음이 놓였다.

내가 촛불을 올려놓은 창턱 한쪽 구석에는 곰팡이가 핀 책이 몇 권 포개져 있었다. 그리고 창턱은 온통 페인트를 긁어서 쓴 글씨로 뒤덮여 있었다. 그런데 가만 보니 그 글씨는 크고 작은 갖가지 서체로 같은 이름을 되풀이해 쓴 것이었다. '캐서린 언쇼'라는 이름이 군데군데 '캐서린 히스클리프'나 '캐서린 린턴'으로 바뀌어 있기도 했다.

노곤하고 맥없는 상태에서 나는 창에 머리를 기대고 캐서린 언쇼, 캐서린 히스클리프, 캐서린 린턴이란 철자를 계속 더듬어 가다가 스르르 눈이 감겼다. 그러나 눈을 감고 쉰 지 5분도 채 안 되어 어둠 속에서 흰 글자들이 유령처럼 또렷이 떠오르기 시작했다. 허공이 캐서린이라는 글자로 가득 찼다. 눈에 거슬리는 그 글자들을 쫓아내려고 정신을 차려 보니 촛불 심지가 낡은 책 쪽으로 기울어져서 송아지 가죽 타는 냄새를 풍기고 있었다.

나는 황급히 촛불을 껐다. 춥고 메스꺼워서 몹시 불편했기 때문에 일어나 앉아 표지에 탄 자국이 남은 그 커다란 책을 무릎 위에 펼쳤다. 그것은 가느다란 활자로 인쇄된 성경책이었는데 지독한 곰팡내가 났다. 책의 맨 앞 백지에는 '캐서린 언쇼의 책'이라는 글자와 25년 전쯤의 날짜가 적혀 있었다.

나는 그 책을 덮고는, 다른 책들도 한 권 한 권 집어서 들춰 보았다. 캐서린의 장서는 정선된 것이었고 많이 닳은 상태로 보아 늘 애용되던 것 같았다. 그러나 그 책들은 꼭 읽는 데만 사용된 것은 아닌 듯했다. 거의 모든 장마다 활자가 찍히지 않은 부분에는 책 내용에 대한 감상이나(적어도 그렇게 보이는) 의견이 아직 숙달되지 않은 어린아이가 쓴 듯한 글씨로 조그만 여백도 없이 빼곡히 적혀 있었다.

한 문장으로 끝나는 것도 있고 일기 형식으로 된 것도 있었다. 어느 빈 페이지(처음 이 백지를 발견했을 때에는 아마 보물을 발견한 것처럼 반가웠겠지.) 위에 썩 괜찮은 솜씨로 그려진 이 집 하인 조셉의 캐리커처(간단한 스케치였지만 실제 모습의 특징을 잘 잡아낸 그림이었다.)를 보자 무척 재미가 있었다.

갑자기 캐서린이라는 미지의 여성에 대한 흥미가 생겨, 나는 곧바로 암호 같은 그녀의 빛바랜 글씨를 해독하기 시작했다.

그 아래의 문단은 '지긋지긋한 일요일이다.'로 시작하고 있었다.

아버지가 다시 살아나셨으면 좋겠다. 아버지 대신 힌들리 오빠가 가장 행세를 하는 건 정말 싫다. 히스클리프에 대한 오빠의 행동은 잔인하다. 히스클리프와 나는 반항할 것이다. 우리는 오늘 저녁에 그 첫발을 내디딘 셈이다.

온종일 비가 퍼부어 댔다. 우리는 교회에 가지 못했다. 그래서 조셉은 다락방에 우리를 모아 놓고 예배를 드려야 한다고 주장했다. 힌들리 오빠 내외는 아래층에서 편안히 불을 쬐고 있는데(그 둘이 성경을 읽지 않았다는 것만은 분명하다. 내가 보증한다.) 히스클리프와 나와 그 불쌍한 머슴아이는 기도서를 가지고 올라오라는 명령을 받았다.

우리는 곡식 포대 위에 한 줄로 나란히 앉은 채 끙끙 신음을 하며 추위에 덜덜 떨면서, 조셉도 추위에 떨기를 바랐다. 그러면 자신을 위해서라도 설교를 짧게 할 테니까. 그러나 헛된 바람이었다! 예배는 정확히 세 시간을 채웠다. 그런데도 오빠는 우리가 내려오는 것을 보고 염치없이 "아니, 벌써 끝난 거야?" 하고 외쳤다.

전에는 일요일 저녁에도 아주 시끄럽게 소란을 피우지만 않으면 놀아도 됐다. 그런데 지금은 조금만 키득거려도 구석에서 벌을 서야만 한다.

"이 집에 주인이 있다는 걸 잊은 모양인데."

폭군께서 말씀하신다.

"내 화를 돋우는 녀석부터 박살을 내 주겠어! 절대로 까불고 떠들어선 안 돼. 이 자식, 바로 너였어? 여보, 프랜시스, 오는 길에 그 녀석 머리칼을 잡아당겨 줘. 지금 그놈이 손가락 튕기는 소리를 냈으니까."

프랜시스 올케 언니는 그의 머리칼을 힘껏 잡아당기고는, 오빠에게로 가서 그의 무릎에 앉았다. 그들은 그렇게 몇 시간이고 애들처럼 입을 맞추고 허튼소리(우리도 창피해지는 바보 같은 잡담)를 늘어놓곤 했다. 우리는 우리대로 찬장 밑의 아치 아래로 들어가 온갖 방법을 동원하여 최대한 아늑하게 자리를 잡았다. 내가 막 우리의 앞치마(옷에 더러움이 덜 타도록 옷 위에 덧입는 앞치마)를 한데 묶어서 커튼처럼 드리웠을 때 마구간에 있던 조셉이 무슨 용건인지 부엌으로 들어왔다.

그는 내가 만든 커튼을 잡아떼고는 내 뺨을 후려치더니 꽥꽥 소리를 질렀다.

"주인어른을 묻은 지가 바로 엊그제고, 안식일도 아직 지나지 않았는데, 게다가 복음 소리도 아직 귓가에 쟁쟁한데 감히 이런 장난을 치다니! 창피한 줄 알아야 해! 똑바로 앉지 못해, 이 대책 없는 것들! 읽으려고만 들면 유익한 책은 얼마든지 있잖아. 똑바로 앉아서 자신의 영혼에 대해 생각해 봐!"

그는 이렇게 말하더니, 멀리 떨어진 난로에서 비치는 희미한 불빛으로 글자를 볼 수 있도록 우리를 바로 앉히고는 나무토막 같은 책을 내밀었다.

나는 도저히 그 고역을 참을 수 없었다. 나는 유익한 책 같은 건 질색이라고 말하며 그 꾀죄죄한 책의 뒤표지를 잡고 개집으로 던져 버렸다.

히스클리프도 제 책을 같은 데로 차 버렸다.

그러자 한바탕 소동이 벌어졌다.

"힌들리 도련님!"

우리의 목사님 조셉이 소리쳤다.

"도련님, 이리 와 보세요! 캐시 아가씨는 《구원의 투구》책표지를 찢어 발겼고 히스클리프는 《파멸에의 넓은 길 1부》를 발로 찼지 뭡니까. 이런 짓을 하게 내버려 두다니 심히 걱정이 되는구먼요. 아이고, 어르신이 살아 계셨다면 제대로 혼쭐을 내셨을 텐데, 이제는 계시지를 않으니!"

힌들리 오빠는 난롯가의 낙원에서 달려와 우리 중 한 명은 멱살을 잡고 또 한 명은 팔을 잡아서 둘 다 부엌 뒷방으로 내동댕이쳤다. 거기 있으면 틀림없이 악마가 우리를 잡아갈 거라고 조셉은 으름장을 놓았다. 그 말을 듣고 우리는 오히려 안심을 했고 따로따로 구석에 자리를 잡고서 악마가 오기를 기다렸다.

나는 선반에서 이 책과 잉크를 가져오고 거실 문을 조금 열어 그 사이로 빛이 들게 한 다음, 이 글을 쓰면서 20여 분을 보냈다. 그러나 내 벗은 무료함을 참지 못하겠는지 내게 한 가지 제안을 했다. 소젖 짜는 하녀의 외투를 슬쩍해서 그것을 덮어쓰고 들판을 뛰어다니자는 것이다. 재미있을 것 같다. 그러면 그 퉁명스런 노인네가 여기 들어와 보고 정말 자기의 예언대로 되었다고 생각할지도 모르지. 비를 맞더라도 여기보다 더 습하거나 춥지는 않을 거야.

다음 문장이 다른 화제로 시작되는 걸로 보아 캐서린은 그 계획을 실행에 옮겼던 것 같다. 이번에는 눈물겨운 내용이었다.

힌들리 오빠가 나를 이렇게 울릴 줄은 정말 꿈에도 몰랐다! 머리가 너무 아파서 베개에 뉘이지도 못할 정도인데 아직도 눈물이 그치지 않는다. 가엾은 히스클리프! 힌들리 오빠는 그를 뜨내기라고 하면서 우리와 함께 앉지도, 먹지도 못하게 하겠단다. 그리고 히스클리프와 내가 함께 놀아서도 안 된다고 한다. 만약 우리가 이 명령을 지키지 않으면 그를 집에서 쫓아내겠다고 위협한다.

오빠는 아버지가 히스클리프를 너무 자유롭게 키웠다고 투덜대며(지가 뭐라고 감히 아버지를 탓해?) 이제부터 히스클리프로 하여금 제 분수를 알게 하겠다고 한다.

나는 희미하게 보이는 글자들 위에서 꾸벅꾸벅 졸기 시작했다. 내 시선이 펜글씨로 적힌 부분에서 활자로 인쇄된 부분으로 옮겨 갔다. 한껏 멋을 부려 인쇄된 붉은색 제목이 눈에 띄었다. '일흔 번씩 일곱 번(《마태복음》 18장 22절_옮긴이), 그리고 일흔한 번째의 처음, 제이베스 브랜더럼 목사가 기머든 서프 교회에서 설교한 내용'이라고 되어 있었다. 나는 반쯤 잠든 상태에서 제이베스 브랜더럼 목사가 이 주제로 어떻게 설교했을까, 하고 이리저리 머리를 굴려 보다가 침대에 몸을 뉘었는데 까무룩 잠이 들었다.

아, 얼마나 힘들었던지, 고약한 차를 마시고 화를 낸 탓인가 보다! 그렇지 않고서야 어떻게 그토록 끔찍한 밤을 지내게 됐겠는가. 고통이라는 것을 알게 된 이래 그날 밤에 견줄 만큼 끔찍했던 경험은 그 전에도 그 후에도 없었다.

내가 있는 곳이 어디인지 가물가물해질 무렵 나는 꿈을 꾸기 시작했다. 꿈속에서는 아침이었다. 나는 조셉을 길잡이로 삼아 집을 향해 길을 나섰다. 길에는 눈이 몇 미터 깊이로 쌓여 있었다. 우리가 허우적대며 걸어가고 있을 때 조셉은 내가 순례자의 지팡이를 가지고 오지 않았다고 계속 나무라며 나를 질리게 했다. 그는 순례자의 지팡이가 없으면 집으로 돌아갈 수 없다고 말하며, 묵직한 손잡이가 달린 자신의 곤봉을 뽐내듯 휘둘렀는데, 나는 그 곤봉을 순례자의 지팡이라고 하나 보다, 라고 생각했다.

순간 내 집에 들어가는 데 이런 무기가 필요하다는 게 이상하다는 생각이 들었다. 그러자 언뜻 다른 생각이 머리를 스쳤다. 나는 지금 집으로 가고 있는 것이 아니라 그 유명한 제이베스 브랜더럼 목사의 '일흔 번씩 일곱 번'이라는 성경 구절에 대한 설교를 들으러 가고 있다는 생각이었다. 조셉과 나와 설교자 세 명 가운데 한 명이 '일흔한 번째의 처음'의 죄를 범해서 사람들 앞으로 끌려 나와 파문을 당하게 되어 있었다.

우리는 교회에 도착했다. 내가 산책할 때 실제로 두세 번 지나친 적이 있는 교회였다. 그 교회는 두 언덕 사이의 골짜기에, 그것도 늪 부근의 높은 지대에 자리하고 있었다. 토탄질인 늪의 습기 덕분에 그곳에 묻힌 몇 구 안 되는 시체는 썩 잘 보존되고 있다고들 했다. 교회 지붕은 지금껏 온전하게 보존되어 있었지만, 목사의 연봉이 겨우 20파운드밖에 안 되는 데다 방이 고작 둘 있는 사택도 언제 방 하나를 못 쓰게 될지 모르는 형편인지라 그곳에 와서 목사 노릇을 하겠다는 사람이 한 사람도 없었다. 게다가 그곳 신도들은 목사를 굶겨 죽이면 죽였지 자기들 주머니에서 한 푼도 내주려 하지 않는다는 소문이 퍼져 있었다.

그러나 꿈속에서 제이베스 목사의 신도들은 교회를 가득 메운 채 열심히 듣고 있었다. 그리고 그의 설교는 정말 대단했다! 어떻게 그런 설교가 다 있을까. 설교는 490부로 나뉘었는데, 그 하나하나가 일반적인 설교 하나와 맞먹는 것이었고 각 부마다 다른 죄를 논하고 있었다. 그는 그렇게 많은 죄를 어디서 찾았을까? 그는 '일흔 번씩 일곱 번'이라는 문구를 자기 나름대로 해석하면서 신도는 상황에 따라 다른 죄를 범해야 할 필요가 있다는 듯이 이야기했다. 그 죄라는 것들도 정말 기묘해서 전에는 상상도 못한 것들이었다.

아, 정말 너무나 지겨웠다. 얼마나 몸을 비틀고 하품을 하고 꾸벅거리다 깨어났던가. 몸을 꼬집다가, 찌르다가, 눈을 비비다가, 섰다가, 다시 앉기를 반복하다 조셉의 옆구리를 찌르면서 설교가 끝나거든 알려 달라고 부탁했다.

어쨌든 나는 그 설교를 끝까지 들어야만 했다. 드디어 '일흔한 번째의 처음'의 죄를 이야기할 차례가 되었다. 그 중대한 순간에 영감이 내 머리를 스쳤다. 나는 일어서서 제이베스 브랜더럼이야말로 어떤 기독교인도 용서할 수 없는 죄를 범했다고 규탄했다.

"목사님!" 하고 내가 소리쳤다.

"네 개의 벽에 갇힌 채 한 자리에 앉아서 저는 목사님의 490부 설교를 참아 내고 용서하며 모두 들었습니다. 일흔 번씩 일곱 번 모자를 집어 들고 나가려고 했습니다. 그러나 일흔 번씩 일곱 번 당신은 터무니없게도 나를 다시 주저앉혔습니다. 491번째는 너무 지나칩니다. 나와 고통을 함께한 여러분, 저자를 끌어냅시다! 박살을 내어 고향 사람들이 저자를 알아보지 못하도록 하십시다!"《용기》 7장 10절_옮긴이)

잠시 엄숙한 침묵이 흘렀다.

"네가 바로 그 죄를 지은 사람이다!"

제이베스가 의자에 기대앉으며 외쳤다.

"일흔 번씩 일곱 번 너는 하품을 참느라 얼굴이 일그러졌지. 일흔 번씩 일곱 번 나는 내 영혼에게 말했다. 보라! 이것이 인간의 나약함이로다. 이 또한 용서되기를! 이제 '일흔한 번째의 처음'이 왔다. 형제들이여, 기록된 판결문대로 처형하라. 이 영광은 모든 신도의 것이다!"《시편》 149편 9절_옮긴이)

그 말이 끝나자 그곳에 모인 사람들은 저마다 순례자의 지팡이를 쳐들고 내 주위로 몰려들었다. 나는 방어할 무기가 없었기 때문에 가장 가까이에 있는 조셉이 사납게 덤벼들 때 그와 격투를 벌여 그의 지팡이를 빼앗았다. 군중들은 몽둥이를 맞부딪히며 밀치락달치락했고, 나를 겨냥한 몽둥이가 다른 사람들의 머리를 쳤다. 순식간에 교회는 치고받는 소리로 들끓었다. 모두가 형제와 치고받는 형국이었다(창세기 16장 12절_옮긴이). 브랜더럼도 가만히 있기가 싫었던지 설교단의 널빤지를 힘차게 두드려 댔다. 그 울림이 어찌나 크던지 결국 나는 잠에서 깼고 이루 말할 수 없는 안도감이 들었다.

도대체 무엇이 그렇게 무시무시한 소동을 연상시켰던 것일까? 그 소동에서 제이베스 역할을 한 것은 무엇이었을까? 그것은 한바탕 돌풍이 지나갈 때 창살에 닿아 마른 열매들로 유리창을 때리며 덜걱대는 전나무 가지였던 것이다!

나는 잠시 긴가민가해서 귀를 기울여 내 잠을 깨운 소리를 잡아냈다. 그러고는 돌아누워 졸다가 또 꿈을 꾸었는데, 처음에 꾼 꿈보다 훨씬 더 기분 나쁜 꿈이었다.

이번에는 참나무 침상에 누워 있다는 의식이 있었고, 거센 바람 소리와 눈이 휘몰아치는 소리가 똑똑히 들렸다. 또한 전나무 가지가 되풀이하여 성가신 소리를 내는 것도 들렸으며 그 원인도 정확히 알고 있었다. 그러나 그 소리가 너무 신경에 거슬려서 그 소리를 없애야겠다고 생각했다. 그래서 나는 몸을 일으켜 여닫이창의 걸쇠를 벗기려고 했지만 걸쇠는 꺾쇠에 걸린 채 백랍으로 땜질되어 있었다. 깨어 있을 때 이미 보았는데 그새 잊어버렸던 것이다.

"어떻게든 저 소리를 멎게 해야겠어!"

나는 이렇게 중얼거리고는 주먹으로 유리를 깨고 그 성가신 가지를 붙잡으려고 팔을 내밀었다. 그러나 내 손에 잡힌 것은 나뭇가지가 아니라 조그마하고 얼음처럼 싸늘한 손이었다.

무시무시한 공포가 엄습해 왔다. 나는 팔을 도로 거두려 했다. 그러나 그 손이 붙들고 놓아 주지 않았다. 그리고 몹시 구슬프게 흐느끼는 소리가 들려왔다.

"들어가게 해 주세요, 들어가게 해 주세요!"

"당신은 누구요?"

손을 뿌리치려고 애쓰며 내가 물었다.

"캐서린 린턴이에요."

떨리는 목소리가 들려왔다(왜 린턴이라는 이름이 생각났을까? 린턴보다 언쇼라는 이름을 스무 배는 더 많이 읽었을 텐데).

"이제야 집에 왔어요. 황야에서 길을 잃었거든요!"

그때 창문을 들여다보는 어린아이의 얼굴이 희미하게 보였다. 공포감이 나를 잔인하게 만들었다. 아무리 손을 뿌리치려고 해도 소용없다는 생각이 들자, 나는 아이의 손목을 깨진 유리창으로 끌어당겨 앞뒤로 문질렀다. 피가 흘러 침대 시트며 이불을 적셨다. 여전히 그 아이는 "들어가게 해 주세요!" 하고 울부짖으며 악착같이 내 손을 붙잡고 놓으려 하지 않았다. 나는 너무 무서워서 거의 미칠 지경이었다.

"내가 어떻게?"

드디어 내가 입을 열었다.

"들어오고 싶거든 내 손을 놔!"

그러자 잡은 손이 느슨해졌다. 나는 구멍으로 재빨리 손을 빼내고 황급히 책들을 피라미드 모양으로 쌓아 올리고는 그 애원하는 소리를 듣지 않으려고 귀를 막았다.

15분 넘게 귀를 막고 있었던 것 같다. 그러나 손을 떼고 다시 귀를 기울여 보니 구슬픈 울부짖음이 계속되고 있었다.

"꺼져 버려! 20년 동안 애걸해도 들여놓지 않을 테니까!"

"20년, 나는 20년 동안 떠돌아다녔어요!"

그 아이가 비통한 목소리로 말했다. 그때 밖에서 약하게 긁는 소리가 나기 시작하더니 쌓아 놓은 책들이 떠밀린 것처럼 움직였다.

벌떡 일어나려 했으나 손발이 움직여지지 않았다. 나는 무서움에 떨면서 미친 듯이 소리를 질렀다.

정신을 차려 보니, 곤혹스럽게도 내가 정말 소리를 질러 버린 모양이었다. 황급한 발걸음이 방문 앞으로 다가왔다. 누군가가 억센 손으로 문을 밀치자, 머리맡의 사각 창들을 통해 어렴풋이 불빛이 비쳐 들었다. 나는 여전히 떨리는 손으로 이마의 땀을 훔쳤다. 방에 들어온 사람은 머뭇거리며, 혼자 중얼거렸다.

마침내 그는 대답을 기대하지 않은 듯 속삭이는 소리로 물었다.

"여기 누가 있소?"

나는 히스클리프의 어조를 알고 있었고, 잠자코 있다가는 그가 더 안으로 들어와 살펴볼까 봐 두려웠기 때문에 내 존재를 자백하는 게 상책이라고 생각했다. 그런 생각으로 나는 몸을 돌려 그 미닫이 판자를 열었는데, 그 결과 벌어진 일은 오래도록 잊지 못할 것이다.

히스클리프는 셔츠와 바지 차림으로 입구 부근에 서 있었다. 들고 있는 촛불에서 촛농이 손가락으로 흘러내리고 있었고 그의 얼굴은 그 뒤의 벽만큼이나 창백했다. 참나무 침상에서 '끼익' 하는 소리가 나자 그는 마치 전기 충격을 받은 것처럼 몹시 놀랐다. 손에 들었던 촛불이 저 멀리 나동그라졌지만 그는 어찌나 놀랐던지 그것을 집어 들지도 못했다.

"하룻밤 묵어가는 댁의 손님입니다."

나는 그가 더 이상 겁 많은 모습을 드러내어 창피를 당하지 않게 하려는 마음에서 얼른 소리쳤다.

"잠을 자다 그만 무서운 꿈을 꾸는 바람에 소리를 질렀나 봅니다. 놀라게 해서 죄송합니다."

"이런, 제기랄, 록우드 씨로군! 당신을 당장······."

집주인은 손이 너무 떨려서 초를 똑바로 잡을 수 없었던지 의자에 올려놓으며 말을 이었다.

"대체 누가 당신을 여기로 안내한 거요?"

그는 손톱이 손바닥을 파고들 정도로 주먹을 꽉 쥐고 턱이 덜덜 떨리는 것을 가라앉히려고 이를 갈면서 말을 이었다.

"누구요? 그 따위 것들은 지금 당장 이 집에서 내쫓아 버려야지."

"댁의 가정부 질라였어요."

나는 대답하며, 방바닥으로 뛰어 내려가 급히 옷을 입기 시작했다.

"당신이 질라를 내쫓는다 하더라도 나는 전혀 개의치 않을 겁니다, 히스클리프 씨. 쫓겨나도 싸요. 질라는 나를 이용해서 이 집에 유령이 나온다는 증거를 하나 더 얻고 싶었던 모양입니다. 정말 유령과 악마가 들끓고 있군요! 당신이 사람들을 이 방에 얼씬도 못 하게 할 만합니다. 이런 귀신 소굴이라면 잠을 재워 준다고 당신에게 고마워할 사람은 아무도 없을 겁니다!"

"도대체 무슨 말을 하는 거요?"

히스클리프가 물었다.

"그리고 지금 뭐하고 있는 거요? 이왕 여기에 들어왔으니 오늘 밤은 여기서 지내시오. 하지만 제발 그런 무시무시한 소리는 지르지 마시오. 목이 잘리고 있는 게 아니라면 용서할 수 없소!"

"그 작은 악마가 창으로 들어왔더라면 아마 내 목을 졸라서 죽였을 겁니다!"

나는 대꾸했다.

"당신네 친절하신 조상님들에게 괴롭힘을 당하는 것은 이제 못 견디겠어요. 제이베스 브랜더럼 목사는 당신과 외가 쪽으로 친척이 되는 것 아닙니까? 그리고 못된 계집 캐서린 린턴인가 언쇼인가 하는 것은 필경 귀신이 바꿔 친 아이겠지만, 정말 고약한 귀신이었어요! 그 아이는 20년 동안 유령으로 떠돌아다녔다고 하던데, 죽어 마땅한 죄의 대가로 당연한 벌일 겁니다, 분명해요!"

이렇게 말하는 순간, 그 책에 적혀 있던 히스클리프와 캐서린의 친밀한 관계가 떠올랐다. 그때까지 까맣게 잊어버리고 있었던 것이다. 지각없이 결례했다는 생각에 얼굴이 붉어졌지만, 결례했다는 것을 더 이상 의식하지 않으며 서둘러 말을 이었다.

"주인 양반, 실은 내가 잠들기 전에……." 하고 말하다가 다시 말을 끊었다.

'저 낡은 책들을 읽고 있었지요.' 하고 말할 참이었던 것이다. 그렇게 말한다면 내가 책에 인쇄된 내용은 물론 펜글씨로 적혀 있는 내용까지 알고 있다는 게 탄로 날 판이었다. 그래서 나는 다시 생각해 보고 이렇게 말을 이었다.

"창턱에 낙서해 놓은 이름을 한 자 한 자 외우고 있었어요. 잠을 청하려고 수를 세는 사람처럼 단조로운 일을 하다 보면 잠이 들까 싶어서……."

"도대체 어쩌자고 나에게 그 따위 이야기를 하는 거요!"

히스클리프는 몹시 격분해서 고함을 쳤다.

"어떻게 감히 이 집에서! 제기랄! 그런 말을 하다니 미친 게 틀림없어!"

그러고는 화가 난 나머지 제 손으로 이마를 쳤다.

나는 그가 하는 말에 화를 내야 할지 변명을 계속해야 할지 알 수가 없었다. 그런데 그의 흥분한 모습을 보니 불쌍한 생각이 들어서 꿈 이야기를 계속했다. 나는 '캐서린 린턴'이라는 이름을 들어 본 적이 없었지만 자꾸 반복해서 읽다 보니 내 상상력이 걷잡을 수 없어져그 이름이 사람의 모습이 되어 나타났다고 말했다.

내가 이렇게 말할 때 히스클리프는 침대 그늘 쪽으로 점점 물러나더니 마침내 주저앉아서 침대에 가려 거의 보이지 않았다. 그러나 그의 불규칙하고 간간이 끊어지는 숨소리로 보아 극심한 격정을 가라앉히느라 애쓰는 것 같았다.

그러한 그의 마음속 갈등을 눈치채지 못한 척하기 위해, 나는 일부러 소리를 내며 부산스럽게 옷매무새를 매만지고, 시계를 보며 혼잣말처럼 밤이 긴 것에 대해 투덜거렸다.

"아직 세 시도 채 안 되었군! 분명 여섯 시는 됐을 거라 생각했는데. 이곳에서는 시간이 정말 안 가는군. 여덟 시쯤 잔 게 틀림없는데."

"겨울에는 언제나 아홉 시에 자고 네 시에 일어나지요."

집주인이 신음을 삼키며 말했다. 그리고 그는, 그의 팔 그림자의 움직임으로 보아, 재빨리 눈물을 훔치고 있었다.

"록우드 씨."

그는 말을 이었다.

"내 방에 가셔도 좋소. 너무 이른 시각이라 아래층에 내려가면 다른 사람들에게 방해가 될지도 모르고, 당신이 어린애처럼 비명을 지르는 통에 나도 다시 잠들기는 아예 글러 먹었으니까."

"나도 마찬가집니다. 날이 샐 때까지 뜰을 거닐다가 출발하지요. 다시는 찾아오지 않을 테니 걱정할 필요 없습니다. 이제는 시골에서든 도시에서든 사교의 즐거움을 찾고 싶은 생각이 완전히 사라졌으니까요. 분별 있는 사람이라면 자기 안에서 좋은 친구를 찾아야 할 거예요!"

"좋은 생각이군!"

히스클리프가 중얼거렸다.

"이 촛불을 들고 가고 싶은 곳으로 가시오. 내 곧 뒤따라가겠소. 허나 마당에는 가지 않는 게 좋소. 개들을 묶어 놓지 않았거든. 그리고 거실에서는 주노가 보초를 서고 있으니 계단과 복도를 거니는 게 좋을 거요. 어쨌든 여기서 나가 주시오! 나도 2분 후에 나가리다."

그 방에서 나가 달라는 그의 명령에는 따른 셈이다. 그런데 그 좁은 복도가 어디로 이어지는지 몰랐기 때문에 가만히 서 있다 본의 아니게 집주인의 미신적인 일변을 목격하게 되었다. 이상하게도 겉보기와는 아주 다른 모습이었다.

그는 침대에 올라가 창문의 걸쇠를 비틀어 열고 당기면서 격정을 걷잡을 수 없었는지 울음을 터뜨렸다.

"들어와! 들어와!"

그는 흐느꼈다.

"캐시, 제발 들어와. 아, 제발 한 번만! 아, 그리운 내 사랑! 이번만은 내 말을 들어줘, 캐서린. 제발, 이번만은!"

그러나 유령은 유령답게 변덕을 부렸다. 나타날 기미도 보이지 않았다. 눈과 바람만이 세차게 회오리치며 내가 서 있는 곳까지 불어와서 촛불을 꺼 버렸다.

이런 광란적인 행동에 동반된 슬픔의 격랑 속에는 너무나 쓰라린 비통함이 있었기 때문에, 나는 동정심이 솟구쳐 그가 바보 같은 짓을 하고 있다는 생각은 들지 않았다. 그 모든 것을 다 엿들은 나 자신에게 얼마간 화가 났고 어처구니없는 악몽 이야기를 하여 그토록 심한 고통을 불러일으켰다는 게 곤혹스러워져서 그 자리를 피하기는 했지만, 내 꿈 이야기가 왜 그를 그런 비탄에 빠뜨렸는지 이해가 되지 않았다.

나는 조심스럽게 아래층으로 내려가서 부엌 안쪽으로 들어갔다. 그곳에는 한데 긁어모아 둔 불꽃이 남아 있어 촛불을 다시 켤 수 있었다. 재가 있는 곳에서 잿빛 얼룩 고양이가 기어 나와, 투덜거리는 듯한 소리로 '야옹' 하고 인사를 했다. 거기에는 이 고양이를 제외하곤 움직이는 게 아무것도 없었다.

활 모양으로 만들어진 두 개의 벤치가 벽난로를 거의 빙 둘러싸고 있었다. 나는 그중 하나에 몸을 뻗어 누웠고, 그 고양이는 다른 벤치 위로 올라갔다. 고양이와 내가 꾸벅꾸벅 졸고 있을 때 누군가가 우리의 안식처로 침입해 들어왔다. 조셉이 나무 사다리를 타고 천천히 아래로 내려왔던 것이다. 그 사다리는 들창을 통해 그의 다락방까지 뻗어 있는 모양이었다.

그는 못마땅한 눈초리로 내가 피워 놓은 작은 불꽃이 벽난로 앞 철책 사이로 일렁이는 것을 바라보더니, 고양이를 벤치에서 밀쳐 내고는 그 자리에 걸터앉아 3인치쯤 되는 파이프에 담배를 쑤셔 넣기 시작했다. 그만의 공간에 내가 있는 것이 입 밖에 내기에도 불쾌할 정도로 불손한 짓으로 여기는 것 같았다. 그는 잠자코 파이프를 물고 팔짱을 끼고는 담배를 피웠다.

나는 그가 아무런 방해도 받지 않고 담배 피우는 즐거움을 만끽하게 놔두었다. 마지막 한 모금을 뿜어낸 다음 그는 깊은 한숨을 토하며 일어서더니 올 때처럼 엄숙하게 나갔다.

다음에는 누군가가 더 탄력 있는 발걸음으로 들어왔다. 이번에는 아침 인사라도 하려고 입을 열었다가 인사말을 꿀꺽 삼키고는 다시 입을 다물어 버렸다. 헤어튼 언쇼가 눈을 치우려고 구석에서 가래나 삽을 찾으면서 손에 뭔가 잡힐 때마다 나직한 소리로 기도라도 드리듯 욕지거리를 하고 있었던 것이다. 그는 콧구멍을 벌름거리며 벤치의 등받이 너머로 힐끗 넘겨다볼 뿐 나와 함께 있는 고양이 나나에게 아침 인사를 할 생각은 없는 것 같았다.

그가 준비하는 것을 보니 이제 밖으로 나갈 수 있나 보다, 하고 짐작한 나는 딱딱한 의자에서 일어나 그를 따라가려고 했다. 내 거동을 본 그는 손에 쥔 삽 끝으로 안쪽 문을 툭 치면서 똑똑지 않은 소리로 자리를 옮기려거든 그리로 가라고 했다.

그 문으로 나가니 바로 거실이었다. 여자들은 벌써 일어나 있었다. 질라는 커다란 풀무로 난로에 불꽃을 피워 올리고 있었고, 히스클리프 부인은 난롯가에 무릎을 꿇고 앉아서 그 불빛으로 책을 읽고 있었다.

그녀는 눈 주위에 불기운이 닿지 않게 하려고 손으로 가린 채 책 읽기에 열중한 듯했다. 불꽃이 날아온다고 가정부에게 불평을 하거나 이따금 그녀의 얼굴에 주제넘게 코를 비벼 대는 개를 쫓을 때를 제외하고는 책에서 눈을 떼지 않았다.

히스클리프도 그곳에 있는 것을 보고 나는 놀랐다. 그는 나를 등지고 불 앞에 서서 불쌍한 질라에게 한바탕 퍼부어 댄 참이었다. 질라는 때때로 일손을 멈추고 앞치마 자락으로 눈물을 닦는가 하면 분에 못 이겨 신음 소리를 내뱉었다.

"그리고 너, 이 쓸모없는 ― 같으니."

내가 들어갔을 때, 그는 오리나 양 따위의 단어들처럼 나쁜 뜻은 가지고 있지 않지만 글에서는 보통 '―'로 나타낼 뿐 잘 쓰지 않는 상소리를 써 가며 며느리를 꾸짖고 있었다.

"너는 또 쓸데없는 마술 책을 읽고 있구나! 남들은 일해서 먹고사는데 넌 내가 인정을 베풀어서 얻어먹고 있는 거야! 그 따위 책은 집어치우고 할 일을 찾지 못해! 늘 내 눈앞에 알짱거리며 나를 괴롭히는 죗값을 하란 말이야 알았어? 망할 계집 같으니."

"싫다고 해 봤자 소용없을 테니, 쓰레기 같은 책은 치우도록 하죠."

그녀는 책을 덮어 의자에 던지며 대답했다.

"하지만 아무리 욕을 하셔도 제가 하고 싶은 일이 아니면 그 어떤 일도 하지 않겠어요!"

히스클리프가 손을 번쩍 들자 그녀는 그 손의 무게를 익히 알고 있는 듯 안전한 거리로 물러섰다.

개와 고양이의 싸움 같은 장면을 구경하며 즐길 마음이 아니었기 때문에, 나는 중단된 말다툼 같은 것은 전혀 모르는 척 시치미를 떼며 짐짓 불을 쬐고 싶은 듯 활기차게 앞으로 걸어 나갔다. 그들은 둘 다 더 이상의 적대감을 보류할 만큼의 예의는 가지고 있었다. 히스클리프는 주먹을 휘두르고 싶은 유혹에서 벗어나려는 듯 양손을 주머니에 쑤셔 넣었다. 며느리는 입을 삐죽거리며 멀찍이 떨어진 자리로 가서, 내가 거기에 있는 동안 조각상처럼 꼼짝도 하지 않았다. 자기가 한 말을 지킨 셈이다.

나는 그곳에 오래 머무르지 않았다. 함께 아침 식사를 하자는 것을 마다하고 날이 새자마자 자유롭게 숨 쉴 수 있는 바깥으로 도망쳐 나왔다. 밖은 맑게 개어 있었다. 바람 한 점 없이 고요했으며 공기는 무형의 얼음처럼 차가웠다.

내가 정원을 빠져나오기 전에 집주인이 큰 소리로 나를 불러 세우고, 황야를 건너는 길에 동행해 주겠다고 했다. 그가 따라와 줘서 다행이었다. 등성이 너머는, 너울지며 끝 간 데 없이 펼쳐진 흰빛 바다를 이루고 있었고, 솟아오른 부분과 꺼진 부분이 땅의 높낮이와 일치하는 것은 아니었기 때문이다. 어제 걸어가며 마음속에 그려 둔 지도에 비춰 볼 때, 적어도 여러 개의 구덩이가 눈에 묻혀 평평해졌고, 채석장에서 버린 돌 부스러기로 이루어진 둔덕 전체가 자취도 없이 사라졌다.

그리고 어제 나는 길 한쪽에 6~7미터 간격을 두고 황야 끝까지 일렬로 늘어선 돌들을 봐 두었다. 직립으로 세워진 그 돌들은 어두운 밤이나 지금처럼 눈이 내려 길 양쪽의 습지와 단단한 길바닥을 구별하기 어려울 때 길잡이 역할을 하도록 하얀 석회가 칠해져 있었다. 그러나 여기저기 더러운 점처럼 솟아나 있는 것을 제외하면 그 흔적조차 없어져 버렸다. 그래서 나의 동행자는 내가 길을 제대로 꺾어 들었다고 생각할 때에도 자주 오른쪽으로 가라든가 왼쪽으로 가라든가 하면서 내게 주의를 주지 않으면 안 되었다.

우리는 거의 아무 말없이 걸었다. 그는 스러시크로스 숲으로 들어가는 곳에서 걸음을 멈추고, 이제 여기까지 왔으니 길 잃을 위험은 없을 거라고 말했다. 우리는 그저 간단한 고갯짓으로 작별 인사를 했다. 그러고 나서, 나는 온전히 나 자신의 재량에 의지해 앞으로 나아갔다. 문지기 집에는 아직 사람이 들지 않았기 때문이다.

숲 입구에서 저택까지의 거리는 2마일이었으나, 숲속에서 길을 잃고 헤매기도 하고 눈 속에 목까지 빠지기도 하며 족히 4마일은 걸었던 것 같다. 그 고생은 해 보지 않은 사람은 모를 것이다. 여하튼, 어떻게 헤매었든 집에 도착할 수 있었다. 그때 시계가 열두 시를 알렸다. 워더링 하이츠에서 보통 다니는 길로 1마일에 꼭 한 시간씩 걸린 셈이었다.

이 집에 딸린 고정 가정부와 그 밑에서 일하는 하인들이 뛰어나와 나를 맞이했다. 그들은 내가 살아 돌아올 거라는 희망을 완전히 포기했다고 떠들어 댔다. 모두들 내가 간밤에 죽은 줄 알고 어떻게 시체를 찾아 나설지 궁리하고 있었다는 것이다.

나는 이제 내가 무사히 돌아온 걸 보았으니 떠들 것 없다고 이르고는, 심장까지 얼얼해진 상태로 다리를 끌며 천천히 위층으로 올라갔다. 마른 옷으로 갈아입은 뒤 체온을 회복하기 위해 30~40분 동안 이리저리 거닐다가, 새끼 고양이처럼 맥없이 서재로 자리를 옮겼다. 원기를 되찾으라고 하녀가 끓여 준 김이 모락모락 나는 커피와 따뜻한 난롯불도 즐길 수 없을 정도로 기운이 없었다.

제4장

　인간이란 얼마나 변덕스런 존재인가! 사람들과 교제하는 일에서 자유로워지기로 결심하고 마침내 그 결심을 실천하기에 안성맞춤인 곳을 찾아내어 그 행운에 감사한 나였건만, 나 역시 나약한 인간인지라 저녁 어스름까지 계속 우울과 고독과 싸우다가 결국 항복하지 않을 수 없었다. 그리하여 가정부인 딘 부인이 저녁 식사를 가져왔을 때 이곳에 정착하는 데 필요한 게 무엇인지 알고 싶다는 구실을 대며 내가 식사하는 동안 옆에 있어 줄 것을 부탁했다. 그리고 딘 부인이 수다쟁이여서 내 흥미를 일깨우거나, 그녀의 이야기를 자장가 삼아 잠들 수 있기를 바랐다.

　"여기에 산 지도 꽤 오래되었죠?"

　내가 운을 떼었다.

　"16년이라고 했던가요?"

　"18년 되었지요. 이 댁의 전 주인마님이 시집올 때 시중들려고 따라왔으니까요. 마님이 돌아가신 뒤에는 전 주인께서 집안일을 맡기

시며 이곳에 있으라고 하셨지요."

"그랬군요."

그러고 나서 잠시 침묵이 흘렀다. 아무래도 그녀는 자기 이야기만
할 뿐 다른 사람 이야기하는 것을 좋아하지 않는 사람 같았다. 사실
난 그녀에 관한 이야기에는 별 흥미가 없었다. 그녀는 움켜쥔 손을
양쪽 무릎에 하나씩 올려놓은 채, 불그레한 얼굴에 어두운 그림자를
드리우며 잠시 생각에 잠기더니 불쑥 말했다.

"아, 그때 이후로 정말 많은 변화가 있었네요!"

"네, 그동안 참 많은 변화를 목격했겠어요."

"그랬지요. 불행한 일도 많았어요."

'옳거니, 이제 집주인 가족에 관한 이야기를 꺼내면 되겠군! 이제
부터 시작하기 알맞은 화제야. 그리고 그 예쁘장한 젊은 과부가 이
고장 사람인지, 아니면 그 무뚝뚝한 토박이들이 친척으로 인정하지
않는 타지방 출신인지도 알고 싶어. 후자일 가능성이 더 많겠지만.'
하고 나는 생각했다.

나는 이런 의도로 딘 부인에게 히스클리프가 스러시크로스 저택을
세놓고 위치로 보나 집 자체로 보나 훨씬 그보다 못한 곳에 굳이 살
고 있는 이유를 물었다.

"그에게 이 저택을 유지할 만한 돈이 없어서 그런 건가요?"

"돈이야 많지요! 그분에게 얼마나 많은 돈이 있는지는 아무도 모
를 거예요. 게다가 해마다 재산이 불어나고 있지요. 이곳보다 더 좋
은 저택에 살 수 있을 만큼 많은 돈을 가지고 있어요. 하지만 그분은
엄청난 구두쇠거든요. 설사 스러시크로스 저택으로 이사 올 작정이
었더라도 마땅한 세입자가 있다는 말을 들으면 수백 파운드를 더 벌
수 있는 기회를 놓치는 걸 참지 못할 거예요. 이 세상에 혈혈단신인
사람이 그토록 재산에 욕심이 많다는 게 이상할 정도이지요."

"그에게 아들이 있었던 모양이던데요?"

"네, 하나 있었지만 죽었지요."

"그럼 그 젊은 부인, 그러니까 히스클리프 부인은 죽은 아들의 아내였나요?"

"그렇지요."

"그 부인은 원래 어디 사람인가요?"

"예, 그러니까 그분은 돌아가신 주인님의 따님이세요. 그분의 처녀 적 이름은 캐서린 린턴이었지요. 제가 그 가엾은 분을 키웠답니다. 히스클리프 씨가 이 저택으로 옮겨 와 살기를 얼마나 바랐는지 몰라요. 그러면 제가 다시 아가씨와 살 수 있게 될 테니까요."

"뭐라고요! 캐서린 린턴이라고요?"

내가 놀라서 소리쳤다. 그러나 잠시 생각해 보니 유령으로 나타났던 캐서린은 아닌 게 확실했다.

"그렇다면 이 집의 전 주인 이름이 린턴이었나요?"

"그렇지요."

"그럼 언쇼는 누구죠? 히스클리프 씨와 함께 살고 있는 헤어튼 언쇼 말입니다. 그 두 사람은 친척 사이인가요?"

"아니에요. 그분은 돌아가신 린턴 부인의 조카랍니다."

"그럼 그 젊은 부인의 사촌이겠군요."

"그렇죠. 게다가 그녀는 자기 남편과도 사촌 지간이었어요. 그러니까 한쪽은 외사촌이고 다른 한쪽은 고종사촌이었죠. 히스클리프 씨와 린턴 씨의 여동생이 결혼한 사이였으니까요."

"워더링 하이츠의 거실 현관문 위에 '언쇼'라는 이름이 새겨져 있던데, 유서 깊은 가문이었나요?"

"아주 유서 깊은 가문이지요. 헤어튼이 언쇼 가문의 마지막 자손이랍니다. 우리 집, 그러니까 린턴 가문의 마지막 자손이 캐시 아가씨

51

인 것처럼 말이죠. 워더링 하이츠에 가셨었어요? 주제넘은 줄은 알지만 여쭤 보고 싶은 게 있어요. 아가씨는 어떻게 지내고 계신가요?"

"히스클리프 부인 말입니까? 아주 건강해 보였어요. 무척 아름다운 분이더군요. 하지만 별로 행복해 보이지는 않던데요."

"저런, 가엾어라, 그럴 거라 짐작은 했었어요. 집주인 양반은 어떻던가요?"

"약간 거친 사람 같던데요, 딘 부인. 그 사람 성격이 그렇지 않습니까?"

"거칠기는 톱날 같고 단단하기는 현무암 같죠! 그분과는 친하게 지내지 않는 편이 좋을 거예요."

"그렇게 사나운 사내가 되기까지는 필시 여러 우여곡절을 겪었을 것 같은데요. 그 사람의 내력에 대해 아는 게 있나요?"

"남의 둥지를 가로채는 뻐꾸기 같은 내력을 갖고 있지요. 그이의 내력에 관해서는 훤히 알고 있어요. 어디서 태어났는지, 부모가 누구였는지, 맨 처음 어떻게 돈을 벌어들였는지 하는 것만 빼면 말이죠. 헤어튼은 깃털도 나지 않은 채 쫓겨나는 뱁새 새끼처럼 자신의 집을 빼앗겼답니다. 그런데 그 불운한 아이는 자신이 속았다는 것도 모르고 있지요. 이 교구에서 그 사실을 모르는 사람은 본인뿐일 거예요."

"그럼 딘 부인, 좋은 일 하는 셈치고 그 사람들 얘기 좀 들려줘요. 지금 잠자리에 들어도 잠이 올 것 같지 않으니 한 시간만 앉아서 이야기를 해 줘요."

"아, 물론 그렇게 해 드려야죠! 그럼 바느질감을 가지고 올게요. 그다음에 원하시는 만큼 옆에 앉아 있을게요. 그런데 아까 보니까 몸을 덜덜 떠시는 게 감기에 걸리셨더군요. 감기를 물리치려면 죽이라도 좀 드셔야 할 거예요."

그 중후한 부인은 서둘러 방을 나갔고 나는 불 쪽으로 더 가까이 몸을 웅크렸다. 머리는 뜨거웠지만 몸은 으슬으슬 추웠다. 게다가 흥분이 온 신경과 뇌를 관통하여 분별도 지각도 없는 바보가 된 것 같았다. 그래서인지 불편하다기보다는 어제와 오늘 일로 파생될 심각한 결과가 두려워졌다.

곧 딘 부인은 김이 나는 죽 그릇과 바느질 바구니를 가지고 돌아왔다. 그녀는 죽 그릇을 벽난로 안쪽의 시렁에 올려놓고는 의자를 끌어당겨 앉았다. 그녀는 내가 그렇게 사교적일 수 있다는 것이 흡족한 듯했다. 그녀는 바로 이야기를 시작했다.

* * *

제가 이 집에 와서 살기 전에는 거의 언제나 워더링 하이츠에서 지냈어요. 제 어머니가 헤어튼의 아버지인 힌들리 언쇼 씨의 유모였기 때문이지요. 그래서 저는 늘 그 집 아이들과 함께 놀았습니다. 잔심부름을 하고 건초 만드는 일을 거들었을 뿐 아니라, 누구든 일손이 부족하면 바로 도울 수 있도록 농장에서 어슬렁거리곤 했지요.

그러던 어느 화창한 여름날 아침이었어요. 추수를 막 시작할 무렵이었을 거예요. 당시 워더링 하이츠의 주인어른이셨던 언쇼 씨가 여행을 떠날 채비를 하고 아래층으로 내려오셨어요. 조셉에게 며칠 동안 할 일을 이르고는 힌들리 도련님과 캐시 아가씨와 제가 죽을 먹고 있는 곳으로 오셔서 당신 아들한테 말씀하셨죠.

"내 귀여운 아들아, 난 오늘 리버풀에 간단다. 무얼 사다 줄까? 갖고 싶은 걸 말해 보렴. 하지만 작은 물건이라야 한다. 거기까지 걸어서 갔다 와야 하니까. 리버풀은 여기서 60마일이나 떨어져 있단다. 아주 먼 거리지!"

힌들리 도련님이 바이올린을 갖고 싶다고 말하자 주인어른은 캐시 아가씨에게 물으셨지요. 당시 아가씨는 여섯 살이 채 되지 않은 나이였지만 마구간에 있는 어느 말이라도 탈 수 있었어요. 그래서 아가씨는 말채찍이 갖고 싶다고 했지요.

주인어른은 제게 묻는 것도 잊지 않으셨답니다. 이따금 엄할 때도 있으셨지만 마음이 따뜻한 분이셨거든요. 주인어른은 주머니 가득 사과며 배를 사 오겠다고 약속한 다음, 당신 아이들에게 입맞춤을 하며 작별 인사를 하고는 출발하셨지요.

주인어른이 안 계신 사흘은 우리 모두에게 길게 느껴졌어요. 어린 캐시 아가씨는 아빠가 언제 돌아오시는 거냐고 자꾸 물었어요. 사흘째 되는 날, 언쇼 부인은 주인어른을 기다리며 저녁 식사를 한 시간, 한 시간 뒤로 미루셨어요. 그러나 주인어른이 돌아오실 기미는 전혀 보이지 않았어요. 마침내 아이들은 대문까지 달려가는 데에도 지쳐 버렸지요. 날이 어두워지자 마님은 아이들을 재우려 했지만, 아이들은 아빠가 올 때까지 깨어 있겠다고 애원했어요. 열한 시쯤 되었을 때 문고리가 살며시 들어 올려지더니 주인어른이 들어오셨지요. 주인어른은 의자에 털썩 앉아 껄껄 웃으시고는, 꿍꿍 신음 소리를 내며 피곤해서 죽을 지경이니 다들 가까이 오지 말라고 하셨어요. 그리고 영국 땅을 다 준다고 해도 다시는 이렇게 먼 거리를 걸어서 여행하지 않겠다고 덧붙이셨어요.

"게다가 막판에 죽을 고생을 했지 뭐야!"

주인어른은 돌돌 말아서 팔에 끼고 온 외투를 펼치며 말씀하셨습니다.

"이봐, 여보! 내 평생 이렇게 힘들었던 적은 처음이야. 신이 주신 선물이라 생각하고 받아들이도록 해요. 마치 악마가 보낸 것처럼 피부색이 까맣긴 하지만 말이야."

우리는 그 주위로 모여들었어요. 캐시 아가씨의 머리 너머로 들여다보니, 꾀죄죄하고 남루한 옷차림의 검은 머리 소년이었어요. 걷고 말할 수 있을 만큼 큰 아이였지요. 정말 그 아이의 얼굴은 캐시 아가씨보다 더 나이가 많아 보였어요. 바닥에 내려선 그 아이는 주위를 빤히 둘러보더니, 아무도 알아들을 수 없는 이상한 말만 계속 되풀이하여 내뱉었어요. 저는 덜컥 겁이 났고 마님은 당장 그 아이를 밖으로 내쫓을 기세였지요. 마님은 발끈하시며 집에도 먹여 살릴 아이들이 있는데 어떻게 집시 아이까지 집으로 데려올 생각을 했느냐, 그 아이를 어쩔 작정이냐, 혹시 미친 게 아니냐며 주인어른을 다그치셨어요.

주인어른은 사정을 설명하려고 하셨지만 너무 지쳐서 거의 반죽음 상태였고 마님은 계속 쏘아붙이고 계셔서, 제가 알아들을 수 있는 이야기는 이 정도뿐이었답니다. 리버풀 거리에서 집도 없이 굶어 죽어가고 있는 벙어리나 마찬가지인 그 아이를 발견한 주인어른은 아이를 집어 들고 사람들에게 뉘 집 아이냐고 물었지만 아무도 아는 사람이 없었어요. 그런데 주인어른은 시간도 여비도 넉넉하지 않았기 때문에 거기서 허튼 돈을 쓰기보다는 얼른 집으로 데려오는 것이 낫겠다고 생각하셨대요. 아이를 발견한 이상 그 아이를 그냥 두고 올 수는 없었다고 하셨어요.

결국 주인마님의 툴툴거림도 잠잠해지자 언쇼 씨는 저한테 그 아이를 씻긴 다음 깨끗한 옷으로 갈아입혀서 아이들과 함께 재우라고 말씀하셨죠.

옆에서 얌전히 보고 듣기만 하던 힌들리 도련님과 캐시 아가씨는 소동이 웬만큼 가라앉자, 아버지가 사 오겠다고 약속한 선물을 찾으려고 아버지의 외투 주머니를 뒤지기 시작했어요. 힌들리 도련님은 열네 살이었지만 주머니에서 산산이 부서진 바이올린 조각들이 나오자 으앙 하고 울음을 터뜨렸지요. 그리고 캐시 아가씨는 주인어른이 낯선 아이를 데리고 오느라 말채찍을 잃어버린 것을 알고서 그 성가신 아이에게 화를 내며 침을 뱉었어요. 덕분에 아버지에게 예의 있게 행동하라는 꾸지람과 함께 한 대 얻어맞아야 했지요.

두 아이는 그 아이와 함께 자는 것은 고사하고 방에 들어오지도 못하게 했어요. 저도 철이 덜 든 때라 그다음 날 아침엔 사라지기를 바라며 그 아이를 층계참에 버려두었지요. 우연인지, 목소리를 듣고 갔는지 모르지만 그 아이는 언쇼 씨의 방문까지 기어갔던 모양이에요. 그래서 언쇼 씨는 방에서 나올 때 문 앞에서 그 아이를 발견하고는 어째서 그 아이가 거기에 있는지 추궁하셨고 저는 자백하지 않을 수 없었지요. 그리하여 저는 비겁하고 몰인정하다는 이유로 그 집에서 쫓겨났습니다.

그렇게 해서 히스클리프가 그 집안에 처음 오게 되었던 거랍니다. 쫓겨났다고는 하지만 영원히 쫓겨난 것은 아니라고 여기고 며칠 뒤에 다시 돌아와 보니 그 아이는 '히스클리프'라는 이름으로 불리고 있었어요. '히스클리프'는 어렸을 때 죽은 그 집 아들의 이름이었지요. 그때부터 '히스클리프'는 그 아이의 성이자 이름이 되었답니다. 캐시 아가씨와는 벌써 아주 가까워졌더군요. 하지만 힌들리 도련님은 그 아이를 미워했어요. 실은 저도 마찬가지였지요. 그래서 저는 힌들리 도련님과 함께 그 아이를 골려 주고 못되게 굴었어요. 그때 저는 그런 행동이 옳지 않다는 것을 알 만큼 철이 들지 않았고, 마님 역시 그 아이가 괴롭힘을 당하는 것을 보아도 아무 말씀 안 하셨거든요.

히스클리프는 무뚝뚝하고 참을성이 있는 아이 같았어요. 아마 괴롭힘을 당하는 데 이골이 났기 때문이었겠죠. 그는 힌들리에게 얻어맞을 때에도 눈 하나 깜짝 않고 눈물도 흘리지 않았어요. 그리고 저한테 꼬집힐 때에도 숨을 한 번 들이쉬며 눈을 크게 뜨고는 마치 우연한 사고로 다쳤기 때문에 누구도 탓할 수 없다는 듯이 행동했답니다.

히스클리프가 이렇게 참는 것을 알게 된 언쇼 씨는 그를 아비 없는 불쌍한 자식이라고 부르시며 당신 아들 힌들리가 그 불쌍한 고아를 괴롭히는 걸 발견할 때마다 몹시 화를 내셨어요. 주인어른은 이상할 정도로 히스클리프를 좋아하셨고 그의 말이라면 뭐든 다 믿으셨답니다. 히스클리프는 꼭 필요한 말만 하는 말수 적은 아이였고, 대부분 그 말이 사실이긴 했어요. 장난이 너무 심하고 고집 센 말괄량이 캐시 아가씨보다 그를 훨씬 더 귀여워하셨지요.

그래서 히스클리프는 처음부터 이 집안사람들에게 미움을 사게 되 있던 겁니다. 2년도 채 못 되어 언쇼 부인이 돌아가시자 힌들리 도련님은 제 아버지를 자기편이 아니라 압제자로 여기기 시작했어요. 그리고 히스클리프를 아버지의 애정과 자기의 특권을 가로챈 얄미운 놈이라고 생각했어요. 항상 자기가 입은 피해를 생각하며 원한을 품었던 거죠.

저도 한동안은 힌들리 도련님 편이었어요. 그러나 아이들이 홍역에 걸려 제가 아이들 간호와 집안 살림을 동시에 맡게 되었을 때부터 생각이 바뀌었답니다. 히스클리프는 생명이 위험할 정도로 아팠지요. 병세가 가장 심했을 때에는 제가 계속 침대 머리맡에 있어 주기를 바라더군요. 제가 무척 잘해 준다고 생각했던 모양이에요. 그 아이는 제가 그럴 수밖에 없다는 걸 짐작할 만큼 철이 들지 않았거든요. 어쨌든 그 아이만큼 묵묵히 잘 참아 낸 아이도 없었어요. 간호를 받을 때 두 아이와 다른, 그런 의젓한 모습을 본 뒤부터 그 아이에 대한 편견이 줄어들더군요. 캐시 아가씨와 힌들리 도련님은 간호하는 내내 저를 몹시 괴롭혔지만 그 아이는 마치 양처럼 불평 한마디 하지 않았거든요. 그러나 그 아이가 그럴 수 있었던 건 온순해서가 아니라 단단해서였지요.

히스클리프는 고비를 넘기고 살아났어요. 의사는 제 간호 덕분이라며 칭찬해 주었지요. 저는 칭찬을 받아서 기분이 좋았고, 칭찬을 받게 해 준 장본인에 대해 온화한 마음을 가지게 되었어요. 그러나 힌들리 도련님은 마지막 동지를 잃은 셈이 되었지요. 그렇다고 히스클리프가 전적으로 마음에 들었던 것은 아니었어요. 주인님께 그토록 귀여움을 받으면서도 고마운 기색도 내비치지 않는 그 무뚝뚝한 아이의 어떤 점이 주인님의 마음을 사로잡았는지 의아할 때가 많았지요. 히스클리프가 은인에게 불손했다는 말은 아닙니다. 단지 둔감했다는 거죠. 그러면서도 자기가 주인어른의 마음을 사로잡았다는 것을 잘 알고 있었고, 또한 자기가 말을 하기만 하면 집안사람들이 자기의 소원을 들어줄 수밖에 없다는 것도 알고 있었습니다.

한 예로, 언쇼 씨께서 언젠가 장에서 망아지 두 마리를 사 와서 두 소년에게 한 마리씩 주신 일이 생각나네요. 히스클리프가 더 잘생긴 망아지를 가졌는데, 그 녀석은 얼마 안 가서 다리를 절뚝였어요. 그 사실을 안 히스클리프는 힌들리에게 이렇게 말했죠.

"말을 바꿔 줘, 내 말은 싫어. 만약 바꿔 주지 않으면 네 아버지께 어깨까지 검게 멍든 내 팔을 보여 드리고 네가 이번 주에 세 번이나 나를 때렸다고 이를 거야."

그러자 힌들리 도련님은 메롱 하며 혀를 내밀어 보이고는 뺨을 후려갈겼어요.

"당장 바꿔 주는 게 좋을 거야."

그는 문간으로 도망가면서 계속 고집을 부렸어요(그들은 마구간에 있었습니다.).

"바꿔 주지 않을 수 없을걸. 날 때린 걸 이르면 넌 이자까지 더해서 맞게 될 테니까."

"꺼져, 이 개새끼야!"

힌들리 도련님은 이렇게 소리치면서 감자와 건초의 무게를 다는

데 쓰는 저울추를 집어 들고 위협했어요.

"어디 던져 보시지."

히스클리프는 가만히 서서 대답했어요.

"그럼, 네가 아버지만 죽으면 나를 내쫓겠다고 얼마나 떠벌이고 다녔는지 일러바칠 거야. 그 말을 듣고 네 아버지가 널 당장 쫓아내지 않는지 어디 한번 볼까."

힌들리 도련님은 정말 저울추를 던졌어요. 히스클리프는 저울추를 가슴에 맞고 넘어졌지만 곧 비틀거리면서 일어났어요. 숨도 쉬지 못하고 얼굴이 하얗게 질린 채 말이에요. 제가 말리지 않았더라면 당장 주인어른에게 가서 다친 부위를 보여 드렸을 거예요. 그랬다면 주인어른은 누가 그렇게 만들었는지 알아차리시고는 힌들리 도련님을 혼내셨겠죠.

"내 망아지 가져가, 이 집시 놈아!"

힌들리 도련님이 말했어요.

"그놈 타다가 목이나 부러져라. 그놈 갖고 지옥에나 떨어져, 이 거지 새끼야! 그리고 우리 아버지한테 알랑거려서 우리 재산을 모조리 뺏어 가라고. 그러고 나서 네 정체가 사탄의 자손이라는 것을 보여 드려. 자, 데리고 가. 그놈이 네 골통을 차서 날려 버리기를 바란다!"

히스클리프는 망아지를 풀어서 마구간의 자기 칸막이로 옮겨 놓았어요. 그가 망아지 뒤로 돌아가고 있을 때 말을 마친 힌들리 도련님은 그를 쳐서 말의 발치에 넘어뜨리고는 자기가 바란 대로 되었는지 보지도 않은 채 재빨리 달아나 버렸어요.

그 아이가 몸을 추슬러 일어나서 안장 따위의 말에 딸린 물건들을 바꾸는 등 하던 일을 계속하는, 그 침착하고 냉정한 모습은 놀라울 정도였어요. 그는 마음먹은 일을 모두 마친 뒤에야 조금 전에 맞아서 생긴 현기증을 가라앉히려고 건초 더미 위에 앉았어요. 그러고 있다

집 안으로 들어갔지요.

그가 멍든 것은 말 때문이라고 해 두자고 제가 설득하자, 그는 순순히 그러라고 했습니다. 자기가 원하는 것을 얻은 이상 뭐라고 말한 대도 상관없었던 거지요. 정말이지 그는 그런 일을 겪고도 좀처럼 불평을 하지 않았어요. 그래서 저는 그가 앙심을 품고 있으리라고는 전혀 생각하지 못했지요. 이제 이야기를 계속 들어보면 아시겠지만 제가 완전히 잘못 알고 있던 거였어요.

제5장

세월이 지나면서 언쇼 씨의 몸은 쇠약해지셨어요. 활동적이고 건강한 분이셨는데 갑자기 원기를 잃으셨지요. 난롯가에 앉아만 계시게 된 뒤로는 짜증이 부쩍 심해지셨어요. 아무것도 아닌 일에 역정을 내셨고, 당신의 권위가 조금이라도 무시된다고 여겨지면 거의 발작을 일으키곤 하셨지요.

그분이 귀여워하는 그 아이를 누가 업신여기거나 못살게 굴 때면 특히 더 그러셨어요. 주인어른은 누가 그 아이에게 한마디라도 몹쓸 소리를 하지 않나 하고 고통스러울 만큼 지나치게 신경을 곤두세우셨어요. 당신이 히스클리프를 귀여워하니까 다들 그 아이를 미워하고 짓궂은 행동을 하려 한다는 생각이 머릿속에 박히신 듯했어요.

주인어른의 이런 태도는 그 아이에게도 좋을 게 없었답니다. 우리들 가운데 마음이 약한 쪽은 주인어른을 화나게 하지 않으려고 히스클리프를 편애하시는 그분의 비위를 맞춰 드렸고, 그 결과 그 아이의 오만과 나쁜 성미를 조장한 셈이 되고 말았으니까요. 그래도 어느 정도는 그럴 수밖에 없었지요. 힌들리 도련님이 비아냥대는 것을 주인 어른이 듣고 굉장히 화내신 적이 두 번인가 세 번 있었는데, 그분은 지팡이를 들어 도련님을 때리려고 하셨지만 그게 잘 안 되자 분에 못이겨 부들부들 떠셨거든요.

마침내 우리 교구의 목사님(당시 이 고장의 목사는 린턴가와 언쇼 가의 아이들에게 글을 가르치고 교회 소유의 자그마한 땅에 농사를 지어 교회의 수입을 충당했답니다.)이 힌들리 도련님을 대학에 보내는 게 좋겠다고 충고하시자, 주인어른도 동의는 하셨지만 별로 내키지 않으셨던 것 같아요. "힌들리 녀석은 싹수가 없어서 어디를 가도 성공할 수 없을걸." 하고 말씀하셨거든요.

저는 이제 집안에 평화가 깃들기를 진심으로 바랐어요. 주인어른께서 좋은 일을 하시고도 골치를 앓아야 한다는 게 속이 상했거든요. 주인어른도 그렇게 말씀하셨지만 그분이 연세가 들면서 울화병에 걸리신 게 가족 간의 불화 때문이라는 생각이 들었어요. 그러나 실은 몸이 쇠약해지셨기 때문이지요.

어쨌거나 하인 조셉과 캐시 아가씨 두 사람만 없었다면 우리는 그럭저럭 편안히 지낼 수 있었을 겁니다. 주인님도 워더링 하이츠에 갔을 때 조셉을 보셨겠지요. 그 영감은 성경 구절을 끄집어내어 자기에게 유리하게 이야기하고 주위 사람들에게 저주를 퍼붓는 굉장히 성가시고 독선적인 위선자였어요. 분명 지금도 그러고 있을 거예요. 그는 종교적인 설교와 이야기에 재주가 있어서 언쇼 주인어른에게 감동을 주곤 했어요. 그래서 그는 주인어른이 점점 쇠약해질수록 더욱더 집안에 영향력을 행사하려 들며 방자해졌지요.

그 영감은 주인어른이 당신의 영혼을 구원하는 일과 아이들을 엄격하게 다스리는 일에 느긋한 마음을 갖지 못하도록 옆에서 끊임없이 다그쳤어요. 힌들리 도련님을 망나니로 여기게끔 주인어른을 충동질했고 밤에는 하루도 빠짐없이 히스클리프와 캐시 아가씨가 잘못한 일을 줄줄이 늘어놓으며 투덜댔어요. 그러면서도 책임을 거의 캐시 아가씨에게 돌려 언쇼 씨가 좋아하는 그 아이를 추켜세우는 것을 잊지 않았지요.

확실히 캐시 아가씨는 다른 어떤 아이에게서도 본 적이 없는 독특한 면을 가지고 있었어요. 하루에도 쉰 번, 아니 그보다 더 자주 우리 모두를 화나게 했지요. 아가씨가 아침에 일어나서 계단을 내려올 때부터 저녁에 잠자러 갈 때까지 우리는 아가씨가 일을 저지르지 않으리라고 한시도 안심할 수 없었답니다. 아가씨는 늘 활기가 넘쳤고, 노래를 부르거나 깔깔대고 웃거나 자기처럼 하지 않는 사람을 귀찮게 하면서 쉴 새 없이 입을 놀렸지요. 제멋대로이고 생기발랄한 말괄량이이기는 했지만 이 교구에서 아가씨만큼 예쁜 눈과 귀여운 웃음과 경쾌한 발걸음을 가진 사람은 없었답니다. 어쨌든 악의는 없는 분이었어요. 일단 누구를 울리기라도 하면 그 옆에서 달래느라 어찌나 애를 썼는지 울던 사람은 아가씨를 안심시키기 위해서라도 울음을 그칠 수밖에 없었으니까요.

아가씨는 히스클리프를 굉장히 좋아했어요. 그래서 아가씨에게 가장 큰 벌은 히스클리프와 떼어 놓는 것이었어요. 그런데 히스클리프를 못살게 굴었다는 이유로 어느 누구보다 꾸중을 많이 듣는 사람도 아가씨였어요.

아가씨는 소꿉놀이를 할 때면 안주인 역을 맡아서 동무들에게 마음껏 손찌검을 하고 명령을 내리는 것을 몹시 좋아했어요. 저한테도 그랬는데, 저는 얻어맞거나 명령을 듣는 건 질색이어서 번번이 대들었지요.

그런데 언쇼 씨는 아이들의 장난을 이해하지 못하셨고, 아이들을 언제나 엄하고 심각하게 대하셨어요. 캐시 아가씨는 아가씨대로 아버지가 병약해지신 뒤로 더욱 신경질적이고 참을성이 없어지신 이유를 납득하지 못했지요.

주인어른이 역정을 내며 꾸짖으시는 걸 아가씨는 오히려 재미있어했고, 그러면 주인어른은 더 화를 내셨어요. 우리 모두가 합세하여 나무라도 눈도 깜짝 않고 당돌하고 뻔뻔한 얼굴로 척척 말대꾸를 했지요. 조셉의 종교적인 저주를 우스갯소리로 만들어 버리는가 하면 심심하면 나한테 와서 지분댔어요. 그리고 아버지가 가장 싫어하는 짓을 했죠. 이를테면 히스클리프가 아가씨 자신의 명령은 무엇이든 따르지만 아버지가 시키는 일은 마음이 내킬 때만 한다는 것을 보여 주며, 자신의 꾸며 댄 거만함(주인어른은 이 거만함이 진짜인 줄 아셨습니다.)이 아버지의 친절보다 히스클리프에게 더 큰 영향력을 발휘한다는 것을 증명하는 것이었어요.

캐시는 온종일 온 힘을 다해 못되게 굴다가 밤이 되면 어리광을 부리며 화해를 청하곤 했어요.

"캐시, 아버지는 너를 귀여워할 수가 없구나. 너는 네 오빠보다도 더 나빠. 가서 기도를 드리고 하느님께 용서를 빌어라. 네 어머니와 내가 너 같은 아이를 기른 것을 후회하게 되지 않을까 싶구나. 그래서 걱정이다."

이런 말을 들은 캐시는 처음에는 울음을 터뜨렸어요. 그런데 계속 거부를 당하다 보니 감정이 무뎌져서, 제가 옆에서 잘못했다고 용서를 빌라고 하면 도리어 깔깔 웃는 것이었어요.

그러다 드디어 언쇼 씨가 이 세상의 근심을 놓으실 때가 왔지요. 그분은 10월의 어느 날 저녁 난롯가 의자에 앉은 채로 조용히 숨을 거두셨어요.

집 주위로 바람이 세차게 몰아치고 굴뚝 속에서도 바람이 왕왕거리는 날이었지요. 사나운 폭풍이 부는 것 같은 소리가 났지만 그렇게 춥지는 않았고, 우리는 모두 한데 모여 있었어요. 저는 난로에서 좀 떨어진 곳에서 부지런히 뜨개질을 하고 있었고 조셉은 탁자 근처에서 성경책을 읽고 있었지요.(당시에는 일이 끝나면 하인들은 대개 거실에 앉아 있었답니다.) 캐시 아가씨는 앓고 난 뒤라 힘이 없었는지 아버지의 무릎에 기댄 채 가만히 앉아 있었고, 히스클리프는 아가씨의 무릎을 베고 바닥에 누워 있었어요.

주인어른이 잠들기 전에 아가씨의 고운 머리카락을 쓰다듬으며(아가씨가 얌전하게 있는 것을 그분은 무척 흐뭇해하셨죠.) "캐시야, 너는 어째서 늘 이렇게 착한 아이일 수 없는 거니?" 하고 말씀하시던 것이 기억납니다.

그러자 아가씨도 고개를 쳐들어 아버지의 얼굴을 보고 웃으며 대답했어요.

"아버지, 아버지는 어째서 늘 이렇게 좋은 분이면 안 되는 건가요?"

주인어른이 다시 역정을 내시자 캐시는 그분의 손에 입을 맞추고 주무시게 노래를 불러 드리겠다고 말했어요. 그러고는 아주 나직한 소리로 노래하기 시작했는데, 이윽고 주인어른의 손이 툭 떨어지고 고개도 앞으로 푹 수그러지셨어요. 그래서 저는 아버지가 깨시지 않게 움직이지 말고 잠자코 있으라고 했어요. 우리 모두는 꼬박 30분 동안 쥐 죽은 듯 조용히 있었어요.

조셉이 성경을 다 읽고 일어서며, 주인어른을 깨워서 기도를 드린 뒤에 잠자리에 드시도록 해야겠다고 말하지 않았다면 우리는 더 오래 그러고 있었을 거예요. 조셉이 앞으로 다가가서 주인어른을 부르며 어깨에 손을 얹었는데 주인어른은 꼼짝도 하지 않으셨죠. 그래서 조셉은 촛불을 들고 어르신을 살펴보았어요.

조셉이 촛불을 내려놓았을 때 저는 뭔가 잘못되었다는 것을 직감했어요. 그래서 아이들 팔을 하나씩 잡고서 "얼른 위층에 올라가서 조용히 있도록 해. 오늘 밤엔 각자 기도해도 된단다. 조셉은 할 일이 있으니까." 하고 속삭였지요.

"먼저 아버지한테 안녕히 주무시라고 인사를 드릴 테야."

캐서린 아가씨는 우리가 말릴 틈도 없이 어르신의 목을 껴안으며 이렇게 말했어요.

가엾게도 아가씨는 아버지가 돌아가신 것을 바로 알아채고는 비명을 질렀어요.

"아, 아버지가 돌아가셨어, 히스클리프! 아버지가 돌아가셨어!"

두 아이 모두 애절한 울음을 터뜨렸어요.

저 역시 그들과 함께 목 놓아 울었지만 조셉은 천국에서 성자가 되신 분을 두고 그렇게 울부짖으면 되겠느냐고 말했지요.

조셉이 저한테 외투를 걸치고 기머튼으로 달려가서 의사와 목사를 모셔 오라고 하더군요. 그때만 해도 저는 그 상황에서 의사나 목사가 무슨 소용이 있을지 납득할 수 없었지만, 비바람을 뚫고 가서 의사를 모셔 왔답니다. 목사는 다음 날 아침에 오겠다고 했지요.

어떻게 된 일인지 설명하는 일은 조셉에게 맡겨 두고 저는 아이들 방으로 달려갔어요. 빠끔히 열린 문틈으로 들여다보니 아이들은 자정이 지난 시각이었는데도 자지 않고 있었어요. 하지만 아까보다 차분해져 있어서 제가 들어가서 달래 줄 필요는 없었지요. 두 아이는 저라면 떠올리지 못했을 기특한 생각으로 서로를 위로하고 있었지요. 이 세상의 어떤 목사도 그 아이들의 순진한 대화 속에 그려진 아름다운 천국보다 더 아름답게 천국을 그려 내지는 못했을 거예요. 흐느끼며 두 아이의 이야기에 귀를 기울이다 보니 우리도 모두 그런 아무 걱정 없는 천국에 가 있다면 얼마나 좋을까, 하는 생각이 들었답니다.

제6장

　대학에 다니느라 멀리 떠나 있던 힌들리 도련님이 장례식 때 집으로 돌아왔어요. 그런데 아내와 함께 온 게 아니겠어요. 우리도 놀라고 동네 사람들도 여기저기서 수군거렸죠. 도련님은 그녀가 어떤 사람이고 어디 태생인지 우리에게 전혀 알려 주지 않았어요. 아마 사람들에게 내세울 만큼 돈이나 명성이 없었나 봐요.

　힌들리의 부인은 집안에 분란을 일으킬 사람은 아닌 것 같았어요. 현관의 문턱을 넘고 집 안에 들어서는 순간 눈에 들어온 모든 물건에 흡족해하는 눈치였어요. 그리고 장례식 준비와 거기에 와 있는 문상객들만 빼면 모든 상황에 만족해하는 것 같았어요.

　장례를 치르는 동안에 그녀가 보여 준 행동은 좀 모자란 사람이 아닌가 하는 생각이 들게 했답니다. 제가 아이들 옷을 입히고 있는데, 갑자기 자기 방으로 뛰어 들어가더니 나보고 와 달라고 하더군요. 그녀는 방에 앉아 부들부들 떨며 양손을 꼭 맞잡은 채 되풀이해서 물었지요.

"다들 아직 안 갔어요?"

그러고는 검은 상복을 보면 어떤 기분이 드는지 마치 히스테리에 걸린 사람처럼 격한 감정으로 설명하기 시작하는 것이었어요. 그러다 흠칫 놀라 부르르 떨더니 종내는 울음을 터뜨렸지요. 제가 왜 그러느냐고 물으니 자기도 잘 모르겠지만 죽는 게 너무 두렵다고 대답했어요. 하지만 그녀는 나만큼이나 죽을 날이 먼 사람처럼 보였어요. 몸이 다소 가냘픈 편이긴 했지만 아주 젊었고 싱싱한 피부와 다이아몬드처럼 반짝이는 눈을 가지고 있었거든요. 그런데 계단을 오를 때면 몹시 헐떡거렸고 갑자기 조그만 소음이라도 들릴라 치면 놀라서 온몸을 부르르 떨었으며, 때때로 기침을 심하게 하는 것을 본 적이 있기는 했어요. 하지만 저는 이런 증상이 어떤 병을 예고하는 것인지 전혀 알지 못했고 그녀를 가여워하고 싶은 마음도 별로 없었어요.

록우드 씨, 이 고장 사람들은 상대편에서 먼저 마음을 주지 않는 한, 대체로 타지에서 온 사람들을 좋아하지 않는답니다.

힌들리 도련님은 객지에 나가 있는 3년 사이 상당히 변해 있었어요. 몸은 여위였고 건강하던 혈색이 없어졌고 말씨나 차림새도 아주 달라져 있었지요. 그분은 돌아온 바로 그날, 거실은 자기가 쓸 테니 조셉과 저는 이제부터 건물 뒤쪽 부엌을 쓰라고 하더군요. 실은 비어 있는 작은 방에 양탄자를 깔고 도배를 해서 거실로 쓰고 싶었던 모양인데, 그분의 부인이 거실의 흰 바닥과 빨간 불꽃을 내며 타는 큼직한 벽난로, 백랍 접시와 도자기 찬장이며 개집, 그리고 늘 앉아 있는 곳에 이리저리 움직일 수 있는 넓은 공간이 있는 걸 무척 마음에 들어 했기 때문에 부인을 위해서 따로 방을 꾸미려는 계획을 접었나 봅니다.

그의 부인은 또한 새 식구 중에 어린 시누이가 있는 것을 알고 기뻐했어요. 그래서 처음에는 캐서린 아가씨에게 혀짤배기소리로 이야기도 해 주고, 뽀뽀도 하고, 같이 뛰어다니고, 선물도 많이 주며 무척 귀여워했어요. 그런데 금방 그 애정이 시들해졌지요. 부인이 신경이 날카로워져 있으면 젊은 주인은 폭군이 되곤 했어요. 히스클리프가 싫다는 그녀의 몇 마디 말은 그 아이에 대한 그의 오래된 증오를 그대로 되살려 내기에 충분했어요. 젊은 주인은 함께 지내던 히스클리프를 하인들이 있는 곳으로 쫓아 버렸고, 목사에게 글을 배우던 것도 중단시키고, 대신 밖에 나가서 일을 해야 한다고 주장했어요. 그리고 농장에서 일하는 여느 일꾼과 마찬가지로 고된 일을 시켰지요.

히스클리프는 하인으로 진락한 이런 상황을 처음에는 잘 견뎌 냈답니다. 캐시 아가씨가 자기가 배운 것을 가르쳐 주고 들판에서 함께 일하고 놀았으니까요. 이 아이들은 둘 다 야만인처럼 거칠게 자라날 게 뻔했어요. 젊은 주인은 자기 눈에 띄지만 않으면 아이들이 어떻게 행동하고 무슨 짓을 하든 전혀 개의치 않았거든요. 심지어 일요일에 교회에 보내는 것도 챙기지 않았지요. 아이들이 교회에 나가지 않아서 조셉과 목사님이 그의 무관심을 나무라면 그제야 생각이 난 듯 히스클리프에게는 매질을 하고 캐서린 아가씨에게는 점심이나 저녁을 굶기라고 명령하곤 했어요.

그 두 아이는 아침에 황야로 달아나서 하루 종일 돌아오지 않는 것을 무척 재미있어 했어요. 나중에 벌을 받는 것쯤은 차츰 웃어넘길 수 있는 일이 되어 버리고 말았지요. 그에 대한 벌로 목사님이 캐서린에게 아무리 많은 장을 외우라고 시키고, 조셉이 팔이 아프도록 히스클리프를 때려도 두 아이는 다시 함께만 있게 되면, 그리고 짓궂은 복수의 계획을 세우는 순간만 되면, 모든 걸 까맣게 잊어 버렸답니다. 저는 그들이 나날이 더 무모해지는 것을 보고 잔소리 한마디 하지 못한 채 혼자 숱하게 울었어요. 의지가지없는 그들이 조금이나마 저한테 마음을 기대고 있는데 그마저 잃게 될까 봐 두려웠거든요.

어느 일요일 저녁에는 아이들이 떠들어서였는지 아니면 그와 비슷한 대수롭지 않은 일로 거실에서 쫓겨났는데, 제가 저녁을 먹으라고 부르러 가 보니 어디에도 없었어요.

온 식구가 위아래 층으로, 마당과 마구간으로 다 찾으러 다녔지만 아이들은 보이지 않았어요. 마침내 화가 머리끝까지 난 힌들리 서방님은 문을 모두 걸어 잠그라고 하고는 그날 밤에는 누구도 그 아이들을 집에 들여놓아서는 안 된다고 명령했어요.

집안사람들이 모두 잠자리에 들었지만 저는 너무 걱정이 되어 누울 수 없었답니다. 비가 오는데도 창문을 열고 얼굴을 내밀어 밖에 무슨 기척이 없는지 귀를 기울였어요. 아이들이 돌아오면 주인의 명령을 어기고서라도 문을 열어 줄 작정이었지요.

잠시 후에 길을 걸어오는 발소리가 들리더니 초롱 불빛이 대문 쪽에서 비쳐 들었어요. 저는 아이들이 문을 두드려서 언쇼 씨를 깨울까봐 솔을 뒤집어쓰고 황급히 달려갔어요. 그런데 히스클리프 혼자뿐이었어요. 저는 깜짝 놀랐지요.

"캐서린 아가씨는 어디 가고 너 혼자야? 사고가 난 건 아니겠지?"

제가 다급히 소리쳤어요.

"스러시크로스 저택에 있어. 나도 거기에 있고 싶었지만 그 집 사람들은 도무지 예의를 몰라서 내게는 자고 가라고 하지 않더군."

"저런, 또 한바탕 꾸중을 듣겠구나! 쫓겨나야만 속이 시원하겠니? 대체 스러시크로스 저택까진 뭐하러 갔어?"

"젖은 옷이나 좀 갈아입고, 다 이야기해 줄게, 넬리."

그가 대답했어요.

저는 주인이 깨지 않도록 조심하라고 이르고는 히스클리프가 옷을 갈아입을 수 있게 촛불을 들고 기다려 주었어요. 그 아이는 이야기를 계속했어요.

"캐시와 나는 마음대로 돌아다니려고 빨래터로 해서 도망을 쳤어. 돌아다니다 보니 그레인지 저택에서 새어 나온 불빛이 언뜻 보이더라. 그래서 린턴 집안에서도 일요일 저녁에 어른들은 먹고 마시고 노래하고 웃고 불가에서 눈알이 탈 정도로 불을 쬐는데 아이들은 구석에 서서 덜덜 떨고 있나 가 보고 싶어졌어. 그럴 거라고 생각해? 아니면 설교집을 읽고 머슴한테 교리문답을 받다 옳게 대답하지 못하면 사람 이름이 줄줄이 이어지는 성경의 세로단 전체를 외우라고 할 것 같아?"

"아마 그러지 않겠지."

제가 대답했어요.

"그 집 아이들은 틀림없이 착할 테니까 너희처럼 나쁜 짓을 해서 벌을 받는 일은 없을 거야."

"설교는 그만둬, 넬리, 그건 터무니없는 소리야! 우리는 언덕 꼭대기에서 그 집 숲까지 쉬지 않고 달려 내려갔어. 그 경주에서 캐서린이 완전히 졌어. 캐서린은 맨발이었거든. 늪에 빠뜨린 캐서린의 신발은 내일 넬리가 찾아 줘. 우리는 부서진 울타리 사이로 기어 들어가 길을 더듬어 올라가서는 응접실 창문 밑 화단에 자리를 잡았어. 거기서 불빛이 새어 나오고 있었지. 그때까지 덧창도 닫지 않았고 커튼도 반밖에 쳐 놓지 않았더군. 받침돌 위에 서서 창턱에 매달리니까 우리는 둘 다 안을 들여다볼 수 있었어.

아! 정말 아름다웠어. 바닥에는 진홍빛 양탄자가 깔려 있고, 의자와 탁자에도 진홍빛 보가 씌워져 있고, 새하얀 천장에는 금빛 테가 둘러져 있는데 그 한복판에서는 은빛 사슬에 매달린 유리 장식들이 작은 초에서 나오는 불빛을 은은하게 흘려보내고 있었지. 린턴 부부는 거기에 없더군. 에드거와 그의 여동생이 응접실을 독차지하고 있었어. 그럼 행복해야 하는 거 아닌가? 우리 같았으면 천국에 있는 것처럼 행복했을 거야. 넬리가 착하다고 하는 그 아이들이 뭘 하고 있었는지 알아? 이사벨라(캐시보다 한 살 어리니까 열한 살일 거야.)는 한쪽 끝에 누워 마치 마녀들이 뜨겁게 달군 바늘로 자기를 찌르고 있기라도 하는 것처럼 비명을 질러 대고 있었어. 에드거는 벽난로 앞에 서서 소리 없이 울고 있었고, 탁자 한가운데에서는 강아지 한 마리가 발을 부들부들 떨면서 짖어 댔어. 서로 네 탓이라고 나무라는 말을 들어 보니 둘이서 그 개를 거의 두 동강이 날 만큼 잡아당기고 있었던 거야. 바보 같은 것들! 그 따뜻한 털 뭉치를 누가 안을지 싸우며 서로 빼앗으려고 하더니, 그다음엔 서로 너나 가져라 하고 우는 꼴이라니! 나 원 참, 그게 그 아이들이 노는 방식이더라고! 우리는 그 응석받이들을 비웃으며 큰 소리로 웃었어. 내가 캐서린이 원하는 것을 빼앗으려 하거나, 우리가 거실 전체를 독차지한 채 바닥을 구르고 악쓰며 울면서 노는 것을 한 번이라도 본 적 있어? 나는 골백번 다시 태어난다 해도 이곳의 내 처지를 스러시크로스 저택의 에드거 린턴의 처지와 바꾸지 않을 거야. 설령 조셉을 집 꼭대기에서 내던지고 이 집 정면을 힌들리의 피로 칠할 권리를 내가 가질 수 있다고 해도 말이야!"

"쉿!"

제가 말을 막았어요.

"히스클리프, 캐서린 아가씨가 어떻게 그 집에 남게 되었는지 아직 얘기 안 했지?"

"우리가 웃은 것까지 이야기했어. 그 집 아이들이 우리의 웃음소리를 듣고 의논이라도 한 것처럼 동시에 쏜살같이 문간으로 달려왔어. 잠시 조용하더니 소리를 지르더군. 아! 엄마, 엄마! 아, 아빠! 이리 와 보세요! 빨리요! 그 아이들은 정말 그렇게 아우성을 쳤어. 우리는 더욱더 겁주려고 일부러 무서운 소리를 내며 놀려 줬어. 그런데 그때 빗장을 당기는 소리가 들리더라고. 그래서 우리는 창턱에서 뛰어내리고는 도망가야겠다고 생각했어. 나는 캐시의 손을 잡고 빨리 가자고 재촉했는데, 캐시가 갑자기 넘어지는 거야.

'도망쳐, 히스클리프, 얼른 도망쳐! 이 집 사람들이 풀어놓은 불도 그가 나를 물고 있어!' 하고 캐시가 속삭였어. 넬리, 정말 그놈이 캐시의 발뒤꿈치를 물었지 뭐야. 그놈이 음흉하게 코를 킁킁대는 소리가 들렸어. 그래도 캐시는 소리를 지르지 않았지. 정말 그랬어! 캐시는 미친 암소의 뿔에 찔렸어도 울부짖는 걸 창피하게 여겼을 거야. 그래도 나는 소리를 질렀어. 이 세상 어느 악마보다도 더 무섭게 고래고래 욕을 해 댔어. 그리고 돌멩이를 집어서 개의 아가리에 쑤셔 넣고는 목구멍으로 힘껏 밀어 넣었지. 막판에 짐승 같은 머슴이 초롱을 들고 나타나더니 이렇게 소리치더군.

'꽉 물고 있어, 스컬커, 꽉 물어!'

하지만 스컬커가 물고 있는 게 캐시인 걸 보자 어조가 달라졌어. 개의 목을 졸라 떼어 놓았더니, 개는 큼직한 자주색 혓바닥을 한 뼘이나 늘어뜨리고 축 늘어진 입술 사이로 피 섞인 침을 줄줄 흘리더라고.

머슴이 캐시를 부축해서 일으켰는데 얼굴이 새파랗게 질려 있었어. 무서워서가 아니라 아파서 그랬을 거야. 그건 내가 알아. 머슴은 캐시를 집으로 안고 들어갔고, 나는 저주와 복수의 말을 내뱉으며 뒤를 따랐어.

'로버트, 뭐가 잡힌 거야?'

린턴 씨가 현관에서 소리치더군.

'스컬커가 계집아이를 하나 붙잡았어요.' 하고 머슴이 대답했어.

'그리고 여기 사내놈도 있어요.'라고 덧붙이며 나를 꽉 움켜잡았지.

'아주 고약한 놈이에요! 도둑놈들이 이 아이들을 창문으로 들여보내려고 했던 것 같아요. 우리가 잠든 뒤에 저희 패거리에게 문을 열게 해서 손쉽게 우리를 죽이려 했을 거예요! 입 닥치지 못해, 이 주둥이 더러운 도둑 놈아! 이런 짓을 했으니 너는 교수대로 가게 될 거다. 주인어른, 총을 치우지 마세요!'

'그래, 알았네, 로버트!'

그 바보 같은 영감이 말하더군.

'악당 놈들이 어제가 소작료 받는 날이라는 걸 귀신같이 알고 우리 집을 털려고 한 게로군. 이리로 들어오게, 내가 그 애들을 맞이할 테니. 이봐, 존, 문고리를 걸어서 문단속을 하게. 제니는 스컬커에게 물 좀 주고. 겁도 없이 치안판사 집에, 그것도 안식일에 침입하려 하다니! 이놈들 이거 너무 뻔뻔한 거 아냐? 아, 여보, 메리, 이리 좀 와 보구려! 아이는 아이니까 무서워하지는 말고. 그런데 이놈 이거 얼굴 찌푸리는 것하며 확실히 악당 티가 나는구먼. 이런 놈은 천성이 얼굴뿐 아니라 행실로 나타나기 전에 당장 교수형에 처하는 게 이 고장을 위하는 길이 아닐까?'

그 집 주인은 나를 샹들리에 아래로 끌고 갔고, 린턴 부인은 코에 안경을 걸치고 무서워서 벌벌 떨더군. 겁쟁이 아이들도 살그머니 다가왔는데, 이사벨라는 혀짤배기소리로 이렇게 종알대더군.

'아, 무서워! 아빠, 그 애를 지하실에 가둬요. 저번에 내가 길들여 놓은 꿩을 훔쳐 간 점쟁이 아들과 꼭 닮았네. 그치 않아, 오빠?'

그들이 나를 살피는 동안 기운을 차린 캐시가 이사벨라의 마지막 말을 듣고 웃음을 터뜨렸어. 에드거 린턴은 호기심 어린 눈으로 캐시를 물끄러미 쳐다보다 그제야 겨우 캐시를 알아보더군. 넬리도 알겠지만 그 집 아이들과 우리는 교회에서 마주치곤 했잖아. 다른 데서는 만날 일이 좀처럼 없었지만 말이야.

'저 애는 언쇼 씨 딸이에요! 보세요, 스컬커가 저 애를 물었어요. 발에서 피가 나요!' 하고 에드거가 자기 어머니에게 속삭였어.

'언쇼 씨 따님이라고? 말도 안 돼!'

린턴 부인이 외치더군.

'언쇼 양이 집시와 이 근방을 돌아다닐 리가 있겠어! 그런데 상복을 입은 걸 보니 그런 것 같기도 해. 평생 다리를 절게 될지도 모르는데 어떡하니!'

'저 아이 오빠가 너무 무관심한 탓이야!'

나를 보고 있던 린턴 씨가 캐서린 쪽을 돌아보며 소리쳤어.

'쉴더스(목사)한테서 들었는데, 그 오빠란 사람이 저 아이를 완전히 이교도처럼 자라게 방치한다는 거야. 그렇다면 이 녀석은 누구지? 어디서 이 녀석을 알게 되었을까? 옳거니! 이놈이 죽은 언쇼 씨가 리버풀에 갔을 때 주워 온 아이로군. 동인도인 뱃사람이 뿌린 씨이거나 아메리카 인디언 아니면, 스페인인 뱃사람이 버리고 간 아이일 거야.'

'어쨌든 지독한 아이예요.'

린턴 부인이 말했어.

'점잖은 집안에 어울리는 아이가 아니에요. 아까 이 아이의 입에서 나오는 욕지거리를 들었어요, 여보? 우리 아이들이 그 소리를 들었다고 생각하면 소름이 끼쳐요.'

그래서 나는 또 욕을 한바탕 퍼부어 주었어. 화내지 마, 넬리. 그러자 로버트를 시켜서 나를 끌어내더군. 나는 캐서린 없이는 돌아갈 수 없다고 버텼지만, 로버트는 나를 뜰로 끌고 나가더니 초롱을 내 손에 쥐어 주고는 내가 한 짓을 언쇼 씨에게 반드시 알리겠다고 을러대며 당장 꺼지라고 하면서 문을 닫아 버렸어.

그 집의 커튼 한쪽이 아직 열려 있었어. 그래서 처음에 엿보던 장소로 가서 다시 몰래 안을 들여다보았지. 캐서린이 집에 돌아가고 싶어 하는데 그 집 사람들이 놓아 주지 않는다면 그 큼직한 창유리를 산산이 부셔 버릴 작정이었거든.

캐서린은 소파에 조용히 앉아 있더군. 린턴 부인은 우리가 몰래 빠져나가려고 슬쩍한 소젖 짜는 하녀의 회색 외투를 벗겨 주고는 고개를 절레절레 흔들며 캐서린에게 뭐라고 타이르는 것 같았어. 캐서린은 언쇼가의 아가씨니까 나오는 대우가 달랐지. 하녀가 더운 물을 한 대야 가지고 와서 캐시의 발을 씻겨 주었어. 그리고 린턴 씨는 큰 잔에 니거스 주(따뜻한 물에 포도주, 설탕, 레몬 등을 넣은 음료_옮긴이)를 타 주었지. 이사벨라는 수북이 담긴 과자 한 접시를 캐시의 치마폭에 쏟아 주었고, 에드거는 좀 떨어진 곳에 서서 입을 헤벌린 채 캐시를 쳐다보고 있었어. 좀 있다가 그들은 캐시의 아름다운 머리칼을 말려서 빗겨 주고, 큼직한 슬리퍼를 신겨서 캐시가 앉은 의자를 벽난로 앞으로 밀어 주었어. 캐시는 강아지와 스컬커에게 과자를 나누어 주고, 그것을 먹는 스컬커의 코를 잡아당기며 매우 즐거워했어. 그래서 나는 캐시를 그 집에 두고 그냥 오기로 했지. 캐시를 바라보는 린턴가 사람들의 멍한 푸른 눈에도 생기가 도는 것 같았어. 캐시의 매혹적인 얼굴이 희미하게 반사된 것이겠지. 그들은 캐시를 찬탄의 눈길로 쳐다보았어. 캐시는 그들보다, 아니 이 세상 어느 누구보다도 훨씬 멋있잖아. 안 그래, 넬리?"

"이번 일은 네가 생각하는 것보다 훨씬 더 심각한 결과를 빚을 거야."라고 저는 대답하고는 그에게 이불을 덮어 주고 불을 껐지요.

"너는 구제불능이야, 히스클리프. 두고 봐. 힌들리 서방님이 가만있지 않을걸."

제가 원한 것은 아니지만 이 말은 적중하고 말았답니다. 자초지종을 들은 힌들리 서방님은 미친 듯이 화를 냈어요. 게다가 이튿날 아침 린턴 씨는 사태를 수습하기 위해 직접 찾아와서 젊은 주인인 서방님에게 집 안을 다스리는 방법에 대해 훈계를 늘어놓았어요. 이에 자극을 받은 힌들리 서방님은 집안 단속을 해야겠다고 했지요.

히스클리프는 매질을 당하지는 않았지만 그때부터 캐서린에게 한마디라도 말을 걸면 당장 쫓아내겠다는 통고를 받았어요. 그리고 캐시가 돌아오면 언쇼 부인이 적당히 감독하기로 했어요. 강압적으로가 아니라 영리하게 기술적으로 해 볼 작정이었지요. 강제로 해 봐야 될 일도 아니었으니까요.

제7장

　캐시 아가씨는 크리스마스 때까지 5주 동안 스러시크로스 저택에서 지냈답니다. 그동안 개에게 물린 상처가 완전히 나았고 몸가짐도 많이 얌전해졌지요. 언쇼 부인은 틈이 날 때마다 자주 아가씨를 방문하여 고운 옷을 입히고 칭찬을 함으로써 아가씨로 하여금 자존심을 갖게 해서 새사람으로 바꾸려는 계획에 착수했답니다. 캐시 아가씨도 싫어하지 않고 그 계획에 순순히 응했지요. 그리하여 아가씨가 집에 돌아왔을 때에는 모자도 없이 뛰어 들어와 우리 모두를 숨도 못 쉬게 얼싸안는 왈가닥 소녀가 아니었어요. 걸을 때 두 손으로 옷자락을 들어 올리며 우아하게 걸어야 하는 기다란 승마복을 입고 깃털 장식이 달린 비버 모피 모자 아래로 갈색 곱슬머리를 늘어뜨린 아주 품위 있는 아가씨가 멋진 검은색 말에서 내리는 게 아니겠어요.

　힌들리 서방님은 캐서린을 말에서 내려 주면서 흡족한 듯이 소리쳤어요.

　"아니, 캐시, 너 아주 예뻐졌구나! 몰라보겠는데. 이제 숙녀가 다

되었네. 이사벨라 린턴과는 비교도 안 되겠어 그렇지, 프랜시스?"

"이사벨라는 타고난 바탕이 없는걸요."

그의 아내가 대답했어요.

"하지만 아가씨도 이곳에서 다시 흐트러지는 일이 없도록 조심해야 해요. 엘렌, 캐서린 아가씨가 승마복 벗는 것 좀 도와줘. 잠깐만, 아가씨, 머리가 헝클어지겠어요. 내가 모자 끈을 풀어 줄게요."

제가 승마복을 벗기자 속에 입은 옷이 드러났는데 격자무늬의 멋진 실크드레스와 흰색 바지, 반들반들한 구두가 눈이 부질 정도였어요. 개들이 반가워하며 뛰어왔을 때 캐시는 눈을 반짝이며 기뻐했지만 예쁜 옷이 더러워질까 봐 손도 대지 않았지요.

캐서린 아가씨는 저한테 살짝 입을 맞추고(그때 저는 크리스마스 케이크를 만들고 있던 중이라 온몸에 밀가루를 뒤집어쓰고 있어서 껴안을 수 없었을 거예요.) 히스클리프를 찾아 두리번거렸어요. 언쇼 씨 부부는 캐시 아가씨와 히스클리프의 재회를 걱정스럽게 지켜보았어요. 그 모습을 보면 둘을 떼어 놓을 수 있을지 없을지를 판단할 수 있을 거라 여겼지요.

처음에는 히스클리프가 눈에 띄지 않았어요. 캐서린 아가씨가 집을 비우기 전에도 히스클리프는 자신의 외모에 무관심했고 다른 사람들도 그를 돌봐 주지 않았지만, 캐서린 아가씨가 없는 동안에는 열 배나 더 그랬답니다.

더러운 아이라고 나무라며 1주일에 한 번은 몸을 씻으라고 말하는 친절을 베푼 사람도 저 이외에는 아무도 없었어요. 게다가 그 나이 또래의 아이들은 천성적으로 비누와 물을 별로 좋아하지 않잖아요. 그래서 진흙과 먼지투성이가 된 채로 석 달 동안 입은 옷과 빗지 않은 숱 많은 머리칼은 말할 것도 없고, 얼굴과 손이 끔찍할 정도로 더러웠지요. 헝클어진 머리로 나타날 줄 알았던 제 짝이 너무도 아름답고 우아한 아가씨가 되어 돌아온 걸 보았으니, 그가 긴 의자 뒤로 숨어 버린 것도 무리는 아니었지요.

"히스클리프는 집에 없어?"

캐서린 아가씨가 장갑을 벗으며 말했어요. 아가씨의 손가락은 실내에서 아무 일도 하지 않고 지낸 덕에 놀랍도록 하얘져 있었어요.

"히스클리프, 나와도 좋다."

힌들리 서방님이 외쳤어요. 그는 히스클리프가 난처해하는 것을 재미있어 하며 그 아이가 어쩔 수 없이 험상궂은 모습으로 캐시 아가씨 앞에 나서는 장면을 보게 되어서 만족스러운 것 같았어요.

"다른 하인들처럼 너도 나와서 캐서린 아가씨에게 인사드려야지."

캐시 아가씨는 숨어 있는 친구를 얼핏 보고는 쏜살같이 달려가 껴안았어요. 눈 깜짝할 사이에 예닐곱 번이나 뽀뽀를 하고는 뒤로 물러나더니 깔깔 웃으며 소리쳤지요.

"아니, 어쩌면 이렇게 시커멓고 골난 얼굴을 하고 있는 거니? 표정이 왜 이렇게 괴상하고 험악해? 내가 에드거와 이사벨라 린턴의 얼굴만 보다 와서 그런가 봐. 그런데 히스클리프, 날 잊어버렸니?"

아가씨가 이렇게 물어본 데에는 이유가 있었지요. 그의 얼굴이 수치심과 자존심 때문에 두 배로 어두워진 데다 꼼짝도 하지 않았거든요.

"악수해라, 히스클리프. 가끔 그 정도는 봐줘야지, 뭐."

선심이라도 쓰듯 힌들리 서방님이 말했어요.

"싫어! 난 웃음거리가 되고 싶지 않아. 그건 견딜 수 없어!"

마침내 히스클리프가 입을 떼어 대답했어요.

그리고 히스클리프는 그 자리를 빠져나가려고 했지만 캐시 아가씨가 다시 붙잡았어요.

"너를 비웃으려고 했던 건 아냐. 저절로 웃음이 나오는 걸 어떡해. 히스클리프, 그래도 악수는 하자. 뭣 때문에 그렇게 심통을 부리는 거니? 네가 이상하게 보여서 그랬을 뿐이야. 세수하고 빗질하면 괜찮을 거야. 하지만 지금은 너무 더럽다, 애!"

캐서린 아가씨는 잡고 있던 그의 거무스레한 손가락을 가만히 쳐다보다가, 자기 옷도 살펴보았어요. 히스클리프의 손에 닿아서 더러워지지나 않았는지 걱정이 된 거죠.

"나하고 악수할 필요는 없어!"

캐시 아가씨의 눈길을 따라가던 히스클리프가 얼른 손을 빼며 대답했어요.

"더럽든 말든 내 맘이야. 난 더러운 게 좋아, 앞으로도 계속 더럽게 하고 다닐거라고."

이렇게 말하고는 밖으로 뛰쳐나갔지요. 그때 언쇼 부부는 깔깔대며 웃고 있었고 캐서린 아가씨는 굉장히 당황했어요. 자기가 한 어떤 말이 그를 화나게 했는지 이해할 수 없었으니까요.

집에 돌아온 아가씨의 시중을 들고 난 뒤, 저는 과자를 오븐에 넣고 크리스마스이브답게 거실과 부엌에 불을 잔뜩 지펴 훈훈하게 하고서, 편안히 앉아 크리스마스 캐럴을 부르며 혼자 기분을 내기로 했답니다. 조셉은 제가 즐겨 부르는 캐럴이 일반적인 노래(그는 노래를 속된 것으로 여겼어요.)와 다를 게 없다고 단언했지만 저는 그 말에 개의치 않았어요.

그는 벌써 자기 방에 틀어박혀 혼자 기도를 드리고 있었고, 주인 내외는 캐서린 아가씨를 돌봐 준 데 대한 보답으로 린턴 씨 댁 아이들에게 줄 선물로 사 온 각양각색의 화려한 물건들을 내보이며 캐서린 아가씨의 관심을 끌고 있었죠.

그들은 크리스마스에 워더링 하이츠에서 함께 지내자고 린턴 씨 댁 아이들을 초대했고, 그들로부터 초대에 응하겠다는 답장을 받았지만 거기에는 한 가지 조건이 있었답니다. 린턴 부인은 '버릇없는 욕쟁이 소년'이 자기 아이들 곁에 가지 못하도록 주의해 달라고 단단히 부탁했지요.

이렇게 제각각 크리스마스 준비로 분주한 가운데 저는 혼자 남아 있었답니다. 향료가 데워지면서 진한 향기가 풍겼어요. 반짝이는 주방 용구, 호랑가시나무로 장식한 반들반들한 시계, 저녁 식사 때 포도주와 향료를 섞은 맥주를 바로 따를 수 있도록 쟁반 위에 늘어놓은 은잔들, 그리고 제가 특별히 신경 써서 문질러 닦고 말끔히 쓸어 놓아 먼지 한 톨 없이 깨끗한 마룻바닥을 저는 뿌듯하게 바라보았어요.

마음속으로 그 하나하나에 박수를 보내고 나자, 전에는 이렇게 모든 것을 깨끗이 정돈해 놓으면 언쇼 어른이 들어오셔서 바지런하다고 칭찬하시며 크리스마스 선물로 1실링짜리 은화를 제 손에 살짝 쥐어 주시던 생각이 나더군요. 그러자 그분이 히스클리프를 귀여워하시던 일, 그리고 당신이 돌아가신 다음에 히스클리프가 홀대를 받지 않을까 염려하시던 일들 또한 생각났지요. 이런 생각은 자연히 그 아이의 불쌍한 처지에 대한 연민으로 이어졌어요. 그러자 노래를 부르다 갑자기 울고 싶어졌지요. 하지만 눈물을 흘리기보다는 그 아이가 구박으로 인해 받은 상처가 조금이나마 낫도록 위로해 주는 것이 더욱 현명한 일이라는 생각이 들었지요. 그래서 저는 자리를 털고 일어나서 그를 찾아 안뜰로 갔습니다.

그는 멀지 않은 곳에 있었어요. 마구간에서 새로 들어온 조랑말의 윤기 흐르는 털을 쓸어 주고, 늘 해 오던 대로 다른 말들에게 먹이를 주고 있었죠.

"서둘러, 히스클리프! 부엌이 참 아늑하단다. 조셉은 위층에 올라갔어. 얼른 일을 마치면 캐시 아가씨가 나오기 전에 내가 멋있게 옷을 입혀 줄게. 그러면 아가씨와 함께 난로를 독차지하고 앉아서 잠자리에 들 때까지 오랜 시간 이야기를 나눌 수 있을 거야."

제가 말했어요.

히스클리프는 하던 일만 계속할 뿐 제 쪽으로는 얼굴도 돌리지 않았답니다.

"얼른 와, 올 거지?"

저는 계속 말을 했어요.

"아가씨와 네게 줄 케이크도 충분히 만들어 놨어. 몸단장을 하고 옷을 입는 데 한 30분은 걸릴 거야."

5분쯤 기다렸지만 아무런 대답이 없자, 저는 그냥 그를 그렇게 두고 혼자 되돌아왔어요.

캐서린 아가씨는 오빠와 올케와 함께 저녁을 들었고, 저와 조셉은 한쪽에서 잔소리를 하면 다른 한쪽에서 거만을 떠는 전혀 화목하지 않은 분위기에서 함께 식사를 했죠. 히스클리프의 케이크와 치즈는 마치 요정을 위한 것인 양 밤새도록 식탁 위에 놓여 있었어요. 그는 아홉 시까지 일을 한 뒤에 부루퉁한 얼굴을 하고 아무 말도 없이 자기 방으로 가 버렸어요.

캐시 아가씨는 새로 사귄 친구들을 맞을 준비로 이런저런 명령을 하느라 밤늦게까지 깨어 있었죠. 그러다 옛 친구와 이야기를 나누려고 부엌에 한번 들렀지만 히스클리프가 벌써 제 방으로 가고 없자 대체 그에게 무슨 일이 있는 거냐고 묻고는 돌아갔지요.

다음 날 아침, 일찍 일어난 히스클리프는 찌무룩한 기분인 채 황야로 나가서는, 사람들이 모두 교회에 갔을 때에야 집에 돌아왔어요. 단식과 명상 덕분인지 그의 기분이 한결 좋아진 것 같았어요. 그는 잠시 내 주위를 얼쩡거리다 큰 용기를 낸 듯 불쑥 이렇게 소리쳤어요.

"넬리, 나 좀 보기 좋게 만들어 줘. 나도 점잖아지고 싶어."

"생각 잘했어, 히스클리프."

제가 말했어요.

"너 때문에 캐서린 아가씨가 얼마나 속상해했는지 아니? 어쩌면 집에 돌아온 걸 후회하고 있을지도 몰라. 사람들이 너보다 아가씨를 더 위하니까 네가 시기하는 것처럼 보였거든."

그는 캐서린 아가씨를 시기한다는 말은 이해하지 못했지만 그녀를 속상하게 한다는 말은 분명히 이해할 수 있었지요.

"캐서린이 속상하다고 그래?"

히스클리프가 아주 심각한 얼굴로 물었어요.

"오늘 아침에도 네가 그냥 나가 버렸다고 하니까 눈물 흘리던걸."

"나도 어젯밤에 울었어. 그리고 울 이유야 내가 캐시보다 더 많지."

그가 대답했어요.

"그래, 오기를 부리며 주린 배를 안고 잠자리에 들 이유가 퍽도 있었겠다. 오만한 사람은 스스로 슬픔을 불러들이는 법이야. 고약하게 굴어서 미안하다면 아가씨가 들어왔을 때 사과하도록 하렴. 다가가서 입을 맞춘 다음 말을 해. 뭐라고 말해야 할지는 네가 잘 알고 있을 거야. 아가씨의 옷차림이 우아하게 바뀌었다고 아가씨를 낯선 사람처럼 여기지 말고, 마음을 열고 쾌활하게 이야기하렴. 지금 나는 정찬을 준비해야 하지만 틈을 내서 너를 멋지게 꾸며 줄게. 에드거 린턴이 네 옆에 오면 고작 인형 정도로밖에 보이지 않도록 말이야. 사실이 그렇지 뭐. 네가 에드거보다 나이는 어리지만 틀림없이 키도 더 크고 어깨도 두 배로 넓을 거야. 에드거쯤은 한 방에 쓰러뜨릴 수 있을 텐데 뭘, 그렇게 생각하지 않니?"

히스클리프의 얼굴이 순간 밝아졌다가 이내 다시 어두워지더니, 한숨을 내쉬며 이렇게 말하더군요.

"하지만 넬리. 내가 그 녀석을 스무 번쯤 때려눕힌다고 해도 그 녀석이 덜 멋있어지고 내가 더 멋있어지는 것은 아니겠지. 나도 머리가 금발이고 살결이 희었으면 좋겠어! 그리고 그 녀석처럼 옷도 잘 입고 행실도 점잖고 부자가 될 수 있다면 얼마나 좋을까!"

"걸핏하면 엄마를 외쳐 대고, 촌놈이 주먹을 쳐들기만 해도 벌벌 떨고, 소나기가 온다고 하루 종일 집에 처박혀 있고 싶다 이거지? 히스클리프, 왜 이렇게 자신이 없는 거야? 자, 거울 앞으로 와 봐. 네가 어떤 모습으로 바뀔 수 있는지 보여 줄게. 네 두 눈 사이에 있는 두 줄의 주름살, 아치 모양처럼 가운뎃 부분이 올라가지 않고 내려와 있는 저 짙은 눈썹, 한 쌍의 검은 악마같이 깊이 파묻힌 채 당당하게 창문을 열지 않고 악마의 첩자처럼 음험하게 숨어서 번쩍이는 두 눈이 보이니? 시무룩한 주름살을 활짝 펴고, 눈꺼풀을 솔직하게 뜨고, 악마 같은 두 눈을 자신 있고 순수한 천사의 눈으로 바꿔 봐. 어떤 것도 의심하지 않고, 누구든 적이라는 게 분명하지 않는 한 친구라고 생각하는 그런 눈 말이야. 발길에 차이는 것을 당연히 여기면서도 그렇게 당한 것 때문에 발로 찬 사람뿐 아니라 세상 사람 모두를 미워하는 사나운 똥개 같은 표정은 이제 짓지 말도록 해."

"그러니까 결국 에드거 린턴의 커다란 푸른 눈과 번듯한 이마를 바라야 한다는 거네. 나도 그러고 싶지만 바란다고 해서 그렇게 되는 건 아니잖아."

"이 사람아, 아무리 얼굴이 새카맣더라도 좋은 마음을 가지면 얼굴도 보기 좋게 변하는 거야. 그리고 마음을 나쁘게 쓰면 아무리 예쁜 얼굴도 미운 얼굴보다 더 흉측하게 변하지. 이제 말끔히 씻고, 머리도 빗고, 인상도 펴니까 한결 더 멋있어졌지? 정말 그렇구나. 변장한 왕자님 같네. 누가 아니? 네 아버지는 중국의 황제고 네 어머니는 인도의 여왕이고, 그들 각자가 1주일의 수입으로 워더링 하이츠와 스러시크로스 저택을 한꺼번에 살 수 있을 만큼 부자인데, 네가 사악한 뱃사람들에게 유괴되어 영국에 오게 되었을지도 모르지. 내가 너라면 내가 귀한 신분으로 태어났다고 상상의 나래를 펼 거야. 그러면 용기와 위엄이 생겨서 일개 하찮은 농장주에게서 받는 구박쯤은 아무렇지도 않게 여길 수 있을 테니."

이렇게 저는 계속 수다를 떨어 댔죠. 그러자 히스클리프의 찌푸린 얼굴이 차츰 펴지면서 제법 유쾌해 보이기 시작했어요. 그때 길을 올라오다 뜰로 들어서는 마차 소리가 들려와 우리의 대화는 중단되었어요. 손님을 보려고 히스클리프는 창문으로, 저는 문간으로 달려갔지요. 마침 린턴 씨 댁의 남매가 외투며 털목도리로 숨 막힐 정도로 싸인 채 자가용 마차에서 내리고 있었고, 언쇼 집안의 남매는 말에서 내리고 있었어요. 언쇼 집안의 아이들은 겨울에 말을 타고 교회를 다녀오곤 했지요. 캐서린 아가씨는 린턴 집안 아이들의 손을 하나씩 잡고 거실로 데리고 들어와서 불 앞에 앉혔어요. 두 아이의 흰 얼굴이 곧 발그레해졌지요.

저는 히스클리프에게 얼른 나가서 유쾌해진 네 얼굴을 보여 주라고 재촉했고, 그는 선선히 내 말에 따르더군요. 그런데 재수 없게도 그가 부엌 쪽에서 문을 열었을 때 힌들리 서방님이 그 문의 반대편에서 들어오고 있었던 거예요. 그래서 둘은 정면으로 마주쳤어요. 힌들리 서방님은 히스클리프가 말쑥하고 쾌활해진 것이 못마땅해서였는지, 아니면 린턴 부인과의 약속을 성실히 지키려 했던 것인지 몰라도 그를 냅다 밀치고는 버럭 성을 내며 조셉에게 명령했어요.

"이 녀석을 여기에 얼씬도 못하게 해. 정찬이 끝날 때까지 다락방에 처박아 두라고. 이 녀석은 잠시만 혼자 내버려 둬도 파이를 먹어 치우고 과일을 슬쩍할 테니."

"아니에요, 서방님."

저는 대꾸하지 않을 수 없었어요.

"이 애는 어떤 것도 함부로 손대지 않을 거예요. 그리고 이 아이도 우리와 마찬가지로 맛난 음식을 먹어 봐야 하지 않겠어요."

"어두워지기 전에 아래층에서 다시 내 눈에 띄었다간 내 손맛을 보게 될 줄 알아. 꺼져, 이 뜨내기 놈아! 어럽쇼, 멋을 부려 보시겠다? 그 모양 낸 머리채를 잡아채기 전에 얼른 꺼지지 못해! 확 당겨서 좀 더 길게 해 줄까?"

힌들리 서방님이 외쳤어요.

"이미 충분히 긴걸요."

그때 문간에서 들여다보던 린턴 도련님이 말참견을 했어요.

"머리가 저렇게 긴데도 두통이 안 생기나 몰라. 마치 망아지의 갈기가 눈을 덮고 있는 것 같아!"

히스클리프에게 모욕을 주려고 한 말은 아니었지만, 히스클리프의 격한 성격은 경쟁자로 여기며 미워하는 사람에게서 건방진 말을 듣고 참아 낼 준비가 되어 있지 않았어요. 그는 맨 처음 손에 잡히는 대로 뜨거운 사과 소스가 담긴 그릇을 집어 들어 린턴 도련님의 얼굴과 목에 정통으로 끼얹어 버렸어요. 도련님은 바로 비명을 질렀고, 그 소리에 이사벨라와 캐서린 아가씨가 황급히 달려왔지요.

언쇼 씨는 당장 히스클리프를 붙잡아 자기 방으로 끌고 갔어요. 틀림없이 분이 풀릴 때까지 모질게 매질을 했을 거예요. 방에서 나올 때 얼굴이 시뻘개져서는 숨을 헐떡거렸으니까요. 저는 행주를 집어서 다소 심술궂게 에드거 도련님의 코와 입을 문지르며, 쓸데없이 참견을 하니까 이런 일을 당하는 게 아니냐고 핀잔을 주었어요. 그의 여동생은 집에 가겠다며 울기 시작했고, 캐시 아가씨는 얼굴이 새빨개지며 어쩔 줄 몰라 했지요.

"그 애한테 말을 거는 게 아닌데 그랬어! 그 애는 골이 났고 너희들 기분도 엉망이 되어 버렸잖아. 게다가 그 애는 매질을 당할 거야. 난 그 애가 매 맞는 게 싫어! 식사도 못하겠어. 에드거, 뭐하러 그 애에게 말을 걸었니?"

캐서린 아가씨가 린턴 도련님을 나무랐어요.

"말을 건 게 아니야!"

소년은 제 손에서 벗어나더니 자기의 고급 아마포 손수건으로 남은 사과 소스를 마저 닦으면서 훌쩍이며 말했어요.

"그 애하곤 한마디도 하지 않겠다고 엄마에게 약속했어. 그래서 말을 걸지 않았다고!"

"그래, 알았어. 울지 마. 누가 널 죽이기라도 했니? 일을 더 크게 만들지 마. 오빠가 온다. 조용히 해! 이사벨라, 너도 뚝 그쳐! 누가 널 어떻게 하기라도 했니?"

"자, 자, 얘들아, 모두들 자리에 앉자!"

힌들리 서방님이 부산스럽게 들어오며 소리쳤어요.

"그 짐승 같은 놈을 두들겨 팼더니 몸이 훈훈해졌군. 에드거, 다음 번에는 네가 두들겨 줘라. 그러면 더욱 식욕이 생길 테니까."

그들은 맛있는 향기가 나는 음식을 보자 평정을 찾은 듯했어요. 마차를 타고 오느라 시장했고 누가 다친 건 아니었기 때문에 쉽게 마음이 풀렸던 거지요.

힌들리 언쇼 서방님이 고기를 잘라서 접시에 가득가득 담아 주었어요. 그리고 언쇼 부인은 재미나고 유쾌한 이야기로 즐겁게 해 주었죠. 저는 시중을 들기 위해 그 뒤에 서 있었는데, 캐서린 아가씨가 눈물 한 방울 흘리지 않고 무심한 얼굴로 자기 앞에 놓인 거위 고기의 날개 부위를 잘라 내는 게 보였어요. 그러자 괘씸한 생각이 들었지요.

'매정한 것 같으니. 옛 친구의 고통을 저렇게 간단히 잊어버리다니! 저렇게 저만 아는 아이인 줄은 몰랐는데.' 하고 저는 혼자 생각했지요.

캐서린 아가씨가 고기 한 조각을 들어 입으로 가져가다가 다시 내려놓았어요. 두 볼이 붉어지며 눈물이 왈칵 솟는 듯 보였어요. 그러자 아가씨는 포크를 바닥에 떨어뜨리고는 얼른 식탁보 밑으로 고개를 숙여 자신의 감정을 숨기더군요. 아가씨가 매정하다는 생각은 오래가지 않았지요. 아가씨가 하루 종일 지옥에 있는 듯 괴로워하며 어떻게든 혼자 있거나 히스클리프를 찾아갈 기회를 애타게 기다리고 있다는 것을 알았기 때문이지요. 저는 히스클리프에게 음식을 갖다주려다 주인이 히스클리프를 가두어 놓았다는 것을 알게 되었어요.

저녁에는 춤을 추었어요. 캐시 아가씨는 이사벨라 린턴 아가씨의 파트너가 없으니 히스클리프를 풀어 달라고 간청했지만 받아들여지지 않았기 때문에 제가 그 빈자리를 메웠지요.

우리는 신나게 춤추며 우울한 기분을 모조리 떨쳐 냈어요. 게다가 기머튼 악단까지 와서 우리를 더욱 즐겁게 해 주었답니다. 기머튼 악단은 가수들과 트럼펫, 트롬본, 클라리넷, 바순, 프렌치 호른과 더블베이스 등 모두 열다섯 명으로 구성된 악단으로, 해마다 크리스마스 때가 되면 명망 있는 집을 돌며 연주를 해 주고 기부를 받았어요. 우리는 그 악단의 연주를 듣는 것을 가장 즐거운 일로 여겼지요.

그들은 크리스마스 때면 으레 연주되는 캐럴을 연주한 뒤에 우리가 신청하는 가곡과 무반주 합창곡을 연주했어요. 언쇼 부인이 음악을 무척 좋아해서, 악단은 많은 곡을 들려주었답니다.

캐서린 아가씨도 음악을 좋아했어요. 그런데 아가씨는 계단 꼭대기에서 들어야 가장 감미롭게 들릴 거라며 어둠 속을 올라갔고, 저도 뒤따라 올라갔어요. 아래층에서는 사람들이 북적거리는 통에 우리가 없어진 것도 모르고 거실 문을 닫아 버렸지요. 아가씨는 계단 꼭대기에 머무르지 않고 히스클리프가 갇혀 있는 다락방까지 계속 올라가서 그를 불렀어요. 그는 얼마동안 완강히 대답하기를 거부했지만, 아가씨가 끈질기게 이름을 부르자 결국 설득되었어요. 그래서 그들은 널빤지로 만들어진 벽을 사이에 두고 이야기를 나누었답니다.

저는 이 불쌍한 이들이 방해를 받지 않고 대화할 수 있도록 그냥 두었어요. 그러다 연주가 끝나고 악사들에게 가벼운 다과를 대접할 때가 되자 아가씨에게 알려 주려고 사다리를 올라갔어요.

그런데 아가씨는 보이지 않고 다락방 안쪽에서 목소리가 들려왔어요. 이 원숭이 같은 아가씨가 이쪽 다락방의 채광창으로 해서 지붕을 타고 저쪽 다락방의 채광창으로 들어간 것이었어요. 아가씨를 구슬려 다시 나오게 하느라 굉장히 애를 먹었답니다.

아가씨가 나올 때 히스클리프도 함께 나왔어요. 아가씨는 저더러 히스클리프를 부엌에 데려가 달라고 졸라 댔어요. 조셉은 우리가 악단에 신청하는 곡을 '악마의 노래'라고 비아냥대며 노래를 듣지 않으려고 이웃집에 가 있었거든요.

저는 그 아이들에게 너희들 계략에 동조할 생각이 전혀 없다고 말했지만, 히스클리프가 어제 점심 이후로 아무것도 먹지 못했다는 데 생각이 미치자 힌들리 서방님을 속이는 일을 이번 한 번만 모른 척하기로 했답니다.

히스클리프가 내려오자 불가에 자리를 마련해 주고 맛있는 음식을 잔뜩 내주었어요. 하지만 그는 어디가 아픈지 거의 먹지를 못했어요. 그래서 그에게 무엇을 좀 먹이려던 제 의도가 허사가 되어 버렸죠. 그는 무릎에 두 팔을 괴고 손으로 턱을 받치고는 잠자코 생각에 잠겨 있었어요. 제가 무슨 생각을 그렇게 하냐고 묻자, 그는 사뭇 진지한 표정으로 이렇게 대답하는 거였어요.

"힌들리에게 복수할 방법을 생각하고 있었어. 언젠가 복수할 수만 있다면 오래 기다리는 것쯤은 상관없어. 그자가 나보다 먼저 죽지 말아야 할 텐데!"

"그런 생각하면 못써, 히스클리프! 사악한 사람을 벌하는 것은 하느님의 일이야. 우리 인간은 용서하는 것을 배워야 해."

제가 말했어요.

"싫어, 용서를 배워서 하느님을 기쁘게 하는 일은 없을 거야."

그가 대꾸했어요.

그런데 록우드 씨, 이런 이야기는 전혀 흥미가 없으실 텐데 제가 깜빡했어요. 어쩌다 이렇게 빠른 속도로 주절주절 이야기를 늘어놓게 되었는지 제 자신이 한심해지는군요. 어느새 죽은 다 식어 버렸고 이렇게 졸고 계시는데 말이에요. 듣고 싶다는 히스클리프의 내력이라면 대여섯 마디로도 대답할 수 있었는데, 쓸데없이 이야기가 길어졌네요.

* * *

이렇게 스스로 이야기를 중단한 가정부는 자리에서 일어나 바느질거리를 치우기 시작했다. 그러나 나는 전혀 졸고 있지 않았을 뿐 아니라 벽난로 앞을 떠날 수 있을 것 같지도 않았다.

"그냥 앉아 있어요. 딘 부인, 30분만 더 있어 줘요. 이야기 속도는 빠르지 않았어요. 한가로이 딱 알맞게 이야기했어요. 그게 내가 좋아하는 방식입니다. 부디 마지막까지 그런 식으로 이야기해 줘요. 정도의 차이는 있겠지만 당신 이야기에 등장하는 인물은 모두가 흥미롭습니다."

"시계가 열한 시를 치고 있는걸요."

"상관없어요. 나는 열한 시나 열두 시에 잠자리에 들지 않습니다. 아침 열 시까지 침대에 누워 있는 사람에게는 한두 시도 이른 시각이지요."

"열 시까지 누워 계시면 안 되죠. 그 시각이면 이미 아침의 가장 좋은 때가 지나 버리니까요. 열 시까지 하루 일의 반을 해 놓지 않은 사람은 나머지 반을 못하고 하루를 넘기게 되기 일쑤이거든요."

"어쨌든 딘 부인, 다시 의자에 앉아요. 내일은 오후까지 내리 잘 작정입니다. 이번 감기는 금방 낫지는 않을 것 같군요."

"얼른 나으셔야죠. 글쎄, 이야기를 계속하더라도 한 3년쯤은 건너 뛰어야겠네요. 그 3년 동안 언쇼 부인은……."

"아니, 안 돼요. 그러지 말아요! 이런 기분 알죠? 양탄자 위에서 어미 고양이가 새끼 고양이를 핥아 주는 것을 혼자서 유심히 쳐다보고 있는데 어미 고양이가 한쪽 귀만 쑥 빼놓고 핥아 주지 않을 때 느끼는 기분 말이에요."

"몹시 나른한 기분이겠죠."

"그와는 정반대로, 성가실 정도로 정신이 예민한 것이지요. 지금 내 기분이 그래요. 그러니까 계속 자세하게 이야기해 줘요. 그냥 일반 통나무집의 거미보다 지하 감옥의 거미가 그곳에 거주하는 사람들에게 더 반갑고 가치 있게 느껴지는 것처럼, 나는 도시 사람들보다 이곳 사람들이 더 반갑고 소중하게 느껴집니다. 이렇게 이곳 사람들이 더 매력적으로 보이는 것이 바라보는 사람의 상황 때문만은 아닐 거예요.

이들이 도시 사람들보다 더욱 성실하고 더욱 자신답게 살아가고 있을 뿐 아니라, 표피적인 변화와 외부의 하잘것없는 것에 신경을 덜 쓰기 때문이겠지요. 이런 데서는 평생 한 사람만을 사랑할 수도 있을 것 같습니다. 나는 어떠한 연애도 1년을 넘기지 못한다고 생각하는 사람이었거든요. 한쪽은 배고픈 사람에게 한 가지 요리만 주어서 식욕을 온전히 그것에 집중시켜 충분히 맛보게 하는 것이고, 다른 한쪽은 프랑스 요리사들이 차려 놓은 식탁에 앉히는 것과 같다고 할까요. 물론 여러 가지 요리를 다 맛보는 즐거움이야 한 가지에 집중하는 것에 못지않겠죠. 하지만 그럴 경우 하나하나의 요리에 관심을 기울이고 기억할 수 있는 부분은 극히 작은 부분에 불과할 거예요.”

“글쎄요, 이곳에 사는 사람들도 알고 보면 여느 사람들과 다르지 않답니다.”

딘 부인은 다소 어리둥절한 표정을 지으며 말했다.

“잠깐, 친애하는 딘 부인, 그 주장이 틀리다는 걸 증명하는 명백한 첫 번째 증거가 바로 당신 자신인걸요. 대수롭지 않은 몇 가지 지방색을 제외하면 당신의 예법이나 거동, 말씨에는 내가 당신 계층 사람들의 특징이라 여겨 왔던 표시가 전혀 없단 말입니다. 확실히 당신은 보통 하인들보다 더 많은 생각을 하며 살아온 것 같습니다. 어리석고 하찮은 것에 시간을 낭비할 일이 없어서 자연히 깊이 생각하는 능력을 기를 수 있었던 것 같은데…….”

이 말에 딘 부인은 소리 내어 웃었다.

“물론 저는 제 자신을 착실하고 분별 있는 인간이라고 생각하고 있습니다만, 그것이 산골에 살면서 몇 년이고 같은 얼굴들과 같은 행동만을 보았기 때문만은 아니랍니다. 모진 단련을 받아서 지혜를 배운 것이지요. 그리고 록우드 씨가 생각하시는 것보다 책을 많이 읽어서겠지요. 아마 이 서재에서 뽑아 들게 될 책 중에 제가 읽고 무언가를 얻어 내지 않은 책은 없을 거예요. 그리스어와 라틴어, 프랑스어 책은 빼고 말이에요. 그래도 그리스어인지 라틴어인지는 구별할 줄 안답니다. 가난한 집 딸로서 그 이상을 바랄 수는 없겠지요. 그럼, 진짜 수다쟁이답게 이야기를 늘어놓으려면 계속 이야기하는 편이 낫겠어요. 3년을 건너뛰는 대신 그 이듬해 여름인 1778년 여름으로 넘어갈게요. 그러니까 지금으로부터 23년 전 일이지요.”

제8장

 6월의 어느 화창한 날 아침에, 제가 유모가 되어 맨 처음 키운 아기이자 돌아가신 언쇼 어른의 마지막 자손이 태어났답니다.

 우리가 먼 들판까지 나가서 건초용 목초를 만드느라 바쁘게 일하고 있을 때, 늘 우리의 아침 식사를 날라 오는 계집아이가 한 시간이나 일찍 제 이름을 부르며 초원을 건너 샛길을 달려왔어요.

 "어쩜, 그렇게 예쁜 아기가 다 있을까!"

 그 아이가 숨을 헐떡이며 말했습니다.

 "아마 이 세상에서 그보다 더 잘생긴 사내아이는 없을 거야! 그런데 의사 선생이 주인아씨는 가망이 없대. 벌써 여러 달째 폐결핵을 앓고 계셨다는 거야. 이제 주인아씨는 버틸 기력이 없어서 겨울을 넘기기도 어렵다고 의사 선생님이 힌들리 서방님께 말하는 걸 들었어. 넬리 언니, 얼른 집으로 가 봐. 이제 언니가 아기를 키우게 될 거야. 설탕과 우유를 먹이고 밤낮으로 돌보게 되겠지. 내가 언니였으면 좋겠어! 주인아씨가 돌아가시고 나면 언니가 아기를 독차지하게 될 테니까."

"아씨가 그렇게 아프신 거야?"

저는 갈퀴를 내던지고 모자 끈을 매면서 물었어요.

"그런가 봐. 그래도 겉으로는 좋아 보이셔."

계집아이가 대답했어요.

"마치 아기가 자라서 어른이 될 때까지 살아 계실 것처럼 말씀하셔. 너무 기뻐서 어쩔 줄 모르시더라고. 아기가 얼마나 예쁜지! 내가 아씨라면 절대 죽지 않을 거야. 케네스 선생이 뭐라고 하든 아기 얼굴만 봐도 병이 나아 버릴 테니까. 나는 그 의사한테 화가 나더라. 아처 부인이 주인어른께 보여 주려고 그 귀여운 아기를 안고 거실로 내려왔지. 아기를 본 주인어른의 얼굴이 막 환해졌을 때 그 늙은 의사가 다가와서 이렇게 말하는 거야.

'언쇼, 자네 부인이 여태 살아서 자네에게 아들을 남겨 준 것만 해도 하늘이 도우신 거라네. 나는 부인이 처음 여기 왔을 때부터 오래 살지 못한다는 걸 알았지. 안됐네만 이번 겨울을 넘기지 못할 것 같네. 너무 상심하지 말게나. 어쩔 수 없는 일이니까. 애초에 그렇게 병약한 여자를 택하지 말걸 그랬어.'"

"그 말을 듣고 주인님이 뭐라고 하시던?"

제가 물었어요.

"무언가 상소리를 하셨던 것 같아. 정신을 빼고 아기를 쳐다보느라. 제대로 못 들었어."

그 계집애는 이렇게 말하고 나서 다시 기쁨에 들떠 아기의 모습을 묘사하기 시작했어요. 저도 그 계집애 못지않게 기뻐하며 아기를 보려고 서둘러 집으로 돌아왔지요. 물론 힌들리 서방님을 생각하면 몹시 슬펐지만요. 서방님의 마음에는 단 두 개의 우상(아내와 자기 자신)이 놓일 자리만 있었어요. 그는 그 둘을 맹목적으로 사랑했고, 특

95

히 아내를 무척 아꼈답니다. 그러니 그가 그 상실감을 어떻게 견뎌낼지 상상이 되지 않았어요.

우리가 워더링 하이츠에 도착했을 때 그는 현관 앞에 서 있더군요. 그 옆을 지나가면서 제가 아기는 어떠냐고 물었어요.

"금방이라도 뛰어다닐 것 같아. 넬리."

그가 싱긋 웃으며 대답했어요.

"아씨는요?"

제가 용기를 내어 물어보았어요.

"의사가……."

"그 망할 놈의 의사!"

힌들리 서방님은 얼굴을 붉히면서 제 말을 가로막았어요.

"프랜시스는 아주 건강해. 다음 주 이맘때쯤엔 완전히 나을 거야. 2층에 가 보려고? 말을 하지 않겠다고 약속한다면 내가 올라가겠다고 그녀에게 전해 주겠어? 내가 곁에 있으니까 도무지 입을 다물려고 하지 않아서 나와 버렸거든. 가만히 안정을 취해야 한다고 케네스 선생이 당부했다고도 말해 줘."

제가 이 말을 언쇼 부인에게 전하자, 그녀는 들뜬 기분으로 쾌활하게 대답했어요.

"엘렌, 나는 거의 한 마디도 하지 않았는데, 그이가 두 번이나 울면서 밖에 나가더라. 그래, 말하지 않겠다고 약속할게. 그렇게 전해 줘. 그렇다고 그이를 놀리지 않겠다는 약속은 아냐."

가엾은 분이었죠. 죽기 1주일 전까지도 명랑한 기분을 잃지 않으셨어요. 힌들리 서방님은 아씨의 건강이 매일 좋아지고 있다고 고집스럽게, 아니 맹렬하게 주장했지요. 케네스 선생이 그녀의 병세가 약도 소용없는 단계에 이르렀다고 말하며 더 이상 치료비를 낭비할 필요가 없을 것 같다고 일러 주었을 때 그는 이렇게 대꾸했답니다.

"필요 없다는 것은 알고 있어요. 집사람은 멀쩡하니까. 집사람도 더 이상 당신이 오는 걸 원치 않아요! 폐병에 걸린 게 아니었어요. 열이 있었을 뿐이지. 이젠 열도 없어졌습니다. 맥박도 나만큼 느리게 뛰고 두 뺨의 열기도 식었으니까 다 나은 거죠."

힌들리 서방님은 아씨에게도 같은 말을 했는데, 아씨는 그 말을 믿는 것처럼 보였어요. 하지만 어느 날 밤 아씨는 남편 어깨에 기대어 내일은 일어날 수 있을 것 같다고 말하다 한바탕 기침을 했어요. 아주 가벼운 기침 발작이었지요. 힌들리 서방님은 아씨를 안아서 일으켰고, 아씨는 서방님의 목에 팔을 둘렀지요. 그런데 그때 아씨의 안색이 변하며 숨을 거두고 마셨답니다.

아씨가 돌아가시고 나자, 예상했던 대로 아기 헤어튼은 온전히 내 손에 맡겨졌어요. 언쇼 씨는 아기 문제에 대해서는 아기가 건강하고 울지만 않으면 만족하셨어요. 그러나 당신 자신의 마음은 다잡지 못하고 극도의 절망에 빠지셨지요. 그의 슬픔은 울고불고하는 따위의 것이 아니었어요. 울거나 기도를 하는 대신 욕설을 내뱉고 반항했지요. 신과 인간을 저주하며 무분별하고 방탕한 생활에 자신을 내던졌답니다.

하인들은 그의 난폭하고 고약한 행동을 오래 견디지 못하고 모두 떠나갔어요. 그래서 남은 하인은 조셉과 저뿐이었지요. 저는 제가 맡은 아기를 두고 떠날 만큼 모질지 못했어요. 게다가 저는 힌들리의 수양 누이였기 때문에 남들보다 더 쉽게 그의 행동을 용서할 수 있었지요.

조셉은 마치 소작인들과 일꾼들을 윽박지르기 위해 남아 있는 것 같았어요. 사악함이 많은 곳에 거하면서 이를 꾸짖는 것이 자칭 그의 소명이었으니까요.

주인의 고약한 행실과 나쁜 친구들은 캐서린 아가씨와 히스클리프

의 좋은 본보기가 되었답니다. 히스클리프에 대한 주인의 학대는 성
인군자도 악마로 만들 만큼 지독한 것이었어요. 정말 그 무렵 히스클
리프는 악마에 들린 듯했어요. 그 아이는, 힌들리 서방님이 속죄할
수 없을 정도로 타락해 가는 것을 지켜보며 기뻐했지요. 그리고 눈에
띌 정도로 나날이 무뚝뚝해지고 난폭해졌답니다.

　그때 집안이 얼마나 지옥 같았는지는 이루 다 말할 수 없을 정도랍
니다. 마침내 목사님도 발길을 끊으셨고, 점잖은 사람치고 가까이 지
내려는 사람은 아무도 없었어요. 다만 예외가 있다면 캐시 아가씨를
방문하는 에드거 린턴 도련님뿐이었지요. 열다섯 살의 캐시 아가씨
는 이 고장의 여왕으로 불릴 만큼 아름다웠어요. 비교할 만한 상대가
없었죠. 그래서 그런지 아주 고집이 세고 거만했지요. 솔직히 저는
아가씨가 어린 티를 벗은 뒤로는 그녀를 좋아할 수 없었어요. 저는
자주 아가씨의 오만함을 꺾어 보려는 시도를 했어요. 그럴 때마다 아
가씨의 화를 돋우곤 했죠. 그러나 아가씨는 저를 싫어하지는 않았답
니다. 아가씨는 한번 정을 붙인 대상에게 놀라울 만큼 한결같은 애착
을 유지했어요. 심지어 히스클리프에 대한 애정도 변함이 없었지요.
그래서 린턴 도련님은 여러 가지 우월한 점을 갖고 있으면서도 캐시
아가씨에게 깊은 인상을 주기가 어려웠답니다.

　에드거 린턴 씨는 이 집의 전 주인이셨어요. 저기 벽난로 위에 있
는 그림이 그의 초상화지요. 원래는 한쪽 옆에 걸려 있었고 다른 한
쪽에는 부인의 초상화가 걸려 있었는데. 부인의 초상화는 다른 곳으
로 치웠지요. 그렇지 않았다면 캐서린 아가씨가 어떻게 생긴 분인지
알 수 있으셨을 텐데. 보이세요?

* * *

　딘 부인이 촛불을 들어 준 덕분에 에드거 린턴 초상화를 볼 수 있

었다. 워더링 하이츠에서 만난 젊은 부인과 꼭 닮았지만 표정이 더 차분하고 온화해서 전체적으로 부드러운 인상이었다. 약간 곱슬거리는 긴 금발이 관자놀이께로 흘러내려 와 있고 눈은 크고 진지했으며 외모는 지나치다 싶을 정도로 우아했다. 이만한 인물이면 캐서린 언쇼가 어릴 적 친구인 히스클리프를 잊을 수도 있었을 것 같았다. 그러나 마음이 그 모습처럼 고운 사람이었다면 내가 상상하는 캐서린 언쇼를 어떻게 좋아할 수 있었을지 의아했다.

"내 마음에 쏙 드는 초상화군요. 실제 모습과 닮았나요?"

내가 말했다.

"네, 그래요 활기 있을 때는 더 미남이셨죠. 이 초상화는 평소 때 모습인데, 대체로 활기가 좀 부족한 분이셨답니다."

* * *

캐서린 아가씨는 린턴 씨 댁에서 5주를 보낸 뒤로 그들과 계속 왕래하며 지냈어요. 아가씨는 린턴가 사람들과 함께 있을 때에는 거친 면을 보이고 싶어 하지 않았고, 한결같이 예의를 지키는 사람들에게 무례하게 구는 것은 창피한 일이라는 것을 알 만큼의 분별은 있었어요. 아가씨는 재치 있는 친절함으로 자신도 깨닫지 못하는 사이에 린턴 부부의 호의를 얻어 냈고, 이사벨라 아가씨의 감탄을 자아냈으며, 그 오빠의 마음과 영혼을 사로잡았답니다. 캐서린 아가씨는 야심이 많은 분이었기 때문에 이렇게 그들의 마음을 사로잡은 것에 우쭐해했습니다. 그렇게 해서 캐서린 아가씨는 꼭 누구를 속이려는 의도가 없었는데도 결과적으로 이중적인 성격을 보이게 되었던 거죠.

그 집 사람들이 히스클리프를 '천한 건달'이니 '짐승만도 못하다'느니 하고 말하는 것을 들은 터라, 그 집에서는 그와 비슷하게 행동하지 않으려고 조심했어요. 그러나 자기 집으로 돌아와서는, 예의를 지켜봤자 웃음거리가 될 뿐이고 거리낌 없는 성격을 억제해 봤자 신임을 얻거나 칭찬받을 일이 없었기 때문에 제멋대로 행동했지요.

에드거 도련님은 공공연히 워더링 하이츠를 방문할 용기를 내지 못했어요. 언쇼 주인어른에 대한 사람들의 말에 겁을 집어먹은 도련님은 주인어른과 마주치는 것을 피했지요. 그러나 도련님이 찾아오면 우리는 최대한 예의를 갖추어 대접했어요. 주인어른도 도련님이 왜 찾아오는지 알고 있었기 때문에 그의 감정을 상하게 하지 않으려고 했고 만일 의젓하게 행동할 수 없을 것 같으면 아예 자리를 피했어요. 그런데 캐서린 아가씨는 도련님이 찾아오는 것을 별로 좋아하지 않았던 것 같아요. 아가씨는 약삭빠르게 누구를 속일 줄 몰랐고 아양을 떠는 일도 없었으며, 두 친구가 만나는 것에 분명 거부감을 느꼈으니까요. 린턴이 있는 데서 히스클리프가 린턴을 경멸하는 말을 하면 린턴이 없을 때처럼 맞장구를 치지 못했고, 린턴이 히스클리프에 대한 혐오나 반감을 나타낼 때에도 자신의 어릴 적 친구를 업신여기는 것을 아무렇지 않게 듣고 넘길 수 없었기 때문이었지요.

저는 캐서린 아가씨가 난처해하거나 아무 말도 못하고 끙끙 앓는 것을 보고 자주 웃었답니다. 아가씨는 저한테 놀림을 받는 게 싫어서 애써 감추려고 했지만 잘되지 않았지요. 이렇게 말하면 저를 고약한 사람으로 여기실지 모르겠지만, 아가씨는 너무 거만했기 때문에 저는 아가씨가 자신의 거만함을 뉘우치고 겸손해질 때까지 아가씨의 고통이 가엾게 여겨지지 않았어요.

결국 아가씨는 저한테 모든 걸 고백하고 자신의 심정을 털어놓았지요. 저말고는 의논할 상대가 없었으니까요.

힌들리 서방님이 외출하고 집에 안 계신 어느 날 오후였어요. 히스클리프는 그 틈을 타서 그날은 일을 쉬기로 작정했지요. 나이가 열여섯쯤 되었던 히스클리프는 얼굴이 못생기지도 머리가 나쁘지도 않았으면서도 외모로나 성격으로나 고약한 인상을 주려고 일부러 노력했어요. 지금 그의 모습에는 그런 흔적이 전혀 남아 있지 않지만요.

우선, 그때에는 그가 어릴 적에 받은 교육의 혜택을 그의 모습에서 찾아볼 수 없었어요. 아침 일찍부터 저녁 늦게까지 계속되는 고된 일이 한때 지식을 쌓으며 가졌던 호기심과 학문이나 책에 대한 애정을 다 없애 버렸어요. 언쇼 어르신의 총애를 받아서 갖게 된 어릴 적의 우월감도 사라져 갔지요. 히스클리프는 공부 면에서 캐서린 아가씨에게 뒤지지 않으려고 꽤 오랫동안 노력했지만 결국 통렬한 아픔과 말없는 비탄 속에서 포기해야 했어요. 완전히 포기하고 말았지요. 일단 자신이 전보다 더 낮은 수준으로 떨어질 수밖에 없다는 것을 알게되자 아무리 설득해도 자신을 향상시키는 방향으로 걸음을 내디디려하지 않았답니다. 그러자 겉모습까지 정신의 퇴락과 보조를 같이하여, 걸음걸이도 구부정해지고 표정도 천박해졌지요. 타고난 내성적인 성품이 더욱 심해져서 바보 같을 정도로 지나치게 비사교적이고침울하게 변해 갔고, 얼마 안 되는 지인들에게서 존경보다는 미움을받는 데 묘한 쾌감을 느끼는 것처럼 보였습니다.

그래도 일이 없을 때에는 여전히 캐서린 아가씨와 함께 시간을 보내곤 했지만 더 이상 아가씨를 좋아하는 감정을 말로 표현하지 않았지요. 그리고 캐서린 아가씨가 여자답게 그를 쓰다듬기라도 하면, 무턱대고 자기에게 그런 애정을 표현해 봤자 결국 아무것도 이루어지지 않는다는 것을 알고 있다는 듯이 분노와 의혹이 뒤섞인 눈으로 노려보며 몸을 뺏어요. 아까 말씀드린 그날 오후, 히스클리프는 거실로 들어와서 그날은 아무 일도 하지 않을 작정이라고 선언했어요. 그때 저는 캐시 아가씨가 드레스를 차려입는 것을 거들고 있었지요. 그녀는 히스클리프가 일을 쉬리라고는 짐작도 못했기 때문에, 오빠가없으니 거실은 자기 차지라고 생각하고는 에드거 린턴에게 어찌어찌

그 사실을 알린 다음 그를 맞을 준비를 하고 있던 참이었어요.

"캐시, 너 오늘 오후에 바쁘냐? 어디 가려고?"

히스클리프가 물었어요.

"아니, 비 오는데 뭘."

캐서린 아가씨가 대답했어요.

"그런데 실크 드레스는 왜 입는 거야? 누가 오는 건 아니겠지?"

"내가 알기론 안 오는데."

아가씨가 말을 더듬거렸어요.

"그런데 너는 들에 있어야 하는 거 아니니, 히스클리프? 점심을 먹은 지도 한 시간이나 지났는데. 난 나간 줄 알았지."

"맘살스러운 힌들리가 늘 집에 붙어 있어서 자유로이 지낼 시간이 거의 없었잖아. 오늘은 그만 일하고 너랑 함께 있을래."

"어머, 그럼 조셉이 일러바칠 텐데. 일하러 가는 게 좋을 거야!"

"조셉은 페니스톤 절벽 저쪽에서 석회를 싣고 있어. 어두워져서야 일이 끝날 테니 알 수 없을 거야."

그렇게 말하면서, 그는 불 있는 데로 느긋하게 걸어가 앉았어요.

캐서린 아가씨는 미간을 찌푸리며 잠시 생각에 잠겼어요. 훼방꾼이 나타날 것이라는 사실을 알릴 필요를 느낀 거죠.

"이사벨라와 에드거 린턴이 오늘 오후에 온다고 했어."

짧은 침묵을 깨고 캐서린이 말했어요.

"비가 와서 안 올 것 같긴 한데 올지도 몰라. 만약에 걔들이 오면 어떡하니, 네가 야단맞을 일이 생길지도 모르잖아."

"엘렌을 시켜서 다른 약속이 있다고 해, 캐시."

그는 고집을 부렸어요.

"그 한심한 멍청이들 때문에 날 쫓아내지는 마! 정말이지 불평이 나오려 할 때가 한두 번이 아니었어. 그따위 것들하고…… 에이, 그만두자."

"걔네들이 어떻다는 거야?"

캐서린 아가씨가 난처한 얼굴로 그를 노려보면서 소리쳤어요.

"아이 참, 넬리."

아가씨는 내 손에서 머리를 빼내면서 신경질적으로 외쳤어요.

"그렇게 머리를 빗으면 컬이 다 풀리잖아! 됐어. 그냥 둬. 히스클리프, 넌 대체 뭘 불평하려는 거야?"

"별것 아니야. 하지만 저 벽에 걸려 있는 달력을 보란 말이야."

그는 창문 옆에 걸린, 틀에 넣은 종잇장을 가리키며 말을 이었어요.

"가위표로 표시된 날은 네가 저녁 시간을 린턴 남매와 함께 보낸 날이고 점으로 표시된 날은 나하고 있던 날이야, 알겠어? 내가 매일 표시해 두었지."

"그래, 아주 바보 같구나. 내가 그런 데 신경이나 쓸 줄 알고!"

캐서린 아가씨는 뾰로통하게 대꾸했어요.

"그러는 게 무슨 의미가 있어?"

"적어도 내가 지켜보고 있다는 걸 보여 주기 위해서지."

히스클리프가 말했어요.

"내가 항상 너하고만 있어야 한단 말이야?"

아가씨는 점점 더 화를 내며 다그쳤어요.

"그럼 나한테 무슨 득이 되는데? 나랑 같이 있으면 넌 무슨 이야기를 하지? 나를 즐겁게 해 주려고 무슨 얘기를 하든, 무슨 짓을 하든, 너는 벙어리나 어린애와 다름없다고!"

"넌 여태까지 내가 너무 말이 없다거나 나랑 같이 있기 싫다고 한 번도 말한 적 없었잖아, 캐시!"

히스클리프는 몹시 흥분하며 소리쳤어요.

"아무것도 모르고 아무 말도 하지 않는 사람하고는 같이 있으나

마나지."

캐서린이 투덜댔어요.

히스클리프는 자신의 감정을 더 표현하려고 일어섰지만 그럴 시간이 없었어요. 판석 위를 지나오는 말발굽 소리가 들리더니 곧이어 조용히 노크를 하고 린턴 도련님이 들어섰기 때문이지요. 그의 얼굴은 뜻밖의 초대를 받은 기쁨에 밝게 빛나고 있었어요.

한 명은 들어오고 다른 한 명은 나갔는데, 그때 틀림없이 캐서린 아가씨는 두 친구의 차이를 느꼈을 거예요. 대조적인 그 모습은 마치 탄광 지대의 황량한 언덕배기를 본 다음 아름답고 기름진 골짜기에 들어서는 것과 같았지요. 게다가 에드거 도련님의 목소리와 인사말은 그의 모습만큼이나 히스클리프와 정반대였어요. 그는 듣기 좋은 목소리로 나직하게 말했고, 발음은 록우드 씨의 발음과 비슷해서 이 지방 사람들보다 덜 거칠고 한결 부드러웠어요.

"내가 너무 일찍 온 건가?"

에드거 도련님은 저를 보더니 이렇게 말했어요. 저는 선반을 닦고 장식장의 한쪽 끝에 달린 서랍을 정리하고 있던 참이었어요.

"아니야."

캐서린 아가씨가 대답했어요.

"거기서 뭐하는 거야, 넬리?"

"일하고 있어요, 아가씨."

제가 대답했죠(힌들리 서방님께서 저한테 지시하시기를, 린턴 도련님이 혼자 방문하면 아가씨와 단둘이 있는 곳에 제삼자로 항상 붙어 있으라고 하셨거든요.).

캐서린 아가씨는 제 뒤로 다가와서 신경질적으로 속삭였어요.

"청소 도구 가지고 나가! 손님이 오셨는데 하녀가 그 앞에서 쓸고 닦으며 청소하는 건 예의가 아냐!"

"마침 서방님이 집에 안 계시니까 이 기회에 청소 좀 하려고요. 서방님이 집에 계실 때 청소를 하면 수선을 피운다고 싫어하시거든요. 하지만 에드거 도련님은 봐주시겠죠."

저는 큰 소리로 대답했어요.

"나 있는 데서 수선을 피우는 건 나도 싫어해."

캐서린 아가씨는 손님에게 대답할 틈을 주지 않으며 위압적으로 소리쳤어요. 히스클리프와 말다툼을 하고 난 뒤라 아직 마음을 진정시키지 못했던 거죠.

"죄송하게 됐습니다, 캐서린 아가씨."

이렇게 대답하고 저는 부지런히 일을 계속했어요.

아가씨는 에드거 도련님은 볼 수 없을 거라 생각하고 제 손에서 행주를 낚아챈 다음, 아주 심술궂게 제 팔을 지그시 비틀면서 꼬집더군요. 제가 아가씨를 좋아하지 않는다는 말은 아까도 했지만, 저는 때때로 아가씨의 허영심을 꺾는 것을 즐겼답니다. 게다가 정말 아팠기 때문에 벌떡 일어나 아우성을 쳤지요.

"아니, 아가씨, 이거 너무하시는 거 아니에요! 아가씨가 나를 꼬집을 권리는 없다고요. 더 이상 못 참겠어요!"

"난 네 몸에 손도 안 댔어, 이 거짓말쟁이!"

아가씨는 다시 저를 꼬집으려고 손가락을 꼼지락거리며 귓불까지 새빨개져서는 분통을 터뜨리며 소리쳤어요. 아가씨는 원래 감정을 숨기지 못하는 성격이라 화가 나면 항상 얼굴이 새빨갛게 달아오르곤 했지요.

"그럼 이건 뭐죠?"

저는 아가씨의 말이 거짓임을 여지없이 증명하는 시퍼렇게 멍든 팔을 들이댔어요. 그녀는 발을 구르고 잠시 머뭇거리더니 못된 성미를 억누르지 못하고 눈물이 나도록 매섭게 제 뺨을 갈겼어요.

"캐서린, 이봐요, 캐서린!"

자신의 우상이 거짓말과 폭행이라는 이중의 잘못을 범하는 것을 보고 사뭇 충격을 받은 린턴 도련님이 끼어들었어요.

"여기서 나가, 엘렌!"

아가씨는 온몸을 부들부들 떨며 반복해서 말했어요.

늘 제 뒤를 졸졸 쫓아다니던 아기 헤어튼은 그때도 근처 바닥에 앉아 있었는데, 제 눈물을 보자 울음을 터뜨렸어요. 그 아이가 흐느끼며 "나쁜 캐시 고모."라고 투덜대자, 아가씨는 분노의 불길을 그 불쌍한 아이에게로 돌렸어요. 아기의 어깨를 움켜잡고 새파랗게 질릴 때까지 흔들어 대지 뭐예요. 에드거 도련님은 아기를 구하려고 별 생각 없이 아가씨의 손을 붙잡았어요. 그러자 아가씨는 한쪽 손을 비틀어 뿌리치고는 놀란 그 소년의 뺨을 장난이라고 볼 수 없을 만큼 호되게 후려갈겼지요.

도련님은 깜짝 놀라며 뒤로 물러섰어요. 저는 헤어튼을 안고 부엌으로 갔지만 문은 그대로 열어 두었어요. 두 사람이 그 난국을 어떻게 수습하는지 보고 싶었으니까요.

모욕당한 손님은 파랗게 질린 채 입술을 떨면서 자기 모자를 놓아 둔 곳으로 갔어요.

"그렇지, 잘한다!"

저는 혼자 중얼거렸어요.

"이번 일을 경고로 받아들이고 돌아가세요! 아가씨의 진면목을 알게 해 주었으니 친절을 베푼 셈이군."

"어디 가는 거야?"

캐서린이 문간으로 다가서며 다그쳤어요.

그는 얼른 방향을 틀어 지나가려 했지요.

"가면 안 돼!"

아가씨가 힘주어 소리쳤어요.

"가야 해, 가야겠어!"

도련님이 가라앉은 목소리로 대답했지요.

"안 돼, 아직은 안 돼, 에드거 린턴 자리에 앉아. 그런 기분으로 가버린다면 난 오늘 밤 내내 괴로울 거야. 너 때문에 괴로워하고 싶지 않아!"

그녀는 문의 손잡이를 잡고 고집을 부렸어요.

"네가 날 때렸는데 어떻게 가지 않을 수 있겠어?"

린턴 도련님이 물었어요.

캐서린 아가씨는 아무 말도 못했어요.

"나는 네가 무섭고 창피해졌어."

그가 계속 말했어요.

"다시는 여기에 오지 않을 거야!"

아가씨는 눈물을 글썽거리기 시작했고, 눈꺼풀을 깜빡거렸어요.

"넌 고의로 거짓말을 했어!"라고 그가 말했어요.

"아니야!"

아가씨가 드디어 말문을 열며 소리쳤어요.

"고의로 그런 건 아니라고! 갈 테면 가, 가 버려! 그럼 난 울 거야. 병이 나도록 울 거라고."

그녀는 의자 옆에 엎어져서 정말로 울기 시작했어요.

에드거 도련님은 결심을 굽히지 않고 안뜰까지 갔지만 거기서 머뭇거리더군요. 저는 그를 재촉하기로 결심했어요.

"도련님, 아가씨는 지독히도 제멋대로예요. 어느 버릇없는 아이보다 더 고약하게 굴지요. 말을 타고 돌아가시는 게 좋을 거예요. 그러지 않으면 아프다느니 하면서 우리를 속상하게 할 테니까요." 하고 제가 외쳤어요.

그 마음 약한 청년은 곁눈으로 창문 안쪽을 들여다보더군요. 고양이가 반쯤 죽여 놓은 생쥐나 반쯤 먹다 만 새를 그냥 내 버리고 가지 못하는 것처럼 그도 그냥 떠나기가 어려운 모양이었어요.

'아, 저 애를 구하는 것은 불가능하겠어. 운명은 정해졌군. 파멸의 수렁으로 뛰어들고 있어!' 하고 저는 생각했어요.

과연 그랬어요. 그는 홱 돌아서더니 급히 집 안으로 들어와서 문을 닫았어요. 그러고 나서 얼마 있다가 힌들리 서방님이 인사불성으로 취해서 돌아왔으니 언제 집 안을 쑥대밭으로 만들지 모른다고 (힌들리 서방님이 술에 취하면 대개 그런 일이 일어났답니다.) 알려 주러 들어가 보니 두 사람은 다툼으로 인해 오히려 사이가 더욱 가까워졌더군요. 이번 일이 소년 소녀다운 수줍음의 벽을 허물어 친구라는 가면을 벗고 서로 사랑을 고백할 수 있게 해 주었던 것이죠.

힌들리 서방님이 돌아왔다는 말을 듣자, 린턴 도련님은 서둘러 말을 매어 놓은 곳으로 갔고 캐서린 아가씨는 자기 방으로 갔지요. 저는 아기 헤어튼을 숨기고 서방님의 사냥총에서 총알을 뽑아 놓아야 했어요. 그분은 미친 듯이 흥분하면 사냥총을 갖고 노는 것을 좋아해서 신경에 거슬리거나 심지어는 지나치게 주의를 끄는 사람이라도 있으면 누구에게라도 총을 쏠 것 같았거든요. 그래서 서방님이 급기야 총을 쏘는 지경에 이르더라도 피해가 없도록 총알을 뽑아 버리기로 한 것이지요.

제9장

힌들리 서방님은 듣기에도 무시무시한 욕설을 고래고래 외치며 들어왔어요. 그러고는 제가 그분의 아들을 부엌 벽장에 숨기고 있는 것을 보았지요. 헤어튼은 아버지가 야수처럼 맹목적으로 자신을 귀여워하든, 미친 사람처럼 성을 내든 아버지와 마주치는 것에 대한 공포를 느꼈답니다. 귀여워할 때에는 숨 막혀 죽을 정도로 꽉 껴안아서 입을 맞추어 댔고, 성을 낼 때는 불 속으로 던져 넣거나 벽에다 메어칠 위험이 있었기 때문이었지요. 그래서 그 가엾은 아이는 제가 어디에 숨기든 숨 죽여 가만히 있었답니다.

"그래, 드디어 찾아냈군!"

힌들리 서방님은 개를 집을 때처럼 제 목덜미를 뒤로 잡아당기며 외쳤어요.

"틀림없어! 너희가 이 아이를 죽이려고 작당한 거지! 아이가 내 눈에 뜨지 않은 이유를 이제야 알겠어. 사탄의 도움을 받아서라도, 네가 식칼을 삼키게 하겠다. 넬리! 웃을 일이 아냐. 지금 막 케네스 녀석을 블랙호스 늪에 거꾸로 처박고 오는 길이니까. 하나를 죽이나 둘을 죽이나 마찬가지잖아. 난 너희 가운데 누군가를 죽여야겠어. 그래야 편해질 거야!"

"하지만 식칼은 싫은데요, 힌들리 서방님. 그걸로 훈제 청어를 자르고 있었어요. 죽이시려거든 차라리 총으로 쏘세요."

"차라리 뒈져라! 그래, 정말 그렇게 해 주겠다. 영국의 어떤 법도 한 남자가 제 집안의 질서를 바로잡는 걸 막을 수는 없어. 우리 집은 엉망진창이란 말이야! 자, 입 벌려."

힌들리 서방님이 말했어요.

그는 손으로 식칼을 집어 칼끝을 제 이 사이로 밀어 넣었어요. 하지만 저는 그의 주정 따위는 별로 겁나지 않았지요. 저는 침을 탁 뱉고는 맛이 고약해서 절대 칼을 삼키지 않겠다고 버텼어요.

"아하!"

그는 저를 놓아주며 말했어요.

"저 가증스러운 꼬마 녀석은 헤어튼이 아니로군. 넬리, 이건 잘못됐어. 저게 만약 헤어튼이라면 달려와서 아비를 반기지는 못할망정 제 아비가 악귀라도 되는 것처럼 소리를 지르고 아우성을 치니 산 채로 껍질을 벗겨야 마땅하지. 인정머리 없는 녀석, 이리 와! 인정이 많아서 잘 속고 다니는 이 아버지를 속이는 법을 가르쳐 줄 테니. 그런데 저 녀석 귀를 자르면 더 귀여울 것 같지 않아? 개의 귀를 자르면 더 사나워지잖아. 나는 사나운 게 좋거든. 가위를 가져와. 사납고 단정한 게 좋지. 그리고 인간이 저희들 귀를 소중히 여기는 건 지독한 허세고 터무니없는 자만이야. 귀가 있든 없든 우리 인간은 이미 어지간한 바보들이거든. 뚝 그쳐, 아가야, 쉿! 그러고 보니 내 새끼였군! 쉿! 울지 마! 웃어야지. 아빠한테 뽀뽀해! 뭐! 싫다고? 헤어튼, 뽀뽀해, 이 망할 녀석. 뽀뽀하라고! 제기랄! 제 아비도 몰라보는 이런 괴물 같은 녀석을 내가 키울 것 같아! 내 기필코 이 녀석의 목을 분질러 놓고 말 테다!"

가엾은 헤어튼은 제 아버지의 품에서 온 힘을 다해 소리를 지르고 발버둥을 쳤는데, 힌들리 서방님이 위층으로 안고 가서 난간 너머로 들어 올리자 헤어튼의 비명 소리는 두 배로 커졌어요. 저는 그러다 아이가 놀라서 발작을 일으키겠다고 외치며 헤어튼을 구하러 달려갔습니다.

제가 당도했을 때, 힌들리 서방님은 아래층에서 나는 소리를 듣고는 자기가 손에 잡고 있는 것이 무엇인지 거의 잊어버린 채 난간 밖으로 몸을 기울였어요.

"저게 누구지?"

서방님은 계단 밑으로 다가오는 발소리를 들으며 물었어요.

저는 그게 히스클리프의 발소리라는 것을 알아차리고 난간 밖으로 몸을 기울여 그에게 이쪽으로 오지 말라는 신호를 보내려 했어요. 그런데 제가 헤어튼에게서 눈을 떼는 순간 그 아이는 부주의하게 쥐고 있던 아버지의 손아귀에서 놓여나려고 몸부림을 치다 그만 난간 밑으로 떨어지고 말았어요.

아찔한 공포를 느낄 새도 없이 우리는 아이가 무사하다는 것을 알았어요. 그 결정적인 순간에 바로 아래에 있던 히스클리프가 떨어지는 아이를 본능적으로 받아 냈던 것이지요. 그리고서 그는 아이를 세워 안으며 사고를 일으킨 사람이 누군지 알아내려고 위를 올려다보았지요.

언쇼 서방님을 본 히스클리프의 얼굴은, 전날 5실링에 팔아 버린 복권이 5천 파운드에 당첨되는 것을 보는 구두쇠의 표정보다 더 허망해 보였어요. 그 표정에는 자기가 자신의 복수를 가로막은 장본인이 되었다는 것에 대한 극도의 원통함이 어떤 말보다 더 뚜렷하게 드러났지요. 아마 어두웠더라면 헤어튼의 골통을 계단에 패대기쳐서라도 자신의 실수를 무마하려 했을 거예요. 하지만 우리가 헤어튼이 구조되는 것을 목격해 버린 것입니다. 저는 곧 아래층으로 내려가서 제가 맡아 키우고 있던 그 소중한 아이를 꼭 껴안았습니다.

힌들리 서방님은 놀라서 술이 깼는지 무안해하며 천천히 내려왔어요.

"네 잘못이야, 엘렌, 아기를 내 눈에 띄지 않는 곳에 치워 두었어야지! 어디 다친 데는 없어?"

"다쳤냐고요?"

제가 화를 내며 소리쳤지요.

"죽지 않았다면 바보가 되었을 거예요! 어휴! 서방님이 아기에게 하는 짓을 알고 아기 엄마가 무덤에서 벌떡 일어나지 않는 게 이상해요. 자기 피붙이를 이런 식으로 대하다니 정말 야만인보다 못해요!"

제가 옆에 있는 걸 알고 아기는 무서운 것도 잊고 울음을 그쳤어요. 그러자 서방님은 아기를 만지려 했어요. 그러나 그의 손가락이 닿자마자 아기는 다시 새된 소리를 지르며 전보다 더 크게 울면서 몸부림을 치는 게 마치 경련을 일으킬 것 같았죠.

"아기를 건드리지 마세요!"

제가 이어서 말했어요.

"얘는 서방님을 미워해요. 모두들 서방님을 미워하죠. 그게 사실인걸요! 참 행복한 가족을 거느리셨군요. 서방님 상태도 꽤나 훌륭하시고요!"

"머잖아 더 훌륭해질 거야! 넬리."

그 빙퉁그러진 사내는 껄껄 웃으며 다시 예전의 냉혹한 성미로 돌아갔습니다.

"당장 아이를 데리고 나가. 그리고 이봐, 히스클리프! 너도 내 손이 닿지 않는 곳으로 멀찍이 꺼져. 오늘 밤엔 죽이지 않을 거야. 내가 집에 불이라도 지른다면 또 모를까. 하지만 그것도 내 기분이 내키는 대로니까."

그는 이렇게 말하며 장식장에서 1파인트(약 0.57리터_옮긴이)짜리 브랜디 한 병을 꺼내어 큰 잔에 따르더군요.

"아니, 안 돼요!"

제가 애원했어요.

"힌들리 서방님, 제 말 좀 들으세요. 서방님 자신을 위해서 그럴 수 없다면 이 불쌍한 아이를 생각해서라도 그만 좀 마시세요."

"누가 길러도 나보다는 낫겠지."

그가 대답했어요.

"자신의 영혼도 소중히 여기세요."

저는 그의 손에서 유리잔을 빼앗으려고 애쓰면서 말했지요.

"싫어! 오히려 내 영혼을 파멸시켜서 그것을 만든 조물주를 혼내 줄 거야. 내 영혼의 온전한 파멸을 위해 건배!"

그는 이렇게 신성을 모독하며 소리쳤어요.

그는 술을 들이켜고는 신경질적으로 우리에게 꺼지라고 명령하더 군요. 그러고는 다시 떠올리거나 말할 수도 없을 정도로 무시무시한 저주로 마무리를 했지요.

"저렇게 마셔 대는데 뒈지지 않으니 참 안됐군."

히스클리프는 문이 닫히자 자기도 욕설을 되받아 중얼거리며 말했 지요.

"최선을 다하고 있지만 워낙 건강해서 뜻대로 안 되나 보지. 케네 스 선생은 저이가 운 좋게 사고로 죽지 않는 한, 기머튼 마을 사람들 중에서 제일 오래 살 거라고 하더군. 그래서 백발이 성성한 중대 죄 인이 될 거라며 자신의 암말을 걸고 내기라도 할 수 있대."

저는 그 귀여운 아기를 얼러서 재우려고 부엌으로 가서 앉았어요. 히스클리프는 부엌을 지나 헛간으로 갔다고 생각했습니다. 그런데 나중에 알고 보니 등받이가 높은 긴 의자 저쪽까지만 가서는 난롯가에서 멀리 떨어진, 벽 옆 벤치에 앉아 있었더군요.

저는 헤어튼을 무릎 위에 올려놓고 흔들면서 이렇게 시작되는 노래를 흥얼거렸어요.

이슥한 밤에 아기가 울면
무덤 속 엄마가 들으시고.

그때 자기 방에서 소동에 귀를 기울이고 있던 캐시 아가씨가 머리를 디밀고 속삭이더군요.

"넬리, 혼자야?"

"네, 아가씨." 하고 제가 대답했어요.

아가씨는 들어와서 난롯가로 다가왔어요. 무슨 말을 하려나 싶어 저는 아가씨를 올려다보았어요. 얼굴 표정이 심란하고 걱정이 있는 것 같았어요. 무슨 말을 하려는 듯 입을 반쯤 벌리고 숨을 들이쉬었지만 그것은 말을 이루지 못하고 한숨이 되어 나오더군요.

저는 아가씨가 조금 전에 제게 한 일을 잊지 않고 있었기 때문에 모른 척하고 다시 노래를 부르기 시작했지요.

"히스클리프는 어디 있어?"

그녀는 제 노래를 가로막으며 말했어요.

"마구간에서 일하고 있겠죠."

제가 대답했죠.

그런데도 히스클리프에게서는 아무 말이 없었어요. 아마 깜박 졸았던 모양이에요. 그러고 나서 오랫동안 침묵이 흘렀습니다. 그러는 사이에 캐서린의 볼에서 눈물 두어 방울이 바닥으로 떨어지는 게 보이더군요.

'아까 저지른 부끄러운 행동 때문에 미안해서 저러나? 그렇다면 전에 없던 새로운 일인걸. 할 말이 있으면 자기가 알아서 하겠지. 내가 도와줄 건 없어!' 하고 저는 생각했습니다.

그런데 그게 아니었어요. 그녀는 자신의 일이 아닌 다른 일로 그렇게 고민하는 게 아니었지요.

"아, 어쩌지!"

마침내 아가씨는 소리쳤어요.

"난 지금 몹시 불행해."

"안됐군요. 친구가 그렇게 많고 걱정거리가 그렇게 없는데도 만족할 줄 모르니까요."

제가 대꾸했어요.

"넬리, 비밀 지켜 주겠어?"

그녀는 제 옆에 와서 무릎을 꿇고 앉으며 말을 이었어요. 그러고는 맑은 눈을 들어 마음껏 화를 낼 권리가 있을 때조차 화를 내지 못하게 만드는 표정으로 제 얼굴을 쳐다보는 것이었어요.

"지킬 만한 가치가 있는 비밀이에요?"

화가 좀 누그러진 김에 제가 물었어요.

"그래, 괴로워서 털어놓아야겠어! 어떻게 해야 할지 알고 싶어. 오늘 에드거 린턴한테 청혼을 받아서 대답을 했는데, 내가 승낙했는지 거절했는지는 덮어 두고 내가 어떻게 했어야 했는지 말해 줘."

"아니, 캐서린 아가씨, 그걸 내가 어떻게 알겠어요?"

저는 대답했습니다.

"하지만 오늘 오후 그분이 있는 데서 아가씨가 보여 준 행동을 생각하면 거절하는 것이 분명 현명할 것 같네요. 그런 일을 겪고도 청혼을 하는 사람은 칠칠치 못한 미련퉁이이거나 무모한 얼간이일 테 니까요."

"그런 식으로 말하면 더 이상 아무 말도하지 않겠어."

아가씨는 일어서면서 뾰로통하게 대꾸했어요.

"난 승낙했어, 넬리. 내가 잘못한 건지 아닌지 얼른 말해 줘!"

"승낙했다고요? 그렇다면 거기에 대해 왈가왈부해 봤자 무슨 소용이 있어요? 벌써 승낙을 했으니 취소할 수도 없잖아요."

"내가 그렇게 한 게 잘한 건지 아닌지 말해 봐. 어서!"

아가씨는 손바닥을 비벼 대고 얼굴을 찡그리며 짜증스런 어조로 소리쳤어요.

"그 질문에 옳게 대답을 하려면 몇 가지를 주의 깊게 따져 봐야 합니다."

저는 짐짓 점잔을 빼며 말했지요.

"우선 무엇보다도 에드거 도련님을 사랑하세요?"

"누가 그러지 않을 수 있겠어? 물론 사랑하지."

아가씨가 대답했어요.

그리고 나서 저는 질문 공세를 펼쳤어요. 당시 스물두 살의 처녀였던 저는 꽤 사리 분별이 있었던 것 같아요.

"도련님을 왜 사랑하세요, 캐시 아가씨?"

"무슨 소리야, 사랑한다니까. 사랑하면 그걸로 충분한 거잖아."

"결코 그렇지 않아요. 이유를 말해야 해요."

"글쎄, 잘생겼고 같이 있으면 좋으니까."

"이유가 불충분해요." 하고 제 의견을 말했지요.

"젊고 명랑하니까."

"아직도 불충분해요."

"그리고 그가 날 사랑하니까."

116

"그건 무관해요. 좀 더 말해 보세요."

"게다가 그는 재산을 많이 물려받을 테고, 나는 이 근방에서 제일 근사한 부인이 될 테고, 그렇게 훌륭한 남편을 둔 게 자랑스러울 테니까."

"최악의 이유군요! 자, 이번에는 도련님을 얼마나 사랑하는지 말해 봐요."

"다른 사람들과 마찬가지지. 바보 같은 질문 좀 그만해, 넬리!"

"전혀 바보 같은 질문이 아녜요. 대답하세요."

"그이가 딛고 있는 땅, 그이익 머리가 이고 있는 하늘, 그리고 그이의 손에 닿는 모든 것, 그이가 하는 모든 말, 그이의 모든 표정, 모든 행동, 그이의 전부를 사랑한단 말이야. 이만하면 됐어?"

"그런데 그 이유가 뭐죠?"

"아니, 지금 장난치는 거야? 정말 못됐어! 나는 심각하단 말이야."

아가씨는 찌푸린 얼굴을 불 쪽으로 돌리며 말했어요.

"농담이 아니에요, 캐서린 아가씨. 에드거 도련님이 잘생기고, 젊고, 명랑하고, 부자이고, 아가씨를 사랑하기 때문에 아가씨는 에드거 도련님을 사랑한다고 했죠. 하지만 마지막 이유는 무의미해요. 도련님이 아가씨를 사랑하지 않더라도 아가씨는 도련님을 사랑할 테고, 설사 도련님이 아가씨를 사랑하더라도 도련님에게 앞의 네 가지 매력이 없다면 아가씨는 도련님을 사랑하지 않을 거예요."

"그래, 맞아. 그저 가엾게 여기고 말겠지. 그가 못생긴 촌뜨기라면 아마 싫어할 거야."

"하지만 이 세상에는 잘생기고, 재산이 많고, 젊은 남자들이 도련님 말고도 많아요. 어쩌면 도련님보다 더 잘생기고 더 부유한 남자가 있을지도 모르죠. 그렇다면 왜 그 사람들은 좋아할 수 없죠?"

"그런 사람이 있다 하더라도 만날 수 없잖아. 난 에드거 같은 사람을 본 적이 없어."

"몇 명쯤 만나게 될지도 모르죠. 그리고 에드거 도련님이 언제까지나 잘생기고 젊지는 않을 거예요. 그리고 재산이 언제까지나 유지되지 않을 수도 있고요."

"하지만 지금은 그렇잖아. 나는 현재만을 생각하거든. 좀 이치에 맞는 얘기를 했으면 좋겠어."

"그렇다면 해답이 나왔군요. 아가씨가 현재만을 생각한다면 린턴 도련님과 결혼하세요."

"난 넬리의 허락을 바라는 게 아냐. 나는 어찌됐건 에드거와 결혼할 테니까 난 그러기로 한 게 잘한 건지 아닌지를 듣고 싶은 거야."

"아주 잘한 거예요. 현재만을 생각해서 결혼하는 게 잘하는 거라면 말이에요. 자, 이제는 아가씨가 무엇 때문에 불행한지 들어 봅시다. 힌들리 서방님도 좋아하실 테고…… 린턴 씨 내외분도 반대하지 않으실 거예요. 게다가 아가씨는 어수선하고 불편한 집을 떠나서 부유하고 점잖은 집으로 가게 되겠죠. 그리고 아가씨도 에드거 도련님을 사랑하고 에드거 도련님도 아가씨를 사랑하는데 뭐가 문제예요? 모든 게 순조롭기만 한데 어디에 문제가 있다는 거죠?"

"여기에! 그리고 여기에!"

캐서린 아가씨는 한 손으로는 이마를, 다른 한 손으로는 가슴을 치며 대답했습니다.

"영혼이 어디에 들어 있든, 영혼에 물어봐도, 가슴에 물어봐도 자꾸만 내가 잘못하고 있다는 느낌이 들어."

"아주 이상하군요! 저는 이해할 수가 없는데요."

"그게 내 비밀이야. 나를 놀리지 않겠다면 설명할게. 똑똑히 설명할 수는 없지만 내 느낌은 전할 수 있을 거야."

아가씨는 다시 제 곁에 앉았어요. 아가씨의 얼굴은 더 슬프고 침울해졌으며 깍지 낀 손은 떨리고 있었습니다.

"넬리, 괴상한 꿈을 꾼 적 없어?"

몇 분 동안 생각에 잠겼던 아가씨가 불쑥 말했습니다.

"가끔 꾸죠." 하고 제가 대답했어요.

"나도 그래. 머리에 계속 남아 생각을 변화시키는 꿈이 있어. 그 꿈들은 마치 물에 포도주를 섞듯 내 안으로 샅샅이 스며들어 내 마음의 빛깔을 바꿔 놓지. 내가 지금 말하려는 것도 그런 꿈 가운데 하나인데 웃지 말고 들어야 해."

"제발 그만둬요, 캐서린 아가씨!"

제가 소리쳤어요.

"우리를 괴롭히는 환영이나 유령을 불러내지 않아도 우리는 이미 우울할 대로 우울해요. 자, 기운을 내요. 아가씨답게 즐거운 기분을 가지라고요! 귀여운 헤어튼을 보세요. 얘는 우울한 꿈 따위는 전혀 꾸는 것 같지 않아요. 자는 얼굴이 정말 귀엽고 편안해 보여요!"

"그래, 얘 아버지가 혼자서 저주를 해 대는 꼴은 또 얼마나 귀엽니! 넬리는 그 술주정꾼이 토실토실한 어린아이였을 때(이 애처럼 어리고 순수했던 때)도 기억하고 있겠지. 그런데 넬리. 내 꿈 이야기를 들어줘야겠어. 별로 길지도 않아. 오늘 밤엔 도저히 명랑할 수가 없어."

"듣지 않을 거예요. 듣지 않을 거예요!"

저는 황급히 되풀이하여 말했습니다.

그때나 지금이나 저는 꿈에 대한 미신을 갖고 있거든요. 게다가 그때 캐서린 아가씨의 얼굴에는 평소와는 다른 침울한 기색이 있었기 때문에 그 꿈 얘기를 듣고 무서운 파국을 예견하게 될까 봐 두려웠답니다.

아가씨는 화를 냈지만 이야기를 꺼내지는 않았습니다. 다른 화제로 넘어가는가 싶었는데 잠시 후 아가씨는 다시 그 이야기를 꺼냈어요.

"내가 만약 천국에 간다면, 넬리, 나는 몹시 불행할 거야."

"아가씨는 천국에 갈 자격이 안 되니까요."

저는 대답했어요.

"천국에선 모든 죄인이 몹시 불행할 거예요."

"그런 얘기가 아니야. 언젠가 천국에 간 꿈을 꾼 적이 있어."

"꿈 이야기라면 듣지 않겠어요. 캐서린 아가씨! 자러 가야겠어요."

저는 다시 말을 가로막았지요.

아가씨는 소리 내어 웃고는, 의자에서 일어서려는 저를 붙잡아 앉혔습니다.

"아무것도 아니야." 하고 아가씨는 외쳤어요.

"천국은 내 안식처가 못 될 것 같다고 말하려 했을 뿐이야. 나는 지상으로 돌아오려고 가슴이 터지도록 울어 댔어. 그러자 천사들이 몹시 화를 내면서 날 워더링 하이츠 꼭대기의 황야 한복판에 내던졌고, 나는 기뻐서 울다가 잠이 깼어. 다른 어떤 이야기보다 이 꿈 이야기가 내 비밀을 잘 설명해 줄 거야. 천국이 나한테 맞지 않았던 것처럼 에드거 린턴과 결혼해서는 안 되는 거 아닌가 하는 생각이 자꾸만 들어.

저 고약한 술주정꾼이 히스클리프를 저렇게 비천하게 만들지만 않았어도 나는 에드거 린턴과 결혼할 생각 따위는 하지도 않았을 거야. 하지만 이제는 히스클리프와 결혼하는 건 내 격을 떨어뜨리는 일이 되고 말았어. 그래서 내가 얼마나 사랑하는지 히스클리프에게 알릴 수가 없어. 내가 그를 사랑하는 이유는 잘생겼기 때문이 아니라, 넬리, 그가 나보다도 더 나 자신이기 때문이야. 우리의 영혼이 무엇으로 만들어졌든 그의 영혼과 내 영혼은 똑같아. 하지만 린턴의 영혼은 달빛과 번개, 서리와 불이 다르듯 우리와는 다르지."

이 말이 끝나기 전에 저는 히스클리프가 옆에 있다는 것을 감지했습니다. 조그만 인기척이 나서 돌아보니 그가 벤치에서 일어나 조용히 나가는 것이 보였어요. 그는 캐서린이 자기와 결혼하면 격이 떨어지게 될 거라고 말하는 것까지 듣고는 더 이상 듣지 않고 나갔던 것이지요.

아가씨는 바닥에 앉아 있었기 때문에 의자 등받이에 가려서 그가 있던 것도, 나간 것도 몰랐지만 저는 깜짝 놀라 그녀에게 입을 다물라고 했어요.

"왜 그래?"

그녀가 걱정스러운 듯 주위를 살피며 묻더군요.

"조셉이 왔어요."

저는 그때 마침 길을 올라오는 짐마차의 바퀴 소리를 듣고 말했습니다.

"히스클리프도 함께 들어올 거예요. 어쩌면 지금 문간에 있을지도 모르죠."

"아, 설마 문간에서 내 말이 들리지는 않았겠지!"

아가씨는 말했습니다.

"헤어튼은 내게 맡기고 넬리는 식사 준비를 해. 준비가 다 되면 같이 먹게 불러. 나는 마음이 불편해서 잊어버리고 싶고, 히스클리프가 이 모든 것을 전혀 눈치채지 못했을 거라고 확신하고 싶어. 눈치채지 못했겠지? 사랑하는 게 어떤 건지 그는 모르겠지?"

"아가씨가 알고 있다면 히스클리프라고 모를 이유가 없죠."

저는 대꾸했습니다.

"만약 히스클리프가 아가씨를 사랑하고 있다면 이 세상에서 그 애보다 불행한 사람은 없을 거예요! 아가씨가 린턴 부인이 되는 순간 그는 우정과 사랑, 그의 전부를 잃게 될 테니까요! 아가씨는 그와의 이별을 어떻게 견딜 것인지, 그리고 이 세상에서 완전히 버림받는 것을 그가 어떻게 견딜 것인지 생각해 본 적이 있어요? 왜냐하면, 캐서린 아가씨……."

"그가 완전히 버림을 받는다고! 우리가 헤어진다고!"

아가씨는 분개하며 외쳤어요.

"누가 우리를 갈라놓는단 말이야? 그들은 밀로(참나무를 둘로 쪼개려다 나무 사이에 손이 끼어서 옴짝달싹 못하게 된 그리스의 운동선수_옮긴이)의 운명을 맞게 될 거야! 내가 살아 있는 한 우리는 절대 헤어지지 않아, 엘렌, 어느 누구를 위해서도. 린턴 씨 댁 사람들이 모두 이 세상에서 사라진다 해도 히스클리프를 저버리는 데 동의할 수 없어. 아, 그럴 의도는 없었는데! 정말 그럴 생각은 없었어! 그런 희생을 치러야 한다면 난 린턴 부인이 되지 않을 거야! 히스클리프는 지금껏 그래 왔던 것처럼 앞으로도 내게 소중한 존재야! 에드거는 그에 대한 반감을 털어 버리고, 적어도 그가 내 곁에 있는 걸 봐 줘야 해. 히스클리프에 대한 내 진정한 마음을 알면 그도 그렇게 할 거야. 넬리, 이제 알겠어, 넬리는 내가 자기만 아는 철면피라고 생각하고 있는 거지? 하지만 내가 히스클리프와 결혼하면 둘 다 거지가 되고 말 거라는 생각은 해 본 적 없어? 반면에 내가 린턴과 결혼하면 히스클리프가 자립하도록 도와서 오빠의 손아귀에서 벗어나게 할 수 있다고."

"남편의 돈으로 말이죠, 캐서린 아가씨?" 하고 저는 물었어요.

"에드거 도련님은 아가씨가 생각하는 것만큼 그렇게 호락호락하지는 않을 거예요. 그리고 제가 판단할 일은 아니지만, 그 이유가 린턴 도련님과 결혼하는 이유로서 지금까지 말한 것 중에서도 가장 나쁘다고 생각해요."

"그렇지 않아."

아가씨는 반박했습니다.

"이게 제일 좋은 이유야! 다른 이유들은 내 변덕을 만족시키기 위한 것이었어. 에드거를 위한 것이기도 했고. 그가 그러기를 원하니까 말이야. 그렇지만 이번 이유는 에드거와 나 자신에 대한 내 느낌을 몸으로 직접 이해하고 있는 존재를 위한 것이거든. 표현할 수가 없어. 하지만 넬리도 그렇고 누구나 자신의 존재가 자기를 넘어선 곳에 존재하고 또 그래야 한다는 생각을 갖고 있잖아. 내 존재가 완전히 이곳에만 속한다면 내가 창조된 보람이 어디 있겠어? 내가 이 세상에서 맛본 크나큰 비탄은 히스클리프가 당한 고통이었고, 나는 처음부터 그 고통을 낱낱이 지켜보고 느껴왔어. 살아오면서 내가 가장 많이 생각한 대상도 바로 히스클리프였지.

모든 것이 죽어 없어져도 그만 남아 있다면 나는 계속 존재할 거고, 다른 모든 게 있더라도 그가 사라진다면 내게 온 세상은 아주 낯선 곳이 되고 말 거야. 이 세상의 일부로 느껴지지 않겠지. 린턴에 대한 내 사랑은 숲의 잎사귀와 같아. 겨울이 오면 나무들이 변해가듯이 세월이 흐르면 그 사랑도 변해 갈 것을 나는 잘 알아. 그렇지만 히스클리프에 대한 내 사랑은 나무 아래에 놓여 있는 영원한 바위와 같아서, 눈에 보이는 기쁨의 원천은 아니지만 꼭 있어야 하는 거야. 넬리, 내가 바로 히스클리프야, 그는 언제나 내 마음속에 있어. 기쁨으로서가 아니라(내가 내 자신에게 반드시 기쁨이 아닌 것처럼) 내 자신으로서 내 마음속에 있는 거야. 그러니까 다시는 우리가 헤어진다는 말은 하지 마. 그건 있을 수 없는 일이니까. 그리고……."

아가씨는 말을 잇지 못하고 제 가운자락에 얼굴을 묻었지만 저는 옷자락을 홱 잡아당기며 아가씨를 억지로 밀어냈어요. 그녀의 어리석은 생각을 참을 수 없었거든요!

"내가 아가씨의 터무니없는 말을 조금이라도 이해했다면, 아가씨는 결혼을 하면 어떤 의무를 지게 되는지 모르거나, 그렇지 않다면 염치도 도덕심도 없는 못된 여자가 확실하다는 생각이 들어요. 더 이상 비밀을 말해서 나를 성가시게 하지 말아요. 비밀을 지키겠다는 약속도 하지 않을 테니까."

"그래도 지킬 거지?"

아가씨는 대답을 재촉했어요.

"아뇨, 약속 못 해요."

저는 되풀이하여 거절했지요.

캐서린 아가씨가 약속해 달라고 떼를 쓰려는데 조셉이 들어왔기 때문에 우리는 대화를 중단했습니다. 아가씨는 구석으로 자리를 옮겨 헤어튼을 돌보고, 그동안 저는 저녁 식사를 준비했지요.

요리가 다 되자 조셉과 저는 누가 힌들리 서방님에게 저녁을 갖다 줄 것인지를 놓고 다투기 시작했어요. 음식이 거의 다 식을 때까지도 결론이 나지 않았지요. 그래서 우리는 서방님이 시장하면 가져오라고 시킬 테니 그때까지 내버려 두기로 합의를 보았습니다. 우리는 서방님이 얼마 동안 혼자 있고 난 다음에는 특히 그 앞에 나타나는 것을 두려워했거든요.

"그런데 이 녀석은 왜 이 시간까지 들에서 돌아오지 않는 거야? 대체 뭐하느라 꾸물대는 거지? 게을러빠진 녀석 같으니라고."

조셉은 히스클리프를 찾아 두리번거리며 물었습니다.

"내가 불러올게요. 분병 헛간에 있을 테니까요." 하고 제가 대답했어요.

헛간에 가서 불러보았지만 대답이 없었어요. 돌아와서 저는 캐서린 아가씨에게 히스클리프가 그녀의 얘기 가운데 상당 부분을 들은 게 확실하다고 나직이 귀띔해 주었지요. 그리고 좀 전에 아가씨가 히스클리프에 대한 오빠의 행동을 불평할 때 그가 부엌에서 나가는 것을 보았다는 사실도 털어놓았답니다.

그녀는 놀라서 펄쩍 뛰었어요. 헤어튼을 긴 의자에 팽개치고는 직접 히스클리프를 찾으러 달려 나갔지요. 자기가 왜 그토록 당황하는지 혹은 자기가 한 말이 그에게 어떤 영향을 미쳤을지 생각해 볼 겨를도 없이 말이죠.

한참이 지나도 아가씨가 돌아오지 않자 조셉은 그만 기다리고 저녁을 먹자고 했어요. 조셉은 자기의 장황한 기도를 피하려고 그들이 일부러 늑장을 부리는 거라고 생각했지요. '어떤 짓도 할 수 있는 못된 아이들'이라고 단언하더군요. 그래서 그날 저녁에는 늘 해 오던 15분간의 식전 기도에 덧붙여 그들을 위한 특별 기도를 했고, 식후 기도가 끝나고 또 특별 기도를 하려는데 아가씨가 들이닥치더니 조셉에게 당장 길을 따라 내려가서 히스클리프가 어디를 돌아다니고 있든 찾아오라고 다급히 명령하는 것이었어요!

"그 애한테 하고픈 말이 있어. 자러 올라가기 전에 꼭 해야 할 말이 있다고. 대문이 열려 있는 걸 보면 불러도 들리지 않는 곳에 가 있는 거야. 양 우리 꼭대기에서 온 힘을 다해 외쳤지만 대답이 없었어."

처음에 조셉은 거부했지만 아가씨가 너무 정색을 하고 다그치자 결국 모자를 쓰고 투덜대며 나섰지요.

그동안 캐서린 아가씨는 방 안을 서성이며 탄식했어요.

"대체 어디에 있는 거야. 어디에 있을까! 내가 아까 무슨 이야기를 했지, 넬리? 난 생각이 안 나. 오늘 오후에 내가 언짢게 굴어서 화가 났나? 어떡해! 내가 한 이야기 중에 그를 화나게 할 만한 말이 뭐가 있었는지 말해 줘. 그가 돌아와야 할 텐데. 제발 돌아왔으면!"

"아무것도 아닌 일 가지고 왜 이렇게 수선을 피우세요?"

저도 약간 걱정이 되었지만 이렇게 외쳤습니다.

"하잘것없는 일로 뭘 그렇게 걱정을 하세요! 히스클리프가 달밤에 벌판을 어슬렁거리거나 골이 나서 우리와 말하지 않으려고 건초 다락에 누워 있는 것이 놀랄 거리가 되나요. 거기 숨어 있는 게 확실해요. 그곳을 뒤져서 찾아내지 못하나 두고 보세요!"

저는 그를 찾으려고 다시 나섰지만 실망하며 돌아와야 했고, 조셉 역시 마찬가지였습니다.

"그 녀석 갈수록 말썽이네!"

조셉이 들어오며 말했어요.

"녀석이 문을 활짝 열어 놔서 아가씨 조랑말이 보리밭을 어정버정 짓밟아 두 이랑이나 망쳐 놓고 초원으로 내처 내뺐다고. 내일 주인님 이 보면 노발대발 혼쭐을 내실 거야. 이렇게 부주의하고 쓸모없는 녀석을 그대로 두다니 주인님은 참을성이 많기도 하셔, 정말 대단하다 니까! 하지만 주인님이 언제까지나 참고만 있진 않을걸. 두고 보라 고! 괜히 그분을 화나게 해서는 안 되지!"

"히스클리프는 찾았어, 이 바보야?"

캐서린 아가씨는 조셉의 말을 가로막으며 물었습니다.

"내가 시킨 대로 찾아본 거야?"

"차라리 조랑말을 찾아 나서는 게 낫죠. 그게 더 분별 있는 일이라 고요. 어쨌든 이런 밤에는 사람이건 말이건 찾을 수 없어요. 이렇게 굴뚝 속처럼 깜깜한데 어떻게 찾아요? 게다가 히스클리프는 내 휘파 람 소리에 달려올 녀석이 아니거든요. 캐서린 아가씨가 부르면 또 모 를까."

여름 저녁치고는 정말 굉장히 어두웠답니다. 하늘에 잔뜩 먹구름 이 끼어 있는 걸로 보아 금방 천둥이 칠 것 같았어요. 그래서 저는 가 만히 앉아서 기다리는 편이 낫겠다고 말했어요. 비가 오면 히스클리 프가 알아서 집으로 돌아올 테니까요.

그러나 무슨 말로도 캐서린 아가씨를 안심시키지 못했어요. 그녀 는 한시도 가만히 있지 못하고 대문과 현관문 사이를 계속 왔다 갔다 하면서 불안해했지요. 결국은 도로 쪽 담벼락에 붙어 서서는 제가 아무리 타이르고 천둥이 치고 굵은 빗방울이 억수같이 내리기 시작해도 아랑곳없이 그곳에 서서 간간이 히스클리프를 소리쳐 부르다가 귀를 기울이다가 소리 내어 울다가 하는 거예요. 그녀가 감정이 북받쳐서 울 때에는 헤어튼이나 다른 어떤 아기도 상대가 되지 않을 정도였지요.

자정 무렵에도 우리는 히스클리프를 기다리고 있었는데, 폭풍이 더없이 거세지면서 워더링 하이츠가 덜커덩거렸습니다. 천둥소리와 함께 격렬한 바람이 불더니 건물 모퉁이에 있던 나무 한 그루가 두어 가닥으로 쪼개지면서 큰 가지가 지붕을 덮치는 바람에 동쪽 굴뚝이 부서져서 검댕과 돌조각이 부엌 벽난로 속으로 와르르 떨어졌답니다.

우리는 벼락이 우리 한복판에 떨어진 줄 알았어요. 조셉은 얼른 무릎을 꿇고 족장 노아(대홍수 때 구원받음_옮긴이)와 롯(소돔과 고모라 심판 때 구원받음_옮긴이)을 구원하신 것을 기억하시어 옛날에 그러하셨듯이 의인을 구하고 악인을 치시라고 애원하더군요. 저 역시 우리에게 심판을 내린 게 틀림없다는 느낌이 들었어요. 제 생각에는 요나(하느님의 명령을 거역하고 항해에 나섰다가 풍랑을 만남_옮긴이)가 언쇼 서방님일 것 같았지요. 그래서 그가 아직 살아 있는지 확인하려고 방문 손잡이를 흔들었어요. 서방님은 들을 수 있을 만큼 큰 소리로 대답했고, 그 소리에 조셉은 더욱 요란하게 자기와 같은 성자와 이 집 주인 같은 죄인을 확실히 구별해 주십사고 고함을 질러 대며 기도하는 것이었어요. 20분 만에 폭풍은 지나갔고 우리들 중 어느 누구도 다치지 않았습니다. 다만 캐시 아가씨가 고집을 부리며 비를 피하라는 말도 듣지 않고, 모자도 쓰지 않고 숄도 걸치지 않은 채 빗속에 서 있었기 때문에 머리며 옷이 온통 빗물에 흠뻑 젖었습니다.

아가씨는 그렇게 흠뻑 젖었지만 그냥 들어와서 몸을 의자의 등 쪽으로 향하고 두 손으로 얼굴을 가린 채 긴 의자에 누웠습니다.

"어머, 아가씨!"

저는 그녀의 어깨에 손을 얹으며 외쳤어요.

"설마 죽고 싶은 건 아니겠죠. 지금 몇 시인 줄 아세요? 열두 시 반이에요. 자, 이제 자러 가야죠! 그 바보 같은 녀석은 더 기다려도 소용없어요. 아마 틀림없이 기머튼에서 자고 올 거예요. 우리가 이렇게 늦게까지 기다리는 줄 모르고, 아니, 힌들리 서방님만 깨어 있을 줄 알고 서방님이 문을 열게 하는 일은 피하고 싶었을 거예요."

"아니, 아니야. 그 녀석은 기머튼에 있지 않아!"

조셉이 말했어요.

"틀림없이 늪 구덩이에 빠졌을 거야. 하느님은 공연히 찾아오지 않지. 아가씨도 조심해야 될걸요. 다음 차례가 될지 모르니까 매사에 하느님께 감사할지니! 쓰레기 가운데서 가려낸 자들을 위해서는 모든 게 잘되고 있는 거지! 성경에도 쓰여 있듯이……."

그리고 성경 몇 구절을 인용하면서 그 구절이 어디에 씌어 있는지 몇 장 몇 절까지 들먹이며 설명하는 것이었어요.

그 고집 센 아가씨에게 일어나서 젖은 옷 좀 갈아입으라고 아무리 말해도 듣지 않자, 저는 조셉이 설교하든 말든 아가씨가 추위에 떨든 말든 내버려 두고, 마치 다른 사람들도 모두 자고 있는 것처럼 깊이 잠들어 있는 아기 헤어튼을 안고 자러 갔어요.

그 뒤로 얼마 동안 조셉이 성경을 읽는 소리가 들렸어요. 그런 다음 그가 천천히 사다리를 밟고 다락방으로 올라가는 소리를 듣고 저도 잠이 들었답니다.

다음 날 아침 여느 때보다 조금 늦게 내려와 보니, 덧창 틈새로 비쳐 드는 햇빛에 캐서린 아가씨가 여전히 벽난로 쪽에 앉아 있는 것이 보였어요. 거실 문도 열려 있었고 창문도 닫혀 있지 않아서 햇빛이 들어왔지요. 힌들리 서방님도 벌써 나와서 초췌하고 잠이 덜 깬 얼굴로 부엌 벽난로 앞에 서 있었습니다.

"어디 아프니, 캐시? 물에 빠진 강아지처럼 참담해 보이는구나. 왜 이렇게 맥이 없고 창백하냐?"

제가 들어갔을 때 서방님이 아가씨에게 말하고 있더군요.

"비를 맞았어요."

아가씨는 마지못해 대답했어요.

"그리고 추워서 그래요. 그뿐이에요."

"어휴, 아가씨가 어찌나 고집불통인지 몰라요!"

저는 힌들리 서방님이 술이 깨어 제정신인 것을 알아차리고는 외쳤습니다.

"아가씨는 간밤에 소나기를 쫄딱 맞고서 아무리 말해도 꼼짝 않고 저기에 앉아 밤을 새웠지요."

언쇼 서방님은 놀라서 눈을 동그랗게 뜨고 우리를 쳐다보더군요.

"밤새도록?"

서방님은 말을 되풀이했어요.

"뭣 때문에 잠을 못 잔 거야? 천둥이 무서워서 그런 건 아닐 테고 이미 오래전에 멎었으니까."

우리는 숨길 수 있을 때까지 히스클리프가 없어졌다는 말을 하고 싶지 않았어요. 그래서 저는 아가씨가 왜 밤새워 앉아 있으려 했는지 모른다고 대답했고, 아가씨도 잠자코 있었어요.

신선하고 상쾌한 아침이었어요. 창을 열어젖히자, 뜰에서 풍겨 오는 향기가 곧 방 안을 채웠지요. 그러나 캐서린 아가씨는 짜증을 내며 내게 말했어요.

"엘렌, 창문 좀 닫아. 얼어 죽겠어!"

그리고는 꺼져 가는 장작 가까이로 몸을 움츠리며 이가 맞부딪칠 정도로 덜덜 떠는 거였어요.

"몸이 아픈 모양이군."

힌들리 서방님은 그녀의 손목을 잡으며 말했어요.

"그래서 못 잤구나. 제기랄! 이제 더는 집안의 우환 때문에 고생하고 싶지 않은데. 뭣 때문에 비가 오는데 나갔던 거냐?"

"여느 때처럼 사내 꽁무니를 쫓아간 게지요."

조셉은 우리가 머뭇거리고 있는 틈을 타서 기회를 놓칠세라 쉰 목소리로 고약한 헛바닥을 놀려 댔습니다.

"제가 주인님이라면 귀한 놈이든 천한 놈이든 면전에 대고 문을 쾅 닫아 버릴 텐데! 주인님이 외출만 하시면 저 고양이 같은 린턴 녀석이 살그머니 나타나지요. 우리 착한 넬리 양께선 부엌에 앉아 망을 보고, 그러다 주인님이 들어오시면 그 녀석은 다른 문으로 내빼단 말씀입니다. 그리고 나면 우리 훌륭한 아가씨는 아가씨대로 연애를 하러 나가지요! 자정이 지난 야심한 밤에 저 더러운 망할 놈의 집시 녀석 히스클리프와 들판에 숨어 돌아다니니, 참 훌륭한 행실이십니다. 이들은 제가 보지 못한다고 생각하지만 전 그런 바보는 아니거든요! 린턴 녀석이 오는 것도 가는 것도 다 보고 있지요. 그리고 네(저를 두고 한 말이죠.) 짓거리도 다 보고 있다. 이 아무 쓸모없는 칠칠치 못한 계집아. 길에서 주인님의 말발굽 소리가 들리면 바로 날쌔게 거실로 달려가서 주인님이 오신다고 알렸지."

"입 닥쳐, 이 염탐꾼아!"

캐서린 아가씨는 외쳤습니다.

"내 앞에서 무례하게 굴지 마. 에드거 린턴은 어제 우연히 들렀어요, 오빠. 그리고 그에게 가라고 말한 사람은 나예요. 오빠가 몹시 취해 있어서 그를 만나고 싶지 않을 것 같았거든요."

"캐시, 넌 분명 거짓말을 하고 있어."

그녀의 오빠는 대답했습니다.

"그리고 넌 지독한 얼간이야! 일단 린턴 이야기는 뒤로 미루고, 너 어젯밤에 히스클리프와 함께 있었지? 자, 바른대로 말해. 그 녀석에게 해가 될까 겁내지 말고. 여전히 그 녀석을 미워하지만 얼마 전에 그 녀석이 내게 좋은 일을 했으니 양심상 목을 분지를 수는 없지. 그런 일이 일어나지 않도록 바로 오늘 아침에 그 녀석을 내쫓아 버릴 테다. 너희들 모두 정신 똑바로 차려. 그 녀석이 나가고 나면 그만큼 내 성미가 너희들 쪽으로 쏠리게 될 테니까."

"간밤엔 히스클리프의 코빼기도 보지 못했어요."

캐시린 이가씨는 이렇게 대답하며 비통하게 흐느끼기 시작했어요.

"그리고 오빠가 그 애를 내쫓는다면 나도 그 애와 함께 갈 거예요. 하지만 쫓아 낼 기회는 없을 거예요. 벌써 아주 나가 버린 것 같으니까요."

그녀는 여기까지 말하고 나서 슬픔을 주체하지 못하고 울음을 터뜨렸어요. 그래서 나머지 말은 알아들을 수 없었지요.

힌들리 서방님은 아가씨에게 경멸에 찬 욕설을 있는 대로 퍼붓고는 당장 방으로 가든지 아니면 별것도 아닌 일로 울고불고하지 말라고 말했어요. 저는 아가씨를 억지로 방으로 데려갔지요. 방에 당도했을 때 아가씨가 슬퍼했던 광경을 잊을 수가 없습니다. 기겁할 정도였어요. 아가씨가 미친 줄 알고 혼비백산한 저는 조셉에게 달려가서 의사를 불러오라고 간청했어요.

정신 착란의 시초였어요. 케네스 선생은 아가씨를 보자마자 위험하다고 진단했지요. 그녀는 열병에 걸렸던 겁니다.

의사는 피를 뽑고 나서, 유장(치즈를 만들 때 우유가 응고된 뒤 분리되는 액체_옮긴이)과 미음만 먹고 계단 아래나 창밖으로 몸을 내던지지 않도록 주의하라고 저에게 일러 주고 떠났어요. 집과 집 사이가 보통 2~3마일 떨어진 마을에서 왕진을 다니려면 어지간히 바삐 움직여야 했거든요.

제 자신도 상냥한 간병인 노릇을 했다고 말할 수는 없지만 조셉과 힌들리 서방님은 더 말할 것도 없었어요. 캐서린 아가씨도 그보다 더 한 환자가 없을 정도로 고집을 부리고 성가시게 굴었지만 그럭저럭 병을 이겨 나갔습니다.

린턴 부인이 여러 번 찾아오셔서 이것저것 바로잡고, 우리 모두를 꾸짖으며 지시를 내리기도 하셨는데, 캐서린 아가씨가 차츰 회복되자 스러시크로스 저택으로 데리고 가겠다고 우기시더군요. 우리는 아가씨를 간병하는 성가신 일에서 놓여날 수 있어서 무척 고마웠어요. 그러나 그 가여운 부인이 자신의 친절을 후회할 일이 생기고 말았어요. 린턴 씨 내외분 모두 열병에 옮아 며칠 간격으로 세상을 떠나고 마셨거든요.

우리 아가씨는 전보다 더 건방지고 성마르고 거만해져서 워더링 하이츠로 돌아왔어요. 히스클리프는 폭풍이 불고 천둥이 치던 밤 이후로 소식을 들을 수 없었습니다. 어느 날 아가씨가 저를 너무 화나게 하는 바람에 저는 히스클리프가 사라진 것도 아가씨 탓이라고 내뱉고 말았지요(그게 사실이라는 것은 아가씨도 잘 알고 있었답니다.). 그때부터 몇 달 동안 아가씨는 저에게, 하녀에게 지시하는 말 외에는 다른 어떤 말도 건네지 않았지요. 또한 아가씨는 조셉도 상대하지 않았어요. 조셉은 자신의 생각을 서슴없이 말하고 마치 아가씨가 어린아이인 것처럼 설교하려 들었거든요. 그러나 아가씨는 자신을 어른이자 안주인이라 생각했고 병을 앓고 난 다음이라 특별히 배려를 받아야 한다고 생각했어요. 게다가 의사 선생도 그녀를 너무 화나게 해서는 안 되니까 마음대로 하게 둬야 한다고 했고요. 그러니 누구라도 감히 그녀에게 맞서서 대꾸라도 하는 것은 그녀가 보기에는 살인이나 마찬가지였던 겁니다.

캐서린 아가씨는 언쇼 서방님과 그의 친구들에게 무관심했어요. 언쇼 서방님은 케네스 선생에게서 들은 말도 있고 아가씨가 화를 내면 흔히 발작이 동반되었기 때문에 아가씨가 요구하는 것은 무엇이든 다 들어주었고 그녀의 불같은 성미를 돋우지 않으려고 애썼지요. 너무 관대하다 싶을 만큼 아가씨의 변덕을 맞춰 주었어요. 그런데 이런 행동은 아가씨에 대한 애정 때문이라기보다는 명예욕 때문이었습니다. 서방님은 아가씨가 린턴 가문과 인연을 맺어 집 안을 영예롭게 하기를 열렬히 바랐지요. 그래서 서방님은 자기를 건드리지만 않으면 설령 이기씨기 우리를 노예처럼 짓밟아두 아무 상관도 하지 않았을 거예요!

수많은 사람이 옛날에도 그랬고 앞으로도 그럴 테지만, 사랑에 눈이 먼 에드거 린턴 도련님은 아버지가 돌아가신 지 3년 뒤에 캐서린 아가씨의 손을 잡고 기머튼 교회로 들어가던 날, 자기가 세상에서 제일 행복한 사람이라고 믿었지요.

저는 전혀 내키지 않았지만 사람들의 설득에 못 이겨 워더링 하이츠를 떠나 아가씨와 함께 이 집으로 왔답니다. 아기 헤어튼이 다섯 살이 다 되어 제가 막 글자를 가르치기 시작했을 때였지요. 헤어튼과 저는 헤어지는 게 너무 슬펐어요. 그러나 캐서린 아가씨의 눈물이 우리의 눈물보다 더 강력한 힘을 발휘했지요. 제가 가지 않겠다고 거절하자, 그리고 아가씨가 아무리 간청해도 제가 마음을 바꾸려 하지 않자 아가씨는 울면서 남편과 오빠에게 가더군요. 그녀의 남편은 저한테 보수를 넉넉히 주겠다고 했고, 그녀의 오빠는 안주인이 없는 집에는 하녀가 있을 필요가 없다고 말하며 짐을 싸라고 명령했어요. 헤어튼은 차츰 목사님이 돌보게 될 거라고 했지요. 그래서 저는 명령에 따르는 수밖에 다른 도리가 없었어요. 저는 주인에게 괜찮은 사람들을 모두 내쫓으면 더 빨리 파멸하게 될 뿐이라고 말해 주고 헤어튼에게 입을 맞추며 작별 인사를 했지요. 그 뒤로 헤어튼은 낯선 사람이 되고 말았답니다. 생각하면 참 이상한 일이에요. 그 아이는 엘렌 딘에 대해 완전히 잊어버린 게 확실해요. 이 세상에서 그 아이가 저한테 가장 소중한 존재였고 저 또한 그 아이에게 가장 소중한 존재였다는 사실도 전혀 기억하지 못하는 것 같아요.

* * *

가정부는 여기까지 이야기하고 나서 무심코 벽난로 위의 시계로 시선을 돌렸다. 바늘이 한 시 반을 가리키고 있는 것을 보고 깜짝 놀라며 1초도 더 머무르려 하지 않았다. 사실 나도 나머지 이야기는 다음 기회로 미루고 싶던 참이었다. 그녀가 자러 간 뒤에도 한두 시간 생각에 잠겨 있었더니 머리와 사지가 나른하고 쑤셨던 터라, 이제 기운을 내어 잠자리에 들어야겠다.

제10장

은둔 생활의 멋들어진 서막이로다! 4주 동안 앓아누워 뒤척여야만 했으니! 아, 이 매서운 바람, 스산한 북녘 하늘, 지나다닐 수 없는 길, 꾸물대는 시골 의사들! 아, 사람의 얼굴이라고는 볼 수 없는 이 적막, 그리고 무엇보다 끔찍한 것은 봄이 올 때까지 외출할 생각을 하지 말라는 케네스 선생의 가혹한 선고다.

히스클리프 씨가 지금 막 문병을 다녀갔다. 이레 전쯤에는 뇌조 한 쌍을 보내 주었다. 이번 사냥철의 마지막 포획물이었을 것이다. 악당 같으니! 내가 이렇게 몸져눕게 된 데는 얼마간 그의 책임도 있었다. 그래서 나는 그에게 한마디 해 주고 싶었다. 그러나 그럴 수 없었다. 내 침대 곁에서 족히 한 시간 동안 앉아 있어 주고 다른 사람들처럼 알약이나 물약, 발포고나 거머리에 대한 이야기를 늘어놓지 않고 다른 화제를 이야기하는 친절한 사람을 어떻게 공격할 수 있겠는가.

지금은 꽤 편안한 회복기를 보내고 있다. 아직 책을 읽기에는 기운이 없지만, 재미있는 일이라면 즐길 수 있을 것 같다. 딘 부인을 불러

이야기를 마저 하게 하면 어떨까? 저번에 들은 이야기 중에서 주요한 사건은 기억이 난다. 그래, 남자 주인공은 도망친 뒤 3년 동안 소식이 없었고, 여자 주인공은 결혼을 했지. 종을 울려야겠다. 내가 명랑하게 이야기할 수 있을 정도로 회복된 것을 보면 그녀도 기뻐할 것이다. 딘 부인이 왔다.

"약을 드시려면 아직 20분 더 있어야 해요."

그녀가 말했다.

"제발 약 이야기는 그만해요! 내가 바라는 건······."

"의사 선생님이 이제 가루약은 그만 드셔도 된다고 하셨어요."

"그거 정말 잘됐군요! 내 말 좀 자르지 말고 들어 봐요. 이리 와 앉아요. 줄줄이 늘어놓은 쓰디쓴 약은 그만 만지고 주머니에서 뜨개질감을 꺼내요. 그래요, 그게 좋을 거예요. 그리고 전에 이야기를 멈춘 데서 현재까지 히스클리프의 내력에 대해 계속 이야기해 줘요. 그가 유럽 대륙으로 가서 교육을 마치고 신사가 되어 돌아왔는지, 그렇지 않으면 장학생으로 대학이라도 다닌 건지, 미국으로 도망가서 자기를 길러 준 나라의 피를 흘리게 해서 훈장이라도 받았는지, 아니면 영국의 대로에서 쉽게 한밑천 장만했는지 말이에요."

"그 모든 일을 조금씩 다 했는지도 모르죠, 록우드 씨. 그러나 저는 그가 확실히 어떤 일을 했는지 알지 못한답니다. 전에도 말씀드렸듯이 저는 그가 어떻게 돈을 벌었는지, 그리고 야만인처럼 무식했던 그가 어떻게 교양을 쌓았는지도 모르지요. 하지만 기왕에 말씀을 시작하셨으니 제 이야기가 지루하지 않고 재미있으시다면 제 식대로 이야기를 계속할게요. 오늘 아침에는 좀 나아지셨어요?"

"한결 나아요."

"잘됐군요."

* * *

저는 캐서린 아씨와 함께 스러시크로스 저택으로 왔지요. 아씨가 기대한 것보다 훨씬 예의 바르게 행동해서 의외였지만 흐뭇했어요. 그녀는 린턴 서방님을 거의 지나치다 싶을 만큼 좋아하는 것 같았어요. 그리고 시누이에게도 아주 살가웠답니다. 물론 그들도 그녀를 편안하게 해 주려고 세심하게 배려했지요. 가시나무가 인동덩굴 쪽으로 휘어지는 것이 아니라 인동덩굴이 가시나무를 싸안고 올라가는 식이었어요. 서로 양보하는 것이 아니라 한쪽은 꼿꼿이 서 있는데 다른 쪽 사람들이 굽히고 늘어갔으니까요. 반대하지도, 무관심하지도 않는데 누가 심술을 부리고 성을 내겠어요?

에드거 씨에게는 아씨의 기분을 거스르는 것에 대한 뿌리 깊은 두려움이 있는 것 같았습니다. 서방님은 그것을 아씨가 모르게 감췄지요. 그러나 제가 날카롭게 대답하는 것을 듣거나 다른 하인이 아씨의 거만한 명령에 기분 나쁜 표정을 짓는 것을 보거나 하면 자기 자신 때문에 찌푸려 본 적이 없는 얼굴을 찡그리며 걱정을 나타내시곤 하셨지요. 서방님은 고분고분하지 않은 제 태도에 대해서도 여러 번 엄격하게 나무라셨는데, 아씨가 화난 것을 보면 칼로 찌르는 것보다 더한 아픔을 느낀다고 말씀하시더군요.

자상한 주인님의 마음을 아프게 하지 않으려고 저도 성질을 덜 부리게 되었지요. 반년 동안에는 폭발하게 하는 불이 가까이 오지 않았으므로 화약 같은 캐서린 아씨의 성미가 모래처럼 아무런 해를 끼치지 않았습니다. 캐서린 아씨는 가끔 우울해하며 아무 말 없을 때가 있으셨는데, 그럴 때면 그녀의 남편도 말을 걸지 않음으로써 그녀의 기분을 이해해 주었답니다. 그분은 그녀가 전에는 우울한 기분에 젖을 때가 없었지만 중병 때문에 체질이 바뀌어서 그렇게 되었다고 생각하셨죠. 그러다 햇살이 나오듯 아씨의 기분이 다시 좋아지면 그분도 명

137

랑해졌어요. 정말이지 그 부부간에는 깊은 행복이 나날이 커져 가는 듯했어요.

그러나 그 행복에도 종말이 왔어요. 글쎄, 우리 인간은 결국엔 자기 본위가 되나 봅니다. 유순하고 너그러운 사람의 이기심이 다른 사람을 제 맘대로 하려는 사람의 이기심보다 더 정당하다는 차이가 있을 뿐이죠. 상황이 변하여 상대방이 자기를 가장 중요하게 여기지 않는다고 느끼자 그분들의 행복은 결국 끝이 나고 말았던 겁니다.

9월의 어느 아늑한 저녁, 저는 사과를 따서 담은 무거운 바구니를 들고 뜰에서 돌아오고 있었어요. 이미 어스름이 내려 있어서 안뜰의 높은 담장 너머로 달이 떠 있었어요. 그래서 여기저기 튀어나온 집의 모서리에 무언가 숨어 있는 듯한 그늘이 드리워져 있었지요. 저는 한숨 돌리려고 부엌 문 옆 계단에 바구니를 내려놓고는, 현관을 등지고 달을 쳐다보며 부드럽고 향기로운 공기를 더 들이마시고 있었어요. 그때 등 뒤에서 소리가 들렸습니다.

"넬리, 넬리 맞지?"

굵은 음성이었고 어조는 타지에서 온 사람 같았지만, 내 이름을 발음하는 투가 어딘지 귀에 익은 데가 있었지요. 저는 누군지 보려고 고개를 돌렸어요. 문은 모두 닫혀 있었고 계단으로 다가오는 사람을 보지 못했던 터라 두려운 마음이 들었어요.

현관에서 무언가 움직이더군요. 그래서 가까이 가 보니 머리와 얼굴이 검고 검은색 옷을 입은 키 큰 남자라는 것을 알 수 있었지요. 그는 현관 옆의 벽에 기대어 문을 열려는 듯 걸쇠에 손을 대고 있었어요.

'누굴까? 언쇼 서방님일까? 아니야! 목소리가 전혀 비슷하지 않아' 하고 저는 생각했어요.

"한 시간을 기다렸어."

제가 눈을 동그랗게 뜨고 빤히 쳐다보는 동안 그는 다시 말했습니다.

"내내 주위가 쥐 죽은 듯이 고요하더군. 그래서 들어갈 용기가 나지 않았지. 나를 모르겠어? 자, 봐, 난 낯선 사람이 아니야!"

달빛 한 줄기가 그의 얼굴을 비췄어요. 두 뺨은 누르께한 흙빛이었고 검은 구레나룻에 반쯤 덮여 있었어요. 찌푸린 눈썹에 깊이 박혀 있는 두 눈이 독특했는데, 그 눈을 보자 기억이 나더군요.

"이게 누구야!"

저는 너무 놀라 두 손을 올리며 소리쳤어요. 그가 정말 이 세상 사람인지 확신할 수 없었거든요.

"아니, 이게 누구야! 네가 돌아온 거야? 정말 너니? 정말?"

"맞아, 히스클리프."

그는 내게서 시선을 돌려 창문 쪽을 쳐다보며 대답했어요. 창들은 하나하나 달빛만을 반사할 뿐 안에서는 불빛이 새어 나오지 않았어요.

"집에 사람이 있는 거야? 그녀는 어디 있어? 넬리, 넬리는 내가 반갑지 않겠지만 그렇게 당황할 필요는 없어. 그녀가 여기 있어? 말해 줘! 그녀와 한마디만 하고 싶어. 이 집 안주인 말이야. 가서 기머튼에서 온 사람이 만나고 싶어 한다고 전해 줘."

"아씨가 어떻게 받아들일까?"

저는 소리쳤어요.

"아씨가 어떻게 하실까? 나도 이렇게 어리둥절한데 아씨는 정신을 못 차리실 거야! 네가 정말 히스클리프란 말이지? 많이 변했네. 정말 무슨 일인지 영문을 모르겠구나, 군대라도 갔다 온 거야?"

"가서 내 말을 전해 줘."

그는 조급해하며 제 말을 가로막았어요.

"넬리가 그렇게 해 주기 전까지는 지옥에 있는 기분일 거야."

그가 걸쇠를 올리자 저는 들어갔어요. 그러나 린턴 부부가 있는 거실에 다다르자 차마 더는 앞으로 갈 수 없었어요.

마침내 저는 촛불을 켜드릴까 하고 물어보는 것을 구실 삼아 들어가기로 결심하고 문을 열었지요.

　그들 부부는 격자창이 바깥벽까지 닿도록 활짝 열어 놓고는 창문 앞에 앉아 있더군요. 창문으로 정원의 나무와 너른 푸른 숲 너머 기머튼 골짜기가 보이고 거의 그 꼭대기까지 굽이굽이 이어진 한 가닥 안개가 보였어요(보셨을지 모르겠지만 교회를 지나 얼마 못 가서 늪에서 흘러오는 도랑이 그 골짜기를 돌아 흐르는 개천과 합쳐진답니다.). 그 은백색 수증기 위로 워더링 하이츠(하이츠는 원래 높은 곳, 언덕을 뜻하는 단어임. 이 소설에서 '워더링 하이츠'는 바람받이 언덕 또는 그 언덕에 있는 집을 말하는데 여기서는 언덕을 지칭함_옮긴이)가 솟아 있었는데 우리가 살던 집은 그 너머 좀 낮은 곳에 자리하고 있어서 보이지 않았어요.

　방 안 분위기와 그곳에 있는 사람들, 그리고 그들이 바라보는 경치, 이 모든 것이 너무나도 평화로워 보였습니다. 그래서 히스클리프가 왔다는 말을 하기가 망설여졌지요. 촛불 얘기만 하고는 용건을 말하지 못한 채 나오려는데, 그러는 제 자신이 바보 같다는 생각이 들어 되돌아가서 중얼거렸어요.

　"아씨, 기머튼에서 온 분이 뵙고 싶답니다."

　"무슨 일로?"

　린턴 부인이 물었어요.

　"그건 물어보지 않았는데요."

　제가 대답했지요.

　"음, 그럼 커튼을 내려 줘, 넬리. 그리고 차를 올려 와. 곧 돌아올 테니까."

　아씨가 대답했어요. 그러고 나서 그녀는 방을 나갔고, 에드거 씨는 별 생각 없이 누구냐고 물었지요.

"아씨가 전혀 예상하지 못한 사람이에요. 주인님도 기억하시겠지만 언쇼 서방님 댁에서 살던 히스클리프가 왔답니다."

제가 대답했어요.

"뭐라고, 들에서 일하던 그 집시 녀석이 왔다고?"

그가 외쳤어요.

"왜 캐서린에게 그렇게 이야기하지 않았소?"

"쉿! 그 사람을 그렇게 부르시면 안 됩니다, 주인님. 아씨가 들으시면 속상하실 거예요. 히스클리프가 사라졌을 때 얼마나 상심하셨다고요. 그가 돌아와서 아씨는 무척 기쁘실 거예요."

린턴 씨는 안뜰이 내려다보이는 반대쪽 창문으로 걸어가서, 창문을 열고 몸을 내밀었어요. 그러고는 두 사람이 그 아래에 있었는지 곧바로 소리치셨죠.

"여보, 거기에 서 있지 말고, 누구든 특별한 손님이면 데리고 들어와요."

잠시 후 걸쇠 걸리는 소리가 나더니, 캐서린 아씨가 숨을 헐떡이며 미친 듯이 2층으로 뛰어 올라왔어요. 너무 흥분해서 반가운 기색도 없는 아씨의 얼굴만 보았다면 끔찍한 사고가 일어난 줄 알았을 거예요.

"오, 에드거, 에드거!"

그녀는 남편의 목덜미를 덥석 껴안고 숨을 몰아쉬며 말했어요.

"오, 에드거, 여보! 히스클리프가 돌아왔어요. 정말 그 사람이에요!"

그렇게 말하며 팔에 힘을 주어 꼭 안았습니다.

"그래, 그래."

서방님은 언짢은 듯 외쳤습니다.

"그렇다고 내 목을 조르진 마시오! 그자가 그렇게 소중한 사람이라고는 생각한 적 없소. 그렇게 흥분할 필요는 없잖소!"

"당신이 그를 좋아하지 않는다는 건 알고 있어요."

린턴 부인은 기쁨을 억누르며 대답했습니다.

"하지만 이제는 나를 위해서라도 친구처럼 지내도록 해요. 올라오라고 할까요?"

"이리로? 거실로 말이오?"

린턴 서방님이 말했어요.

"여기가 아니면 어디로 데리고 오죠?"

린턴 부인이 말했어요.

린턴 서방님은 화난 표정으로 히스클리프를 맞기에는 부엌이 더 적당하지 않겠냐고 말했습니다. 그녀는 익살맞은 표정으로(서방님이 까다롭게 구는 데 화도 나고 웃음도 나서) 남편을 쳐다보았어요.

"안 돼요."

그녀는 잠시 후에 이렇게 덧붙였어요.

"부엌에 앉아 있을 수는 없어요. 엘렌, 여기 탁자 두 개를 준비해 줘. 하나는 지체 높은 주인님과 이사벨라 아가씨를 위해서, 또 하나는 신분이 낮은 히스클리프와 날 위해서. 그러면 되겠지요, 여보? 그렇지 않으면 다른 방에 불을 지피라고 할까요? 그렇다면 지시를 하세요. 난 달려 내려가 손님을 붙들어야겠어요. 너무 기뻐서 믿어지지가 않아요!"

아씨가 다시 쏜살같이 달려 내려가려는데 에드거 서방님이 아씨를 붙잡았어요.

"넬리가 가서 올라오라고 해."

그가 제게 말했습니다.

"그리고 캐서린, 기뻐하는 건 좋지만 바보같이 굴진 말아요! 당신이 도망간 하인을 오라비처럼 맞이하는 광경을 집안사람 모두가 볼 필요는 없잖소."

내려가 보니 히스클리프가 현관 아래에서 기다리고 있었어요. 들어오라고 할 것을 예상하고 있는 눈치였죠. 그는 아무 말없이 제가 안내하는 대로 따라왔습니다. 그를 주인 내외가 있는 곳으로 안내했을 때 두 분이 얼굴을 붉히고 있는 것으로 보아 말다툼을 하고 계셨다는 것을 알 수 있었어요. 그러나 아씨는 히스클리프가 문간에 나타나자, 또 다른 감정으로 붉게 상기되었어요. 아씨는 뛰어나와 히스클리프의 두 손을 잡고 린턴 서방님에게로 데리고 가더니만, 린턴 서방님의 내키지 않아 하는 손을 잡아 그의 손에 덥석 쥐어 주더군요.

벽난로 불빛과 촛불에 완연히 드러난 히스클리프의 달라진 모습을 보고 저는 굉장히 놀랐습니다. 그는 키가 훤칠하고 운동선수처럼 균형이 잘 잡힌 사람이 되어 있었어요. 그 옆에 선 주인님은 아주 가냘픈 소년 같아 보였지요. 곧은 자세로 보아 군대에 있었던 것 같았어요. 얼굴 표정과 윤곽은 린턴 서방님보다 훨씬 나이 들어 보였지요. 지적인 분위기를 풍겼고, 예전의 천한 티는 남아 있지 않았어요. 우울해 보이는 눈썹과 음울한 열정으로 불타는 두 눈에는 아직 덜 교화된 사나움이 숨어 있지만 밖으로 드러나지는 않았어요. 그의 태도에서는 기품까지 느껴졌고, 우아하다고 하기에는 너무 딱딱했지만 거친 무례함에서는 완전히 탈피한 듯 보였어요.

린턴 서방님도 저와 똑같이 혹은 그 이상으로 놀라서 좀 전에 일하는 녀석이라고 불렀던 그 사람에게 어떤 말투로 말해야 할지 몰라 잠시 머뭇거리더군요. 히스클리프는 린턴 서방님의 가냘픈 손을 놓고 상대방이 말할 때까지 침착하게 바라보며 서 있었지요.

"앉으시죠."

서방님은 마침내 입을 열었습니다.

"집사람이 옛날을 생각해서 내가 당신을 반갑게 맞아 주었으면 하는군요. 물론 나도 집사람을 기쁘게 하는 일이 생겨 흐뭇합니다."

"나도 그렇습니다."

히스클리프가 대답했어요.

"나와 관계된 일이라면 더욱 그렇지요. 기꺼이 한두 시간 머물다 가겠습니다."

그는 캐서린 아씨의 맞은편 의자에 앉았는데, 아씨는 그에게서 눈을 떼면 사라지기라도 할 것처럼 그에게 시선을 고정했어요. 히스클리프는 자주 눈을 들어 그녀를 쳐다보지 못하고, 이따금 한 번씩 그녀를 흘긋 쳐다보는 것으로 만족하는 듯했어요. 그러나 한 번 볼 때마다 더욱 자신 있게, 그의 눈은 그녀의 눈에 어린 숨김없는 기쁨을 들이마시는 기쁨을 내비치며 빛났어요.

그들은 서로의 기쁨에 너무 열중해 있어서 어색함도 느끼지 못했지만 에드거 서방님은 그렇지 않았어요. 그는 너무나 곤혹스러워서 얼굴이 다 창백해졌는데, 아씨가 일어나 양탄자를 가로질러 가서 히스클리프의 손을 다시 잡고 제정신이 아닌 것처럼 깔깔거리고 웃자 그의 불쾌감은 절정에 달했지요.

"내일이 되면 이 모든 게 꿈처럼 여겨질 거야!"

아씨는 외쳤어요.

"다시 널 보고 만지고 이야기했다는 게 믿어지지 않을 거야. 무정한 히스클리프! 사실 넌 이런 환영을 받을 자격이 없어. 사라져서 3년 동안 감감무소식에 내 생각은 하지도 않았으니!"

"네가 날 생각한 것보다는 더 많이 했겠지!"

그는 중얼거렸습니다.

"캐시, 얼마 전에야 네가 결혼했다는 소식을 들었어. 저 아래 뜰에서 기다리는 동안에는 이럴 작정이었어. 네 얼굴(네가 기껏해야 놀라며 반가운 척 꾸며 댈 거라고만 생각했지.)을 딱 한 번만 보고 힌들리에게 가서 원한을 푼 다음 자살을 해서 법의 신세를 지지 않겠다고 말이야. 그런데 네가 이렇게 반겨 주니까 그런 계획이 내 마음에서 사라졌어. 다음번에 달라진 얼굴로 나를 대하지는 않겠지? 그러지 마. 아니, 다시는 나를 내쫓지 못할 거야. 그동안 나한테 정말 미안했을 거야, 그렇지? 그래, 그럴 만한 이유가 있었으니까. 네 목소리를 마지막으로 들은 뒤로 나는 지독히도 고통스런 삶을 헤쳐 왔어. 오직 너만을 위해서 그 모진 고통을 견뎌 냈으니까. 날 용서해야 해."

"캐서린, 식은 차를 대접하지 않으려거든 이제 이리로 오는 게 좋겠소."

린턴 서방님은 평상시의 어조와 적당한 정도의 예의를 유지하려고 애쓰면서 말을 중단시켰어요.

"히스클리프 씨는 오늘 밤 어디서 묵든 먼 길을 가야 할 게 아니오. 그리고 나도 목이 마르군."

캐서린 아씨는 찻주전자 앞의 원래 자리로 돌아갔고 이사벨라 아가씨가 종소리를 듣고 왔어요. 그래서 저는 두 분에게 의자를 밀어 주고 방을 나왔습니다.

차를 마시는 데는 10분도 채 걸리지 않았어요. 캐서린 아씨는 먹을 수도 마실 수도 없었기 때문에 잔을 채우지 않았고, 에드거 서방님은 잔에 차를 조금 따랐지만 한 입이나 겨우 삼켰을까요.

그날 저녁 히스클리프는 한 시간 정도만 더 있다 갔습니다. 그가 떠날 때 기머튼에 가느냐고 제가 물었지요.

"아니, 워더링 하이츠로 가는 거야. 오늘 아침에 찾아갔을 때 언쇼 씨가 초대를 하더군."

언쇼 서방님이 히스클리프를 초대했다니! 그리고 히스클리프가 언쇼 서방님을 방문했다니! 그가 가고 난 후, 저는 이 말을 아주 골똘히 생각해 보았어요. 그가 위선자가 되어 이 고장에 돌아와서 몰래 나쁜 짓을 꾸미려는 건 아닌가 하고 곰곰이 생각했죠. 마음 깊숙한 곳에서 그는 돌아오지 않는 편이 나았을 거라는 불길한 예감이 들었어요.

한밤중에 캐서린 아씨는 살그머니 제 방에 들어와서는 제 침대 머리맡에 앉아 저를 깨우려고 머리카락을 잡아당겼어요. 그래서 저는 살포시 들었던 선잠에서 깨어났지요.

"엘렌, 잠이 안 와."

아씨는 이렇게 변명했어요.

"나와 기쁨을 함께해 줄 사람이 필요해! 에드거는 자기와 관계없는 일로 내가 기뻐한다고 골이 나서 바보 같은 잔소리 말고는 입을 열려고 하지 않아. 자기가 아프고 졸린데 말을 하자고 하는 내가 이기적이래. 그이는 조금만 화가 나면 언제나 아프다고 꾀병을 부리지! 내가 히스클리프를 칭찬하는 말을 몇 마디 했더니 머리가 아픈 건지 질투가 나는 건지 울기 시작하는 거야. 그래서 일어나서 나와 버렸어."

"뭐하러 그분한테 히스클리프 칭찬을 했어요? 어릴 적에도 서로 싫어하는 사이였으니 히스클리프도 주인님을 칭찬하는 말을 들으면 마찬가지일 거예요. 그게 인지상정이니까요. 두 사람 사이에 싸움을 붙이고 싶지 않거든 린턴 서방님에게 히스클리프 얘기는 하지 마세요."

제가 대답했어요.

"하지만 그건 자신의 열등감을 드러내는 것 아니야?"

아씨는 말을 계속했어요.

"나는 시기 같은 건 하지 않아. 이사벨라가 반짝이는 금발과 흰 살결, 섬세한 우아함을 가지고 있고 가족 모두가 그녀에게 애정을 쏟아부어도 나는 마음이 상하지 않아. 심지어 넬리까지도 우리가 말다툼할 때면 이사벨라 편을 들잖아. 나는 덜떨어진 엄마처럼 무조건 양보하고 그녀를 사랑스런 아가라고 부르고 치켜세워서 그녀의 화가 풀리도록 한다고. 우리가 사이좋게 지내면 그이도 좋아하고 그러면 나도 좋으니까. 그런데 남매가 꼭 닮았어. 둘 다 응석받이 어린애 같아.

이 세상이 자기들 편리한 대로 움직여야 한다고 생각한다니까. 나도 두 사람 모두의 비위를 맞춰 주고 있지만 한번 호되게 혼내 주는 게 그들을 위해서도 좋을 것 같아."

"아씨가 잘못 알고 있는 거예요. 오히려 그분들이 아씨의 비위를 맞추고 있어요. 아씨의 비위를 맞추지 않으면 무슨 일이 벌어질지 난 알지요! 그분들이 미리 알아서 아씨가 바라는 대로 해 주니까 아씨도 그분들의 일시적인 변덕을 받아 줄 여유가 있는 거예요. 그러나 양쪽 모두에게 똑같이 중요한 일에 맞닥뜨리게 될 때에는 결국 다투게 되겠지요. 그러면 아씨가 약하다고 말하는 그분들도 아씨 못지않게 고집을 부릴 수 있답니다!"

"그때는 죽도록 싸우는 거지 뭐, 그렇잖아, 넬리."

아씨는 깔깔대며 대답했습니다.

"아냐! 실은 나도 린턴의 사랑을 믿어. 설령 내가 그이를 죽인다 해도 그이는 보복하려고도 하지 않을 거야."

그런 사랑에 보답하기 위해서라도 그를 더욱더 소중히 여겨야 한다고 제가 충고했습니다.

"그럼, 그래야지. 하지만 사소한 일로 질질 짤 것까진 없잖아. 정말 유치하다니까. 히스클리프는 이제 어느 누구에게든 존경받을 만하고 그와 친구가 된다는 건 이 고장 제일의 신사에게도 명예로운 일이 될 거라고 내가 말했다고 목 놓아 울 게 아니라 자기가 나 대신 그런 칭찬쯤은 하면서 함께 기뻐할 수 있는 거 아냐. 그이는 히스클리프를 자연스럽게 받아들여야 해. 그를 좋아하게 되면 더 좋고. 히스클리프도 그이를 싫어할 이유를 가지고 있지만 훌륭히 처신했잖아!"

"그가 워더링 하이츠로 간 건 어떻게 생각하세요?"

제가 물었어요.

"겉보기에 그는 모든 면에서 다른 사람이 되어 있더군요. 주변의 모든 원수에게 우정의 손을 내미는 모습도 그렇고 완전히 기독교도 같았어요."

"그가 다 설명해 줬어. 나도 넬리 못지않게 의아해했지. 넬리한테 내 소식을 들으려고 갔었다는 거야. 넬리는 여전히 거기 살고 있을 거라고 생각했대. 조셉이 힌들리 오빠에게 히스클리프가 왔다고 전하니까, 오빠가 나와서 그동안 무엇을 했으며 어떻게 살았느냐고 묻더니, 급기야는 들어오라고 하더래. 마침 몇 사람이 노름을 하고 있어서 히스클리프도 노름판에 끼었는데 오빠가 그에게 돈을 좀 잃었대. 그에게 돈이 많다는 걸 알게 된 오빠는 저녁에 다시 오라고 청했고 그도 승낙했다는 거야. 힌들리 오빠는 너무 무모해서 신중하게 친구를 고르지 못해. 자기가 그렇게 야비하게 욕을 보인 사람을 사귈 때에는 그에게 미심쩍은 부분이 없는지 생각해 봐야 하는데 그런 수고를 하려 들지 않아. 그러나 히스클리프가 옛날에 자기를 지독히도 못살게 굴었던 사람과 다시 인연을 맺으려는 주된 이유는 걸어서 이 집에 올 수 있는 거리에 거처를 정하고 싶은 소망과 우리가 함께 살던 집에 대한 애착, 그리고 기머튼에 자리를 잡는 것보다 그 집에 있는 게 내가 그를 보러 갈 기회가 더 많을 거라는 바람 때문이라는 거야. 워더링 하이츠에서 하숙을 받아 주면 사례는 후하게 할 작정이라니까 틀림없이 오빠는 욕심이 나서 단박에 허락할 거야. 오빠는 언제나 욕심이 많았으니까. 비록 한 손으로 붙잡은 것을 다른 한 손으로 내던져 버리지만."

"그곳은 젊은 남자가 주거를 정하기에는 좋은 집이지요!"

제가 말했어요.

"그런데 아씨, 그 결과가 어떨지 걱정되지 않으세요?"

"히스클리프는 걱정 없어."

그녀가 대답했어요.

"그는 정신을 똑바로 차리고 있으니까 위험한 일을 당하진 않을 거야. 하지만 힌들리 오빠는 조금 걱정이 돼. 그래도 오빠는 지금보다 품행이 더 나빠질 리 없고 내가 중간에 있으니까 오빠가 육체적인 위해를 당하는 일은 없을 거야. 오늘 저녁 일로 해서 나는 신은 물론 인간과 화해하게 되었어! 지금까지 나는 하느님의 뜻에 화를 내며 반항했었거든. 넬리, 난 너무 괴로웠어! 그이가 그 괴로움이 얼마나 지독했는지 안다면 이유 없이 화를 내며 거기서 벗어난 내 기쁨을 흐려 놓은 걸 부끄러워하겠지. 나는 그이를 배려하느라 혼자서 그 괴로움을 견뎌 냈던 거야. 내가 괴로움을 느낄 때마다 표현했더라면 그이는 나만큼이나 열렬히 그 괴로움이 덜어지기를 바랐을 거야. 그러나 이젠 다 지난 일이야. 그러니 그이가 어리석게 군다고 되갚아 주지는 않겠어. 이제부터는 무슨 일이든 참을 수 있을 것 같아! 아무리 쩨쩨한 사람에게 뺨을 맞더라도 다른 쪽 뺨을 돌려 댈 뿐 아니라 화나게 해서 미안하다고 용서를 빌 거야. 그 증거로 당장 그이한테 가서 화해를 해야겠어. 잘 자. 이제 난 천사라구!"

아씨는 스스로 만족해하며 나가더군요. 아씨가 그 결심을 성공적으로 이행했다는 것이 다음 날 아침 명백하게 드러났어요. 린턴 씨는 (캐서린 아씨의 넘치는 활기 때문에 여전히 기분이 가라앉은 듯했지만) 화를 내지 않았을 뿐 아니라 그날 오후 아씨가 이사벨라 아가씨를 데리고 워더링 하이츠에 가는 것도 반대하지 않았답니다. 캐서린 아씨는 그 보답으로 린턴 서방님께 한껏 살갑고 다정하게 대했기 때문에 며칠 동안 그 집은 천국 같았어요. 그리하여 주인도 하인들도 그칠 새 없이 내리쬐는 햇빛에 행복했답니다.

히스클리프는(앞으로는 히스클리프 씨라고 해야겠지만) 처음에는 스러시크로스 저택을 방문하는 자유를 조심스럽게 행사했어요. 집주인이 자신의 방문을 어느 정도까지 참을 것인지 가늠해 보는 것 같았지요. 캐서린 아씨도 히스클리프를 맞이할 때 기쁨을 지나치게 드러내지 않는 것이 현명하다고 여겼어요. 그리하여 그의 방문이 차츰 당연한 것으로 자리를 잡아갔어요. 그에게는 소년 시절에도 유달랐던 과묵함이 여전히 남아 있어서 감정을 눈에 띄게 드러내지 않는 데 도움이 되었어요. 우리 주인도 불안에서 벗어난 듯했는데 그것도 잠깐, 그 후의 상황 변화로 인해 또 다른 걱정을 하게 되었지요.

새로운 걱정거리는, 너그러이 방문을 용인한 히스클리프를 이사벨라 린턴 아가씨가 갑자기, 그리고 걷잡을 수 없이 좋아하게 된 예기치 않은 불행이었지요. 그때 이사벨라 아가씨는 방년 열여덟 살의 매력적인 아가씨였어요. 아직 어리광이 남아 있긴 했지만 재치 있고 감수성이 예민했으며 화가 나면 성깔도 있었어요. 여동생을 무척 아꼈던 그녀의 오빠는 여동생이 터무니없는 사람을 사랑하는 데 경악했어요. 이름 없는 사내와 혼인하여 신분이 낮아지는 거라든가, 자기에게 아들이 없을 경우 자기의 재산이 그런 자의 수중으로 넘어갈 수 있다든가 하는 문제는 제쳐 두고라도, 린턴 서방님은 히스클리프의 성품을 알아챌 만큼, 그리고 외모는 변했더라도 그의 마음은 변할 수도 없고 변하지 않았다는 것을 알 만큼 지각이 있었으니까요. 린턴 서방님은 히스클리프의 성품이 두려웠고, 그래서 거부감이 들었던 거예요. 서방님은 이사벨라를 불길한 예감이 드는 그런 성품의 소유자에게 맡길 생각은 하기도 싫으셨을 거예요.

게다가 상대방이 구애도 하지 않았는데 이사벨라 아가씨가 혼자 좋아하는 것이며 그런데도 상대방에게서는 아무런 반응이 없다는 것을 알았더라면 서방님은 더욱 기함을 하셨을 테지요. 서방님은 이사벨라가 히스클리프를 사랑하고 있다는 것을 알게 된 순간 히스클리프가 의도적으로 꾸민 일이라고 생각했으니까요.

우리는 모두 한동안 이사벨라 아가씨가 안절부절못하고 무언가를 애타게 그리워하는 것을 눈치챘어요. 아가씨는 점점 성질을 부리고 성가시게 굴면서, 캐서린 아씨에게 계속 딱딱거리고 지분대서 그렇지 않아도 참을성이 부족한 아씨는 금방이라도 폭발할 것 같았어요. 우리는 건강이 안 좋은 탓이라 여기며 어느 정도까지는 그냥 보아 넘겼어요. 수척해지고 파리해지는 게 눈에 보일 정도였으니까요. 그런데 어느 날 아가씨는 유난히 심술을 부리며 아침도 먹지 않고, 자기가 시킨 일을 하인들이 하지 않는다는 둥, 자기가 집안에서 푸대접을 받도록 올케 언니가 내버려 둔다는 둥, 오빠도 자기를 소홀히 한다는 둥, 문을 열어 두어서 감기가 들었다는 둥, 우리가 자기를 골탕 먹이려고 일부러 거실 벽난로의 불을 꺼 버렸다는 둥 불평을 해 댔습니다. 그러고도 백 가지가 넘는 사소한 비난을 늘어놓자, 캐서린 아씨는 가서 자라고 딱 잘라 말하고 한바탕 꾸짖은 다음 의사를 불러오겠다고 겁을 주었지요.

케네스 선생을 불러오겠다고 하자 이사벨라 아가씨는 곧바로 소리쳤어요. 자기는 아픈 게 아니라 올케 언니가 심하게 구니까 불행해서 그런 거라고 말이죠.

"어떻게 나보고 심하다고 할 수 있어요? 말썽쟁이 어린애 같으니!"

캐서린 아씨는 시누이의 터무니없는 주장에 기막혀 하며 외쳤어요.

"확실히 제정신이 아니군요. 내가 언제 심하게 굴었단 말이에요?"

"어제."

이사벨라 아가씨는 흐느끼며 말했어요.

"그리고 지금!"

"어제라고요! 대체 무슨 일로 심하게 했다는 거예요?"

캐서린 아씨가 물었어요.

"우리가 황야에서 산책할 때 나더러 맘대로 돌아다니라고 하고는 언니만 히스클리프 씨와 산책을 했잖아요!"

"그래서 심하다는 거예요?"

캐서린 아씨는 웃으면서 말했습니다.

"아가씨가 옆에 있어서 귀찮다는 뜻은 아니었어요. 아가씨가 동행하든 말든 상관없었으니까요. 나는 다만 히스클리프의 이야기가 아가씨한테는 전혀 재미가 없을 거라고 생각했을 뿐이에요."

"아니요, 천만의 말씀."

이사벨라 아가씨는 울면서 말했습니다.

"언니는 내가 함께 있고 싶어 한다는 걸 알고 나를 쫓으려고 한 거예요!"

"이 아가씨가 지금 제정신이야?"

캐서린 아씨가 저한테 동의를 구하듯 물었어요.

"이사벨라, 그럼 우리의 대화 내용을 한마디도 빼뜨리지 않고 전부 다시 말해 줄 테니, 아가씨의 흥미를 끌었을 만한 게 있는지 들어 봐요."

"난 무슨 말을 했는지 따위는 관심 없어요."

아가씨는 대답했어요.

"함께 있고 싶었단 말이에요……."

"아, 그래요!"

캐서린 아씨는 이사벨라 아가씨가 마지막 말을 주저하고 있다는 것을 감지하며 말했어요.

"그분하고 말이에요. 이젠 물러나지만은 않겠어요!"

이사벨라 아가씨는 열을 올리며 계속 말했어요.

"올케 언니는 여물통 속의 개(이솝 우화에 나오는 이야기로 자기가 못 먹는다고 다른 동물도 못 먹게 여물통에 들어가 앉은 개를 말함_옮긴이)처럼 심술쟁이예요. 자기 외에는 그 누구도 사랑받는 게 못마땅한 거예요!"

"그럼 아가씨는 버릇없는 새끼 원숭이예요!"

캐서린 아씨는 놀라서 소리쳤어요.

"세상에 이런 어처구니없는 일이 다 있담. 설마 히스클리프의 사랑을 바라거나 그를 좋은 사람이라 여기는 건 아니겠죠? 내가 잘못 알아들은 거죠, 이사벨라?"

"아뇨, 잘못 알아듣지 않았어요."

사랑에 눈이 먼 아가씨가 대답했어요.

"나는 그분을 언니가 에드거 오빠를 사랑하는 것보다 더 사랑한다고요. 그리고 언니가 그분을 놔주기만 한다면 그분은 나를 사랑할 거예요!"

"이 나라 전부를 준대도 난 아가씨처럼 되지는 않을 거야!"

캐서린 아씨가 단호하게 말했어요. 진심으로 말하는 것 같았어요.

"넬리, 미친 짓이라는 걸 이사벨라에게 납득시켜 줘. 히스클리프가 어떤 사람인지 말해 주라고. 길들여지지도, 다듬어지지도 않은 그는 가시금작화와 현무암뿐인 메마른 황무지와 같은 사람이에요. 내가 아가씨에게 그를 사랑하라고 권하느니 차라리 저 어린 카나리아를 겨울 숲에 놓아 주겠어요! 아가씨가 그의 성격을 몰라서 그래요. 그렇지 않고서야 어떻게 그런 어처구니없는 꿈을 꾸겠어요? 험악한 겉모습 이면에 깊은 인자함과 애정이 숨겨져 있다고 제멋대로 상상해서는 안 돼요! 그는 아직 다듬어지지 않은 다이아몬드나 진주를 품고 있는 조개처럼 투박한 시골 사람이 아니고, 사납고 무자비하고 늑대 같은 사내예요. 난 그에게 '이런저런 원수를 해치는 건 너그럽지 못하고 잔인한 일이니까 그냥 두라.'고 말하는 대신, '그들을 그냥 둬. 그들이 욕을 보는 건 내가 싫으니까.'라고 말하죠. 그리고 만약 아가씨가 성가신 짐으로 여겨지면 그는 마치 참새 알 깨뜨리듯 아가씨를 쥐어서 부숴 버릴 거예요. 그는 린턴 집안사람을 사랑할 수 있는 사람이 아니라는 걸 난 알아요. 그렇지만 그는 아가씨의 재산과 앞으로 물려받게 될 유산을 보고 얼마든지 결혼할 수 있을 거예요. 탐욕이 그의 마음에서 죄악으로 뿌리내리고 있으니까요. 내 눈에는 훤히 보여요. 게다가 난 그의 친구예요. 아주 가까운 친구라서 그가 정말 아가씨를 차지하려고 한다면 아마 나는 아무 말 못하고 아가씨가 그의 덫에 걸려드는 걸 보고만 있어야 할 거예요."

이사벨라 아가씨는 올케를 노여운 눈초리로 바라보았어요.

"창피한 줄 아세요, 창피한 줄 알라고요!"

그녀는 분개하며 말을 되풀이했어요.

"언니는 스무 명의 원수보다 더 해로운 친구예요!"

"아, 저런! 그럼 내 말을 믿지 않는단 말이에요?"

캐서린 아씨가 말했습니다.

"내가 이런 말을 하는 게 고약한 이기심 때문이라고 생각하는 거예요?"

"그래요, 확실히 그래요."

이사벨라 아가씨가 쏘아붙였어요.

"아주 몸서리가 쳐져요."

"좋아요!"

상대편도 큰 소리로 외쳤어요.

"아가씨 생각이 그렇다면 어디 마음대로 해 보세요. 어쨌든 난 할 만큼 했고 아가씨의 건방진 오만에 손들었으니 이제 말싸움은 그만두자고요."

"올케 언니의 이기심 때문에 내가 이런 고통을 겪어야 하다니!"

이사벨라 아가씨는 캐서린 아씨가 방에서 나가자 흐느껴 울면서 말했습니다.

"모두, 모두가 훼방을 놓고 있어. 올케 언니가 내 유일한 위안을 망쳐 버렸어. 아까 언니가 한 말 거짓말이지, 그렇지? 히스클리프 씨는 악마가 아니야. 고귀하고 진실한 영혼을 가지고 있다고. 그렇지 않다면 어떻게 캐시 언니를 잊지 않고 있었겠어?"

"아가씨, 히스클리프에 대한 생각을 머릿속에서 몰아내야 해요." 제가 말했습니다.

"그는 불운을 가지고 오는 흉조(凶鳥) 같은 사람이에요. 아가씨의 짝이 될 만한 사람이 아니죠. 아씨의 표현이 좀 심하긴 했지만 틀린 말은 아니랍니다. 아씨야말로 저나 어느 누구 보다도 그의 마음을 잘 알고 있거든요. 그리고 아씨는 그를 실제보다 더 나쁘게 말할 리 없어요. 정직한 사람은 자기가 한 일을 숨기지 않지요. 그는 어떻게 살아왔고, 어떻게 돈을 벌었으며, 어째서 미워하는 사람의 집인 워더링 하이츠에 머물고 있는 걸까요? 그 사람이 온 뒤로 언쇼 서방님은 더 나빠지고 있대요. 두 사람은 날마다 밤새워 노름을 하는데, 힌들리 서방님은 땅을 담보로 돈을 꿔서는 노름하고 술 마시는 일말고는 하는 일이 없대요.

바로 1주일 전에 들은 얘기예요. 기머튼에 갔을 때 조셉 영감을 만났거든요. 그 영감이 이렇게 말하더라고요. '넬리, 우리는 머지않아 검사관의 조사를 받을 판이야. 우리 집 두 양반 중에 한 사람이 마치 송아지를 잡듯 제 몸에 칼을 꽂는 걸 다른 한 사람이 말리다가 손가락이 잘릴 뻔했어. 목숨을 끊겠다고 나선 건 주인이었어. 하느님의 심판을 받을 준비가 되었다고 생각하는 건지 원. 주인은 하느님의 법정에 앉아 있는 재판관들이 두렵지도 않나 봐. 바울, 베드로, 요한, 마태, 어느 누구도 두려울 게 없다 이거지. 그 뻔뻔스러운 얼굴을 그런 성자들 앞에 내밀고 싶어서 못 견디겠다는 건지 원. 게다가 그 히스클리프 녀석은 말이야. 정말 희한한 물건일세. 진짜 악마의 짓거리를 보고도 어느 누구보다 큰 소리로 웃어넘길 수 있다니. 녀석이 그 집에 가서, 자기가 얼마나 멋들어지게 살고 있는지 이야기하지 않던가? 이런 식이지. 해질녘에 일어나서, 주사위를 던지고 브랜디를 마시느라 덧창을 닫고 다음 날 한낮까지 촛불을 켜 놓는단 말씀이야. 그러고 나면 우리 집 주인은 욕지거리를 하고 고래고래 고함을 지르면서 자기 방으로 가지. 점잖은 사람은 민망해서 손가락으로 귀를 틀어막지 않을 수 없다니까. 그리고 그 악한은 돈을 세고 뭘 좀 먹고 한잠을 자고는, 그리로 가서 남의 마누라와 쓸데없는 수작을 하는 거지. 물론 캐서린 아씨에게 그녀의 아버지 재산이 어떻게 자기 주머니로 들어오는지, 그리고 그녀의 오빠가 파멸의 길로 달음질칠 때 앞질러 가서 문을 열어 주겠다고 말해 주겠지.' 자, 보세요, 이사벨라 아가씨. 조셉은 고약한 늙은이이긴 하지만 거짓말쟁이는 아니랍니다. 히스클리프의 행동에 대한 그 영감의 이야기가 사실이라면 그런 남편을 갖고 싶진 않을 거예요, 그렇죠?"

"넬리도 다른 사람들과 한패가 되었군!"

그녀가 대꾸했어요.

"그런 중상모략은 듣지 않을 거야. 이 세상에 행복은 없는 거라고 나한테 확신시키고 싶어 하다니 정말 너무들 해!"

아가씨를 그냥 내버려 두었다면 그녀가 이런 환상에서 벗어났을지 아니면 계속 마음에 품고 있었을지는 알 수 없지요. 아가씨에게는 찬찬히 생각하고 반성할 시간이 없었거든요. 그다음 날 이웃 읍내에서 치안판사 회의가 있어서 우리 서방님이 참석해야 했답니다. 그래서 히스클리프는 주인이 없는 걸 알고 여느 때보다 조금 일찍 찾아왔어요.

캐서린 아씨와 이사벨라 아가씨는 서로 적의를 품은 채 아무 말없이 서재에 앉아 있었어요. 이사벨라 아가씨는 홧김에 은밀한 감정을 폭로하고 만 자신의 경솔함에 스스로 놀라고 있었고, 캐서린 아씨는 생각할수록 시누이가 괘씸했던 거지요. 그녀는 시누이의 발칙함을 비웃어 줄 수 있는 기회가 오면 그냥 웃어넘기고 싶지 않았을 거예요.

히스클리프가 창문을 지나는 걸 보고 아씨는 회심의 미소를 지었어요. 저는 난로 청소를 하다가 아씨의 입술에 짓궂은 미소가 떠오르는 것을 보았지요. 이사벨라 아가씨는 생각에 잠겨 있었는지 아니면 책에 열중해 있었는지 문이 열릴 때까지 누가 오는지도 모른 채 거기에 가만히 있었습니다. 그럴 수만 있다면 자리를 피하고 싶었겠지만 너무 늦어 버렸어요.

"들어와, 마침 잘됐어!"

캐서린 아씨는 난롯불 앞으로 의자를 끌어다 놓으며 쾌활하게 소리쳤어요.

"여기 두 사람 사이의 얼음을 녹여 줄 제삼자가 꼭 필요하던 참인데. 게다가 너는 우리가 선택할 바로 그 사람이거든. 히스클리프, 마침내 나보다 더 너를 생각하는 사람을 소개하게 되어서 뿌듯하다. 이제 우쭐하시겠군. 아니, 넬리가 아니야. 그쪽을 볼 건 없어! 우리 가없은 아가씨는 너의 모습과 마음을 생각하기만 해도 그리움에 애가 탄다는구나. 이제 이 집 주인의 매제가 되는 것도 너한테 달렸지 뭐니! 안 돼, 안 돼요, 이사벨라 아가씨, 달아나게 놔두지 않겠어요."

이사벨라 아가씨는 창피하고 분해서 어쩔 줄 몰라 하며 일어섰고, 캐서린 아씨는 장난하는 척하며 그녀를 붙들고는 말을 이었어요.

"우리는 히스클리프 너를 놓고 마치 고양이들처럼 다투고 있었어. 그런데 우리 이사벨라 아가씨가 너를 어찌나 숭배하고 좋아하는지 내가 완전히 손들었다니까. 게다가 내가 점잖게 물러나기만 하면, 내 라이벌께서는 네 영혼에 사랑의 화살을 쏘아서 언제까지나 자기 것으로 만들고 나에 대한 기억 같은 것은 영원한 망각 속으로 보내 버릴 거래!"

"캐서린 언니, 아무리 농담이라도 사실만 말하고 중상모략은 하지

157

않았으면 고맙겠어요."

이사벨라 아가씨는 자기를 꼭 붙잡고 있는 손에서 벗어나려고 몸부림치는 걸 떳떳치 않게 여기는 듯 체면을 차리며 말했어요.

"히스클리프 씨, 당신 친구에게 나를 놓아 주라고 말씀 좀 해 주세요. 언니는 당신과 내가 허물없이 친한 사이가 아니라는 것을 잊은 거예요. 언니는 이런 장난이 재미있을지 모르지만 나는 말할 수 없이 고통스러워요."

손님은 아무 대답도 하지 않고 의자에 앉아서 그녀가 자기에 대해 어떤 감정을 품고 있든 무관심한 듯했고, 이사벨라 아가씨는 자기를 잡고 있는 아씨를 향해 제발 놓아 달라고 속삭였어요.

"절대 안 돼요!"

캐서린 아씨가 큰 소리로 대답했어요.

"다시는 여물통 속의 개라는 말을 듣지 않겠어요. 못 가요! 히스클리프, 좋은 소식을 듣고도 왜 표정이 만족스럽지 않은 거야? 이사벨라 아가씨는 나에 대한 에드거의 사랑이 너에 대한 자기의 사랑에 비하면 아무것도 아니라고 했어. 분명히 그런 말을 했어, 그렇지, 엘렌? 게다가 아가씨는 그저께 산책한 뒤로 아무것도 먹지 못하고 있어. 그때 내가 너와 함께 있지 못하도록 자기를 쫓아 버렸다는 생각에 분해하고 슬퍼하고 있는 거지."

"네가 거짓말하는 것 같은데."

히스클리프는 두 사람 쪽으로 의자를 돌리면서 말했습니다.

"여하튼 지금은 나와 함께 있고 싶어하지 않는 게 확실하군!"

그러고 나서 히스클리프는 신기하고 징그러운 동물, 이를테면 인도에서 가지고 온 지네를 바라보듯 싫지만 호기심 때문에 살펴보듯 화제의 대상을 뚫어지게 바라보았습니다.

가여운 이사벨라 아가씨는 그 시선을 견딜 수 없었지요. 얼굴이 붉으락푸르락하더니 속눈썹에 눈물이 맺히는 와중에도 그 작은 손가락에 힘을 주어 캐서린 아씨가 꽉 붙잡은 손을 풀려고 했지만, 손가락 하나를 풀어내면 다른 손가락이 감겨서 한꺼번에 완전히 벗어날 수 없다는 것을 감지하고는 손톱을 쓰기 시작했어요. 날카로운 손톱은 못 가게 붙잡고 있는 캐서린 아씨의 손에 초승달 모양의 새빨간 손톱 자국을 냈지요.

"호랑이가 따로 없네!"

캐서린 아씨는 이사벨라 아가씨를 풀어 주고 아픈 손을 흔들어 댔어요.

"가세요. 그리고 부디 그 여우 같은 얼굴 좀 내 눈에 띄지 마세요! 좋아하는 사람 앞에서 손톱을 드러내다니 어리석기도 하지. 그 사람이 어떻게 생각할지 상상이 안 돼요? 봐, 히스클리프! 저 손톱은 사람 잡을 무기야. 너는 눈을 할퀴지 않도록 조심해야겠어."

"만약 나를 할퀴려 들면 손톱을 비틀어 뽑아 주지!"

이사벨라 아가씨가 나가고 문이 닫히자 히스클리프가 우악스럽게 대답했어요.

"그런데 무슨 의도로 저 아가씨를 그렇게 놀리는 거야, 캐시? 아까 말한 게 사실은 아니겠지."

"분명한 사실인걸."

아씨가 대꾸했습니다.

"아가씨가 몇 주일 동안 너 때문에 애를 태우고 있었나 봐. 오늘 아침에는 감정을 통제하지 못하고 너에 대한 사랑을 털어놓았는데, 내가 그 열기를 가라앉히려고 네 결점을 낱낱이 얘기해 주었지. 그랬더니 온갖 악담을 퍼부으며 나한테 대들잖아. 그러나 더 이상 신경 쓸 일은 아니야. 건방지게 굴어서 골려 주려고 한 것뿐이니까. 히스클리프, 나는 아가씨를 아주 좋아해. 그래서 네가 아가씨를 잡아서 집어삼키게 내버려 둘 수 없다고."

"나는 저 아가씨를 별로 좋아하지 않으니까 그럴 생각 없어. 송장 파먹는 귀신처럼 엽기적인 의도가 아니라면 말이야. 내가 그 섬약하고 희멀건 얼굴과 함께 산다면 이상한 소문이 날 거야. 가장 흔히 들을 수 있는 것으로는 내가 매일 혹은 이틀에 한 번씩 그 흰 얼굴을 무지갯빛으로 물들이고 푸른 눈을 시커멓게 멍들게 한다는 것이 있겠지. 그녀의 눈은 린턴의 눈을 닮아서 보기가 흉하더군."

"보기가 좋은 거지. 비둘기의 눈, 천사의 눈이야!"

캐서린 아씨가 말했어요.

"저 아가씨가 제 오빠의 상속인이지 아마?"

잠시 침묵이 흐른 뒤에 그가 말했어요.

"그렇게 생각하다니 유감인데."

그의 친구가 대꾸했어요.

"조카 대여섯 명이 생겨서 아가씨의 상속권이 없어지기를 바라지는 못할망정! 지금은 그런 생각을 하지 마. 너는 이웃의 재산을 너무 탐내는 경향이 있어. 이 이웃집 재산은 내 것이라는 걸 잊지 마."

"이 집 재산이 내 소유라 해도 네 것이라는 데에는 변함이 없지."

히스클리프는 말했어요.

"하지만 이사벨라 린턴이 어리석을지는 몰라도 미쳤을 리는 없어. 어쨌든 네가 말한 대로 그 문제는 그만 생각하자."

두 사람은 더 이상 그 문제를 거론하지 않았어요. 그리고 캐서린 아씨는 머릿속에서도 지워 버린 것 같았지요. 그러나 히스클리프는 그날 저녁에도 자주 그 생각을 하는 것 같았어요. 캐서린 아씨가 방을 비우는 일이 있을 때마다 그가 혼자서 웃음을 지으며, 아니 싱긋거리며 음험한 생각에 잠기는 것을 보았거든요.

그래서 저는 그의 행동을 주시하기로 마음먹었습니다. 제 마음은 언제나 캐시 아씨보다도 서방님 쪽으로 기울었는데, 거기에는 다 이유가 있었지요. 린턴 씨는 친절하고 상대방을 믿어 주고 명예를 중시하는 사람이었거든요.

린턴 부인, 그러니까 캐시 아씨는 그와 정반대라고는 할 수 없지만 자기 자신에게 허용하는 자유의 한도가 너무 넓은 것 같았어요. 그래서 저는 그녀가 생각하는 도리라는 것을 믿을 수 없었고 그녀의 감정에 대해서는 더더욱 공감할 수 없었지요. 저는 워더링 하이츠와 스러시크로스 저택 둘 다 히스클리프의 손아귀에서 조용히 놓여나 그가 돌아오기 전의 상태로 되돌아가기를 바랐습니다. 그가 방문할 때마다 저는 계속되는 악몽을 꾸고 있는 듯했어요.

아마 린턴 씨도 그랬을 거예요. 히스클리프가 워더링 하이츠에 살고 있다고 생각하면 말할 수 없이 불안했어요. 저는 하느님이 그 집의 길 잃은 양을 버려 두어 혼자 악의 구렁텅이를 헤매도록 하자, 사악한 짐승이 돌아오는 길목에서 달려들어 죽일 때를 기다리고 있는 것 같은 느낌이 들었습니다.

제11장

혼자 생각에 잠겨 이런저런 생각을 하다 보면 갑자기 공포감이 엄습해 벌떡 일어나서는 그 농가의 사람들이 어떻게 지내고 있는지 보기 위해 모자를 쓸 때가 있었어요. 사람들이 힌들리 서방님에 대해 어떻게 말하고 있는지 알려서 주의를 주는 게 제 의무라는 생각이 양심에서 우러나왔지만, 그의 나쁜 버릇이 이미 굳어질 대로 굳어져서 아무런 도움이 되지 않을 것 같다는 데 생각이 미치면 제 말이 곧이 곧대로 받아들여질지 의심스러워지면서 그 음산한 집에 다시 들어서기가 망설여졌답니다.

한번은 기머튼에 가는 길에 일부러 길을 돌아 그 집을 방문했습니다. 제가 지금 이야기하는 그 무렵이었지요. 활짝 갠 싸늘한 오후였어요. 땅은 황량하고 길은 단단하고 메말랐어요.

저는 왼편으로 가면 황야가 나오는 큰길 길목에 세워져 있는 돌이 있는 데까지 갔어요. 그 돌은 기둥 모양의 거친 사암으로, 북쪽에는 W. H.(워더링 하이츠의 약자_옮긴이), 동쪽에는 G.(기머튼의 약자_옮긴이), 그리고 서남쪽에는 T. G.(스러시크로스 그레인지의 약자_옮긴이)라는 글자가 새겨져 있었지요. 스러시크로스 그레인지와 워더링 하이츠, 그리고 마을로 가는 길 안내 표지판 구실을 하는 것이지요.

해가 회색 돌의 윗부분을 노랗게 비추고 있는 모습이 여름 같다는 생각이 들게 했어요. 그런데 이유는 알 수 없지만 불현듯 어린 시절의 감회가 제 마음속에서 왈칵 솟구치더군요. 그곳은 20년 전에 힌들리와 제가 즐겨 놀았던 장소였거든요.

저는 비바람에 마모된 돌을 오랫동안 물끄러미 바라보고 있었어요. 그리고 나서 몸을 구부려 보니까 돌 맨 아래께에 난 구멍에 아직도 달팽이 껍질과 조약돌이 가득 차 있더군요. 우리는 그런 것들을 그보다 빨리 썩어 없어지는 것들과 함께 거기에 모아 두는 것을 좋아했답니다. 그러자 어릴 적 친구인 힌들리가 메마른 잔디에 앉아 까맣고 네모진 머리를 앞으로 숙인 채 작은 손에 슬레이트 조각을 쥐고 흙을 파내는 모습이 눈앞의 현실처럼 생생히 보이는 듯했어요.

"가엾은 힌들리!"

저도 모르게 탄식이 나왔어요.

저는 깜짝 놀랐어요. 그 아이가 고개를 들고 제 얼굴을 뻔히 쳐다보는 걸 마치 제 육안으로 보고 있는 듯한 착각이 들었거든요. 눈 깜짝할 사이에 그 모습은 사라졌습니다만, 곧바로 저는 워더링 하이츠에 가 보고 싶다는 억제할 수 없는 열망을 느꼈어요. 게다가 미신이 이 충동을 따르라고 재촉했지요. 이런 생각이 들었거든요. 만약 그가 죽었다면! 혹은 곧 죽게 된다면! 이게 죽음을 알리는 전조라면!

그 집이 가까워질수록 점점 더 걱정이 되었고 그 집이 보이자 사지가 부들부들 떨렸어요. 조금 전에 본 환영이 저보다 미리 당도하여 대문 밖을 내다보며 서 있었으니까요. 헝클어진 머리에 갈색 눈을 한 소년이 발그레한 얼굴을 문살에 대고 서 있는 모습을 보았을 때 처음

163

떠오른 생각이 그랬어요. 그러나 다시 잘 생각해 보니 열 달 전에 제가 두고 온 뒤에 그다지 크게 변하지 않은 저의 귀여운 헤어튼 도련님이 틀림없었어요.

"어머, 도련님 아니세요!"

저는 조금 전의 터무니없는 두려움도 잊어버린 채 외쳤어요.

"헤어튼 도련님, 저 넬리예요, 도련님을 길러 준 유모 넬리라고요."

헤어튼 도련님은 제 팔이 닿을 수 없게 멀찍이 물러서며 큼직한 돌멩이를 집어 들더군요.

"아빠를 만나 뵈러 왔어요, 도련님."

저는 그의 행동을 보고 넬리가 그의 기억 속에 남아 있다 하더라도 제가 그 넬리라고는 미처 알아보지 못하는 것이려니 짐작하고는 말을 이었어요.

도련님은 돌을 던지려고 쳐들었어요. 저는 달래는 말을 해 보았지만 도련님의 손은 멈추지 않았지요. 돌이 날아와서 제 모자에 맞았고, 그 어린 녀석은 아직 발음도 제대로 못하며 더듬거리는 입으로 한바탕 욕을 내뱉더군요. 그 뜻을 알든 모르든 많이 해 본 솜씨로 익숙하게 강조해야 할 부분을 강조하며 욕을 해 대는데 그 어린 얼굴이 오싹할 정도로 악의 어린 표정으로 일그러지는 것이었어요.

화가 나기보다는 슬펐다는 것은 말하지 않아도 아실 거예요. 울고 싶은 심정이었지만 저는 도련님의 환심을 사려고 주머니에서 오렌지 한 개를 꺼내어 건넸지요.

도련님은 잠시 망설이다가, 제가 시늉만 하다 주지는 않을 거라 생각했는지 제 손에서 오렌지를 홱 낚아채더군요. 저는 또 한 개를 꺼내어 도련님의 손이 닿지 않게 쳐들었어요.

"누가 그런 훌륭한 말을 가르쳐 줬어요, 도련님? 목사님이에요?"

"목사나 너나 다 지옥으로 꺼져 버려! 그거나 이리 줘."

"어디서 그런 말을 배웠는지 가르쳐 주면 이걸 줄게요. 누가 선생님이죠?"

"악마 같은 아빠."라고 도련님이 대답했어요.

"그럼 아빠한테서 뭘 배워요?"

저는 질문을 계속했어요.

헤어튼 도련님은 오렌지를 잡으려고 뛰어올랐지만 저는 더 높이 쳐들었어요.

"아빠가 뭘 가르쳐 주나요?" 하고 제가 물었어요.

"아무것도, 옆에 얼씬거리지 말라고만 해. 내가 아빠한테 욕을 하니까 아빠도 참을 수 없는 거야."

도련님이 말했어요.

"아! 그럼 아빠에게 욕하라고 악마가 가르쳐 주던가요?"

제가 물었어요.

"응……. 아니야."

도련님이 발음을 길게 늘이며 대답했어요.

"그럼 누가 가르쳐 줬어요?"

"히스클리프."

저는 히스클리프가 좋으냐고 물어보았어요.

"응!"

도련님은 다시 대답했어요.

그를 좋아하는 이유를 알고 싶었지만 고작 이런 말만 들었을 뿐이에요.

"글쎄…… 아빠가 나한테 뭐라고 하면 아저씨도 아빠에게 뭐라고 해 주거든. 나한테 욕을 하니까 아빠한테도 욕을 해 주는 거야. 아저씨는 내 멋대로 해도 된다고 했어."

"그럼 목사님이 읽고 쓰는 걸 가르쳐 주지 않아요?"

저는 계속 물었어요.

"응, 안 가르쳐 줘. 목사가 우리 집 문턱을 넘기만 하면 이빨을 모조리 부러뜨려서 목구멍으로 넘기도록 하겠대. 히스클리프가 약속했어!"

저는 도련님의 손에 오렌지를 쥐어 주며, 아버지에게 가서 넬리 딘이라는 여자가 드릴 말씀이 있어 대문에서 기다리고 있다고 말하라고 시켰어요.

도련님은 정원에 난 길을 따라 집으로 들어갔어요. 그러나 힌들리 서방님은 나오지 않고 히스클리프가 문간 섬돌 위에 나타나는 게 아니겠어요. 저는 곧바로 방향을 틀어 이정표에 다다를 때까지 쉬지도 않고 있는 힘껏 길을 달려 내려왔지요. 마치 제가 악귀라도 불러낸 것처럼 겁이 났거든요.

이사벨라 아가씨 문제와는 별개로, 이런 일이 있고 나자 저는 캐서린 아씨의 기쁨에 훼방을 놓아 집안에 풍파를 일으킬지언정 스러시크로스 저택에까지 나쁜 영향이 퍼지는 것을 막는 데 최선을 다해야겠다고 결심했어요.

그다음에 히스클리프가 찾아왔을 때 이사벨라 아가씨는 마침 안뜰에서 비둘기에게 모이를 주고 있었어요. 사흘 동안 올케 언니와 말 한마디 하지 않았지만 대신 짜증이나 불평도 입 밖에 내지 않았기 때문에 우리는 아주 편했어요.

제가 알기로 히스클리프는 그때까지 이사벨라 린턴 양에게는 불필요한 인사말을 건넨 적이 없었어요. 그런데 그날은 그녀를 보자마자 집 정면을 조심스럽게 쓱 훑어보더군요. 그때 저는 부엌 창가에 서 있다가 얼른 몸을 숨겼어요. 그는 포장된 길을 건너 아가씨가 있는 쪽으로 와서는 뭐라 말을 하더군요. 아가씨는 당황해서 자리를 피하고 싶어 하는 것 같았지만 히스클리프가 아가씨의 팔을 잡았어요.

이사벨라 아가씨가 고개를 돌리는 폼으로 보아 히스클리프가 대답하기 곤란한 질문을 한 모양이었어요. 그는 다시 한 번 집을 재빨리 훑어보더니 아무도 보고 있지 않다고 여겼는지 뻔뻔스럽게도 아가씨를 껴안는 게 아니겠어요.

"유다 같은 놈! 배신자!"라고 저는 소리쳤지요.

"저거 위선자 아냐? 계획적인 사기꾼!"

"누가 그렇다는 거야, 넬리?"

캐서린 아씨의 목소리가 바로 옆에서 들려왔어요. 밖에 있는 두 사람에게 정신이 팔려 있던 터라 아씨가 들어오는 걸 보지 못했거든요.

"아씨의 형편없는 친구 말이에요."

제가 흥분해서 대답했어요.

"저 비열한 파렴치한 좀 보세요. 어머, 우리를 봤나 봐요. 이리로 오고 있어요! 아씨에게는 싫어한다고 해 놓고 이사벨라 아가씨에게 연애를 건 걸 그럴듯하게 변명할 재주나 있을지 궁금해지는군요."

캐서린 아씨도 이사벨라 아가씨가 히스클리프를 뿌리치고 정원으로 달려가는 것을 보았어요. 잠시 후에 히스클리프가 문을 열고 들어왔어요.

저는 너무 화가 나서 몇 마디 하지 않을 수가 없었지만, 캐서린 아씨가 화난 표정으로 조용히 하라고 하더군요. 주제넘게 건방진 소리를 하면 부엌 밖으로 내쫓겠다고 으름장을 놓았지요.

"네가 말하는 걸 누가 들으면 네가 안주인인 줄 알겠어!"

아씨가 소리쳤어요.

"제 분수를 알아야지! 그리고 히스클리프. 무슨 짓을 한 거야? 왜 이런 소란을 일으키는 거냐고. 이사벨라 아가씨를 건드리지 말라고 내가 말했잖아. 여기에 오는 게 이젠 싫증 난 거야? 아니면 린턴이 문을 걸어 잠그고 네 출입을 금지하기라도 바라는 거니?"

"그놈 그러기만 해 보라지!"

그 악당이 대꾸했어요(그 순간 그가 지독히도 싫어지더군요.).

"얌전히 참고 있으라고 해! 나는 날이 갈수록 그놈을 천당에 보내고 싶어서 미칠 지경이니까!"

"쉿!"

캐서린 아씨가 안쪽 문을 닫으며 말했어요.

"나한테 화내지 마. 내 부탁을 무시한 이유가 뭐야? 아가씨가 일부러 너와 마주치기라도 한 거야?"

"그게 너하고 무슨 상관이야?"

그가 으르렁댔어요.

"그녀가 원하기만 하면 난 그녀와 키스할 수 있는 거잖아. 네겐 반대할 권리가 없어. 난 네 남편이 아니니까 질투할 필요 없다고!"

"난 질투하는 게 아니라 너 때문에 화가 난 거야."

아씨가 대꾸했어요.

"얼굴 좀 펴. 날 보고 인상 좀 쓰지 말라고! 네가 이사벨라 아가씨를 좋아한다면 아가씨와 결혼하도록 해. 하지만 정말 좋아해? 사실대로 말해 봐, 히스클리프. 봐, 대답 못하잖아. 좋아하지 않는 게 확실해."

"게다가 린턴 씨께서 여동생이 저런 사람하고 결혼하는 걸 허락하시겠어요?"

제가 물었어요.

"내가 허락하도록 만들겠어."

아씨는 단호하게 대답했어요.

"굳이 그를 번거롭게 할 필요는 없어."

히스클리프가 말했어요.

"그의 허락 따위는 받을 필요가 없으니까. 그리고 캐서린, 너한테도 할 말이 있어. 얘기가 나왔으니 몇 마디 하겠어. 네가 나를 지독하게, 정말 지독하게 대했던 일을 내가 모르고 있다고 여기는 건 아니겠지. 듣고 있어? 만약 내가 알아채지 못했다고 자만하고 있다면 넌 바보야. 다정한 말 몇 마디로 나를 위로할 수 있다고 생각한다면 넌 바보 천치라고. 그리고 내가 그 괴로움을 당하면서도 복수도 하지 않을 거라고 여긴다면 곧 그렇지 않다는 것을 보여 주지! 어쨌거나 네 시누이의 비밀을 일러 준 것은 고맙다. 난 그 비밀을 최대한 이용할 거야. 그러니까 넌 상관하지 마!"

"너의 새로운 면모를 보게 되는군."

캐서린 아씨는 놀라서 탄식했어요.

"내가 너를 지독하게 대해서 복수를 하겠다고! 그래, 어떻게 복수를 할 건데, 이 배은망덕한 놈아? 대체 내가 너를 어떻게 지독하게 대했다는 거야?"

"너한테 복수하려는 건 아니야."

히스클리프는 열기를 조금 누그러뜨리고 대답했어요.

"그럴 계획은 아니라고. 폭군이 노예들을 학대하면 그들은 폭군에게 반항하지 않고 그 아랫사람들을 괴롭히듯이, 너는 나를 죽도록 괴롭히면서 재미있어 해도 좋으니 다만 나도 너와 같은 방식으로 재미 좀 보게 내버려 두라고. 그리고 네가 할 수 있는 한 날 모욕하는 걸 자제해 줘. 내 궁전을 허물고 곳간을 세워 주고서 나한테 집을 지어 줬다고 자기의 동정심에 감탄하며 만족스러워하지 말란 말이야. 내가 이사벨라와 결혼하기를 네가 정말로 바라고 있다면 내 목에 칼을 꽂고 죽겠어!"

"옳아, 그러니까 내가 질투하지 않아서 화가 난 거로군?"

캐서린 아씨는 외쳤습니다.

"그렇다면 다시는 너한테 아내를 권하지 않겠어. 그것은 길 잃은 영혼을 사탄에게 권하는 것만큼 나쁜 일일 테니까. 넌 사탄처럼 다른 사람들에게 고통을 가할 때 기쁨을 느끼잖아. 네 행동이 그것을 입증하고 있어. 네가 돌아왔을 때 언짢아하던 에드거의 심기도 차츰 가라앉고 이제 나도 편안해지기 시작했는데, 넌 우리가 평화로운 게 못마땅해서 싸움을 일으킬 결심을 한 거야. 히스클리프, 싸우고 싶거든 에드거와 싸워. 그리고 좋아하지도 않는 그의 여동생을 유혹해 보라고. 그게 나한테 제대로 복수하는 가장 효과적인 방법일 테니까."

대화는 여기서 끊겼습니다. 캐서린 아씨는 얼굴이 상기된 채 침울하게 난롯가에 앉아 있었어요. 그녀를 떠받쳐 주던 기세가 점점 제멋대로 움직여서 가라앉힐 수도 통제할 수도 없게 되었지요. 히스클리프는 팔짱을 끼고 난로 옆에 서서 사악한 생각에 잠겨 있었어요. 이런 상황에서 저는 그들을 그대로 둔 채 린턴 씨를 찾으러 갔어요. 그는 캐서린 아씨가 아래층에 왜 이렇게 오래 있는지 궁금해하고 있었어요.

"엘렌, 아씨 봤어?"

제가 들어가자 서방님이 물었어요.

"네, 부엌에 계세요. 히스클리프 씨의 행동 때문에 몹시 화가 나셨어요. 정말이지 그 사람이 방문하는 문제에 대해서 달리 생각해 봐야 할 때가 온 것 같아요. 너무 부드럽게 대하면 해로워요. 벌써 이렇게까지 돼 버린걸요……."

그리고 안뜰에서 일어난 일과 그 뒤에 이어진 말다툼에 대해서 위험을 무릅쓰고 다 말씀드렸지요. 저는 아씨에게 해가 될 건 없다고 생각했어요. 나중에 캐서린 아씨가 히스클리프 편을 들지만 않았어도 그랬을 거예요.

에드거 린턴 서방님은 제 이야기를 끝까지 듣는 것을 힘겨워하셨어요. 이야기를 다 듣고 처음하신 말씀으로 보아 그는 자기 부인에게도 잘못이 없지는 않다고 생각하는 것 같았어요.

"정말 참을 수 없는 일이로군!"

그는 소리쳤어요.

"그런 놈을 친구로 인정하고 나한테도 친하게 지내라고 강요하더니 망신살이 뻗쳤군! 엘렌, 하인 두 사람만 불러 줘. 캐서린이 그 야비한 악당과 더 오래 말다툼하게 두지 않겠어. 이제 더 이상 그녀의 비위를 맞추지 않을 거야."

아래층으로 내려간 린턴 씨는 하인들에게 복도에서 기다리라고 명령한 다음 부엌으로 들어갔어요. 저도 뒤따라 들어갔지요. 부엌에 있던 두 사람은 다시 말다툼을 시작하던 참이었어요. 캐서린 아씨는 다시 기세를 올려 호되게 꾸짖고 있었고 창가로 자리를 옮긴 히스클리프는 그녀의 격렬한 기세에 풀이 죽은 듯 고개를 숙이고 있었지요.

먼저 린턴 씨를 본 히스클리프가 아씨에게 조용히 하라고 서둘러 신호를 보내자, 아씨는 그의 신호가 무엇을 의미하는지 알아채고는 곧 입을 다물었습니다.

"대체 어떻게 된 거요?"

린턴 서방님이 아씨에게 말했어요.

"저런 악한이 당신한테 그런 식으로 말하는데도 여기 그대로 있다니 당신은 체면도 없소? 그게 보통 때의 저 사람 말투라서 아무렇지도 않은 거요? 당신은 저 녀석의 천박함에 길든 모양이오. 그렇다고 나까지 거기에 익숙해질 수 있을 거라 생각하는 거요?"

"당신, 문간에서 엿듣고 있었어요?"

아씨는 남편의 화를 돋우기라도 하겠다는 듯 남편의 핀잔에 대해 무시와 경멸에 찬 어투로 되물었어요.

히스클리프는 린턴 씨의 말에 눈을 치켜 댔다가 아씨의 말을 듣고는 린턴 씨의 시선을 끌려는 듯 일부러 비웃더군요.

린턴 씨는 그를 쳐다보기는 했지만 감정을 폭발시켜 그를 기쁘게 할 생각은 없었어요.

"지금까지는 당신을 참아 왔소."

린턴 씨는 나직이 말했어요.

"그렇게 했던 건 당신의 파렴치하고 타락한 인격을 몰라서가 아니라 그게 당신만의 잘못은 아니라고 생각했기 때문이었소. 그리고 캐서린이 당신과 계속 만나고 싶어 했기 때문에 묵인했던 거요. 어리석은 짓이었지. 당신은 덕성에 해악을 끼치는 독과 같아서 당신이 나타나면 가장 선하고 고결한 사람도 오염되고 말아. 그런 이유로, 그리고 더 나쁜 결과를 막기 위해서 앞으로는 이 집에 출입하는 것을 금하겠소. 당장 이 집에서 나가줄 것을 통고하는 바요. 3분 이상 지체하면 강제로 끌려 나가는 창피를 당하게 될 거요."

히스클리프는 그렇게 말하는 상대방의 키와 어깨너비를 비웃음 가득한 눈초리로 훑어보았어요.

"캐시, 네 어린양이 마치 황소처럼 위협을 하는군! 내 주먹에 골통이 깨질 위험이 있을 텐데. 그런데 이거 어쩌지, 린턴 씨, 유감스럽게도 당신은 때려눕힐 가치도 없으니."

그러자 린턴 씨는 복도 쪽을 흘끗거리며 저한테 하인을 데려오라는 눈짓을 했어요. 직접 맞부딪치는 위험을 감수하고 싶지 않았나 봅니다.

저는 그가 암시한 대로 따르려 했지만, 캐서린 아씨는 무언가 낌새를 채고 저를 따라와서는, 제가 하인들을 부르려 하자 저를 뒤로 잡아당겨서 문을 쾅 닫고 잠가 버렸습니다.

"참 공정한 방법이군요!"

아씨는 노여움과 놀라움이 뒤섞인 남편의 눈을 쏘아보며 말했어요.

"직접 싸울 용기가 없으면 사과를 하든지 그냥 얻어맞든지 하세요. 그래야 용기 있는 척 허세를 부리는 태도가 고쳐질 테니까요. 안 돼요! 당신에게 열쇠를 빼앗기느니 차라리 삼켜 버릴 거예요. 두 사람 모두에게 친절하게 대했는데 이런 보답을 받게 되다니 기쁘기 한량없군요! 한쪽의 유약한 성격과 다른 한쪽의 고약한 성격을 모두 한결같이 받아 주었더니 앞뒤 분간도 못하고 어처구니없이 어리석은 배은망덕의 두 표본을 얻게 되는군요! 여보, 난 당신과 당신의 여동생을 변호하고 있었어요. 그런데 감히 나를 나쁘게 생각하다니 히스클리프가 당신을 아프도록 패 주었으면 좋겠어요!"

그러나 린턴 씨를 아프게 하는 데는 매질이라는 수단도 필요하지 않았습니다. 린턴 씨가 캐서린 아씨의 손에서 열쇠를 빼앗으려고 하자 아씨는 열쇠를 난로 한가운데로 던져 버렸어요. 그러자 린턴 씨는 불안과 초조로 몸을 덜덜 떨면서 얼굴이 새파랗게 질렸지요. 아무리 애를 써도 감정을 다스릴 수 없었나 봐요. 굴욕감과 비통함에 완전히 맥이 빠져 버렸는지 몸을 의자 등받이에 기대고 얼굴을 두 손으로 감쌌지요.

"아, 이런! 옛날이었다면 당신 기사 작위라도 받았을 텐데!"

캐서린 아씨는 탄식했습니다.

"우리가 졌어요! 우리가 졌어! 히스클리프가 당신에게 손가락을 까딱하느니 왕이 생쥐 떼와 싸우라고 군대를 보내는 편이 나을 거예요. 자 기운 내요, 다치는 일은 없을 테니까! 당신 같은 사람은 어린 양이 아니라 젖먹이 어린 토끼라고 해야 할 것 같군요."

"저 젖비린내 나는 겁쟁이가 네 기쁨이 되기를 바란다, 캐시! 네 취향에 찬사라도 보내야겠어. 이렇게 침 흘리고 벌벌 떠는 녀석을 선택하려고 나를 버렸다니! 저 녀석은 주먹으로 칠 게 아니라 발로 차 줘야 속이 풀릴 것 같군. 저 녀석 우는 거야, 아니면 무서워서 까무러치려고 하는 거야?"

히스클리프는 가까이 다가가더니 린턴 씨가 기대고 있던 의자를 떠밀었습니다. 그러나 가까이 가지 않는 편이 더 나을 뻔했죠. 린턴 씨는 재빨리 몸을 곧추세우더니, 덜 건장한 사람이었다면 나가떨어질 정도로 세게 히스클리프의 목을 한 대 갈겼어요.

히스클리프는 잠시 숨을 못 쉬었어요. 그가 숨 막혀 하는 동안 린턴 씨는 뒷문을 통해 마당으로 나가서 정문 현관으로 갔지요.

"거봐! 이제 다시는 여기 올 수 없게 됐잖아."

캐서린이 외쳤어요.

"자, 얼른 가. 그이가 권총을 들고 대여섯 사람을 거느리고 돌아올 거야. 그가 정말 우리의 대화를 엿들었다면 당연히 너를 용서할 수 없을 거야. 너는 나한테 몹쓸 짓을 했어, 히스클리프! 그나저나 얼른 도망쳐! 네가 곤경에 처하는 것보다 차라리 에드거가 곤경에 처하는 게 나을 테니."

"내가 목덜미를 얼얼하게 얻어맞고 그냥 갈 것 같아?"

그는 고함을 쳤어요.

"절대로 못 가! 그놈의 갈비뼈를 썩은 개암나무 열매처럼 부숴 놓기 전에는 이 집에서 한 발짝도 못 나가! 지금 그놈을 때려눕히지 못하면 언제고 그놈을 죽이게 될 거야. 그 녀석이 죽지 않기를 바란다면 지금 때려죽이게 그냥 두라고!"

"주인님은 안 오세요."

저는 거짓말을 지어 대며 끼어들었어요.

"마부와 정원사 두 명만 오고 있어요. 저들에게 떠밀려 쫓겨날 때까지 기다릴 생각은 아니겠죠! 모두들 몽둥이를 들고 뛰어오고 있어요. 주인님은 틀림없이 거실 창가에 서서 이들이 명령대로 하고 있는지 지켜보고 계실 거예요."

정원사들과 마부가 온 건 사실이었어요. 그러나 린턴 씨도 함께 왔지요. 그들은 벌써 안뜰로 들어서고 있었어요. 히스클리프는 다시 한 번 더 생각하는가 싶더니 생각을 고쳐먹고는 하인 세 명과 싸우지 않는 쪽을 택했지요. 그는 부지깽이를 집어 들고 안쪽 문의 자물쇠를 내려쳐서 열고는 달아났어요. 그들이 쿵쾅거리며 들어왔을 때는 이미 떠나고 없었지요.

몹시 흥분한 린턴 부인은 제게 위층으로 따라오라고 했어요. 그녀는 제가 이 소란에 기여한 사실을 모르고 있었고, 저는 그녀가 모르기를 바랐어요.

"미칠 것 같아, 넬리!"

그녀는 소파에 몸을 던지며 외쳤어요.

"내 머릿속에서 대장장이 천 명이 망치를 두들기고 있는 것 같아! 이사벨라에게 내 앞에 얼씬도 하지 말라고 해. 이런 소동이 일어난 건 다 그 애 때문이니까. 그리고 그 애든 누구든 지금 나를 더 화나게 하면 난 미쳐 버리고 말 거야! 그러니 넬리, 오늘 밤에 에드거를 보거든 내가 크게 앓을 것 같다고 말해 줘. 정말 실컷 아파 버렸으면 좋겠어. 그이가 나를 놀라고 속상하게 했으니까 나도 그이를 놀라게 할 테야. 그리고 그이가 와서 한바탕 야단을 치고 불평을 늘어놓을지도 몰라. 그러면 나도 분명 되받아 비난하게 될 테고. 그러다 결국 어떤 결말이 날지는 아무도 모르지. 그러니까 착한 넬리, 그렇게 해 줄래? 이번 일에 나는 아무런 잘못도 없다는 걸 넬리도 알 거야. 대체 어떻게 해서 그이가 말을 엿듣게 되었을까? 넬리가 나간 뒤에 히스클리프가 한 말은 도가 지나쳤어. 하지만 곧 내가 이사벨라 이야기에서 화제를 바꿀 수도 있었는데, 그러면 그 밖의 다른 얘기는 별것 아니었거든. 자신에 대한 악담을 귀신에라도 쓴 것처럼 몹시 듣고 싶어 하는 사람들이 있는데, 그도 그랬으니 이제 모든 게 다 어긋나 버렸어! 정말이지 그이를 위해 목이 쉬도록 히스클리프를 꾸짖었는데

175

그이가 들어와서 어처구니없게도 싫은 소리를 하니까 둘이 서로에게 무슨 짓을 하든 될 대로 되라는 생각이 들더라고. 특히 어떤 결과가 나든 우리가 언제가 될지 모르는 기간 동안 떨어져 있어야 한다고 생각하니 더욱 그럴 수밖에. 어쨌든 히스클리프를 만날 수 없다면, 그러니까 에드거가 질투를 하고 속좁게 군다면 나 자신을 고통 속에 내동댕이쳐서 두 사람의 애를 태워 주겠어. 날 극한까지 밀어붙이는 것은 죽음이 모든 걸 끝장내는 신속한 길이 될 거야! 그러나 그건 가망이 없을 때를 위해 남겨 두겠어. 그리고 그런 식으로 그이를 너무 놀라게 하고 싶지는 않아. 여태까지 그이는 나를 화나게 하는 걸 두려워하며 늘 조심했었지. 그 생각을 버리면 위험하다고 넬리가 그이에게 말해 줘야 해. 그리고 내가 흥분해서 격정에 휩싸이면 발작을 하게 될지도 모른다는 걸 그이에게 다시 일깨워 줘. 넬리, 그렇게 무심한 표정을 거두고 나를 좀 더 걱정해 줄 수 없어?"

자기는 정말 진지하게 이야기하고 있는데 저는 무심한 표정으로 듣고만 있었으니 역정을 낼 만도 했지요. 하지만 저는 자신의 격정으로 인한 발작을 이용할 계획을 미리 세울 수 있는 사람이라면 발작 중에라도 의지로 자신을 어지간히 제어할 수 있을 거라고 생각했어요. 그리고 저는 아씨의 계획대로 린턴 씨를 '놀라게' 하거나 아씨의 비위를 맞추기 위해 그분을 더욱 괴롭게 하는 일은 하고 싶지 않았습니다. 그래서 저는 거실로 가고 있는 린턴 씨를 보았지만 아무 말도 하지 않았어요. 대신 방자하게도 되돌아와 그들이 다시 말다툼을 하는지 엿들었지요.

린턴 씨가 먼저 말을 시작했어요.

"그대로 있어요, 캐서린."

그는 성난 목소리가 아니라 몹시 슬프고 낙담한 어조로 말했어요.

"오래 있지 않을 거요. 말다툼을 하거나 화해를 청하러 온 게 아니라 그저 알고 싶은 게 있소. 오늘 저녁에 이런 일이 있었는데도 당신은 계속 만날 생각이오? 그……."

"아, 제발!"

아씨는 발을 구르며 말을 가로막았습니다.

"제발, 이제 그 이야기는 그만해요! 당신의 차가운 피는 뜨거워질 줄 모르는군요! 당신의 혈관은 차가운 피로 가득하군요. 하지만 내 피는 끓고 있어서 그런 냉정한 모습을 보면 더 격렬하게 날뛴단 말이에요!"

"내가 나가기를 바란다면 내 질문에 대답을 해요."

린턴 씨는 계속 버텼습니다.

"대답을 해야 해. 이제 당신의 격정도 두렵지 않소. 마음만 먹으면 당신도 누구 못지않게 냉정할 수 있다는 걸 알았으니까. 이제부터 히스클리프를 포기하겠소, 아니면 나를 포기하겠소? 당신은 나와 그 녀석을 동시에 친구로 둘 수는 없소. 당신이 어느 쪽을 택할 것인지 난 꼭 알아야겠소."

"난 혼자 있어야겠어요!"

캐서린 아씨는 발끈하며 외쳤습니다.

"날 좀 가만 놔두란 말이에요! 내가 지금 겨우 서 있는 걸 모르겠어요? 에드거, 여보, 제발 나가 줘요!"

아씨는 텅 소리가 나며 깨질 때까지 종을 울려 댔어요. 저는 천천히 들어갔지요. 어찌나 분별없고 고약하게 히스테리를 부리는지 성자라도 참을 수 없을 정도였어요. 그녀는 누운 채로 소파의 팔걸이에 머리를 짓찧으며 마치 이를 으스러뜨리기라도 하려는 듯 세차게 갈아대고 있는 게 아니겠어요!

린턴 씨는 흠칫 놀라며 순간적으로 자기가 잘못한 게 아닌가 후회를 하는 듯했어요. 그는 제게 물을 좀 가져오라고 말했지요. 아씨는 숨이 막혀 말도 하지 못했어요.

저는 한 잔 가득 물을 떠왔어요. 아씨가 물을 마시지 않으려 하자 저는 아씨의 얼굴에 물을 뿌렸지요. 잠시 후 아씨는 몸이 뻣뻣해지고 눈이 뒤집혔는데 두 뺨이 창백하고 검푸른 게 꼭 죽은 사람 같았어요.

린턴 씨는 혼비백산했어요.

"전혀 걱정하실 것 없어요."

제가 속삭였어요. 저도 속으로는 걱정이 안 되는 건 아니었지만 린턴 씨가 아씨에게 굴복하고 마는 게 싫었거든요.

"입술에 피가 났어!"

린턴 씨가 몸서리치며 말했어요.

"괜찮아요!"

제가 매정하게 대답했어요. 그리고 이 광란적인 발작은 그가 들어오기 전에 이미 계획된 것이라고 그에게 일러 주었지요.

제가 부주의하게 목소리를 너무 크게 내는 바람에 제 말소리가 들리기라도 했는지 아씨가 벌떡 일어났어요. 머리카락이 어깨 위로 나부끼고, 두 눈이 번득이고, 목과 팔 근육이 기이하게 불거져 나오는 모습을 보고 저는 적어도 뼈 몇 개가 부서지겠구나 하고 각오를 했는데 아씨는 눈을 부릅뜨고 주위를 둘러보더니 방에서 뛰쳐나갔어요. 주인님이 제게 따라가 보라고 했어요. 그래서 저는 아씨의 방문까지 따라갔지요. 하지만 아씨가 방문을 잠가 버려서 들어갈 수는 없었어요.

이튿날 아침, 아씨가 식사를 하러 내려오지 않으려 해서 저는 뭐 먹을 것 좀 가져다드릴까 해서 물었지요.

"됐어!" 하고 아씨는 딱 잘라 거절했어요.

점심때와 차 마시는 시간에도, 그다음 날 아침에도 물으러 올라갔지만 같은 대답만 들었습니다.

린턴 씨는 그분대로 서재에 틀어박혀서는 부인이 뭘 하고 있는지도 묻지 않으셨어요. 그는 이사벨라 아가씨와 한 시간 동안 이야기를 나누며 여동생에게서 히스클리프의 접근을 질색하는 기미를 찾아보려 했지만 여동생의 대답이 분명하지 않았기 때문에 만족하지 못한 채 질문을 끝내야 했어요. 하지만 만일 그녀가 정신을 못 차리고 그 몹쓸 놈의 구애를 받아들이기라도 하는 날에는 남매 간의 의를 끊겠노라고 정색을 하고 경고하셨지요.

제12장

이사벨라 아가씨는 늘 아무 말없이, 그리고 거의 언제나 눈물을 흘리며 숲과 정원을 정처 없이 거닐었고, 그녀의 오빠는 펴 보지도 않던 책에 파묻혀 지냈고(캐서린 아씨가 자신의 행동을 뉘우치고 제 발로 걸어 나와 용서를 빌고 화해를 청하리라는 막연한 기대를 되풀이하다가 지친 것 같았습니다.) 캐서린 아씨는 식사 때마다 자기가 없는 걸 보고 린턴 씨가 목이 멜 지경이지만 자존심 때문에 달려와 자기 발치에 엎드리지 못하고 있는 것이려니 생각하고는 끈질기게 단식을 계속했어요.

저는 저대로 스러시크로스 저택에 분별 있는 사람이라고는 나 하나뿐이라고 확신하며 부지런히 집안일을 했어요.

저는 이사벨라 아가씨를 위로하거나 캐서린 아씨에게 충고하는 헛된 노력을 하지 않았고, 아씨의 목소리를 들을 수 없어서 아씨의 이름이라도 듣기를 간절히 바라는 주인의 한숨도 모른 척했지요.

저는 자기들이 원하면 알아서들 마음을 고쳐먹겠지 하고 생각했어요. 그것은 지루할 정도로 더딘 과정이기는 했어도 드디어 화해할 기미가 보이는 것 같아서 반가웠어요. 그러나 그건 기미로 그치고 말았습니다.

사흘째 되던 날, 린턴 부인은 방문을 열고는 주전자에도, 물병에도 물이 다 떨어졌으니 다시 채워 주고 죽을 것 같으니 죽도 한 그릇 가져오라고 하더군요. 저는 그것이 남편의 귀에 들어가기를 바라고 한 말이라 생각했지만 딱히 그런 것 같지도 않아 저 혼자만 알고 있기로 하고 아씨에게 버터를 바르지 않은 빵과 차를 가져다주었어요.

그녀는 허겁지겁 먹고 마신 다음, 다시 베개에 쓰러지며 두 주먹을 꽉 움켜쥐고 신음했어요.

"아, 난 죽을 거야."

아씨는 탄식했어요.

"아무도 나를 걱정해 주지 않으니까. 저것도 먹지 말 걸 그랬어."

그러고는 한참 있다가 이렇게 중얼거리더군요.

"아니, 죽지 않을래. 내가 죽으면 그이는 기뻐하겠지. 날 조금도 사랑하지 않으니까!"

"뭐 시키실 일 없으세요, 아씨?"

아씨의 얼굴은 섬뜩할 정도로 창백했고 아씨의 태도는 이상하리만치 과장되었지만 저는 여전히 겉으로는 침착함을 유지하며 물었어요.

"그 무정한 인간은 뭘 하고 있지?"

그녀는 야윈 얼굴로 헝클어진 머리카락을 쓸어 넘기며 다그쳤어요.

"혼수상태에 빠진 거야, 아니면 죽기라도 한 거야?"

"주인님을 두고 하시는 말씀이라면 어느 쪽도 아니에요. 공부를 좀 지나치게 하고 계시는 것만 빼면 그런 대로 잘 지내고 계시거든요. 달리 얘기할 상대가 없으니까 줄곧 책에 파묻혀 지내시는 것 같아요."

아씨가 어떤 상태였는지 제대로 알았더라면 저는 그렇게 말하지 않았을 거예요. 하지만 아씨가 아픈 척하고 있다는 생각을 지울 수가 없었지요.

"책에 파묻혀 지낸다고!"

그녀는 어이없다는 듯 외쳤습니다.

"내가 죽어 가는데도! 무덤에 들어가야 할 판인데도! 이럴 수가! 그이는 내가 어떻게 변했는지 알고 있어?"

아씨는 건너편 벽에 걸린 거울에 비친 자신의 모습을 응시하며 말을 이었어요.

"저 여자가 캐서린 린턴이란 말이야? 그이는 내가 골이 나서 장난으로 이러고 있다고 생각하나 봐. 이번 일은 끔찍할 정도로 정말이라는 걸 그이에게 알려 줄 수 없어? 넬리, 너무 늦지 않았다면 그이의 마음을 아는 즉시 굶어 죽거나(애정이 남아 있지 않다면 벌이 되지도 않겠지만) 몸을 회복한 뒤에 이 고장을 떠나 버리겠어. 지금 그이에 대해 사실대로 말하고 있는 거야? 신경 써서 잘 말해 줘야 해. 그이는 정말 내가 죽든 살든 전혀 무관심한 거야?"

"저, 아씨, 린턴 씨는 아씨가 이런 상태인 줄 모르고 계세요. 물론 아씨가 굶어서 죽을 거라는 염려는 하지 않으세요."

"그렇게 생각해? 내가 굶어 죽을 거라고 넬리가 그이한테 말해 줄 순 없어?"

아씨는 말했어요.

"넬리 생각이 그렇다는 식으로 그이에게 잘 좀 이야기해 보란 말이야. 내가 굶어 죽게 될 거라고!"

"안 돼요, 아씨. 아씨는 오늘 저녁에 음식을 맛나게 드신 걸 잊으셨어요? 내일이면 그 효과가 나타날 거예요."

"내가 죽어서 그이가 죽을 게 확실하다면 난 당장 죽어 버리겠어!"

아씨는 제 말을 가로막으며 말했어요.

"끔찍했던 지난 사흘 밤 동안 난 한숨도 못 잤어. 얼마나 고통스러웠는지 몰라! 가위에 눌린 것처럼 괴로웠어, 넬리! 그런데 넬리는 나를 좋아하지 않는 것 같아. 참 이상하지! 모두가 서로를 미워하고 멸시하더라도 그들이 나를 사랑하지 않을 수는 없다고 생각했거든. 그런데 몇 시간 만에 모두 내게 등을 돌리고 원수가 되어 버린 거야. 정말 이 집 사람들이 그랬다고. 냉랭한 얼굴에 둘러싸여 죽음을 맞으면 얼마나 쓸쓸할까! 이사벨라는 내 죽음을 보는 게 끔찍하고 무섭다고 이 방에는 들어오려고 하지도 않을 거야. 그리고 그이는 심각한 얼굴로 옆에 비켜서서 내가 죽는 걸 보고 있다가 다시 평화를 찾게 해 주셔서 감사하다고 하느님께 기도를 하고는 또 책을 읽으러 가겠지! 감정이 있는 사람이라면 내가 죽어 가고 있는데 대체 어떻게 책을 읽을 수 있을까?"

아씨는 저한테 들은 대로 린턴 씨가 아무런 감정의 동요 없이 체념하고 있다고 생각하니 참을 수 없었나 봅니다. 열에 들떠 어쩔 줄 몰라 하며 미친 것처럼 몸을 뒤척이다가 이로 베개를 물어뜯더니 온몸에서 열이 나는지 벌떡 일어나서는 제게 창문을 열어 달라고 하더군요. 때는 한겨울이라 세찬 북동풍이 불고 있었기 때문에 저는 안 된다고 했습니다.

아씨의 얼굴에 스치는 표정과 급격하게 변하는 기분을 지켜보고 있자니 걱정이 엄습하며 아씨가 예전에 아팠던 일이며 화를 내게 해서는 안 된다는 의사의 지시가 떠올랐어요.

조금 전까지만 해도 격정에 몸부림치던 아씨는 이번에는 한쪽 팔을 괴고 앉아 제가 명령에 따르지 않은 것도 잊고서 자기가 이로 물어뜯은 베개에서 깃털을 꺼내 침대 시트 위에 종류별로 늘어놓으며 어린애처럼 노는 것이었어요. 정신이 다른 곳으로 옮겨 갔던 거죠.

"이건 칠면조 깃털이야."

아씨는 혼자 중얼거렸습니다.

"그리고 이건 들오리 깃털이고, 이건 비둘기 깃털이네. 아하, 베개 안에 비둘기 깃털도 있었구나. 어쩐지 죽을 수 없더라니(당시 영국에서는 죽어 가는 사람을 비둘기 깃털이 든 침구에 누이면 영혼이 빠져나가지 못한다고 믿었다_옮긴이) 잘 때는 잊지 말고 바닥에 던져 버려야지. 그리고 이건 붉은 뇌조 깃털이고, 이것은 댕기물떼새야. 깃털이 아무리 많아도 내가 이걸 못 알아볼 리 없지. 정말 예쁜 새야. 황야 한 복판에서 우리 머리 위를 빙빙 돌았었지. 구름이 언덕에 닿을 만큼 짙게 드리우고 비가 올 것 같으면 둥지로 돌아가려고 했었어.

이 깃털은 황야에서 주운 거야. 새를 쏘지는 않았어. 우리는 겨울에 이 새의 둥지를 봤어. 작은 뼈들이 소복이 들어 있었지. 히스클리프가 그 위에 덫을 놓아서 어미 새들이 가까이 오지 못했던 거야. 난 히스클리프에게 댕기물떼새를 쏘지 않겠다는 약속을 받아 냈어. 그후로 그는 약속대로 이 새를 쏘지 않았지. 그래, 여기 더 많구나! 히스클리프가 내 댕기물떼새를 쏘았던가, 넬리? 이것들 가운데 붉은 깃털이 있을까? 어디 보자."

"그런 어린애 같은 짓은 그만두세요!"

아씨가 베개에서 한 움큼씩 깃털을 빼내고 있었기 때문에, 저는 베개를 끌어당겨 찢어진 구멍이 매트리스 쪽으로 향하게 놓으며 아씨의 말을 가로막았어요.

"자, 이제 누워서 눈을 감으세요. 아씨는 지금 제정신이 아니에요. 방 안이 엉망이에요! 깃털이 눈처럼 날리고 있잖아요!"

저는 이리저리 돌아다니며 깃털을 주웠지요.

"넬리."

아씨는 꿈꾸는 듯한 표정으로 말을 이었어요.

"흰 머리에 구부정한 어깨를 한 노파가 넬리 안에 있는 게 보여. 이 침대는 페니스톤 절벽 아래에 있는 요정의 동굴이고, 넬리는 우리 송아지들을 해치려고 돌촉을 줍고 있는 거야. 내가 가까이 가면 양털을 줍는 체하면서 말이야. 지금부터 50년 뒤에 넬리는 그렇게 될 거야. 지금은 그렇지 않다는 걸 난 알고 있어. 난 정신이 멀쩡해. 넬리가 잘못 생각한 거야. 그렇지 않다면 난 정말 넬리가 쭈그렁 할멈이고 여기가 페니스톤 절벽 아래라고 생각하겠지. 지금은 밤이고 탁자 위에는 촛불 두 개가 켜져 있어서 검은 옷장이 마치 흑석(黑石)처럼 빛나고 있는 걸 난 알고 있다고."

"검은 옷장이오? 그런 게 어디 있어요? 아직 잠에서 덜 깼어요?"

"늘 그래왔듯이 벽에 붙어 있잖아." 하고 아씨는 대답했습니다.

"그런데 이상한 것 같아. 그 안에 얼굴이 보여!"

"이 방에는 옷장이 없어요. 있던 적도 없었고요."

저는 이렇게 말하며 다시 자리에 앉아서 아씨를 잘 보려고 커튼을 걷었습니다.

"넬리는 저 얼굴이 안 보여?"

아씨는 유심히 거울을 들여다보면서 물었어요.

그것이 아씨의 얼굴이라는 것을 어떤 말로도 이해시킬 수 없었기 때문에 저는 일어나서 숄로 거울을 덮어 버렸어요.

"아직도 저 뒤에 있어!"

아씨는 불안해하며 말을 계속했어요.

"그리고 움직였어. 도대체 누구지? 넬리가 없을 때 나타나지 않았으면 좋겠는데! 아! 넬리, 이 방에 귀신이 있나 봐. 혼자 있기가 무서워!"

저는 아씨의 손을 잡고 진정하라고 했어요. 아씨는 계속 몸을 떨고 경련을 일으키면서도 거울 쪽을 보려고 기를 썼어요.

"아무도 없어요! 저건 아씨 자신이에요. 조금 전만 해도 알고 있었잖아요."

저는 단호하게 말했습니다.

"나 자신이라고!"

아씨는 너무 놀라 헉 하고 숨을 들이쉬었어요.

"시계가 열두 시를 치고 있어! 그런 걸 보니 정말 귀신인가 봐! 아이 무서워!"

아씨는 손가락으로 옷을 움켜쥐고는 그것으로 눈을 가렸어요. 저는 린턴 씨를 부를 양으로 문 쪽으로 살금살금 다가가려 했어요. 그런데 귀청을 찢을 듯이 날카로운 비명 소리가 저를 다시 불러들였지요. 숄이 거울에서 떨어져 있었어요.

"어머, 왜 그러세요?"

제가 소리쳤어요.

"이제 보니 아씨는 겁쟁이군요. 정신을 차리세요! 저건 거울이에요, 아씨. 거울에 아씨가 비친 거라고요. 그리고 아씨 옆에 저도 있어요."

아씨는 넋이 나간 것처럼 덜덜 떨면서 저를 꼭 붙잡았습니다. 그러다 차츰 아씨의 얼굴에서 공포가 가시면서, 창백했던 얼굴이 부끄러움으로 붉어졌지요.

"아, 이런! 내가 집에 돌아온 줄 알았지 뭐야!"

아씨는 한숨을 쉬며 말했습니다.

"마치 워더링 하이츠의 내 방에 누워 있는 것 같았어. 쇠약해지고 머리가 혼란스러워서 나도 모르게 소리를 질렀어. 아무 말도 하지 말고 그냥 내 곁에 있어 줘. 잠들기가 무서워. 꿈이 어찌나 흉흉한지."

"한숨 푹 자고 나면 괜찮을 거예요, 아씨. 이렇게 고생하셨으니 다시는 굶겠다고 하지 마세요."

"아, 우리 집 내 침대에 누워 있다면 얼마나 좋을까!"

아씨는 불안한 듯 두 손을 마주잡고 비틀면서 비통하게 말을 계속했지요.

"창밖의 전나무들 사이로 소리를 내며 불어 대던 바람, 그 바람을 쐬게 해 줘. 그 바람은 바로 황야로 불어 갔지. 한 번만 그 바람을 들이마시게 해 줘!"

저는 아씨를 달래려고 잠깐 동안 여닫이창을 조금 열었어요. 차가운 바람이 세차게 휘몰아쳐 들어오자 저는 창을 닫고 제자리로 돌아왔지요.

아씨는 눈물범벅이 된 채 가만히 누워 있었어요. 몸이 지칠 대로 지쳐서 기운이라고는 전혀 없는 것 같았어요. 성미가 불같은 우리 캐서린 아씨도 울부짖는 어린애에 불과했지요.

"내가 여기 틀어박혀 지낸 지 얼마나 됐어?"

아씨는 갑자기 의식을 회복한 듯 물었습니다.

"그때는 월요일 저녁이었고, 지금은 목요일 밤이에요. 아니 자정이 지났으니 금요일 새벽이라고 해야겠군요."

제가 대답했어요.

"뭐라고! 같은 주 금요일이란 말이지?"

그녀는 소리쳤습니다.

"그것밖에 안 됐어?"

"속을 끓이며 냉수만으로 그만큼 버텼으면 오래 버틴 거예요."

제가 말했어요.

"아무튼 정말 지루한 시간들이었어."

아씨는 믿기지 않는다는 듯한 표정으로 중얼거렸습니다.

"훨씬 더 오래된 것 같아. 두 사람이 다툰 뒤에 내가 거실에 있었던 게 기억나. 그때 에드거가 와서 어찌나 화를 돋우던지 나는 절망적인 기분이 들어서 방으로 달려와 버렸어. 문을 잠그자마자 앞이 새

까매지더니 방바닥에 쓰러진 거야. 그이가 계속 나를 괴롭히면 내가 발작을 일으키거나 격정을 못 이겨 광란의 상태에 빠지게 될지도 모른다는 것을 그이에게 설명할 수가 없었어! 좀체 혀도 머리도 마음대로 움직이지 않았거든. 그래서 아마 그이는 내 고통을 짐작하지 못했을 거야. 그저 그이가 없는 곳으로, 그이의 목소리가 들리지 않는 곳으로 피해야겠다는 생각만 들었지. 의식을 회복해서 보고 들을 수 있게 되었을 때에는 벌써 날이 새고 있었어.

넬리, 내가 무슨 생각을 했는지, 그리고 내가 제정신인지 걱정이 될 정도로 되풀이해서 떠오른 생각이 무엇인지 말해 줄게. 저 테이블 다리에 머리를 기대고 누웠을 때 네모난 창이 희뿌옇게 되는 것이 어렴풋이 보였어. 그러자 옛집의 그 참나무 판자로 만든 침상에 누워 있다는 생각이 들었어. 그리고 어떤 커다란 슬픔으로 가슴이 미어지는 것 같았는데, 막 눈을 뜬 참이라 무슨 일로 슬픈지는 기억나지 않았지. 곰곰이 생각해 보며 무엇 때문이었는지 알아내려고 애를 썼어. 그런데 너무 이상하게도 내 인생에서 지난 7년이 없어져 버린 거야! 그 7년이라는 기간이 있었는지조차 전혀 기억할 수 없었어. 나는 어린아이였고 아버지가 돌아가신 지 얼마 되지 않았을 때였는데, 힌들리 오빠가 히스클리프와 함께 놀지 말라고 해서 몹시 슬퍼하고 있었어. 나는 난생처음으로 혼자였어. 밤새 울고 나서 참담한 심정으로 깜박 졸다가 잠이 깨서 미닫이 판자를 열려고 손을 들었는데 손에 부딪친 것은 탁자의 상판이었어! 그래서 바닥을 쓸어 보았는데 양탄자가 만져지더라고. 그러자 갑자기 기억이 되살아나서 그때까지의 비통함은 절망적인 발작 속으로 휘몰아쳐 들어갔어. 왜 그렇게 미칠 듯이 비참했는지 모르겠어. 틀림없이 일시적인 정신 착란이었을 거야. 별다른 원인이 없었으니까. 하지만 열두 살이었던 내가 워더링 하이츠와 어려서부터 친숙했던 모든 것과 그 당시 내 전부였던 히스클리프와 이별하고 단박에 린턴 부인이자 스러시크로스 저택의 안주인, 그리고 낯선 사람의 아내가 되었다고 생각해 봐. 그때부터 쭉 자기 세계에서 쫓겨나 버림받은 사람이 되었다고 생각해 보라고. 그러면 내가 느낀 절망의 깊이를 어렴풋이나마 이해할 수 있을 거야! 고개를 가로젓겠지만 내가 평정을 잃고 흥분하게 된 데에는 넬리 잘못도 있어! 에드거한테 말을 해 줬어야지. 정말 넬리가 그이한테 말을 해 줬어야 했어. 그리고 그이가 나를 가만히 내버려 두도록 했어야지.

아, 몸이 불덩이 같아! 밖에 나갔으면 좋겠어! 다시 야생적이고 억세고 자유로웠던 그때로 돌아가고 싶어! 그때는 상처를 입어도 깔깔거리고 웃어넘겼지. 미친 사람처럼 화내지 않았는데! 내가 왜 이렇게 달라졌을까? 몇 마디 말에 왜 미칠 듯이 피가 끓어오를까? 히스가 무성한 언덕으로 가면 틀림없이 내 본래의 모습을 찾을 수 있을 텐데…… . 다시 창을 활짝 열어 줘! 어서 왜 가만히 있는 거야?"

"아씨가 감기에 걸려서 죽으면 안 되니까요." 하고 제가 대답했어요.

"나한테 살 기회를 주지 않겠단 말이지."

부루퉁해진 아씨가 말했습니다.

"아직 나한테 기운이 남아 있어 내가 열면 돼."

그러고는 제가 말릴 새도 없이 침대에서 내려와 비틀거리는 걸음으로 방을 가로질러 가서는 창을 밀어젖히고 살을 에는 듯한 차가운 공기에도 아랑곳 않고 몸을 밖으로 내밀었어요.

아무리 애원을 해도 아씨가 말을 듣지 않자 저는 결국 강제로라도 침대로 데려오려고 했어요. 하지만 착란 상태에 있는 아씨의 힘은 도저히 당해 낼 수 없다는 것을 곧 알아차렸지요(뒤이은 아씨의 행동과 헛소리로 저는 아씨가 착란 상태에 있다는 것을 확실히 알게 되었습니다.).

달도 보이지 않았고, 지상의 모든 것은 안개와 어둠에 덮여 있었어요. 먼 곳이든 가까운 곳이든 불빛이 새어 나오는 집은 하나도 없었고, 워더링 하이츠의 불빛도 보이지 않았는데도…… 아씨는 불빛이 보인다고 우겼어요.

"저것 봐!"

아씨는 열에 들떠 소리쳤어요.

"저기 촛불 켜진 방이 내 방이야. 그 앞에 나무들이 흔들리고 있잖아……. 그리고 또 다른 촛불은 조셉의 다락방에 켜져 있어……. 조셉은 늦게까지 깨어 있잖아, 그렇지? 문을 잠그려고 내가 돌아올 때까지 기다리고 있는 거야……. 그런데 좀 오래 기다려야 할 거야. 길도 험하고 마음도 울적해서……. 게다가 우리는 기머튼 교회도 지나야 하거든! 우리는 툭하면 유령 따윈 무섭지 않다고 큰소리를 치며 묘지에 들어가서는 유령을 불러내곤 했었지……. 히스클리프, 지금도 해 보라고 하면 해 볼 테야? 그러면 난 널 잡아 둘 거야. 나 혼자 거기에 누워 있지는 않겠어. 열두 자 깊이로 나를 묻고 그 위에서 예배를 드린다 해도 네가 함께 있지 않으면 난 편히 잠들 수 없을 거야……. 정말이야!"

아씨는 잠시 말을 끊었다가 기이한 웃음을 지으며 다시 말을 이었어요.

"그는 생각하고 있어……. 내가 와 줬으면 좋겠다고 말이야! 그렇다면 길을 찾아봐! 교회 묘지를 지나지 않아도 되는 길로…… 너 정말 느리구나! 그래도 그걸로 만족하라고 넌 언제나 내 뒤를 쫓아왔으니까!"

제정신이 아닌 아씨와 말씨름을 해 봐야 소용이 없다는 생각을 하고는, 아씨를 붙잡은 손을 놓지 않고 아씨의 몸에 걸쳐 줄 것을 찾아보았어요. 활짝 열린 창가에 아씨 혼자 두는 건 불안했거든요. 그런데 그때, 놀랍게도 방문 손잡이가 덜그럭거리더니 린턴 씨가 들어오는 게 아니겠어요. 서재에서 나와 복도를 지나다가 우리의 말소리를 듣고는 호기심에서인지 걱정에서인지 늦은 시각에 무슨 일인가 알고 싶으셨던가 봐요.

"아, 주인님!"

저는 린턴 씨가 눈앞의 광경과 방 안의 냉랭한 공기에 놀라 소리치려고 하는 것을 가로막고 외쳤습니다.

"가엾게도 아씨가 병이 나셨는데 제 말은 통 들으려 하지 않아요. 저로서는 어떻게 할 도리가 없으니 제발 이리 오셔서 아씨에게 침대에 누우라고 설득 좀 해 주세요. 노여움은 잊어버리시고요. 아씨는 자기 자신도 다스리기 어려운 상태이니까요."

"캐서린이 아프다고?"

린턴 씨는 황급히 우리에게 다가오며 말했습니다.

"창을 닫아, 엘렌! 캐서린! 왜……."

린턴 씨는 말을 잇지 못했어요. 캐서린 아씨의 초췌한 몰골에 충격을 받은 나머지 말문이 막혀서 그저 소스라치게 놀란 표정으로 아씨와 저를 번갈아 바라보기만 하셨지요.

"아씨는 이 방에서 혼자 끙끙 앓고 계셨나 봐요. 거의 아무것도 먹지 않고 불평도 하지 않고 오늘 저녁까지 아무도 들어오지 못하게 하셨어요. 그래서 저희는 아씨가 아프다는 걸 알 수 없었고 주인님께도 알리지 못했지요. 하지만 별로 걱정하실 일은 아니에요."

아무래도 제 설명이 궁색하다는 생각이 들었는데, 주인님도 인상을 찌푸리시더군요.

"별일 아니라고, 엘렌 딘?"

그는 준엄하게 말했습니다.

"일이 이렇게 되도록 나한테 알리지 않았던 이유를 좀 더 똑똑히 설명해 봐!"

그러고는 아씨를 안고 비통한 표정으로 바라보셨지요.

처음에 아씨는 린턴 씨를 알아보지 못했어요. 그녀의 멍한 눈에 린턴 씨가 보이지 않았던 거죠. 그러나 정신이 완전히 나간 것은 아니었어요. 물끄러미 바라보던 바깥의 어둠에서 눈을 떼고 서서히 그에게 초점을 맞추자 자기 앞에 있는 사람이 누구인지 알아보았지요.

"아하! 에드거 린턴, 당신이 왔군요."

아씨는 노기 어린 눈을 번득이며 말했습니다.

"당신은 필요할 때에는 얼굴도 비치지 않다가 필요 없을 때에만 나타나는 사람이로군요! 이제 우리는 실컷 애도하게 될 거예요……. 그렇게 되리라는 걸 난 알아요……. 아무리 슬퍼해도 내가 저 너머에 있는 좁다란 안식처에 가는 것을 막지는 못 할 거예요. 봄이 가기 전에 가기로 되어 있는 내 영원한 안식처 말이에요! 내가 묻힐 곳은 교회 안의 린턴 집안 묘소가 아니라 야외의 비석 아래라는 것을 명심해야 해요. 당신은 조상들이 묻힌 곳으로 가든, 내가 묻힌 곳으로 오든 마음대로 하세요!"

"캐서린, 대체 어떻게 된 거요?"

린턴 씨가 말문을 열었어요.

"이제 나는 당신한테 아무것도 아니란 말이오? 당신은 그 못된 놈을 사랑하는 거요? 그 히스……."

"쉿! 당장 입 다물어요! 당신이 그 이름을 입 밖에 내는 즉시 나는 창에서 뛰어내려 당장 끝장내 버리겠어요!"

아씨가 외쳤어요.

"지금 당신의 손이 닿은 내 몸은 당신 것일지도 모르지만, 다시 또 당신이 나를 만질 때에는 이미 내 영혼은 저 언덕 꼭대기에 가 있을 거예요. 에드거, 이제는 당신을 원하지 않아요. 당신을 원하던 때는 지나갔어요……. 당신은 책 있는 데로 돌아가요……. 그래도 당신에게 위안거리가 있어서 다행이군요. 이제 내 마음속에서는 당신이 완전히 사라졌으니까요."

"아씨가 정신이 오락가락하세요, 주인님."

제가 끼어들었어요.

"저녁 내내 헛소리만 하고 계세요. 그렇지만 안정시키고 적절히 간호하면 나으실 거예요……. 이제부터는 아씨의 기분을 거스르지 않도록 조심해야겠어요."

"이제 더 이상 네 충고는 듣고 싶지 않아."

린턴 씨가 대답했어요.

"캐서린의 성질을 잘 알면서 그녀를 괴롭히도록 나를 부추기지 않았어? 그리고 지난 사흘 동안 그녀가 어떻게 지내는지 전혀 알려 주지 않았잖아! 어떻게 이렇게 몰인정할 수 있지? 몇 달을 앓아도 이렇게 변할 수는 없을 거야!"

저는 다른 사람의 고약한 고집 때문에 꾸지람을 받는 게 너무 억울해서 변명을 하기 시작했어요!

"아씨가 고집이 세고 막무가내인 건 알고 있었어요. 하지만 주인님이 아씨의 불같은 성미를 부추기고 싶어 하시는 건 몰랐네요! 아씨의 비위를 맞추기 위해 히스클리프 씨를 보고도 못 본 척해야 한다는 걸 몰랐습니다. 저는 충실한 하인으로 의무를 다하느라 주인님께 말씀드린 거였는데 그 보답을 제대로 받게 되는군요! 좋아요. 이번 일로 다음부터는 조심해야겠다는 걸 알게 되었어요. 앞으로는 그에 관한 정보를 주인님이 직접 알아보셔야 할 거예요!"

"또다시 내게 고자질을 하면 이 집에서 나가야 할 거야, 엘렌 딘."

린턴 씨가 대답했어요.

"그렇다면 그에 관해 아무 말씀도 듣고 싶지 않으시다는 거로군요, 주인님? 히스클리프가 이사벨라 아가씨를 유혹하러 이 집에 와도 좋고, 주인님이 외출할 때마다 찾아와서 아씨의 마음을 주인님으로부터 멀어지게 해도 좋다는 허락을 하고 계신 셈인가요?"

캐서린 아씨는 정신이 혼미하기는 했지만 우리의 대화를 이해할 만큼은 정신이 있었어요.

"아하! 넬리가 배반자였군."

아씨는 격분하며 소리쳤어요.

"넬리가 나의 숨은 적이었어. 이 못된 년! 그래서 너는 우리를 해치려고 돌촉을 찾고 있었구나! 날 놔줘요. 저년이 뉘우치도록 만들어 줄 거예요! 저년이 울부짖으며 잘못을 인정하게 해야겠어요!"

아씨는 두 눈에 미친 사람 같은 열기를 띠며 린턴 씨의 품에서 벗어나려고 필사적으로 몸부림을 쳤어요. 저는 그 자리에 더 머무르고 싶지 않아서 의사를 불러와야겠다고 나 혼자 결정을 내리고 방을 나왔지요.

길로 나가려고 정원을 지나는데, 말을 매는 고리가 박힌 담장에서 희끄무레한 물체가 불규칙적으로 흔들리는 것이 보였어요. 그 움직임의 원인이 바람인 것 같지는 않았어요. 그냥 지나치고 나면 그 후로 줄곧 그것이 유령이었다는 생각이 들 것만 같아서 저는 갈 길이 바빴지만 걸음을 멈추고 살펴보았습니다.

잘 보이지 않아서 손으로 만져 보고서야 그것이 이사벨라 아가씨의 스패니얼 종 애완견인 '패니'라는 걸 알 수 있었는데, 그 사실에 저는 무척 놀라고 당황했지요. 개는 목이 손수건에 묶여 매달려 있어서 거의 숨이 넘어갈 지경이었어요.

저는 급히 그 개를 풀어서 정원에 놓아주었어요. 이사벨라 아가씨가 자러 갈 때 녀석도 위층으로 뒤따라 올라가는 것을 보았는데 어떻게 해서 밖에 나와 있는지, 그리고 어떤 고약한 사람이 그런 몹쓸 짓을 했는지 몹시 궁금했습니다.

고리에 감은 매듭을 푸는 동안 조금 떨어진 곳에서 말발굽 소리가 연거푸 들려오는 것 같았어요. 새벽 두 시에 그곳에서 말발굽 소리가 나는 건 이상한 일이었지만 그때 제 머릿속은 여러 가지 신경 써야 할 일로 복잡했던 터라 더 이상 그 일을 마음에 두지 않았어요.

제가 거리에 이르렀을 때 운 좋게도 케네스 선생은 마침 마을의 환자를 보려고 댁에서 나오던 길이었지요. 제가 캐서린 아씨의 병세에 대해 말씀드렸더니 그분은 곧 저를 따라와 주셨어요. 케네스 선생은 꾸밈없고 좀 투박한 분이셨어요. 캐서린 아씨가 전에 병이 났을 때보다 자기의 지시에 더 잘 따르지 않는다면, 두 번째로 발병한 이번에는 살아남지 못할 거라는 말을 거리낌 없이 하셨지요.

"넬리 딘, 이번 발병에는 특별한 원인이 있었을 것 같은데. 그 댁에서 무슨 일이 있었나? 이상한 소문이 돌더군. 캐서린처럼 튼튼하고 생기 있는 젊은 여자는 사소한 일로 병이 나지는 않아. 또 그런 사람들은 병이 나서도 안 되지. 그런 사람들은 열병이니 뭐니 하는 병들을 견뎌 내기가 여간 어려운 게 아니니까. 그래, 이번 발병의 발단은 뭐였나?"

"주인님께서 말씀하실 거예요."

제가 대답했어요.

"선생님도 아시다시피 언쇼가 사람들의 성질이 불같잖아요. 아씨는 그중에서도 제일로 격하시죠. 이 정도는 말씀드려도 될 거예요. 그 발단은 말다툼이었어요. 아씨는 너무 화가 난 나머지 감정이 폭발해서 일종의 발작을 일으키셨지요. 아씨 본인이 그렇게 말씀하세요. 아씨는 머리끝까지 화가 나서 자기 방으로 달려가 문을 잠가 버렸거든요. 그러고 나선 식사를 거부하며 아무것도 안 드셨답니다. 지금은 헛소리를 하다 꿈을 꾸듯 멍하니 있다 오락가락하고 계세요. 주위 사람들은 알아봅니다만 머릿속이 온갖 기이한 생각과 환상으로 복잡한 것 같아요."

"린턴 씨가 유감이겠군?"

케네스 선생은 궁금한 듯 물었어요.

"유감 정도가 아니에요. 아마 아씨에게 무슨 일이라도 생기면 가슴이 미어지실 거예요!"

저는 대답했습니다.

"그러니까 필요 이상으로 그분을 놀라게 하지는 마세요."

"저런, 내가 주의하라고 말했는데. 내 경고를 무시해서 생긴 일이니 감수해야지 어쩌겠나! 주인 양반은 요즘 히스클리프와 친하게 지내시는가?"

케네스 선생이 말했습니다.

"히스클리프가 자주 찾아오곤 했지요. 하지만 어렸을 적에 아씨를 알았기 때문이지 주인님과의 친분 때문은 아니랍니다. 그러나 이제는 방문할 수 없게 되었어요. 주제넘게도 이사벨라 아가씨에게 연애를 걸었기 때문이지요. 아마 주인님은 그를 다시는 집에 들여놓지 않으실 거예요."

"그럼 린턴 양도 그에게 냉담한가?" 하고 의사 선생이 물었어요.

"아가씨는 제게 속마음을 털어놓지 않는답니다."

저는 그 이야기를 계속하는 걸 내켜하지 않으며 대답했어요.

"그래, 의뭉한 처녀로군."

의사 선생은 고개를 내저으며 말했습니다.

"고민을 얘기하지 않는 모양이구먼! 하지만 정말 어리석은 아가씨야. 믿을 만한 소식통한테서 들었는데, 간밤에(아주 멋진 밤이었지.) 린턴 양과 히스클리프가 그 집 뒤의 조림지에서 두 시간 넘게 거닐다가 마지막엔 히스클리프가 린턴 양에게 집에 들어가지 말고 말을 타고 함께 도망가자고 졸랐다더군! 그러자 린턴 양은 다음번엔 도망갈 준비를 하고 나오겠다고 굳은 약속을 했다는 거야. 내게 이 말을 해 준 이는 다음번에 언제 만나는지는 듣지 못했다고 하더군. 그러니 린턴 씨에게 잘 감시하라고 전하게!"

그 이야기를 듣자 제 마음은 새로운 걱정으로 가득 찼어요. 저는 케네스 선생을 앞질러서 거의 달리다시피 하여 집에 돌아왔어요. 좀 전에 제가 풀어 준 개가 아직도 정원에서 짖고 있더군요. 저는 그 개가 들어오도록 잠시 문을 열고 기다렸지만, 녀석은 현관 쪽으로 오는 대신 풀밭을 킁킁거리며 이리저리 뛰어다녔어요. 제가 붙잡아서 데리고 들어오지 않았다면 길 쪽으로 도망갈 태세였지요.

이사벨라 아가씨 방에 올라가 보고 제가 걱정하던 일이 이미 벌어졌다는 걸 알게 되었어요. 방이 비어 있었습니다. 몇 시간만 더 일찍 와 봤더라면 아가씨도 올케 언니가 병이 난 걸 알고 경솔한 짓을 저지르지 않았을 텐데. 그러나 이미 일은 벌어지고 만 걸 어떡하겠어요? 곧바로 쫓아가면 따라잡을 가능성이 아주 없는 건 아니었어요. 하지만 저는 사람들을 놀라게 하고 집 안을 혼란에 빠트리고 싶지 않았어요. 더욱이 아씨의 병으로 가뜩이나 정신이 없으신 주인님께 이 일을 알릴 엄두가 나지 않았지요. 주인님의 마음에는 두 번째 슬픔이 들어갈 자리도 없었을 거예요!

아무 말 않고 일이 되어 가는 대로 그냥 둘 수밖에 다른 방법이 없었어요. 케네스 선생이 도착하자, 저는 채 진정되지 않은 얼굴로 의사 선생님이 오셨다는 걸 알리러 갔지요.

캐서린 아씨는 고통스러운 표정으로 잠들어 있었습니다. 여하튼 린턴 씨가 아씨의 광란 상태를 성공적으로 가라앉혔더군요. 그는 아씨의 베개 위로 고개를 숙인 채 아씨의 얼굴에 나타난 그늘과 변화를 하나하나 유심히 지켜보고 있었습니다.

케네스 선생은 진찰을 하고 나서, 만약 계속해서 절대적인 안정을 취한다면 상태가 호전될 거라며 주인님에게 희망적으로 말했습니다. 저한테는 아씨가 죽지는 않더라도 영영 정신 착란에서 헤어나지 못할 위험이 있다고 하더군요.

그날 밤 저는 눈을 붙이지 못했어요. 린턴 씨도 마찬가지였죠. 정말 우리는 잠자러 가지 않고 밤을 꼬박 새웠어요. 하인들은 모두 평소 때보다 훨씬 일찍 일어나 살금살금 걸어 다니고 각자 자기 일을 하다가 서로 마주치면 소곤거렸어요. 모두들 일어나서 활동했지만 이사벨라 아가씨만 보이지 않았지요. 그래서 잠이 깊이도 들었나 보다고 말들이 많더군요. 주인님도 아가씨가 일어났냐고 물으시는 게 아가씨가 나타나기를 기다리는 눈치였어요. 올케 언니가 아팠는데 조금도 걱정하지 않는 여동생에게 섭섭하기도 했을 거예요.

주인님이 직접 아가씨를 부르러 가실까 봐 저는 몹시 불안했어요. 그런데 저는 아가씨가 도망간 사실을 처음으로 알리는 고통을 면했답니다. 아침 일찍 기머튼에 심부름을 갔던 철없는 하녀 하나가 입을 벌린 채 숨을 헐떡이며 위층으로 올라와서는 방으로 뛰어들며 소리쳤어요.

"어머, 어떡해요, 어떻게 이런 일이! 다음엔 또 무슨 일이 일어날까? 주인님, 주인님, 아가씨께서……."

"조용히 해!"

저는 그녀의 소란스러운 행동에 화가 나서 급히 외쳤어요.

"목소리를 낮춰, 메리……. 무슨 일이야? 아가씨가 어쨌다는 거야?" 하고 린턴 씨가 말했습니다.

"아가씨가 집을 나갔어요. 도망갔다고요! 히스클리프가 아가씨를 데리고 달아났어요!"

그 아이는 숨을 헐떡이며 말했어요.

"그럴 리가 있나!"

린턴 씨는 흥분한 나머지 벌떡 일어서며 외쳤어요.

"그럴 리 없어. 어떻게 그런 생각을 하게 되었지? 엘렌 딘, 가서 이사벨라 좀 찾아봐. 믿을 수 없어. 그럴 리 없어."

린턴 씨는 하녀를 문으로 데리고 가면서 어떤 근거로 그런 말을 하는지 말해 보라고 다그쳤습니다.

"저, 그러니까 우유를 배달하는 아이를 길에서 만났는데요."

하녀 아이는 더듬거리며 말했습니다.

"그 이이가 이 집에 골치 아픈 일이 터지지 않았냐고 묻더라고요. 그래서 저는 아씨가 편찮으신 걸 말하는 줄 일고 그렇다고 대답했지요. 그랬더니 이렇게 말하지 않겠어요.

'누가 그들을 뒤쫓아 잡으러 갔겠지?'

그 말을 듣고 저는 눈이 휘둥그레졌지요. 그러자 그 아이는 제가 아무것도 모른다는 걸 알고서 들은 이야기를 말해 주었어요. 간밤에 자정이 좀 지났을 때 기머튼에서 2마일쯤 떨어진 대장간에 젊은 신사와 숙녀가 말편자를 박으러 왔더래요. 그래서 대장간 집 딸은 누군지 엿보려고 일어났대요. 그 처녀는 그 두 사람을 직접 만난 적이 있던 터라 남자를 알아볼 수 있었어요. 히스클리프가 틀림없었대요. 하긴 그를 못 알아볼 사람은 없을 거예요. 말편자를 박아 준 대금으로 남자가 아버지에게 1파운드짜리 금화 한 개를 건네는 걸 보았대요. 여자는 망토로 얼굴을 가리고 있었지만, 물을 한 모금 달라고 해서 마실 때 망토가 뒤로 젖혀져서 얼굴을 분명히 볼 수 있었대요. 히스클리프는 양손으로 고삐를 잡고 말에 올라타서는 마을을 등지고 울퉁불퉁한 길에서 낼 수 있는 최대 속도로 말을 달려 떠나갔대요. 그 처녀는 자기 아버지에게는 아무 말하지 않고, 오늘 아침에 온 마을에 그 소문을 퍼뜨렸대요."

저는 형식상 이사벨라 아가씨 방으로 달려가서 들여다보고는 그 아이의 말이 사실이라고 말하기 위해 돌아왔어요. 침대 옆 의자에 다시 앉아 계시던 린턴 씨는 제가 방에 들어서자 눈을 들어 저를 쳐다보았지요. 제 멍한 얼굴의 의미를 알아차리셨지만 한마디 명령이나 말씀도 없이 다시 시선을 내리깔았어요.

"온갖 방법을 동원해서라도 아가씨를 쫓아가서 데려와야 하지 않을까요? 어떻게 해야 하죠?" 하고 제가 물었습니다.

"그 애는 제가 좋아서 간 거야."

주인님이 대답했어요.

"가고 싶으면 갈 권리가 있지. 그 애 문제로 더 이상 나를 성가시게 하지 마. 이제부터 그 애는 명목상의 동생일 뿐이야. 내가 인연을 끊은 게 아니라 그 애가 인연을 끊은 거지."

그 일에 관해 주인님이 말한 것은 그게 전부였어요. 주인님은 더이상 여동생에 대해 묻지 않으셨고 어떤 식으로도 언급을 하지 않으셨어요. 다만 새 보금자리를 꾸민 것을 알게 되거든 그곳이 어디든 그녀의 물건을 그리로 보내 주라고 지시하셨을 뿐이었죠.

제13장

도망간 사람들은 두 달 동안 돌아오지 않았답니다. 그 두 달 사이에 캐서린 아씨는 뇌막염이라는 병에 걸려 최악의 고비를 맞았지만 결국 잘 이겨냈지요. 하나뿐인 자식을 병구완하는 어머니라도 그보다 더 헌신적이지는 못할 정도로 린턴 씨는 극진히 아씨를 돌봤어요. 그는 밤낮으로 아씨 옆을 지키며 예민한 신경과 불안정한 정신으로 인한 아씨의 온갖 짜증을 참아 냈습니다.

케네스 선생은 린턴 씨가 죽음에서 건져 낸 목숨은 앞으로도 계속 걱정의 원천이 되어 그의 극진한 간호에 보답하게 될 거라고 말했지만(사실 린턴 씨의 건강과 기력은 한 폐인을 살리느라 쇠약해지고 있었습니다.) 캐서린 아씨가 생명을 잃을 위험에서 벗어났다는 얘기를 들었을 때 린턴 씨는 무한한 감사와 기쁨을 느꼈습니다.

그리고 몇 시간이고 아씨 옆에 앉아서 건강이 조금씩 좋아지는 것을 지켜보면서, 이제 아씨의 정신도 안정을 찾아 머지않아 예전의 그녀로 완전히 회복될 수 있을 거라는 지나치게 낙관적인 희망으로 마음이 부풀었지요.

아씨가 처음으로 그 방을 나온 것은 이듬해 3월이 시작될 무렵이었어요. 린턴 씨는 그날 아침 아씨의 베개 위에 황금빛 크로커스를 한 아름 갖다 놓았어요. 아씨가 잠에서 깨어 그 꽃을 보자 오랫동안 기쁨의 빛을 띠어 보지 못했던 아씨의 눈이 기쁨에 반짝였어요. 아씨는 그 꽃을 열렬히 가슴에 끌어안았지요.

"이게 워더링 하이츠에서 가장 먼저 피는 꽃이에요!"

아씨는 탄성을 질렀습니다.

"이 꽃을 보니까 눈을 녹이는 부드러운 바람과 따스한 햇볕과 거의 다 녹은 눈이 생각나는군요. 여보, 남풍이 불지 않아요? 눈이 거의 다 녹지 않았나요?"

"이 부근의 눈은 다 녹았다오."

린턴 씨가 대답했습니다.

"그리고 황야 전체에서 잔설이 남은 곳은 두 군데뿐이오. 하늘은 파랗고 종달새가 지저귀고 시내와 개울에서는 넘치도록 가득 물이 흐르고 있어요. 캐서린, 지난봄 이맘때는 당신을 이 집 지붕 아래로 데리고 오기를 간절히 바랐었소. 지금은 당신이 저 언덕을 1~2마일쯤 올라갈 수 있으면 좋겠소. 저 부드럽고 향기로운 바람을 쐬면 당신 병이 나을 것 같은데."

"저기에 가는 건 한 번이면 족해요! 그곳에서 당신은 날 두고 떠날 테고, 나는 영원히 저기에 남게 될 거예요. 다음 해 봄에 당신은 다시 이 지붕 아래에 내가 있기를 바라며 지난 일을 돌이켜 보고는, 오늘이 행복했었다는 생각을 하게 될 거예요."

린턴 씨는 그지없이 다정한 손길로 부인을 쓰다듬고 더할 나위 없이 정다운 말로 부인을 위로해 주었어요. 그러나 멍하니 꽃을 바라보는 린턴 부인의 속눈썹에 눈물이 맺히더니 볼을 타고 하염없이 흘러

내렸어요.

우리는 아씨가 확실히 좋아졌다는 걸 알았어요. 그래서 아씨가 그렇게 침울해하는 것은 오랫동안 한 곳에만 갇혀 있었기 때문이고 거처를 바꾸면 울적함이 가실 거라 생각했지요.

주인님은 저한테 여러 주 동안 비워 두었던 거실에 불을 지피고 창가의 볕이 잘 드는 곳에 안락의자를 갖다 놓으라고 지시했어요. 그러고 나서 아씨를 데리고 내려왔지요. 아씨는 그곳에서 아늑한 온기를 즐기며 오래도록 앉아 있었고, 우리가 기대한 대로 주위의 여러 물건들 덕분에 다시 생기를 찾았어요. 주위의 물건들이래야 낯익은 것들이었지만, 지긋지긋한 병실에 감도는 음울함이 연상되지 않았기 때문에 아씨의 우울함이 가실 수 있었던 거죠. 저녁이 되자 아씨는 무척 지친 것 같았지만, 아무리 타일러도 자기 방으로 돌아가려고 하지 않았어요. 그래서 저는 다른 방이 준비될 때까지 거실 소파에서 아씨가 주무실 수 있도록 해 드려야 했지요.

층계를 오르내리는 피로를 덜기 위해 우리는 거실과 같은 층에 있는, 지금 록우드 씨가 누워 계시는 이 방을 침실로 꾸몄습니다. 아씨는 얼마 안 가서 린턴 씨의 팔에 기대어 이 방과 거실 사이를 오갈 수 있을 정도로 기운을 차렸지요.

아, 그토록 정성스런 간호를 받았으니 회복되실 거라고 저는 혼자 생각했어요. 그리고 그러기를 바라는 이유가 하나 더 있었는데, 아씨가 살아나셔야만 또 하나의 생명도 태어날 수 있었기 때문이었죠. 우리는 린턴 씨의 상속인이 될 아기가 태어나서 린턴 씨도 기뻐하고 그분의 토지가 낯선 사람에게 넘어가는 일이 없게 되기를 바랐어요.

이사벨라 아가씨가 자기 오빠에게 전갈을 보내온 이야기를 해 드려야겠군요. 그녀는 집을 나간 지 6주쯤 지났을 때 히스클리프와의 결혼 소식을 알리는 짧은 편지를 보내왔어요. 건조하고 냉담한 느낌의 편지였지만, 끝에는 오빠가 자기가 한 행동 때문에 화가 났더라도 자기를 너무 나쁘게 생각하지 말고 넓은 아량으로 용서하여 화해하자는 간청과, 그때는 그럴 수밖에 없었으며 이미 벌어진 일이라 지금은 취소할 수 없다는 모호한 변명이 연필로 적혀 있었습니다.

제가 알기로 린턴 씨는 답장을 하지 않으셨어요. 그러고서 2주쯤 지났을 때 저한테도 편지가 왔는데, 신혼여행에서 갓 돌아온 신부가 쓴 것치고는 이상했어요. 그 편지를 읽어 드리겠어요. 아직도 간직하고 있거든요. 살아 있을 때 소중한 사람이었다면 죽은 뒤의 유품도 소중한 것이니까요.

엘렌에게

간밤에 워더링 하이츠에 와서, 캐서린 언니가 많이 아팠고 지금도 아프다는 이야기를 처음 들었어. 언니에게 편지를 써서는 안 될 것 같고, 오빠도 내가 쓴 편지에 답장을 하기에는 너무 화가 나 있거나 상심해 있을 것 같았어. 그래도 누군가에게는 편지를 써야 했는데 남은 사람은 엘렌뿐이었어.

에드거 오빠한테 내가 무척 보고 싶어 한다고 전해 줘. 집을 떠난 지 하루 만에 이미 내 마음은 스러시크로스 저택으로 돌아갔고 지금 이 순간에도 집에 있다는 것과 오빠와 캐서린 언니에 대한 따스한 애정으로 가득하다는 것도 전해 줘. 그렇지만 마음이 그렇다고 그럴 수 있는 상황은 아니야. (이 문장에는 밑줄이 쳐져 있었어요.) 그러니까 내가 올 거라고 기대하지는 말고, 어떤 결론을 내려도 좋지만 내가 그러고 싶지 않거나 애정이 부족한 탓으로 돌리지는 말아 달라고 전해 줘.

이제부터는 엘렌에게만 하는 얘기야. 엘렌에게 물어보고 싶은 것이 두 가지 있어.

첫 번째는, 엘렌은 이 집에 살 때 다른 사람들과 어떻게 교감할 수 있었어? 이 집 사람들과는 전혀 공통된 감정을 느낄 수가 없어.

몹시 궁금한 두 번째 질문은…… 히스클리프 씨가 인간인가 하는 거야. 인간이라면 미친 거야? 인간이 아니라면 악마야? 내가 이런 질문을 하는 이유는 말하지 않겠어.

그러나 엘렌이 알고 있다면 내가 결혼한 상대의 정체가 대체 무엇인지 설명해 줬으면 좋겠어. 엘렌이 나를 만나러 이 집에 올 때 말이야. 그러니까 엘렌, 빠른 시일 안에 꼭 와 줘. 편지는 하지 말고 와서 나를 만나야 해. 그때 에드거 오빠가 보내는 것도 가져오고 이제 나의 새 보금자리가 될 거라 여겨지는 이 집에서 내가 어떤 대접을 받고 있는지 말해 줄게. 외적으로 안락하지 않다는 얘기를 길게 늘어놓는 건 그저 기분 전환을 하기 위한 거야. 편의 시설이 부족한 건 아쉬울 때를 제외하면 별로 생각하지도 않아. 그게 내 불행의 전부이고 그 외의 것들은 괴상한 꿈에 불과하다면 나는 기뻐서 웃고 춤을 추겠지.

우리가 황야로 향할 때 해가 스러시크로스 저택 뒤로 저물고 있었으니 여섯 시쯤 되었을 거야. 히스클리프는 30분쯤 머물며 숲이며 정원이며 아마 집까지도 가능한 한 자세히 둘러보는 것 같았어. 그래서 우리가 판석으로 포장된 이 집 마당에 도착하여 말에서 내렸을 때에는 이미 날이 어두워져 있었지. 엘렌의 옛 동료인 조셉이 촛불을 들고 나와 우리를 맞았어. 그의 예의 바른 태도는 과연 그의 명성을 더하기에 충분했지. 먼저 내 얼굴 있는 데까지 촛불을 들어 올리고 심술궂게 흘겨보더니 아랫입술을 삐죽 내밀고 돌아서더군.

그러고는 우리가 타고 온 말 두 필을 끌고 마구간으로 갔다가 다시 나타나더니, 우리가 고성에라도 살고 있는 것처럼 바깥 대문에 자물쇠를 채웠어.

히스클리프는 그에게 할 말이 있어서 거기 남았고, 나는 부엌으로 들어왔어. 우중충하고 꾀죄죄한 굴 같은 그곳은 엘렌이 맡았을 때와 어찌나 많이 달라졌는지, 아마 엘렌도 알아보지 못했을 거야.

화덕 옆에 악동 같은 아이 하나가 서 있었는데, 팔다리가 튼튼하고 지저분한 옷을 입고 있었어. 그런데 눈빛과 입매가 캐서린 언니와 닮았더라고. 그래서 나는 생각했지. '에드거 오빠의 처조카구나. 그렇다면 나한테도 조카뻘이 될 테니까, 악수를 하고, 그래, 뽀뽀를 해 줘야지. 처음부터 잘 사귀어 두는 게 좋을 테니까.'

나는 다가가서 그 아이의 통통한 손을 잡으려 하며 말했어.

"안녕, 아가야!"

그러자 그 아이는 나로서는 알아들을 수 없는 은어로 뭐라고 대답하더라고.

"우리 친구할래, 헤어튼?" 하고 나는 다시 말을 걸어 보았어.

그런데 나의 계속되는 노력에 대한 보답이 어땠는지 알아? 아이는 욕설로 대답하더니 당장 나가지 않으면 스로틀러를 풀어 물게 하겠다고 위협했지.

"야, 스로틀러, 이봐!"

그 못된 꼬마 녀석은 구석에 누워 있던 잡종 불도그를 작은 소리로 부르더니 "이래도 나가지 않을 거야?" 하고 나한테 위압적으로 물었지.

나는 목숨이 소중했기 때문에 그 녀석이 하라는 대로 문밖으로 나와서 다른 사람들이 들어오기를 기다렸어. 히스클리프는 어디 갔는지 보이지 않았고, 조셉은 내가 마구간까지 가서 집 안까지 수행해 달라고 부탁을 했는데도 나를 노려보면서 혼자 중얼거리더니 콧등에 주름을 잡고 이렇게 대답하는 거야.

"잘났군, 잘났어! 기독교인이 그런 말투를 들어 봤겠소? 가식적이고 점잔 빼는 저 말투라니! 그런 식으로 말하면 내가 어떻게 알아듣겠소?"

"나와 함께 집 안에 들어가 달라는 말이에요!"

나는 그의 귀가 먹었나 싶어 크게 외쳤는데, 속으로는 그의 무례함에 몹시 기분이 상했지.

"안 돼요, 다른 할 일이 있어서."

그는 이렇게 대답하고 하던 일을 계속했어. 그러면서 뾰족한 턱을 위아래로 움직이며 내 옷과 얼굴을 훑어보며(옷은 아주 아름다웠지만 얼굴은 그가 바라는 만큼 슬퍼보였을 거야.) 몹시 경멸하는 표정을 짓더군.

나는 마당을 돌아 작은 쪽문을 지나 또 다른 문으로 가서 예의 바른 하인이 나왔으면 하고 바라며 과감히 문을 두드렸어.

조마조마해하며 서 있는데 키가 크고 야윈 사내가 문을 열어 주더군. 네커치프도 하지 않은 데다 굉장히 단정치 못한 차림이었어. 얼굴은 어깨까지 늘어진 덥수룩한 머리칼에 가려 있었지. 그런데 이 사내의 눈도 캐서린 언니의 눈과 어딘지 닮았더군. 언니의 눈에서 아름다움을 제거한 그런 눈이었어.

"무슨 일이오? 당신은 누구요?"

그는 퉁명스럽게 물었어.

"결혼하기 전의 제 이름은 이사벨라 린턴이었어요. 전에 절 보신 적이 있으시죠. 저는 최근에 히스클리프 씨와 결혼해서, 그가 저를 이리로 데리고 온 거예요. 물론 당신께 허락을 받았겠지요."

"그럼 그가 돌아온 거요?"

그 은자(隱者) 같은 사내는 굶주린 늑대처럼 눈을 번득이며 물었어.

"네, 우린 지금 막 도착했어요. 그런데 그이는 저를 부엌 문간에 세워 두고 어디 갔는지 나타나지 않아서요. 저 혼자 안으로 들어갔는데 댁의 아드님이 파수꾼 노릇을 하며 불도그를 동원해서 저를 쫓아내더군요."

"그 악마 같은 놈이 약속을 지켰다니 잘됐군!"

앞으로 내가 살 집의 주인이기도 한 이 사내는 이렇게 으르렁대며 히스클리프를 찾아보려는 듯 내 뒤의 어둠 속을 살폈어. 그러고는 혼잣말로 실컷 욕지거리를 하며, 그 '악마'가 자기를 속였다면 가만두지 않았을 거라며 험한 소리를 하더군.

나는 두 번째 문을 두드렸던 걸 후회하며 그 남자가 악담을 끝내기 전에 슬쩍 자리를 떠야겠다고 생각했어. 그런데 그 생각을 실행에 옮기기도 전에 그 남자가 내게 들어오라고 하고는 문을 다시 걸어 버리지 뭐야. 안에는 큼직한 벽난로에 불이 타오르고 있었고, 널찍한 방을 비추는 불빛은 그 난롯불뿐이었어. 바닥은 균일하게 잿빛으로 변해 있었고, 한때는 반짝반짝해서 내가 어릴 적에 늘 내 눈길을 사로잡곤 하던 백랍 접시도 변색되고 먼지가 앉아서 거무칙칙했어.

하녀를 불러서 내가 거처할 방까지 안내를 받아도 되냐고 물었지만, 언쇼 씨는 아무 대답도 하지 않았어. 그는 내가 있는 것도 까맣게 잊어버린 듯 주머니에 손을 넣은 채 방을 이리저리 거닐었는데, 깊은 생각에 잠겨 있는 것 같았고, 전체적인 인상이 사람을 싫어하는 분위기여서 다시 말을 걸기가 꺼려졌어. 엘렌, 반겨 주는 사람 하나 없는 이 집 난롯가에 앉아서 혼자 있는 것보다 더한 외로움을 느끼며, 내가 이 세상에서 사랑하는 유일한 사람들이 살고 있는 내 편안한 집이 여기서 4마일 거리에 있지만 마치 그 사이를 대서양이 가로막고 있는 것처럼 건너갈 수 없다는 생각을 하고 있자니 말할 수 없이 울적해졌어.

나는 이제 어디서 위안을 찾아야 할까 하고 자문해 보았어. 에드거 오빠와 올케 언니에게는 말하지 마. 온갖 슬픔 중에서도 가장 슬펐던 건 히스클리프와 맞서 싸울 때 내 편이 되어 줄 사람이 아무도 없다는 절망감이었어!

내가 기꺼이 워더링 하이츠에서 살기로 한 것도 그렇게 하면 히스클리프와 둘이서만 살지 않아도 된다는 생각에서였지. 그러나 그는 이 집 사람들을 잘 알고 있어서 그들의 간섭은 아예 염려도 하지 않았던 거야.

나는 그렇게 앉아서 서글픈 생각에 잠겨 있었어. 시계가 여덟 시를 치고 아홉 시를 쳤지만 언쇼 씨는 여전히 고개를 푹 숙이고 묵묵히 방 안을 이리저리 거닐면서 간간이 신음을 하거나 쓰라린 탄식을 했어. 나는 집 안에서 여자 목소리가 나지 않나 하고 귀를 기울였는데, 중간중간 미칠 듯한 회한과 불길한 예감에 사로잡혀 마침내 자제하지 못하고 한숨과 울음이 터져 나오고 말았어.

규칙적인 걸음으로 걷던 언쇼 씨가 맞은편에서 걸음을 멈추고 새삼 놀란 듯 나를 쳐다보았을 때에야 비로소 내가 큰 소리로 한탄을 했다는 걸 알았지. 그가 내게 다시 관심을 보인 틈을 타서 소리쳤어.

"먼 길을 오느라 피곤해요. 이제 자러 가야겠어요! 하녀는 어디 있죠? 하녀가 내게 오지 않을 거라면 하녀가 있는 곳이라도 가르쳐 주세요!"

"이 집에 하녀는 없소. 자기 일은 자기가 해야 하오!"

그가 대답했어.

"그럼 내가 어디서 자야 할지 가르쳐 주세요."

나는 흐느꼈어. 피로와 비참함에 짓눌려서 체면을 차릴 여유가 없었던 거야.

"조셉이 히스클리프의 방으로 안내해 줄 거요. 그 문을 열어 보시오. 거기에 있을 거요."

시키는 대로 하려는데 그가 돌연 나를 붙잡더니 아주 기묘한 어조로 말했어.

"문을 잠그고 빗장을 거시오. 잊지 말고!"

"아니, 왜요, 언쇼 씨?"

나는 히스클리프와 단 둘이서 방문을 닫아걸고 있어야 한다는 게 싫었거든.

"이걸 보시오!"

그는 이렇게 말하며 조끼에서 이상한 모양의 권총을 꺼냈어. 그 권총의 총신에는 용수철이 장착되어 튀어나오게 고안된 쌍날칼이 붙어 있었지.

"자포자기한 사내에게 이건 대단히 매혹적인 물건이오, 안 그렇소? 나는 매일 밤 이걸 갖고 위층으로 올라가서 그놈의 방문을 열어 보지 않을 수 없다오. 문이 열리기만 하면 그놈은 끝장이지! 나는 그런 짓을 하지 말아야 하는 수많은 이유를 떠올리고도 여전히 이걸 갖고 그 방문까지 가 본단 말이오. 그놈을 죽이면 내 계획에 차질이 생기는데도 악귀의 충동질을 못 이기고 그런단 말씀이지. 사랑을 위해서 할 수 있을 때까지 그 악귀와 싸워 보시오. 그러나 때가 오면 하늘의 천사들이 모두 나서도 그놈을 구하진 못할 거요!"

그 무기를 유심히 살펴보는데 문득 흉측한 생각이 떠오르더라고. 나한테 이런 무기가 있다면 얼마나 든든할까! 나는 그것을 그의 손에서 빼앗아 칼날을 만져 보았어. 그는 순간 내 얼굴에 스친 표정을 보고 놀란 것 같았어. 무서워하기는커녕 갖고 싶은 표정이었으니. 그는 권총을 잃게 될까 봐 겁이 났는지 권총을 낚아채어 칼을 접고는 조끼 속에 다시 숨겨 넣더군.

"그놈에게 말해도 상관없소. 그놈에게 주의를 시키고 당신도 감시하시오. 우리가 어떤 사이인지는 알고 있을 줄 아오. 그놈이 위험하다는 걸 알고도 놀라지 않는군." 하고 그가 말했어.

"도대체 히스클리프가 당신에게 무슨 짓을 한 거죠? 그가 무슨 잘못을 했기에 그토록 증오하시는 거죠? 그럴 바에는 집을 떠나라고 하는 게 더 현명한 방법이 아닐까요?" 하고 내가 물었지.

"안 돼." 하고 언쇼 씨는 고함을 질렀어.

"만약 이 집에서 나가겠다고 하면 녀석은 죽은 목숨이야. 당신이 그놈에게 그렇게 하라고 부추긴다면 당신이 그놈을 죽인 셈이 되는 거지! 나보고 되찾을 기회도 없이 모조리 잃어버리라고? 헤어튼을 거지로 만들라고? 천만의 말씀! 나는 되찾고야 말겠어. 그놈의 돈까지 내 걸로 만들겠어. 그리고 그놈의 피도. 그놈의 영혼은 지옥으로 떨어지겠지! 그놈이 가면 지옥도 열 배는 더 암울해질 거야!"

엘렌, 엘렌이 나한테 옛 주인의 버릇을 이야기해 준 적이 있었지. 그는 정말 미치기 일보 직전에 있는 것 같아. 적어도 어젯밤엔 그랬어. 그 옆에 있으려니 무서워서 몸이 떨렸어. 차라리 무례하고 퉁명스러운 조셉과 함께 있는 편이 더 낫겠다는 생각이 들었어. 그가 다시 침울하게 방 안을 거닐기 시작하자, 나는 빗장을 열고 부엌으로 나왔지. 조셉은 화덕 위에 몸을 구부리고 거기 걸려 있는 큼직한 냄비를 들여다보고 있었어. 그 옆에 놓인 긴 의자에는 오트밀이 담긴 나무 그릇이 놓여 있었어. 냄비 안의 내용물이 끓기 시작하자, 그는 오트밀을 집으려고 몸을 돌렸어. 난 저녁 식사 준비를 하는가 보다고 생각했어. 그리고 시장했기 때문에 이왕이면 먹음직스럽게 만들어야겠다고 마음을 먹었어. 그래서 나는 "죽은 내가 쑤겠어요!" 하고 재빨리 소리치며 오트밀 그릇을 그의 손이 닿지 않는 곳으로 옮기고 모자와 승마복을 벗기 시작했어.

"언쇼 씨가 자기 일은 자기가 알아서 해야 한다고 하더군요. 그렇게 해야겠어요. 여기서 귀부인 행세를 했다가는 굶어 죽기 십상일 테니."

"맙소사!"

조셉은 앉아서 줄무늬 양말을 무릎에서 발목까지 쓰다듬으며 투덜거리더군.

"두 주인 섬기는 데 겨우 이력이 날 만하니까 또 명령하는 분이 나오시는구먼. 안주인까지 모셔야 할 판이라니 이제 내뺄 때가 되었나 보군. 오랫동안 살던 이 집을 떠날 생각은 해 보지 않았는데, 그날이 멀지 않은 것 같구먼."

나는 그의 이런 탄식에도 아랑곳 않고 부산스럽게 요리를 시작했어. 이런 일이 즐거운 놀이에 지나지 않던 시절을 떠올리며 한숨을 지었지만 그런 기억은 얼른 떨쳐 내야 했지. 행복했던 지난날을 생각하면 너무 괴로웠으니까.

그래서 지난날의 환영이 떠오르려고 할 때마다 죽을 젓는 나무 주걱을 더욱 빨리 움직였고 한 줌씩 오트밀을 넣는 속도도 빨라졌어.

조셉은 내가 요리하는 걸 보고 있자니 부아가 치미는 모양이었어.

"저것 좀 보게!" 하고 그가 외쳤어.

"헤어튼 도련님, 오늘 저녁에는 죽을 못 먹게 생겼수. 이건 죽이 아니라 숫제 내 주먹만 한 덩어리라니까. 아니, 저것 좀 보게! 그릇이고 뭐고 할 것 없이 아주 통째로 집어넣지 그러슈! 이제 위 꺼풀만 걷어 내면 다 된 것 같은데, 쿵덕쿵덕 요란하기도 하지. 그러고도 냄비 밑바닥이 빠지지 않으니 다행이구먼!"

그릇에 담고 보니 정말 덩어리가 많이 져서 별로 먹음직스럽지 않았어. 그래도 여하튼 네 그릇은 나왔어. 소젖을 짜는 데서 1갤런들이 주전자에 우유도 담아 갖고 왔더군. 그런데 헤어튼이 그 주전자에 넓적한 입을 대고는 마구 흘리며 우유를 마시는 게 아니겠어.

그래서 난 그렇게 더럽게 마시면 내가 마실 수 없으니 잔에 따라서 마시라고 타일렀어. 그러자 그 빈정대기 좋아하는 영감이 내가 까다롭게 군다고 단단히 화가 나서는 '이 아이는 어느 모로 보나 댁 못지않게 잘났고 댁 못지않게 건강하다.'고 몇 번이고 되풀이하여 말하면서, 어떻게 그렇게 잘난 척할 수 있는지 어이없다는 표정을 짓더군. 그러는 동안에도 그 악동 녀석은 주전자에 침을 흘려 넣으며 계속 우유를 마셨고 반항하는 눈빛으로 나를 쏘아보더군.

"난 다른 곳에서 먹겠어요. 이 집에 객실은 없나요?" 하고 내가 말했어.

"객실!"

조셉은 조롱하듯 그 말을 되풀이했어.

"객실! 이 집에 객실은 없수다. 우리와 함께 있는 게 싫으면 주인어른 방이 있고, 주인어른이 싫으면 우리와 있는 거지."

"그럼 위층으로 가겠어요, 방을 안내해 줘요!"

나는 쟁반에 내 죽 그릇을 올려놓고, 직접 가서 우유를 좀 더 가져 왔어.

조셉은 몹시 투덜대며 일어나 앞장서서 계단을 올라갔지. 우리가 올라간 곳은 지붕 바로 밑층이었어. 조셉은 이따금 방문을 열어 방 안을 살펴보더군.

"여기 방이 있구먼."

그는 드디어 돌쩌귀를 단 덜렁거리는 판자문을 열어젖히며 말했어.

"죽을 먹기에는 충분한 방이지. 구석에 보리 포대가 놓여 있긴 하지만 이만하면 꽤 깨끗한 편인데, 그래도 좋은 비단옷이 더러워질까 봐 염려가 되거든 손수건을 깔고 앉으시던가."

그 '방'은 일종의 창고였어. 엿기름과 곡식 냄새가 코를 찔렀지. 갖가지 곡류 포대들이 벽을 둘러가며 쌓여 있어서 가운데는 널찍한 공간이 있었어.

"아니, 이봐요!"

나는 화가 나서 그를 쳐다보며 외쳤어.

"여기서 잘 수는 없잖아요. 내 침실을 보여 달란 말이에요."

"침실이라!"

그는 놀라듯 내 말을 따라 했어.

"여기 있는 침실이라곤 저것뿐인데, 저건 내 침실이지."

그가 두 번째로 가리킨 다락방은 앞서 보았던 다락방보다 벽에 빈 공간이 많았고 한쪽에는 큼직하고 낮은 데다가 커튼도 없는 침대가 쪽빛 이불에 덮여 있었지.

"댁의 침실을 내가 봐서 뭐해요?" 하고 내가 쏘아붙였어.

"히스클리프 씨가 지붕 밑 방에서 하숙하고 있는 건 아닐 텐데요?"

"그럼 히스클리프 씨의 침실로 가는 거였소?"

그는 마치 새로운 발견이라도 한 듯 외치더군.

"진즉에 그렇다고 말을 하지 그러셨수. 그랬다면 이런 헛수고를 하기 전에 그 방은 안내할 수 없다고 알려 줬을 텐데. 그는 항상 방을 잠가 놓아서 자기 자신 이외에는 아무도 얼씬거리지 못하게 하는걸."

"참 대단한 집이군요."

나는 뭐라고 하지 않을 수 없었어.

"이 집에 사는 사람들은 또 얼마나 친절한지. 내 운명을 이 집 사람들의 운명과 연결한 날이 세상의 모든 광기가 한데 합쳐져서 응축된 광기의 정수가 내 머릿속에 들어와 자리를 잡은 것 같군요! 그러나 지금 당장 해결할 일은 그게 아니죠. 다른 방이 있을 테니, 제발 빨리, 어디든 쉴 만한 곳으로 안내해 줘요!"

내가 이렇게 간청하는데도 그는 고집스레 나무 계단을 터벅터벅 내려가 더니 어느 방 앞에 멈춰서더군. 발걸음을 멈추는 것이나 가구가 훌륭한 것으로 보아 그 방이 제일 좋은 방인 것 같았어.

거기에는 양탄자가, 그것도 좋은 것이 깔려 있었지만, 먼지 때문에 무 늬는 보이지 않았어. 벽난로에는 오려 낸 종이 장식이 달려 있었는데 갈기갈기 찢겨져 있더라고. 꽤 비싼 천으로 만들어진 진홍빛 커튼이 풍 성하게 드리워진 멋진 현대식 참나무 침대도 있었어. 그런데 커튼을 험 하게도 사용했더군. 장식용으로 달린 짧은 휘장은 잡아 뜯긴 듯 커튼 고리에서 떨어져 늘어져 있고, 고리들이 걸려 있는 쇠막대도 한쪽이 활 처럼 휘어져서 천이 바닥에 질질 끌렸어. 의자도 모두 파손되어 있었는 데, 심하게 부서진 것도 여럿 있었지. 그리고 벽의 판자도 군데군데 깊 이 패어 있어서 보기가 흉했어. 들어가서 자리를 잡아야겠다고 애써 마 음을 다잡고 있는데 그 바보 같은 안내자가 말하더군.

"여긴 주인 방이오."

내 저녁 식사는 식어 버려서 먹고 싶은 생각도 없어졌고 인내심은 극에 달했어. 나는 당장 쉴 수 있는 곳을 마련해서 쉴 수 있게 해 달라고 강력 하게 요구했어.

"제장, 대체 어디로 가겠다는 건지, 원."

그 종교적인 노인은 말하기 시작했어.

"주여, 은총을 내리소서! 주여, 용서하시옵소서! 대체 어디로 가겠다는 거요? 돼먹지 못하게 귀찮게만 하는 인간 같으니! 헤어튼의 작은 방을 빼고는 다 본 거요. 이 집에는 잘 수 있는 방이 없어요."

나는 너무 화가 나서 들고 있던 쟁반을 바닥에 내동댕이치고는 계단 꼭대기에 주저앉아 손으로 얼굴을 가리고 울었어.

"어이구! 어이구!" 하고 조셉은 소리쳤어.

"잘했군, 잘했어! 주인어른이 깨진 사기그릇에 걸려 넘어지기라도 하면 이단법석이 날 거요. 어디 한번 두고 보라지, 아무 도움이 안 되는 바보 같으니! 화가 난다고 하느님께서 주신 귀중한 음식을 내동댕이치다니, 이런 인간은 크리스마스 때까지 쫄쫄 굶겨야 해! 댁의 그런 성질머리는 틀림없이 오래가지는 못할 거요. 히스클리프가 그런 짓을 참을 것 같소? 댁이 이렇게 성질을 부리는 걸 그가 봐야 하는데. 제발 그랬으면 좋겠구먼."

그는 이렇게 잔소리를 늘어놓으며 촛불을 들고 아래층으로 내려갔고, 난 어둠 속에 혼자 남겨졌지.

이런 어리석은 짓을 한 뒤에 잠시 생각해 보니, 자존심과 분노를 억누르고 내가 엎질러 놓은 것은 내가 치워야겠다는 생각이 들었어. 그런데 마침 뜻밖에도 스로틀러 녀석이 와서 도와주었어. 가만 보니 녀석은 옛날에 우리 집에서 키우던 스컬커의 새끼더라고. 녀석이 새끼였을 때는 우리 집에 있었는데 아버지가 힌들리에게 선물해서 이 집에 오게 되었던 거야. 녀석도 나를 알아보는 것 같았어. 인사라도 하는 듯 제 코를 내 코에 비벼 대고는 허겁지겁 죽을 핥아먹기 시작했어. 그동안 나는 계단을 더듬어가며 깨진 사기그릇 조각을 주워 모으고 내 손수건으로 난간에 튄 우유를 닦았지.

치우는 일이 끝나자마자 언쇼 씨의 발걸음 소리가 복도에서 들려왔어.

나를 도와준 스로틀러는 꼬리를 사리며 벽에 몸을 착 붙였고 나도 제일 가까운 문간으로 살그머니 들어가 몸을 숨겼어. 계단을 허둥지둥 달려 내려가는 소리와 길고 애처롭게 짖는 소리가 나는 걸로 보아 개는 주인의 눈을 피하는 데 실패한 것 같았어. 난 다행히 들키지 않았지. 그는 나를 지나쳐 자기 방으로 들어가서 문을 닫았어. 곧바로 조셉이 헤어튼을 재우려고 데리고 올라왔어. 내가 주인을 피해 들어간 곳은 헤어튼의 방이었는데, 조셉은 나를 보자 이렇게 말했어.

"이제 댁의 성에 찰 공간이 생겼구먼. 거실이 비었으니 댁 혼자서 몽땅 차지하구려. 있어 봐야 댁같이 돼먹지 못한 인간을 따라다니는 악마밖에는 없을 거요!"

나는 이 말을 기쁘게 받아들이고 거실로 갔어. 난롯가에 있는 의자에 몸을 던지기가 무섭게 꾸벅거리며 잠이 들었지. 깊고 달콤한 잠에 빠져들었지만 곧 깨어나야 했어. 히스클리프가 나를 깨웠거든. 그는 그때 막 들어와서 여기서 뭘 하고 있냐고 사랑스런 말투로 물었지. 나는 내가 그렇게 늦게까지 잠자리에 들지 못하고 거기 앉아 있는 건 우리 방열쇠가 그의 주머니에 들어 있기 때문이라고 말해 주었지.

'우리'라는 말이 그를 굉장히 화나게 했어. 그는 그 방은 우리 방이 아닐 뿐 아니라 절대 내 방이 될 수 없다고 단언했어. 그리고 그는…… 그의 말을 되풀이하거나 그의 평소 행동을 설명하진 않겠어. 그는 내 미움을 사려고 교묘하고 끈질기게 노력하고 있거든! 때론 너무 어이가 없어서 무서움은 뒷전이 되곤 해.

하지만 호랑이나 독사의 무서움도 그가 내게 일으키는 공포감과는 비교가 되지 않지. 그는 캐서린 언니에게 병이 났고 그게 오빠 때문이라고 했어. 그리고 오빠를 손에 넣을 때까지 대신 나를 괴롭히겠다고 이를 갈았어.

난 그를 증오해. 그래서 비참해. 정말 어리석었어! 이런 이야기는 집에 있는 어느 누구에게도 하지 말아 줘. 엘렌이 와 주기를 날마다 기다리겠어. 날 실망시키지 마!

이사벨라

제14장

저는 이 서신을 꼼꼼히 읽은 후에 곧바로 주인어른한테 가서 이사벨라 아가씨가 워더링 하이츠에 도착했고 저한테 편지를 보내왔는데, 편지에는 린턴 부인의 병환을 걱정하고 린턴 씨를 무척 보고 싶어 하며 용서의 표시로 저를 통해 되도록 빨리 소식을 전해 달라는 내용이 적혀 있었다고 알렸지요.

"용서라고? 내가 그 애를 용서할 건 없어. 엘렌만 좋다면 오늘 오후에라도 워더링 하이츠에 다녀와. 그리고 나는 화난 게 아니라 동생을 잃은 게 안타까운 거야. 특히 그 애가 행복하지 않을 것만 같으니 더욱 그렇지. 하지만 내가 그 애를 만나러 가는 건 있을 수 없는 일이야. 우리는 이제 영원히 만날 수 없어. 만약 그 애가 나를 기쁘게 하고 싶다면 자기와 결혼한 그 악한을 설득해서 이 고장을 떠나라고 해."

"그럼 아가씨에게 짤막한 편지라도 안 쓰시겠어요?"

저는 애원하듯 물었어요.

"안 쓰겠어. 부질없는 짓일 테니. 그 작자가 우리 집에 서신을 보내지 말았으면 하는 것처럼 나도 그 집에 서신을 보내지 않는 게 좋아. 그러니 그런 일은 없을 거야!"

에드거 서방님의 냉담한 태도에 저는 몹시 낙담했어요. 워더링 하이츠로 가는 내내 저는 어떻게 하면 서방님의 말씀을 좀 더 다정하게 전할 수 있을까, 어떻게 하면 이사벨라 아가씨의 마음이 상하지 않게 서방님이 편지를 쓰지 않았다는 사실을 알릴 수 있을까 하고 고민했어요.

아가씨는 오전부터 제가 오는지 내다보고 있었던가 봐요. 정원 사잇길을 걸어가는데 아가씨가 창밖을 내다보고 있는 게 보였어요. 그래서 저는 고개를 끄덕여 알은체했지만 아가씨는 마치 감시라도 당하는 듯 뒤로 물러서더군요.

저는 노크도 하지 않고 들어갔어요. 전에는 쾌적하고 활기 있던 집이 그렇게 스산하고 음침할 수가 없었어요! 정말이지, 제가 아가씨였다면 적어도 벽난로의 재를 쓸어 내고 탁자의 먼지를 닦았을 거예요. 그러나 이미 그녀는 주위의 방치하는 분위기에 젖어 버린 것 같았어요. 그녀의 고운 얼굴은 파리하고 생기가 없었으며 머리칼도 컬이 다 풀린 채 몇 가닥은 축 늘어지고 몇 가닥은 아무렇게나 휘감겨 있었지요. 옷은 그 전날 저녁에 입은 뒤에 손도 대지 않은 것 같았어요.

힌들리 서방님은 집에 없는 듯 보이지 않았고, 히스클리프 씨는 탁자 앞에 앉아서 수첩을 뒤적이고 있었어요. 제가 들어서자 자리에서 일어나 친근하게 안부를 묻고 의자를 내밀더군요.

그 집에서 괜찮아 보이는 것은 그 사람뿐인 것 같았어요. 그는 얼굴이 여느 때보다 좋아 보이더군요. 상황이 그들의 입장을 어찌나 바꾸어 놓았는지 낯선 사람이 보았다면 그는 지체 높은 집안에서 태어나 교양 있게 자란 사람이고 그의 부인은 굉장히 단정치 못한 여자라고 생각했을 거예요!

그녀는 반갑게 달려나와 나를 맞으며, 기다리는 편지를 달라는 듯 손을 내밀었어요.

제가 고개를 가로저었지만 아가씨는 그 의미를 이해하지 못하고, 제가 모자를 놓으러 선반이 있는 곳으로 가자 그곳까지 따라와 갖고 온 것을 어서 내놓으라고 속삭였어요.

히스클리프는 아가씨가 그렇게 행동하는 뜻을 눈치채고 말했어요.

"이사벨라에게 전할게 있으면 줘, 넬리. 물론 있겠지. 숨길 필요는 없어. 우리 사이엔 비밀이 없으니까."

"없는걸요."

저는 사실대로 털어놓는 게 상책이라고 생각하고 대답했어요.

"우리 집 서방님께서는 현재로서는 당신의 편지나 방문을 기대하지 말라고 하셨어요. 아가씨께 안부를 전하라고 하시며, 행복하기를 바라고 아가씨가 속상하게 한 일을 용서한다고 말씀하셨어요. 하지만 당신 집안과 이 집안 사이에 왕래를 해 봐야 좋을 게 없으니 앞으로는 왕래를 하지 않겠다고 하셨지요."

히스클리프 부인은 입술을 가볍게 떨며 다시 창가 자리로 가서 앉더군요. 그녀의 남편은 제 옆에 있는 벽난로 노변 돌에 서서 캐서린 아씨에 대해 묻기 시작했어요.

저는 아씨의 병에 대해 적당하다고 생각되는 만큼만 이야기했어요. 그런데 그는 꼬치꼬치 캐물으며 병의 원인에 대한 대부분의 사실을 들으려 했지요.

저는 그 모든 일이 아씨 자신의 탓이라고 나무라며(정말 아씨는 그런 말을 들을 만했답니다.) 린턴 씨 말대로 앞으로는 좋은 일이든 나쁜 일이든 그 집안일에 간섭하지 않았으면 좋겠다고 말했어요.

"린턴 부인은 이제 막 회복되고 있는 중이세요."

제가 말했어요.

"결코 예전의 모습으로 되돌아갈 수는 없겠지만 목숨은 건지셨어요. 아씨를 정말 생각하신다면 다시는 마주치지 않도록 해 주세요. 아니, 이 마을을 아주 떠나는 게 좋겠어요. 이런 말씀을 드리면 미련이 남지 않으실까요. 지금의 캐서린 린턴 부인은 마치 저 젊은 부인과 내가 다른 것만큼이나 옛날에 당신이 친하게 지내던 캐서린 언쇼 아가씨와는 아주 다른 사람이에요. 외모도 많이 변했고 성격은 더더욱 많이 변했지요. 어쩔 수 없이 아씨의 옆자리를 지켜야 하는 우리 집 서방님은 이제부터는 아씨에 대한 옛 추억과 인정과 의무감만으로 애정을 유지해 나가실 거예요!"

"물론 그럴 거야."

히스클리프는 애써 침착함을 유지하며 말하더군요.

"그래, 당신 주인은 인정과 의무감에만 의존할 테지. 하지만 내가 캐서린을 그의 의무감과 인정에 맡겨 둘 것 같아? 캐서린에 대한 내 감정과 그의 감정을 비교할 수 있다고 생각해? 캐서린을 만나게 해 준다는 약속을 하기 전에는 이 집을 나갈 수 없어. 난 그녀를 꼭 만날 거야! 어디 한번 말해 봐."

"히스클리프 씨, 그러면 안 돼요. 아씨를 만나도록 내가 도울 수는 없어요. 당신과 우리 집 서방님이 다시 마주치는 날엔 우리 집 아씨는 아주 돌아가시고 말 거예요!"

"넬리가 도와준다면 그런 일은 피할 수 있을 거야."

그가 말을 계속했어요.

"그리고 만일 에드거 린턴 때문에 캐서린의 삶이 조금이라도 더 고통스러워질 위험이 있다면, 설령 내가 극단적인 방법을 써도 정당화될 수 있겠군! 에드거를 잃을 경우 캐서린이 크게 상심할지 아닐지를 정직하게 말해 줘. 나는 캐서린이 크게 상심할까 봐 두려워서 일을 못 벌이는 것뿐이야. 바로 여기에 우리 두 사람의 차이가 있는 거지. 그가 내 입장이고 내가 그의 입장이라면 그에 대한 증오심 때문에 아무리 견디기 어려워도 나는 그에게 손끝 하나 까딱하지 않았을 거야. 못 믿겠다는 표정을 지어도 좋아! 난 캐서린이 바란다면 그와 못 만나게 하지 않았을 거야. 그러나 캐서린의 관심이 끝나는 순간, 난 그의 심장을 찢어발겨서 그 피를 들이마시고 말겠지. 하지만 그때까지는 그의 머리칼 한 오라기도 건드리지 않을 거야. 그보다는 차라리 내가 조금씩 말라죽는 편이 낫겠지! 이런 내 말을 믿을 수 없다면 넬리가 아직 나를 잘 모르는 거야."

"하지만."

제가 그의 말을 가로막았어요.

"아씨가 당신을 거의 잊은 지금, 아씨에게 당신을 다시 생각하게 한다는 거예요? 그렇게 다시 아씨를 불화와 고통의 소용돌이로 밀어넣어서, 완전히 회복될 가능성을 송두리째 망쳐 버려도 괜찮다는 거예요?"

"그녀가 날 거의 잊었다고 생각해? 오, 넬리! 그렇지 않다는 건 당신이 잘 알잖아! 캐서린이 린턴을 한 번 생각한다면 내 생각은 천 번쯤 한다는 걸 넬리도 나만큼이나 잘 알고 있잖아! 내 평생 가장 비참했던 시기엔 캐서린에게 잊힌 거라고 생각한 적이 있었어. 작년 여름에 이 마을로 돌아왔을 때에도 줄곧 그렇게 생각했지. 하지만 캐서린 자신이 그렇다고 단언하지 않는 한 다시는 그런 끔찍한 생각은 하지 않을 거야. 그렇다면 린턴과 힌들리도 상관없어지고 내 모든 꿈이 아무 의미가 없어져.

나의 앞날은 단 두 단어, 죽음과 지옥으로 요약할 수 있을 거야. 그녀를 잃는다면 내 삶은 지옥이 되고 말 테지. 한때 난 어리석게도 캐서린이 나보다 에드거 린턴의 애정을 더 소중히 여긴다고 생각한 적이 있었지. 설령 그가 그 빈약한 몸으로 온 힘을 다해 80년 동안 사랑한대도 내가 단 하루 동안 사랑하는 것에 미치지 못할걸. 캐서린은 나만큼이나 마음이 깊은 사람이야. 그러니 바닷물을 여물통에 모두 담을 수 없듯이 에드거는 그녀의 애정을 모두 담을 만한 그릇이 못 돼. 쳇! 그 녀석은 캐서린에게 그녀의 개나 말보다 더 소중할 것도 없는 존재야. 녀석에겐 나처럼 사랑받을 만한 게 없다고. 사랑할 게 없는데 캐서린이 어떻게 그를 사랑하겠어?"

"캐서린 언니와 에드거 오빠는 어느 부부 못지않게 서로 사랑하고 있어요."

이사벨라 아가씨가 갑자기 생기를 되찾으며 외쳤어요.

"아무도 그런 식으로 말할 권리는 없어요. 우리 오빠를 얕보는데 가만히 듣고 있지는 않겠어요!"

"당신 오빠는 당신을 퍽도 사랑하지, 안 그래?"

히스클리프는 비아냥대며 말했어요.

"세상에서 갈 길을 잃고 떠도는 당신에게 놀랄 만큼 재빨리 등을 돌렸잖아?"

"오빠는 내가 얼마나 고생하는지 모르고 있어요."

그녀가 대답했어요.

"그 이야기는 하지 않았으니까."

"무슨 얘기를 하기는 한 모양이군, 편지를 보냈지?"

"결혼했다는 소식을 전하는 편지를 했었죠. 당신도 봤잖아요?"

"그 뒤로는 안 했어?"

"안 했어요."

"혼인한 뒤로 아가씨는 애처로울 정도로 얼굴이 나빠지셨어요. 그렇게 된 데에는 분명 누군가의 사랑이 부족하기 때문인 것 같은데, 그분이 누구인지 짐작은 가지만 말하지 않는 게 좋겠죠."

제가 말했어요.

"나는 오히려 이사벨라의 사랑이 부족한 것 같은데."

히스클리프가 말했어요.

"아주 단정치 못한 여자가 돼 버렸거든! 나를 기쁘게 하려고 노력하는 데도 넌더리를 내니, 유별나게 빠른 셈이지. 믿기지 않겠지만 결혼한 다음 날부터 집에 가고 싶다고 질질 짜더라니까. 그래도 이 집에는 너무 깔끔치 않은 편이 더 어울릴지 모르지. 하지만 밖으로 나돌아 다녀서 내 위신을 깎아내리는 일이 없도록 단속해야겠어."

"우리 아가씨는 보살핌과 시중을 받는 데 익숙한 분이라는 걸 헤아리셨으면 해요. 모두가 언제라도 시중을 들어주는 외동딸처럼 자란 분이라는 걸 말이에요. 그러니까 하녀를 둬서 주변을 말끔히 유지하도록 하고, 살갑게 대해 주셔야 해요. 당신이 에드거 서방님을 어떻게 생각하시든 간에 아가씨의 강렬한 사랑을 의심하면 안 돼요. 그렇지 않았다면 당신과 이런 황량한 곳에서 살기 위해 그렇게 우아하고 편안한 집과 가족을 버리지 않았을 거예요."

제가 말했어요.

"집사람이 그럴 수 있었던 건 착각에 빠졌기 때문이었어."

그가 대답했어요.

"나를 로맨스의 주인공으로 상상하고는 내가 기사처럼 헌신적으로 무엇이든 자기가 바라는 대로 해 주리라고 기대한 거야. 나는 이사벨라를 이성을 가진 사람으로는 볼 수가 없어. 그렇게도 끈질기게 내 인격에 대한 환상을 만들어 내고 나에 대해 잘못된 인상을 품을 수가 있을까. 그런데 마침내 나를 알기 시작한 것 같아. 처음에 내 비위를 거스르던 바보 같은 웃음이나 찡그린 얼굴을 이제는 볼 수 없으니까. 그리고 내가 이사벨라와 그녀의 애정에 대해 어떻게 생각하는지 말해 주어도 진심이 아닐 거라고 생각하는 그 무분별함도 이제는 보이지 않거든.

실로 엄청난 노력 끝에 내가 그녀를 사랑하지 않는다는 사실을 알게 할 수 있었어. 한때는 내가 무슨 짓을 해도 이 사람에게 그걸 깨우쳐 줄 수 없다고 생각했지. 그리고 아직도 완전히 아는 건 아닌 것 같아. 오늘 아침에는 마치 처음 알게 된 사람처럼 굉장히 놀라며 자기가 나를 증오하게 만드는 데 성공했다고 선언하더군. 그건 확실히 헤라클레스의 노력에 필적하는 거야! 만약 이 일이 제대로 이루어진다면 나는 감사할 만해. 당신 말을 믿어도 될까, 이사벨라? 정말 날 미워하는 거지? 내가 한나절만 내버려 두면 한숨을 쉬며 다시 나한테 알랑거리며 다가오는 거 아냐?

이사벨라는 넬리 앞에서 내가 아주 다정한 척을 해 주었으면 할 거야. 진실을 폭로하면 허영심을 다칠 테니까. 하지만 그쪽에서 일방적으로 좋아한다는 걸 누가 알든 말든 내가 무슨 상관이야? 그 점에 대해서 그녀에게 거짓말한 적 없어. 단 한 번도 거짓으로 부드럽게 대한 적이 없으니까 날 비난할 수는 없을걸. 스러시크로스 저택에서 나와서 내가 맨 처음 해 보인 행동은 이사벨라의 조그만 개의 목을 매단 거였어. 그리고 이사벨라가 개를 풀어 주라고 애원했을 때, 내가 한 첫마디는 한 사람만 빼고 이 집 사람들의 목을 모조리 매다는 게 내 소원이라고 말했지. 이사벨라는 그 예외인 한 사람을 자기라고 여겼던 모양이야. 잔인한 행동을 해도 이사벨라는 싫어하지 않았어. 자기에게 소중한 사람만 다치지 않는다면 천성적으로 잔인한 짓을 좋아하는지도 모르지! 저렇게 한심스럽고 노예 같은 비굴한 계집이 내 사랑을 받을 수 있으리라 생각한다는 게 정말 어리석고 어처구니없지 않아?

넬리, 이 사람처럼 비열한 사람은 내 평생 처음이라고 당신 주인한테 전해. 심지어 린턴 가문의 이름에도 수치스러울 정도야. 때론 순전히 새로운 아이디어가 떨어져서 이사벨라가 견딜 수 있는 한계를

225

실험하는 일을 잠시 중단하곤 하는데, 그러면 또 여전히 창피스럽게 알랑거리며 매달린다니까!

그러나 오빠로서, 그리고 치안판사로서 걱정할 일은 없다고 전해! 나는 법의 테두리를 엄밀히 지키고 있으니까 지금까지 이사벨라에게 이혼을 청구할 여지를 전혀 주지 않았어. 게다가 누가 우리를 떼어 놓는다 해도 이사벨라는 고마워하지 않을 거야. 사실 자기가 원하기만 하면 언제라도 이 집에서 나갈 수 있지. 이 사람을 못살게 구는 재미보다 이 사람이 옆에 있어서 귀찮은 점이 더 크니까!"

"히스클리프 씨, 미친 사람이나 그런 식으로 말할 거예요. 당신 부인은 분명 당신이 미쳤다고 생각하고 있을 거예요. 그러니까 이제까지 참아 왔던 거지요. 그러나 당신이 나가도 좋다고 한 이상 틀림없이 이 집을 나가실걸요. 아가씨, 자발적으로 저 사람 곁에 남아 있을 만큼 홀리신 건 아니겠죠?"

제가 말했어요.

"주의해야 해, 엘렌!"

이사벨라 아가씨는 격노한 듯 눈을 번득이며 대답했어요. 그 눈빛으로 보아 혐오의 대상이 되려는 남편의 노력이 완전히 성공을 거두었음은 의심의 여지가 없었지요.

"저이가 하는 말은 한 마디도 곧이들어서는 안 돼. 저이는 거짓말쟁이 악마에 괴물이야. 인간이 아니라고! 언젠가 나가도 좋다는 말을 듣고 나가려고 해 본 적이 있었지만 그 후로는 차마 다시 시도해 볼 용기가 나지 않았어. 엘렌, 하나만 부탁할게. 언니나 오빠에게 저이의 파렴치한 수작에 대해 한 마디도 하지 않겠다고 약속해 줘. 저이의 속셈은 어떤 방법을 동원해서라도 에드거 오빠를 화나게 해서 자포자기하도록 만들고 싶은 거야. 저이는 오빠를 제멋대로 주무를 속셈으로 나와 결혼했대. 하지만 그럴 순 없을걸. 그전에 내가 죽어 버릴 테니까! 내가 바라는 건 오직 저이가 악마 같은 타산을 버리고 날 죽여 주었으면 하는 것뿐이야. 내가 생각할 수 있는 유일한 기쁨은 내가 죽거나, 저이가 죽는 걸 보는 거야!"

"자, 이만하면 됐지?"

히스클리프가 말했어요.

"넬리, 당신이 법정에 불려 간다면 저 사람이 지금 한 말을 기억해야 할 거야! 그리고 저 얼굴을 잘 봐 두라고. 이젠 제법 나와 어울린단 말이야. 그래, 이사벨라, 이제 당신은 자유로울 수 없어. 나는 당신을 법적으로 보호할 입장이니까. 아무리 그 의무가 지긋지긋 하더라도 내 감독 아래 두어야겠어. 위층으로 올라가. 엘렌에게 긴히 할 말이 있으니까. 그쪽이 아니야, 위층이라니까! 아니, 위층으로 올라가는 길은 이쪽이라고!"

그는 이사벨라를 잡아 방에서 밀어내고는 이렇게 투덜대며 돌아오더군요.

"내 사전엔 연민이란 없어! 불쌍히 여기는 마음이 없다고! 벌레가 꿈틀대면 꿈틀댈수록 나는 더욱 짓뭉개서 창자가 터져 나오게 하고 싶단 말이야. 마치 이가 돋아날 때처럼 아프면 아플수록 더 세게 물어서 짓이기고 싶은 거야."

"연민이란 말이 무슨 뜻인지 알기나 해요? 지금까지 살아오면서 조금이라도 연민의 감정을 느껴 본 적이 있어요?"

저는 서둘러 모자를 집어 들며 말했어요.

"그것 내려놔."

그는 제가 떠나려 한다는 걸 알아차리고 제 말을 가로막았어요.

"아직 가서는 안 돼. 자, 이리 와, 넬리. 캐서린을 만나려는 내 결심을 실행에 옮기기 위해서는 설득하지 못하면 윽박을 질러서라도 넬리의 도움을 얻어 내야 해. 더 지체할 수는 없어. 내 분명히 약속하는데 해를 끼칠 생각은 전혀 없어. 소란을 피우거나, 린턴 씨를 화나게 하거나 모욕하려는 게 아냐. 나는 그저 캐서린의 병세가 어떻고 왜 병이 났는지. 그녀한테서 직접 듣고 내가 그녀를 위해 할 수 있는 일이 뭐가 있는지 묻고 싶은 거야. 어젯밤엔 그 집 정원에서 여섯 시간 동안 있었고, 오늘 밤에도 갈 거야. 이제부터 매일 밤 그곳에 가려고 해. 집 안에 들어갈 기회를 잡을 때까지 매일 갈 거라고. 만일 에드거를 만나게 된다면 그 자리에서 녀석을 때려눕히고 내가 머무르는 동안 잠자코 있도록 흠씬 패 줄 거고, 하인들이 덤빈다면 이 권총으로 위협할거야. 하지만 하인들이나 에드거와 충돌하는 일은 피하는 게 좋지 않겠어? 넬리라면 아주 쉽게 그 일을 해 줄 수 있잖아. 내가 가서 신호를 보내면, 캐서린이 혼자 있게 되는 즉시 아무도 보지 못하게 나를 들여보내 주고, 내가 떠날 때까지 망을 봐 주는 거지. 분란을 막는다고 생각하면 양심에 거리낄 것도 없잖아.”

저는 제가 시중들고 있는 집에서 배신행위를 할 수는 없다고 저항했어요. 게다가 자신의 만족을 위해서 린턴 부인의 평정을 깨트리는 것은 잔인하고 이기적인 일이라고 주장했지요.

“지극히 평범한 일로도 아씨는 애처로울 만큼 놀라시는걸요.”

제가 말했어요.

“아씨는 신경이 아주 예민한 상태이기 때문에 당신이 불쑥 찾아가면 정말 그 충격을 견디지 못하실 거예요. 제발 고집부리지 말아요! 계속 고집을 부리면 나는 어쩔 수 없이 우리 서방님께 당신의 계획을 알릴 수밖에 없어요. 그러면 그분께서는 부당한 침입으로부터 집과 집안사람들을 지키기 위한 방도를 취하실 거예요!”

“그럼 나는 당신을 붙잡아 둘 방도를 취하겠어!”

히스클리프가 버럭 소리를 질렀어요.

“내일 아침까지 여기서 나가지 못하게 하겠어. 캐서린이 나를 만나게 되면 충격을 견딜 수 없을 거라는 주장은 어리석은 수작이야. 나 역시 캐서린을 놀라게 하고 싶지 않아. 그러니 당신이 미리 캐서린에게 내가 가도 좋은지 물어보라는 거야. 캐서린도 내 이름을 말한 적이 없고 그녀에게 내 이름을 언급하는 사람도 아무도 없다고 하지 않았어? 그 집에서 내 이야기를 하는 것이 금지되어 있다면 캐서린은 누구에게 내 이야기를 하겠어? 캐서린은 하인들 모두를 남편의 첩자로 생각하고 있는 거야. 아, 캐서린은 필시 당신네들 틈에서 지옥에 있는 것처럼 살아가고 있을 거야! 무엇보다 말을 안 한다니 그녀의 기분을 알 만해. 캐서린이 자주 안절부절못하며 불안해 보인다고 당신도 말했잖아. 그게 그녀가 평정을 찾은 증거란 말이야? 그녀의 마음이 불안정한 상태라고 했지? 그런 극심한 고립 속에 있는데 대체 어떻게 마음의 안정을 얻는단 말이야? 게다가 활기 없고 비열한 인간이 의무감과 인정만으로 그녀를 간호하고 있다니! 연민과 자비심으로 말이지! 마지못해 하는 그 어설픈 간호로 캐서린의 기력을 회복시킬 수 있다고 생각하는 것은 화분에 참나무를 심어 놓고 무성해지기를 바라는 거나 매한가지지.

자, 당장 결정짓자고. 당신이 여기 있는 동안 내가 그 집에 가서 린턴과 그의 하인들을 쓰러뜨리고 캐서린을 만날 것인지, 아니면 당신이 지금까지 그래왔던 것처럼 내 편이 되어 내 부탁을 들어줄 것인지? 자, 결정하라고! 끝내 고약스레 고집을 부리겠다면 1분도 더 지체할 이유가 없어."

록우드 씨, 저는 따지기도 하고 불평도 하면서 50번은 족히 거절했을 거예요. 그러나 결국 그의 우격다짐에 그의 부탁을 들어주기로 동의했답니다. 그의 편지를 아씨에게 전하고 아씨가 좋다고 하면 린턴 서방님이 언제 출타하실지 알리기로 약속했지요. 언제 오면 될지 알려 주면 그가 알아서 들어오기로 했어요. 저도 자리를 비우고 다른 하인들도 방해가 안 되도록 조치를 해 놓기로 했지요.

잘한 일이었을까요? 잘못한 일이었을까요? 그 상황에서는 어쩔수 없는 일이었지만 잘못했다는 생각이 드는군요. 저는 히스클리프의 요구를 들어줌으로써 또 다른 폭발을 막는다고 생각했지요. 그리고 캐서린 아씨의 정신병이 나아질지 모른다는 생각을 했어요. 그런데 린턴 씨가 저더러 말을 옮긴다고 엄하게 꾸짖던 일도 기억났어요. 그래서 이런 행동이 심하게 말해서 주인을 배신하는 것이라면 이번이 마지막이라고 되풀이 다짐함으로써 불안을 가라 앉혔어요.

그럼에도 불구하고 집으로 돌아올 때에는 워더링 하이츠로 갈 때보다 더 우울했어요. 그리고 그 편지를 린턴 부인의 손에 건네야겠다고 마음을 먹기까지 수없이 망설였지요.

그런데 케네스 선생이 오셨군요. 제가 내려가서 주인님이 한결 나아지셨다고 말씀드리지요. 제 이야기는 이곳 사람들 표현으로는 '음울한' 것이지만 아침나절을 무료하지 않게 보낼 수는 있을 거예요.

* * *

'정말 음울하고 음산한 이야기로군!'

그 인자한 부인이 의사를 맞이하러 내려가자 나는 생각했다. 그리고 재미로 듣기에 적당하지 않은 이야기라는 생각도 들었다. 하지만 괜찮다! 나는 쓴 약초 같은 딘 부인의 이야기에서 몸에 좋은 약을 뽑아낼 것이다. 우선, 캐서린 히스클리프의 반짝이는 두 눈에 숨어 있는 매력을 경계하기로 하자. 만약 내가 그 젊은 여인에게 마음을 빼앗긴다면, 그리고 그녀가 자기 어머니의 운명을 지녔다면, 나는 정말 기묘한 입장에 놓이게 될 테니까.

230

제15장

1주일이 지났다. 그만큼 나는 더 건강해졌고 봄도 가까워졌다! 가정부가 다른 중요한 일을 하는 틈틈이 시간을 내어 이야기를 계속해 주어서 내 이웃의 내력을 모두 듣게 되었다. 나는 그녀의 말을 아주 조금만 줄이고 거의 그대로 계속 기록할 것이다. 그녀의 이야기 솜씨가 대체로 썩 훌륭해서 내가 더 좋게 고칠 수는 없을 것 같다.

* * *

제가 워더링 하이츠에 다녀온 날 저녁, 저는 히스클리프를 직접 보지는 못했지만 그가 부근에 있다는 걸 확실히 알고 있었죠. 그의 편지가 아직 제 주머니에 있었기 때문에 저는 밖에 나가는 걸 피했어요. 더 이상 협박이나 괴롭힘을 당하고 싶지 않았거든요.

저는 주인어른이 출타하시기 전까지는 편지를 전하지 않기로 마음을 먹었어요. 캐서린 아씨가 편지를 받고서 어떤 반응을 보일지 알수 없었으니까요. 그 결과, 편지는 사흘이 지나도록 아씨에게 전해지지 않았습니다. 나흘째 되던 날은 일요일이었어요. 사람들이 교회에 가느라 집을 비운 사이에 저는 편지를 아씨 방으로 가져갔지요.

그런데 저와 함께 집을 지키기 위해 남겨진 남자 하인이 한 명 있었어요. 사람들이 교회에 예배를 드리러 간 동안에는 현관문을 잠그는 게 원칙인데, 그날은 날씨가 워낙 따뜻하고 좋아서 활짝 열어 놓았어요. 저는 누가 올지 알고 있었고, 또 약속도 지켜야 했기 때문에 그 하인에게 아씨가 오렌지를 무척 드시고 싶어 하니 마을로 달려가서 돈은 내일 준다고 하고 오렌지 몇 개만 사오라고 시켰습니다. 하인이 출발하고 나서 저는 위층으로 올라갔지요.

린턴 부인은 헐렁한 흰색 드레스를 입고 가벼운 솔을 어깨에 걸친 채 여느 때와 마찬가지로 창문이 열린 창가 자리에 앉아 있었어요. 아씨의 탐스럽고 긴 머리는 발병 초기에 어느 정도 잘라 냈지요. 그래서 그때는 그냥 빗질만 한 머리가 자연스럽게 관자놀이와 목덜미 위를 덮고 있었어요. 제가 히스클리프에게 말했던 대로 아씨의 얼굴은 무척 많이 변했지만, 아씨가 차분히 있을 때에는 기이한 아름다움이 느껴졌어요.

반짝거리던 아씨의 눈은 꿈을 꾸는 듯, 애수에 잠긴 듯 온화해졌고 더 이상 주위의 물체를 바라보는 것 같지 않았어요. 끊임없이 저 너머의 아주 먼 곳을 응시하는 듯했지요. 이 세상 바깥을 바라본다고 할 수 있을까요. 게다가 살이 올라 초췌함은 가셨지만 창백한 얼굴과 정신 상태에서 비롯된 기이한 표정은, 왜 그런 표정이 나타나는지를 애처롭게 암시하면서도 보는 이의 마음을 한층 더 사무치게 했어요. 아씨를 바라볼 때마다 저는 늘 그렇게 느꼈고, 아마 그녀를 본 사람은 누구나 그랬을 거예요. 아씨의 이런 모습은 병세가 나아지고 있는 명백한 증거를 무색하게 했고 곧 죽을 사람이라는 인상을 주었지요.

책 한 권이 아씨 앞 창턱에 펼쳐져 있었어요. 거의 감지할 수 없는 바람에 이따금 책장이 펄럭거렸어요. 린턴 씨가 놓아둔 것 같았지요. 아씨는 책을 읽는다든가 무슨 일이든 해서 기분 전환을 해 보려고 하지 않았어요. 그래서 린턴 씨는 아씨가 병이 나기 전에 즐겨 하던 일에 관심을 갖게 하려고 몇 시간이고 애를 쓰셨지요.

아씨도 그의 뜻을 알고 있었으므로 기분이 좋을 때에는 남편의 그런 노력을 조용히 참았지만, 이따금 지친 한숨이 새어 나와 그런 노력이 부질없다는 사실을 보여 주었어요. 결국엔 그녀의 그지없이 슬픈 미소나 키스로 린턴 씨는 그런 노력을 거두곤 했지요. 그리고 기분이 언짢을 때에는 외면한 채 짜증을 내다가 두 손으로 얼굴을 가리거나, 심지어는 화를 내며 남편을 떠밀었지요. 그러면 린턴 씨는 아씨의 행동에 간섭하지 않았어요. 그럴 때는 어떤 노력도 소용없다는 것을 잘 알고 있었으니까요.

기머튼 교회의 종은 여전히 울리고 있었고, 넘실대며 부드럽게 흐르는 골짜기의 시냇물 소리가 들려와 마음을 달래 주었어요. 아직 나뭇잎이 돋아나지 않을 때라 그 감미로운 소리를 들을 수 있었던 거랍니다. 스러시크로스 저택 주위의 나무들이 무성해지는 여름철에는 그 음악 소리가 나뭇잎이 서걱대는 소리에 묻혀 들리지 않거든요. 그러나 워더링 하이츠에서는 한창 눈이 녹거나 비가 내린 뒤의 조용한 날이면 언제나 시냇물 소리가 들렸답니다. 캐서린 아씨는 그 소리에 귀를 기울이며 워더링 하이츠를 생각하고 있었을 거예요. 아씨가 생각하거나 귀를 기울일 수 있다면 말이죠. 하지만 아씨의 눈은 아까 말씀드린 것처럼 멍하니 먼 곳을 바라보고 있어서 눈이나 귀로 주변의 것들을 인식하지 못하는 것 같았어요.

"아씨, 아씨한테 전해 드릴 편지가 있어요."

무릎 위에 놓인 그녀의 손에 편지를 조심스레 쥐어 주며 제가 말했어요.

"회답이 필요한 편지라 바로 읽으셔야 해요. 제가 겉봉을 뜯어 드릴까요?"

"그래."

아씨는 눈길도 돌리지 않은 채 대답했어요.

제가 겉봉을 뜯어 보니 편지 내용은 아주 짤막하더군요.

"자, 이제 읽어 보세요."

제가 말을 이었어요.

아씨가 손을 치우자 편지가 떨어졌어요. 저는 편지를 다시 아씨의 무릎 위에 올려놓고는 아씨가 편지를 내려다볼 마음이 들 때까지 서서 기다렸지만, 좀처럼 그럴 기색이 없었어요. 마침내 저는 다시 말했어요.

"아씨, 제가 읽어 드릴까요? 히스클리프 씨가 보낸 거예요."

아씨는 흠칫 놀라고는 기억을 더듬는 듯 괴로운 표정을 보이더니 생각을 정리하려고 애쓰더군요. 그러고 나서 편지를 집어 들고 천천히 읽는 것 같았어요. 눈이 히스클리프 씨의 서명에 이르자 한숨을 쉬었지요. 그러나 글의 의미는 파악하지 못하는 것 같았어요. 그 편지에 대한 아씨의 대답을 들으려 했지만 아씨는 그저 그 이름을 가리키며 슬프고도 궁금한 표정으로 저를 간절히 바라볼 뿐이었어요.

"저, 그 사람이 아씨를 만나고 싶어 해요."

설명이 필요한 것 같아서 저는 말했습니다.

"그는 지금쯤 이 집 정원에서 제가 어떤 대답을 갖고 올지 초조하게 기다리고 있을 거예요."

이렇게 말할 때, 저는 창문 아래의 양지바른 풀밭에 누워 있던 큼직한 개가 마치 짖기라도 할 듯 귀를 쫑긋 세우다가 도로 내리고는 꼬리를 흔드는 걸 보았어요. 그건 낯설지 않은 사람이 다가온다는 표시였지요.

아씨는 앞으로 몸을 숙이고는 숨죽여 귀를 기울이더군요. 잠시 후에 현관을 걸어오는 발소리가 났지요. 히스클리프는 현관문이 열려 있어서 들어오고 싶은 유혹을 이기지 못했나 봅니다. 그는 제가 약속을 지키지 않으려는 줄 알고 자신의 대담함만 믿고 무작정 들어왔던 것이죠.

캐서린 아씨는 긴장한 얼굴로 방문 쪽을 열심히 바라보았으나, 그는 아씨의 방을 바로 찾아내지 못했어요. 그래서 아씨는 저한테 나가서 그를 마중하라는 몸짓을 해 보였지만, 제가 방문까지 가기 전에 그는 방을 찾아냈어요. 그는 한두 걸음에 아씨 옆으로 와서 아씨를 껴안았습니다.

그는 5분쯤 말도 하지 않고 껴안은 팔도 풀지 않은 채, 아마 그가 그때까지 살아오면서 했던 키스보다 더 많은 키스를 퍼부었을 거예요. 그러나 키스를 먼저 한 것은 아씨였답니다. 히스클리프는 너무 마음이 아파서 차마 아씨의 얼굴을 똑바로 보지 못하는 게 분명했어요. 그는 아씨를 본 순간, 제가 느끼고 있던 것처럼, 아씨는 결국 회복되지 못하고 죽게 될 거라고 느낀 거지요.

"아, 캐시! 이런, 맙소사! 어떻게 내가 이 일을 견뎌 낼 수 있겠어?"

그는 이렇게 첫마디를 내뱉었습니다. 자신의 절망을 숨기려고 하지도 않는 어조로 말이죠.

그때 그가 어찌나 열렬히 아씨를 쳐다보았던지, 그 눈길의 강렬함만으로 눈에 눈물이 맺힐 것 같았어요. 그러나 그의 눈은 고통으로 이글거릴 뿐 눈물을 흘리지는 않았습니다.

"뭐라고?"

캐서린 아씨는 몸을 뒤로 젖히고 갑자기 이마를 찌푸리며 말했어요. 아씨의 기분은 끊임없이 변해서 풍향계와 다름없었거든요.

"히스클리프, 너와 에드거 때문에 내 가슴이 찢어졌어! 그런데도 너희는 나한테 와서 마치 자기들이 불쌍한 사람인 양 애통해하는구나! 난 너희를 불쌍하게 여기지 않겠어! 너희가 날 죽였어. 그런데도 아주 잘 살고 있는 것 같은데, 저 건강한 것 좀 봐! 내가 죽은 뒤에 몇 년이나 더 살 작정이야?"

아씨를 껴안으려고 한쪽 무릎을 꿇고 있던 히스클리프 씨는 무릎을 펴고 일어서려 했어요. 하지만 아씨는 그의 머리카락을 움켜쥐어 일어서지 못하게 했어요.

"우리가 죽을 때까지 이렇게 안고 있을 수 있다면 얼마나 좋을까!"

아씨는 비통하게 말을 이었어요.

"네가 어떤 고통을 겪든 난 개의치 않을 거야. 네 고통에 조금도 마음 쓰지 않을 거야. 왜 너는 고통을 겪으면 안 되지? 나는 이렇게 고통을 겪고 있는데! 날 잊을 거니? 내가 땅속에 묻히면 행복하겠어? 20년쯤 후에 넌 이렇게 말하겠지? '저건 캐서린 언쇼의 무덤이야. 오래전에 난 그녀를 사랑했고 그녀를 잃었을 땐 너무 슬펐지만 다 지난 일이지. 그 뒤로도 나는 수많은 이들을 사랑했고 지금은 내 아이들이 그녀보다 더 소중해. 그리고 죽을 때에도 그녀한테로 가게 되어 기쁘기보다는 아이들을 두고 떠나게 되어 더욱 슬플 거야!' 그렇게 말할 거니, 히스클리프?"

"날 그렇게 괴롭히면 나도 너처럼 미치고 말 거야."

히스클리프는 자신의 머리를 잡아 빼고는 이를 갈면서 외쳤어요.

냉정한 눈으로 바라보는 제삼자에게 이 두 사람의 모습은 기이하고도 섬뜩했습니다. 캐서린 아씨가 육신을 떠나면서 이승에서의 성격을 버리지 못한다면 천국에 가더라도 귀양을 왔다고밖에 생각하지 않을 것 같았어요. 그때 그녀의 창백한 뺨과 핏기 없는 입술과 번쩍이는 눈에는 사나운 복수심이 서려 있었고, 움켜쥔 손에는 조금 전에 뽑힌 히스클리프 씨의 머리칼 한 줌이 있었어요. 한편 히스클리프는 한 손으로 몸을 일으킬 때 다른 한 손은 아씨의 팔을 잡고 있었는데, 아씨 같은 병자를 다루기엔 천성적으로 섬세함이 부족했는지 아씨의 팔을 놓자 그 핏기 없는 피부에는 네 개의 손가락 자국이 푸른 멍으로 또렷이 남았더군요.

"죽어 가는 마당에 나한테 그런 식으로 말하다니 악귀에라도 홀린 거야?"

히스클리프는 잔혹하게 말했어요.

"그 모든 말이 내 머릿속에 새겨져서 네가 죽고 난 뒤에도 영원히 내 마음을 괴롭힐 것 같지 않아? 내가 너를 죽였다는 말이 거짓이라는 건 누구보다 네 자신이 잘 알고 있을 거야. 그리고 캐서린, 내가 살아 있는 한 너를 잊을 수 없으리란 것도 알잖아! 네가 무덤 속에서 편히 잠들어 있는 동안 나는 지옥 같은 고통 속에서 몸부림치며 괴로워할 텐데도 네 지독한 이기심은 만족스럽지 않은 거야?"

"난 편히 잠들지 못할 거야."

캐서린 아씨는 끙끙대며 말했어요.

고르지 못한 격렬한 심장 박동을 느끼고 자기 몸이 아프다는 것을 상기한 듯했지요. 지나치게 흥분했기 때문에 아씨의 심장은 눈에 보이고 귀에 들릴 정도로 심하게 뛰었어요.

아씨는 발작이 끝날 때까지 말을 하지 않다가 한결 부드러운 어조로 이렇게 말했지요.

"히스클리프, 네가 나보다 더 큰 고통을 당하는 건 싫어! 난 그저 우리가 헤어지지 않길 바랄 뿐이야. 내가 한 말이 훗날 너를 고통스럽게 하거든 나도 땅속에서 똑같이 고통스러워할 거라 생각하고 제발 용서해 줘! 이리 와서 다시 여기 앉아. 넌 여태까지 나한테 해를 입힌 적이 없었어. 마음속에 화를 품고 있으면 나의 모진 말보다 그것이 더 네 마음을 아프게 할 거야. 다시 여기로 와 줘. 어서!"

히스클리프는 아씨가 앉은 의자 뒤로 가서 몸을 굽혔어요. 그러나 아씨가 그의 얼굴을 볼 수 있을 정도로 굽히지는 않았지요. 그의 얼굴은 북받치는 감정으로 파랗게 질려 있었어요. 아씨가 그를 보려고 몸을 돌렸지만, 그는 얼굴을 보이고 싶지 않은 듯 홱 돌아서더니 벽난로 쪽으로 걸어가서 우리에게 등을 돌린 채 아무 말없이 서 있었습니다.

린턴 부인은 의심스러운 듯 그를 쳐다보았어요. 그의 움직임 하나하나가 아씨의 마음속에서 새로운 감정을 일깨우는 듯했지요. 아씨는 잠시 아무 말도 하지 않고 가만히 노려보다가 화나고 실망한 어조로 저한테 말하더군요.

"아이 참, 저것 좀 봐, 넬리! 죽음의 길목에 서 있는 나한테 한순간도 양보하려 하지 않다니! 저게 내가 받는 사랑이야! 하지만 괜찮아! 저건 나의 히스클리프가 아니니까. 난 나의 히스클리프를 사랑할 거야, 그리고 저승까지 데리고 갈 거야. 그는 내 영혼 안에 있으니까. 그리고……."

아씨는 생각에 잠기며 덧붙였어요.

"나를 가장 짜증 나게 하는 건 산산이 부서진 감옥과도 같은 이 육신이야. 이런 육신 속에 갇혀 있는 것에 정말 지칠 대로 지쳤어. 난 저 영광스런 세상으로 도망가서 영원히 그곳에 있고 싶어. 눈물 너머로 아슴푸레하게 바라보고 아픈 마음의 벽 너머로 갈망하기만 할 게 아니라 정말 그것과 더불어 그 안에 있고 싶은 거야. 넬리는 나보다 행복하고 운이 좋다고 생각하겠지. 건강하고 기운이 넘치니까 말이야. 넬리는 내가 불쌍할 거야. 그러나 이제 곧 상황이 바뀌어서 내가 넬리를 불쌍히 여기게 될걸. 난 견줄 수 없을 정도로 높은 곳에서 넬리를 내려다보게 될 테니까. 그런데 저이가 내 곁에 오지 않으려는 게 이상해!"

아씨는 계속해서 혼자 중얼거렸어요.

"내 곁에 오고 싶어 하는 줄 알았는데. 이봐, 히스클리프! 이제 그만 골내고 이리로 와."

간절한 마음에 아씨는 일어서서 의자 팔걸이에 몸을 지탱했어요. 아씨가 그렇게까지 열렬하게 호소하자 히스클리프는 완전히 절망적인 얼굴로 그녀를 돌아보았습니다. 크게 뜬 눈에는 결국 눈물이 맺혔지만 아씨를 쳐다보는 눈빛이 매서웠고, 그의 가슴은 격렬하게 들썩이더군요. 눈 깜짝할 사이에 일어난 일이라 떨어져 있던 두 사람이 어떻게 서로 부둥켜안게 되었는지 저도 거의 보지 못했어요. 캐서린 아씨가 용수철처럼 튕겨져 나오자 히스클리프가 얼른 받아 안았던 거였지요. 그들이 어찌나 꼭 껴안고 있었던지 그 포옹을 풀면 아씨가 살아 있을 것 같지 않았답니다. 사실, 제 눈에 아씨는 곧 실신할 것처럼 보였지요. 히스클리프는 가장 가까운 의자에 몸을 내던졌어요. 아씨가 까무러치지 않았는지 보려고 제가 황급히 다가가자, 그는 저를 향해 이를 갈고 미친개처럼 입에 거품을 물면서, 행여 뺏길세라 아씨를 더 끌어안더군요. 마치 그가 인간이 아닌 것처럼 느껴졌어요. 그에게 뭐라고 말해 봐야 알아들을 것 같지도 않았습니다. 그래서 저는 입을 다문 채 멀찍이 서서 당황할 따름이었어요.

곧 캐서린 아씨가 움직이는 것을 보자 저는 마음이 조금 놓였어요. 아씨는 손을 올려 그의 목덜미를 끌어안고, 그가 껴안자 자기 뺨을 그의 뺨에 갖다 대더군요. 그도 미친 듯이 아씨를 애무하면서 격분한 목소리로 이렇게 말했습니다.

"이제야 네가 얼마나 잔인하고 잘못했는지 알겠어. 왜 나를 업신여겼어? 왜 네 마음을 속였어, 캐시? 위로의 말은 한마디도 하고 싶지 않아. 너는 이런 일을 당해도 싸. 네가 네 자신을 죽인 셈이야. 그래, 나에게 키스를 하거나 울어도 좋아. 그리고 나한테서 키스와 눈물을 짜내도 좋아. 하지만 그것들이 널 말려 죽일 거야. 너를 파멸시킬 거라고. 넌 날 사랑했어. 그러면서 무슨 권리로 날 버린 거야? 무슨 권리로. 대답해 봐. 린턴에 대한 보잘것없는 애정 때문이었어? 불행도, 타락도, 죽음도, 그리고 신이나 악마가 우리에게 가할 수 있는 어떠한 것도 우리를 헤어지게 할 수 없었는데, 네가 나서서 그렇게 했던 거야. 네 마음을 찢은 건 내가 아니라 너 자신이야. 너는 그렇게 함으로써 내 마음도 찢어 놓았지. 내가 건강해서 그만큼 더 괴로워. 내가 살고 싶을 것 같아? 그게 어떤 삶이겠어? 네가…… 아, 맙소사! 내가 무덤에 있는 네 영혼과 살기를 바라는 거야?"

"날 좀 가만 둬. 그냥 두라고."

캐서린 아씨가 흐느끼며 말했어요.

"내가 잘못했더라도 그 잘못 때문에 죽어 가고 있잖아! 그걸로 충분하다고! 너도 날 두고 떠나 버리지 않았어? 하지만 널 비난하지는 않을 거야! 난 널 용서했어. 너도 날 용서해 줘!"

"널 용서하는 것도, 네 눈을 바라보는 것도, 그리고 야윈 네 손을 잡는 것도 힘겨운 일이야!"

그가 대답했어요.

"다시 키스해 줘. 네 눈을 보지 않게 해 주라고. 네가 나한테 한 짓을 용서해. 난 나를 죽인 사람을 사랑해. 하지만 너를 죽인 사람을 어떻게 사랑할 수 있겠어?"

그들은 말없이 서로 얼굴을 맞댄 채 상대의 눈물로 얼굴을 적시고 있었어요. 둘 다 우는 것 같았지요. 히스클리프도 이렇게 큰일을 당하면 울 수 있나 보다, 하고 생각했습니다.

그러는 동안 제 마음은 아주 불안해졌어요. 오후가 빠르게 지나가고 있었거든요. 제가 심부름을 보낸 하인도 돌아왔고, 골짜기 위에서 서녘으로 기울어 가는 햇빛으로 사람들이 기머튼 교회 밖으로 떼 지어 나오는 걸 볼 수 있었어요.

"예배가 끝났어요."

제가 알렸습니다.

"30분 후면 주인어른이 도착하실 거예요."

히스클리프는 신음하듯 욕설을 내뱉으며 아씨를 더욱 바싹 당겨서 껴안았고 아씨는 전혀 움직이지 않았지요.

오래지 않아 하인들 한 무리가 정원에 난 길로 해서 부엌이 있는 별 채로 가는 것이 보였습니다. 린턴 씨는 멀지 않은 곳에서 뒤따라오고 있었어요. 그는 손수 대문을 열고 천천히 걸어왔지요. 아마 여름처럼 온화한 바람이 살랑대는 아름다운 오후를 즐기고 싶었을 거예요.

"주인어른이 왔어요."

제가 소리쳤어요.

"제발 빨리 내려가 주세요! 앞 층계로 내려가면 아무도 마주치지 않을 거예요. 서둘러요! 그리고 주인어른이 완전히 안으로 들어오실 때까지는 나무 뒤에 숨어 있도록 하세요."

"가야 해, 캐시! 그러나 살아 있는 한, 네가 잠들기 전에 다시 보러 올게. 네 창문에서 5미터도 떨어져 있지 않을 거야."

히스클리프는 아씨의 팔에서 몸을 빼내려 하며 말했어요.

"가면 안 돼!"

아씨는 있는 힘을 다해서 그를 꼭 붙들며 말했어요.

"보내지 않을 거야."

"한 시간만."

그가 애원했습니다.

"1분도 안 돼."

캐서린 아씨가 대꾸했어요.

"가야 해. 린턴이 곧 올라올 거야."

당황한 침입자는 뜻을 굽히지 않고 말했어요.

그는 일어서서 아씨의 손가락을 풀어 보려 했지만 아씨는 숨까지 헐떡이며 꼭 달라붙어서 떨어지려 하지 않았습니다. 그녀의 얼굴에는 미친 사람의 결연함이 서려 있었지요.

"안 돼!" 하고 아씨는 새된 소리로 외쳤어요.

"가지 마. 가지 말라고! 이게 마지막이 될 거야! 에드거도 우리를 어쩌지 못할 거야. 히스클리프, 난 죽게 될 거야! 죽게 될 거라고!"

"젠장, 바보 같은 놈이 저기 오는군."

히스클리프는 이렇게 소리치며 의자에 털썩 주저앉았어요.

"쉿! 내 사랑! 조용, 조용히 해, 캐시! 여기 있을게. 녀석이 나를 총으로 쏘더라도 축복의 기도를 읊으며 숨을 거두겠어."

그리고 그들은 다시 꼭 껴안는 것이었어요. 주인어른이 계단을 올라오는 소리가 들려오자 제 이마에서 식은땀이 흐르며 왈칵 겁이 났어요.

"아픈 사람의 헛소리에 귀를 기울일 작정이에요?"

저는 격분하며 말했습니다.

"아씨는 자기가 무슨 말을 하는지도 몰라요. 판단 능력이 없는 아씨의 말을 따르며 아씨를 망칠 셈이에요? 당장 일어나요! 뿌리칠 수 있잖아요. 지금까지 당신이 한 짓 가운데 이게 가장 잔인한 짓이라고요. 이제 우리는, 주인어른이고 아씨고 하인이고 할 것 없이, 다 끝장이에요."

저는 안절부절못하며 고래고래 악을 썼어요. 린턴 씨는 고함 소리를 듣고 황급히 계단을 올라왔습니다. 이렇게 초조하고 흥분된 와중에 캐서린 아씨의 팔이 축 늘어지고 고개가 앞으로 꺾이는 걸 보자 정말 다행이라는 생각이 들었어요.

"아씨는 실신했거나 죽은 거야. 오히려 잘된 일이야. 그런 상태로 오래 살아 봐야 짐만 되고 주위 사람들을 괴롭게 할 뿐이니까."

불청객을 본 에드거 린턴 씨는 경악과 분노로 얼굴이 하얗게 질려서는 히스클리프에게 덤벼들었어요. 린턴 씨가 어쩔 작정이었는지는 알 수 없습니다만, 히스클리프가 죽은 듯 보이는 캐서린 아씨를 그의 팔에 넘겨주자 린턴 씨는 그 어떤 감정 표현도 할 수가 없었습니다.

"이봐요."

히스클리프가 말했어요.

"당신이 악마가 아니라면 우선 부인을 살리고 난 뒤에 나한테 할 말을 하시오!"

그러고 나서 그는 응접실로 걸어가 앉았습니다. 린턴 씨는 저를 불러들였어요. 우리는 여러 가지 방법을 동원하고 무진 애를 쓴 끝에 간신히 아씨의 의식을 회복시켰지요. 그러나 아씨는 생각의 갈피를 잡지 못했어요. 한숨을 쉬고 한탄만 할 뿐 아무도 알아보지 못했답니다. 에드거 서방님은 아씨에 대한 걱정으로 원수 같은 그녀의 친구를 깜빡 잊어버렸지요. 그러나 저는 잊지 않았습니다. 짬이 나자마자 저는 그에게로 가서, 이제 캐서린 아씨의 의식이 돌아왔고 다음 날 아침에 간밤의 경과를 알려 줄 테니 그만 가 보라고 간청했어요.

"현관문 밖으로 나가는 것은 거부하지 않겠어."

히스클리프가 대답했어요.

"하지만 정원에 있을 거야. 그리고 넬리, 내일 아침에 반드시 약속 지켜야 해. 난 저기 낙엽송 아래에 있을 테니까. 잊지 말고 약속 꼭 지켜! 그렇지 않았다간 린턴이 있든 없든 다시 들어올 테니."

그는 반쯤 열린 방문 사이로 안을 힐끗거리며 제가 말한 것이 맞는지 확인하고 나서야 집에서 나갔습니다.

제16장

　그날 밤 자정 무렵에, 록우드 씨께서 워더링 하이츠에서 보신 캐서린 아가씨가 아주 조그만 칠삭둥이로 태어났습니다. 두 시간 후에 산모는 끝내 히스클리프 씨를 그리워하거나 에드거 서방님을 알아볼 만큼 의식을 회복하지 못한 채 세상을 떠나고 말았지요.

　아내를 잃은 에드거 린턴 씨의 상심에 대해서는, 마음이 너무 아파서 자세히 설명할 수 없을 것 같아요. 그 후에 일어난 일은 그의 슬픔이 얼마나 깊었는지 보여 주었습니다.

　제가 보기에, 한 가지 더 애통했던 점은 린턴 씨가 법정 상속인 없이 혼자가 되셨다는 것이었어요. 엄마 없는 그 허약한 아기를 가만히 바라보노라면 탄식이 절로 나왔지요. 그리고 저는 돌아가신 린턴 어른이, 물론 어버이의 마음에서 그러셨겠지만, 재산을 당신 아드님의 손녀에게 물려주기보다는 당신 따님에게 물려주겠다고 유언하신 것을 마음속으로 원망했답니다.

　그 가련한 아기는 태어날 때 환영을 받지 못했어요! 처음 몇 시간 동안은 설령 죽을 만큼 울었더라도 아무도 돌봐 주지 못했을 거예요. 나중에 우리는 그때 소홀했던 것을 보상해 주려고 잘해 주었지만요. 그 아이는 처음부터 의지할 사람이 아무도 없었고, 아마 마지막에도 그렇게 되기가 쉬울 거예요.

다음 날 아침, 바깥은 밝고 화창했습니다. 고요한 방 안은 덧창 틈새로 아침 햇살이 부드럽게 비쳐 들어 침상과 그 위에 누워 있는 시신을 은은하고 부드러운 빛으로 감쌌습니다.

린턴 씨는 베개를 베고 눈을 감은 채 누워 있었어요. 그의 젊고 수려한 얼굴은 옆에 누워 있는 시신과 마찬가지로 마치 죽기라도 한 듯 아무런 움직임이 없었지요. 그러나 그의 얼굴에는 고뇌에 지친 고요가 서려 있었고 아씨의 얼굴에는 그지없는 평온함이 깃들어 있었어요. 아씨의 매끈한 이마와 감은 눈과 웃음기를 머금은 입술, 하늘의 천사도 그보다 더 아름다울 수는 없었어요. 무한한 고요 속에 잠들어 있는 아씨의 모습을 보고 있자니 제 마음도 차분해지더군요. 하느님이 주신 안식 속에서 편안히 잠들어 있는 그 모습을 물끄러미 바라보고 있을 때보다 더 경건한 마음이 들었던 적은 없었어요. 저는 몇 시간 전에 아씨가 했던 말을 저도 모르게 되뇌고 있었습니다.

"우리 위의 견줄 수 없을 정도로 높은 곳으로 가셨겠지! 아씨의 영혼이 아직 지상에 있든 지금쯤 천국에 있든 하느님 곁에서 편안하길!"

제가 이상한 건지도 모르겠지만 저는 시신이 있는 방을 지키는 동안 행복하지 않은 적이 거의 없었답니다. 단지 미친 듯이 혹은 절망에 빠져 슬퍼하는 사람이 옆에 있지 않았다면 말이죠. 저는 그때 이승의 육체나 지옥의 고통도 깨뜨릴 수 없는 안식을 보았어요. 그리고 저세상, 즉 고인들이 들어간 영원의 세계는 무한하고 어두움이 없을 거라는 확신이 들었어요. 그곳에는 영원히 지속되는 생명과 조화로운 사랑과 충만한 기쁨이 있을 것 같았지요. 그럴 때면 캐서린 아씨의 행복한 해방을 몹시도 슬퍼하는 린턴 씨의 사랑이 얼마나 이기적인 것인가 하는 생각이 들었습니다.

참을성 없이 제멋대로 살다 간 아씨 같은 사람도 생을 마친 뒤에 평화의 안식처에 들어갈 수 있는가 하고 의심하는 사람도 분명 있을 거예요. 냉정히 돌이켜 보면 그런 의심이 들지도 모르지만 아씨의 시신 앞에서는 그런 생각이 들지 않았어요. 시신이 어찌나 편안해 보였던지 그곳에 머물던 영혼도 평온을 얻었을 것 같았지요.

* * *

"록우드 씨, 그런 사람들도 저세상에 가면 행복할까요? 저는 그게 무척 알고 싶답니다."

딘 부인의 이 질문은 어쩐지 이단적인 인상을 주어서 나는 대답을 정중히 거절했다. 딘 부인은 이야기를 계속했다.

* * *

캐서린 아씨가 살아온 나날을 돌이켜 보면 저세상에서 행복할 자격이 안 될 것 같아 걱정돼요. 그러나 그 일은 조물주에게 맡겨야겠죠.

린턴 씨는 잠이 든 것 같았어요. 그래서 저는 해가 뜨자마자 방에서 살그머니 나와 맑고 상쾌한 바깥으로 갔어요. 하인들은 제가 오랫동안 시신을 지키고 있었기 때문에 졸음을 쫓으러 나갔을 거라 생각했겠지만, 사실 밖으로 나온 주된 목적은 히스클리프를 만나는 것이었어요. 그가 밤새도록 낙엽송들 사이에 있었다면, 저택 안에서 일어난 소란을 전혀 들을 수 없었을 거예요. 기머튼으로 가는 심부름꾼의 말발굽 소리를 듣고 눈치챘다면 모를까 무슨 일이 있었는지 알 수 없었을 거예요. 그가 좀 더 가까운 곳에 있었다면 이리저리 재빨리 움직이는 불빛과 분주히 열고 닫히는 바깥문을 보고 집 안에 심상치 않은 일이 일어났다는 것을 알아챘겠지요.

저는 히스클리프를 만나려고 나오긴 했지만 그를 만나기가 두려웠어요. 그 끔찍한 소식을 전해야 한다고 생각했고, 해야 할 일이라면 얼른 해치우고 싶었지만 어떻게 말해야 할지 몰랐거든요.

그는 거기에 있었습니다. 적어도 몇 미터쯤 숲속으로 들어간 곳이었지요. 그는 모자를 벗은 채 물푸레나무 고목에 기대어 서 있었는데, 싹이 튼 가지에 맺혀 있다가 후드득후드득 떨어진 이슬 때문에 머리칼이 흠뻑 젖어 있더군요. 그는 그 자리에 오랫동안 서 있었던 것 같았어요. 1미터도 채 떨어지지 않은 곳에서 지빠귀 한 쌍이 왔다 갔다 하며 둥지를 트느라 분주했는데, 새들은 그를 나무토막으로 여기는 듯했으니까요. 내가 다가가자 새들은 날아가 버렸고 그는 눈을 들더니 이렇게 말했습니다.

"캐서린이 죽었지! 넬리한테서 그런 이야기를 들으려고 기다린 게 아니야. 손수건 따위는 집어치워. 내 앞에서 훌쩍거리지 말라고. 빌어먹을 것들! 캐서린은 당신네가 울어 주기를 바라지 않아!"

저는 아씨뿐만 아니라 그를 위해서도 울었습니다. 자기 자신이나 남을 동정할 줄 모르는 사람들이 측은해질 때가 있잖아요. 저는 그의 얼굴을 보자마자 그가 아씨의 죽음을 알고 있다는 걸 직감했어요. 그리고 어리석게도 '그의 마음은 진정되었고, 입술을 달싹이며 땅을 내려다보고 있는 걸로 봐서 기도를 하고 있나 보다.' 하는 생각이 들었어요.

"그래요. 아씨가 돌아가셨어요!"

저는 흐느낌을 억누르고 뺨에 흐른 눈물을 훔치며 대답했어요.

"천국으로 갔을 거예요. 우리도 하느님의 훈계를 받아들여 악을 버리고 선을 행한다면 아씨처럼 천국에 갈 수 있겠죠."

"그렇다면 캐서린이 훈계를 받아들였다는 말이로군?"

히스클리프는 비아냥대며 물었습니다.

"성자처럼 죽기라도 한 모양이지? 자, 어떻게 죽었는지 사실대로 말해 줘. 어떻게……."

그는 아씨의 이름을 발음하려 애썼지만 끝내 그러지 못하더군요. 입을 앙다물고 말없이 내면의 고통과 싸우면서도 제 동정 따윈 필요 없다는 듯 사나운 눈초리로 저를 노려보았습니다.

'가여운 사람! 당신에게도 다른 사람들과 마찬가지로 마음과 신경이 있었어! 그런데 왜 감정을 숨기려고 애쓰는 거야? 아무리 자존심을 세워 봐도 하느님의 눈은 속일 수 없을 텐데! 결국 하느님으로 하여금 당신 마음을 쥐어짜고 싶게 만들어서 굴복의 눈물을 흘리고 마는군!' 하고 저는 생각했지요.

"아씨는 어린양처럼 조용히 숨을 거두셨어요!"

저는 큰 소리로 대답했습니다.

"마치 잠에서 깨어나는 어린아이처럼 숨을 크게 들이쉬며 기지개를 켜다가 다시 잠이 들었지요. 5분쯤 후에 심장이 한 번 약하게 뛰더니 멎어 버리더군요!"

"그리고…… 내 말은 하지 않던가?"

그는 그 물음에 대한 대답으로 견딜 수 없는 말을 듣게 될까 봐 두려운 듯 주저하며 물었습니다.

"아씨는 끝내 의식을 회복하지 못했답니다. 당신이 방에서 나간 뒤부터 아무도 알아보지 못했지요. 아씨는 얼굴에 온화한 웃음을 머금은 채 누워 있습니다. 마지막 순간에 즐거웠던 어린 시절의 일들이 떠올랐나 봐요. 아씨의 일생은 온화한 꿈속에서 끝을 맺었지요. 부디 저세상에서도 그렇게 좋은 기분으로 깨어나셨으면 좋겠어요!"

제가 말했어요.

"부디 고통 속에 깨어나길 바란다!"

그는 무시무시할 정도로 격렬하게 외치며 발을 구르더니, 갑자기 걷잡을 수 없는 격정에 사로잡혀 신음을 토했습니다.

"그래, 끝까지 진실을 말하지 않았군! 그녀는 어디에 있을까? 거기에 없어. 천국에 없다고. 죽지 않았으니까. 그럼 어디에 있는 거야? 아! 넌 내 고통 따위는 상관하지 않는다고 했지! 한 가지만 기도하겠어. 내 혀가 굳을 때까지 계속 되풀이해서 기도할 거야. 캐서린 언쇼, 내가 살아 있는 동안에는 제발 저세상으로 가지 말아 줘! 내가 널 죽였다고 네가 말했잖아. 그럼 귀신이 되어 나를 찾아와야지! 죽음을 당한 사람은 귀신이 되어 죽인 사람을 찾아가는 법이니까. 이승에서 정처 없이 떠돌아다니는 귀신들이 있다는 걸 난 알고 있어. 언제나 내 곁에 있어 줘, 어떤 형태로든. 차라리 날 미치게 해 주라고! 너를 볼 수 없는 이 지옥 같은 곳에 나를 버려 두고 떠나지 마! 아, 맙소사! 그건 말도 안 돼! 넌 내 생명이고 내 영혼이야. 난 내 생명 없이는 살 수 없어! 내 영혼 없이는 살 수 없다고!"

그는 옹이 투성이의 나무에 머리를 세차게 부딪치고는 눈을 치뜨며 울부짖었는데, 그건 사람의 모습이 아니었어요. 칼과 창에 찔려 죽어 가는 야수 같았지요.

나무껍질 여기저기에 피가 튄 자국이 보였고 그의 손과 이마도 피로 얼룩져 있었습니다. 제가 목격한 그 장면은 아마 간밤에도 여러 차례 되풀이되었던 것 같았어요. 저는 너무 놀란 나머지 동정심도 느낄 수 없었어요. 그렇다고 그를 그렇게 두고 와 버리기도 좀 그랬어요. 그런데 그는 내가 자기를 보고 있다는 것을 알아차릴 만큼 정신을 차리자마자 나한테 꺼지라고 버럭, 고함을 치더군요. 그래서 저는 그의 말을 따랐습니다. 제 재주로는 그를 진정시키거나 위로할 수 없었으니까요.

린턴 부인의 장례식은 돌아가신 뒤 처음 돌아오는 금요일에 하기로 결정되었습니다. 그때까지 그녀의 관은 뚜껑이 열린 채로, 꽃이며 향기 나는 잎사귀를 뿌려서 널찍한 거실에 놓아두었지요. 린턴 씨는 밤이고 낮이고 잠도 자지 않으며 시선을 지켰습니다. 이 사실은 저 이외에는 아무도 모르는 비밀인데, 히스클리프는 바깥에서 밤을 지새웠지요. 린턴 씨와 마찬가지로 잠을 자지 못했어요.

저는 히스클리프와 연락은 하지 않았지만, 그가 할 수만 있다면 들어올 생각이라는 것을 알고 있었습니다. 그래서 화요일에 날이 저물고 얼마 있다가 린턴 씨가 너무 피곤해서 어쩔 수 없이 두 시간쯤 눈을 붙이러 갔을 때 창문 하나를 열어 놓았지요. 히스클리프의 끈기에 제 마음이 움직여 그의 우상에게 마지막으로 작별 인사라도 할 기회를 주고 싶은 생각이 들었거든요.

그는 그 기회를 놓치지 않고 잠깐 사이에 조심히 다녀갔습니다. 어찌나 조심스럽게 움직였던지 조그만 기척도 들리지 않았어요. 정말이지 시신의 얼굴을 가린 천이 흐트러지고, 은실로 묶은 곱슬곱슬한 금빛 머리채가 바닥에 떨어져 있는 것을 눈여겨보지 않았다면 그가 다녀갔다는 것도 몰랐을 거예요. 자세히 살펴보니 그 머리채는 캐서린 아씨의 목에 걸린 로켓(조그마한 사진이나 기념물, 머리카락 등을 넣어 목걸이에 연결하는 금속제 곽_옮긴이)에서 빼낸 것이 분명했습니다. 히스클리프는 로켓의 뚜껑을 열어 안에 들어 있던 것을 꺼내고 자신의 검은 머리채를 넣었던 거예요. 그래서 저는 그의 머리채와 아씨의 머리채를 한데 감아서 로켓 안에 넣어 주었지요.

물론 언쇼 씨는 여동생의 장례식에 참석해 달라는 초대를 받았지만 못 온다는 연락도 없이 끝내 나타나지 않았어요. 그리하여 조문객은 남편을 빼곤 모두가 소작인과 하인들뿐이었지요. 이사벨라 아가씨는 초대하지도 않았답니다.

캐서린 아씨의 시신을 묻은 곳은 교회 안에 할당된 린턴 집안의 묘

소도 아니었고 그렇다고 아씨의 친척들이 묻혀 있는 야외의 묘지도 아니었어요. 그래서 마을 사람들은 의아해했지요. 아씨의 시신은 교회 공동묘지 귀퉁이의 비탈진 녹지에 묻혔습니다. 그곳은 담장이 무척 낮아서 히스며 월귤나무 등이 황야 쪽에서부터 뻗어 올라와 있었으며, 거의가 토탄질의 흙으로 이루어져 있었지요. 아씨의 남편인 린턴 씨도 나중에 거기에 묻혔답니다. 그곳에는 무덤이라는 것을 표시하기 위해 소박한 상석을 올린 수수한 잿빛 비석이 각각 세워져 있지요.

제17장

장례식이 있던 금요일은 한 달 동안 이어지던 화창한 날의 마지막 날이었습니다. 저녁이 되자 날씨가 돌변했어요. 남쪽에서 불어오던 바람이 북동풍으로 바뀌더니 처음에는 비가 오다가 나중에는 진눈깨비와 눈이 내렸지요.

다음 날 아침의 풍경은 누구도 지난 3주 동안 여름 날씨가 계속되었다는 것을 상상할 수 없을 정도였습니다. 앵초와 크로커스는 겨울에나 내리는 눈더미에 파묻혔고, 종달새가 지저귀는 소리도 들리지 않았으며, 일찍 싹을 틔운 어린 나뭇잎들은 갑자기 엄습한 추위에 거멓게 변하고 말았지요. 정말 그날 아침은 을씨년스럽고 춥고 음울해서 으스스한 기분이 들었어요. 주인님은 방에서 나오지 않았고, 저는 텅 빈 거실에 앉아 아기를 보고 있었습니다. 칭얼대는 아기를 무릎에 올려놓고 어르면서, 흩날리는 눈송이가 커튼이 없는 유리창에 쌓이는 것을 바라보고 있었지요. 그때 문이 열리더니 웬 사람이 숨을 헐떡이며 들어와서 깔깔 웃어 대는 게 아니겠어요!

순간 놀라기도 했지만 화가 더 나더군요. 하녀 가운데 한 명일 거라는 생각에 큰 소리로 야단을 쳤지요.

"무슨 짓이야! 어쩌자고 여기 와서 까부는 거지? 주인님이 들으시면 뭐라고 하시겠어?"

"미안해!"

대꾸하는 소리를 들으니 귀에 익은 음성이었습니다.

"하지만 에드거 오빠는 자고 있잖아? 그리고 나도 나를 어쩔 수 없어서 그래."

그 사람은 이렇게 말하고는 손으로 허리를 짚고 숨을 헐떡이며 난로 쪽으로 다가오더군요.

"워더링 하이츠에서부터 내내 뛰어오는 길이야!"

그녀는 잠시 말을 끊었다가 다시 계속했습니다.

"이따금 나는 듯 달리기도 했지만 이루 다 셀 수 없이 넘어지기도 했어. 그래서 그런지 온몸이 다 쑤셔! 놀라지 마. 숨 돌리는 대로 어떻게 된 일인지 설명해 줄 테니까. 미안하지만 내가 기머튼까지 타고 갈 마차 좀 준비시켜 줘. 그리고 하녀에게 내 옷장에서 옷 몇 벌만 가져다주라고 해 줘."

그 침입자는 히스클리프 부인이었는데, 그녀의 행색을 보니 웃을 처지는 아닌 것 같아 보였습니다. 어깨까지 축 늘어진 머리카락에서는 눈 녹은 물이 뚝뚝 떨어졌고, 옷은 여느 때처럼 처녀 같은 차림이었는데, 나이에는 어울렸지만 결혼한 부인답지는 않았지요. 목이 깊게 파인 짧은 소매 드레스에, 머리와 목에는 아무것도 두르지 않았더군요. 게다가 드레스의 천은 얇은 비단이었기 때문에 몸에 착 달라붙어 있었고, 발에는 그저 얇은 슬리퍼만을 신고 있었어요. 게다가 한쪽 귀밑에는 깊이 베인 상처가 있었는데 단지 추위에 얼어서 피가 많이 흐르지 않을 뿐이었지요. 창백한 얼굴에는 할퀸 자국에 멍까지 들

253

어 있었고, 몸은 지쳐서 가누지도 못할 지경이었어요. 그러니 제가 아가씨를 찬찬히 살펴본 뒤에도 처음에 느꼈던 놀라움이 별로 가시지 않았다는 걸 록우드 씨도 짐작할 수 있으실 거예요.

"어머, 아가씨."

저는 큰 소리로 외쳤습니다.

"아가씨가 젖은 옷을 벗고 마른 옷으로 갈아입을 때까지 한 발짝도 안 움직이고 아무 말도 듣지 않겠어요. 그리고 아가씨는 오늘 밤에 기머튼에 못 갈 테니 마차를 준비시킬 필요도 없고요."

"아니, 걸어서 가든 말을 타고 가든 반드시 가고 말 거야."

이사벨라 아가씨는 말했습니다.

"그러나 꼴사납지 않게 옷을 갈아입으라는 말엔 반대하지 않겠어. 아야, 이 목에 흐르는 것 좀 봐! 불을 쬐니까 따끔따끔 쓰라린걸."

아가씨는 자기가 시킨 일을 하지 않으면 자기 몸에 손도 못 대게 하겠다고 고집을 부렸어요. 그래서 마부에게 길 떠날 준비를 하라고 이르고, 하녀가 필요한 옷가지를 꾸리기 시작한 뒤에야 저는 아가씨의 상처에 붕대를 감고, 아가씨가 옷 갈아입는 것을 거들 수 있었죠.

"자, 엘렌."

제가 일을 마치자 아가씨는 찻잔을 앞에 놓고 난롯가 안락의자에 앉으며 말했습니다.

"내 앞에 앉아. 그 가여운 캐서린 언니의 아기는 저리 뉘어 놓고. 보기 싫단 말이야! 아까 들어올 때 방정맞게 웃었다고 해서 내가 캐서린 언니의 죽음을 슬퍼하지 않는다고 여겨선 안 돼. 나도 지독히 울었어. 그래, 다른 누구보다 울 이유가 많았으니까. 엘렌도 기억하겠지만, 우린 화해도 못 하고 헤어졌잖아. 나 자신을 용서할 수 없을 거야. 그렇긴 하지만 그 짐승 같은 놈을 동정하고 싶지는 않았어! 정말 그런 몹쓸 놈이 없어! 그 부지깽이 좀 이리 줘! 이게 내가 지니고 있는 그의 마지막 물건이야."

이사벨라 아가씨는 가운뎃손가락에서 금반지를 빼서 바닥에 내동댕이치더군요.

"부숴 버릴 거야!"

아가씨는 이렇게 말하며 어린아이가 분풀이를 하듯 반지를 두드려 댔어요.

"그리고 태워 버리겠어!"

아가씨는 마구 두드리던 금반지를 집어서 석탄 불 속으로 던져 넣었어요.

"이제 됐어! 만약에 그놈이 나를 끌고 가서 다시 살게 되면 하나 더 사 놓으라고 하지 뭐. 그 인간은 에드거 오빠를 괴롭히기 위해 날 찾아올 위인이야. 그놈이 사악한 머리로 그 생각을 하기 전에 여기서 떠나야 해! 그리고 에드거 오빠도 나한테 다정하게 대해 주지 않았잖아? 오빠에게 도움을 청하지도 않을 거고, 오빠를 더 이상 골치 아프게 하지도 않을 거야. 다급하게 몸을 피하다 보니 어쩔 수 없이 이 집에 오게 된 거지. 오빠가 방에서 나오지 않았다는 걸 몰랐다면 부엌에만 잠깐 들러서 얼굴을 씻고 몸을 좀 녹이고, 엘렌에게 필요한 물건 좀 챙겨 달라고 해서 그 원수 같은 놈이 찾을 수 없는 곳으로 떠났을 거야. 그놈은 정말이지 사람의 탈을 쓴 악귀야! 아아, 그가 어찌나 화가 났던지 내가 붙잡혔더라면 어떻게 됐을지 오싹해! 힌들리가 그놈의 힘을 당할 수 없다는 게 유감이야. 힌들리에게 그럴 힘이 있다면 그놈이 거꾸러지는 걸 볼 때까지 그 집에서 도망쳐 나오지 않았을 텐데!"

"어머, 아가씨. 그렇게 빨리 말씀하시면 안 돼요."

제가 말을 가로막았습니다.

"얼굴에 동여맨 손수건이 풀려서 상처에서 또 피가 나겠어요. 차

255

를 마시며 좀 쉬세요. 웃지는 마시고요. 웃는 건 지금 아가씨의 처지에 어울리지 않을 뿐만 아니라 이 집에서도 어울리는 행동이 아니니까요."

"그래, 그건 부인할 수 없는 사실이야. 저 애 좀 봐! 내내 울고 있잖아. 한 시간만 그 울음소리가 들리지 않는 곳으로 좀 보내면 안 돼? 그 이상은 여기 머무르지 않을 테니까."

저는 종을 울려 하녀를 불러서 아기를 맡겼습니다. 그러고 나서 무슨 일로 아가씨가 이런 상태로 워더링 하이츠에서 도망치게 되었는지, 여기에 있지 않겠다면 어디로 갈 작정인지 물었습니다.

"여기에 있어야 마땅하고, 나도 여기 있고 싶어. 에드거 오빠를 위로하고 아기도 돌봐야 한다는 두 가지 점에서도 그렇고, 또 여기가 진짜 우리 집이니까. 그렇지만 그놈이 나를 가만 내버려 두지 않을 거야. 내가 점점 살이 오르고 즐겁게 지내는 걸 보고 그가 가만히 있을 거라고 생각해? 우리가 평온하게 지내는 걸 알면서도 평화를 깨뜨릴 결심을 하지 않을 것 같아? 그놈이 내 목소리를 듣거나 내 모습을 보기만 해도 지독하게 짜증이 날 만큼 나를 싫어하는 걸 확실히 알게 되어서 기뻐. 내가 나타나기만 해도 얼굴 근육이 저절로 일그러지거든. 그건 내가 그를 증오한다는 걸 알고 있고 원래부터 나에 대한 반감을 갖고 있기 때문이야. 그 반감은 꽤 심해서 내가 어떻게든 감쪽같이 자취를 감추기만 하면 그는 절대 영국을 돌아다니며 나를 찾지 않을 거야. 그러니까 아주 종적을 감춰야 해. 처음엔 차라리 그놈 손에 죽어 버렸으면 좋겠다고 생각했지만, 이제 그 생각은 사라졌고 그놈이 자살하기를 바랄 뿐이야! 그놈이 내 사랑의 불씨를 완전히 꺼 버렸어. 그러자 내 마음이 오히려 편해지더군. 그래도 난 내가 그를 얼마나 사랑했는지 기억할 수 있어. 그리고 아직도 그를 사랑할 수 있을 것 같기도 해. 만약에 그가 마음을 고쳐먹고…… 아니, 아냐!

설령 그가 나를 지극히 사랑했다 해도 악마 같은 천성이 그 존재를 드러냈을 거야. 그놈을 아주 잘 알고 있었을 텐데도 그를 그토록 좋아했던 걸 보면 캐서린 언니도 취향이 참 별났던 것 같아. 괴물 같은 놈! 그가 이 세상에서, 내 기억에서 완전히 사라졌으면 좋겠어!"

"쉿, 진정하세요! 그도 사람인걸요. 좀 더 자비를 베푸세요. 이 세상엔 그보다 더 나쁜 놈들도 있으니까요!"

제가 말했습니다.

"그는 인간도 아니야. 그놈은 나한테 자비를 요구할 권리가 없어. 난 그에게 내 마음을 주었어. 그런데 그는 그걸 가져다 죽도록 괴롭히고는 도로 나한테 내팽개쳤지. 엘렌, 사람은 마음이 있어야 느낄 수 있는 거잖아. 그가 내 마음을 파괴해 버렸기 때문에 나는 그를 동정할 능력이 없어. 그리고 그가 지금부터 죽는 날까지 고통으로 신음하고 캐서린 언니 때문에 피눈물을 흘린다 해도 나는 동정하지 않을 거야! 절대 그러지 않을 거야!"

이 대목에서 이사벨라 아가씨는 울기 시작했습니다. 그러나 곧바로 속눈썹에 맺힌 눈물을 닦아 내더니 다시 말을 이었습니다.

"결국 내가 도망칠 수밖에 없었던 이유를 물었지? 내가 그를 격분시키는 데 성공했기 때문에 그는 스스로를 제어하지 못할 정도로 화가 났고 그래서 난 도망칠 수밖에 없었던 거야. 빨갛게 달군 족집게로 신경줄을 집어내려면 주먹으로 머리통을 때릴 때보다 더욱 침착해야 하는 법이지. 약이 오르자 그는 스스로 자부하던 그 잔인하고 계산적인 신중함을 잊어버리고는 살인이라도 할 듯 폭력을 휘둘러댔어. 난 내가 그를 그토록 화나게 할 수 있다는 데 희열을 느꼈어. 그 희열감이 나 자신을 보호해야겠다는 본능을 일깨웠지. 그래서 나는 뛰쳐나왔어. 다시 그자의 손아귀에 잡혀서 지독한 복수를 당하게 되더라도 하는 수 없지. 마음대로 하라고 그래!

엘렌도 알다시피 어제는 언쇼 씨도 장례식에 참석해야 했잖아. 사실 그는 장례식에 참석하려고 술도 자제했어. 여섯 시에 고주망태가 되어 잠자리에 들어 열두 시에 술이 덜 깬 상태로 일어나는 일은 피하려고 말이야. 그런데 일어났을 때 그는 자살이라도 할 듯이 우울한 기분이어서 장례식이고 교회고 아무 데도 못 갈 형편이었어. 그래서 장례식에 가는 대신 난롯가에 주저앉아 진인지 브랜디인지를 큰 잔으로 들이켰지.

지난 일요일부터 오늘까지 히스클리프는(이름만 입에 올려도 몸서리쳐져.) 집에서 얼굴 보기도 힘들었어. 천사가 먹을 것을 주었는지, 아니면 지옥에 있는 그의 친척에게 얻어먹었는지 알 수 없지만 그는 거의 1주일 동안 집에서 식사한 일이 없었어. 동이 틀 무렵에야 돌아와서는 위층 자기 방으로 올라가 문을 잠가 버렸지. 마치 자기와 함께 있기를 갈망하는 사람이라도 있는 것처럼 말이야! 그러고는 감리교 신자나 된 양 기도를 계속하는 거였어! 그가 간청을 드리는 신이란 아무런 감각도 느끼지 못하는 시체인 캐서린 언니였고, 어쩌다 하느님께도 이야기하곤 했는데 기이하게도 하느님을 지옥의 제 아비와 혼동하는 것 같았지 뭐야! 이런 대단한 기도를 마치고 나면(대개 기도는 목이 쉬어 목소리가 나오지 않을 때까지 계속되었지.) 다시 집을 나섰는데 늘 이 집으로 곧장 가더라고! 에드거 오빠가 왜 치안 담당관을 불러 그를 감옥에 처넣지 않았는지 모르겠어! 난 캐서린 언니가 죽은 걸 생각하면 슬펐지만, 굴욕감을 주던 압제에서 풀려난 이 며칠간은 휴가라도 받은 것처럼 좋았어.

난 조셉의 끝없는 잔소리를 울지 않고 들어 넘길 수 있을 만큼 기운을 차렸고, 전과는 달리 겁먹은 도둑처럼 살금살금 걷지 않고도 집 안을 돌아다닐 수 있었지. 엘렌은 조셉이 하는 말 때문에 울 것까지 뭐 있냐고 생각하겠지. 하지만 그 노인네와 헤어튼은 함께 있기 정말 싫은 사람들이야. 그 '어린 주인'과 그의 충복인 밉살스런 노인네와 한자리에 있느니, 차라리 무시무시한 얘기를 듣게 되더라도 힌들리와 있는 편이 더 낫지!

히스클리프가 집에 있을 때는, 난 대개 별수 없이 부엌으로 가서 그들과 함께 있거나 습기 찬 빈방에서 굶어야 하지. 그러나 이번 주처럼 그가 집에 없을 때는 거실 벽난로 옆 한쪽 구석에다 탁자와 의자를 갖다 놓고 앉아서 언쇼 씨가 무엇을 하든 상관하지 않고 내 할 일을 하지. 언쇼 씨도 내가 하는 일엔 참견하지 않아.

요즘 언쇼 씨는 누가 건드리지만 않으면 전보다 훨씬 조용해졌어. 더 시무룩하고 침울해졌지만 미친 듯이 화를 내는 일은 줄었어. 조셉은 힌들리 언쇼가 아주 다른 사람이 되었대. 그의 마음에 하느님의 성령이 내려서 '불 속에서 살아 나온 사람처럼' 구원을 받았다는 거지(《고린도전서》 3장 15절_옮긴이). 아닌 게 아니라 그가 좋은 사람이 되었다는 표시가 더러 눈에 띄기도 해서 신기해. 하지만 내가 상관할 일은 아니지.

어젯밤에 나는 내 구석 자리에 앉아서 자정 무렵까지 옛날 책들을 읽고 있었어. 밖에는 눈보라가 휘몰아치고 있었고 생각은 자꾸만 교회 묘지와 새 무덤으로 쏠려서 위층에 올라가기가 무서웠거든! 앞에 펴놓은 책에서 눈을 떼기만 하면 그 순간 그 서글픈 묘지의 광경이 눈에 선하게 떠오르는 바람에 좀처럼 책장에서 눈을 뗄 수 없었어.

힌들리는 손으로 머리를 괸 채 맞은편에 앉아 있었는데 아마 나와 같은 생각을 하고 있는 것 같았어. 그는 인사불성이 되기 직전에 술마시기를 그치고는 두세 시간 동안 꼼짝도 하지 않고 말도 하지 않았지. 이따금 창문을 흔들어 대며 지나가는 바람 소리, 난로에서 석탄이 튀는 희미한 소리, 그리고 간간이 내가 길어진 촛불 심지를 자를 때 나는 가위 소리만 들릴 뿐, 집 안은 괴괴했어. 헤어튼과 조셉은 아마 곯아떨어졌겠지. 난 너무 슬퍼서 책을 읽는 동안에도 한숨이 절로 나왔어. 마치 모든 기쁨이 사라져 버려서 다시는 기쁨이라곤 느낄 수 없을 것 같았거든.

마침내 부엌문 빗장 소리에 구슬픈 정적이 깨졌어. 히스클리프가 여느 때보다 일찍 밤샘에서 돌아온 거였어. 아마 갑자기 불어닥친 폭풍 때문이었을 거야.

부엌문은 잠겨 있었어. 그가 다른 문으로 들어오려고 마당을 돌아가는 소리가 들리더군. 난 억누를 수 없는 그에 대한 감정을 입으로 내뱉으며 일어섰어. 그러자 문을 노려보고 있던 힌들리 언쇼가 고개를 돌려 나를 쳐다보더군.

'5분쯤 밖에 세워 둘 거요. 그래도 되겠소?'

힌들리 언쇼가 소리쳤어.

'그럼요, 밤새도록 들여놓지 않아도 좋아요. 어서 걸쇠를 잠그고 빗장을 걸어요.' 하고 내가 대답했지.

히스클리프가 앞문에 당도하기 전에 힌들리는 그 일을 해치웠어. 그러고 나서 그는 돌아와 자기 의자를 내 탁자 맞은편에 갖다 놓고는 탁자 너머로 몸을 기울여 내 눈을 들여다보는 게 아니겠어. 자기 눈에 불타는 증오와 똑같은 감정을 내 눈에서 찾으려는 것 같았어. 그는 살인이라도 할 것처럼 보였고, 또 정말 그러고 싶은 기색이었어. 그러니 내 눈에서 자기와 똑같은 감정을 찾을 수는 없었겠지. 하지만 이렇게 말할 정도의 공감은 찾아낸 것 같았어.

'당신과 나한테는 밖에 있는 저놈에게 갚아 줘야 할 큰 빚이 있소! 우리 둘 다 겁쟁이가 아니라면 서로 협력해서 그 빚을 갚을 수 있을 거요. 당신도 당신 오빠처럼 마음이 약한 거요? 끝까지 참기만 하고 한 번도 앙갚음을 시도해 보지 않을 작정이오?' 하고 그가 말했어.

'나도 이젠 참는 데 지쳤어요. 보복의 결과가 다시 나한테 되돌아오지만 않는다면 해도 좋지요. 그러나 배신과 폭력은 양쪽 끝이 뾰족한 창과 같아서 그걸 사용하는 사람이 상대보다 더 크게 다치는 법이거든요.' 하고 내가 대꾸했어.

'배신과 폭력은 배신과 폭력으로 갚아 줘야 하는 법이오! 히스클리프 부인, 당신에게 무얼 하라는 게 아니오. 그저 가만히 앉아서 입만 다물고 있으면 되오. 자, 대답해 보시오. 그럴 수 있겠소? 당신도 저 악마 같은 놈의 종말을 보게 되면 나 못지않게 기쁠 거요. 당신이 먼저 손쓰지 않으면 당신은 그의 손에 죽게 될 거고, 나도 파멸하고 말 거요. 저주받을 저 사악한 놈! 벌써 이 집주인이라도 된 것처럼 문을 두드려 대는군! 입을 다물겠다고 약속하시오. 그러면, 지금이 한 시 삼 분 전이니까 저 시계가 한 시를 치기 전에 당신은 자유로운 몸이 될 거요!'

힌들리가 외쳤지.

그는 내가 전에 편지에서 설명한 그 칼 달린 총을 가슴에서 꺼내더니 촛불을 끄려고 하는 거야. 그래서 나는 그걸 낚아채고 그의 팔을 붙들었지.

'잠자코 있지 않겠어요! 저이에게 손대지 마세요. 문이나 잠근 채 가만히 있어요!'

내가 말했어.

'아니오! 난 이미 결심했소. 반드시 해치우고 말 거요! 당신이 반대해도 결국 당신에겐 좋은 일이오. 헤어튼을 위해서도 그렇고! 내 행동을 막으려고 머리를 굴려도 소용없을 거요. 캐서린도 저세상으로 가 버렸고, 내가 지금 당장 목을 찔러 자살한다 해도 슬퍼하거나 부끄러워할 사람이 없을 테니, 끝장을 낼 때가 온 거지!'

그 필사적인 사내가 말했어.

그와 몸싸움을 하느니 곰과 맞붙는 편이 나았고, 그를 설득하느니 미친 사람과 이야기하는 편이 나았어. 그래서 내게 남겨진 유일한 방법은 창가로 달려가 그 사내가 노리고 있는 히스클리프에게 들어오면 위험하다고 알려 주는 것이었지.

'오늘 밤엔 어디 다른 데 가서 자도록 해요!'

나는 다소 의기양양한 어조로 외쳤어.

'언쇼 씨가 당신을 총으로 쏴서 죽일 작정이니까 각오를 해야 할 거예요.'

'문이나 열어, 이…….'

그는 다시 입에 올리기도 싫은 기품 있는 말로 나를 부르며 말했어.

'난 참견하지 않겠어요.'

내가 다시 쏘아붙였지.

'총에 맞고 싶거든 들어오든지 말든지 알아서 하세요. 난 할 만큼 했으니까 이제 상관 않겠어요.'

나는 이렇게 말하고는 바로 창문을 닫고 난롯가에 있는 내 자리로 돌아왔어. 그에게 닥칠 위험을 걱정하는 체하며 능청을 떨 만큼 난 위선적이지 못하니까.

격분한 언쇼 씨는 나한테 한바탕 욕을 해 대며 내가 아직도 그 악한을 사랑하고 있는 게 틀림없다고 장담하더군. 그리고 내가 비겁함을 드러냈다고 온갖 욕을 퍼부어 댔어. 나는 마음속으로 히스클리프가 이 사람을 해치워 고통스런 삶에 종지부를 찍을 수 있게 해 준다면 이 사람에게 얼마나 큰 축복이고, 또 이 사람이 히스클리프를 그에게 꼭 어울리는 곳으로 보내 버린다면 나에게 얼마나 큰 축복일까, 하는 생각을 하고 있었지.

내가 양심의 가책도 느끼지 않은 채 이런 생각들을 하고 있을 때, 내 뒤의 창문이 히스클리프의 주먹질에 쾅 하고 바닥에 떨어지더니 그의 검은 얼굴이 드러났지. 그의 어깨가 빠져나오기에는 창틀 사이가 너무 좁았어. 난 그가 못 들어오겠거니 안심하고 빙긋 웃었지. 그의 머리카락과 옷에는 흰 눈이 쌓여 있었고, 추위와 분노로 허옇게 드러난 그의 날카로운 이가 어둠 속에서 반짝였지.

'이사벨라, 날 들여보내 줘. 안 그러면 후회하게 될 거야!'

그는 조셉의 말마따나 '허연 이를 드러낸 채 을러메고' 있었어.

'난 살인은 할 수 없어요.'

내가 대답했어.

'힌들리 씨가 칼 달린 권총을 장전하고 기다리고 있단 말이에요.'

'그럼 부엌문으로 들어가게 해 줘!' 하고 그가 말했어.

'힌들리가 나보다 먼저 가 있을 텐데요.'

내가 대답했어.

'그런데 당신의 사랑이란 눈보라도 견뎌 내지 못하는 시시한 것이로군요! 여름 달빛이 비출 때에는 우리가 편히 자도록 집에 들어오지도 않더니 추운 바람이 불자 당장 집으로 피해 오니 말이에요. 히스클리프. 내가 당신이라면 충견처럼 캐서린 언니의 무덤 위에 누워 죽을 텐데……. 이제 이 세상은 살 만한 가치가 없는 게 확실해요, 그렇죠? 난 캐서린 언니가 당신 삶의 전부라는 인상을 분명히 받았거든요. 그래서 난 언니가 죽었는데 당신이 살아 있다는 게 믿기지 않아요.'

'거기…… 그놈이 있소?'

힌들리는 이렇게 외치며 문짝이 떨어져 나간 곳으로 달려왔어.

'팔을 내뻗을 수만 있다면 명중시킬 수 있는데!'

엘렌, 엘렌은 나를 정말 나쁜 사람이라고 여길지도 모르겠어. 하지만 사정을 다 아는 건 아니니까 속단하지는 말도록 해! 난 어떤 대가로도, 설사 그 자식을 죽인다 해도 사람을 죽이는 일을 돕거나 부추기지는 않았을 거야. 하지만 그가 죽기를 바라는 마음은 어쩔 수가 없었어. 그래서 히스클리프가 몸을 날려 언쇼 씨의 손아귀에서 무기를 비틀어 빼냈을 때 나는 굉장한 실망감이 들었고, 좀 전에 내가 조롱하듯 말한 결과가 어떤 식으로 나타날지 몰라 겁을 먹었어.

총알이 튀어 나간 후에 칼이 튕겨져 나왔는데 주인이 칼에 손목을 찔렸어. 히스클리프가 온 힘을 다해 그 무기를 잡아당기자 힌들리의 살이 쭉 찢어졌지. 히스클리프는 피가 뚝뚝 떨어지는 그 무기를 제 호주머니에 쑤셔 넣은 뒤에 돌을 집어 창과 창 사이의 칸막이를 돌로 쳐서 부수고는 창을 뛰어넘어 들어왔어. 그의 상대는 극심한 통증과 동맥인지 대정맥인지 모를 곳에서 쏟아지는 피 때문에 정신을 잃고 쓰러졌어.

그 악당 놈은 힌들리를 발로 차고 짓밟는 것도 모자라 머리채를 잡아 판석에 몇 번이고 짓찧는 게 아니겠어? 그런 와중에도 한 손으로는 나를 붙잡아, 내가 조셉을 부르지 못하도록 했지.

그는 힌들리를 완전히 죽여 버리고 싶은 마음을 억누르려고 초인적인 자제력을 발휘했어. 그리고 저도 숨이 차올랐는지 결국 단념하고, 죽은 것처럼 보이는 힌들리의 몸뚱이를 긴 의자 위에 끌어다 놓았지.

그는 힌들리가 입고 있던 웃옷 소매를 찢어서 무자비할 정도로 거칠게 상처를 동여매면서도 발길질할 때와 같은 기세로 욕설을 퍼부어 댔어.

나는 그의 손에서 놓여나자마자 곧바로 그 영감탱이 하인을 찾으러 갔어. 내가 다급하게 쏟아 내는 이야기를 조금씩 이해한 영감은 한 번에 두 계단씩 뛰어내리며 헐레벌떡 아래층으로 내려왔어.

'시방 이게 무슨 일이야? 이게 대체 무슨 일이야?'

'네 주인이 미쳐서 손 좀 봐 줬어. 다음 달에도 저놈이 살아 있다면 정신병원에 처넣을 테다. 어쩌자고 문을 다 걸어 잠근 거야. 이빨 빠진 사냥개 같은 영감탱이야! 거기 서서 웅얼웅얼 투덜대지만 말고 이리 와. 난 저놈을 간호하고 싶지 않으니까. 와서 저 피를 씻어 내. 촛불의 불꽃을 조심해야 할걸. 피의 절반 이상이 브랜디일 테니!'

'그래서 죽여 없애려고 했단 말이오?'

조셉은 공포에 질려 두 손을 쳐들고 하늘을 올려다보며 외쳤어.

'내 생전 이런 끔찍한 광경은 처음이야! 오, 주여……'

히스클리프는 조셉의 무릎을 떠밀어 피가 흥건한 곳에 꿇어앉히고는 수건을 던져 주었지만, 조셉은 피를 닦으려 하지 않고 두 손을 모아 기도하기 시작했는데, 그 말투가 어찌나 이상하던지 난 그만 웃음을 터뜨리고 말았지 뭐야. 내 마음은 어떤 일에도 충격을 받지 않는 상태가 되어 버렸던 거야. 교수대 아래에 태연히 서 있는 죄수처럼 될 대로 되라는 식이었으니까.

'아, 그렇지, 널 잊고 있었군.'

그 잔인무도한 놈이 말했어.

'너도 같이 치워 무릎을 꿇고 이 독사 같은 년, 감히 저놈과 작당해 날 골리려 들어! 얼른 하지 못해? 너한테 꼭 어울리는 일이야!'

그는 내 이가 딱딱 부딪힐 정도로 나를 세차게 흔들어 대고는 조셉 옆으로 내동댕이쳤어. 조셉은 꿋꿋하게 기도를 마치고 일어서서는 당장 스러시크로스 저택에 다녀오겠다고 말했어. 린턴 씨는 치안판사니까 설사 마님 50명을 잃었다 하더라도 이번 사건을 조사해야 한다는 거였지.

조셉이 어찌나 완강하게 나왔던지 히스클리프는 사건의 자초지종을 내 입으로 설명하게 했어. 내가 조셉의 질문에 마지못해 대답하는 동안 히스클리프는 적의를 내뿜으며 나를 내려다보고 서 있더군.

히스클리프가 먼저 공격한 것이 아니라는 사실을, 특히 억지로 짜낸 내 대답으로 그 노인네를 납득시키려니 무척 힘이 들었어. 이윽고 언쇼 씨가 아직 살아 있다는 확신이 들자 그 노인네는 얼른 술 한 모금을 먹였고, 그 덕에 언쇼 씨는 몸을 움직이며 의식을 회복했지.

힌들리가 의식을 잃었을 때 자기에게 어떤 일이 있었는지 모른다는 것을 알아차린 히스클리프는 왜 그렇게 정신없이 취했냐고 힌들리를 나무라며 더 이상은 그 잔혹한 행동에 대해 말하지 않을 테니 그만 가서 자라고 하더군. 기쁘게도 히스클리프는 이 현명하신 충고를 하고는 나가 버리는 게 아니겠어. 그러자 힌들리는 노석 위에 몸을 뻗고 눕더군. 나도 생각보다 쉽게 곤경에서 빠져나온 걸 신기해하며 내 방으로 갔지.

오늘 아침 열한 시 반쯤에 내려와 보니 언쇼 씨는 죽을 듯이 아파하며 난롯가에 앉아 있었고, 그의 몸에 늘 붙어 다니는 악귀 같은 히스클리프도 그 못지않게 초췌하고 핼쑥한 몰골로 난로에 몸을 기대고 있었어. 식탁에 차려 놓은 음식이 모두 식을 때까지 둘 다 먹을 기색이 없자 나 혼자 먹기 시작했지.

아무런 방해도 받지 않았으니 내가 실컷 배불리 식사하지 못할 이유가 없었어. 식사를 하며 잠자코 앉아 있는 두 사람을 간간이 쳐다보는데 일종의 만족감과 우월감이 차오르더군. 그리고 양심에 거리낄 것도 없었기 때문에 편안했어.

난 식사를 마친 뒤에 여느 때와는 달리 대담하게 난롯가로 갔어. 언쇼 씨의 자리를 돌아 그 옆 모퉁이에 무릎을 꿇고 앉았지.

히스클리프는 내 쪽으론 눈길도 주지 않더군. 그래서 난 고개를 쳐들고 마치 그의 얼굴이 돌조각상이라도 되는 양 찬찬히 뜯어보았어. 한때 아주 남자답다고 생각했던 그의 이마는 몹시 잔인해 보였고 침울한 그림자까지 서려 있었지. 그리고 바실리스크(그 입김을 쐬거나 눈길에 닿으면 사람이 즉사했다고 전해지는 전설상의 괴물_옮긴이) 같은 그의 두 눈도 잠을 못 자서 날카로운 빛을 잃었더군. 속눈썹에 물기가 어린 것으로 보아 울고 있는 것 같았어. 입술에도 잔인한 냉소는 사라지고 형언할 수 없이 슬픈 표정이 서려 있었지. 그게 다른 사람의 얼굴이었다면 난 그 비통함 앞에서 얼굴을 가렸을 거야. 그렇지만 그게 그의 얼굴이라서 흐뭇하기까지 하던걸. 쓰러진 적을 모욕하는 건 야비한 짓이겠지만 난 그를 공격할 기회를 놓칠 수 없었어. 그가 약해졌을 때가 아니면 악을 악으로 갚아 주는 기쁨을 맛볼 수 있는 기회는 없을 테니까 말이야."

"아이고, 이런, 아가씨!"

제가 말을 가로막으며 말했어요.

"누가 들으면 평생 성경책 한번 안 펴 본 줄 알겠어요. 하느님이 아가씨의 원수를 벌하시면 그걸로 만족하셔야 해요. 거기에 아가씨까지 고통을 더한다는 건 야비할 뿐 아니라 주제넘은 짓이죠."

"대개는 그래야 한다는 걸 인정할게, 엘렌."

아씨는 말을 계속했습니다.

"하지만 그가 아무리 고통을 당한다 해도 그게 내가 일으킨 고통이 아니라면 만족할 수 없을 거야. 차라리 그가 덜한 고통을 당한대도 내가 직접 고통을 주고 그 고통을 준 이가 나라는 것을 그가 아는 편이 낫지. 아, 난 그에게 갚아 줄 게 너무 많아! 오직 한 가지 경우에만 난 그를 용서할 수 있을 거야. 그건 '눈에는 눈, 이에는 이'라는 말도 있듯이 모든 고통을 똑같이 그에게 되돌려 주고 그를 나와 같은 처지로 끌어내리는 거지. 그가 먼저 상처를 주었으니 먼저 용서를 빌어야 해. 그러면…… 그래, 그러면 엘렌, 좀 너그러워질 수도 있을 것 같아. 그러나 내가 복수를 하는 건 불가능한 일이야. 그러니까 난 그를 용서할 수 없는 거지. 힌들리가 물을 마시고 싶다고 했어. 그래서 난 물을 한 잔 갖다주며 아픈 건 좀 어떠냐고 물어보았어.

'내가 바라는 만큼 아프지는 않소.'

그는 대답했어.

'그런데 팔을 빼고는 온몸이 마치 꼬마도깨비 떼들과 한바탕 싸우고 난 것처럼 욱신거리는군.'

'네, 그럴 거예요. 캐서린 언니는 자기가 중간에 있기 때문에 당신이 육체적인 위해를 당하지 않는 거라고 자랑하듯 말하곤 했어요. 누구누구는 언니를 화나게 할까 봐 당신을 해치지 않는다는 거였죠. 죽은 사람이 무덤에서 나올 수 없기에 망정이지 그렇지 않다면 어젯밤에 언니는 끔찍한 광경을 목격할 뻔했어요! 가슴이며 어깨에 온통 멍이 들고 상처가 나지 않았나요?'

'모르겠소.'

그는 대답했어.

'그런데 그게 무슨 소리요? 내가 쓰러졌을 때 저자가 나를 때리기라도 했단 말이오?'

'당신을 발로 걷어차고 마구 짓밟고 바닥에 내려쳤지요. 그리고 당신을 이로 물어뜯기라도 할 듯이 입에서 침을 흘리더군요. 하기야 저자는 절반쯤만 사람이니까요. 그것도 후하게 쳐 준 거지요.'

내가 나직이 일러 줬어.

언쇼 씨도 나처럼 우리 공동의 적인 그자의 얼굴을 쳐다보았지. 그런데 그자는 자신의 고뇌에 골몰한 나머지 주위의 상황을 알지 못하는 것 같았어. 그 시간이 오래될수록 그자의 흉악한 생각이 얼굴에 더욱 분명히 드러났지.

'아, 하느님께서 나한테 힘을 주셔서 내가 죽음의 고통 속에서라도 저놈의 목을 졸라 죽일 수 있다면 난 기쁘게 지옥에라도 갈 수 있을 텐데.'

언쇼 씨는 참을 수 없다는 듯 신음하면서 몸을 비틀며 일어서려고 애쓰다가 싸움을 벌이기엔 자기의 힘이 너무 부족하다는 것을 깨닫고 절망하여 털썩 주저앉았어.

'그러지 마세요. 저자가 댁의 가족 중 한 명을 죽인 것만으로 충분해요. 저자가 없었다면 당신 여동생이 아직 살아 있을 거라는 사실을 스러시크로스 저택 사람들은 알고 있어요. 사실 저자에게 사랑을 받느니 차라리 미움을 받는 게 더 낫지요. 저자가 오기 전만 해도 우리가 얼마나 행복했는지, 캐서린 언니가 얼마나 잘 지냈는지 생각하면 그날이 저주스러워져요.'

내가 큰 소리로 말했어.

히스클리프는 누가 이 말을 하느냐 보다 이 말이 사실이라는 데 더 주목하는 것 같았어. 혼자 고뇌하며 골몰하고 있던 그가 마침내 주의력을 되찾았더라고. 그의 눈에서 눈물이 마치 비가 내리듯 난로의 잿더미 속에 후드득대며 떨어지는 것이며 그가 질식할 정도로 크게 한숨을 쉬는 걸 보고 알 수 있었지.

난 그를 쏘아보며 조롱하듯 웃어 줬어. 그러자 순간 지옥의 창문 같은 그의 눈에서 나를 향해 빛이 번쩍이더군. 그러나 그 창문으로 밖을 내다보는 악마는 평소와는 다르게 흐릿했고 물에 빠져 허우적대고 있었어. 그래서 난 겁내지 않고 또다시 소리 내어 비웃어 주었지.

'일어나. 내 눈앞에서 썩 꺼져 버려!' 하고 그 비탄에 빠진 자가 말했어.

'안됐군요. 하지만 나도 캐서린 언니를 사랑했고, 그 언니의 오빠에게 시중들 사람이 필요하니 언니를 대신해서 내가 돌봐야 해요. 이제 언니가 죽고 없으니 힌들리 씨에게서 언니의 모습이 보이는걸요. 힌들리 씨의 눈은 캐서린 언니와 똑같아요. 만약 당신이 이분의 눈을 후벼 내려 하지 않았다면, 그래서 검게 멍이 들고 붉게 충혈되지 않았다면 정말 똑같았을 거예요. 그리고 언니의……'

'일어나, 이 비겁한 천치 같은 년아. 밟아 죽이기 전에!'

그가 이렇게 외치며 다가오려는 몸짓을 보이자 나도 뒤로 물러섰어.

'하지만.'

나는 언제라도 도망칠 태세를 하고 계속 말했어.

'설사 가여운 캐서린 언니가 당신을 믿고 그 우스꽝스럽고 혐오스럽고 창피한 히스클리프 부인이라는 호칭을 갖게 되었더라도, 곧 나처럼 되고 말았을걸요! 언니인들 당신의 지독한 행동을 조용히 참고 있었을 것 같아요? 틀림없이 당신을 혐오하고 경멸했겠죠.'

긴 의자와 언쇼 씨가 그와 나 사이를 가로막고 있었기 때문에, 그는 날 잡으려고 하는 대신에 식탁 위에 있는 식사용 나이프를 집어들어 내 머리를 향해 던졌어. 나이프가 내 귀밑에 꽂혀서 난 하던 말을 그쳐야 했어. 하지만 난 나이프를 뽑고 문 쪽으로 달아나면서 그자가 던진 것보다 더 깊이 박히기를 바라며 그 흉기를 되던졌어.

마지막으로 그를 힐끗 돌아보니, 그는 격분하여 내 뒤를 쫓아오다가 힌들리가 그를 막으려고 껴안는 바람에 둘이 한데 엉켜서 난로 위에 넘어졌어.

부엌을 지나 도망가면서 나는 조셉에게 얼른 주인에게 가 보라고 일러 주고, 문간에서 의자 등받이에 강아지들을 줄줄이 매달고 있던 헤어튼을 넘어뜨리고는 연옥을 빠져나온 영혼처럼 기쁜 마음으로 그 가파른 길을 나는 듯이 달려 내려왔어. 굽이굽이 이어진 그 길을 벗어나 황야를 곧장 가로질러 둑 위를 구르고 늪을 건너고 해서, 이 집의 불빛을 표지 삼아 줄달음쳐 내려왔던 거야.

다시는 워더링 하이츠의 지붕 밑에서 단 하룻밤도 지내지 않을 거야. 그러느니 차라리 영원히 지옥에서 살라는 선고를 받는 편이 훨씬 낫지."

이사벨라 아가씨는 이렇게 이야기를 마치고 차를 한 모금 마시더니, 일어서서는 제가 가지고 온 아가씨의 모자와 큼직한 숄을 씌워 달라고 했지요. 제가 한 시간만 더 있다 가라고 간청했지만 들은 척도 않고, 의자 위에 올라서서 에드거 서방님과 캐서린 아씨의 초상화에 입을 맞추고 저한테도 같은 식으로 작별 인사를 하고는 마차가 준비된 곳으로 내려갔어요. 마차 옆에 있던 패니는 옛 주인을 만난 게 너무 기뻐서 미친 듯이 짖어 댔지요. 아가씨는 이렇게 마차를 타고 떠난 뒤로 다시는 이 고장을 찾지 않았습니다. 그러나 어딘가에 정착하여 모든 일이 안정되자 린턴 씨와 정기적으로 편지 왕래를 시작했어요.

이사벨라 아가씨의 새로운 거처는 남부의 런던 근처인 것 같았어요. 아가씨는 도망간 지 몇 달 만에 거기서 아들을 낳았지요. 아이의 이름을 린턴이라 지었는데 처음부터 병치레가 잦고 신경질을 부린다고 아가씨가 소식을 전해 왔답니다.

하루는 마을에서 히스클리프 씨와 마주쳤는데 아가씨가 어디에 사느냐고 묻더군요. 저는 말할 수 없다고 했어요. 그는 그건 별로 중요한 문제가 아니지만 다만 그녀의 오빠에게 오는 것만은 피해야 할 거라고 하더군요. 자기가 그녀를 데리고 있는 한이 있더라도 오빠와 함께 있어서는 안 된다는 거였어요.

저는 그에게 아무런 정보도 알려 주지 않았지만, 그는 다른 하인들 가운데 누군가의 입을 통해 이사벨라 아가씨가 살고 있는 장소뿐 아니라 어린애가 있다는 사실도 알아냈더군요. 그러나 아가씨를 괴롭히지는 않았습니다. 이사벨라 아가씨는 그가 이렇게 자제할 수 있는 건 아가씨에 대한 혐오감 때문이라고 생각하며 오히려 그걸 다행으로 여겼을지도 모르죠.

히스클리프 씨는 저를 만날 때마다 그 아이에 대해 묻곤 했는데, 그 아이의 이름을 듣고는 험상궂은 웃음을 지으면서 이렇게 말했지요.

"저들은 내가 그 아이도 미워하기를 바라는가 보군?"

"당신이 그 아이에 대해 아무것도 모르기를 바라고 계시죠."

제가 대답했어요.

"하지만 난 내가 원할 때 그 아이를 데려올 거야. 미리 각오하고 있어야 할 거야!"

다행히 그 아이의 엄마는 그런 때가 오기 전에 세상을 떠났답니다. 캐서린 아씨가 돌아가신 지 13년쯤 뒤의 일이었으니, 그때 린턴은 열두 살 아니면 아마 그보다 좀 더 컸을 거예요.

이사벨라 아가씨가 이 집에 느닷없이 찾아왔던 날, 저는 주인어른한테 그 일을 말씀드릴 기회를 찾지 못했어요. 그분은 대화를 피했고 어떤 말도 하고 싶지 않은 것 같았거든요. 마침내 제 말을 들은 주인어른은 여동생이 남편에게서 도망친 것을 기뻐하는 눈치였어요. 유순한 그분의 성품으로는 그럴 수 없다고 여겨질 만큼 지독하게 히스클리프를 혐오했으니까요. 그 혐오감이 어찌나 깊고 민감했던지 그분은 히스클리프를 보거나 그에 대해 듣게 될 것 같은 장소에는 일절 가지 않았습니다. 아내를 잃은 슬픔과 이런 증오 때문에 그분은 완전히 은자가 되어 버렸어요. 치안판사 일도 그만두고 심지어 교회도 나가지 않았으며, 무슨 일이 있어도 마을에 나타나지 않고 저택에 딸린 숲과 울타리 안에서 완전한 은둔 생활을 했지요. 집 밖으로 나서는 건 황야를 혼자 거닐거나 부인의 무덤을 찾아갈 때뿐이었지만 그나마 대개는 어두워진 후나 사람들이 나다니기 전 이른 아침이었어요.

그래도 그분은 아주 착한 분이었기 때문에 지독히 불행한 나날이 오래가지는 않았답니다. 그분은 캐서린 아씨의 영혼이 당신 앞에 나타나게 해 달라는 따위의 기도는 하지 않았어요. 시간이 흐르면서 체념하게 되었고 흔해 빠진 즐거움보다 더 감미로운 우수를 알게 되었지요. 그분은 열렬하면서도 부드러운 사랑으로 캐서린 아씨를 추억했고, 아씨가 천국에 갔다는 걸 의심하지 않으며 그곳에서 다시 만나기를 간절히 바랐습니다.

그리고 그는 이 세상에서도 위안과 애정을 얻게 되었습니다. 아까도 말씀드렸지만, 며칠 동안 린턴 씨는 고인이 남긴 조그만 아기에게 관심을 보이지 않았어요. 그런데 그 냉담함이 4월의 눈처럼 빠르게 녹아내려서 아기가 옹알이를 하고 걸음마를 떼기도 전에 아기는 벌써 그분의 마음에서 가장 중요한 존재가 되었지요.

아이에게 '캐서린'이라는 이름을 지어 주었으나, 그 이름을 줄이지 않고 부른 적이 없었답니다. 마치 캐서린 아씨 생전에 아씨의 이름을 줄여서 부른 적이 없었듯이 말이에요. '캐서린' 아씨를 '캐시'로 줄여서 부르지 않았던 건 아마도 히스클리프에게 그런 버릇이 있었기 때문일 거예요. 그래서 그 아기는 언제나 캐시였어요. 그렇게 하면 아기의 엄마와 분명히 구별되면서도 연결이 되기 때문이었지요. 그리고 그 아이에 대한 그분의 애착은 자기 아이여서라기보다는 사별한 부인이 남긴 핏줄이어서 우러나온 것이었어요.

저는 린턴 씨와 힌들리 언쇼를 비교해 보곤 했어요. 비슷한 상황에 있는 두 사람의 행동이 어째서 그렇게 정반대인지 만족스럽게 설명해 보려고 곰곰이 생각해 보았습니다. 두 사람 모두 다정한 남편이었고 자식들에 대한 애착도 강했는데 어떻게 선한 길이든 악한 길이든 같은 길을 걸을 수 없었는지 도무지 알 수가 없었습니다. 겉으로는 힌들리가 더 의지가 굳세 보이지만 더 나쁘고 약한 인간임을 드러내고 말았다고 저는 생각했어요. 마치 배가 암초에 부딪혔을 때 선장이 자신의 지위를 버리고, 선원들도 배를 구하려는 노력을 하지 않아, 그 불운한 배에 대한 희망을 버리고 소동과 혼란으로 돌진하는 형국이라고나 할까요. 반대로 린턴 씨는 성실하게 신의를 지키는 영혼에서 우러나는 진정한 용기를 보여 주었습니다. 그는 하느님을 믿었고 하느님도 그를 위로해 주었지요. 한 사람은 희망을 가졌고 다른 한 사람은 희망을 버렸던 겁니다. 자신의 운명을 스스로 선택했으니 그것을 감수하는 건 당연한 일이겠지요.

록우드 씨도 이 모든 일의 옳고 그름을 저 못지않게 잘 판단할 수 있으실 테니, 제 설교는 듣고 싶지 않으실 거예요.

언쇼 씨의 죽음은 예상했던 그대로였습니다. 여동생인 캐서린 아씨의 뒤를 곧바로 따라갔던 것이지요. 여섯 달도 채 안 되었을 때였으니까요. 이 댁에선 죽기 전 그의 상태에 대해 아주 간단한 설명도 듣지 못했어요. 제가 장례식 준비를 거들러 갔을 때에야 비로소 모든 것을 알게 되었지요. 케네스 선생이 우리 주인님한테 그 일을 알려 주러 오셨더군요.

"어이, 넬리."

케네스 선생은 어느 날 아침 말을 타고 마당으로 들어서며 말했어요. 저는 너무 이른 때라 안 좋은 소식일 거라는 직감에 놀라지 않을 수 없었지요.

"이제 넬리와 내가 문상을 갈 차례가 왔네. 자, 누가 죽었는지 짐작이 가는가?"

"누가 죽었는데요?"

제가 허둥대며 물었어요.

"어디 한번 알아맞혀 보게나!"

그는 말에서 내려 굴레를 문 옆 고리에 걸어 매면서 대답했습니다.

"그리고 그 앞치마 자락을 잡고 울 준비를 하도록 해. 분명 그래야 할 거야."

"설마 히스클리프 씨는 아니겠죠?"

제가 외쳤어요.

"뭐라고! 그가 죽어도 울 텐가?"

의사 선생이 말했어요.

"아닐세, 히스클리프는 튼튼한 젊은이야. 오늘따라 더 생기 있어 보이던데. 방금 막 만나고 오는 길일세. 마누라가 도망간 뒤로 몸무게를 빠르게 회복하고 있지."

"그럼 누구지요, 케네스 선생님?"

저는 조바심이 나서 다시 물었습니다.

"힌들리 언쇼라네! 넬리의 옛 친구 힌들리 말일세. 그리고 나의 고약한 친구이기도 하지. 너무 난폭해서 내가 감당할 수 없게 된 지도 꽤 오래되었군. 그것 보게! 울게 될 거라는 내 말이 맞았군! 하지만 기운 내게! 마음껏 취해서 자기답게 죽었으니까. 가엾은 친구지. 나도 섭섭해. 옛 친구를 잃는다는 건 누구에게나 섭섭한 일이 아닐 수 없지. 상상도 못할 몹쓸 괴벽이 있는 친구이긴 했어. 나도 그 몹쓸 짓을 여러 번 당했었지. 이제 겨우 스물일곱 살인 모양이던데. 그렇다면 자네하고 동갑이군그래. 둘이 같은 해에 태어났다고 누가 생각이나 했겠나!"

솔직히 말해서 그때 제가 받은 충격은 캐서린 아씨가 돌아가셨을 때보다도 컸답니다. 옛 생각들이 마음에 맴돌았어요. 케네스 선생에게는 다른 하인의 안내를 받아 주인어른을 뵈라고 부탁드린 뒤에 저는 현관에 주저앉아 혈육이라도 잃은 듯 슬피 울었습니다.

'편안하게 돌아가시긴 한 걸까?'

이런 의문을 떨쳐버릴 수가 없었습니다. 무슨 일을 하건 그 생각이 저를 괴롭혔지요. 어찌나 성가실 정도로 집요하게 떠오르던지 저는 워더링 하이츠로 가서 장례식 준비를 거들라는 허락을 받기로 결심했어요. 린턴 씨는 몹시 내켜하지 않았지만, 저는 친구 하나 없이 누워 있는 고인의 상황을 호소하며, 그분은 저의 옛 주인이자 어릴 적에 한 젖을 먹으며 자란 사이여서 린턴 씨만큼이나 제 시중을 받을 자격이 있다고 말씀드렸지요. 게다가 고인의 아이 헤어튼은 린턴 씨의 처조카이며 그보다 가까운 친척이 없으니 린턴 씨가 보호자 역할

을 하여 유산 문제도 조사하고 고인의 뒷일도 봐 줘야 한다고 역설했
습니다.

당시 린턴 씨는 그런 문제를 처리할 처지가 아니었기 때문에 당신
의 변호사에게 말해 보라고 이르시며 마침내 허락해 주셨지요. 린턴
씨의 변호사는 언쇼 씨의 변호사이기도 했습니다. 제가 마을로 변호
사를 찾아가서 워더링 하이츠로 함께 갈 것을 청했더니, 그는 고개를
절레절레 흔들면서 히스클리프를 가만 내버려 두는 게 좋을 거라고
조언하더군요. 사실을 들춰 봐야 헤어튼이 거지나 다름없다는 것이
밝혀질 뿐이라는 거였죠.

"그 애 아버지는 빚을 지고 죽었소. 전 재산이 저당 잡혀 있기 때
문에 상속인에게 남은 유일한 희망은 채권자의 동정심을 불러일으켜
관대히 처리하고 싶은 마음이 들도록 하는 것뿐이오."

워더링 하이츠에 도착하자 저는 장례식 준비가 제대로 되어 가는
지 보러 왔다고 말했습니다. 주인의 죽음에 몹시 상심한 조셉은 제가
와서 만족스러운 표정이었습니다. 히스클리프 씨는 제가 필요하다고
생각하지는 않았지만 기왕에 왔으니 제가 원한다면 장례식 준비를
지휘해 달라고 했습니다.

"사실, 저 바보 같은 녀석은 장례식이고 뭐고 할 것도 없이 저 네
거리(자살자의 매장소_옮긴이)에 묻어 버려야 해."

히스클리프가 말했습니다.

"어제 오후에 내가 10분쯤 집을 비웠는데, 그사이에 내가 들어오
지 못하도록 이 집의 양쪽 문을 모두 걸어 잠근 채 아예 죽으려고 작
정을 하고 밤새도록 술을 마셔 댔던 거야! 오늘 아침에 말이 코를 고
는 소리가 들려서 문을 부수고 들어와 봤더니 저놈이 긴 의자에 대자
로 누워 있었는데 살가죽을 벗겨 내도 깨어나지 않을 것 같았지. 그
래서 나는 케네스 선생을 불러오게 했어. 그러나 의사가 도착했을 때

276

저 짐승 같은 놈은 이미 죽어서 싸늘하고 뻣뻣한 시체가 되어 있었어. 그래서 저놈을 살리려고 더 이상 법석을 떨어 봐야 소용이 없었지!"

늙은 하인은 이 말을 시인하면서도 이렇게 중얼거렸습니다.

"차라리 저 양반이 의사를 부르러 갔으면 했어! 저 양반보다는 내가 주인어른을 더 잘 보살폈을 거야. 내가 집을 나설 때만 해도 돌아가시지 않았어. 돌아가실 기미도 없었고말이!"

저는 장례식을 남부끄럽지 않게 성대히 치러야 한다고 주장했어요. 히스클리프 씨는 그것도 저더러 알아서 하라고 했지요. 다만 모든 비용이 자기 호주머니에서 나온다는 것만은 잊지 말라고 하더군요. 그는 기쁨도 슬픔도 내비치지 않고 내내 냉정하고 무관심한 태도로 일관했습니다. 어려운 일을 성공적으로 끝내고 냉철하게 만족을 느끼는 표정이라고나 할까요. 사실 한번은 그의 얼굴에 굉장히 기쁜 기색이 감도는 걸 보았어요. 사람들이 집에서 관을 들어낼 때였습니다. 그도 슬픈 척하며 장송객들 사이에 끼어 있었지요. 헤어튼과 함께 관을 따라가기 전에 그는 그 불운한 아이를 탁자 위에 올려놓더니 기묘한 생기를 발산하며 중얼거리는 것이었어요.

"야, 이 귀여운 녀석아. 너는 이제 내 거야! 휘어져라 불어 대는 바람에도 이 나무가 구부러지지 않고 잘 자랄 수 있을지 어디 두고 보자고!"

아무것도 모르는 그 아이는 그 말을 듣고도 즐거운 것 같았어요. 그 아이는 히스클리프의 구레나룻을 만지작거리고 볼을 쓰다듬으며 장난을 쳤지요.

하지만 저는 그 의미를 알아채고 날카롭게 쏘아붙였죠.

"이봐요, 도련님은 저와 함께 스러시크로스 저택으로 돌아가야 해요. 도련님이 당신 거라니 그런 터무니없는 말이 어디 있어요?"

"린턴이 그렇게 말하던가?"

히스클리프 씨가 다그쳐 물었어요.

"물론이죠. 저한테 도련님을 데려오라고 분부하셨어요."

제가 대꾸했어요.

"그래, 지금 이 문제로 말다툼을 벌이진 말자고. 그런데 난 아이를 길러 보고 싶거든. 그러니 당신 주인이 이 아이를 데려간다면 난 그 대신 내 자식을 데리고 와야겠다고 가서 전해. 군소리 없이 헤어튼을 보내지도 않겠지만, 반드시 내 자식을 데리고 올 거야!"

이런 암시만으로도 우리는 속수무책이 되었어요. 제가 집에 돌아와 그 말의 요지를 주인님께 전하자 애초부터 흥미가 없었던 에드거 린턴 씨는 더 이상 그 일에 간섭하려 하지 않으셨지요. 설사 그럴 생각이 있으셨다 하더라도 린턴 씨가 효과적으로 그 일을 할 수 있었을지는 모르겠어요.

손님이었던 히스클리프가 워더링 하이츠의 주인이 되었답니다. 그는 그곳을 확고히 점유하고서, 언쇼 씨가 도박에 미쳐 판돈을 대기 위해 단 1미터도 남김없이 몽땅 저당 잡힌 땅의 그 저당권자가 자기라는 것을 변호사에게 입증하고, 그러고 나서 변호사가 린턴 씨한테 이를 입증하는 절차를 밟음으로써 언쇼 씨의 재산을 자신의 소유로 만들었던 거지요.

이렇게 하여, 지금쯤 이 고장 제일의 신사가 되었을 헤어튼 도련님은 부친의 숙적에게 완전히 의존하여 지내는 신세로 전락하고 말았습니다. 헤어튼 도련님은 자신의 집에서 월급도 못 받는 하인으로 살고 있지만, 주위에 아무런 의지가지도 없고 자신이 부당한 대우를 받고 있다는 것도 모르기 때문에 자신의 권리를 되찾지 못하고 있지요.

제18장

던 부인은 이야기를 계속했다.

* * *

그런 암울한 시기가 지난 뒤 열두 해 동안은 제 인생에서 가장 행복한 시기였어요. 그동안에 제가 겪은 가장 어려운 일이래야 어린 아가씨의 잔병치레 정도였지요. 그야 있는 집 아이나 없는 집 아이나 아이들이라면 누구나 한 번씩 치러야 하는 것이지만 말이에요.

그 외에는 별 탈 없이, 처음 여섯 달이 지난 뒤부터는 마치 낙엽송 크듯이 잘 자랐습니다. 린턴 부인 무덤 위에 두 번째로 히스 꽃이 피기 전에 제법 걷기도 하고 말도 할 수 있게 되었어요.

아기는 쓸쓸한 집에 행복을 가져온 몹시 사랑스러운 존재였어요. 언쇼 집안의 아름다운 검은 눈과 린턴 집안의 흰 피부와 오목조목한 이목구비와 노란 곱슬머리를 물려받은 아기는 정말 예쁜 얼굴이었답니다. 기가 셌지만 거칠지는 않았는데, 애정에 대해 지나치게 예민하고 열정적인 마음이 있어 이런 기세를 완화시켜 주었어요. 열렬히 사랑하는 면에서는 어머니를 연상케 했지만, 그러면서도 닮지 않은 데가 있었답니다. 아가씨는 비둘기처럼 순하고 부드러울 수 있었고, 상냥한 목소리와 생각에 잠긴 표정을 가지고 있었으며, 화를 내도 결코 난폭하지 않았고, 사랑도 격렬하기보다는 깊고 온화했으니까요.

그렇지만 이런 좋은 천성을 깎아내리는 단점이 있었다는 것도 인정해야겠군요. 활기가 지나쳐서 건방지게 구는 경향이 있었고, 성격이 좋은 아이든 아니든 응석받이로 자란 아이들에게서 어김없이 나타나는 지나친 고집이 있었거든요. 하인이 아가씨의 기분을 거스르기라도 하면 언제나 "아빠한테 이를 테야!" 하는 것이었어요. 그리고 아버지가 나무라면, 심지어 그런 표정만 지어 보여도 굉장히 슬퍼하며 야단이 났어요. 제가 보기에 린턴 씨가 아가씨에게 심한 말을 한 적은 한 번도 없었답니다.

린턴 씨는 아가씨의 교육을 전적으로 맡아서 하셨고 그걸 낙으로 삼으셨어요. 다행히 아가씨는 호기심이 많고 영특해서 공부에 소질이 있었어요. 아가씨는 열심히, 그리고 빠르게 배우는 학생이어서 린턴 씨는 가르치는 데 보람을 느꼈답니다.

아가씨는 열세 살이 될 때까지 한 번도 혼자서 울타리 밖으로 나가 본 적이 없었어요. 린턴 씨는 어쩌다 따님을 데리고 1마일쯤 밖으로 나가곤 했지만 다른 사람에게 따님을 맡기고 내보내는 일은 없었어요. 아가씨가 듣기에 기머튼은 실체가 없는 이름이었고, 자기 집 이외에 가까이 가 보거나 들어가 본 건물이라고는 오직 교회뿐이었으며, 워더링 하이츠와 히스클리프는 없는 거나 마찬가지였지요. 아가씨는 완전한 은둔자였지만 겉으로 보기에는 더할 나위 없이 만족해하는 것 같았어요. 그러나 실은 이따금 자기 방 창문에서 바깥 경치를 내다보면서 이렇게 말하기도 했지요.

"엘렌, 내가 저 산꼭대기에 가려면 얼마나 더 기다려야 할까? 산 너머 저쪽에는 뭐가 있을지 궁금해. 바다가 있어?"

"아니에요, 캐시 아가씨. 그 너머에도 산이 있지요."

"저 황금빛 바위 아래에 서 있으면 바위가 어떻게 보일까?"

무엇보다 깎아지른 듯한 페니스톤 절벽이 아가씨의 마음을 끌었는데, 특히 지는 해가 그 절벽과 가장 높은 봉우리들을 비추고 그 옆의 풍경 전체에 그림자를 드리울 때를 가장 좋아했답니다.

저는 그 절벽은 순전히 바위 덩어리로 되어 있고 바위틈에도 작은 나무 한 그루 자랄 만한 흙이 없다고 설명했지요.

"그러면 여기는 벌써 어두워진 지 오래되었는데 왜 저기는 아직도 환하지?" 하고 아가씨는 캐묻는 것이었어요.

"저기는 여기보다 훨씬 높기 때문이죠. 너무 높고 가팔라서 아가씨는 올라갈 수가 없어요. 겨울에는 서리가 여기보다 저기에 먼저 내린답니다. 그리고 한여름에도 동북쪽에 있는 저 시커먼 골짜기 아래에서 눈을 본 적도 있는걸요."

"어머, 그럼 엘렌은 저길 올라가 봤구나!"

아가씨는 몹시 기뻐하며 외쳤습니다.

"그럼 나도 어른이 되면 갈 수 있겠네! 아빠도 가 보셨을까, 엘렌?"

"주인어른은 말이에요, 아가씨."

저는 황급히 대답했습니다.

"일부러 고생해서 저기에 가 볼 필요가 없다고 하실 거예요. 아가씨가 주인어른과 산책하는 저 황야가 훨씬 더 좋죠. 그리고 이 스러시크로스 숲이 이 세상에서 가장 아름다운 곳이랍니다."

"하지만 이 숲은 아는 곳이지만 저기는 모르는 곳이거든."

아가씨는 혼자 중얼거렸습니다.

"그리고 제일 높은 저 꼭대기에서 주위를 둘러보면 정말 기쁠 거야. 언젠가는 내 조랑말 미니가 그곳에 데려다주겠지."

하녀들 가운데 한 명이 그곳에 요정의 동굴이 있다는 말을 했는지, 아가씨는 온통 그 계획을 실행할 생각뿐이었어요. 그래서 그녀는 아버지를 졸라 댔고, 린턴 씨는 좀 더 나이를 먹으면 보내 주겠다는 약속을 했지요. 그러자 캐시 아가씨는 달수로 나이를 따지며 "자, 이제 페니스톤 절벽에 갈 만큼 나이를 먹지 않았어?" 하는 질문을 입에 달고 다녔지요.

그 절벽으로 올라가는 고불고불한 길은 워더링 하이츠와 가까이에 있었어요. 에드거 서방님은 그곳을 지나가고 싶지 않았기 때문에, 캐시는 언제나 "아직은 안 된다, 애야. 아직은 안 돼."라는 대답을 들었습니다.

히스클리프 부인은 남편한테서 도망간 뒤로 열두 해 남짓하게 살아 있었다는 이야기를 아까도 했었지요. 린턴 집안의 사람들은 허약 체질이었어요. 이사벨라 아가씨나 린턴 서방님 모두 이 고장에서 흔히 만날 수 있는 혈색 좋고 건강한 체질이 아니었지요. 그녀가 무슨 병으로 죽었는지는 잘 모르지만 두 사람 다, 같은 병으로 돌아가셨던 것 같아요. 일종의 열병으로 처음에는 증세가 대단치 않지만 좀처럼 낫지 않고 계속되다가 돌연 목숨을 잃게 되는 그런 병이었지요.

이사벨라 아가씨는 넉 달 동안 앓고 있는데 이러다가 죽게 될 것 같으니 좀 와 달라고 간청하는 편지를 오빠에게 보내왔어요. 여러 가지 처리할 일도 있고, 마지막 인사도 하고 싶고, 또 린턴을 오빠 손에 안전하게 맡기고 싶으니 가능하면 와 달라는 내용이었지요. 지금까지 자기가 린턴을 키워 왔으니 오빠에게 남겨 두겠다는 게 그녀의 소망이었어요. 아이의 아버지인 히스클리프는 아이의 양육이나 교육에 대한 짐을 떠맡고 싶어 하지 않을 거라고 그녀는 믿고 싶었을 거예요.

우리 주인님은 잠시도 주저하지 않고 그녀의 청에 응하셨어요. 보통 때는 집을 비우는 걸 몹시 내켜하지 않으셨지만 그 소식을 듣고는 곧바로 달려가셨어요. 당신이 안 계시는 동안 캐시 아가씨를 각별히 보살피라고 저한테 당부하시며, 심지어 제가 데리고 가더라도 울타리 밖으로는 절대 나가서는 안 된다고 거듭 강조하셨지요. 아가씨가 혼자 나다니리라는 건 예상하지도 못하셨을 거예요.

린턴 씨는 3주 동안 집을 비우셨습니다. 캐시 아가씨는 처음 하루 이틀은 너무 슬퍼서 책을 읽지도 놀지도 않고 그저 서재 구석에 앉아만 있더군요. 그렇게 얌전히 있으니 저를 성가시게 할 일도 없었지요. 그런데 그 뒤부터는 싫증이 나는지 짜증을 부리기 시작하더군요. 그 무렵 저는 너무 바쁘기도 하고 나이를 먹은 탓에 위층 아래층을 달려서 올라갔다 내려갔다 하며 놀아 줄 수가 없어서 아가씨 혼자서 놀게 할 수 있는 방법을 생각했지요.

저는 아가씨에게 때로는 걸어서, 때로는 조랑말을 타고 정원 여기 저기를 돌아다니는 여행 놀이를 해 보라고 했어요. 그리고 아가씨가 돌아오면, 아가씨가 실제로 한 일이며 상상한 모험 따위를 모두 참을성 있게 들어주었지요.

여름이 한창일 때였어요. 아가씨는 이렇게 혼자 산책하는 것에 제법 재미를 붙여서 아침을 먹고 나가면 차 마실 시간이 되어서야 돌아오곤 했어요. 그러고는 저녁에는 자기가 상상한 이야기를 하나하나 자세히 말해 주며 시간을 보냈답니다. 대문은 대개 잠겨 있었고 혹여 대문이 활짝 열려 있다 하더라도 감히 혼자서는 나갈 수 없으리라고 생각했기 때문에 저는 아가씨가 울타리 밖으로 나갈 거라는 염려는 하지 않았어요.

불행히도 이렇게 믿은 게 잘못이었어요. 어느 날 아침 여덟 시에 캐서린 아가씨가 저한테 오더니, 그날은 아라비아 상인이 되어 대상 (隊商)을 이끌고 사막을 건널 작정이니 자기와 조랑말과 세 마리의 낙타(커다란 사냥개 한 마리와 포인터 두 마리가 낙타 역할을 맡았지요.)가 먹을 식량을 충분히 싸 달라고 하더군요.

저는 맛있는 것을 잔뜩 가져다가 바구니에 담아서 안장 한쪽에 매달아 주었어요. 그러자 7월의 햇볕을 가리기 위한 차양 넓은 모자와 얇은 너울을 쓴 아가씨는 요정처럼 경쾌하게 말에 뛰어오르더니, 너무 빨리 달리지 말고 일찍 돌아오라는 제 충고를 흉내 내고는 즐겁게 웃으며 떠났지요.

그런데 그 장난꾸러기는 차 마실 시간에도 나타나지 않았어요. 일행 중, 나이를 먹어 편한 것을 좋아하는 사냥개 한 마리는 돌아왔지만요. 하지만 캐시 아가씨와 조랑말과 포인터 두 마리는 그 어디에도 보이지 않았습니다. 저는 사람들을 보내어 정원 사잇길을 샅샅이 찾아보게 했고 마침내는 제가 직접 아가씨를 찾아 헤맸답니다.

정원과 조림지가 경계를 이룬 곳에서 일꾼 하나가 울타리를 손질하고 있더군요. 그 사람에게 우리 집 어린 아가씨를 못 보았느냐고 물어봤어요.

"아침에 봤지요." 하고 그는 대답했습니다.

"나한테 회초리로 쓸 개암나무 가지를 꺾어 달라더니, 조랑말을 탄 채 저쪽 가장 낮은 울타리를 뛰어넘고는 전속력으로 말을 달려 시야에서 사라졌지요."

제가 이 말을 듣고 어떤 심정이었을지는 짐작하실 수 있으실 거예요. 아가씨는 틀림없이 페니스톤 절벽 쪽으로 갔을 거라는 생각이 문득 들더군요.

"아가씨에게 무슨 일이라도 생기면 어떡한담?"

저는 이렇게 탄식을 하고는, 그 일꾼이 고치고 있는 울타리의 뚫린 곳으로 빠져나가 곧장 큰길로 나갔어요.

그러고는 마치 내기라도 건 사람처럼 몇 마일을 쉬지 않고 걸어 마침내 모퉁이를 돌아서자 워더링 하이츠가 보이더군요. 그러나 먼 곳에서도 가까운 곳에서도 캐시 아가씨의 모습은 보이지 않았어요.

그 절벽은 히스클리프의 집을 지나 1마일 반쯤을 더 올라간 곳에 있었고, 스러시크로스 저택에서는 4마일이나 떨어져 있었기 때문에 제가 거기에 도착하기 전에 날이 저물까 봐 두려워지기 시작했어요.

'혹시라도 아가씨가 절벽에 올라가려다가 미끄러져서 죽었거나 뼈가 부러졌으면 어떡하지?' 하는 생각도 들었지요.

어찌나 걱정이 되던지 애간장이 타들어 가는 것 같았습니다. 그런데 그 농가 옆을 급히 지날 때 우리 집 포인터 가운데 가장 사나운 찰리라는 녀석이 머리가 붓고 귀에서 피를 흘리며 창문 아래에 누워 있는 것이 눈에 띄자 안도의 한숨이 나오며 마음이 놓였지요.

저는 쪽문을 열고 현관문으로 달려가서 들어가게 해 달라고 마구 문을 두드렸어요. 전에 기머튼에 살던 저도 안면이 있는 여자가 나오더군요. 언쇼 씨가 죽고 나서 그 집 하인으로 와 있던 것이죠.

"아, 꼬마 아가씨를 찾으러 왔군요! 걱정하지 마세요. 여기 안전하게 있으니까요. 주인어른이 아니어서 다행이에요."

그 여자가 말했습니다.

"그럼 주인어른은 집에 안 계신가 보군요?"

저는 급히 걸어온 데다 놀랐던 터라 숨이 차서 헐떡였습니다.

"네, 안 계세요. 주인어른은 조셉과 함께 출타 중이시지요. 한 시간쯤 더 있어야 돌아오실 거예요. 들어와서 좀 쉬다 가세요."

그 여자가 대답했어요.

들어가 보니 저의 길 잃은 양, 캐시 아가씨가 난롯가에 앉아 있더군요. 자기 어머니가 어릴 적에 사용하던 작은 흔들의자에 앉아 몸을 앞뒤로 흔들면서 말이죠. 모자는 벽에 걸어 놓고, 더없이 좋은 기분으로 헤어튼 도련님에게 웃고 재잘거리며 자기 집에 있는 듯 편안해 보였습니다. 헤어튼 도련님은 어느덧 건장한 열여덟 살 청년으로 자랐더군요. 그는 아가씨의 입에서 쉴 새 없이 쏟아져 나오는 유창한 의견과 질문을 거의 이해하지 못하면서도 상당한 호기심과 놀라움을 가지고 그녀를 응시하고 있었지요.

"아주 잘하셨어요, 아가씨."

저는 기쁨은 감추고 화난 표정으로 외쳤습니다.

"이제 아버지가 돌아오실 때까지 말을 못 탈 줄 아세요. 다시는 아가씨를 믿고 현관문 밖으로 내보내지 않겠어요. 아유, 이런 장난꾸러기 말괄량이 같으니!"

"어머, 엘렌!"

아가씨는 자리에서 벌떡 일어서며 반갑게 외치더니 나한테로 달려오더군요.

"그렇지 않아도 오늘 밤에 근사한 이야기를 들려주려던 참이었는데, 엘렌이 날 찾아왔네. 전에 이 집에 와 본 적 있어?"

"얼른 모자를 쓰고 집으로 가요. 아가씨 때문에 제가 얼마나 애탔는지 아세요? 캐시 아가씨, 아주 못된 짓을 하셨어요! 토라져서 울어도 소용없어요. 그런다고 아가씨를 찾으려고 정신없이 뛰어다니며 애태운 제 마음이 풀리지는 않을 테니까요. 린턴 씨가 아가씨를 내보내지 말라고 저한테 신신당부를 하셨는데 그렇게 몰래 빠져나가다니 정말 약삭빠른 여우로군요. 이제 아무도 아가씨를 믿지 않을 거예요."

"내가 어쨌다는 거야?"

아가씨는 흐느끼다가 이내 울음을 그쳤어요.

"아빠가 나한테는 아무런 지시도 하지 않으셨어. 그러니까 아빠는 나한테 야단치지 않으실 거야, 엘렌. 아빠는 엘렌처럼 나한테 화내신 적이 한 번도 없었어!"

"자, 이리 오세요. 제가 리본을 매 줄게요, 이제 우리 화내지 말아요."

저는 아가씨를 구슬렸어요.

그러나 아가씨는 머리에서 모자를 밀치고는 제 손이 닿지 않는 벽난로 쪽으로 도망가더군요. 그래서 제가 이렇게 외쳤지요.

"아이고, 창피해라, 열세 살이나 되었는데 이렇게 애기처럼 굴다니!"

"내버려 두세요. 귀여운 아가씨를 너무 나무라지 마세요, 딘 부인. 아가씨는 댁에서 걱정할까 봐 그냥 가려고 했는데 우리가 가지 말라고 붙들었어요. 산길이 험하니까 헤어튼이 같이 가 주겠다고 했고, 저도 그게 좋겠다고 생각했지요."

그 집 하녀가 말했습니다.

이런 말이 오가는 동안, 헤어튼 도련님은 쑥스러워서 말은 못 하고 주머니에 손을 넣은 채 서 있더군요. 제가 불쑥 나타난 것이 마뜩치 않은 것 같았지요.

"얼마나 더 오래 기다려야 해요?"

저는 그 여자의 참견에는 대꾸하지 않고 말을 계속했어요.

"10분 뒤면 어두워질 거예요. 캐시 아가씨, 조랑말은 어디 있어요? 피닉스는요? 서두르지 않으면 나 혼자 가 버릴 테니 좋을 대로 하세요."

"조랑말은 마당에 있고, 피닉스는 저기 가둬 두었어. 피닉스가 물렸어. 찰리도 그렇고. 다 이야기해 주려고 했는데 엘렌이 화를 내니까 말하지 않겠어."

저는 아가씨의 모자를 집어 들고는 다시 씌워 주려고 다가갔어요. 그러나 아가씨는 그 집 사람들이 자기편을 드는 걸 알아차리고는 방안을 이리저리 까불며 뛰어다니기 시작했어요. 제가 쫓아가자 생쥐처럼 가구 위로 뛰어넘고 밑으로 빠져나가고 뒤로 숨는 통에 그 뒤를 쫓는 제 꼴만 우스꽝스럽게 되었답니다.

헤어튼 도련님과 하녀가 웃으니까 아가씨도 따라 웃으며 점점 더 건방지게 굴었지요. 저는 머리끝까지 화가 나서 이렇게 소리치고 말았어요.

"이봐요, 아가씨. 여기가 누구의 집이라는 걸 안다면 더 있고 싶지 않을걸요."

"네 아빠 집 아니야?"

아가씨는 헤어튼 도련님을 쳐다보며 물었어요.

"아냐."

그는 눈을 내리깔고, 멋쩍은 듯 얼굴을 붉히며 대답했습니다.

그는 빤히 쳐다보는 캐시의 눈을 마주보지 못했어요. 자기 눈과 꼭 닮은 눈이었는데도 말이죠.

"그럼 누구네 집이야? 너의 주인집이야?"

그녀가 물었지요.

헤어튼 도련님은 아까와는 다른 감정으로 얼굴을 더욱 붉히더니, 중얼중얼 욕을 하며 고개를 돌려 버렸어요.

"저 애 주인은 누구야?"

그 성가신 아가씨는 저에게 계속 다그쳐 물었습니다.

"저 애는 '우리 집', '우리 식구들'이라고 했단 말이야. 그래서 난 저 애가 이 집 주인의 아들인 줄 알았어. 그리고 나한테도 '아가씨'라고 부르지 않았거든. 저 애가 하인이라면 날 아가씨라고 불렀어야 하는 거잖아?"

아가씨의 철없는 이 말에 헤어튼 도련님의 얼굴은 먹구름처럼 어두워졌어요. 저는 질문을 해 대는 아가씨를 아무 말없이 흔들어 드디어 떠날 채비를 하는 데 성공했습니다.

"이봐. 내 말을 데려와."

아가씨는 헤어튼 도련님이 자기의 친척인지도 모른 채 마치 자기 집에서 어린 마부에게 명령하듯이 말했습니다.

"그리고 우리와 함께 가자. 난 악귀 사냥꾼이 나온다는 늪도 보고 싶고, 네가 말한 요정들에 대한 이야기도 듣고 싶어. 그러니 서둘러! 뭐하는 거야? 말을 데려오라는데."

"네깟 것의 하인 노릇을 하기 전에 네가 뒈지는 꼴을 보고 말겠어!"

그 젊은이가 으르렁대더군요.

"뭘 보고 말겠다고?"

캐시 아가씨가 놀라서 물었어요.

"뒈지는 꼴을 이 건방진 마귀 같은 년아!"

"거봐요, 캐시 이가씨! 참 좋은 친구도 사귀었군요."

제가 끼어들었어요.

"어린 아가씨 앞에서 그런 말을 쓰다니! 제발 저 사람과 말다툼하지 말아요. 자, 우리가 직접 미니를 찾아서, 떠나자고요."

"그렇지만 엘렌."

아가씨는 놀라 눈이 휘둥그레져 외쳤어요.

"어떻게 감히 나한테 저렇게 말할 수 있지? 저 애는 내가 시키는 일을 해야 하는 거 아냐? 이 나쁜 놈아, 네가 뭐라고 했는지 아빠한테 일러 줄 테니 두고 봐!"

헤어튼 도련님은 그따위 위협은 아무렇지도 않다는 표정이었어요. 아가씨는 너무 분해서 눈물을 글썽였지요.

"당신이 말을 데려와요. 내 개도 당장 풀어놓고!"

아가씨는 그 집 하녀를 향해 소리쳤어요.

"상냥하게 말하세요, 아가씨. 예의를 지켜서 손해 볼 건 없으니까요. 저 헤어튼 도련님은 주인어른의 아들은 아니지만 아가씨의 사촌이에요. 그리고 나는 아가씨의 시중을 들기 위해 고용된 사람이 아니에요."

"저 애가 내 사촌이라고!"

캐시 아가씨는 비웃으면서 소리쳤습니다.

"네, 그래요."

좀 전에 아가씨를 꾸짖은 하녀가 대답했지요.

"아이, 엘렌! 저 사람들이 저런 말 좀 하지 못하게 해 줘."

아가씨는 몹시 괴로워하며 말을 이었습니다.

"아빠가 런던에 있는 사촌을 데려오실 거야. 내 사촌은 신사의 아들이야. 그 내⋯⋯."

아가씨는 말을 잇지 못하고 울음을 터뜨렸습니다. 그런 시골뜨기와 사촌이 된다는 생각만 해도 속이 상했던 거지요.

"쉿! 그만 그쳐요! 누구나 사촌이 여럿일 수 있고 그중에는 별의별 사촌도 있을 수 있는 거예요, 캐시 아가씨. 그렇다고 속상해할 건 조금도 없어요. 사촌이 마음에 안 들고 나쁜 사람이라면 상종하지 않으면 그만이니까요."

제가 속삭였어요.

"저 애는 아니야, 저 애는 내 사촌이 아니란 말이야, 엘렌!"

아가씨는 생각해 보니 다시 슬퍼지는지 그 생각을 피하기라도 하려는 듯 제 품에 몸을 던지며 말을 이었습니다.

저는 아가씨와 그 하녀가 서로에게 공연한 소리를 했다 싶어서 마음이 어수선했어요. 캐시 아가씨의 사촌 린턴이 곧 도착하리라는 소식이 틀림없이 히스클리프에게 전해질 것이고, 아버지가 돌아오자마자 캐시 아가씨는 그 무례한 아이가 친척이라는 하녀의 말에 대해 설명해 달라고 조를 게 틀림없었으니까요.

헤어튼 도련님은 하인으로 오인당한 불쾌감이 사라지자 아가씨가 슬퍼하는 게 마음에 걸렸던가 봐요. 말을 문간에 끌어다 놓고, 개집에서 다리가 희고 잘생긴 테리어 새끼를 가져다가 캐시 아가씨의 손에 건네주면서 별 뜻 없이 한 말이었으니 그만 울라고 하더군요.

아가씨는 잠시 울음을 그치고 두려움과 증오에 찬 눈초리로 흘끗 쳐다보더니 다시 울음을 터뜨렸지요.

저는 캐시 아가씨가 그 가여운 녀석을 질색하는 이런 모습에 웃음을 참을 수 없었어요. 체격도 좋고 운동선수처럼 근육도 발달한 젊은이로 성장한 헤어튼 도련님은 얼굴도 잘생기고 튼튼하고 건강했지만, 옷차림은 밭에서 일을 하거나 황야에서 토끼 따위의 사냥감을 찾아다니는 등 매일 그가 해야 하는 일에 알맞은 것이었습니다.

그러나 그의 인상에서는 아버지보다 더 좋은 성품과 자질을 읽을 수 있었어요. 좋은 자질이 우거진 잡초 속에 묻혀 버린 게 확실했지요. 제멋대로 자란 잡초가 가꾸지 않은 소질을 덮어 버린 형국이었습니다. 그럼에도 불구하고 다른 좋은 환경에서라면 풍성한 결실을 볼 수 있을 비옥한 토양이라는 걸 알 수 있었어요. 제 생각이지만 히스클리프 씨는 그를 신체적으로 학대하지는 않았던 것 같아요. 헤어튼 도련님의 겁내지 않는 성격 때문에 히스클리프 씨는 힘으로 억누르고 싶은 유혹을 받지 않았나 봅니다. 헤어튼 도련님에게는 학대하고 싶게 만드는 소심한 민감성이 없다고 히스클리프는 생각했던 거예요. 그는 헤어튼 도련님을 짐승같은 상태로 만드는 데 악의를 집중했던 것 같아요. 헤어튼 도련님은 읽기나 쓰기를 배우지 못했고, 주인을 성가시게 하지만 않으면 어떤 나쁜 습관에도 꾸중을 듣지 않았으며, 미덕을 향해 단 한 걸음도 인도를 받은 적이 없었고, 악덕을 경계하는 훈계를 들은 적이 한 번도 없었지요. 그리고 제가 들은 바에 의하면, 헤어튼 도련님이 유서 깊은 가문의 종손이라며 떠받들고 귀여워하기만 하는 조셉 영감의 편협한 편애도 헤어튼 도련님의 타락에 크게 기여했다더군요. 그리고 조셉은 캐서린 아씨와 히스클리프가 어렸을 때 그의 표현대로라면 '사악한 짓'을 해서 힌들리 서방님을 화나게 하는 바람에 서방님이 술에서 위안을 찾을 수밖에 없게 만들었다고 항상 그들을 비난했던 것처럼, 이제는 헤어튼 도련님의 잘못에 대한 모든 책임을 그의 재산을 빼앗은 히스클리프에게 돌렸던 거죠.

조셉은 헤어튼 도련님이 욕을 해도 바로잡아 주지 않았고, 아무리 비난받을 만한 행동을 해도 내버려 두었어요. 날이 갈수록 헤어튼 도련님이 나빠지는 걸 보며 만족해하는 듯했지요. 그 영감은 헤어튼 도련님이 타락했고 그의 영혼이 지옥에 떨어졌다는 것을 인정했지만, 그 책임은 히스클리프가 져야 한다고 생각했어요. '헤어튼 도련님이 영생을 잃은 것이 히스클리프의 탓으로 돌려질 것'이라는 생각이 조셉에게는 큰 위안이 되었나 봅니다.

조셉은 헤어튼 도련님에게 자기 가문과 혈통에 대한 자부심을 불어 넣었습니다. 조셉에게 용기가 있었다면 워더링 하이츠의 현재 주인인 히스클리프에 맞서 서로에 대한 증오심을 키웠겠지요. 하지만 히스클리프에 대한 그의 두려움은 미신이라 할 만큼 심했기 때문에 히스클리프에 대한 감정은 중얼중얼 입속으로만 빈정대거나 자기만 아는 저주로 표현하는 데 그쳤답니다. 저는 그 당시 워더링 하이츠의 일상적인 모습을 잘 알고 있다고 할 수 없어요. 그 집에는 거의 가 보지 않았기 때문에 그저 들은 소문을 근거로 이야기하는 거랍니다. 동네 사람들은 히스클리프 씨가 소작인들에게 인색하고 무자비하며 냉혹한 지주라고 단언하더군요. 그러나 집 내부는 여자가 와서 살림을 했기 때문에 예전의 안락함을 되찾았고 힌들리 서방님이 살아 계실 때는 흔히 벌어졌던 소동도 더 이상 일어나지 않았답니다. 주인은 너무 침울한 성격이라 좋은 사람이든 나쁜 사람이든 할 것 없이 누구와도 친하게 지내려고 하지 않았어요. 아직도 그렇지만요.

이야기가 곁길로 빠졌군요. 캐시 아가씨는 헤어튼 도련님이 화해하자는 뜻으로 준 테리어 새끼를 받지 않고 자기가 데리고 온 찰리와 피닉스를 내놓으라고 요구했습니다. 개 두 마리가 다리를 절뚝이고 고개를 늘어뜨린 채 나타나자, 우리는 집으로 향했는데 모두 몹시 언짢은 기분이었지요.

아가씨는 그날 겪은 일을 제게 자세히 이야기해 주려 하지 않았어요. 그저 이 정도만 이야기해 주었지요. 제가 추측한 대로 그녀의 목적지는 페니스톤 절벽이었고, 그 농가의 대문까지는 별 탈 없이 갔는데, 그때 헤어튼 도련님이 데리고 나온 개들이 그녀의 일행에게 덤벼들었다더군요.

양쪽 주인들이 떼어 놓기도 전에 개들은 한바탕 격렬한 싸움을 벌였고, 그 바람에 서로 인사를 나누게 되었대요. 캐시 아가씨는 헤어튼 도련님에게 자기 이름과 목적지를 대고 그곳에 어떻게 가는지 물어보다가 결국 그를 꾀어내어 길 안내를 받게 되었답니다.

그는 안내를 해 주면서 요정의 동굴에 대한 신비한 이야기부터 시작해서 그 외에도 기묘한 장소 스물여 곳을 이야기해 주었나 봅니다. 하지만 아가씨는 저한테 골이 나 있었기 때문에 그날 자기가 본 여러 가지 흥미로운 것들에 대한 이야기는 들려주지 않았지요.

그러나 아가씨의 이야기를 종합해 보면, 아가씨가 헤어튼 도련님을 하인으로 취급해서 헤어튼 도련님의 감정을 상하게 하고, 그 집 가정부가 헤어튼 도련님을 아가씨의 사촌이라고 해서 아가씨의 기분을 상하게 하기 전까지는 길을 안내해 준 헤어튼 도련님이 무척 마음에 들었나 봅니다. 그래서 헤어튼 도련님이 퍼부은 욕지거리는 아가씨의 마음에 깊은 상처로 남았어요. 게다가 집에서는 누구한테나 '사랑스런 아가'니 '귀염둥이'니 '공주'니 '천사'니 하는 소리만 듣다가 남한테 그런 모욕을 당했으니 그 충격은 더 컸겠지요! 아가씨는 그런 언행을 이해하지 못했고, 그래서 저는 그 억울한 일을 아버지에게 말씀드리지 않겠다는 아가씨의 약속을 받아 내느라 무척 애를 먹었습니다.

저는 캐시 아가씨에게 아버지가 워더링 하이츠에 사는 사람들을 얼마나 싫어하시며 아가씨가 거기에 갔었다는 걸 알면 얼마나 섭섭해하실지 하나하나 설명해 주었어요. 그러나 제가 무엇보다 강조했던 것은, 만약 아가씨가 입을 열어 제가 주인어른의 분부를 소홀히 했다는 사실이 드러나면 아버지는 아마 굉장히 화가 나서 저를 내쫓을지도 모른다는 것이었죠. 캐시 아가씨에게 제가 집을 나간다는 건 생각만 해도 견딜 수 없는 일이었을 거예요. 그래서 아가씨는 약속했고, 저를 위해 그 약속을 지켜 주었지요. 어쨌든 아가씨는 마음씨 고운 소녀였어요.

제19장

린턴 씨가 검정색 테가 둘러진 편지에 돌아올 날짜를 알려 왔습니다. 이사벨라 아가씨가 돌아가셨던 거였어요. 린턴 씨는 그 편지에 자기는 언제 집으로 돌아갈 예정이니, 딸에게 상복을 입히고, 데리고 갈 어린 조카를 위해서도 방을 마련하고 여러 가지 준비를 해 놓으라고 당부하셨더군요.

캐시 아가씨는 아버지를 맞이할 생각에 기뻐서 어쩔 줄 몰랐어요. 그리고 '진짜' 사촌에게는 좋은 점이 헤아릴 수 없이 많을 거라는 희망에 잔뜩 부풀었지요.

아버지가 도착하기로 한 날 저녁이 되었어요. 이른 아침부터 아가씨는 자신의 자질구레한 일들에 대해 이래라저래라 명령하느라 분주했습니다. 그러고 나서 아가씨는 새 검정색 드레스를 차려입고, 가엾게도 고모가 돌아가셨는데도 이렇다 할 슬픔도 느끼지 못하는지 저택 대문으로 마중을 나가자며 저를 귀찮게 졸라 댔어요.

"린턴은 나보다 여섯 달 어리대."

우리가 위로 솟고 아래로 꺼지며 굽이치듯 펼쳐진 이끼 낀 잔디밭의 나무 그늘 밑을 한가로이 걸어갈 때 아가씨가 말했어요.

"그 애랑 함께 놀면 얼마나 좋을까! 이사벨라 고모가 저번에 아빠한테 그 애의 고운 머리카락을 보냈는데, 내 머리카락보다 더 밝은 색이었어. 담황색에 가까웠고 내 머리카락만큼 가늘었어. 난 그걸 조그만 유리 상자 속에 소중히 넣어 두었지. 그리고 그 머리카락 임자를 만난다면 얼마나 기쁠까 하고 여러 번 생각했었어. 아, 이제 그 애를 만날 수 있으니 정말 기뻐! 그리고 아빠가, 우리 아빠가, 사랑하는 우리 아빠가 오신다! 서둘러, 엘렌, 우리 달리자! 달려가자니까!"

아가씨는 제가 차분한 걸음걸이로 대문에 당도할 때까지 달려갔다 되돌아오기를 몇 번이나 반복했어요. 그러다가 길가의 풀 덮인 둔덕에 자리를 잡고 앉아서 참을성 있게 기다려 보려고 하더군요. 그러나 그건 어림없는 일이었어요. 아가씨는 단 1분도 가만히 있지 못했으니까요.

"왜 이렇게 오래 걸리는 거야."

아가씨는 탄식했어요.

"아, 저 길에 먼지가 나는 게 보여. 드디어 오시나 봐! 아니네! 언제 오시려나? 우리 조금만 더 가서 기다리자. 반마일만, 엘렌, 딱 반마일만 더 가면 안 돼? 그러자고 대답 좀 해. 저 모퉁이 자작나무 숲까지만."

저는 단호히 거절했어요. 그리고 결국 아가씨의 조바심도 끝이 났지요. 역마차가 달려오는 것이 보였거든요.

캐시 아가씨는 마차 창문으로 내다보는 아버지의 얼굴을 보자마자 두 팔을 뻗으며 소리를 질렀어요. 아버지도 딸 못지않게 열광적이었지요. 그리고 한참 동안이나 옆에 다른 사람이 있다는 생각을 하지 못했답니다.

두 사람이 얼싸안고 있는 동안, 저는 린턴을 보살피려고 마차 안을 들여다보았어요. 그 아이는 마치 겨울을 만난 것처럼 털로 안을 댄 따뜻한 외투를 걸치고 한쪽 구석에 잠들어 있더군요. 창백하고 가냘 픈 것이 꼭 계집애 같은 소년이었는데 린턴 씨의 동생으로 보일 만큼 무척 닮았더라고요. 그러나 에드거 린턴 서방님에게는 없는 병약하고 까다로운 데가 있어 보였지요.

서방님은 마차 안을 들여다보고 있는 제게 악수를 청하면서, 여행 하느라 피곤했을 테니 깨우지 말고 문을 닫으라고 말씀하셨습니다.

캐시 아가씨도 한번 들여다보고 싶은 모양이었지만, 마침 아버지 가 오라고 불러서 아버지와 함께 정원을 걸어 올라갔지요. 저는 미리 가서 하인들을 준비시키려고 아가씨와 서방님보다 앞서서 급히 걸어 갔어요.

"캐시야."

린턴 서방님은 정문 현관 앞 계단 밑에서 걸음을 멈추고 따님에게 말했습니다.

"네 사촌 동생은 너처럼 튼튼하지도 명랑하지도 못한단다. 엄마를 잃은 지 얼마 되지 않았다는 건 너도 알고 있지? 그러니까 당장 함께 뛰어다니며 놀 수 있을 거라고 기대하지는 마라. 그리고 너무 말을 많이 해서 귀찮게 하지 말고. 적어도 오늘 밤에는 가만 놔둬야 한다. 알겠지?"

"네, 알겠어요, 아빠. 그래도 얼굴은 보고 싶어요. 한 번도 창밖을 내다보지 않던걸요."

마차가 멈추자, 그의 외삼촌은 자는 아이를 깨우고 안아서 내려 주 었지요.

"린턴, 얘가 네 사촌 누나 캐시란다."

린턴 씨는 두 아이의 작은 손을 쥐어 주며 말했습니다.

"캐시는 벌써 너를 좋아하고 있어. 그러니까 오늘 밤에 울어서 누나를 속상하게 하는 일이 없도록 해. 자, 이제 기운을 내렴. 여행도 끝났으니 네가 할 일이라고는 편히 쉬고 네 마음대로 노는 것뿐이다."

"그럼 난 자러 갈래요."

소년은 캐서린 아가씨가 인사하는 것도 제대로 받지 않고 말했어요. 그러고는 손가락을 눈에 대고 솟아나는 눈물을 닦았어요.

"자, 이리 와요, 착한 도련님."

제가 소곤대며 그 소년을 안으로 데리고 들어갔어요.

"도련님이 울면 아가씨도 울어요. 아가씨가 도련님 때문에 얼마나 걱정하고 있는지 보세요!"

캐시 아가씨가 걱정한 게 린턴 도련님이었는지는 알 수 없지만, 어쨌든 그녀도 그 못지않게 슬픈 얼굴을 하고는 아버지한테로 갔어요. 세 사람은 함께 집 안으로 들어가서, 차를 준비해 놓은 서재로 올라갔습니다.

저는 린턴 도련님의 모자와 외투를 벗겨 준 뒤에 탁자 옆에 있는 의자에 앉혔습니다. 그런데 도련님은 의자에 앉자마자 또 울기 시작했어요. 서방님이 왜 그러느냐고 물으셨지요.

"전 의자에는 못 앉아요."

아이는 흐느끼며 말했습니다.

"그럼 소파로 가렴. 엘렌이 차를 날라다 줄 테니."

그의 외삼촌은 참을성 있게 대답했습니다.

서방님이 까다롭고 병약한 조카를 데려오느라 틀림없이 여행 중에 애깨나 먹었을 거라는 생각이 들었지요. 린턴 도련님은 발을 끌면서 천천히 걸어가 소파에 누웠어요. 캐시 아가씨도 발받침과 자기 찻잔을 가지고 그의 옆으로 갔지요.

캐시 아가씨는 처음에는 아무 말없이 앉아 있었지만 그게 오래갈리가 없죠. 아가씨는 바라던 대로 사촌 동생을 자신의 귀염둥이로 삼기로 했어요. 그래서 마치 갓난아기에게 하듯이 그의 머리카락을 쓰다듬어 주기도 하고, 볼에 입을 맞추기도 하고, 자기 찻잔 받침에 차를 따라서 먹여 주기도 했지요. 린턴 도련님은 갓난아기나 진배없었기 때문에 아가씨의 이런 행동에 흡족했나 봐요. 눈물을 닦고 희미하게 웃더군요.

"그래, 저 아이는 아주 잘 지낼 거야."

린턴 서방님은 잠시 그들을 지켜보다가 제게 말씀하셨지요.

"아주 잘 지내고말고. 우리가 데리고 있을 수 있다면 아주 건강해질 거야, 엘렌. 제 또래와 함께 놀다 보면 새로운 활기를 얻게 될 테니까. 그리고 때가 되면 튼튼해질 거야."

'그렇지요, 우리가 데리고 있을 수만 있다면요!'

저는 속으로 생각했어요. 그리고 그럴 가망은 거의 없다는 극도의 불안감이 엄습해 왔습니다. 뒤이어, 저런 약골이 워더링 하이츠에서 제 아버지와 헤어튼 도련님의 틈바구니에서 살게 된다면 대체 어떻게 될까? 그들은 그에게 어떤 친구와 선생이 될까 하는 생각이 들었지요.

우리가 우려하던 것이 현실로 나타났습니다. 예상보다 훨씬 일찍이었지요. 차를 다 마신 뒤, 저는 두 아이를 위층으로 데려갔어요. 린턴 도련님은 잠들 때까지 옆에 있어 달라고 해서 그렇게 해 주었지요.

그리고 나서 아래층으로 내려와, 거실 탁자 옆에 서서 에드거 서방님 침실에 놓을 촛불을 켜고 있었죠. 그때 하녀 하나가 부엌에서 나와, 히스클리프 씨의 하인 조셉이 문간에 와 있는데 주인님께 드릴 말씀이 있다고 한다며 알려 주더군요.

"무슨 일로 왔는지 내가 먼저 물어봐야겠어."

저는 몹시 불안해하며 말했어요.

"남의 집을 찾아오기에는 너무 늦은 시간이잖아? 게다가 주인님은 먼 여행길에서 방금 돌아오셨고 아무래도 주인님은 그를 만날 수 없을 것 같은데."

제가 이렇게 말하는 동안 조셉은 부엌을 지나서 어느새 거실로 들어서고 있었어요. 주일날 입는 나들이옷을 차려입고서 더없이 엄숙하고 심술궂은 얼굴을 하고는 한 손에는 모자를, 다른 손에는 지팡이를 든 채 매트 위에서 신발을 닦으려 하고 있더군요.

"안녕하세요, 조셉 영감."

저는 차갑게 말했어요.

"오늘 밤 여기엔 웬일이세요?"

"린턴 씨와 이야기하려고 왔어."

그는 나 따위는 저리 비키라는 듯 손사래를 치며 대답하더군요.

"린턴 씨는 지금 잠자리에 드실 참이라 급한 일이 아니면 지금은 들으려 하지 않으실 거예요."

제가 말을 이었어요.

"여기 앉아서 제게 용건을 말씀해 보세요."

"주인 양반의 방은 어디야?"

영감은 닫혀 있는 문들을 죽 훑어보며 고집을 부렸어요. 제가 가운데 끼어드는 걸 거부하겠다는 의지가 역력했어요. 그래서 저는 몹시 내키지 않았지만 서재로 올라가서 때 아닌 손님이 왔다고 알리고는 내일 다시 오게 하는 게 좋겠다고 말씀드렸어요.

린턴 서방님이 저더러 그렇게 하라고 말할 새도 없이 제 뒤를 따라온 조셉 영감이 방 안으로 밀고 들어왔습니다. 그는 탁자 저편에 자리를 잡고 앉아서 두 주먹을 지팡이 손잡이에 포개어 얹은 채 마치 반대를 예상한 듯 목소리를 높여 말하더군요.

"히스클리프 씨가 아드님을 데려오라고 보내서 왔습지요. 그러니까 도련님 없이는 돌아갈 수 없습니다.”

　에드거 린턴 서방님은 잠시 아무 말씀도 없으셨는데, 극심한 슬픔으로 얼굴이 흐려졌지요. 서방님 자신으로서도 그 아이가 몹시 측은했을 테지만, 거기에 더해 죽은 여동생의 소망과 우려, 자식에 대한 간절한 바람, 그리고 잘 보살펴 달라고 자기에게 부탁한 일들이 떠올라서 아이를 넘겨줘야 할지도 모른다는 생각에 몹시 슬펐던 거지요. 그걸 피할 수 있는 방법을 찾아보았지만, 아무런 묘책도 떠오르지 않았어요. 아이를 데리고 있고 싶어 하는 욕구를 드러내면 저쪽에서 더욱 강경하게 나올 테니 이이를 내주는 것 외에 다른 도리가 없었지요. 그러나 린턴 씨는 자고 있는 아이를 깨우고 싶지는 않았어요.

　“히스클리프에게 내일 아들을 워더링 하이츠로 보내겠다고 전하게. 그 애는 지금 자고 있고 또 너무 피곤해서 거기까지 갈 수 없다네. 아이 엄마는 내가 그 아이를 돌봐 주기를 바랐고, 지금 그 아이의 건강은 아주 위태롭다는 것도 함께 전하게.”

　“안 됩니다!”

　조셉은 지팡이로 방바닥을 탕 하고 치고는 위압적으로 말했어요.

　“안 될 말씀입니다! 그런 건 아무것도 아니에요. 주인 양반은 아이 어머니나 당신 생각 따위엔 관심도 없다 이 말입니다. 그분은 자기 아들을 찾으려는 겁니다. 그러니 나는 그 아이를 꼭 데리고 가야겠습니다. 이만하면 알아들으시겠지요!”

　“오늘 밤엔 못 데려가네!”

　린턴 서방님도 단호하게 대답했지요.

　“당장 돌아가게. 그리고 내가 말한 것을 주인에게 전하게. 엘렌, 이 영감을 데리고 나가.”

　서방님은 성난 영감의 팔을 잡아서 방 밖으로 쫓아내고는 문을 닫아 버렸어요.

"잘하는 짓이오!"

조셉은 천천히 물러나면서 소리를 질렀어요.

"내일은 우리 주인 양반이 직접 올 테니, 그 양반도 내쫓으려면 내쫓아 보라고!"

제20장

　이 위협이 실행될 위험을 없애기 위해 린턴 씨는 소년을 아침 일찍 캐시 아가씨의 조랑말에 태워 제 아버지 집에 데려다주라고 분부하시며 이렇게 덧붙였습니다.

　"잘되든 잘못되든 이제 그 아이의 운명은 우리 손을 떠났으니, 캐시에게 그 아이가 어디로 갔는지 절대 말해서는 안 돼. 앞으로는 만나지도 못할 테니 가까운 곳에 있다는 것을 모르고 있는 편이 나을 거야. 그렇지 않으면 캐시는 안절부절못하며 워더링 하이츠에 가고 싶어 할 테니까. 아이 아버지가 갑자기 아이를 데리러 사람을 보내서 떠날 수밖에 없었다고만 말해 주도록 해."

　린턴 도련님은 새벽 다섯 시에 침대에서 일어나는 게 무척 싫은 데다, 또 어디로 갈 채비를 해야 한다는 말에 화들짝 놀랐습니다. 그러나 얼마 동안 아버지인 히스클리프 씨와 함께 지내게 될 것이며, 아버지는 아들이 너무 보고 싶어서 여행으로 쌓인 피로가 풀릴 때까지 기다릴 수 없다고 하니 어쩔 수 없다는 말로 달랬지요.

"내 아버지라고?"

린턴 도련님은 당혹스러워하며 외쳤어요.

"엄마는 나한테 아버지가 있다는 말씀을 한 번도 하지 않았어. 아버지는 어디에 살고 계셔? 난 삼촌하고 사는 게 더 좋은데."

"아버님은 이 댁에서 별로 멀지 않은 곳에 살고 계세요. 바로 저 언덕 너머에 말이에요. 그다지 멀지 않으니까 도련님이 기운을 차리시면 걸어서 여기로 오실 수도 있을 거예요. 집에 가서 아버님을 만날 테니 좋으시겠어요. 어머님을 좋아하셨던 것처럼 아버님을 좋아하셔야 해요. 그러면 아버님도 도련님을 사랑하실 거예요."

"그런데 왜 나는 지금까지 아버지에 대한 이야기를 한 번도 듣지 못했을까?"

린턴 도련님이 물었습니다.

"왜 아버지는 다른 부부들처럼 엄마와 함께 살지 않으셨을까?"

"아버님은 일 때문에 북부 지방에 계셔야 했고, 어머님은 건강 때문에 남부 지방에서 사셔야 했던 거지요."

제가 대답했습니다.

"그럼 왜 엄마는 나한테 아버지 이야기를 하지 않았을까? 외삼촌 이야기는 자주 하셨어. 그래서 난 오래전부터 외삼촌을 좋아하게 되었거든. 알지도 못하는데 어떻게 내가 아버지를 좋아할 수 있겠어?"

"이런, 아이들은 누구나 자기 부모님을 좋아하게 되어 있어요. 아마 어머님은 도련님한테 아버님 이야기를 자주 들려주면 도련님이 아버님과 함께 살고 싶어 할 거라고 생각하셨을 거예요. 자, 서둘러요. 이렇게 날씨가 좋은 날 아침 일찍 말을 타는 건 한 시간 더 자는 것보다 훨씬 더 좋을 거예요."

"그 애도 우리랑 함께 가는 거야? 어제 만난 그 여자애 말이야."

도련님이 물었지요.

304

"지금은 아니에요"

제가 대답했어요.

"외삼촌은?"

도련님이 계속 물었어요.

"안 가세요. 제가 도련님을 아버님 댁까지 모셔다 드릴 거예요."

제가 말했어요.

린턴 도련님은 베개를 베고 다시 드러누워 울적한 표정으로 깊은 생각에 잠기더니, 마침내 이렇게 외쳤습니다.

"외삼촌이 안 가시면 나도 가지 않을래. 날 어디로 데려갈지도 알 수 없고."

저는 자기 아버지를 만나는 걸 싫어하는 건 버릇없는 짓이라고 타일러 보았지만, 도련님은 고집을 피우며 옷을 갈아입는 것도 거부했지요. 그래서 저는 주인어른께 도움을 요청할 수밖에 없었답니다.

거기에는 잠시만 가 있으면 되고 외삼촌과 캐시도 그를 보러 갈 것이라는 등의 거짓말을 해 가며 안심시키자 그 불쌍한 아이는 마침내 자리에서 일어났어요. 집을 출발하여 워더링 하이츠로 가는 동안에도 그와 비슷한 허황된 말을 지어내고 되풀이해야 했지요.

히스 향기가 나는 맑은 공기와 밝은 햇살 속에서 조랑말 미니를 타고 천천히 달리자 잠시 후 도련님의 울적한 기분도 풀렸습니다. 도련님은 가서 살게 될 그의 새집이며 그곳에 살고 있는 사람들에 대해 꽤 흥미롭고 생기 있는 표정으로 묻기 시작했습니다.

"워더링 하이츠도 스러시크로스 저택처럼 좋은 곳이야?"

도련님은 엷은 안개를 피워 올리며 푸른 하늘 가장자리에 양털 구름을 만들어 내는 골짜기에 마지막 눈길을 보내며 말했습니다.

"그곳은 주위에 나무가 울창하지 않고 그렇게 넓지도 않지만 아름다운 전원 풍경을 내려다볼 수 있답니다. 그곳 공기는 신선하고 습기

305

가 적어서 도련님 건강에 더 좋을 거예요. 어쩌면 처음에는 건물이 낡고 어둡다는 생각이 드실지도 모르겠어요. 그래도 이 고장에서 두 번째로 좋은 훌륭한 집이랍니다. 그리고 황야를 산책하는 건 또 얼마나 좋다고요! 캐시 아가씨의 외사촌이니까 도련님과도 사촌뻘이 되는 헤어튼 언쇼 도련님이 근사한 곳들을 안내해 주실 거예요. 날씨가 좋을 때면 책을 갖고 나와서 푸른 골짜기를 서재 삼아 책을 읽을 수도 있고요. 이따금 외삼촌과 함께 산책을 할 수도 있을 거예요. 외삼촌께서는 자주 저 언덕으로 산책을 나가시니까요."

"아버지는 어떤 분이셔?"

도련님이 물었어요.

"외삼촌처럼 젊고 잘생기셨어?"

"아버님도 젊은 분이세요. 하지만 머리카락과 눈이 검은색이고 더 엄해 보이시죠. 전체적으로 키도 몸집도 외삼촌보다 더 크시지요. 처음에는 도련님한테 그다지 인자하거나 친절하지 않은 것처럼 느껴질지 모르지만, 그게 그분의 성격이지요. 그래도 아버님께 솔직하고 다정하게 대해 드리세요. 그럼 자연히 아버님은 어떤 삼촌보다 더 도련님을 귀여워해 주실 거예요. 자기 자식이니까요."

제가 말했어요.

"검은 머리카락에 검은 눈이라고!"

린턴 도련님은 생각에 잠기며 말했어요.

"상상이 되지 않는걸. 그럼 난 아버지를 닮지 않은 거야, 그렇지?"

"많이 닮지는 않았지요."

제가 말했어요. 저는 도련님의 흰 피부와 호리호리한 체격과 생기 없는 큰 눈을 유감스러운 눈으로 살펴보며 속으로는 조금도 닮지 않았다고 생각했습니다. 도련님의 눈은 어머니의 눈을 빼닮긴 했지만, 병적인 예민함으로 빛나는 순간을 빼고는 어머니의 재기발랄한 생기는 전혀 찾아볼 수 없었지요.

"아버지가 엄마와 나를 보러 온 적이 한 번도 없었다는 게 너무 이상하지 않아?"

도련님이 중얼거렸어요.

"아버지는 나를 본 적이 있을까? 만약 보셨다면 틀림없이 내가 아기 때였을 거야. 아버지에 대해선 전혀 생각나는 게 없거든!"

"어머, 린턴 도련님."

제가 말했어요.

"300마일이란 굉장히 먼 거리랍니다. 그리고 10년이란 세월이 어른들에게는 도련님이 느끼는 것처럼 그리 긴 시간이 아니랍니다. 아마 아버님께서는 여름이 되면 가 봐야지 하다가도 마땅한 기회를 찾지 못해서 한 해, 두 해를 넘기다 너무 늦어 버리셨을 거예요. 그러니까 그런 질문을 해서 공연히 아버지를 성가시게 하지 마세요."

그러고 나서 우리가 워더링 하이츠의 농가 대문 앞에서 멈춰 설 때까지, 도련님은 골똘히 자기만의 생각에 빠져 있었어요. 저는 도련님이 그 집을 보고 어떤 인상을 받는지 보려고 표정을 지켜봤어요. 도련님은 건물 전면의 조각이며 낮게 달린 격자창이며 제멋대로 자란 구스베리 덤불이며 휘어진 전나무들을 진지한 표정으로 열심히 살펴보고는 고개를 가로젓더군요. 새로 살게 될 집의 겉모습이 속으로는 영 마뜩지 않았던 것이지요. 그러나 도련님은 불평을 뒤로 미룰 만큼 분별이 있었습니다. 집 안의 모습은 마음에 들지도 모르니까요.

도련님이 말에서 내리기 전에 제가 가서 문을 열었습니다. 시계는 여섯 시 반을 가리키고 있었고, 식구들은 막 아침을 먹고 난 참이었어요. 하녀가 식탁을 치우고 있었거든요. 조셉은 주인이 앉은 의자 옆에 서서 절름발이 말에 대한 이야기를 하고 있었고, 헤어튼은 목초지로 나갈 준비를 하고 있었지요.

"어이, 넬리!"

히스클리프 씨가 저를 보자 외쳤습니다.

"내가 직접 가서 아들을 찾아와야 하나 보다 생각했었는데 넬리가 데려왔군, 그렇지? 그럼 어떤 녀석인지 한번 볼까."

그는 자리에서 일어나 성큼성큼 문으로 걸어왔어요. 헤어튼 도련님과 조셉은 호기심에 입을 헤벌리고 따라왔지요. 불쌍한 린턴 도련님은 겁먹은 눈으로 이 세 사람의 얼굴을 번갈아 쳐다보았어요.

"이러언!"

조셉은 심각한 표정으로 관찰하더니 말했어요.

"그 양반이 자기 딸과 주인어른의 아들을 바꿔친 게 틀림없어요!"

히스클리프는 자기 아들이 곤혹스러워서 덜덜 떨 정도로 빤히 쳐다보고 나서 경멸이 담긴 웃음소리를 냈어요.

"허, 이것 참! 예쁜 아이로군! 참 예쁘고 귀엽기도 하지! 달팽이와 쉰 우유를 먹이고 키우기라도 한 거야, 넬리? 에이, 빌어먹을! 생각했던 것보다 더 나쁘군. 하기야 별로 기대하지도 않았지만 말이야!"

그가 탄식했어요.

저는 벌벌 떨면서 어쩔 줄 몰라하는 아이에게 말에서 내려 들어가자고 말했습니다. 도련님은 자기 아버지가 한 말이 무엇을 의미하는지도 완전히 이해하지 못했고, 자기를 두고 한 말인지 아닌지도 알지 못했으며 그 험상궂고 냉소적인 사내가 자기 아버지라는 것도 확실히 알 수 없어 점점 더 두려움에 떨며 제게 달라붙었어요. 히스클리프 씨가 자리에 앉으면서 도련님에게 "이리 와 봐." 하고 말하자, 도련님은 그만 제 어깨에 얼굴을 숨기고 울음을 터뜨렸지요.

"쯧쯧!"

히스클리프 씨는 혀를 차더니 한 손을 뻗어 도련님을 거칠게 자기 무릎 사이로 끌어당겨서는 턱을 잡고 머리를 쳐드는 것이었어요.

"바보같이 울지 마라! 우리는 너를 해치려는 게 아냐, 린턴. 이게 네 이름 맞지? 너는 완전히 네 어미의 자식이구나! 대체 어디가 날 닮은 거니? 이 울보 겁쟁이 녀석아."

히스클리프 씨는 도련님의 모자를 벗기고 숱 많은 담황색 곱슬머리를 뒤로 넘겨도 보고, 가는 팔과 조그만 손가락을 만져 보더군요. 그러는 동안 도련님도 울음을 그치고 그 커다란 파란색 눈을 들어 아버지를 관찰하는 것이었어요.

"내가 누군지 알겠니?"

히스클리프 씨는 도련님의 사지가 모두 하나같이 연약하고 가냘프다는 것을 확인하고 나서 물었어요.

"몰라요!"

린턴 도련님은 멍하니 겁먹은 눈으로 쳐다보면서 말했습니다.

"나에 대한 이야기를 들은 적은 있겠지?"

"없어요."

도련님이 대답했어요.

"없다고? 자식에게 아비에 대한 정을 일깨워 주지 않았다니, 네 어미도 참 못됐구나! 그렇다면 내가 말해 두겠는데, 너는 내 아들이다. 너한테 이 아비가 있다는 것도 알려 주지 않다니, 네 어미는 정말 못된 계집이야. 자, 그렇게 얼굴을 찌푸리지 마. 붉히지도 말고! 그래도 얼굴이 붉어지는 걸 보니 피까지 하얗지는 않은 모양이군. 착한 아들이 되어야 해. 그러면 내가 잘해 줄 거야. 넬리, 피곤하면 좀 앉아서 쉬지 그래. 피곤하지 않다면 집으로 돌아가고. 여기서 보고 들은 걸 그 집의 바보 같은 친구에게 보고해야 하잖아. 그리고 당신이 여기서 서성거리는 동안에는 이 녀석이 안정을 찾지 못할 테니까 말이야."

"그럼, 도련님한테 잘해 주시기를 바랄게요, 히스클리프 씨. 그렇지 않으면 오래 데리고 있지 못할 거예요. 도련님은 이 넓은 세상에서 단 하나뿐인 당신 혈육이니까요. 명심하세요."

"아주 잘해 줄 테니 걱정 마!"

히스클리프는 웃으면서 말했습니다.

"나 말고 다른 누구도 이 애한테 잘해 주지 못하게 할 거야. 난 이 애의 애정을 독차지하고 싶거든. 그럼 어디 시작해 볼까, 조셉! 이 아이에게 아침 좀 갖다줘. 헤어튼, 이 망할 놈아, 나가서 일하지 않고 뭐하고 있어. 참, 넬리!"

그들이 나가자 그는 말을 덧붙였어요.

"내 아들은 장차 스러시크로스 저택의 주인이 될 테니, 내가 이 아이의 상속인이라는 걸 확실히 해 두기 전까지는 이 아이가 죽기를 바라선 안 돼. 더욱이 이 아이는 내 자식이잖아. 난 내 후손이 당당히 그 집 재산을 차지하고 그 자손들을 고용하여 그들로 하여금 제 조상의 땅을 갈아 품삯을 받게 하는 모습을 보는 승리감을 맛보고 싶어. 이게 내가 이 녀석을 참고 봐 줄 수 있는 유일한 이유야. 난 이 녀석 자체로도 싫지만 이 녀석으로 인해 되살아나는 기억 때문에 더 싫다고! 하지만 아까 말한 그 이유를 생각하면 충분히 참을 수 있어. 저 녀석은 나한테 맡겨도 아무 탈 없을 거야. 당신 주인이 제 자식을 돌보는 것 못지않게 나도 내 자식에게 잘해 줄 테니까. 녀석이 쓸 방을 위층에 근사하게 꾸며 놓았고, 녀석이 배우고 싶어 하는 걸 가르쳐 줄 가정교사도 20마일이나 떨어진 곳에서 1주일에 세 번씩 오도록 계약해 두었어. 헤어튼에게도 저 아이에게 순종하도록 일러두었고. 사실 나는 저 녀석이 주위 사람들에 비해 탁월한 신사다움과 우수성을 유지할 수 있도록 만반의 준비를 해 놓았지. 그런데 저 녀석은 그런 수고를 받을 가치도 없는 것 같아서 유감이군. 내가 이 세상에서 바라는 복이 있다면, 그건 저 녀석이 자랑할 만한 가치가 있는 물건이었으면 하는 것뿐이었는데, 저렇게 허여멀건 얼굴에 질질 짜는 녀석이라니 실망이 이만저만이 아니군!"

히스클리프 씨가 이렇게 말하고 있을 때 조셉이 우유죽 한 그릇을 가져와서 린턴 도련님 앞에 놓더군요. 도련님은 못마땅한 표정으로 그 흔하고 볼품없는 음식을 휘휘 젓더니 이런 건 먹을 수 없다고 말했어요.

그 늙은 하인도 주인과 마찬가지로 제법 린턴 도련님을 멸시하고 있지만 히스클리프가 아랫사람들에게 도련님을 정중하게 모시라는 뜻을 분명히 했기 때문에 하는 수 없이 그 감정을 마음속에 숨기고 있다는 것을 저는 알 수 있었지요.

"먹을 수 없다고?"

조셉은 린턴 도련님의 얼굴을 빤히 쳐다보면서 도련님이 한 말을 되풀이하고는, 다른 사람이 들을까 봐 목소리를 낮춰 작은 소리로 말했어요.

"헤어튼 도련님도 어렸을 땐 이것 외에 먹은 게 없구먼. 헤어튼 도련님이 먹을 만한 것이면 도련님도 먹을 수 있을 것 같은데!"

"먹지 않겠어!"

린턴 도련님은 버럭 성을 내며 신경질적으로 대꾸했어요.

"저리 치워."

조셉은 있는 대로 화가 나서 음식을 낚아채듯 집어 들고 우리에게 가져왔어요.

"이 음식이 뭐가 잘못됐습니까?"

조셉은 쟁반을 히스클리프 씨의 코밑에 들이대며 물었습니다.

"잘못되긴 뭐가 잘못됐단 말이야?"

히스클리프 씨가 말했어요.

"나 원 참! 까다로운 아드님께서 이런 것은 못 먹겠다는데요. 생각해 보니 그럴 만도 하네요. 저 아이의 어머니가 꼭 그랬거든요. 그분은 우리같이 미천한 것들이 심은 밀로 만든 빵은 드시지 않았습죠."

"저 아이의 어미에 대해서는 입도 벙긋하지 말라니까."

주인이 버럭 성을 내며 말했어요.

"저 애가 먹을 수 있는 걸로 갖다주면 될 거 아냐. 저 애가 잘 먹는 게 뭐지, 넬리?"

저는 끓인 우유나 차가 좋을 거라고 일러 주었어요. 그러자 히스클리프 씨는 가정부에게 그런 걸 좀 만들어 오라고 지시하더군요.

'그래. 아버지의 이기심이 아들을 편안하게 해 줄 수 있겠구나.' 하고 저는 생각했습니다. 히스클리프 씨는 아들이 허약한 체질이라 적절히 대해 줘야 할 필요가 있다는 걸 감지한 것 같았어요. 저는 히스클리프 씨의 이런 마음 상태를 서방님께 알려서 안심시켜 드려야겠다고 생각했지요.

더 머뭇거릴 이유가 없었기 때문에, 저는 린턴 도련님이 붙임성 좋게 다가오는 양치기 개를 겁내며 쫓아내는 사이에 살짝 빠져나왔답니다. 그러나 도련님은 주위에 어떤 일이 일어나고 있는지 잔뜩 경계하고 있었기 때문에 이내 그걸 알아차렸어요. 제가 문을 닫는 순간, 도련님은 소리 내어 울면서 미친 듯이 이렇게 되풀이해 외쳤지요.

"날 두고 가지 마! 여기 있지 않을 테야! 있지 않겠다고!"

그때 빗장이 올라갔다 내려가는 소리가 나더군요. 그들이 도련님을 못 나가게 했던 것이지요. 저는 조랑말 미니에 올라타고는 급히 말을 몰아 언덕을 내려왔어요. 그렇게 해서 잠시 제가 그 아이의 보호자 역할을 했던 시기가 끝났답니다.

제21장

그날 우리는 어린 캐시 아가씨가 슬퍼하는 통에 단단히 고역을 치렀답니다. 아가씨는 사촌을 볼 수 있다는 생각에 아주 기쁜 마음으로 일어났는데, 그가 떠났다는 말을 듣고 어찌나 격렬하게 울면서 슬퍼하던지 에드거 서방님이 나서서 린턴은 곧 돌아올 거라고 말하며 달래지 않을 수 없었어요. 그러나 "데려올 수만 있으면."이라는 말도 덧붙였답니다. 그러나 그럴 가망은 전혀 없었지요.

이 약속으로 캐서린 아가씨의 마음이 완전히 누그러진 것은 아니었답니다. 그러나 세월이 약이었어요. 아가씨는 여전히 이따금씩 아버지에게 린턴은 언제 돌아오느냐고 물었지만, 린턴 도련님의 얼굴에 대한 기억이 차츰 희미해져서 도련님을 다시 만나게 되더라도 알아볼 수 없을 정도가 되었지요.

볼일을 보러 기머튼에 갔다가 우연히 워더링 하이츠의 가정부와 마주치기라도 하면 저는 늘 도련님의 안부를 물어보곤 했습니다. 도련님도 캐서린 아가씨와 마찬가지로 거의 집 안에만 갇혀 살다시피

해서 얼굴을 통 볼 수 없었거든요. 가정부의 말을 종합해 보면 여전히 약골이고 성가신 식구라는 것을 추측할 수 있었어요. 그녀의 말로는 히스클리프 씨가 내색하지 않으려고 하지만 날이 갈수록 도련님을 점점 더 싫어하는 것 같다고 하더군요. 히스클리프 씨는 도련님의 목소리만 들려도 질색을 하고 같은 방에서는 몇 분도 함께 앉아 있지 못한다는 것이었어요.

그리고 두 사람 사이에 많은 말이 오가는 경우도 좀처럼 없다고 하더군요. 린턴 도련님은 가정교사에게 교습을 받거나, '응접실'이라 불리는 조그만 방에서 저녁나절을 보내지 않으면, 기침이다 감기다 몸살이다 하며 끊임없이 아팠기 때문에 온종일 침대에 누워 있기가 일쑤라는 것이었어요.

"그렇게 마음 약한 아이는 처음 봤어요."

그녀가 덧붙여 말했어요.

"게다가 자기 몸에는 또 어찌나 신경을 쓰는지, 저녁에 어쩌다 조금 늦게까지 창문을 열어 두기라도 하면 밤공기를 쐬었더니 추워 죽겠다고 잔소리를 한다니까요. 그리고 한여름에도 불을 피우지 않으면 안 되고, 조셉의 파이프 담배 연기를 독으로 여기고, 언제나 사탕 과자와 캔디 푸딩 같은 단것과 맛있는 것을 먹어야 하고 또 밤낮 '우유, 우유' 하고 우유만 찾는답니다. 다른 사람들이 겨울에 추워서 얼마나 고생하는지는 전혀 아랑곳없이 말이죠. 자기는 털외투로 몸을 감싸고 난롯가의 의자에 앉아서 토스트나 물, 그 밖의 유동식을 벽난로 안쪽의 시렁에 올려놓고 홀짝거리는 거예요. 그리고 도련님을 불쌍히 여긴 헤어튼 도련님이 놀아 주려고 다가가면(헤어튼 도련님은 거칠기는 해도 천성이 나쁜 분은 아니에요.) 어김없이 한 명은 욕지거리를 하고 다른 한 명은 울면서 헤어진답니다. 린턴 도련님이 아들만 아니었다면, 주인 양반은 헤어튼 도련님이 린턴 도련님을 흠씬 두

들겨 패 주었으면 하고 바랄 거예요. 그리고 도련님이 자기 몸만 위한다는 걸 절반만이라도 아신다면 틀림없이 집 밖으로 내쫓고 싶을 거예요. 하지만 주인 양반은 그런 유혹에 빠질 위험을 지레 피하고 있죠. 응접실에는 절대 들어가지 않고, 도련님이 주인 양반이 계신 거실에서 그런 짓을 할라치면 당장 위층으로 올려 보내거든요."

이런 이야기를 듣고 나서, 저는 린턴 히스클리프 도련님이 본래 그렇지는 않았을 텐데 아무도 진심으로 마음을 써 주지 않아서 이기적이고 신경질적인 성격이 되어 버렸다는 것을 간파했습니다. 도련님의 처지를 생각하면 안쓰러운 마음이 들었고 우리와 함께 있었다면 좋았을 거라는 생각도 들었지만 결국 도련님에 대한 제 관심은 사라져 갔어요.

한편 에드거 서방님은 제가 도련님에 대한 소식을 알아 오기를 바라셨어요. 서방님은 도련님을 끔찍이 생각하셨고, 모험을 무릅쓰고라도 만나보고 싶으셨던 것 같아요. 언젠가 한번은 도련님이 마을에 나오는 일이 있는지 그 집 가정부에게 물어보라고 하시더군요.

가정부의 말에 따르면, 도련님이 제 아버지를 따라 말을 타고 두 번 마을에 다녀온 적이 있는데 다녀온 뒤에는 사나흘 동안 녹초가 되어 꼼짝도 못하는 척한다는 것이었어요.

제 기억이 틀림없다면, 그 가정부는 린턴 도련님이 그 집으로 간 지 2년 뒤에 나갔고 뒤이어 제가 모르는 가정부가 들어와서 지금까지 살고 있을 거예요.

캐시 아가씨가 열여섯 살이 될 때까지 스러시크로스 저택에서의 나날은 전과 다름없이 평온하고 유쾌했습니다. 아가씨의 생일은 돌아가신 캐서린 아씨의 기일이기도 해서 축하다운 축하를 하지 못했지요. 그날이 되면 린턴 서방님께서는 어김없이 서재에서 홀로 지내시다가 땅거미가 질 때쯤 기머튼에 있는 교회 묘지까지 걸어가서 자

정이 넘을 때까지 계시곤 하셨어요. 그래서 캐서린 아가씨는 혼자 놀
거리를 찾아야 했답니다.

그해 3월 20일은 아름다운 봄날이었습니다. 아버지가 서재로 들어
가자 우리 아가씨는 나들이옷으로 갈아입고 내려와서는, 황야 초입
까지 넬리와 함께 산책을 가도 좋으냐고 아버지께 여쭸더니 멀리 가
지 않고 한 시간 안으로 돌아온다면 그래도 좋다고 허락하셨다고 말
하더군요.

"그러니까 서둘러, 엘렌!"

아가씨가 외쳤습니다.

"꼭 가 보고 싶은 곳이 있어. 붉은 뇌조 떼가 이주해 오는 곳 말이
야. 벌써 둥지를 틀었는지 보고 싶어."

"거기라면 한참 올라가야 할 텐데요, 뇌조는 황야 초입에 알을 까
지 않거든요."

제가 대답했어요.

"아냐, 멀지 않아. 아빠랑 아주 가까이까지 가 본 적이 있어."

저는 모자를 쓰고는, 더 이상 그 문제에 대해서는 생각하지 않고
기운차게 집을 나섰어요. 아가씨는 제 앞을 깡총 대며 뛰어갔다가 다
시 제 옆으로 돌아와서는 다시 뛰어가고 하는 것이 마치 어린 그레이
하운드 같았지요. 처음에는 저도 여기저기서 지저귀는 종달새 소리
에 귀를 기울이고, 따뜻하고 감미로운 햇볕을 쬐기도 하고, 제 귀염
둥이이자 기쁨인 아가씨의 모습을 지켜보며 무척 즐거웠답니다. 아
가씨의 황금빛 곱슬머리는 뒤로 나부꼈고, 환한 두 볼은 막 피어난
들장미처럼 부드럽고 순결했으며, 눈은 구김살 없는 즐거움으로 빛
났지요. 그 무렵의 아가씨는 행복한 천사 같았어요. 그런데도 아가씨
가 만족할 수 없었다는 게 아쉬워요.

"캐시 아가씨, 그 뇌조가 어디 있단 말이에요? 지금쯤 뇌조가 보여

야 할 텐데 말이에요. 스러시크로스 저택의 숲 울타리가 저 멀리 까마득해진걸요."

제가 말했어요.

"조금만 더 가자, 조금만 더, 엘렌."

아가씨는 계속해서 이렇게 말했어요.

"저 언덕을 오르고 둑을 지나 저쪽에 다다르면 새가 나타날 거야."

그러나 오르고 지나야 할 언덕과 둑이 어찌나 많았던지 결국 저는 지쳐서 이제 그만 발길을 돌려야 한다고 말했지요.

아가씨가 저보다 훨씬 앞서 갔기 때문에 저는 고래고래 소리를 쳐야 했어요. 그런데 아가씨는 제 소리가 들리지 않는 건지, 아니면 듣고도 모른 체하는 건지 자꾸만 앞으로 뛰어가는 바람에 저는 하는 수 없이 쫓아갈 수밖에 없었답니다. 마침내 아가씨는 골짜기로 내려갔는데, 아가씨의 모습이 다시 눈에 띄었을 때에는 자기 집보다 워더링 하이츠에 2마일이나 더 가까운 곳에 가 있지 뭐예요. 그리고 두 사람이 아가씨를 막아서는 게 보였는데, 그중 한 사람은 히스클리프 씨가 틀림없었어요.

캐시 아가씨는 뇌조의 알을 훔치다가, 아니, 정확히 말하면 뇌조의 둥지를 찾다가 붙잡혔던 거예요.

워더링 하이츠는 히스클리프 씨의 땅이었으니, 그는 밀렵꾼을 꾸짖고 있었던 거죠.

"전 하나도 훔치지 않았어요. 찾지도 못한걸요."

제가 진땀을 빼며 겨우 그들 옆에 다가갔을 때 아가씨는 결백하다는 증거로 손을 펴 보이며 말하고 있었어요.

"훔칠 생각은 없었어요. 다만 아빠가 이 근처에 뇌조가 많다고 하셔서 그 알을 보고 싶었을 뿐이에요."

히스클리프 씨는 악의 어린 미소를 지으며 저를 힐끗 쳐다보았어요. 그러고는 상대방을 알고 있고, 그래서 가만둘 수 없다는 표정으로 '아빠'가 누구냐고 묻더군요.

"스러시크로스 저택의 린턴 씨예요. 저를 모르고 계실 거라고 생각했어요. 아셨다면 그런 식으로 말씀하셨을 리가 없죠."

"그럼 넌 네 아빠가 아주 명망 있고 훌륭한 분이라고 생각하는 모양이지?"

그가 빈정대며 말했어요.

"그런데 아저씨는 누구세요?"

캐시 아가씨는 상대를 호기심 어린 눈초리로 쳐다보며 물었어요.

"저 사람은 전에 본 적이 있는데, 아저씨 아들인가요?"

아가씨는 히스클리프 씨 옆에 있는 헤어튼 도련님을 가리켰어요. 그는 두 살을 더 먹는 동안 몸피가 불고 힘이 세진 것 말고는 달라진 게 없는 듯했어요. 여전히 촌스럽고 쑥스러운 모습이었지요.

"캐시 아가씨, 한 시간만 산책한다는 게 세 시간이 다 돼 가요. 이제는 정말 돌아가야 해요."

제가 끼어들었어요.

"아냐, 저 애는 내 아들이 아니란다."

히스클리프 씨가 제 말은 무시한 채 캐시의 질문에 대답하더군요.

"나한테 아들이 하나 있긴 하지. 너도 본 적이 있을 거야. 네 유모는 돌아가자고 재촉하지만 두 사람 모두 잠시 쉬었다 가는 게 좋을 것 같구나. 이 언덕 꼭대기를 잠깐 돌아서 우리 집에 가지 않겠니? 좀 쉬고 나면 더 빨리 집에 돌아갈 수 있을 테고, 집에서 너를 반갑게 맞아 줄 테니까."

저는 캐시 아가씨에게 무슨 일이 있어도 그의 초대를 받아들여서는 안 되며 그건 절대 있을 수 없는 일이라고 속삭였어요.

"왜 그래야 하지?"

아가씨는 큰 소리로 물었어요.

"뛰어다녔더니 피곤해. 그런데 땅은 이슬에 젖어서 앉을 수도 없어. 가자, 엘렌! 그리고 내가 저분 아들을 본 적이 있대. 잘못 알고 계신 거 겠지만 말이야. 저분이 어디에 살고 계신지 알 것 같아. 내가 페니스 톤 절벽에 갔다 올 때 들렀던 그 농가일 거야. 거기에 살고 계시죠?"

"그렇단다. 자, 넬리! 군소리 말고 우리 집에 들르도록 해. 저 아이 에게 특별한 기쁨이 될 테니까. 헤어튼, 저 애를 데리고 먼저 가거라. 넬리는 나와 함께 걷도록 하지."

"안 돼요. 아가씨가 거기에 가도록 내버려 두지 않겠어요."

저는 그에게 붙잡힌 팔을 빼내려고 몸부림치면서 소리쳤어요. 그 러나 아가씨는 잽싸게 언덕배기를 돌아 전속력으로 달려서 어느새 그 집 대문 앞의 섬돌까지 거의 다 갔더군요. 아가씨와 함께 가기로 되어 있던 헤어튼 도련님은 그러는 시늉도 하지 않고, 멋쩍은 듯 길 옆으로 비켜서더니 어디론가 사라져 버렸지요.

"히스클리프 씨, 이건 옳지 못한 행동이에요."

제가 말을 이었어요.

"좋은 뜻으로 이러시는 게 아니잖아요? 댁에 가면 아가씨가 린턴 도련님을 만나게 될 텐데, 그럼 집에 돌아가자마자 아가씨는 주인어 른께 모든 걸 다 말해 버릴 테고, 결국 저한테 책임을 물으실 거예요."

"난 저 애가 린턴을 만났으면 좋겠어."

히스클리프 씨가 대답했어요.

"요 며칠 동안 그 녀석 몰골이 좀 나아졌거든. 녀석을 보여 줄 만큼 괜찮을 때가 흔치 않아. 그리고 오늘 우리 집에 온 일은 비밀로 하자 고 설득할 수 있을 거야. 그럼 문제될 게 없잖아?"

"아가씨가 댁에 들어가도록 내버려 두었다는 것을 린턴 서방님이 아시기라도 하면 저를 미워할 텐데 문제가 안 되겠어요? 그리고 아

가씨한테 집에 자가고 청하는 데에는 뭔가 나쁜 의도가 있어서라는
것도 잘 알고 있어요."

제가 대답했어요.

"내 의도는 지극히 정직해. 전부 알려 주도록 하지."

그가 말했어요.

"두 사촌이 서로 사랑하게 되어 결혼했으면 하는 거야. 나로서는
그 댁 주인에게 아량을 베푸는 거지. 그의 어린 딸년에게 돌아갈 유
산은 없잖아. 그런데 그 아이가 내 소망대로 해 주기만 하면 곧바로
린턴과 함께 공동 상속인이 될 테니까."

"만약에 린턴 도련님이 죽는다면, 사실 도련님의 목숨은 확신이 들
지 않아서요. 캐시 아가씨가 상속인이 되겠지요."

"아니, 그렇게는 안 되지. 유언에는 그걸 보장하는 조항이 없거든.
그 애의 재산은 나한테로 돌아오게 될 거야. 다만 나는 분쟁이 나는
걸 막으려고 두 사람이 결혼했으면 하는 거고, 그 일을 성사시킬 작
정이야."

"그러나 저는 다시는 아가씨가 이 근처에는 오지 못하게 할 작정이
에요."

대문 앞에 당도했을 때 제가 대꾸했어요. 캐시 아가씨는 거기서 우
리가 오기를 기다리고 있었지요.

히스클리프 씨는 저한테 입을 다물라고 이르고는 우리보다 앞서서
잰 걸음으로 오솔길을 걸어 올라가 현관문을 열더군요. 우리 아가씨
는 히스클리프 씨를 어떻게 생각해야 할지 확실히 마음을 결정하지
못한 듯 몇 번이나 그를 쳐다보았어요. 히스클리프 씨가 캐시 아가씨
와 눈이 마주치면 미소를 지었고 아가씨에게 말할 때에는 목소리도
한결 부드러워지는 걸 보고, 저는 어리석게도 아가씨의 어머니에 대
한 기억이 아가씨에게 해를 끼치고 싶은 마음을 사라지게 했나 보다

고 생각했지요.

린턴 도련님은 벽난로 앞에 서 있더군요. 모자를 쓴 채 조셉에게 마른 신발을 가져오라고 말하는 걸로 봐서 들에서 산책을 하고 방금 들어온 것 같았어요.

도련님은 열여섯 살이 되려면 아직 몇 달이 더 지나야 했지만 나이에 비해서 키가 컸습니다.

그의 얼굴은 여전히 예쁘장했고, 상쾌한 공기를 마시고 따뜻한 햇볕을 쬐어 일시적으로 생긴 광채 덕분이었겠지만 눈과 안색이 제가 생각했던 것보다 밝았습니다.

"자, 저게 누구지?"

히스클리프 씨가 캐시 아가씨를 보며 물었어요.

"알아볼 수 있겠니?"

"아저씨 아들인가요?"

아가씨는 잘 모르겠다는 듯 두 사람을 번갈아 바라보며 말했어요.

"그래, 맞아."

히스클리프 씨가 대답했어요.

"그런데 저 애를 전에 본 적이 없니? 생각해 보렴! 이런! 기억력이 나쁜가 보구나. 린턴, 네가 보고 싶다고 우리를 그렇게 졸라 대던 네 사촌을 기억하지 못하는 거냐?"

"뭐라고요, 린턴이라고요!"

캐시 아가씨는 뜻밖의 기쁨에 얼굴이 환해지며 외쳤어요.

"저 애가 꼬마 린턴이라고요? 나보다 키가 더 커졌네. 네가 정말 린턴이니?"

그 소년은 앞으로 다가서며 그렇다고 말했어요. 아가씨는 그에게 열렬히 키스했고, 두 사람은 세월이 각자의 용모에 가져온 변화에 놀라며 서로를 유심히 바라보았어요.

당시 캐시 아가씨는 어른 키만큼 다 자라 있었고, 몸매는 토실토실하면서도 날씬했고 강철처럼 낭창낭창한 탄력이 있었으며, 몸 전체에 건강함과 활기가 넘쳤답니다. 반면에 린턴 도련님의 표정과 몸짓은 무척 기운 없어 보였고, 체구도 몹시 가냘펐어요. 그러나 기품 있는 태도가 이런 결점을 완화시켰기 때문에 전체적인 인상이 나쁜 편은 아니었어요.

아가씨는 사촌과 이런저런 정다운 인사를 주고받고나서 히스클리프 씨에게 갔어요. 히스클리프 씨는 문간에서 서성거리며 집 안과 밖 양쪽에 신경을 분산시키고 있었는데, 밖을 내다보는 척하면서 실은 집 안에 주의를 기울이고 있었지요.

"그럼 아저씨가 저의 고모부가 되시는군요!"

캐시 아가씨는 인사를 하려고 다가서면서 큰 소리로 말했어요.

"처음에 저한테 화를 내셨지만 저는 아저씨가 좋았어요. 왜 아저씨는 린턴을 데리고 저희 집에 놀러 오지 않으세요? 줄곧 이렇게 가까운 이웃에 살면서 우리를 보러 온 적이 한 번도 없었다니 이상하네요. 왜 그러신 거예요?"

"네가 태어나기 전에, 한때는 지나치게 자주 갔었지."

히스클리프 씨가 대답했어요.

"이런! 제기랄! 그렇게 키스가 남아돌면 린턴에게나 해 줘라. 나한테 낭비하지 말고."

"심술쟁이 엘렌!"

캐시 아가씨가 저를 향해 돌진하며 외쳤어요. 이번에는 제가 아가씨의 남아도는 키스의 공격 대상이 되었던 거죠.

"고약한 엘렌! 내가 이 집에 들어오는 걸 방해하다니! 하지만 앞으로는 매일 아침 걸어서 여기까지 올 거야. 고모부, 그래도 되죠? 가끔 아빠와 함께 와도 돼요? 우리를 만나면 기쁠 것 같지 않으세요?"

"물론, 기쁘겠지!"

히스클리프 씨는 미래의 두 방문객에 대한 깊은 혐오감으로 일그러지는 표정을 가까스로 억누르면서 대답했어요.

"그런데 잠깐만."

그는 캐시 아가씨를 바라보며 말을 이었어요.

"생각해 보니 너한테 이야기를 해 두는 게 좋겠구나. 네 아버지는 나에 대한 편견을 갖고 계시단다. 언젠가 한번 우리는 잔혹할 정도로 심하게 싸운 적이 있거든. 네가 여기 오는 걸 아버지한테 말하면 너 혼자 오는 것마저 못 하게 하실 거다. 그러니 앞으로 네 사촌을 안 봐도 괜찮다면 몰라도, 그렇지 않다면 여기 온다는 말을 해서는 안 돼. 네가 오고 싶으면 와도 좋지만, 그걸 말해서는 안 된다."

"두 분은 왜 싸우셨는데요?"

캐서린 아가씨는 상당히 의기소침해져서 물었어요.

"네 아버지는 내가 너무 가난해서 자기 여동생과 결혼할 수 없다고 생각했어. 그런데 우리가 기어이 결혼하니까 몹시 언짢았던 게지. 자존심에 타격을 입었으니 절대 용서하지 않을 거야."

히스클리프 씨가 대답했어요.

"그건 옳지 못한데요! 언제 아빠한테 그렇게 말씀드려야겠어요. 하지만 린턴과 저는 두 분의 싸움에 아무런 관계도 없잖아요. 그럼 제가 여기 오는 대신 린턴을 저희 집으로 보내 주세요."

아가씨가 말했어요.

"나한테는 너무 먼 거리야. 내가 4마일을 걸었다가는 죽게 될 거야. 그러니 캐서린 양이 오도록 해. 매일 아침 오지 말고 1주일에 한두 번, 가끔만 오는 게 좋겠어."

아가씨의 사촌이 중얼거렸어요.

히스클리프 씨는 아들을 지독한 경멸의 눈초리로 쏘아보더군요.

"넬리, 내가 헛수고를 하는 것 같아서 걱정이야."

히스클리프 씨는 저한테 나직한 소리로 말했어요.

"저 얼간이 같은 녀석이 부르는 대로 캐서린 양이 저 녀석의 진면목을 알게 되면 상대도 하지 않을 거야. 저 녀석이 헤어튼이라면 얼마나 좋을까! 헤어튼이 아무리 천한 신세가 되었더라도 하루에도 스무 번은 헤어튼이 탐나는 내 심정을 알겠어? 헤어튼이 힌들리의 자식만 아니었다면 녀석을 사랑했을 거야. 그러나 헤어튼이 캐시의 마음에 들 리는 없겠지. 저 녀석이 활기차게 분발하지 않으면 헤어튼을 저 변변찮은 녀석과 경쟁하게 하겠어. 우리는 저 녀석이 잘해야 열여덟까지 살 수 있을까, 하고 예측하고 있어. 이런, 벌어먹을 김빠진 물건 같으니. 저 녀석은 발을 말리는 데만 정신이 팔려서 캐시는 쳐다보지도 않는군. 린턴!"

"네, 아버지."

그 소년이 대답했어요.

"네 사촌에게 구경시켜 줄 만한 곳이 어디 없니? 하다못해 토끼나 족제비 집 같은 데라도 보여 주렴. 신발을 갈아 신기 전에 정원도 구경시켜 주고 마구간에 가서 네 말도 보여 주지 그러니."

"여기 앉아 있는 게 더 좋지 않아?"

린턴 도련님은 또 움직이기가 내키지 않다는 듯한 어조로 캐시 아가씨에게 말했어요.

"글쎄."

아가씨는 문 쪽으로 아쉬운 눈길을 던지며 대답했어요. 아가씨는 나가서 돌아다니고 싶은 게 분명했지요.

그러나 도련님은 그대로 자리를 지키고 앉은 채 난롯가로 더 가까이 몸을 웅크리는 것이었어요. 히스클리프 씨는 일어나 부엌에 들어가서는 부엌에서 다시 뒷마당으로 나가 헤어튼 도련님을 큰 소리로 불러 댔어요.

헤어튼 도련님의 대답 소리가 들렸고, 곧이어 두 사람이 다시 들어 왔지요. 볼이 불그레하고 머리카락이 젖은 것으로 보아 세수를 하고 있었던 모양이에요.

"아, 고모부, 여쭤 볼 게 있어요."

저번에 가정부가 한 말이 생각난 캐서린 아가씨가 외쳤어요.

"저 사람은 제 사촌이 아니죠?"

"사촌이지. 네 어머니의 조카니까."

히스클리프 씨가 대답했어요.

"저 애가 싫으냐?"

캐서린은 묘한 표정을 지었지요.

"잘생기지 않았니?"

히스클리프 씨가 덧붙였어요.

그 무례한 소녀는 발돋움을 하고는 히스클리프 씨의 귀에 대고 뭐라고 속삭이더군요. 히스클리프 씨가 껄껄 웃자 헤어튼 도련님의 얼굴이 어두워졌지요. 저는 헤어튼 도련님이 자기를 멸시하는 듯한 태도에 아주 민감하게 반응한다는 것과 어렴풋하게나마 자신의 열등한 신세를 의식하고 있다는 것을 알 수 있었어요. 헤어튼 도련님의 주인 인지 보호자인지 불분명한 자가 이렇게 외치자 헤어튼 도련님의 찌 푸린 얼굴이 다시 펴지더군요.

"우리들 중에 네가 제일 사랑을 받겠구나, 헤어튼! 저 애가 그러는 데, 너는 뭐랬더라? 에, 어쨌든 아주 칭찬하는 말이었어. 저 애를 데 리고 농장이나 한 바퀴 돌고 오너라. 신사답게 굴어야 한다. 명심해 라! 나쁜 말을 쓰지 말고, 아가씨가 널 보고 있지 않을 때 빤히 쳐다 보지 말고, 아가씨가 널 쳐다볼 때에는 네 얼굴을 숨기려 하지 말고, 말할 때는 또박또박 천천히 하고, 주머니에 손을 넣지 말아야 한다.

출발해라. 그리고 되도록 친절하게 대해 줘."

그는 두 사람이 창문을 지나 걸어가는 것을 지켜보았어요. 언쇼 도련님은 캐시 아가씨를 숫제 외면하고 있더군요. 낯익은 풍경일 텐데 마치 처음 보는 사람이나 화가처럼 흥미롭게 관찰하는 것이었어요.

캐시 아가씨는 그를 슬며시 훔쳐보았지만 별로 좋아하는 표정은 아니었어요. 그러고 나서 아가씨는 스스로 재밋거리를 찾기로 마음을 돌리고는, 경쾌하게 발걸음을 옮기면서 노래를 흥얼거려 대화의 결핍을 메웠어요.

"내가 저 녀석이 말을 하지 못하게 해 놓았거든."

히스클리프 씨가 말했어요.

"저 녀석은 내내 말 한마디 하지 못할 거야. 넬리, 내가 저 녀석 나이였을 때를 기억하지? 아니, 좀 더 어렸을 때로군. 나도 저렇게 멍청해 보이고, 조셉 말마따나 '미련퉁이' 같았던 적이 있었나?"

"더 했지요."

제가 대답했어요.

"게다가 저 아이보다 더 퉁했으니까요."

"저 녀석 때문에 즐겁다니까!"

그는 생각에 잠기며 말을 이었어요.

"저 녀석은 내 기대를 저버리지 않았어. 만약 녀석이 바보로 태어났다면 내 즐거움은 지금의 절반에도 미치지 못했을 거야. 그런데 녀석은 바보가 아니거든. 그리고 나 자신이 경험했던 것이기 때문에 난 녀석이 느끼는 감정을 모두 알 수 있어. 예컨대 지금 저 녀석이 무엇 때문에 괴로워하는지 난 정확히 알고 있지. 그건 단지 앞으로 겪게 될 괴로움의 시작일 뿐이지만 말이야. 그리고 녀석은 자기가 빠져 있는 상스러움과 무지의 늪에서 절대 헤어 나오지 못할 거야. 저 녀석의 악당 같은 아비가 나를 잡아매었던 것보다 내가 저 녀석을 더 단단히 움켜쥐어 더 비천하게 만들었기 때문에 녀석은 자신의 야만성에 자부심을 갖고 있을 정도란 말이야. 난 저 녀석에게 동물적이지 않은 것은 모조리 어리석고 약한 것으로 경멸하도록 가르쳤지. 힌들리가 저 녀석을 본다면 자기 아들을 자랑스럽게 여길 수 있을까? 내가 내 자식을 자랑스럽게 여기는 그 정도이겠지. 그러나 둘 사이에는 이런 다른 점이 있어. 한쪽은 금덩이인데도 바닥에 까는 돌로 쓰고, 다른 한쪽은 주석인데도 은식기로 보이게 하려고 광을 내어 닦는 격이라고나 할까. 내 자식은 쓸모라고는 조금도 없는 놈이지만 그래도 그 민약한 놈이 갈 수 있는 데까지 가게 해서 좋은 점을 살려 볼 작정이야. 힌들리의 아들놈은 훌륭한 자질을 타고났지만 다 잃어버리고 말았어. 쓸모가 없는 정도에서 그치지 않고 더 나빠져 버렸어. 나야 조금도 아쉬울 게 없지만, 헤어튼이 얼마나 후회할지는 나 말고는 아무도 모를 거야. 그리고 무엇보다 흡족한 것은 헤어튼이 나를 지독히 좋아한다는 사실이지! 그 점에 있어서는 내가 힌들리보다 한 수 위라는 걸 넬리도 인정할 거야. 설사 죽은 그놈이 자기 자식을 부당하게 대한다고 나를 비난하려고 무덤에서 일어날 수 있다 하더라도, 나는 그의 자식이 이 세상에 둘도 없는 친구를 비난한다고 분개하며 그를 다시 쫓아 보내는 것을 재미있게 보고 있을 거란 말이지!"

그런 광경이 떠오르기라도 했는지 히스클리프 씨는 악마처럼 낄낄대고 웃었어요. 그가 제 대답을 기대하고 있지 않다는 것을 알고 있었기 때문에 저는 아무런 대답도 하지 않았습니다.

그러는 동안, 우리의 이야기가 들리지 않을 만큼 멀찍이 떨어져 앉아 있던 린턴 도련님이 불안한 증세를 보이기 시작했어요. 아마도 좀 피곤할까 두려워서 캐시 아가씨와 즐거운 시간을 보낼 수 있는 기회를 놓친 것이 후회가 되었나 봐요.

그의 아버지는 그가 불안한 눈으로 창문 쪽을 두리번거리며 모자를 집을까 말까 망설이는 것을 보았어요.

"일어서, 이 게으름뱅이야!"

히스클리프 씨가 짐짓 다정하게 외치더군요.

"저 애들을 쫓아가 봐라……. 이제 막 벌통 옆의 모퉁이를 돌아가고 있으니까."

린턴 도련님은 기운을 내어 벽난로 옆을 떠났어요. 그가 문을 나설때 격자문이 열려서 캐시 아가씨가 그 무뚝뚝한 헤어튼 도련님에게 문 위에 뭐가 새겨져 있냐고 묻는 소리가 들려 왔어요.

헤어튼 도련님은 물끄러미 쳐다보더니 진짜 바보처럼 머리를 긁적였습니다.

"벌어먹을 글자겠지. 난 읽을 줄 몰라."

그가 대답했어요.

"저걸 읽을 줄 모른다고?"

아가씨가 소리쳤어요.

"난 읽을 수 있어……. 영어니까. 그런데 왜 저기에 새겨 놓았는지 모르겠어."

린턴 도련님이 킬킬대며 웃었어요. 그가 처음으로 보인 즐거운 표정이었지요.

"그 아이는 글자를 몰라. 저렇게 덩치 큰 바보가 있다는 게 믿기지 않지?"

린턴 도련님이 아가씨에게 말했어요.

"저 애 저능아야? 아니면 좀 모자라거나…… 제정신이 아닌 거야?"

캐시 아가씨는 심각하게 물었어요.

"내가 두 번 질문했는데, 두 번 다 어찌나 멍한 얼굴인지 내가 하는 말을 이해하지 못하는 것 같아. 실은 나도 저 애가 하는 말을 거의 알아듣지 못하겠어!"

린턴 도련님은 다시 킬킬대며 웃고는 헤어튼 도련님을 조롱하는 눈초리로 힐끗 쳐다보았어요. 헤어튼 도련님은 그 상황을 이해하지 못하고 있는 게 틀림없는 듯했어요.

"그저 게으른 것일 뿐 다른 문제는 없어. 그렇지, 언쇼? 내 사촌은 네가 바보인 줄 알고 있잖아……. '책상물림'이니 어쩌니 하면서 공부하는 걸 멸시하니까 이런 꼴을 당하는 거 아냐……. 캐서린, 저 애의 지독한 요크셔 지방 사투리 들어 봤어?"

"그런데 그 망할 놈의 공부가 무슨 소용이 있다는 거야?"

헤이튼 도련님이 으르렁거렸어요. 매일 보는 식구라 대거리하기가 더 쉬웠던 모양이에요. 헤어튼 도련님은 뭐라고 더 말하려 했지만 두 젊은이가 요란스럽게 웃음을 터뜨리며 즐거워했기 때문에 말문이 막혀 버렸지요. 경망스러운 우리 캐시 아가씨는 헤어튼 도련님의 이상한 말투를 웃음거리로 삼을 수 있다는 걸 알게 되어 즐거웠나 봅니다.

"이야기할 때 그 '망할 놈'이란 말을 붙이면 무슨 소용이 있는데?"

린턴 도련님이 킥킥 웃으며 말했어요.

"아빠가 나쁜 말을 쓰지 말라고 하셨는데, 넌 입만 열었다 하면 나쁜 말이 튀어나오잖아……. 신사답게 행동하도록 해, 제발!"

"네놈이 사내보다 계집을 더 닮지만 않았어도 당장 네놈을 때려 눕혔을 거야. 이 불쌍한 약골 같으니!"

그 성난 무식쟁이가 물러가면서 쏘아붙였는데, 그의 얼굴은 분노와 굴욕감으로 이글거렸어요. 모욕을 당했다는 것을 인식했지만 불쾌감을 어떻게 표출해야 할지 알지 못했기 때문이지요.

저와 함께 그들의 대화를 듣고 있던 히스클리프 씨는 헤어튼 도련님이 물러가는 것을 보며 빙긋 웃었지만, 곧이어 문간에 남아 재잘거리고 있는 수다스러운 두 아이를 지독히 혐오스런 눈초리로 쳐다보는 것이었어요. 소년은 헤어튼 도련님의 실수와 결점을 늘어놓고 그의 행실에 대한 일화를 이야기하느라 신이 났고, 소녀는 그의 말에서 드러나는 비뚤어진 심보를 알아채지 못한 채 그의 건방지고 심술궂은 말을 즐겁게 듣고 있었지요. 그래서 저는 린턴 도련님이 측은하기는커녕 미워지기 시작했고, 그의 아버지가 그를 변변치 않게 생각하는 것도 어느 정도 수긍이 가더군요.

우리가 그 집을 떠날 때는 벌써 오후가 되어 있었지요. 저는 캐시 아가씨를 그보다 일찍 데리고 나올 수 없었습니다. 그러나 다행히 우리 주인님은 그때까지 서재에서 나오지 않아서 우리가 오랫동안 집에 없었다는 걸 모르셨지요.

집으로 돌아오는 길에 저는 캐시 아가씨에게 그날 만난 사람들의 성품에 대해 알려 주고 싶었어요. 그러나 캐시 아가씨는 제가 그들에 대해 편견을 갖고 있다고 믿고 있더군요.

"아하!"

아가씨가 외쳤어요.

"엘렌은 아빠 편이로군. 공정하지 못하단 말이야. 그렇지 않다면 그렇게 오랫동안 내가 린턴이 먼 곳으로 살러 간 것처럼 믿도록 내버려 두지 않았을 거야. 정말 굉장히 화가 나는데 오늘은 기분이 아주 좋으니까 화를 내지 않는 것뿐이야! 그러니까 고모부에 대해서 입을 다물도록 해. 그분은 내 고모부라는 걸 잊지 마. 그리고 아빠한테도 그분과 싸운 일에 대해서 뭐라고 한마디 할 생각이야."

아가씨가 이런 식으로 계속 이야기를 늘어놓았기 때문에 결국 저는 아가씨의 생각이 잘못되었다는 걸 깨우쳐 주려던 시도를 그만두었습니다.

그날 저녁에 아가씨는 린턴 서방님을 만나지 못했기 때문에 워더링 하이츠에 갔던 일을 이야기하지 않았지요. 다음 날 모든 게 드러나자 제가 몹시 난처하게 됐지만, 그렇다고 전적으로 유감스럽기만

한 것은 아니었어요. 아가씨를 지도하고 훈계하는 일은 저보다 린턴 서방님께서 직접 하시는 게 더 효과적이라는 생각이 들었거든요. 그러나 린턴 씨는 아가씨가 워더링 하이츠 사람들과 가까이 지내면 안 되는 이유를 대는 데 너무 소극적이셨고, 캐시 아가씨는 지금까지 자기가 하고 싶은 대로 해 오던 터라 그렇게 하지 못하는 충분한 이유를 알고 싶어 했지요.

"아빠!"

아가씨는 아침 인사를 하고 나서 큰 소리로 말했습니다.

"제가 어제 황야에서 누구를 만났는지 알아맞혀 보세요……. 어머, 아빠, 깜짝 놀라시네요! 잘못하신 일이 있으시죠, 그렇죠? 제가 누구를 봤냐 하면요……. 들어 보세요. 아빠가 잘못한 걸 어떻게 알게 되었는지 이야기할 테니까요. 엘렌도 아빠와 한통속이 되어, 제가 린턴이 돌아오기를 그렇게 바라고 돌아올 수 없다는 걸 알고 실망할 때 동정하는 척했지!"

캐시 아가씨는 산책 갔을 때의 일이며 그 뒤에 일어난 일을 사실 그대로 털어놓았고, 주인어른은 저한테 두어 번 질책하는 눈길을 보냈지만 아가씨가 이야기를 마칠 때까지 아무 말씀도 하지 않으셨어요. 그러고 나서 그는 따님을 가까이 오라고 하시더니 린턴이 가까운 이웃에 사는 사실을 왜 숨겼는지 아느냐, 그리고 린턴과 노는 게 무슨 해가 된다고 왜 굳이 그 즐거움을 막았다고 생각하느냐고 물으시더군요.

"그건 아빠가 히스클리프 씨를 싫어하니까 그렇죠, 뭐."

아가씨가 대답했어요.

"그럼 넌 아빠가 네 감정보다 아빠 감정을 더 중요하게 생각한다고 믿는 거니, 캐시?"

서방님이 말했어요.

"그렇지 않아. 내가 히스클리프 씨를 싫어하기 때문이 아니라 히스클리프 씨가 나를 싫어하기 때문이지. 게다가 그는 조그만 기회라도 보이면 자기가 싫어하는 사람을 학대하고 망치는 걸 즐거워하는 아주 극악무도한 사람이란다. 그런데 네가 네 사촌과 계속 왕래하면 틀림없이 그 사람과도 마주치게 될 테고, 그 사람은 나 때문에 너도 미워할 거라는 걸 난 알고 있었거든. 그래서 난 다른 이유가 아닌 너 자신을 위해서 네가 린턴을 다시 만나지 못하도록 미리 경계를 했던 거야. 네가 좀 더 나이가 들면 언제든 이야기할 생각이었는데, 지금에서야 말하게 되어 미안하구나!"

"하지만 히스클리프 씨는 아주 친절하시던데요, 아빠."

캐시 아가씨는 전혀 납득하지 못한 채 말했습니다.

"그리고 우리가 만나는 것을 반대하지 않았어요. 내가 오고 싶으면 언제든 와도 좋다고 했어요. 다만 아빠와 싸운 일이 있고 또 이사벨라 고모와 결혼한 걸 아빠가 용서하려 하지 않으니까 아빠한테만 말하지 말라고 했어요. 정말 아빠는 용서하지 않으려고 하는군요. 아빠가 나빠요. 그분은 적어도 우리가, 그러니까 린턴과 제가 친구가 되는 걸 기꺼이 허락하셨어요. 그런데 아빠는 안 그러잖아요."

린턴 서방님은 아가씨가 고모부의 악한 성품에 대한 자신의 말을 받아들이려 하지 않는다는 것을 감지하고, 그자가 이사벨라 아가씨에게 한 짓과 워더링 하이츠가 어떻게 그의 소유가 되었는지를 간단히 요점만 추려서 들려주었어요. 서방님은 이런 주제로 오랫동안 이야기하는 것을 견딜 수 없었을 거예요. 말씀은 하지 않으셨지만, 린턴 부인이 돌아가셨을 때 마음에 사무쳤던 숙적에 대한 공포와 증오가 생생하게 되살아났을 테니까요. 그자만 아니었다면 아내가 아직 살아 있을 텐데! 하는 쓰라린 생각이 서방님의 마음에 줄곧 남아 있었고, 서방님의 눈에 히스클리프 씨는 살인자로 보였겠지요.

급한 성격과 경솔함 때문에 가끔 말을 안 듣거나 억지를 쓴다거나 성미를 부리는 일이 있었지만 바로 그날로 잘못했다고 후회하곤 하는 아가씨가 알고 있는 악한 행동이라고는 고작 이런 자신의 사소한 잘못뿐이었지요. 그래서 아가씨는 여러 해 동안 복수심을 마음속에 감춰 두고 복수할 기회를 노리다가 양심의 가책도 없이 그 계획을 실행하는 음흉한 영혼이 있다는 사실에 경악했어요. 아가씨는 지금까지 생판 보지도 못하고 생각해 본 적도 없는 인간 유형이 있다는 것을 알고 깊은 인상과 충격을 받은 것 같았기 때문에 린턴 서방님은 그 이야기를 세속할 필요가 없다고 생각하셨지요. 다만 이렇게만 덧붙이셨답니다.

"애야, 이제 왜 그 집과 그 집 식구들을 멀리하라고 하는지 알겠지? 자, 그럼 그 사람들에 대해서는 더 이상 생각하지 말고 다시 전처럼 공부하고 놀면서 지내려무나."

캐시 아가씨는 아버지에게 입을 맞추고는, 늘 해 오던 대로 조용히 앉아서 두어 시간 공부를 했어요. 그러고 나서 아버지를 따라 정원에 나가 여느 때와 같은 하루를 보냈지요. 그런데 저녁이 되어 아가씨가 자기 방으로 자러 갔을 때, 제가 옷 벗는 것을 거들어 주려고 들어가 보니 아가씨는 침대 옆에 무릎을 꿇고 앉아서 울고 있더군요.

"아니, 이런, 무슨 바보짓이에요! 아가씨가 정말 슬픈 일을 당하게 되면 이렇게 하찮은 일로 눈물을 흘렸던 게 부끄러워질 거예요.

아가씨는 진짜 슬픔은 털끝만큼도 알지 못해요. 아버님과 내가 죽어서 이 세상에 아가씨 혼자 남겨졌다고 잠시 생각해 보세요. 그땐 어떤 생각이 들겠어요? 지금의 상황과 그런 불행한 경우를 한번 견줘 봐요. 그리고 친구가 더 있었으면 하고 바라지 말고 지금 아가씨 곁에 친구들이 있다는 걸 고마워하세요."

"난 나 때문에 울고 있는 게 아냐, 엘렌."

아가씨가 대답했어요.

"린턴 때문이야. 내일 날 다시 만나게 될 거라고 기대하고 있을 텐데, 내일 내가 나타나지 않으면 얼마나 실망하겠어!"

"어리석은 소리 마세요!"

제가 말했어요.

"아가씨가 린턴 도련님을 생각하는 것만큼 린턴 도련님이 아가씨를 생각할 것 같아요? 도련님 곁에는 헤어튼이 있잖아요? 겨우 두 번, 그나마 오후에 잠깐 만난 친척을 만나지 못하게 되었다고 우는 사람은 백 명 중에 한 명도 없을 거예요. 린턴 도련님은 어떻게 된 건지 짐작하고 더 이상 고민하지 않을 거라고요."

"그렇지만 왜 가지 못하는지 편지로라도 써 보내면 안 될까?"

아가씨는 일어서면서 물었습니다.

"그리고 내가 빌려 주기로 약속한 책들을 보내줬으면 해. 그 애의 책은 내 것만큼 좋지 않았어. 그래서 나한테 아주 재미있는 책들이 있다고 했더니 몹시 보고 싶어 했거든. 그러면 안 돼, 엘렌?"

"안 돼요, 절대, 안 돼요!"

제가 단호히 말했어요.

"그러면 린턴 도련님이 아가씨한테 답장을 쓸 테고, 그러다 보면 끝이 없을 거예요. 안 돼요, 아가씨. 연락을 완전히 끊으셔야 해요. 아버님께서도 그럴 거라 기대하고 계시고 저도 지켜볼 거예요!"

"하지만 짧은 편지 한 통은……."

아가씨는 애원하는 얼굴로 다시 말을 꺼냈어요.

"조용!"

저는 말을 가로막았어요.

"이제 그 짧은 편지 얘기는 그만하고, 잠이나 자요!"

아가씨는 저를 아주 못마땅한 눈초리로 쳐다보더군요. 어찌나 건방진 눈초리였던지 처음에는 잘 자라는 뽀뽀도 해 주고 싶지 않았답니다. 어쨌든 이불을 덮어 주고 몹시 언짢은 기분으로 문을 닫았어요. 그러나 돌아오다가 안됐다는 생각이 들어 다시 조용히 가 보았더니, 이런! 아가씨는 백지를 앞에 두고 연필을 손에 쥔 채 책상 앞에 서 있다가 제가 들어가자 죄의식이 드는지 슬그머니 치우더군요.

"아가씨, 편지를 쓰더라도 그걸 전해 줄 사람은 아무도 없어요. 그러니 촛불을 끄겠어요." 하고 제가 말했어요.

제가 촛불 덮개를 불꽃에 씌우는데 아가씨가 제 손등을 찰싹 때리면서 화난 목소리로 '심술쟁이!'라고 하더군요. 그러고 나서 제가 다시 방에서 나오자 아가씨는 몹시 골을 내며 빗장을 걸어 버렸지요.

그 편지는 완성되어 마을을 돌아다니는 우유 배달부에 의해 목적지로 전달되었지만, 저는 한참 뒤에야 그 사실을 알게 되었답니다. 몇 주일이 지나자 캐시 아가씨는 평정을 찾았어요. 그러나 살그머니 빠져나가 혼자 구석에 앉아 있는 버릇이 생겼지요. 아가씨가 그렇게 앉아 책을 읽고 있을 때 제가 갑자기 다가가기라도 하면 깜짝 놀라며 책 위로 몸을 구부렸는데 분명 무언가를 숨기려는 듯했고 책갈피 위로 종이가 비죽 나온 것이 눈에 띄곤 했어요.

아가씨는 또한 아침 일찍 아래층으로 내려와서, 마치 뭔가가 도착하기를 기다리는 사람처럼 부엌을 서성대는 버릇이 생겼어요. 그리고 아가씨는 서재의 수납장에 달린 작은 서랍 하나를 자기 것으로 쓰고 있었는데, 몇 시간이고 그 앞에서 시간을 보내다가 방에서 나갈 때는 서랍 열쇠를 신경 써서 치우는 것이었어요.

하루는 아가씨가 이 서랍을 점검하고 있을 때 얼핏 보니, 얼마 전까지만 해도 그 안에 들어 있던 장난감이며 자질구레한 물건들이 차곡차곡 접힌 종이로 바뀌어 있더군요.

제 마음에 호기심과 의심이 일었어요. 그래서 아가씨의 비밀스러운 보물을 몰래 살펴봐야겠다고 결심했지요. 밤이 되어 아가씨와 주인님이 위층으로 올라가서 내려오지 않는다는 확신이 들자마자, 제가 갖고 있는 집 안 열쇠들을 뒤적거려 그 서랍에 들어맞는 열쇠를 하나 찾아냈습니다. 서랍을 열고는 제 방에서 느긋하게 조사하기 위해 그 속에 든 것들을 몽땅 앞치마에 담아 방으로 가지고 왔어요.

뭔가 수상쩍다고 생각은 하고 있었지만, 아가씨가 보낸 편지에 대한 답장으로 거의 매일 린턴 히스클리프 도련님이 써 보낸 게 틀림없는 편지 꾸러미를 발견하자 놀라지 않을 수 없었답니다. 초기에 보내 온 편지들은 수줍고 짤막했지만, 갈수록 긴 연애편지로 바뀌더군요. 편지를 쓴 사람의 나이가 나이인지라 당연히 유치했지요.

그러나 군데군데 더 경험 있는 사람에게서 빌려 온 것 같은 솜씨가 눈에 띄었어요. 그중에는 진짜 이상할 정도로 열렬함과 싱거움이 뒤섞인 것들도 있었는데, 강렬한 감정으로 시작하여, 마치 어린 소년이 실체 없는 상상의 애인에게 쓰듯 젠체하는 장황한 글로 끝을 맺었더군요.

이 편지들이 캐시 아가씨를 만족시켰는지는 알 수 없지만, 제가 보기에는 아무런 가치도 없는 허섭스레기에 불과했지요. 이만하면 알겠다 싶을 만큼 들춰 본 뒤에 그것들을 손수건으로 묶어서 챙겨 두고 빈 서랍을 다시 잠가 놓았어요.

다음 날 아침, 여느 때와 마찬가지로 아가씨는 일찍 내려와서 부엌으로 들어왔어요. 가만히 지켜보고 있으려니, 우유를 배달하는 소년이 도착하자 아가씨는 문 쪽으로 가더군요. 그리고 소젖 짜는 하녀가 소년이 갖고 온 통에 우유를 따라 주는 동안 아가씨는 무언가를 웃옷 주머니에 쑤셔 넣고는 또 무언가를 꺼내더군요.

저는 정원으로 돌아가서 그 배달부를 기다렸어요. 그 소년이 자기에게 맡겨진 물건을 지키려고 용감하게 맞서는 바람에 그만 우유를 엎지르고 말았지만 저는 그 편지를 빼앗는 데 성공했습니다. 냉큼 돌아가지 않으면 위험할 거라고 을러대고는 담 밑에 서서 캐시 아가씨의 애정 어린 편지를 읽었지요. 사촌의 편지보다 더 단순하고 설득력이 있는, 아주 귀엽고 우스꽝스러운 것이었어요. 저는 고개를 절레절레 흔들고는 생각에 잠긴 채 집으로 들어왔습니다.

그날은 비가 와서 숲을 산책할 수 없었기 때문에, 아가씨는 아침 공부가 끝나자 서랍 속 물건을 보며 마음을 달래려 했나 봅니다. 서방님은 책상 앞에 앉아 책을 읽고 있었고, 저는 일부러 커튼 솔기가 조금 풀린 곳을 찾아 몇 바늘 꿰매면서 아가씨의 거동을 주시하고 있었어요.

"어머나!" 하는 아가씨의 외마디 소리에는 둥지 가득 짹짹거리는 새끼 새들을 두고 먹이를 구하러 나갔던 어미 새가 돌아와서 빈 둥지를 보고 비통하게 울부짖으며 날개를 파닥이는 것보다 더한 절망이 드러났어요. 조금 전까지만 해도 행복하던 안색도 돌변했지요. 린턴 서방님이 고개를 들고 아가씨를 쳐다보며 "무슨 일이냐, 캐시? 어디 다쳤니?" 하고 말씀하셨지요.

아가씨는 아버지의 어조와 표정을 보고 자신이 감춰 둔 것을 갖고 간 사람은 아버지가 아니라는 것을 알았어요.

"아니에요, 아빠."

아가씨는 놀란 숨을 토해 내며 말했어요.

"엘렌! 엘렌! 위층으로 좀 와. 속이 울렁거려!"

저는 아가씨의 요구대로 아가씨를 따라 위층으로 올라갔어요.

"아, 엘렌! 엘렌이 가지고 있지?"

아가씨는 방으로 들어가자마자 무릎을 꿇으며 말을 꺼냈어요.

"돌려 줘. 다시는 절대 그런 짓 하지 않을게! 아빠한텐 말하지 마. 아직 말하지 않았지, 엘렌? 말하지 않았다고 해 줘! 정말 잘못했어.

다시는 안 그럴게!"

저는 아주 엄한 태도로 아가씨에게 일어서라고 말했습니다.

"캐시 아가씨, 꽤 진전이 된 것 같더군요. 당연히 부끄럽겠죠! 시간 날 때마다 가서 들여다보던 게 그런 쓰레기 뭉치였어요? 책으로 펴내도 될 만큼 대단하던걸요! 아버님께 그걸 보여 드린다면 어떻게 생각하실 것 같아요? 아직 보여 드리지는 않았지만 제가 그 우스꽝스런 비밀을 지켜 줄 거라고는 생각지 마세요. 정말 부끄러운 일이에요! 분명 아가씨가 먼저 그런 우스꽝스런 짓을 시작했겠죠! 저쪽에서 먼저 시작할 생각을 했을 리는 없을 테니까요."

"내가 먼저 그런 게 아니야! 내가 먼저 그런 게 아니라고!"

아가씨는 비탄에 잠겨 흐느꼈어요.

"난 그 애를 사랑할 생각은 한 번도 하지 않았어."

"사랑이라고요!"

저는 최대한 경멸 어린 어조로 그 말을 내뱉었어요.

"사랑이라니! 세상에 이런 경우가 또 있을까! 1년에 한 번 우리 집에 곡물을 사러 오는 방앗간 사람을 내가 사랑한다고 하는 것만큼이나 어처구니없는 일이에요. 정말 대단한 사랑이로군요! 아가씨가 린턴 도련님을 만난 건 두 번 다 합쳐 봐야 아가씨 인생에 서너 시간도 채 못 돼요! 여기 그 유치한 편지가 있으니 서재로 가져가서 아버님이 그 사랑에 대해 뭐라고 하시는지 들어 보자고요."

아가씨는 자기의 소중한 편지를 잡으려고 펄쩍 뛰어올랐으나, 저는 그걸 머리 위로 쳐들었지요. 그러자 캐시 아가씨는 그걸 태워 버리라고 열광적으로 애원하더군요. 아버지에게 보이지만 않는다면 어떻게 해도 좋다는 것이었지요.

저는 그 모든 것이 소녀다운 허영심에서 비롯된 것이라는 생각이 들어, 혼내면서도 웃음이 나오려 했고 결국 조금 봐줘야겠다는 생각이 들어 이렇게 물었지요.

"내가 이걸 아버님께 보여 드리지 않고 태우는 데 동의한다면 다시는 편지를 보내지도 받지도 않을 것이며, 책도 보내지 않고(책을 보냈다는 걸 알고 있어요.) 머리타래나 반지, 장난감 따위도 보내거나 받지 않겠다고 분명히 약속하겠어요?"

"우린 장난감 따위는 보내지 않아!"

캐시 아가씨는 자존심이 상해서 부끄러운 일도 잊어버리고 소리쳤어요.

"어쨌든 아무것도 보내지 않을 거죠, 아가씨? 그렇게 하겠다고 약속하지 않으면 아버님께 가겠어요."

제가 말했어요.

"약속해, 엘렌!"

아가씨는 내 옷자락을 붙들며 말했어요.

"제발, 그걸 불 속에 던져 버려. 어서!"

그러나 내가 부지깽이로 난로 속을 후비며 편지 넣을 자리를 만들자, 캐시 아가씨는 편지를 태워 버린다는 게 너무 고통스러워서 견딜 수 없었나 봅니다. 한두 통만 남겨 달라고 애걸복걸하더군요.

"한두 통만, 엘렌. 린턴을 위해서 간직하게 남겨 줘!"

저는 손수건 매듭을 풀어 편지들을 비스듬히 던지기 시작했어요. 불꽃이 빙빙 돌면서 위로 솟아올랐지요.

"하나만이라도 가져야겠어. 엘렌은 정말 매정해!"

아가씨는 이렇게 악을 쓰더니 손가락을 데든 말든 아무 상관없는 듯이 불 속으로 손을 집어넣어 반쯤 타다 남은 편지를 몇 장 끄집어내는 게 아니겠어요.

"잘하는 짓이군요. 그럼 나는 아버님께 남은 몇 장이라도 보여 드려야겠군요!"

저는 이렇게 대꾸하고는 남은 편지를 다시 묶어서 문 쪽을 향해 갔어요.

아가씨는 꺼멓게 그을린 종이들을 불 속에 집어던지고는 나머지도 다 태워 버리라고 저한테 손짓을 해 보이더군요. 그렇게 해서 저는 편지를 모두 태웠답니다. 그러고는 재를 휘저은 다음, 석탄을 한 삽 가득 떠서 그 재를 묻었지요. 아가씨는 마음이 무척 아픈 듯 아무 말 없이 자기 방으로 가 버리더군요. 저는 아래층으로 내려가서 린턴 씨에게 따님의 현기증은 거의 가셨지만 잠시 더 누워 있는 게 좋겠다고 말씀드렸지요.

아가씨는 점심을 먹으려 하지 않았지만 차 마시는 시간에는 다시 나타났습니다. 얼굴이 창백하고 눈 주위가 붉기는 했지만 겉으로는 신통하게도 진정이 되었더군요.

이튿날 아침, 저는 린턴 도련님에게서 온 편지의 답장으로 종이쪽지에다 이렇게 적어서 보냈습니다.

캐서린 아가씨께서는 히스클리프 도련님이 보내는 편지를 받지 않을 것이므로 앞으로는 보내지 마시기 바랍니다.

그 뒤로 우유 배달 소년은 빈 주머니로 오게 되었지요.

제22장

여름이 끝나고 가을이 시작될 무렵이었습니다. 미가엘제(대천사 미가엘의 축일로, 9월 29일_옮긴이)가 지났지만 그해는 추수가 늦어져서 우리 밭 중에도 아직 곡식을 다 거둬들이지 못한 곳이 몇 군데 남아 있었어요.

린턴 씨와 따님은 추수하는 곳으로 자주 산책을 나가셨습니다. 마지막 밀단들을 들여오는 날은 두 분도 어두워질 때까지 밭에 남아 계셨는데, 그날 저녁에는 유달리 공기가 차고 습해서 주인님이 독감에 걸리고 말았어요. 게다가 독감이 폐병으로 악화되어 린턴 서방님은 겨우내 거의 집 안에 갇혀 지내야 하셨답니다.

가엾은 캐시 아가씨는 얼마 전의 작은 연애 사건으로 도련님과의 편지 연락을 단념하게 된 뒤부터 아주 쓸쓸하고 무기력해 보였습니다. 그래서 린턴 서방님은 책 읽는 시간을 줄이고 운동을 더 많이 하라고 권하셨지요. 그러나 그 무렵에는 서방님이 편찮으셨기 때문에 아가씨와 놀아 주지 못하셨어요. 그래서 제가 서방님 대신 되도록 많이 아가씨의 동무가 되어 줘야 한다고 생각했지만 저는 저대로 날마다 해야 할 일이 많았기 때문에 겨우 두세 시간밖에는 아가씨를 따라다녀 줄 수 없었어요. 결국 저는 서방님을 효과적으로 대신하지 못했고, 아가씨도 저와 함께 다니는 것보다 아버지와 함께 다니는 게 더 좋았을 거예요.

10월이었던가, 아니 11월 초쯤의 시원하고 촉촉한 어느 날 오후였어요. 잔디밭과 오솔길에서는 낙엽들이 바스락거렸고 싸늘하고 파란 하늘이 구름에 반쯤 가려져 있었어요. 잿빛 구름이 서쪽 하늘에서 갑자기 뭉게뭉게 피어오르는 게 큰 비를 뿌릴 것 같았지요. 소나기가 내릴 게 분명하니 산책을 가지 말자고 아가씨에게 말했지만 아가씨는 말을 듣지 않았어요. 그래서 저는 하는 수 없이 외투를 걸치고 우산을 들고서 아가씨를 따라 사냥터 숲 끝까지 산책을 나갔지요. 아가씨는 우울할 때마다 이 산책 코스로 산책을 하곤 했는데, 에드거 서방님의 병세가 나빠지면 어김없이 아가씨의 기분이 우울해졌지요. 린턴 서방님이 직접 말씀하신 적은 없지만, 캐시 아가씨와 저는 서방님의 말수가 줄어들고 표정이 우울해지는 것을 보고 그분의 병세가 악화되고 있다는 걸 짐작했습니다.

아가씨는 쓸쓸히 걸어갔어요. 예전처럼 달리지도 뛰지도 않았지요. 바람이 쌀쌀해서 달리고 싶었을 텐데 말이죠. 그리고 곁눈질로 보니 자주 손을 들어 뺨에서 뭔가를 훔치는 폼이 울고 있더군요.

저는 아가씨의 생각을 다른 데로 돌릴 만한 것이 없나 하고 둘러보았습니다. 길 한쪽에는 높고 울퉁불퉁한 언덕이 솟아 있었는데, 거기에는 개암나무며 제대로 자라지 못한 참나무들이 뿌리를 반쯤 드러낸 채 언제 넘어질지 모르는 불안한 자세로 서 있더군요. 참나무가 뿌리를 내리기에는 흙에 점착성이 너무 부족했어요. 그래서 몇 그루는 강한 바람에 거의 수평으로 누워 버린 것도 있었지요. 여름에 캐시 아가씨는 이런 나무에 기어올라 나뭇가지에 걸터앉아서는 5~6미터 높이에서 흔들어 대는 걸 좋아했어요. 저는 아가씨의 민첩한 몸짓이며 경쾌하고 천진스러운 마음이 흐뭇하면서도, 그렇게 높은 곳에 올라간 것을 볼 때마다 야단을 쳤어요. 그게 제 의무라고 생각했으니까요. 그러나 제 마음을 눈치챈 아가씨는 내려올 필요가 없다는 걸 알고 있었지요. 점심을 먹고 나면 아가씨는 차 마시는 시간까지 그 산들산들 흔들리는 요람에 기대어, 어렸을 때 저한테 배운 노래를 혼자 흥얼거리거나 같은 나무에 둥지를 튼 새들이 새끼들에게 먹이를 먹이고 나는 연습을 시키는 것을 지켜보거나, 아니면 눈을 감은 채 편안히 몸을 누이고는 반은 생각에 잠기고 반은 꿈을 꾸는 상태로 이루 말할 수 없는 행복을 느끼곤 했답니다.

"저기 보세요, 아씨!"

저는 어느 굽은 나무의 뿌리 아래에 있는 움푹한 곳을 가리키며 외쳤어요.

"여긴 아직 겨울이 오지 않았네요. 저기 조그만 꽃이 하나 있잖아요. 저건 7월에 저 잔디 계단에 보랏빛 안개가 낀 듯 무수히 피었던 블루벨 중에 마지막으로 남은 한 송이로군요. 아버님께 드리게 올라가서 꺾어 올래요?"

캐시 아가씨는 후미진 곳에서 외롭게 흔들거리고 있는 그 꽃을 한참 동안 쳐다보고 나서 마침내 대답했어요.

"싫어, 꺾지 않을래. 그런데 저 꽃, 참, 쓸쓸해 보이지 않아?"

"그래요. 어쩐지 아가씨처럼 시들시들하고 기운이 없는 것 같군요. 아가씨, 볼에 핏기가 없어요. 우리 손잡고 함께 뛰어 볼까요? 아가씨가 기운이 없으니 저도 지금은 아가씨를 따라잡을 수 있을 것 같은데요."

"싫어."

아가씨는 또 같은 대답을 하고는 계속 천천히 거닐다가 이따금씩 걸음을 멈추고는 한줌의 이끼, 하얗게 시든 풀포기, 혹은 갈색 가랑잎 더미 속에 돋아난 밝은 오렌지색 버섯 같은 것들을 물끄러미 내려다보며 생각에 잠기곤 했어요. 그리고 가끔 얼굴을 돌리고는 손을 올려 뺨을 닦는 거였어요.

"아가씨, 왜 울어요, 네?"

저는 다가가서 어깨를 감싸 주며 물었어요.

"아버님이 감기에 걸리셨다고 울면 안 돼요. 그보다 더한 병이 아닌 걸 다행으로 여겨야죠."

그러자 아가씨는 더 이상 울음을 참지 못하고 숨이 막힐 듯 흐느껴 울더군요.

"하지만 더 나쁜 병이 될지도 몰라."

아가씨가 말했어요.

"아빠와 엘렌이 내 곁을 떠나고 나 혼자 남는다면 난 어떻게 하지? 저번에 엘렌이 한 말이 잊히지 않고 늘 내 귀에 맴돌아, 엘렌. 아빠와 엘렌이 세상을 떠나면 내 삶은 어떻게 변하고 이 세상은 또 얼마나 쓸쓸해지겠어."

"우리가 아가씨보다 더 오래 살지 누가 알아요?"

제가 대답했어요.

"불행한 일을 미리 걱정하는 건 잘못이에요. 우리 가운데 누가 세상을 떠나는 건 아주 멀고 먼 훗날의 일이라는 희망을 가지고 살아야죠. 주인님은 아직 젊으시고 저도 이렇게 튼튼하고 아직 마흔다섯도 안 된걸요. 우리 어머니는 여든까지 사셨는데 돌아가실 때까지 정정하셨답니다. 그리고 서방님께서 예순까지만 사신다고 해도 아가씨가 여태껏 산 것보다 더 많은 해가 남은걸요. 앞으로 올 불행을 20년이나 앞당겨서 슬퍼한다는 건 어리석은 짓 아닐까요?"

"하지만 이사벨라 고모는 아빠보다 젊으셨잖아."

아가씨는 좀 더 위안을 찾을 수 있기를 바라는 눈초리로 저를 응시하며 말했어요.

"이사벨라 고모님에게는 아가씨나 저같이 간호해 줄 사람이 없었어요."

제가 대답했어요.

"그분은 아버님만큼 행복하지도 못하셨고, 더 사셔야 할 이유도 아버님만큼 많지 않으셨답니다. 아가씨가 해야 할 일은 그저 아버님을 잘 돌봐 드리고, 명랑한 모습을 보여 드려 기운을 내시게 하는 거예요. 그리고 무슨 일로든 아버님께 걱정을 끼쳐 드려서는 안 돼요. 명심하셔야 해요, 캐시 아가씨! 거리낌 없이 다 말할게요. 만일 아가씨가 아버님이 어서 저세상으로 떠났으면 하고 바라는 자의 아들에게 어리석고 헛된 애정을 품고 제멋대로 경솔하게 굴거나, 아버님께서 당신이 내린 결정 때문에 아가씨가 괴로워하고 있다는 걸 알게 되시면 아가씨가 아버님을 돌아가시게 하는 결과를 빚게 될지도 몰라요."

"내가 걱정하는 건 아빠의 병환뿐이야."

아가씨가 말했어요.

"아빠가 편찮으신 것과 비교하면 다른 일은 아무것도 아니야. 그리고 내 정신이 어떻게 되지 않는 한, 아빠를 속상하게 할 말이나 행동은 절대 하지 않을 거야. 난 나 자신보다 아빠를 더 사랑해, 엘렌. 그건 이걸 봐도 알 수 있어. 매일 밤 나는 내가 아빠보다 오래 살게 해 달라고 기도하거든. 아빠가 슬픈 것보다 차라리 내가 슬픈 게 더 나으니까. 이런 마음이 드는 걸 보면 나는 나 자신보다 아빠를 더 사랑하나 봐."

"좋은 말이에요."

제가 대답했어요.

"하지만 행동으로 그렇다는 걸 보이셔야 해요. 그리고 아버님이 나으신 뒤에도 걱정하며 했던 결심을 잊지 말아야 해요."

이런 얘기를 하며 걷다 보니 어느덧 길에 면한 문 가까이 왔더군요. 다시 명랑함을 찾은 아가씨는 담장을 올라가 그 위에 앉아서는 큰길 쪽으로 우거진 들장미나무의 맨 윗가지에 달려 있는 빨간 열매를 따려고 손을 뻗었어요. 낮은 데 열린 열매들은 사람들이 죄다 따가고 없었지만 아가씨처럼 높이 올라가거나 새들만이 닿을 수 있는 곳에는 아직 열매가 달려 있었지요.

아가씨가 열매를 따려고 손을 뻗을 때 그만 모자가 담장 밖으로 떨어지고 말았답니다. 그런데 문이 잠겨 있어서 주워 올 수가 없었지요. 그래서 아가씨는 기어 내려가서 주워 오겠다고 했지요. 제가 떨어지지 않게 조심하라고 말하자 아가씨는 날쌔게 담장 뒤로 사라지더군요.

그러나 다시 올라오는 것은 그리 쉬운 일이 아니었어요. 담장의 돌은 매끈했고 시멘트가 빈틈없이 발라져 있는 데다 장미 덤불과 제멋대로 자란 산딸기 덩굴도 다시 올라오는 데 도움이 되지 않았거든요. 저는 아가씨가 웃으며 이렇게 외칠 때까지 바보처럼 아무 생각도 못하고 있었지요.

"엘렌! 가서 열쇠를 가져와야겠어. 안 그러면 내가 문지기네 집까지 뛰어갔다 와야 해. 이쪽에서는 담장을 오를 수가 없겠어!"

"거기 그대로 계세요."

제가 대답했어요.

"제 주머니에 열쇠 꾸러미가 있으니 이 중에 맞는 열쇠가 있을지 몰라요. 없으면 집에 갔다 올게요."

제가 큰 열쇠를 차례로 끼워 보는 동안 캐서린 아가씨는 문 앞에서 왔다 갔다 하며 혼자 춤을 추면서 놀고 있었습니다. 마지막 열쇠까지

다 끼워 보았지만 맞는 것이 없더군요. 그래서 아가씨에게 거기 그대로 있으라고 다시 한 번 당부를 하고는 급히 집으로 뛰어가려던 참이었는데 담장 너머에서 무언가 다가오는 소리가 들려 와 제 발을 붙들었어요. 그것은 빠른 걸음으로 걸어오는 말발굽 소리였지요. 캐시 아가씨는 춤을 멈추었고 곧 말발굽 소리도 멎었어요.

"누구예요?"

제가 작은 소리로 물었어요.

"엘렌, 문을 빨리 열었으면 좋겠어."

아가씨도 걱정스러운 어조로 나직이 말했어요.

"허어, 린턴 양이로군."

말을 타고 온 사람이 굵은 목소리로 외쳤어요.

"만나서 반갑다. 너한테 들어야 할 대답이 있으니 서둘러 들어가려고 하지 마라."

"히스클리프 아저씨, 전 아저씨와 이야기하지 않겠어요! 아빠가 그러시는데, 아저씨는 나쁜 사람이고 아빠와 나를 미워한다고 했어요. 엘렌도 그렇게 말했고요."

"지금 그게 문제가 아냐."

히스클리프 씨가 말했어요(바로 그자였습니다.).

"아마 난 내 아들을 미워하지 않나 보다. 그리고 너한테 하려는 말도 그 애에 관해서야. 그래! 네가 얼굴을 붉힐 만한 일이 있었지. 두세 달 전에 너는 매일같이 린턴에게 편지를 써 보내지 않았니? 장난으로 연애를 했어, 맞지? 그 벌로 너희들은 둘 다 흠씬 두들겨 맞아야 해. 특히 너는 손위이고 상처를 덜 입었으니 책임이 더 크지. 네가 보낸 편지는 내가 보관하고 있어. 네가 건방지게 굴면 그 편지를 모두 네 아비에게 보내 버릴 작정이다. 난 네가 그 놀이에 싫증이 나서 그만둔 걸로 알고 있는데, 그렇지 않니? 어쨌든 그런 네 행동 때

347

문에 린턴 녀석은 절망의 수렁 속에 빠져 버렸어. 그 녀석은 진심이 었거든. 정말로 녀석은 너 때문에 죽어 가고 있어. 네 변덕 때문에 그 녀석은 가슴이 터질 지경이란 말이다. 이건 수사적으로 하는 말이 아 니라 있는 그대로를 말하는 거야. 헤어튼이 6주 동안 내리 놀려 대고 나도 더욱 엄격한 방법으로 그 녀석의 어리석은 생각을 깨우쳐 주려 고 해 보았지만 나날이 더 나빠지기만 하는구나. 네가 그 녀석을 회 복시켜 주지 않으면 여름이 오기 전에 땅속에 묻게 생겼어!"

"가엾은 아가씨에게 어떻게 그런 허황된 거짓말을 할 수 있어요?"

제가 담 건너편에서 소리쳤어요.

"계속 가던 길이나 가세요! 어떻게 그런 비열한 거짓말을 지어낼 수 있죠? 캐시 아가씨, 돌로 자물쇠를 부숴서 문을 열 테니 말도 안 되는 그따위 거짓말은 믿지도 마세요. 잘 알지도 못하는 사람을 사랑 하다가 죽는 일은 있을 수 없다는 걸 아가씨 혼자서 생각해 봐도 알 수 있을 거예요."

"엿듣는 사람이 있는 줄은 몰랐군."

그 악당은 중얼거렸어요.

"훌륭하신 딘 부인, 난 당신이 좋지만 당신의 이중인격은 마음에 안 들어. 당신이야말로 어떻게 그 '가엾은 아가씨'에게 내가 미워한 다는 따위의 허황된 거짓말을 할 수 있지? 그리고 어떻게 그런 무시 무시한 이야기를 지어내어 캐시가 우리 집 문간에 얼씬도 못 하게 할 수 있지? 캐서린 린턴, 난 이 이름만 들어도 마음이 따뜻해지는걸. 귀여운 아가씨, 이번 주에 난 집에 없을 테니 내가 한 말이 사실인 지 아닌지 가서 확인해 보렴. 꼭 가 봐. 네 아버지와 내 입장을, 그리 고 린턴과 네 입장을 바꿔 놓고 상상해 봐. 네 아버지가 직접 린턴에 게 가서 이렇게 간청하는데도 린턴이 너를 위로하기 위해 한 발짝도 움직이려 하지 않는다면 넌 그런 매정한 연인을 어떻게 생각하겠니?

너 바보처럼 이와 같은 실수를 저지르지 마라. 내 결단코 맹세하건대 그 녀석은 지금 죽어 가고 있고, 녀석을 구할 수 있는 사람은 너뿐이란다."

그제야 자물쇠가 부서졌고 저는 밖으로 나갔습니다.

"린턴이 정말 죽어 가고 있어."

히스클리프 씨는 저를 노려보며 거듭 말했어요.

"슬픔과 실망이 녀석의 죽음을 재촉하고 있는 거라고. 넬리, 저 아이를 못 가게 하려거든 당신이 직접 가 봐. 난 다음 주 이맘때까지 돌아오지 않을 테고, 내가 없다면 저 애 아버지도 사촌 동생을 만나러 가겠다는 걸 반대하지는 않을 테니까!"

"얼른 들어와요."

저는 캐시 아가씨의 팔을 붙잡고 반강제로 들어오게 했어요. 아가씨는 너무나 준엄한 표정을 짓고 있어서 거짓 속내가 드러나지 않는 히스클리프 씨의 얼굴을 근심 어린 눈으로 쳐다보며 꾸물대고 있었거든요.

히스클리프 씨는 말을 가까이 대고는 허리를 구부려 이렇게 덧붙이더군요.

"캐서린 양, 솔직하게 말해서 난 린턴 녀석을 참고 봐줄 수가 없어. 헤어튼과 조셉은 나보다 더해. 사실 그 녀석은 가혹한 패거리와 살고 있는 셈이지. 그래서 그 녀석은 사랑은 물론 친절을 애타게 갈망하고 있어. 너의 상냥한 말 한마디는 녀석한테 최고의 약이 될 거야. 딘 부인의 몰인정한 경고에 개의치 말고 너그러운 마음으로 어떻게든 그 녀석을 좀 만나 보도록 하렴. 그 녀석은 밤낮으로 너만 생각하고 있어. 네가 편지도 보내지 않고 찾아오지도 않는다고 해서 네가 그 녀석을 싫어하는 건 아니라고 아무리 설득해도 말을 들으려 하지 않는단 말이야."

저는 문을 닫고는 문이 열리지 않도록 돌을 굴려서 문에 기대어 놓았어요. 그러고는 우산을 펴서 아가씨를 그 아래로 끌어당겼어요. 세찬 바람에 윙윙대는 나뭇가지 사이로 후드득후드득 빗방울이 떨어지기 시작해서 더 이상 지체할 수 없었거든요.

　서둘러 집에 돌아오느라 히스클리프 씨의 이야기에 대해 언급할 틈이 없었어요. 그러나 저는 캐시 아가씨의 마음이 두 겹의 어둠으로 잔뜩 흐려져 있음을 직감적으로 알아챘지요. 아가씨의 모습이 어찌나 슬퍼 보이던지 마치 다른 사람처럼 보였어요. 히스클리프 씨한테서 들은 말 한 마디 한 마디를 전부 사실이라고 믿는 눈치였어요.

　주인님은 우리가 도착하기 전에 당신 방에 쉬러 들어가셨더군요. 캐시 아가씨는 좀 어떠신지 여쭤 보려고 아버지 방에 살그머니 들어갔지만, 벌써 잠들어 계셨지요. 아가씨는 돌아와서 저더러 서재에 함께 있어 달라고 하더군요. 우리는 함께 차를 마셨어요. 그러고 나서 아가씨는 양탄자 위에 드러눕더니 피곤하니까 말 시키지 말라고 하더군요.

　저는 책을 한 권 집어 들고서 읽는 척하고 있었어요. 캐시 아가씨는 제가 책 읽기에 열중하고 있다는 판단이 들자 곧 소리 없이 울기 시작했습니다. 그건 그 무렵 캐시 아가씨가 기분 전환을 위해 가장 애용하던 방법이었지요. 저는 아가씨가 마음껏 울도록 잠시 내버려 두었어요. 그러고 나서 히스클리프 씨가 자기 아들에 대해 늘어놓은 이야기들을 모두 비웃고 조롱하면서 간곡하게 타일렀습니다. 애석하게도 저한테는 그의 이야기가 남겨 놓은 인상을 지울 만한 말재간이 없었어요. 히스클리프 씨의 뜻대로 되고 말았던 거죠.

　"엘렌 말이 맞을지도 몰라. 하지만 사실을 알게 될 때까지는 내내 마음이 편치 않을 거야. 편지를 보내지 않은 게 내 뜻이 아니었다는 걸 린턴에게 말해야 해. 그리고 내 마음이 변하지 않으리라는 것도 납득시켜야 해."

캐시 아가씨가 그 악당의 말을 바보처럼 그렇게 순순히 믿어 버리는 것에 대해 제가 아무리 화를 내고 반대를 해 보아도 아무 소용도 없었어요. 우리는 그날 밤 다투다 헤어졌어요. 그러나 그다음 날, 저는 우리 고집쟁이 아가씨의 조랑말 옆에서 워더링 하이츠로 가는 길을 걷고 있었답니다. 아가씨가 슬퍼하는 모습을 옆에서 보고 있을 수 없었거든요. 창백하고 풀 죽은 얼굴과 의기소침한 눈을 보고 있기가 힘겨웠지요. 그리고 린턴 도련님을 직접 만나보면 히스클리프 씨의 이야기가 사실무근이라는 걸 알게 될 거라는 막연한 희망을 품고 제가 양보했던 것이지요.

제23장

　간밤에 비가 오더니 아침이 되자 반은 서리로, 반은 느개로 이루어 진 안개가 자욱하게 낀 데다, 워더링 하이츠로 가는 길은 높은 지대에서 콸콸 흘러내린 빗물로 인해 일시적으로 개울로 변했더군요. 그 래서 발이 흠뻑 젖어 버렸어요. 짜증도 나고 기분도 울적해서 이런 사소한 불편이 굉장히 불쾌하게 느껴졌답니다.

　우리는 히스클리프 씨가 정말 집에 없는지 확인하려고 부엌으로 해서 집 안으로 들어갔답니다. 그가 하는 말은 별로 믿을 게 못 되었 으니까요.

　부엌에 들어가 보니 이글거리며 타오르는 벽난로 옆에서 조셉이 마치 천당에라도 있는 듯 행복한 표정으로 홀로 앉아 있더군요. 옆의 탁자에 한 1리터들이 맥주 한 병과 큼직하게 구운 귀리 과자를 잔뜩 쌓아 놓고 그의 까맣고 짧은 파이프를 입에 물고 있었지요.

　캐시 아가씨는 몸을 녹이려고 난롯가로 달려갔어요. 저는 주인이 집에 계시냐고 물었지요.

제 질문에 한참 동안 대답이 없기에 저는 영감이 그동안 귀가 먹었나 싶어서 더 큰 소리로 다시 물어보았어요.

"아니!"

그는 으르렁댔어요. 아니, 코로 소리를 질렀다는 게 더 정확한 표현이겠어요.

"아니! 그대로 돌아가는 게 좋을걸."

"조셉!"

제 말과 거의 동시에 안에서 신경질적으로 외치는 소리가 들려 왔어요.

"몇 번이나 불러야겠어? 이제 불씨도 조금밖에 안 남았단 밀이야. 조셉! 빨리 좀 와 봐!"

조셉은 담배 연기를 푹푹 뿜어 대면서 벽난로 속을 뚫어지게 들여다보고 있는 폼이 그런 애원 따위는 듣지 않겠다는 듯한 태도였어요. 가정부와 헤어튼도 보이지 않았는데, 아마 가정부는 심부름을 갔을 테고 헤어튼은 일을 하러 나갔겠지요. 우리는 린턴 도련님의 목소리임을 알고 안으로 들어갔어요.

"이런, 너 같은 건 다락방에서 추위에 얼어 죽어야 해!"

도련님은 다가서는 우리를 그 태만한 하인으로 오인하고 말했어요.

도련님이 잘못 알았다는 것을 깨닫고 말을 멈추자, 그의 사촌 누이가 그에게로 뛰어갔지요.

"린턴 양이었어?"

도련님은 누워 있던 커다란 의자의 팔걸이에서 머리를 들며 말했어요.

"안 돼, 키스는 하지 마. 숨이 차서 그래. 그런데 웬일이야! 누나가 올 거라고 아빠가 그러긴 했는데."

도련님은 캐시 아가씨의 포옹 후에 잠시 숨을 고르고 계속 말을 이었어요. 한편 아가씨는 몹시 미안한 표정으로 그 옆에 서 있었지요.

"미안하지만 문 좀 닫아 줄래? 아까 들어오면서 열어 놓았잖아. 그런데 저것들, 저 밉살맞은 것들은 기어코 난로에 석탄을 안 넣어 주려나. 추워 죽겠는데!"

저는 난로 속의 잿더미를 뒤적거려 놓고 석탄을 한 통 가득 퍼 왔습니다. 그 환자는 재가 날린다고 투덜대더군요. 너무한다 싶었지만 심하게 기침을 하고 열도 있고 아픈 기색이어서 그가 가탈 부리는 것을 나무라지 않았습니다.

"그런데 린턴, 넌 내가 와서 좋으니? 내가 너한테 도움이 될 수 있을까?"

린턴 도련님의 찌푸린 이마가 퍼지자 캐시 아가씨가 작은 소리로 말했어요.

"왜 진작 오지 않았어? 편지를 써 보내지 말고 직접 오지 그랬어. 긴 답장을 쓰느라 무지 힘들었어. 편지 쓰기보다 이야기하는 편이 훨씬 더 좋았을 거야. 이제는 이야기할 기운도 없고 아무것도 할 수가 없어. 질라는 또 어딜 간 거야! (저를 보며) 부엌에 있는지 좀 가 봐."

도련님이 말했어요.

좀 전에 해 준 일에 대해서도 고맙다는 말 한마디 없고, 그의 명령에 이리저리 움직이는 게 싫어서 저는 이렇게 대꾸했지요.

"부엌에는 조셉 말고는 아무도 없어요."

"물을 마시고 싶어."

그는 신경질적으로 소리치고는 얼굴을 돌리더군요.

"질라는 아빠가 나가신 뒤로 줄곧 기머튼으로 싸다니기만 해. 정말 너무해! 그래서 난 어쩔 수 없이 여기로 내려온 거야. 2층에서는 아무리 불러도 아무도 대답하지 않으니까."

"아버님은 잘해 주세요, 도련님?"

저는 캐시 아가씨가 다정스레 말을 건네려다 그만두는 것을 보고 도련님한테 물었어요.

"잘해 주냐고? 적어도 저것들 보고 나에게 좀 더 잘해 주라고 시키기는 하시지. 몹쓸 것들! 린턴 양, 저 짐승 같은 헤어튼이 날 놀려 대는 거 알아? 그놈이 정말 미워. 실은 모두가 다 밉지만 말이야. 다들 마음에 안 들어."

캐시 아가씨는 물을 찾기 시작했어요. 찬장 안에서 주전자를 발견하자 큰 잔에 물을 부어 가지고 왔어요. 도련님은 탁자 위의 포도주를 한 순가락만 물에 타 주라고 아가씨에게 말하더군요. 그러고는 그 물을 한 모금 마시더니 한결 진정이 되는 듯 아가씨에게 아주 고맙다고 하더군요.

"내가 와서 좋으니?"

아가씨는 좀 전에 물어본 말을 되풀이하여 물어보고, 도련님의 얼굴에 얇은 미소가 어리자 기뻐하더군요.

"그럼, 좋지. 목소리만 들어도 기분이 좋아지는걸! 하지만 와 주지 않아서 골이 났어. 아빠가 린턴 양이 오지 않는 건 나 때문이라면서 나더러 한심하고 쓸모없고 느려 터진 놈이랬어. 린턴 양도 나를 경멸한 댔어. 그리고 만약 아빠가 나라면 지금쯤 린턴 양의 아빠보다 더 그 집 주인답게 행세할 거라고 했어. 어쨌든 린턴 양은 날 경멸하지 않지, 린턴……."

"캐서린이나 캐시라고 불러 줬으면 좋겠어!"

우리 아가씨가 도련님의 말을 끊으며 말했어요.

"널 경멸한다고? 천만에! 난 아빠와 엘렌 다음으로 누구보다 널 사랑하는걸. 하지만 네 아빠는 좋아하지 않아. 네 아빠가 돌아오시면 난 올 수 없어. 여러 날 집을 비우신 거니?"

"여러 날은 아냐."

린턴 도련님이 대답했어요.

"하지만 사냥철이 시작된 뒤부터 황야로 자주 나가셔. 아빠가 집에 안 계시는 한두 시간 동안에는 나와 함께 있을 수 있어. 그렇게 해 줘! 그런다고 말해 줘! 너와 있으면 신경질도 나지 않을 거야. 너는 날 화나게 하지 않고 늘 날 도와주려 할 테니까 말이야, 그럴 거지?"

"그럼."

캐시 아가씨는 도련님의 길고 부드러운 머리카락을 쓰다듬으며 말했어요.

"아빠가 승낙만 해 주시면 내 시간의 절반을 너와 함께 보낼 거야. 귀여운 린턴! 네가 내 동생이라면 좋겠어!"

"그럼 넌 네 아빠만큼 날 좋아할 거야?"

한결 명랑해진 도련님이 말했어요.

"우리 아빠가 그러시는데 만일 네가 내 아내가 된다면 넌 네 아빠보다도, 그리고 세상 누구보다도 나를 더 사랑할 거래. 그렇다면 네가 내 아내가 됐으면 좋겠어."

"안 돼! 난 누구도 아빠보다 더 사랑할 수는 없어."

아가씨는 정색을 하고 대답했어요.

"그리고 간혹 사람들은 자기 아내를 미워하기도 하지만, 남매간은 그렇지 않단 말이야. 네가 내 동생이라면 우리와 함께 살 수 있고 아빠도 나에게 해 주듯이 너를 귀여워하실 텐데."

린턴 도련님이 자기 아내를 미워하는 일은 없다고 하자, 캐시 아가씨는 그렇지 않다고 주장하며 그 실례로 바로 그의 아버지가 아내인 자신의 고모를 미워했던 일이 있다고 말하는 것이었어요.

저는 아가씨가 생각 없이 입을 놀리는 걸 막아 보려고 했지만, 제 만류에도 불구하고 아가씨는 자기가 알고 있는 사실을 모두 털어 놓고 말았어요. 린턴 도련님은 몹시 화가 나서 아가씨의 이야기는 거짓말이라고 우겼어요.

"아빠가 이야기해 주셨어. 우리 아빠는 거짓말하지 않는단 말이야."

아가씨는 자신만만하게 대답했지요.

"우리 아빠는 너희 아빠를 비웃던데! 겁쟁이 바보라고 하시면서 말이야!"

린턴 도련님이 외쳤어요.

"너희 아빠는 나쁜 사람이야. 그리고 아빠가 한 말을 그대로 따라하는 너도 참 못됐구나! 이사벨라 고모를 그렇게 도망치게 한 것만 봐도 네 아빠가 얼마나 나쁜 사람인지 알 수 있어!"

아가씨가 쏘아붙였어요.

"엄마는 도망간 게 아냐! 내 말에 반대하도록 가만두지 않겠어!"

도련님이 말했어요.

"도망갔어!"

아가씨가 외쳤어요.

"그렇다면 나도 해 줄 말이 있어! 이봐, 네 어머니는 네 아버지를 싫어했어."

린턴 도련님이 말했어요.

"아니, 뭐라고?"

캐시 아가씨는 이렇게 소리를 지르고는 너무 화가 나서 말을 잇지 못했어요.

"그리고 우리 아버지를 사랑했어!"

도련님이 덧붙여 말했어요.

"넌 거짓말쟁이야! 이제 너 같은 건 싫어."

흥분으로 얼굴이 벌겋게 달아오른 아가씨가 씩씩대며 말했어요.

"정말이야! 정말이라고!"

린턴 도련님은 이렇게 소리치고는 뒤에 서 있는 상대방의 흥분한 모습을 보기 위해 의자 깊숙이 몸을 기대고 머리를 뒤로 젖혔습니다.

"쉿, 도련님! 그것도 아버님이 지어낸 이야기일 거예요."

제가 말했어요.

"아니야. 당신은 잠자코 있어!"

도련님이 대답했어요.

"정말이야, 정말이래도. 캐서린, 정말이라니까."

캐시 아가씨가 자제심을 잃고 린턴 도련님이 앉은 의자를 세게 떠밀자, 도련님은 한쪽 팔걸이에 부딪치며 넘어졌지요. 도련님은 질식할 듯 기침을 해 댔고 의기양양한 기세가 꺾였어요.

기침이 어찌나 오랫동안 계속되었던지 저마저 놀랐답니다. 아가씨는 자기가 저지른 일에 아연실색하여 아무 말도 못하고 마구 눈물을 흘리고 있더군요.

저는 기침이 저절로 멎을 때까지 도련님을 껴안아 주었어요. 기침이 멎자 도련님은 저를 밀쳐 내고 고개를 숙인 채 아무 말도 하지 않았어요. 캐시 아가씨도 울음을 그치고 맞은편에 앉아서 심각하게 난롯불을 바라보고 있었지요.

"이제 좀 어떠세요, 도련님?"

그러고 나서 10분쯤 지났을 때 제가 물었습니다.

"나처럼 캐시도 똑같이 당해 봤으면 좋겠어. 잔인한 심술쟁이 같으니! 헤어튼도 나를 건드린 적은 없었어. 그 녀석도 날 때린 적은 없었다고. 그리고 오늘은 기분이 좋았는데, 그런데……."

그의 목소리는 훌쩍이는 소리에 묻혀 더 이상 들리지 않았어요.

"널 때린 건 아니었어!"

캐시 아가씨는 다시 울음이 터지려는 걸 참으려고 입술을 깨물며 중얼거렸습니다.

도련님은 무척 고통스러운 사람처럼 한숨을 쉬고 신음을 했어요.

25분 동안이나 그랬답니다. 사촌을 난처하게 하려고 일부러 그러는 것 같았어요. 아가씨가 애써 울음을 참는 모습을 볼 때마다 새삼 괴롭고 슬픈 소리를 냈으니까요.

"아프게 해서 미안해, 린턴!"

아가씨는 괴로움을 견디다 못해 결국 이렇게 말했습니다.

"하지만 나였다면 조금 밀었다고 그렇게 아프지는 않았을 거야. 그래서 네가 아플 거라고 생각하지 못했어. 많이 아픈 건 아니지, 린턴? 내가 널 아프게 했다고 생각하며 집에 돌아가지 않게 해 줘! 대답해 봐. 나한테 말 좀 해 봐."

"말할 수 없어."

도련님이 중얼거렸어요.

"네가 너무 아프게 해서 난 오늘 밤에 숨이 막힐 정도로 기침을 해 대며 밤을 새우게 될 거야! 너도 한번 당해 보면 그게 어떤 건지 알 수 있을 텐데! 하지만 넌 편안히 잠을 자겠지. 내가 옆에 돌봐 주는 사람 하나 없이 아파서 몸부림칠 때에도 말이야! 너 같으면 그런 무시무시한 밤을 어떻게 지내겠니?"

그는 자기 자신이 너무 가엾다는 생각이 들었는지 큰 소리로 서럽게 울기 시작했어요.

"도련님이 늘 그런 무시무시한 밤을 보내왔다면 아가씨가 도련님의 안녕을 망친 게 아니잖아요? 아가씨가 오지 않았어도 마찬가지였을 테니까요. 그러나 다시는 아가씨가 도련님을 괴롭히는 일은 없을 거예요. 아마 우리가 가고 나면 도련님도 편안해지실 거예요."

제가 말했어요.

"나, 가야 해? 린턴, 내가 가 버렸으면 좋겠니?"

캐시 아가씨는 슬픈 표정으로 그에게 몸을 구부리며 물었어요.

"이미 저지른 일을 바꿀 수는 없잖아."

린턴 도련님은 아직도 토라져서 몸을 움츠리며 말했어요.

"나를 더 괴롭혀서 열병에 걸리게 하면 나쁜 쪽으로 바꿀 수는 있겠지."

"그러니까, 내가 돌아가야 한다는 말이니?"

아가씨가 다시 물었어요.

"날 좀 가만 내버려 둬. 네가 말하는 걸 견딜 수 없단 말이야!"

아가씨는 제가 돌아가자고 아무리 설득해도 지루할 정도로 오랫동안 꾸물대다가, 도련님이 쳐다보지도 않고 말도 하지 않자 마침내 문쪽으로 가더군요. 그래서 저도 따라갔지요.

그런데 비명 소리에 우리는 발걸음을 돌려야 했어요. 린턴 도련님이 의자에서 벽난로 노석으로 미끄러져 내려와, 버릇없는 말썽쟁이 아이가 심통을 부리듯 바닥에 드러누워 최대한 속상하고 괴롭게 할 작정으로 몸부림을 치는 것이었어요.

저는 이런 그의 행동으로 그의 성격을 완전히 파악하고는 그의 비위를 맞춰 주는 것은 어리석은 짓이라는 걸 당장 알아보았어요. 그러나 아가씨는 그렇지 못했지요. 기겁하며 뛰어가서는 무릎을 꿇고 울면서 달래기도 하고 애원도 하더군요. 그러는 사이에 도련님은 조용해졌어요. 숨이 차서 그랬던 거지, 아가씨를 놀라게 한 게 미안해서 그랬던 건 결코 아니었지요.

"도련님을 긴 의자에 올려놓아야겠어요. 그러면 맘대로 뒹굴어도 될 테니. 우리는 도련님을 지켜보기 위해 여기 머물러 있을 수 없어요. 캐시 아가씨, 이제 아가씨가 도련님에게 도움이 되지 않는다는 것과 도련님의 병이 아가씨에 대한 사랑 때문이 아니라는 것을 확실히 아셨죠? 자, 이제 됐어요! 어서 돌아가요. 도련님도 자신의 투정을 봐 줄 사람이 없다는 것을 알게 되면 곧 얌전해질 거예요!"

제가 말했어요.

아가씨는 쿠션을 도련님의 머리 밑에 괴어 주고 물을 가져다주었어요. 도련님은 물은 거절했고, 쿠션은 마치 딱딱한 돌멩이나 나무토막이기라도 한 듯 불편해하며 고개를 쳐들더군요.

아가씨는 쿠션을 좀 더 편하게 놓아 주려고 했어요.

"이걸로는 안 되겠어 너무 낮아!"

린턴 도련님이 말했어요.

캐시 아가씨는 쿠션을 하나 더 가져다가 그 위에 받쳐 주었어요.

"이젠 너무 높아!"

그 싱가신 녀석이 투덜댔지요.

"그럼 어떻게 하면 돼?"

아가씨는 어쩔 줄 몰라 하며 물었어요.

도련님은 아가씨가 의자 옆에서 무릎을 반쯤 구부리고 있을 때 캐시 아가씨를 감싸 안으며 어깨에 머리를 기대는 것이었어요.

"안 돼요, 안 돼요!"

제가 말했어요.

"쿠션으로도 충분할 거예요, 도련님! 아가씨는 도련님 때문에 벌써 너무 많은 시간을 허비했어요. 이제 5분 이상은 더 지체할 수가 없습니다."

제가 말했어요.

"아냐, 아냐, 괜찮아!"

캐시 아가씨가 대답했어요.

"린턴은 이제 착하게 잘 참는데 뭐. 내가 나 때문에 린턴의 병이 더 나빠졌다고 생각하면 오늘 밤에 내가 린턴보다 더 괴로워할 거고, 그러면 다시는 내가 올 수 없을 거라는 생각이 들었나 봐. 린턴, 바른대로 말해 봐. 만약 내가 네 건강을 해쳤다면 내가 다시 와서는 안 되니까 말이야."

"와서 병을 낫게 해 줘야 해."

도련님이 대답했어요.

"네가 날 아프게 했으니까 와야 한단 말이야. 날 굉장히 아프게 했잖아! 네가 왔을 때는 지금처럼 많이 아프지 않았단 말이야. 그렇지?"

"하지만 네가 울고불고하면서 화를 내는 바람에 아픈 거잖아. 나한테만 책임이 있는 건 아냐. 어쨌든 이제 우리 사이좋게 지내자. 그리고 넌 내가 찾아오기를 바라지? 가끔 날 만나고 싶지 않아?"

아가씨가 말했어요.

"그래, 그렇다고 했잖아."

도련님은 조급해하며 대답했어요.

"이 의자에 앉아서 네 무릎을 베고 누울 수 있게 해 줘. 엄마는 늘 오후 내내 그렇게 해 주셨어. 가만히 앉아서 말은 하지 말고 노래를 부를 줄 알면 노래를 해 줘. 아니면 길고 재미있는 발라드(소박한 용어와 짧은 시절로 이루어진 민간전승의 설화체 시_옮긴이)를 한 수 들려주든가. 나한테 가르쳐 준다고 약속했던 것을 들려주면 되겠네. 아니면 이야기를 들려주든가. 난 발라드가 더 좋지만 말이야. 자, 그럼 시작해 봐."

캐시 아가씨는 자기가 외울 수 있는 것 중에 가장 긴 발라드를 읊어 주었어요. 둘 다 무척이나 즐거워하더군요. 린턴 도련님은 하나 더 들려 달라고 했고, 두 번째 것이 끝나자 제가 강력하게 반대하는 것에도 아랑곳하지 않고 또 다른 것을 들려 달라고 졸라 댔어요. 그러기를 반복하며 시계가 열두 시를 칠 때까지 계속하더군요. 마당에서 점심을 먹으러 돌아오는 헤어튼 도련님의 기척이 들렸어요.

"그럼 내일 계속해. 캐서린, 내일 또 올 거지?"

마지못해 일어서는 캐시 아가씨의 드레스 자락을 붙잡으며 린턴 도련님이 물었습니다.

"안 돼요! 내일은 물론이고 그다음 날도 안 돼요."

제가 대답했어요. 그런데 캐시 아가씨가 허리를 굽혀 도련님의 귀에다 뭐라고 속삭이자 그의 이맛살이 펴지는 것을 보니, 아가씨는 분명 다른 대답을 한 것 같았어요.

"내일 여기 오면 안 돼요, 아가씨! 명심하세요. 그럴 꿈을 꾸고 계신 건 아니죠?"

그 집을 나오자 제가 말을 꺼냈어요. 아가씨는 빙긋 웃더군요.

"이런, 내가 감시를 잘해야겠군요! 그 자물쇠만 고쳐 놓으면 빠져나갈 수 없을걸요."

제가 말을 이었어요.

"담을 넘어가지, 뭐."

캐시 아가씨가 웃으면서 말했어요.

"우리 집은 감옥이 아니야, 엘렌. 엘렌은 나를 지키는 간수도 아니고. 그뿐 아니라 난 열일곱이 다 됐어. 나도 어른이란 말이야. 그리고 린턴은 내가 가서 돌봐 주기만 하면 틀림없이 곧 회복될 거야. 내가 그 애보다 나이도 많고 철도 더 들었잖아. 그렇지? 그러니까 내가 조금만 달래 주면 곧 내가 인도하는 대로 잘 따라올 거야. 얌전할 때는 귀여운 아이잖아. 그 아이가 내 친동생이면 정말 귀여워해 줄 텐데. 자주 만나서 서로에게 익숙해지면 싸울 일도 없을 거야. 엘렌은 그 애가 좋지 않아?"

"그 애가 좋으냐고요? 지독히도 고약한 성미에 간신히 십 대까지 살아남은 약골 갈비씨를 말이에요!"

제가 외쳤어요.

"다행히, 히스클리프 씨가 짐작하는 대로 스무 살도 못 채우겠더군요. 사실 도련님이 다음번 봄을 볼 수 있을지도 의심스러워요. 하긴 도련님이 언제 세상을 떠난대도 그 댁에서는 별로 슬퍼하지도 않을 거예요. 그의 아버지가 데리고 간 게 우리한테는 행운이었어요. 도련님은 잘해 주면 잘해 줄수록 더 이기적이고 성가시게 굴었을 테니까요! 도련님이 아가씨의 남편이 될 가능성이 없으니 얼마나 다행인지 몰라요, 아가씨!"

제가 큰 소리로 말했어요.

이 말을 듣자 아가씨는 심각해지더군요. 도련님의 죽음에 대해 너무 아무렇지도 않게 말하는 것을 듣고 마음에 상처를 받은 모양이었어요.

"그 앤 나보다도 더 어려."

아가씨는 한참 동안 깊은 생각을 한 뒤에 대답했어요.

"그러니까 그 애가 제일 오래 살아야 하고 그렇게 될 거야. 적어도 나만큼은 오래 살아야 한다고. 지금 그 애는 처음 북부로 옮겨 왔을 때만큼은 건강해. 그건 확실하다고! 아빠가 아픈 것처럼 그 애도 그저 감기에 걸린 것뿐이야. 아빠는 곧 쾌차하실 거라고 하면서 왜 그 애는 낫지 못한다는 거지?"

"이것 참, 어쨌든 그 문제를 우리가 걱정할 필요는 없어요."

제가 외쳤어요.

"잘 들어요, 아가씨, 이 말대로 꼭 할 테니까요. 만일 아가씨가 저와 함께 가든 혼자 가든 다시 워더링 하이츠에 간다면 아버님께 말씀드리겠어요. 아버님께서 허락하지 않는 한, 도련님과 다시 친하게 지내서는 안 돼요."

"벌써 친해진걸."

캐시 아가씨가 샐쭉하며 투덜댔어요.

"그러니까 앞으로는 안 된다고요."

제가 말했어요.

"생각해 보자고!"

아가씨는 이렇게 대답하고는 전속력으로 말을 몰고 가 버렸어요. 그래서 저는 뒤따라가느라 애깨나 먹었지요.

우리는 둘 다 점심 전에 집에 도착했습니다. 서방님은 우리가 사냥 터 숲을 거닐다 온 줄 알고 어디 갔다 왔냐고 묻지도 않으셨지요. 집에 들어가자마자 저는 물에 흠뻑 젖은 신발과 양말을 서둘러 갈아 신었지만, 발이 젖은 채로 워더링 하이츠에서 너무 오래 앉아 있었던 게 몸에 고장을 일으켰나 봅니다. 다음 날 아침부터 몸져눕고 말았거든요. 3주 동안 아무 일도 못하고 꼼짝없이 누워 지내야 했지요. 전에 없던 일이었고, 다행히 그 뒤로 다시는 그런 일이 없었습니다.

우리 아가씨는 제 옆에서 시중을 들고 외로움을 달래 주며 마치 천사처럼 저를 돌봐 주었어요. 방 안에 갇혀 지내야 했기 때문에 기분이 몹시 우울했어요. 늘 움직이며 활동적으로 살던 사람이 갑자기 가만히 누워 있으려니 지루할 수밖에요. 그러나 그 외에는 불평할 거리가 전혀 없었어요.

캐시 아가씨는 아버지 방을 나오면 곧바로 제 침실에 나타났지요. 아가씨의 하루는 린턴 씨와 저에게 반반씩 할애되었고, 노는 데 사용되는 시간은 전혀 없었어요. 아가씨는 자기의 식사며 공부며 놀이를 모두 제쳐 놓고 더없이 다정하게 병구완을 했답니다. 지극 정성으로 아버지를 간호하면서 제게도 그렇게 정성을 쏟은 걸 보면 아가씨는 틀림없이 마음이 따뜻한 사람이었어요!

아가씨의 하루가 린턴 씨와 저에게 반반씩 할애되었다고 말씀드렸지만, 린턴 씨는 일찍 잠자리에 드셨고, 저도 여섯 시 이후에는 필요한 게 거의 없었기 때문에 그때부터는 아가씨의 자유 시간이었지요.

애석하게도, 저는 차를 마신 뒤에 아가씨 혼자서 무엇을 하는지 생각해 보지 못했어요. 아가씨가 잘 자라는 인사를 하러 내 방을 들여다볼 때, 두 볼에 생기가 돌고 가느다란 손가락이 불그스름한 것이

여러 번 눈에 띄었지만, 추운 황야를 가로질러 말을 몰고 와서 그런
줄은 상상도 못하고 그저 서재의 뜨거운 난롯가에 있다 와서 그러려
니 생각했지요.

제24장

3주가 지나고 나서야, 저는 제 방에서 나와 집 안을 돌아다닐 수 있었어요. 저녁 시간을 처음으로 앉아서 보낼 수 있게 되었을 때, 저는 눈이 침침해서 캐시 아가씨에게 책을 읽어 달라고 부탁했어요. 우리는 서재에 있었고 린턴 씨는 이미 잠자러 침실로 가신 뒤였지요. 아가씨는 그러자고 하면서도 마음이 내키지는 않는 듯했어요. 제 취향의 책은 아가씨의 마음에 들지 않을 거라는 생각에 무엇이든 아가씨가 읽고 싶은 책을 골라서 읽어 달라고 했지요.

아가씨는 자기가 제일 좋아하는 책들 중에 하나를 골라서 한 시간쯤 계속 읽어 내려갔어요. 그런데 그 뒤로는 자주 이렇게 묻는 것이었어요.

"엘렌, 피곤하지 않아? 이제 그만 눕는 게 좋지 않을까? 이렇게 오래 앉아 있으면 몸에 안 좋을 텐데, 엘렌."

"아뇨, 괜찮아요, 아가씨. 피곤하지 않아요."

저는 계속 이렇게 대답해야 했지요.

제가 움직일 기색이 없자 아가씨는 책을 읽기 싫다는 뜻을 나타내기 위해 다른 방법을 시도하더군요. 하품을 하고 기지개를 펴면서 말이에요. 그러다가 "엘렌, 나 피곤해." 하고 말하더군요.

"그럼 읽는 건 그만두고 이야기나 해요."

제가 대답했어요.

더 싫었을 거예요. 아가씨는 한숨을 쉬고 조바심을 내며 자꾸만 시계를 쳐다보다가 여덟 시가 되자 결국 자기 방으로 가 버렸어요. 짜증나고 화난 표정을 지으며 연신 눈을 비벼 대는 것으로 보아 굉장히 졸린 것 같았지요.

이튿날 밤에도 아가씨는 몹시 초조해하더군요. 그리고 저와 함께 저녁 시간을 보낸 지 사흘째 되던 날 밤에는 머리가 아프다면서 나가 버리더군요.

아가씨의 행동이 이상하다는 생각이 들었어요. 그래서 저는 한참 동안 혼자 앉아 있다가, 머리 아픈 건 좀 어떤지 물어도 보고, 어두운 2층에 있지 말고 아래층에 내려와서 소파에라도 누워 있으라고 하려고 아가씨한테 가 보았어요.

그러나 캐시 아가씨는 위층에도 아래층에도 없었어요. 하인들도 아가씨를 보지 못했다더군요. 린턴 서방님의 방문에도 귀를 기울여 보았지만 아무 소리도 나지 않았지요. 저는 아가씨의 방으로 되돌아 와서 촛불을 끄고 창가에 앉았습니다.

달빛이 밝았고, 땅 위에는 눈이 하얗게 흩뿌려져 있더군요. 어쩌면 캐시 아가씨가 머리를 식히려고 정원을 거닐고 있을지도 모른다는 생각이 들었어요. 그러고 보니 숲 울타리 안쪽을 따라 살금살금 걸어가는 그림자 하나가 눈에 띄더군요. 그러나 그것은 아가씨가 아니었어요. 밝은 데로 나온 모습을 보니 마부들 가운데 한 명이었지요.

그는 정원 사이로 난 마찻길을 살피며 꽤 오랫동안 서 있었는데,

갑자기 무언가를 찾아낸 듯 재빨리 뛰어나가더니, 곧 아가씨의 조랑말을 끌고 다시 나타났어요. 그런데 거기에 아가씨가 있는 게 아니겠어요. 막 말에서 내려 나란히 걸어오고 있더라고요.

마부는 살금살금 말을 끌고 잔디밭을 지나 마구간으로 갔어요. 캐시 아가씨는 응접실 창문을 통해 집 안으로 들어와서는 내가 기다리고 있는 곳으로 소리 없이 가만가만 올라오는 것이었어요.

아가씨는 조용히 문을 닫고는 눈 묻은 신발과 모자를 벗더군요. 그리고 제가 있는 것도 모르고 외투를 벗어 놓으려는데, 갑자기 제가 일어서서 모습을 드러내자 깜짝 놀라며 알아들을 수도 없는 외마디 소리를 지르더니 우두커니 서서 꼼짝을 못하더군요.

"캐서린 아가씨."

최근에 아가씨가 친절하게 간호해 준 일이 제 기억에 생생하게 남아 있던 터라 저는 차마 화를 내지 못하고 이렇게 말을 시작했지요.

"이렇게 늦은 시간에 말을 타고 어딜 다녀오세요? 어째서 거짓말을 하며 날 속이려는 거죠? 어딜 갔었어요? 말해 보세요!"

"사냥터 숲 끝까지 갔다 온 거야. 거짓말을 한 게 아니야."

아가씨가 더듬거리며 말했어요.

"그리고 다른 데는 안 갔어요?" 하고 제가 다그쳤지요.

"그래."

아가씨는 기어들어 가는 소리로 대답했어요.

"아이, 참, 아가씨, 아가씨는 자기가 잘못하고 있다는 걸 알고 있어요. 그렇지 않다면 나한테 거짓말을 할 까닭이 없겠죠. 그게 날 슬프게 해요. 아가씨가 고의로 꾸며 낸 거짓말을 듣느니 차라리 석 달 동안 앓아 눕는 편이 낫겠어요."

아가씨는 울음을 터뜨리며 뛰어오더니 두 팔을 벌려 제 목을 껴안으며 말했어요.

"그런데 엘렌, 난 엘렌이 화낼까 봐 너무 무서워. 화내지 않겠다고 약속하면 사실대로 이야기할게. 나도 숨기는 건 싫어."

우리는 창가에 앉았어요. 저는 아가씨가 숨기고 있는 일이 무엇이든 절대 꾸중하지 않겠다고 약속했어요. 물론 저는 그게 무엇인지 대충 짐작하고 있었지요. 그렇게 해서 아가씨는 털어놓기 시작했습니다.

"워더링 하이츠에 다녀오는 길이야, 엘렌. 엘렌이 아픈 뒤로 하루도 빠뜨리지 않고 갔다 왔어. 엘렌이 누워 있을 때 사흘, 거동을 하게 된 후 이틀만 빼놓고 말이야. 마부 마이클에게 책과 그림을 주고, 매일 밤 미니를 준비시키고 마구간에 데려가 달라고 부탁했어. 마이클한테도 꾸중하지 마. 부탁이야. 여섯 시 반쯤에 워더링 하이츠에 도착해서 대개 여덟 시 반까지 있다가 전속력으로 말을 달려 돌아왔지. 내가 거기에 간 건 즐거워서가 아니야. 내내 몹시 괴로울 때가 많았거든. 그래도 가끔은, 1주일에 한 번쯤은, 행복할 때도 있었지. 처음에는 린턴에게 한 약속을 지키게 해 달라고 엘렌을 설득하려면 고생깨나 할 거라고 예상했어. 우리가 그 집에서 나올 때 내가 린턴에게 다음 날 오겠다고 약속했었거든. 그런데 다음 날 엘렌이 아파서 아래층에 내려오지 못하게 되자 그럴 걱정은 안 해도 되었지. 그리고 그날 오후에는 마이클이 정원으로 들어오는 문을 잠글 때 열쇠를 달라고 했어. 내 사촌 동생이 아파서 우리 집에 올 수 없기 때문에 내가 찾아오기를 얼마나 기다리고 있는지, 그리고 내가 거기에 가는 걸 아빠가 얼마나 싫어하는지 마이클에게 이야기했어. 그러고 나서 마이클과 조랑말에 대한 교섭을 한 거야. 마이클은 책 읽기를 좋아하고 결혼을 하기 위해 곧 이곳을 떠날 생각이래. 그러니 내가 서재에 있는 책을 빌려 주면 내가 원하는 대로 해 주겠다는 거야. 그래서 난 그렇게 하기보다는 내 책을 주고 싶다고 했더니 자기도 그게 더 좋다고 하더군.

내가 그 집에 두 번째로 찾아갔을 때, 린턴은 활기 있어 보였어. 그리고 그 집의 가정부 질라는 우리를 위해 방을 깨끗이 치워 주고 훈훈하게 불을 지펴 주면서, 조셉은 기도회에 갔고 헤어튼 언쇼는(나중에 들어서 알았는데 우리 집 숲으로 꿩을 밀렵하러 왔었대.) 개를 데리고 나갔으니 우리 마음대로 놀아도 좋다고 하더라고.

질라가 데운 포도주랑 생강 비스킷을 갖다주었는데 아주 좋은 사람 같았어. 린턴은 안락의자에 앉고 나는 벽난로 앞에 있는 조그만 흔들의자에 앉아서 아주 유쾌하게 웃으며 이야기를 했어. 할 이야기가 아주 많았지. 우리는 여름이 되면 어디에 가고 무엇을 할 것인지도 계획을 세웠지. 엘렌이 들으면 어리석다고 비웃을 테니 그 이야기는 하지 않겠어.

그런데 한 번은 거의 싸울 뻔했지 뭐야. 린턴이 그러는데, 무더운 7월의 하루를 가장 즐겁게 보내는 방법은 황야 한복판의 히스가 무성한 언덕에서 벌들이 꿈을 꾸듯 꽃 사이로 윙윙대며 날아다니고 종달새가 머리 위에서 지저귀는 소리를 들으며 구름 한 점 없는 파란 하늘과 밝은 햇살 아래에서 아침부터 저녁까지 누워 있는 거라잖아. 그게 그 애가 생각하는 완전한 행복이래. 하지만 내 최고의 행복은 말이야. 서쪽에서 불어오는 바람에 잎사귀들이 와스스 소리를 내는 푸른 나무 위의 가지에 걸터앉아 흔들대면서, 머리 위로는 맑고 흰 구름이 빠르게 흘러가고 종달새는 물론 개똥지빠귀며 굴뚝새, 홍방울새, 뻐꾸기 같은 새들이 사방에서 지저귀고, 저 멀리에 펼쳐진 황야와 시원하게 그늘진 골짜기가 보이고, 가까이에는 기다란 풀들이 산들바람에 물결치듯 넘실대는 언덕과, 숲과, 소리 내어 흐르는 시내가 있는, 온 세상이 깨어서 기뻐 날뛰는 모습을 보는 거야. 린턴은 모든 것이 평화의 황홀경 속에 있기를 바라는 거고, 난 모든 것이 찬연한 환희 속에서 생기를 발산하며 춤추기를 바라는 거지.

내가 그의 천국은 반만 살아 있는 셈이라고 했더니 그 애는 내 천국은 술에 취한 것 같다고 했어. 그래서 내가 그의 천국에서는 꾸벅꾸벅 졸게 될 것 같다고 하자 그 애도 내 천국에서는 숨이 차서 살아 있기도 어려울 거라고 딱딱거리며 골을 내지 않겠어. 결국 우리는 날씨가 좋아지면 두 가지를 다 해 보기로 하고는 키스를 하고 화해를 했지. 한 시간쯤 가만히 앉아 있다가, 바닥이 매끄럽고 양탄자도 깔려 있지 않은 그 커다란 방을 보니까 탁자만 치우면 놀기에 아주 좋은 장소가 되겠다는 생각이 들더라고. 그래서 린턴에게 질라를 불러 도움을 청하자고 했어. 그리고 질라와 함께 까막잡기 놀이를 했지. 질라가 눈을 가리고 우리를 잡으러 다녔어. 엘렌도 늘 그렇게 놀아 줬잖아. 그런데 린턴은 까막잡기는 재미없다고 안 하겠다면서 공놀이를 하자고 했어. 벽장을 열어 보니까 팽이, 고리, 배틀도어 채, 셔틀콕 같은 낡은 장난감 더미 속에 공이 두 개 있었어. 하나에는 C 자가 또 하나에는 H 자가 적혀 있기에, C 자는 내 이름 캐서린의 첫 글자이고 H 자는 그의 성인 히스클리프의 첫 글자이니까 C 자 공은 내가 가지고 H 자 공은 그 애더러 가지라고 했어. 그런데 그 애는 H 자 공에서 밀기울이 삐져나오는 걸 보고 싫어하더라고.

공놀이를 하는데 내가 계속 이기니까 그 애는 또 토라져서 기침을 해 대며 자기 의자에 가서 앉아 버렸어. 그래도 그날 밤은 기분이 쉽게 풀어져서 내가 근사한 노래(엘렌이 가르쳐 준 노래였지.)를 두세 곡 불러 주었더니 아주 기뻐했어. 내가 집에 돌아와야 할 때가 되자 다음 날 저녁에도 꼭 와 달라고 사정사정하기에 그러겠다고 약속했어.

미니와 나는 바람처럼 가볍게 집으로 달려왔어. 그리고 그날 밤엔 워더링 하이츠와 내 귀여운 사촌 동생 꿈을 꾸었지.

다음 날 아침이 되자 쓸쓸한 기분이 들었어. 엘렌도 아프고, 내가 워더링 하이츠에 가는 걸 아빠가 아시고 가도 좋다고 허락해 주시면 얼마나 좋을까 하는 생각이 들어서 그랬던 것 같아. 하지만 차 마시는 시간이 지나고 아름다운 달빛을 받으며 말을 타고가다 보니 울적함이 사라지더라고.

가면서 '오늘도 즐거운 저녁이 될 거야.' 하고 혼자 생각했지. 귀여운 린턴이 좋아할 것을 생각하니까 더욱 기뻤어.

내가 그 집 정원으로 말을 몰고 들어가서 막 뒤꼍으로 돌아가려고 하는데, 마침 헤어튼 녀석이 나를 보고는 말고삐를 붙잡더니 앞문으로 들어가라고 하더라고. 미니의 목덜미를 토닥이며 멋진 놈이라고 말을 붙이는 게 마치 내가 자기한테 말을 걸어 주었으면 하는 눈치였어. 난 그저 말을 가만두지 않으면 말한테 차일 거라고만 말해 줬어.

그 애는 그 특유의 상스러운 말투로 대답했어.

'이런 말한테는 채여도 별로 안 아플 거야.' 하고는 웃으면서 미니의 다리를 훑어보는 게 아니겠어.

순간 한번 미니의 발길질 맛을 보여 줄까 싶었지만, 그 애는 문을 열러 뛰어가 버렸지. 그리고 빗장을 올리면서 문 위에 새겨 놓은 글자를 올려다보더니 어색함과 의기양양함이 뒤섞인 미련스런 표정으로 이렇게 말하는 게 아니겠어.

'캐서린 양! 나도 이제는 저걸 읽을 수 있어.'

'어머, 잘됐네, 너도 이제 영리해졌구나. 그럼 어디 한번 읽어 봐.'

나는 소리쳤어.

그 앤 철자 하나하나를 더듬더듬 읽고는 음절을 있는 대로 늘여서 거기에 적힌 이름 헤어튼 언쇼를 발음했어.

'그 옆의 저 숫자는 뭐지?'

그가 딱 막히는 것을 본 나는 기운을 북돋워 주려고 외쳤어.

'아직 그건 모르는데.'

그 애가 대답했어.

'이런, 바보!'

나는 이렇게 말하며 실컷 웃어 주었지. 그 바보는 나를 따라 웃어야 하는 건지 아닌지 잘 모르겠다는 듯 눈을 잔뜩 찌푸리고 입가에 쓴웃음을 머금은 채 나를 노려보았어. 그 애는 내 웃음이 유쾌한 친밀감의 표현인지, 아니면 멸시를 나타내는 것인지 헷갈리는 모양이었어.

그러나 난 이런 그의 의혹을 곧 풀어 주었지. 갑자기 웃음을 멈추고 엄숙한 표정을 지으며 널 만나러 온 게 아니라 린턴을 만나러 온 거니까 비키라고 말했으니까 말이야.

그러자 그 애는 얼굴을 붉히더니(달빛이 환해서 보이더라고.) 빗장에서 손을 떼고 슬그머니 사라져 버리더군. 자존심이 무참하게 상한 얼굴이었어. 제 이름의 철자를 댈 수 있게 됐으니 저도 린턴만큼 안다고 생각했던 모양이야. 그런데 내가 그렇게 생각하지 않으니까 몹시 당황한 거지."

"잠깐만요, 아가씨!"

제가 아가씨의 말을 가로막았어요.

"나무랄 생각은 없지만, 아가씨의 그런 행동은 마음에 들지 않네요. 헤어튼 도련님도 린턴 도련님과 마찬가지로 아가씨의 사촌이라는 사실을 기억했다면 그런 식으로 행동하는 건 예의가 아니라는 생각이 들었을 거예요. 적어도 헤어튼 도련님이 린턴 도련님만큼 알고 싶어 한다는 건 칭찬해 줄 만한 의욕이잖아요. 모르긴 몰라도 도련님은 그저 뽐내려고 그 글자를 배운 게 아니었을 거예요. 전에 그 도련님이 글을 모른다고 아가씨가 창피를 준 일이 있었죠. 틀림없어요. 그래서 헤어튼 도련님은 그 글자를 배워서 아가씨를 기쁘게 해 주고 싶었던 거예요. 그런 그의 노력이 불완전하다고 해서 그를 비웃는다는 건 예의가 아니죠. 아가씨가 만약 그 도련님과 같은 환경에서 자랐다면 덜 무식했을 것 같아요? 그 도련님도 어릴 적에는 아가씨 못지않게 총명하고 똑똑했어요. 저 야비한 히스클리프가 도련님을 부당하게 대했기 때문에 도련님이 이런 멸시를 당해야 한다는 게 너무 속상하네요."

"설마, 엘렌, 그래서 울려고 하는 건 아니지?"

아가씨는 제가 정색한 것을 보고 놀랐는지 큰 소리로 말했어요.

"하지만 좀 더 들어 봐. 그러면 그 애가 날 기쁘게 하고 싶어서 ABC를 배웠는지, 그리고 그런 짐승 같은 놈에게 예의를 다할 가치가 있는지 알 수 있을 테니까. 내가 집 안으로 들어가니까, 린턴은 긴 의자에 누워 있다가 나를 맞이하기 위해 몸을 반쯤 일으키며 말했어.

'오늘 밤엔 몸이 안 좋아, 캐서린, 그러니까 오늘은 너만 이야기하고 난 듣게만 해 줘. 이리 와서 내 옆에 앉아. 난 네가 꼭 약속을 지키리라는 걸 알고 있었어. 그리고 오늘도 가기 전에 네 약속을 받아 낼 거야.'

린턴이 아프니까 성가시게 하지 말아야겠다고 생각했어. 그래서 부드러운 말투로 이야기만하고 질문은 하지 않았고, 어떤 식으로든 화나게 할 일은 하지 않았어. 그 집에 갈 때 좋은 책 몇 권을 가지고 갔었는데 린턴이 그중 한 권을 좀 읽어 달라기에 막 읽으려는 참이었어. 그런데 언쇼가 조금 전의 일을 되씹어 보다가 독이 올랐는지 문을 벌컥 열어젖히는 게 아니겠어. 그러고는 곧장 우리에게 다가오더니 린턴의 팔을 붙잡아 의자에서 내팽개치는 거야.

'네 방으로 꺼져.'

그가 어찌나 격분했던지 무슨 소리를 하는 건지 잘 알아들을 수 없었고, 감정이 북받친 얼굴은 몹시 험악해 보였어.

'널 만나러 온 이 애도 데리고 가. 네까짓 게 이 방에서 날 내몰지는 못해. 둘 다 꺼지란 말이야.'

우리에게 욕을 퍼붓고 나서 린턴에게 대답할 틈도 주지 않고 린턴을 부엌으로 떠밀었어. 내가 린턴을 따라 나가니까 마치 나를 때려 주고 싶어서 못 견디겠다는 듯 주먹을 불끈 쥐더라고. 순간 두려움이 밀려와서 나는 그만 책을 한 권 떨어뜨리고 말았어. 그러자 그 애는 냅다 그 책을 차 버리더니 우리를 내쫓고 문을 닫아 버렸지.

난롯가에서 심술궂고 갈라진 목소리로 웃는 소리가 나서 고개를 돌려 보니 밉살스런 조셉이 앙상한 손을 비벼 대며 떨면서 서 있더라고.

'난 헤어튼 도련님이 너희를 반드시 혼낼 줄 알고 있었어! 멋진 청년이야! 기백 있는 분이지! 헤어튼 도련님도 알고 있어. 그럼, 누가 이 댁의 주인이 되어야 하는지 나만큼 잘 알고 있고말고. 큭, 큭, 큭! 제대로 몰아냈어! 큭, 큭, 큭!'

'이제 우리 어디로 가야 하지?'

나는 그 몹쓸 노인네의 비웃는 말은 무시하고 린턴에게 말했어.

린턴은 얼굴이 하얗게 질려서는 부들부들 떨고 있었어. 그때 그 애 얼굴은 전혀 귀엽지 않았어, 엘렌. 정말이지 끔찍한 모습이었어! 야윈 얼굴과 커다란 눈에 격렬하지만 무기력한 분노가 일었거든. 그 애는 문의 손잡이를 잡고 흔들었지. 그러나 문은 안에서 잠겨 있었어.

'문 열지 않으면 죽여 버리겠어! 들여보내 주지 않으면 죽을 줄 알아! 이 악마 새끼야! 악마 새끼! 죽여 버리겠어! 죽여 버리겠다고!'

린턴이 새된 소리를 질렀어. 말이라기보다는 비명에 가까웠지.

조셉이 또 쉰 목소리로 킥킥 웃어 댔지.

'그래, 영락없는 제 아비야, 제 아비! 하기야 우리에겐 누구나 부모를 닮은 면이 조금씩 있긴 하지. 걱정할 것 없슈, 헤어튼 도련님. 염려 말라고요. 린턴 도련님은 어쩌지 못할 테니!'

조셉이 외쳤어.

난 린턴의 두 손을 잡고 끌고 가려고 했어. 그런데 그 애가 어찌나 크게 비명을 지르던지 난 놀라서 멈춰 설 수밖에 없었어. 결국 그 애는 소리를 지르다 숨이 막혀서 지독하게 기침을 해 댔고 입으로 피를 토하며 바닥에 쓰러지고 말았어.

나는 겁에 질려서 마당으로 뛰어나가 내가 낼 수 있는 가장 큰 소리로 질라를 불렀어. 질라는 곳간 뒤에 있는 외양간에서 소젖을 짜다가 내가 부르는 소리를 곧 알아듣고는 달려와서 무슨 일이냐고 물었지.

난 숨이 차서 설명을 할 수 없었어. 그래서 질라를 끌고 안으로 들어가서 린턴이 어떻게 됐나 둘러봤지. 헤어튼 언쇼는 자기가 저지른 짓의 결과가 궁금해서 나왔다가 린턴이 쓰러진 걸 보고 그 가엾은 아이를 안고 2층으로 올라가는 중이었어. 질라와 나도 뒤를 따랐지. 그런데 계단을 다 오르자 헤어튼은 나를 가로막더니 방에는 들어갈 수 없으니 집에 가라고 하지 않겠어.

난 그 애더러 너 때문에 린턴이 죽었고 난 반드시 들어가 봐야겠다고 소리를 질렀어.

조셉은 방문을 잠그더니 나더러 '그따위 몹쓸 짓'을 해서는 안 된다고 하면서 나도 '린턴처럼 태어날 때부터 미친' 게 아니냐고 묻는 게 아니겠어.

난 질라가 나올 때까지 울면서 서 있었어. 질라는 조금만 있으면 린턴이 좋아지겠지만 소리를 지르고 시끄럽게 하는 건 도움이 안 된다면서 나를 데리고 거실로 내려왔어.

엘렌, 난 내 머리를 쥐어뜯고 싶었어! 어찌나 흐느끼며 울었던지 눈이 거의 안보일 지경이었다고. 그런데 엘렌이 그렇게 동정하는 그 악당 놈이 내 맞은편에 서서는 건방지게도 가끔씩 나더러 조용히 하라고 하면서 이번 일은 자기 잘못이 아니라는 거야. 그러다가 나중에는 내가 이번 일을 아빠한테 이르면 감옥에 갇혔다가 교수형을 당하게 될 거라고 말하자 소리 내어 울기 시작하더니 겁쟁이처럼 불안해하는 모습을 감추고 싶었던지 밖으로 내빼더라고.

그런데 그 녀석이 완전히 물러간 건 아니었어. 결국 그들의 권유에 못 이겨 그 집을 나와서 한 90미터쯤 갔을 때 그놈이 갑자기 길 옆 그늘에서 나오더니 미니를 세우고 나를 붙잡는 게 아니겠어.

'캐서린 양, 난 정말 마음이 아파.'

그 애가 말을 시작했어.

'하지만 이건 너무 심하지 않아……'

난 그 애가 나를 죽일지도 모른다는 생각에 말채찍으로 그 애를 한 대 후려갈겼어. 그러자 그 애는 큰 소리로 끔찍한 욕지거리를 해 대며 손을 놓았어. 나는 정신없이 말을 달려 집으로 돌아왔지.

그날 밤, 나는 엘렌에게 잘 자라는 인사를 하지 않았어. 그리고 그이튿날에는 워더링 하이츠에 가지 않았어. 물론 굉장히 가고 싶었지만 이상하게 불안한 기분이 들더라고. 린턴이 죽었다는 소식을 듣게 될까 봐 두렵기도 했고 헤어튼과 마주치게 될 생각을 하면 몸서리가 쳐졌거든.

사흘째 되던 날은 용기를 냈어. 더 이상 불안해하며 가만히 앉아 있을 수만은 없었거든. 그래서 한 번 더 살그머니 빠져나갔어. 다섯 시에 걸어서 출발했어. 걸어서 가면 누구의 눈에도 띄지 않게 그 집 안으로 들어가서 린턴 방까지 올라갈 수 있을 거라 생각했거든. 그러나 개들이 짖어 대는 바람에 내가 온 걸 다들 알아차렸어. 질라가 나를 맞이하며 '도련님은 점점 좋아지고 있어요.'라고 말하고는 바닥에 양탄자를 깐 깔끔하고 자그마한 방으로 나를 안내해 주었지. 린턴이 그 방의 작은 소파에 누워서 내가 갖다준 책을 읽고 있는 걸 보니까 난 이루 말할 수 없이 기뻤어. 엘렌, 그런데 그 애는 한 시간 동안 나한테 말도 안 하고 쳐다보지도 않지 뭐야. 그러다 겨우 입을 열어 한다는 소리가 소란을 일으킨 건 나지 헤어튼 잘못이 아니라는 말도 안 되는 소리였으니 내가 얼마나 황당했겠어.

흥분하지 않고는 대답할 수가 없어서 나는 일어나서 나와 버렸어. 그 애는 날 쫓아 나와서 기어들어 가는 소리로 '캐서린' 하고 부르더라고. 내가 그렇게 나오리라고는 생각하지 못했던 거야. 그러나 난 돌아보지 않았어. 그리고 그다음 날은 내가 그 집에 두 번째로 가지 않은 날이 되었는데, 다시는 그 앨 찾아가지 않겠다고 결심까지 했어.

그런데 그 애 소식을 듣지 못한 채 잠자리에 들었다가 아침에 깨어나는 것이 어찌나 슬픈지, 그 결심은 굳어지기도 전에 허공으로 흩어져 버렸어. 한때는 그 집에 가는 게 잘못인 것 같았는데 이번에는 가지 않는 게 잘못인 것처럼 생각됐어. 그러던 차에 마이클이 와서 미니를 준비시키느냐고 묻기에 그만 '그래.' 하고 대답하고 말았어. 미니를 타고 언덕을 넘을 때쯤에는 지켜야 할 의무를 다하고 있다는 생각까지 들었어.

그 집 안마당으로 가려면 어쩔 수 없이 집 앞 창문을 지나야 했기 때문에 내 모습을 숨기려고 해 봐야 아무 소용이 없었지. 내가 응접실로 가는 걸 보고, 질라가 '도련님은 거실에 계세요.' 하고 말해 주었어.

들어가 보니 언쇼도 함께 있었는데 날 보더니 바로 나가 버리더라고. 린턴은 큼직한 안락의자에 앉아서 반쯤 잠들어 있었어. 난 벽난로 쪽으로 걸어가서 진지한 어조로 말을 시작했는데, 어느 정도는 진심이었어.

'린턴, 네가 날 좋아하지 않고, 내가 일부러 너를 아프게 하려고 여기 온다고 생각하고, 또 올 때마다 그런 눈치를 주니까 난 오늘을 마지막으로 이제 오지 않겠어. 우리 작별 인사를 하자. 그리고 네 아버지한테도 날 만날 생각이 없으니 그 일에 대해 더 이상 거짓말을 지어내지 말라고 말씀드려.'

'일단 모자나 벗고 좀 앉아, 캐서린.'

린턴이 대답했어.

'넌 나보다 훨씬 행복하니까 더 착해야 해. 아빠는 늘 내 결점만 이야기하고 멸시하시니까 자연히 나는 나 자신을 의심하게 돼. 아빠가 말씀하시듯이 내가 정말 가치 없는 사람이 아닌가 하는 의심이 들 때가 많단 말이야. 그러면 짜증이 나고 우울해져서 모두 미워지는 거야! 난 아무 가치도 없고 성질도 나쁘고 거의 언제나 기분이 우울해. 네가 헤어지기를 바라면 그렇게 해도 좋아. 그러면 넌 골칫거리 하나를 덜게 되겠지. 캐서린, 다만 이 점만은 인정해 줬으면 좋겠어. 나도 너같이 상냥하고 친절하고 착해질 수 있다면 말이야. 난 내가 행복해지거나 건강해지는 것만큼, 아니 그보다 더, 친절하고 착해지기를 바란다는 것을 믿어 줘. 그리고 네 친절한 마음씨로 인해 내가 널 더욱 깊이 사랑하게 되었다는 걸 믿어 줬으면 좋겠어. 내가 네 사랑을 받을 자격이 있다면 말이야. 비록 내 못된 성미를 너한테 보이지 않을 수 없었고 지금도 그건 피할 수 없지만, 나는 후회하고 뉘우치고 있고, 죽을 때까지 후회하고 뉘우칠 거야.'

그 애가 진심을 이야기하고 있는 게 느껴졌어. 그래서 용서해 줘야 한다고 생각했지. 다음에 또 그 애가 싸움을 걸더라도 난 다시 용서해 줘야겠다고 말이야. 우리는 화해했고, 내가 거기 있는 동안 둘 다 내내 울기만 했어. 슬퍼서 운 것만은 아니었지만, 린턴이 그런 비뚤어진 성격을 가졌다는 게 너무 안쓰러웠어. 그 애는 친구들을 결코 편하게 해 주지 못할 뿐 아니라 자기 자신도 편치 못할 테니까 말이야!

그 애 아빠가 그다음 날 돌아왔기 때문에 그날 밤 이후에 그 애를 찾아갔을 때에는 언제나 그 애의 그 조그마한 방으로 갔어. 한 세 번쯤은 우리가 처음으로 저녁을 함께 보냈던 때만큼 즐겁고 희망에 차 있었지만, 나머지는 모두 지루하고 불안했어. 어떤 때는 그 애가 고

집을 피우고 심술을 부려서, 또 어떤 때는 그 애가 아파서 그랬지. 하지만 난 그 애가 고집을 피우고 심술을 부릴 때에도 그 애가 아플 때와 마찬가지로 화내지 않고 참을 수 있게 됐어.

히스클리프 씨는 일부러 나를 피하는 것 같았어. 통 얼굴을 볼 수 없었거든. 나 참, 지난 일요일에는 말이야. 보통 때보다 좀 일찍 갔더니 히스클리프 씨가 전날 밤의 행동을 놓고 가엾은 린턴을 잔혹하게 나무라고 있는 게 아니겠어. 그분이 그걸 엿듣지 않았다면 어떻게 알았는지 모르겠어. 그날 밤 린턴이 좀 짜증스럽게 군 건 사실이었지만 그건 나 이외에는 아무도 상관힐 수 없는 일이잖아. 그래서 난 들어가서 히스클리프 씨의 말을 가로막고 그렇게 말했지. 그랬더니 그는 웃음을 터뜨리고는 내가 그렇게 생각한다면 다행이라고 말하며 나가버리더라고. 그 일이 있은 뒤부터, 난 린턴이 투정을 부릴 때면 목소리를 낮추라고 말했지.

자, 엘렌, 이게 다야. 나를 워더링 하이츠에 못 가게 하면 두 사람이 비참해져. 반면에 엘렌만 아빠한테 이르지 않으면 아무도 속상할 일이 없어. 이르지 않을 거지? 그렇게 하는 건 정말 무정한 짓이야."

"내일까지 생각해 보고 어떻게 할지 결정하겠어요, 캐시 아가씨."

제가 대답했어요.

"곰곰이 생각해 볼 필요가 있으니까요. 아가씨, 그럼 쉬세요. 난 가서 생각해 볼게요."

그러나 저는 주인님이 계신 곳에서 소리 내어 생각한 셈이 되었습니다. 아가씨의 방에서 나오자마자 저는 곧장 린턴 씨의 방으로 가서 들은 이야기를 전부 다 말씀드렸거든요. 아가씨와 린턴 도련님의 대화와 헤어튼 도련님을 언급한 부분만 빼고 말이에요. 제 말을 들은 린턴 씨는 무척 놀라고 속상해하셨지요.

다음 날 아침, 캐시 아가씨는 제가 신의를 저버렸다는 것과 자신

의 은밀한 방문도 이제 끝이 났다는 것을 알게 되었어요. 금지 명령
이 내려지자, 아가씨는 울고불고 몸부림치며 린턴을 불쌍히 여겨 달
라고 아버지께 애원했지만 헛일이었어요. 그나마 아가씨가 위안으로
삼은 건 아버지가 린턴에게 오고 싶으면 언제든 스러시크로스 저택
에 와도 좋다는 편지를 쓰겠다는 약속뿐이었지요. 그러나 린턴 서방
님은 앞으로는 워더링 하이츠에서 캐시 아가씨를 만날 수 없을 거라
는 설명도 덧붙이겠다고 하셨습니다. 만일 서방님이 당신 조카의 성
격과 건강 상태를 알고 계셨다면 그런 조그만 위안조차 주지 않았을
거예요.

제25장

"록우드 씨, 작년 겨울의 일이지요."

딘 부인은 말했다.

"1년도 채 지나지 않았군요. 1년쯤 뒤에 그 집안과 아무 관계도 없는 분한테 이런 이야기를 들려 드리게 될 줄은 생각도 못했는데 말이에요! 그러나 록우드 씨가 언제까지나 관계가 없을지 누가 알겠어요? 아직 아주 젊으시니까 언제나 독신으로 사시는 게 만족스럽지만은 않으실 거예요. 그리고 저는 어쩐지 캐서린 린턴 아가씨를 본 사람은 누구나 아가씨를 사랑하지 않을 수 없을 거라는 생각이 들어요. 웃기만 하시는군요. 그럼 제가 캐시 아가씨에 대한 이야기를 할 때 록우드 씨의 얼굴에 왜 그렇게 생기가 돌고 흥미로운 표정이 되는 거죠? 그리고 왜 아가씨의 초상화를 벽난로 위에 걸어 달라고 부탁하셨어요? 그리고 왜……."

"잠깐, 딘 부인!" 하고 나는 외쳤다.

"내가 그분을 사랑할 수도 있겠지만 그분이 나를 사랑하겠습니까?

도무지 그럴 것 같지 않으니 내 평정이 깨질지도 모를 위험을 무릅쓰고 그런 유혹에 뛰어들 수는 없는 노릇이고, 난 이 고장 사람이 아니지 않습니까. 난 바쁜 세상에서 온 사람이고 결국 그곳으로 돌아가야 합니다. 이야기나 계속해 봐요. 캐서린은 아버지 명령에 잘 따르던가요?"

"네, 그랬어요."

가정부는 이야기를 계속했다.

* * *

아가씨의 마음속에는 여전히 아버지에 대한 사랑이 가장 중요했으니까요. 게다가 린턴 씨는 말씀하실 때 화를 내지 않으셨어요. 그분은 마치 자신의 소중한 아이를 위험과 원수들 사이에 두고 떠나며 아이를 바른 길로 인도하기 위해 남겨 줄 수 있는 유일한 도움은 그 아이가 기억할 자신의 말뿐이라고 생각하는 사람처럼 깊은 애정을 담아 말씀을 하셨답니다.

며칠 뒤 그분은 저한테 이렇게 말씀하셨어요.

"난 조카 녀석이 편지를 보내오거나 찾아와 주었으면 싶은데 말이야, 엘렌. 그 애에 대해 어떻게 생각하는지 나한테 솔직하게 말해 주게나. 녀석은 좀 나아졌는가? 어른이 되면 나아질 것 같은가?"

"그 도련님은 너무 허약해서 어른이 될 때까지도 살기 어려울 것 같아요. 하지만 자기 아버지를 닮지 않았다는 것만은 확실히 말씀드릴 수 있어요. 혹시 캐시 아가씨가 불행히도 그 도련님과 결혼하게 되더라도 아가씨가 바보처럼 지나치게 봐주지만 않는다면 도련님을 충분히 감당하실 수 있을 거예요. 그런데 주인어른, 그 도련님을 두고 보시면서 아가씨와 어울리는지 알아보실 시간은 얼마든지 있잖아요. 그 도련님이 성인이 되려면 4~5년은 더 있어야 할 테니까요."

에드거 린턴 씨는 한숨을 짓고는 창가로 걸어가서 기머튼 교회 쪽을 내다보았어요. 안개 낀 오후였지만 2월의 햇빛이 희미하게나마 비추고 있어서, 교회 묘지에 서 있는 전나무 두 그루와 드문드문 세워진 비석들을 겨우 분간할 수 있었습니다.

"난 죽음이 어서 찾아오기를 빌곤 했어."

린턴 씨는 혼잣말을 하듯 중얼거렸어요.

"그런데 지금은 두려워서 피하고 싶어지는군. 새신랑이 되어 저 골짜기를 내려올 때의 즐거웠던 기억보다, 몇 달 후, 아니 몇 주 후가 될지도 모르겠지만 어쨌든 머지않아 내가 저 골짜기로 옮겨져서 그 호젓한 구덩이에 눕게 되리라는 기대가 더 달콤할 거라고 생각했었거든! 엘렌, 난 캐시가 있어서 아주 행복했어. 겨울밤과 여름날을 지내오는 동안 그 아이는 내 곁에서 살아 있는 희망이 되어 주었지. 하지만 난 저 낡은 교회 아래에 있는 비석들 사이에서 혼자 깊은 생각에 잠겨 있거나, 그 긴 6월 저녁 내내 그 애 어머니의 푸른 무덤 위에 누워 그 아래에 내가 눕게 될 날을 손꼽아 기다릴 때에도 행복했어. 캐시를 위해 내가 할 수 있는 일은 뭐가 있을까? 그 애를 어떻게 떠나야 할까? 내가 세상을 떠난 뒤에 린턴이 캐시의 상실감을 위로해 줄 수만 있다면, 그 녀석이 히스클리프의 아들이라는 것도 상관없고 그 녀석이 나한테서 캐시를 빼앗아 간다 해도 상관없어. 히스클리프가 자기가 목적한 바를 이루고 나의 마지막 보배를 나한테서 빼앗아 왔다는 승리감에 의기양양해도 난 개의치 않을 거야! 그러나 린턴이 변변치 못한 놈이어서 고작 제 아비의 하찮은 도구에 지나지 않는다면 캐시를 그 녀석에게 맡길 수는 없어! 캐시의 명랑한 기분을 망치는 게 아무리 속상하더라도 내가 살아 있는 동안에는 끝까지 캐시와 그 녀석이 만나지 못하게 해야 하고 죽을 때는 외롭게 혼자 놓아두고 갈 수밖에 없는 노릇이지. 차라리 나보다 먼저 그 애를 하느님께 맡겨 땅속에 묻어 주었으면 좋겠어."

봄이 다가왔지만 린턴 씨는 여전히 기운을 차리지 못하셨어요. 그
래도 따님과 정원 산책을 다시 시작하셨지요. 경험이 없는 아가씨는
그것만으로 아버지의 병환이 많이 나았다고 생각했어요. 게다가 린
턴 씨의 볼에 핏기가 돌고 눈이 빛날 때가 많아졌으니 아가씨는 아버
지의 건강이 회복된 줄 알았지요.

아가씨의 열일곱 번째 생일에, 린턴 씨는 교회 묘지에 가지 않으셨
습니다. 비가 오고 있었거든요.

"오늘 밤에는 나가지 않으시겠지요, 서방님?" 하고 제가 여쭸어요.

"그래, 못 나가겠군. 이번 해에는 좀 미뤄야겠어."

린턴 씨가 대답했어요.

그분은 린턴 도련님에게 몹시 만나고 싶다는 내용의 편지를 다시
보내셨어요. 만약 환자가 내놓을 만한 상태였다면 그의 아버지는 분
명 도련님을 보냈을 거예요. 그러나 사실은 그렇지 못해서, 린턴 도
련님은 아버지가 외삼촌 댁에 가는 걸 반대한다는 걸 넌지시 알리는
답장을 보내왔더군요. 아버지의 지시를 받아 가며 쓴 표가 났지요.
친절하게도 외삼촌이 자기를 기억해 주어서 기쁘고, 언제 산책을 나
오실 때 만나 뵙기를 바라며, 사촌끼리 이렇게 아주 헤어진 채 오랫
동안 지내지 않게 해 달라는 내용이었어요.

이 대목은 진솔하게 씌어진 것으로 보아 아마 도련님의 생각이었
을 거예요. 히스클리프 씨는 린턴 도련님이 캐시 아가씨를 만나고 싶
다는 사연은 혼자서도 충분히 설득력 있게 써 낼 수 있다는 걸 알고
있었겠죠.

린턴 도련님은 편지에 이렇게 썼어요.

캐시가 우리 집을 방문하게 해 달라고 부탁드리는 게 아닙니다. 아버지

가 저를 삼촌 댁에 못 가게 하시고 삼촌이 캐시를 우리 집에 못 오게 하시니, 캐시와 저는 이제 영영 만날 수 없는 건가요? 가끔 캐서린과 함께 워더링 하이츠 쪽으로 말을 타고 오셔서, 삼촌이 보는 앞에서 저희들이 몇 마디라도 나누게 해 주셨으면 합니다. 저희들은 이렇게 헤어져 있어야만 할 짓은 전혀 하지 않았어요. 그리고 삼촌은 저한테 화가 나신 것도 아니고 저를 싫어할 이유도 없으십니다. 삼촌도 인정하시잖아요. 보고 싶은 삼촌! 내일 저한테 친절한 편지를 보내 주세요. 스러시크로스 저택만 아니면 어느 곳에서든 삼촌이 원하시는 곳에서 뵙고 싶어요. 저를 만나 보시면 제가 아버지의 성격을 닮지 않았다는 것을 확실히 아실 수 있을 거예요. 아버지는 제가 당신의 아들이기보다는 삼촌의 조카라고 하신답니다. 그리고 저는 캐서린과 어울리지 않을 만큼 결점이 많지만, 캐서린은 그런 결점을 너그러이 이해해 주었습니다. 그러니 캐서린을 생각해서 삼촌도 제 결점을 너그럽게 봐주시기 바랍니다. 제 건강은 염려해 주신 덕분에 한결 나아졌습니다. 그러나 모든 희망이 끊긴 채 혼자 있지 않으면, 저를 좋아하지 않고 앞으로도 결코 좋아하지 않을 사람들과 함께 살아야 하니 제가 어떻게 기운을 차리고 건강해질 수 있겠어요?

에드거 린턴 씨는 도련님을 측은하게 여기셨지만 도련님의 요구는 들어줄 수 없었어요. 캐서린 아가씨와 함께 멀리까지 나다닐 수 없으셨으니까요.

서방님은 아마 여름에는 만날 수 있을 것 같고, 그때까지 가끔 편지를 보내라는 답장을 쓰셨어요. 집안에서의 어려운 처지를 잘 알고 있으니 편지로 할 수 있는 충고와 위로는 무엇이든 해 주겠다는 약속도 하셨지요.

린턴 도련님은 그 말에 따랐습니다. 만약 규제를 받지 않았다면 편지를 불평과 비탄으로 가득 채워 모든 일을 망쳐 버렸을 거예요. 그러나 도련님의 아버지가 철저히 감시했고, 물론 린턴 씨가 보낸 편지를 한 줄도 빼놓지 않고 읽어 보았습니다. 그리하여 린턴 도련님은 언제나 머릿속에 제일 먼저 떠오르는 자기의 내밀한 괴로움이나 아픔에 대해서 쓰지 못하고, 친구이자 애인인 캐서린과 만나지 못하는 가혹한 구속에 대해서만 되풀이해서 썼지요. 그리고 삼촌이 조만간 집 밖에서나마 만나게 해 주지 않으면 공허한 약속으로 일부러 자기를 속이고 있는 게 아닌가 하는 생각이 들 거라고 넌지시 압력을 넣더군요.

이쪽에서는 캐시 아가씨가 강력한 그의 지원군이었어요. 이렇게 힘을 합쳐 린턴 씨를 설득하더니 결국 그들은 1주일에 한 번씩 스러시크로스 저택에서 가장 가까운 황야에서 제 감독하에 함께 말을 타거나 거닐어도 좋다는 허락을 받아 냈습니다. 6월이 되어도 린턴 씨의 건강은 여전히 나빠지기만 해서 아가씨를 데리고 나가실 수가 없었거든요. 서방님은 해마다 수입의 일부를 캐시 아가씨의 몫으로 떼어 두셨지만, 대대로 물려받은 그 집을 캐시 아가씨가 소유하게 되기를, 혹 그렇지 못한다면 최소한 출가 후에 곧 다시 돌아와서 살게 되기를 당연히 바라셨지요. 그리고 그렇게 할 수 있는 유일한 방법은 아가씨가 서방님의 상속인과 혼인하는 것이라는 생각을 하셨어요. 그러나 서방님은 바로 그 상속인이 당신 자신만큼 급속하게 건강이 나빠지고 있다는 사실을 전혀 알지 못하셨지요. 그 사실을 아는 사람은 아무도 없었을 거예요. 의사가 워더링 하이츠에 왕진을 가는 일도 없었고, 그 댁 도련님을 보고 와서 그의 건강이 어떠한지 알려 주는 사람도 없었으니까요.

저로 말할 것 같으면, 도련님이 얼마 살지 못할 거라는 그때까지의 제 예감이 틀린 게 아닌가 하는 생각이 들기 시작했어요. 도련님이 황야에서 말을 타고 거닐자고 제안하는가 하면 캐시 아가씨에게도 대단한 열의를 보이기에, 저는 실제로 도련님이 좋아지고 있는 게 틀림없다는 생각을 했던 거예요.

아버지가 죽어 가는 자기 자식을 그토록 잔인하고 사악하게 대할 수 있다고는 상상할 수도 없었거든요. 나중에 알게 된 사실이지만 도련님이 그렇게 열성적으로 보였던 건 히스클리프 씨가 그렇게 할 수밖에 없도록 시켰기 때문이었어요. 그 탐욕스럽고 냉혹한 계획이 곧 다가올 도련님의 죽음으로 인해 실패로 끝날지 모른다는 위협을 느낀 히스클리프 씨가 도련님을 더욱 몰아쳤던 거지요.

제26장

에드거 서방님이 그들의 간청에 못 이겨 마지못해 허락하셔서 캐시 아가씨와 제가 처음으로 린턴 도련님을 만나러 말을 타고 나갔을 때는 어느덧 여름도 절정이 지날 무렵이었답니다.

후텁지근하고 찌는 듯이 무더운 날이었지요. 햇빛은 없었지만 하늘에는 구름이 얼룩덜룩하고 안개가 낀 것이 비가 올 것 같지는 않았습니다. 만나기로 한 장소는 네거리 옆 표석이 서 있는 곳이었지요. 그러나 그곳에 당도해 보니 말을 전하러 나온 어린 목동만 있었어요. 그 아이가 이렇게 말했지요.

"린턴 도련님은 바로 고개 너머 하이츠 쪽에 계신데요. 조금만 더 와 주시면 고맙겠다고 하셨어요."

"그렇다면 린턴 도련님은 삼촌의 첫 번째 주의사항을 잊어버리셨군. 그 어른께서는 우리 집 땅을 벗어나지 말라고 하셨거든. 우린 여기 있을 테니 얼른 가서 그렇게 전하렴."

제가 말했어요.

"그럴 게 아니라, 우리가 린턴이 있는 곳까지 갔다가 말머리를 돌려 린턴을 데리고 우리 집 쪽으로 오면 되겠네."

캐시 아가씨가 말했어요.

그러나 린턴 도련님이 있는 곳에 도착해 보니, 그곳은 그 댁 정문에서 4분의 1마일도 채 떨어지지 않은 데였고 도련님의 말도 보이지 않았기 때문에 우리는 하는 수 없이 말에서 내려 풀을 뜯게 놓아두어야 했지요.

린턴 도련님은 히스가 무성한 황야에 누워 우리가 오기를 기다리고 있었는데, 바로 몇 미터 앞에 갈 때까지 일어나지도 않더군요. 우리가 다가가자 겨우 일어나서 무척 힘없이 걸어왔는데 어찌나 안색이 창백하던지 저는 놀라서 큰 소리로 물었어요.

"어머, 히스클리프 도련님! 오늘 아침엔 산책을 못하시겠네요. 몸이 아주 안 좋으신 것 같은데요!"

캐시 아가씨는 슬프고 놀란 표정으로 도련님을 살펴보았어요. 입에서 막 터져 나오려던 기쁨의 환성이 놀라움으로 바뀌었고 오래 못 만나다 만나게 된 반가움과 기쁨의 인사는 도련님의 건강이 더 나빠진 게 아닌가 하는 걱정스런 질문으로 바뀌고 말았습니다.

"아냐…… 나아졌어…… 나아졌다고!"

도련님은 마치 쓰러지지 않으려면 지지해 줄 무언가가 필요한 듯 캐시 아가씨의 손을 꼭 잡은 채 몸을 부들부들 떨고 숨가빠하며 말했어요. 커다란 푸른 눈은 아가씨를 똑바로 쳐다보지 못하고 자신 없는 사람처럼 이리저리 흔들렸고, 움푹 꺼진 눈은 예전의 나른한 표정에서 초췌하고 사나운 표정으로 바뀌었지요.

"아무래도 네 건강이 더 나빠진 것 같은데. 마지막으로 보았을 때보다 더 나빠졌어. 더 수척하고."

아가씨가 말했어요.

"피곤해서 그래."

도련님은 황급히 말을 막았어요.

"날씨가 너무 더워서 산책은 못하겠고 여기서 좀 쉬자. 그리고 아침에는 이렇게 좀 어지러울 때가 있어. 아빠는 내가 너무 빨리 자라서 그렇대."

캐시 아가씨는 영 납득이 가지 않은 표정으로 앉았고, 도련님도 그 옆에 누웠지요.

"여기는 마치 네가 전에 말했던 천국 같구나."

아가씨는 명랑한 기분을 유지하려고 애쓰며 말했어요.

"우리 각자가 생각하는 이상적인 장소에서 제일 마음에 드는 방식으로 하루씩 지내기로 한 것 기억하지? 여기는 네가 말한 그 이상적인 장소와 아주 비슷한걸. 구름이 있는 것만 빼면 말이야. 하지만 구름이 저렇게 보드랍고 고우니까 해가 비치는 것보다 더 좋은데. 다음 주에는 우리 집 숲으로 말을 타고 가서 나의 천국을 보자. 네가 갈 수 있으면 말이야."

린턴 도련님은 아가씨가 무엇에 대해 말하고 있는지 기억하지 못하는 것 같았어요. 대화를 지속하기도 무척 힘겨워 보였지요. 아가씨는 자기가 꺼낸 이야기에 도련님이 별 흥미를 보이지 않고, 도련님이 재미있는 시간을 갖는 데 아무런 도움을 줄 수 없다는 게 분명해지자 실망을 감추지 못했어요. 도련님의 모습과 태도에는 꼭 집어서 말하기 어려운 어떤 변화가 생겼더군요. 토라졌다가도 어르고 달래면 이내 다정해지곤 하던 성격은 어떤 일에도 관심을 보이지 않는 노곤한 냉담함으로 변했고, 귀여움을 받으려고 일부러 응석을 부리고 성가시게 굴던 어린애 같은 투정이 줄어든 반면에 고질병 환자처럼 시무룩한 표정으로 자기 생각에만 골몰하여 위로도 마다하고 남이 기분 좋게 웃고 떠들면 모욕으로 받아들이는 성향은 더욱 강해졌어요.

린턴 도련님이 우리와 함께 있는 걸 기뻐하기보다는 도리어 고역으로 여긴다는 걸 저는 물론 캐시 아가씨도 알아차렸지요. 그러자 아가씨는 곧바로 조금도 주저하지 않고 그만 헤어지자고 말하더군요.

아가씨가 이렇게 제안하자 뜻밖에도 도련님은 나른한 상태에서 깨어나 이상한 불안에 휩싸였어요. 겁먹은 눈으로 워더링 하이츠 쪽을 힐끗거리며 30분만이라도 더 있어 달라고 사정하더군요.

"하지만 내가 보기에 넌 여기 앉아 있는 것보다 집에 가는 게 더 편할 것 같은데. 오늘은 내 이야기나 노래나 잡담 따위가 너를 즐겁게 해 줄 수 있을 것 같지가 않아. 지난 여섯 달 동안 넌 나보다 더 어른스러워졌어. 그래서 이제는 내가 즐기는 놀이가 시시해진 거야. 그렇지 않고 내가 널 즐겁게 해 줄 수 있다면야 기꺼이 더 있다 갈 텐데."

캐시 아가씨가 말했습니다.

"좀 쉬었다 가. 그리고 캐서린, 내가 몸이 아주 안 좋다고 말하지도, 생각하지도 마. 날씨가 후텁지근하고 더워서 기운이 없는 것뿐이야. 그리고 네가 오기 전에 좀 많이 걸어 다녔거든. 외삼촌께도 내가 꽤 건강하다고 말씀드려 줘, 알았지?"

도련님이 대답했어요.

"네가 그렇게 말하더라고 아빠한테 말씀드릴게, 린턴. 하지만 네가 건강하다고는 말씀드릴 수 없을 거야."

아가씨는 도련님이 사실이 아닌 거짓말을 집요하게 주장하는 걸 의아해하며 말했어요.

"다음 주 목요일에 또 여기서 만나자."

도련님은 캐시 아가씨의 의아해하는 눈길을 피하며 말했어요.

"그리고 외삼촌께 네가 나와서 날 만날 수 있도록 허락해 주셔서 고맙다고 전해 드려. 정말 더 없이 고맙다고 말이야, 캐서린. 그리고 말이야, 혹시라도 우리 아버지를 만나게 되어 나에 대해 물으시면 말이야, 내가 지나치게 말도 없고 멍하게 있었다고 생각하시지 않게 말씀드려야 해. 지금처럼 그렇게 슬프고 풀 죽은 얼굴을 하면 안 돼. 그럼 화내실 테니까."

"난 네 아빠가 화내도 아무렇지 않아."

캐시 아가씨는 그 장면을 상상하며 외쳤어요.

"하지만 난 무섭단 말이야. 아버지가 나한테 화내지 않도록 해 줘, 캐서린. 아버지는 아주 무서운 분이니까."

도련님은 벌벌 떨면서 말했어요.

"히스클리프 도련님, 아버님이 도련님한테 무섭게 대하시나요? 응석을 받아 주는 데 지쳐서 그나마 자제하던 증오심을 드러내 놓고 표출하시나요?"

린턴 도련님은 나를 쳐다보았으나 대답은 하지 않았습니다. 캐시 아가씨는 10분쯤 더 도련님 옆에 앉아 있었는데, 그동안에 린턴 도련님은 고개를 푹 숙이고는 기진맥진해서 그런 건지 아파서 그런 건지 억누른 신음 소리만 낼 뿐 아무 말도 하지 않더군요. 아가씨는 울적한 기분을 전환하려고 월귤나무 열매를 따다가 저한테 나눠 주었어요. 그리고 린턴 도련님에게는 더 신경을 써 봐야 도련님이 귀찮아하고 괴로워할 뿐이라는 걸 알았기 때문에 주지 않았지요.

"이제 30분 다 됐지, 엘렌?"

아가씨는 마침내 제 귀에 대고 소곤거렸어요.

"난 우리가 왜 여기에 있어야 하는지 모르겠어. 저 애는 잠이 들었고 아빠는 우리가 돌아오기를 기다리고 계실 텐데."

"하지만 잠든 사람을 놔두고 갈 수는 없어요. 도련님이 깰 때까지 조금만 참고 기다려요. 집에서 출발할 때는 그렇게 좋아하더니 가엾은 린턴을 보고 싶은 마음이 벌써 다 사라져 버렸군요!"

제가 대답했어요.

"저 앤 왜 날 만나고 싶어 했을까? 전에 고약하게 성질을 부릴 때가 지금 저렇게 이상하게 구는 것보다 더 나았어. 저 애는 이 만남을 마치 아버지한테 혼날 게 무서워서 억지로 하는 일처럼 생각하는 것 같아. 하지만 난 저 애 아버지를 기쁘게 하기 위해 만나는 거라면 나올 생각이 없어. 린턴에게 이런 고행을 시키는 이유가 무엇이든 말이야. 그리고 린턴의 건강이 좋아진 건 반가운 일이지만 전보다 훨씬 덜 명랑하고 나에 대한 애정도 전보다 훨씬 못해서 섭섭하단 말이야."

아가씨가 말했어요.

"그럼 아가씨는 도련님의 건강이 좋아졌다고 생각하시는 거예요?"

제가 물었어요.

"그래. 엘렌도 알다시피 여태까지는 줄곧 아프다고 야단이었잖아. 저 애가 아빠한테 말씀드리라고 하는 것처럼 많이 건강해진 것 같지는 않지만, 그래도 전보다는 나아진 것 같아."

아가씨가 대답했어요.

"저는 그렇게 생각하지 않아요, 캐시 아가씨. 훨씬 더 나빠진 것 같은데요."

제가 말했어요.

그때 린턴 도련님이 공포에 떨며 잠에서 깨더니 누가 자기를 부르지 않았냐고 묻는 것이었어요.

"아니. 꿈속에서 불렀다면 몰라도 널 부른 사람은 없어. 어떻게 아침에, 그것도 야외에서 잠을 잘 수 있는지 난 이해가 안 가."

캐시 아가씨가 말했어요.

"아버지 목소리를 들은 것 같은데."

도련님은 머리 위에서 위압적으로 솟아 있는 언덕을 힐긋 쳐다보고는 헉헉대며 말했어요.

"정말 아무도 부르지 않았어?"

"확실하다니까."

캐시 아가씨가 대꾸했어요.

"엘렌과 내가 네 건강을 놓고 이야기하고 있었을 뿐이야. 린턴, 너 정말 우리가 지난겨울에 헤어졌을 때보다 더 건강해진 거니? 그렇다 하더라도 약해진 게 분명 한 가지 있어. 나에 대한 관심은 약해졌잖아. 말해 봐, 그렇지?"

"아냐, 아니란 말이야!"

린턴 도련님은 눈물을 쏟으며 대답했습니다. 그리고 상상 속의 목소리가 아직도 들리는 듯 두리번거리며 그 목소리의 주인을 찾더군요.

캐시 아가씨는 일어섰어요.

"오늘은 이만 돌아가야 해. 내가 오늘 우리의 만남에 대해서 몹시 실망했다는 사실은 숨기지 않겠어. 그렇지만 이 사실을 너 이외에는 아무에게도 말하지 않을 거야. 너의 아버지가 무서워서 그러는 건 아냐!"

아가씨가 말했어요.

"쉿! 제발 조용히 해! 아빠가 오셔."

린턴 도련님이 작은 소리로 말했어요. 그리고 나서 캐시 아가씨를 가지 못하게 하려고 아가씨의 팔을 붙잡더군요. 그러나 아가씨는 그 말을 듣자 도련님을 급히 뿌리치고는 미니에게 휘파람을 불었지요. 미니는 강아지처럼 곧장 달려왔어요.

"다음 목요일에 올게, 안녕."

캐시 아가씨는 안장에 올라타며 외쳤습니다.

"빨리 가자, 엘렌!"

그렇게 우리는 도련님을 두고 돌아왔어요. 도련님은 아버지가 오고 있다는 생각에 신경을 곤두세우느라 우리가 떠나는 것도 인식하지 못했어요.

우리가 집에 돌아오는 동안에, 캐시 아가씨의 불쾌감은 완화되어 동정과 후회가 뒤섞인 묘한 감정으로 바뀌었어요. 그 감정에는 린턴 도련님이 실제로 처해 있는 육체적인, 그리고 사회적인 환경에 대한 막연하고 불편한 의심이 다분히 섞여 있었습니다. 저도 같은 느낌이 었지만 다음에 만나 보면 더 잘 알게 될 테니 아버님께는 너무 자세히 말씀드리지 않는 게 좋겠다고 충고했지요.

주인님은 다녀온 이야기를 좀 듣자고 하셨어요. 물론 조카가 고마워하더라는 말은 충분히 전해 드렸지요. 그 외의 나머지 것들은 캐시 아가씨가 간단히 말씀드렸어요. 저 역시 어떤 걸 숨겨야 하고 어떤 걸 말씀드려야 할지 몰랐기 때문에 그분의 질문에 만족할 만한 대답을 해 드리지 못했지요.

　1주일이 흘렀습니다. 그때부터 린턴 서방님의 병세는 그 누가 봐도 금방 알아 볼 수 있을 정도로 급격하게 나빠졌습니다, 몇 시간 사이의 병세 악화가 지난 몇 달간 몸이 상하신 것과 맞먹을 정도였으니까요.

　우리는 이런 사실을 아가씨에게 숨기려고 무진 애를 썼어요. 하지만 아가씨는 본래 영민한 분이어서 모를 리가 없었지요. 다가올 무서운 일을 혼자서 알아차리고 골똘히 생각에 잠기곤 했는데, 무서운 일이 닥칠지도 모른다는 짐작을 차츰 확신으로 굳혀 갔지요.

　목요일이 돌아왔지만 아가씨는 도련님을 만나러 나가겠다는 말을 꺼낼 엄두도 못 냈어요. 그 무렵 아가씨는 아버지가 하루에 아주 잠깐 동안 앉아 계시곤 하는 서재와 아버지의 침실에서만 지냈거든요. 그래서 제가 대신 서방님께 말씀드렸고, 아가씨를 데리고 나가도 좋다는 허락을 받았습니다. 아가씨는 아버지의 머리맡에서 시중을 들거나 옆에 앉아 있지 못하는 시간은 단 1분도 아까워했지요. 린턴 씨는 따님의 얼굴이 병구완과 슬픔으로 나날이 핼쑥해지는 걸 보고 바깥 공기를 쐬고 사촌이라도 만나면 기분 전환에 도움이 되리라는 생각에 흔쾌히 따님을 내보냈답니다. 그리고 이제 당신이 죽고 난 뒤에도 따님이 완전히 혼자 남겨지지는 않으리라는 희망을 위안으로 삼으셨지요.

린턴 씨가 여러 차례 무심코 내뱉은 말로 제가 추측한 것이지만, 린턴 씨는 조카의 외모가 당신을 닮았으니 속내도 당신을 닮았을 거라고 굳게 믿고 계신 듯했어요. 린턴 도련님이 보내 온 편지에는 그의 성격적 결함이 거의, 아니, 하나도 드러나지 않았으니까요. 그리고 저도 약한 마음이 들어 린턴 씨께서 잘못 알고 계시는 거라고 차마 말씀드리지 못했어요. 그 사실을 알아봐야 다른 방법을 강구할 힘도 기회도 없는 사람에게 부질없는 말을 해서 마지막 가는 순간을 불행하게 할 필요가 있겠느냐는 생각이 들었던 거죠.

우리는 그날 외출을 오후로 미뤘습니다. 황금빛으로 빛나는 8월의 오후였지요. 언덕에서 불어오는 산들바람이 어찌나 생기로 충만한지 죽어 가는 사람도 이 공기를 마시면 살아날 것 같았답니다.

캐서린 아가씨의 얼굴은 마치 주위의 경치 같았어요. 그늘과 햇빛이 연달아 빠르게 얼굴을 스치고 지나갔지요. 그러나 그늘은 더 오래 머물고 햇빛은 금방 지나가 버렸습니다. 그녀의 가여운 마음은 그렇게 햇빛이 잠깐 스쳐 지나가는 동안에 근심을 잊는 것에도 가책을 받았어요.

린턴 도련님이 지난번에 정한 그 자리에서 우리가 오는 것을 기다리고 있는 모습이 보였습니다. 아가씨는 말에서 내리더니 금방 올 테니 저더러 말에서 내리지 말고 아가씨의 조랑말을 붙들고 있으라고 하더군요. 그러나 저는 동의할 수 없었습니다. 제가 책임을 맡은 아가씨가 단 1분이라도 시야에서 사라지는 것은 마음이 놓이지 않았으니까요. 그래서 우리는 함께 히스가 우거진 언덕길을 올라갔습니다.

린턴 도련님은 어쩐 일인지 이번에는 상당히 활기 있게 저희를 맞이했습니다. 그러나 기분이 좋거나 기뻐서 그러는 것 같지는 않았고, 그보다는 오히려 두려워서 열성을 보이는 것 같았지요.

"늦었구나! 삼촌이 많이 편찮으시지 않아? 난 네가 안 오는 줄 알았어."

린턴 도련님은 힘겨운 듯 짤막하게 말했어요.

"왜 넌 솔직하지 못하니?"

캐서린 아가씨는 인사를 하려다 말고 소리쳤어요.

"내가 오는 걸 바라지 않는다고 왜 곧바로 말하지 못하느냔 말이야? 두 번째로 네가 나를 여기로 불러낸 게 이상할 따름이야! 우리 둘 다를 괴롭히기 위한 게 아니라면 다른 이유가 없어 보이는데."

린턴 도련님은 덜덜 떨면서 애원과 창피함이 뒤섞인 눈초리로 캐시 아가씨를 흘끗 쳐다보았어요. 하지만 아가씨는 이런 불가사의한 행동을 견딜 만큼 참을성이 충분하지 않았어요.

"아버지가 몹시 편찮으시단 말이야. 병간호를 해 드려야 하는데 왜 불러낸 거야? 내가 약속을 지키지 않았으면 하고 바라면서 왜 바쁜 나에게 약속을 지키지 않아도 된다는 전갈을 보내지 않았냐고! 어서 설명을 해 봐. 이제 놀면서 빈둥댈 생각은 전혀 없어. 이제 너의 그 가식적인 짓에 장단을 맞춰 줄 수가 없다고!"

아가씨가 말했어요.

"내 가식적인 짓이라고!"

도련님은 중얼거렸어요.

"그게 뭐지? 캐서린, 제발 그렇게 화내지 마! 마음껏 나를 경멸해도 좋아. 난 쓸모없고 몹쓸 겁쟁이니까. 나 같은 놈은 아무리 경멸을 당해도 부족해! 하지만 난 너무 보잘것없어서 네가 화낼 상대가 못 돼. 증오하려면 우리 아버지를 증오하고, 나를 대신 경멸해 줘."

"무슨 헛소리야!"

캐시 아가씨는 격분하며 소리쳤어요.

"바보 천치 같으니! 저것 좀 봐! 마치 내가 손이라도 댈 것처럼 덜 덜 떨고 있네! 경멸해 달라고 미리 부탁할 필요는 없어, 린턴. 누구라 도 저절로 너를 경멸하게 될 테니까. 가 버려! 난 집에 돌아갈 테야. 널 난롯가에서 끌어내어 뭘 해 보겠다고 하는 것 자체가 어리석은 짓 이야. 우리는 대체 뭐하러 만나는 거야? 내 옷자락 좀 놔. 설령 내가 공포에 질려서 우는 너를 동정한다 해도 넌 그따위 동정은 마다해야 하는 거야! 엘렌, 저 애에게 이런 행동이 얼마나 부끄러운 짓인지 좀 가르쳐 줘. 일어나! 비굴한 파충류처럼 굴지 말란 말이야, 제발!"

린턴 도련님은 비통한 표정으로 눈물을 줄줄 흘리며 맥없는 몸뚱 이를 땅에 내던졌습니다. 격심한 공포 때문에 경련을 일으키는 듯했 어요.

"아! 못 견디겠어!"

도련님은 흐느끼며 말했습니다.

"캐서린, 캐서린, 난 배신자야. 하지만 겁이 나서 너한테 말할 수 는 없어! 네가 가 버리면 난 죽는단 말이야! 사랑하는 캐서린, 내 목 숨은 네 손에 달렸어. 날 사랑한다고 그랬지? 그렇다면 네게 해가 될 일은 없을 거야. 가지 않을 거지? 친절하고 착하고 다정한 캐서린! 아마 너는 승낙해 줄 거야. 그러면 아버지는 너와 함께 죽도록 나를 내버려 두겠지!"

아가씨는 린턴 도련님이 너무나 고통스러워하는 것을 보고 도련님 을 일으키려고 몸을 굽혔습니다. 응석을 받아 주며 상냥하게 대해 주 던 예전의 감정이 되살아나 화가 누그러져서 가여운 마음이 들고 걱 정이 되었던 거지요.

"무엇을 승낙하라는 거니? 여기 더 있겠다는 걸? 그 이상한 말이 무슨 뜻인지 좀 알아듣게 설명해 봐. 그럼 여기 더 있을게. 네가 앞뒤 안 맞는 말을 늘어놓으니까 머리가 혼란스러워! 일단 진정하고 네 마음을 짓누르고 있는 게 뭔지 솔직하게 다 털어놔 봐. 너를 해치려는 게 아니지, 린턴? 네가 막아 낼 수만 있으면 어떤 원수도 나를 해치지 못하게 할 거지? 난 네가 자신에 관해서는 겁쟁이지만 너의 절친한 친구를 배반하는 겁쟁이는 아니라는 걸 믿겠어."

"하지만 아버지가 협박했단 말이야. 그리고 난 아버지가 무서워. 아버지가 무섭다고! 그래서 도저히 말할 수 없는 거야!"

린턴 도련님은 가느다란 손가락을 오므려 두 손을 꽉 마주잡은 채 헐떡이며 말했어요.

"아, 이것 참!"

캐서린 아가씨는 딱하기도 하다는 듯이 말했어요.

"그렇다면 말하지 않아도 돼, 난 겁쟁이가 아니니까. 너나 걱정해. 난 누구도 무섭지 않아!"

아가씨의 관대함에 도련님은 눈물을 흘렸지요. 자기를 부축하고 있는 아가씨의 손에 입을 맞추며 격렬하게 울면서도 비밀을 털어놓을 용기는 내지 못했습니다.

저는 그 비밀이 무엇일지 생각해 보았어요. 그러면서 캐서린 아가씨가 린턴 도련님이든 누구든 다른 사람에게 도움을 주려다 괴로움을 당하는 일이 없도록 해야겠다고 굳게 다짐했지요. 그때 히스 덤불 사이에서 바스락거리는 소리가 나서 위를 쳐다보았더니 언덕을 내려온 히스클리프 씨가 지척에 와 있더군요. 린턴 도련님의 울음소리가 들릴 만한 거리였는데도 그는 내 옆의 두 사람은 쳐다보지도 않은 채, 다른 누구에게도 그러지 않았을 정도로 반갑게 제게 인사를 건넸지만, 그의 진심을 의심하지 않을 수 없었지요.

"이렇게 우리 집 가까이에서 만나니 반갑군, 넬리! 그 댁은 모두 무고하신가? 어떤지 좀 들려주게. 소문으로는."

그는 목소리를 낮춰 덧붙였어요.

"에드거 린턴이 죽게 될 거라던데. 아마 병이 난 걸 과장해서 하는 말이겠지?"

"소문대로예요, 주인님은 돌아가시게 됐어요. 그건 틀림없는 사실이죠. 우리 모두에게는 슬픈 일이겠지만 본인에게는 축복일 거예요!"

제가 대답했어요.

"얼마나 더 오래 살 것 같아?"

그가 물었어요.

"그건 모르죠."

제가 대답했어요.

"왜냐하면 말이야."

그는 그의 눈길 아래에서 굳어 버린 두 젊은이를 바라보며 말했습니다. 린턴 도련님은 무서워서 옴짝달싹 못하는 사람처럼 머리도 들지 못했고, 그 바람에 캐서린 아가씨도 움직이지 못했지요.

"아무래도 저 녀석이 일을 그르칠 것 같아서 그래. 저 녀석 외숙이 저 녀석보다 빨리 가 주었으면 고맙겠는데. 아니! 저 녀석은 내내 저 꼴을 하고 있는 거야? 훌쩍거리지 말라고 그렇게 일렀건만. 저 녀석이 린턴 양과는 좀 활기 있게 지내던가?"

"활기라고요? 천만에요. 굉장히 괴로워하는 것 같았어요. 도련님은 애인과 함께 언덕을 산책하기보다는 침대에 가만히 누워서 의사의 진찰을 받아야 하는 게 아닌가 하는 생각이 드는데요."

"하루나 이틀 뒤에는 그렇게 하도록 하지." 하고 히스클리프 씨가 중얼거렸습니다.

"그러나 우선은…… 일어나, 린턴! 일어나란 말이야!"

그가 소리쳤어요.

"그렇게 바닥에 엎드려 있지 말고 일어나! 당장 일어나지 못해!"

린턴 도련님은 다시 공포에 질려 바닥에 쓰러졌어요. 아마 자기 아버지의 눈총을 받고 그랬던 것 같아요. 그럴 만한 다른 이유는 없었으니까요. 도련님은 아버지의 명령에 따르려고 몇 차례 안간힘을 썼으나 그나마 남아 있던 힘마저 다 소진되었는지 다시 신음을 하며 꼬꾸라졌어요.

히스클리프 씨가 앞으로 다가가 도련님을 일으켜 풀밭 둔덕에 기대어 놓더군요.

"네가 그 변변치 못한 기운을 내지 않으면 이제, 정말 성질이 폭발할 것 같다. 망할 놈 같으니! 어서 일어나지 못해!"

그는 흉포함을 억누르며 말했습니다.

"일어설게요, 아버지!"

도련님이 헐떡이며 말했습니다.

"조금만 내버려 두세요. 그렇지 않으면 기절할 것 같아요! 아버지가 하라는 대로 했어요. 정말이에요. 캐서린한테 물어보시면 제가…… 제가…… 명랑했다고 말씀드릴 거예요. 아! 캐서린 내 옆에 있어 줘. 손 좀 줘 봐. 일어서게 날 좀 도와줘."

"내 손을 잡아."

그의 아버지가 말했습니다.

"발에 힘을 주고 일어서! 자, 해 봐. 캐서린이 팔로 부축해 줄 테니……. 그렇지, 캐서린을 봐라. 캐서린, 너는 이렇게 끔찍한 공포를 일으키는 나를 악마의 화신쯤으로 생각하겠구나. 부탁인데 저 녀석을 부축해서 집까지 좀 데려다줄 수 없겠니? 내 손만 닿으면 녀석이 부들부들 떠니 말이야."

"린턴!"

캐서린 아가씨가 속삭였습니다.

"난 워더링 하이츠에는 못 가……. 아빠가 그러지 말라고 했어……. 네 아버지는 널 해치지 않을 텐데, 왜 그렇게 무서워하는 거니?"

"난 집에 다시 들어갈 수 없어."

도련님이 대답했습니다.

"너와 함께 가야만 다시 들어갈 수 있다고!"

"닥쳐!"

그의 아버지가 외쳤습니다.

"우리는 캐서린의 효심을 존중해 줘야 해. 넬리, 저 아이를 집에 좀 데려다줘. 그러면 넬리 말대로 더 미루지 않고 의사의 치료를 받게 할게."

"그러시는 게 좋을 거예요."

제가 대답했습니다.

"그러나 저는 아가씨 옆에 있어야 해요. 댁의 아드님을 돌보는 건 제 일이 아니지요."

"참 뻣뻣하시군!"

히스클리프 씨가 말했습니다.

"그건 나도 알아. 그렇다면 내 어쩔 수 없이 저 어린애 같은 놈을 앙앙거리게 해서 동정심이라도 유발해야겠군. 자, 이리 오렴, 내 영웅. 내 호위를 받으며 돌아갈 의향이 있으신가?"

히스클리프 씨는 다시 다가가서 그 허약한 아이를 붙잡으려고 했어요. 하지만 린턴 도련님은 몸을 움츠리며 뒤로 물러서더니 아가씨에게 매달리며 함께 가 달라고 애원했습니다. 어찌나 필사적으로 간절히 애원하던지 거절할 여지가 없어 보였습니다.

제가 아무리 반대해도 아가씨를 말릴 수는 없었어요. 하기야 어떻게 아가씨가 도련님의 청을 거절할 수 있었겠어요? 우리는 린턴 도런님이 무엇 때문에 그렇게 두려워하는지 알 도리가 없었지만, 두려움에 사로잡혀 맥을 못 추는 모습이 마치 거기에 조금만 더하면 정신적인 충격으로 바보가 될 것 같았지요.

우리가 워더링 하이츠의 문간에 당도하자, 캐서린 아가씨는 그 환자를 의자가 있는 곳까지 부축해 주려고 안으로 들어갔고 저는 아가씨가 곧 나오기를 바라며 밖에서 기다렸습니다. 그런데 히스클리프 씨가 저를 집 안으로 밀어 넣으며 큰 소리로 말하더군요.

"넬리, 우리 집에 전염병 환자가 있는 것도 아닌데 왜 그러고 서 있어? 그리고 오늘따라 손님이 무척 반갑군. 들어가서 앉아, 문을 닫아야겠으니."

그가 문을 닫고 자물쇠까지 채우자 저는 가슴이 철렁했어요.

"차라도 한잔 들고 가야지."

그가 덧붙여 말했습니다.

"집엔 아무도 없어. 헤어튼은 소를 몰고 목장으로 나갔고 질라와 조셉은 놀러 나갔거든. 혼자 지내는 데 이골이 났지만, 그럴 수만 있다면 재미있는 말동무와 함께 있는 게 더 좋지. 린턴 양, 저 녀석 옆에 가서 앉아요. 내가 가진 것을 줄 테니. 받을 가치도 없는 선물이지만 내가 줄 수 있는 건 이것뿐이니 하는 수 없지. 그 선물이란 바로 린턴이야. 놀라서 눈을 동그랗게 뜨는 것 좀 보게! 난 이상하게 나를 두려워하는 사람만 보면 잔인한 감정이 더 생긴다니까! 내가 법이 덜 엄격하고 취향이 덜 고상한 곳에서 태어났다면 하룻저녁 심심풀이로 저 둘을 천천히 산 채로 해부하며 즐거워했을 거야."

그는 숨을 크게 들이쉬더니 탁자를 탁 치고는 혼잣말로 욕을 하더군요.

"제기랄! 정말 밉살스런 놈들이야."

"난 무섭지 않아요!"

캐서린 아가씨는 그의 마지막 말을 듣지 못했는지 이렇게 외치더군요. 그녀는 가까이 다가갔어요. 그녀의 검은 눈은 격정과 결의로 번득였지요.

"그 열쇠 이리 주세요. 제게 달라고요. 굶어 죽는 한이 있어도 여기서는 먹지도, 마시지도 않겠어요."

아가씨가 말했습니다.

히스클리프 씨는 탁자 위에 놓여 있던 열쇠를 집었습니다. 그러고는 아가씨를 올려다보았는데, 그녀의 대담함 때문인지, 아니면 그녀의 목소리와 눈빛에서 그것을 물려준 사람을 떠올렸는지 놀라움에 사로잡혔지요.

캐시 아가씨는 열쇠에 덤벼들어, 히스클리프 씨의 느슨해진 손가락 사이에서 열쇠를 거의 다 낚아챘어요. 하지만 그 순간 아가씨의 행동으로 정신이 든 그가 열쇠를 재빨리 도로 빼앗았습니다.

"자, 캐서린 린턴."

그가 말했습니다.

"저리로 물러서. 그러지 않으면 때려눕힐 테다. 그러면 저 딘 부인께서는 미쳐 날뛰겠지."

이 경고에도 아랑곳없이 아가씨는 열쇠를 쥔 그의 손을 다시 붙잡고는 열쇠를 꺼내려고 했지요.

"우린 가야 해요!"

아가씨는 그의 강철 같은 근육을 느슨하게 하려고 안간힘을 쓰며 말했어요. 손톱으로는 아무 효과가 없자, 이로 세게 물었어요.

히스클리프 씨가 저를 흘낏 쳐다보았는데, 그 눈초리가 어찌나 사나운지 저는 한동안 끼어들지도 못하고 있었습니다. 캐서린 아가씨는 그의 손가락에만 너무 열중해 있어서 그의 얼굴은 쳐다보지 못했던 거죠. 히스클리프 씨는 갑자기 손을 펴서 실랑이를 벌이던 열쇠를 내놓았어요. 그러나 아가씨가 그것을 손에 넣기도 전에 그는 아가씨를 잡아서 자기 무릎 위에 앉히고는 양쪽 따귀를 연달아 무섭게 갈기는 것이었어요. 아가씨가 서 있었더라면 한 대만 맞아도 좀 전에 그가 위협했던 대로 나가떨어졌을 거예요.

이 악마 같은 폭행에 저는 격분하여 달려들었어요.

"이 악당 놈아!"

저는 소리치기 시작했습니다.

"이 악당 놈아!"

가슴을 한 번 떠밀리자 저는 말문이 막혀 아무 말도 할 수 없었어요. 저는 뚱뚱한 편이어서 걸핏하면 숨이 차거든요. 거기에 더해 화까지 치밀었으니 눈앞이 아찔해져서 비틀거리며 뒤로 물러설 수밖에 없었어요. 금방이라도 숨이 막히거나 혈관이 터질 것만 같았지요.

소동은 2분쯤 뒤에 끝났습니다. 캐서린 아가씨는 그의 손에서 놓여나자 두 손을 관자놀이에 갖다 대며 혹시 귀가 떨어져 나간 건 아닌가 하고 생각하는 것 같았어요. 가엾은 아가씨는 갈대처럼 몸을 떨면서 완전히 넋이 나간 표정으로 탁자에 몸을 기댔지요.

"난 아이들을 혼내는 방법을 알고 있단 말이야."

그 악당은 몸을 굽혀, 바닥에 떨어져 있던 열쇠를 집으며 험상궂은 표정으로 말했습니다.

"이제 내가 말한 대로 린턴한테로 가서 편안히 울지 그래! 내일이면 난 네 시아버지가 된다. 그리고 며칠 뒤에는 내가 너의 유일한 아버지가 되겠지. 그때는 이런 매를 실컷 맞게 될 거야. 넌 잘 참아 낼거다. 약골이 아니니까. 다시 네 눈에 그런 고약한 성깔이 내비치기만 해 봐! 그럼 매일같이 그 맛을 보여줄 테니."

캐시 아가씨는 린턴에게 가지 않고 저한테로 달려왔어요. 그러고는 무릎을 꿇고 앉아서 빨갛게 달아오른 볼을 제 무릎에 대고 소리

내어 울었지요. 아가씨의 사촌은 긴 의자 한쪽 구석에서 몸을 웅크리고 쥐 죽은 듯 조용히 앉아 있었는데, 그 체벌이 자기가 아닌 다른 사람에게 떨어진 것을 자축하고 있는 듯했습니다.

히스클리프 씨는 우리가 얼이 빠져 있는 걸 보고 일어서서 금세 차를 준비했습니다. 찻잔과 잔 받침을 차려 놓고 차를 따라 제게 한 잔을 내밀며 말하더군요.

"자, 한 잔 마시고 원한일랑 씻어 버려. 그리고 댁의 저 왈가닥 아가씨와 내 아들놈에게도 가져다주고,. 내가 만들었지만 독을 타지는 않았으니까 안심해도 돼. 난 나가서 댁들이 타고 온 말을 찾아봐야겠어."

그가 나가고 나서, 우리가 가장 먼저 생각한 것은 어디로든 나가야겠다는 것이었습니다. 부엌문을 열어 보았지만 밖에서 잠겨 있었고, 창문을 살펴보았지만 폭이 너무 좁아서 캐시 아가씨의 작은 몸도 빠져나갈 수 없을 정도였지요.

"린턴 도련님!"

저는 우리가 완전히 갇혀 버린 것을 깨닫고 고함을 질렀습니다.

"도련님은 저 악마 같은 아버지가 무슨 일을 꾸미고 있는지 알고 있을 테니 말해 주세요! 말하지 않는다면 그자가 우리 아가씨에게 한 것처럼 나도 도련님의 따귀를 갈기겠어요!"

"그래, 린턴, 네가 말해 줘야 해."

캐서린 아가씨가 말했습니다.

"내가 여기 온 건 너 때문이었으니까. 만약 말하지 않는다면 그건 몹시 배은망덕한 짓이야."

"목이 말라, 차 좀 줘. 그러면 얘기해 줄게. 딘 부인은 저리 좀 비켜요. 내 앞에 버티고 서 있는 건 싫으니까. 에이, 캐서린, 내 잔 속에 네 눈물이 떨어지잖아! 이거 안 마실래. 다른 걸로 줘."

도련님이 말했습니다.

아가씨는 도련님에게 다른 잔을 밀어 주고는 얼굴을 훔쳤지요. 이제 더 이상은 자기에게 위협이 될 만한 일이 없다고 태연자약한 그 비열한 녀석한테 저는 넌더리가 났어요. 그가 황야에서 드러내 보이던 그 무시무시한 고통은 워더링 하이츠에 들어서자마자 말끔히 가라앉았더군요. 아마도 그는 우리를 워더링 하이츠로 유인하지 못하면 끔찍한 벌을 주겠다는 위협을 받았던가 봅니다.

"아버진 우리를 결혼시키려는 거야."

도련님은 차를 몇 모금 홀짝이고는 말을 이었습니다.

"그리고 아빠는 너희 아빠가 당장은 우리를 결혼시키지 않으실 거라는 걸 알고 계시거든. 더 기다리다가 내가 죽지나 않을까 걱정이 되신 거야. 그래서 우리는 내일 아침에 결혼하게 될 거야. 그러니까 넌 오늘 밤을 여기서 묵어야 해. 아빠가 시키는 대로만 하면 다음 날엔 집에 보내 줄 거야. 그땐 나도 함께 가는 거야."

"함께 간다고요? 이 한심한 못난이 같으니!"

제가 소리를 질렀습니다.

"도련님을 결혼시킨다고요? 나 원 참, 그 사람 정신이 돌았거나 우리를 모두 바보로 알고 있군. 저렇게 건강하고 마음씨 고운 우리 예쁜 아가씨가 다 죽어 가는 꼬마 원숭이 같은 도련님에게 시집갈 것 같아요? 캐서린 린턴 아가씨는 말할 것도 없고, 어느 누가 도련님 같은 사람을 남편으로 삼으려 하겠어요? 비겁하게 징징 짜는 속임수를 써서 우리를 여기로 오게 하다니! 도련님 같은 분은 한바탕 맞아야 정신을 차리죠! 그렇게 바보 같은 얼굴 좀 하지 말아요! 그렇게 비열한 배신과 어리석은 발상을 하는 도련님을 보니 잡아서 마구 흔들어 주고 싶네요."

제가 도련님을 잡고 조금 흔들었더니 기침을 하기 시작했고 여느 때처럼 신음하며 소리 내어 울더군요. 그러자 캐서린 아가씨가 저를 나무랐어요.

"밤새 여기 있으라고? 안 돼!"

아가씨는 주위를 천천히 둘러보며 말했습니다.

"엘렌, 저 문에 불을 지르고서라도 나가야겠어."

아가씨는 곧바로 이 말을 실행에 옮길 태세였어요. 그런데 린턴 도련님은 자기에게 해가 될까 봐 겁을 집어먹고 벌떡 일어나 앉더니만, 가냘픈 두 팔로 캐시 아가씨를 끌어안고 흐느껴 울더군요.

"나와 결혼해서 날 좀 살려 주지 않을래? 날 스러시크로스 저택으로 데려가지 않을 거야? 아! 사랑하는 캐서린! 날 두고 가면 안 돼. 우리 아버지 말대로 해야만 해. 꼭 그래야 해!"

"난 우리 아빠 말씀을 따라야 해."

캐서린 아가씨가 대꾸했습니다.

"아빠를 걱정시켜서는 안 돼. 밤새 내가 가지 않으면 아빠가 무슨 생각을 하시겠어? 벌써 걱정하고 계실 거야. 난 때려 부수거나 불을 질러서라도 이 집에서 나가고 말거야. 조용히 해! 너한테 위험은 없을 테니까. 하지만 날 방해하면…… 린턴, 난 너보다 아빠를 더 사랑한단 말이야!"

히스클리프 씨가 화낼 생각에 무시무시한 공포를 느낀 린턴 도련님은 또 비겁한 변명을 늘어놓았습니다. 캐서린 아가씨는 정신이 산란해서 거의 미칠 지경이었지요. 그러나 집에 돌아가야 한다는 의지는 굽히지 않았어요. 이번에는 아가씨가 도련님에게 애원하면서 자기 괴로운 것만 생각하지 말라고 타일렀지요.

이 두 사람이 그러고 있는 동안 우리를 가둬 놓은 자가 다시 나타났습니다.

"당신네 말은 달아나 버렸더군."

그가 말했습니다.

"그런데 린턴, 너 또 울고 있는 거냐? 저 애가 너한테 어떻게 하든? 자, 자, 이제 그만 자러 가거라. 이 녀석아. 이제 한두 달만 있으면, 지금 네가 저 애에게 당한 횡포를 호되게 갚아 줄 수 있을 거다. 너는 순수한 사랑을 갈망하고 있지 않니? 이 세상에서 그것 외에는 바라는 게 없잖아? 그러니 저 애에게 장가를 보내 준단 말이야. 자, 이제 가서 자! 오늘 밤엔 질라가 없으니 네 스스로 옷을 갈아입어야 할 거다. 쉿! 그만 징징거려! 일단 네 방에 들어가면 아빠는 다시 너한테 안 갈 테니까 무서워할 필요 없어. 운이 좋았지만 오늘은 제법 잘했다. 이제 남은 일은 내가 처리하마."

그는 이렇게 말하면서 아들이 지나가도록 문을 잡아 주었어요. 그러자 도련님은 마치 심술궂은 주인이 문 사이에 끼이게 하려는 것은 아닌가 하고 의심하는 스패니얼 강아지처럼 문을 빠져나갔지요.

자물쇠가 다시 채워졌습니다. 히스클리프는 아가씨와 제가 잠자코 서 있는 난로 옆으로 다가왔어요. 캐서린 아가씨는 고개를 들어 쳐다보더니, 맞을 때의 통증이 되살아나기라도 하는 듯 엉겁결에 볼을 손으로 감싸더군요. 이런 어린애 같은 행동을 보고 매몰차게 대할 사람은 어느 누구도 없을 테지만, 히스클리프는 험상궂은 표정으로 아가씨를 노려보면서 이렇게 중얼거리더군요.

"그래, 넌 내가 무섭지 않다고 했지? 너는 용기를 잘도 꾸며 대는구나. 지금은 내가 몹시 무서운 모양인데!"

"지금은 무서워요."

아가씨가 대답했습니다.

"제가 돌아가지 않으면 아빠가 몹시 걱정하실 테니까요. 아빠를 비참하게 할 수는 없어요. 가뜩이나 지금 아빠는…… 아빠는…… 고모부, 저를 보내 주세요. 린턴과 결혼하겠다고 약속할게요. 아빠도 그러기를 바라고 계실 거예요. 그리고 저도 린턴을 사랑하고 있고요. 가만두면 스스로하게 될 일을 왜 억지로 시키려고 하세요?"

"억지로 될 일인지 어디 두고 봅시다!"

제가 외쳤습니다.

"이 나라에는 엄연히 법이 있어요. 다행히도 법이 있다고요! 여기가 아무리 외진 곳이라 해도 말이지요. 설령 도련님이 내 아들이라 하더라도 난 고발하고 말 거예요! 이건 성직자의 특권(일반 법정에 비해 관대한 교회 법정에서 재판을 받을 수 있는 특권. 넬리는 납치 결혼이 이런 특혜도 받을 수 없는 중죄임을 지적하고 있는 것_옮긴이)에도 해당되지 않는 중죄라고요!"

"닥쳐!"

그 악당 놈이 말했습니다.

"시끄럽게 굴지 마! 당신이 지껄이는 소리는 듣고 싶지 않아. 캐서린, 네 아버지가 비참해할 생각을 하니 아주 기분이 좋은걸. 기뻐서 잠도 오지 않을 것 같다. 나에게 그런 사실을 알려 주다니 앞으로 스물네 시간 동안은 무슨 일이 있어도 너를 여기에 잡아 둬야겠다는 결심이 더욱 굳어지는구나. 그리고 린턴과 결혼하겠다는 네 약속에 관해서는 말이다. 네가 약속을 지킬 수 있도록 내가 도와주마. 그 약속이 이루어질 때까지 네가 이곳을 떠나게 하지는 않을 테니까."

"그럼 엘렌만이라도 집에 보내서 제가 무사하다는 걸 아빠한테 알리게 해 주세요!"

캐서린 아가씨는 비통하게 울부짖었습니다.

"아니면 지금 당장 결혼하게 해 주세요. 아, 불쌍한 아빠! 엘렌, 아빠는 우리가 실종된 줄로 아실 거야. 이제 우리 어떻게 하지?"

"그렇지 않아! 네 아버지는 네가 간병하는 데 싫증이 나서 좀 즐겁게 놀려고 도망갔으려니 생각할 거야."

히스클리프가 대꾸했습니다.

"넌 그렇게 하지 말라는 네 아버지의 명령을 무시하고 이 집에 네 발로 걸어 들어온 사실을 부인하지 못할 거다. 그리고 네 나이 때에는 놀고 싶은 건 아주 당연해. 게다가 병자를, 그것도 아버지일 뿐인 남자를 간병하는 것에 싫증이 나는 것도 지극히 당연한 일이지. 캐서린, 네가 이 세상에 태어날 때 네 아버지의 행복한 시절은 이미 막을 내렸어. 아마 네 아비는 네가 이 세상에 태어난 것을 저주했겠지(적어도 나는 그랬으니까.). 그러니 이 세상을 떠나면서 너를 저주하는 것도 썩 괜찮을 거야. 나도 네 아비와 함께 저주해 주마. 난 너를 사랑하지 않아! 어떻게 내가 그럴 수 있겠니? 넌 울면서 세월을 보내야 해. 내가 보기에 이제부터는 우는 일이 너의 주된 소일거리가 될 게다. 린턴 녀석이 네 상실감을 메워 주지 않는 한 그렇게 되겠지. 네 아비는 린턴이 그렇게 해 줄 수 있을 거라고 믿는 것 같던데. 네 아비가 린턴에게 보낸 충고와 위로의 편지는 아주 재미있게 읽었다. 지난번 편지에는 린턴 녀석에게 너를 잘 보살펴 주고 결혼하면 다정하게 대해 주라고 당부하더군. 잘 보살펴 주고 다정하게 대하라니. 참 아버지다운 말씀이지! 하지만 린턴은 보살핌과 다정함을 모두 자기 자신한테 쏟아야 하는 놈이란 말이야. 린턴은 어린 폭군 노릇을 하겠지. 이빨을 뽑아 버리고 발톱을 잘라 낸 고양이라면 몇 마리라도 괴롭힐 수 있는 놈이거든. 이번에 집에 돌아가면 넌 네 아비에게 그 애의 다정함에 대해서 제대로 알릴 수 있을 거다."

"그건 맞는 말이군요!"

제가 말했습니다.

"댁 아들의 성품을 설명해 줘요. 어떤 면이 당신과 닮았는지 알려 달란 말이에요. 그래야 아가씨가 사악한 독사와 결혼하기 전에 다시 생각해 볼 테니까요!"

"이젠 그 녀석의 사랑스러운 성격에 대해 말하는 데 전혀 거리낄 게 없겠군."

그가 대답했습니다.

"그 녀석과 결혼하지 않으면 저 애는 제 아비가 죽을 때까지 여기 갇혀 있어야 하거든. 물론 당신도 돌아갈 수 없고 말이야. 난 누구에게도 들키지 않고 너희들을 여기에 가둬 놓을 수 있어. 내 말을 못 믿겠거든 저 애에게 약속을 취소하라고 부추겨 보든지. 그러면 내 말이 사실인지 아닌지 판단할 기회를 갖게 될 테니!"

"약속을 취소하지 않을 거예요."

캐서린 아가씨가 말했습니다.

"곧 집에 돌아갈 수만 있다면 지금 당장 결혼하게 해 주세요. 고모부, 고모부는 잔인한 분이지만 악마는 아니니까 나쁜 뜻을 품고 제 모든 행복을 돌이킬 수 없을 정도로 완전히 파괴하지는 않으시겠지요. 만약에 아빠가 고의로 제가 아빠를 버렸다고 생각하시고 제가 집에 돌아가기도 전에 세상을 떠나신다면, 제가 어떻게 살아갈 수 있겠어요? 이제 저는 울지 않아요. 여기 고모부 앞에 무릎을 꿇고 고모부가 저를 쳐다볼 때까지 고모부한테서 눈을 떼지 않고 앉아 있을 거예요! 고개를 돌리지 마세요! 저를 좀 보세요! 고모부를 화나게 하지 않을 거예요. 전 고모부를 미워하지 않아요. 고모부가 저를 때렸다고 원망하지도 않아요. 고모부는 여태껏 아무도 사랑해 본 적이 없으세요? 한 번도요? 아! 한 번만이라도 저를 쳐다보셔야 해요. 슬퍼하는 제 얼굴을 보면 안쓰럽고 불쌍하게 생각하지 않을 수 없을 거예요."

"그 영원(영원과의 동물로 도롱뇽과 비슷하고 북반구의 온대 지방에 분포하나 우리나라에는 없음_옮긴이) 같은 손가락 치우지 못해. 저리 비켜, 비키지 않으면 차 버릴 거야!"

히스클리프는 몰인정하게 아가씨를 밀어내며 외쳤습니다.

"차라리 뱀에게 휘감기는 게 낫지. 대체 어떻게 나한테 알랑거릴 생각을 다 했지? 난 정말 네가 못 견디게 싫단 말이다!"

그는 어깨를 움츠리며 마치 정말로 벌레가 살 위를 스멀거리기라도 하듯 몸을 떨면서 의자를 뒤로 밀더군요. 저는 일어서서 한바탕 욕을 퍼부어 주려고 입을 뗐는데 한 마디만 더 하면 저만 다른 방에 가둬 버리겠다는 협박에 첫 문장도 마치지 못한 채 입을 다물어야 했지요.

날이 어두워지고 있었습니다. 정원 문 쪽에서 사람들이 말하는 소리가 들려왔어요. 그러자 히스클리프가 곧바로 뛰어나가더군요. 그는 눈치가 빨랐고 우리는 그렇지 못했지요. 그는 2, 3분쯤 이야기를 나누더니 혼자서 돌아왔지요.

"아가씨의 사촌인 헤어튼 도련님인 줄 알았어요. 그 도련님이라도 왔으면 좋겠는데! 우리 편이 되어 줄지 누가 알아요?"

저는 캐서린 아가씨에게 말했어요.

"스러시크로스 저택에서 보낸 하인 세 명이 너희를 찾으러 왔더군."

제 말을 들은 히스클리프가 말했습니다.

"창문을 열고 소리치지 그랬어. 하지만 저 계집애는 자네가 그러지 않아서 틀림없이 좋아하고 있을 거야. 어쩔 수 없이 여기 머물게 된 걸 기뻐하고 있는 게 분명해."

기회를 놓쳐 버린 걸 안 우리는 너무 애통해서 감정을 통제하지 못하고 울음을 터뜨렸습니다. 히스클리프 씨는 아홉 시가 될 때까지 우리를 울도록 내버려 두다가 아홉 시가 되자 우리에게 부엌으로 해서 2층에 있는 질라의 방으로 가라고 하더군요. 저는 캐서린 아가씨에게 그 말에 따르자고 속삭였어요. 어쩌면 거기에는 창문을 통해 나가거나 다락방으로 들어가서 들창을 통해 밖으로 나갈 방법이 있을 거라는 생각이 들었거든요.

그러나 창문은 아래층과 마찬가지로 폭이 좁았고 다락방으로 올라가는 사다리도 이용할 수가 없었습니다. 우리는 아래층에서와 마찬가지로 갇혀 있는 신세였어요.

우리는 둘 다 눕지 않았어요. 캐서린 아가씨는 창 옆에 앉아서 아침이 오기를 초조하게 기다렸어요. 제가 좀 누우라고 여러 번 청했지만 아가씨는 대답 대신 깊은 한숨만 쉬었답니다.

저는 흔들의자에 앉아 앞뒤로 흔들거리며, 제가 여러 가지로 의무를 다하지 못했다는 심한 자책감에 빠졌습니다. 린턴 씨와 아가씨의 모든 불행이 제가 의무를 다하지 못한 때문인 것만 같았습니다. 사실은 그렇지 않았다는 걸 지금은 알고 있습니다만, 그 참담했던 밤에는 그런 생각이 들었어요. 심지어 히스클리프보다 제 탓이 더 크다는 생각까지 들었답니다.

아침 일곱 시가 되자 히스클리프가 와서 린턴 양이 일어났느냐고 묻더군요. 캐서린 아가씨는 얼른 문으로 달려가며 대답했습니다.

"네."

"이리 와."

그는 문을 열고 아가씨를 끌어냈어요. 저도 일어서서 뒤따라갔지만 문을 잠가 버리더군요. 그래서 나가게 해 달라고 소리쳤지요.

"참을성 있게 기다려. 잠시 후에 아침을 올려 보낼 테니."

그가 대답했습니다.

저는 판자로 된 벽을 마구 두드리고 빗장을 세차게 흔들어 댔습니다. 캐서린 아가씨도 왜 저만 가두어 두느냐고 물었습니다. 그러자 그는 한 시간쯤 더 참아야 한다고 대꾸하고는 캐서린 아가씨를 데리고 가 버렸어요.

두세 시간가량을 참고 기다리자 마침내 발걸음 소리가 들렸습니다. 그러나 히스클리프의 발소리는 아니었어요.

"먹을 것을 갖고 왔어요. 문 열어요!" 하는 소리가 나더군요.

얼른 문을 열어보니, 헤어튼 도련님이 하루 종일 먹을 음식을 갖고 왔더군요.

"받아요!"

그가 쟁반을 건네며 덧붙였습니다.

"잠깐만 있다 가요."

제가 말을 꺼냈지요.

"안 돼요!"

그가 소리쳤어요. 그는 제가 좀 붙들어 놓고 이야기를 해 보려고 온갖 말로 애원을 하는데도 아랑곳하지 않고 그냥 가 버리더군요.

거기에 그렇게 갇혀서 저는 그날 낮과 밤을, 그리고 그다음 날을, 또 그다음 날을 보냈습니다. 전부 합쳐서 닷새 밤과 나흘 낮 동안, 저는 매일 아침 음식을 들고 오는 헤어튼 도련님말고는 아무도 보지 못한 채 갇혀 있어야 했어요. 그는 가히 간수의 모범이라 할 만했습니다. 뚱하니 아무 말도 않고, 정의감이나 동정심에 호소하려는 온갖 시도에도 귀를 막아 버렸으니까요.

제28장

　닷새째 되던 날 오전, 아니 오후였네요. 문밖에서 다른 발소리(더 가볍고 잰걸음 소리)가 들려오더니 그 발소리의 주인공이 방 안으로 들어왔습니다. 진홍색 숄을 두르고 까만 비단 모자를 쓴 질라가 버들 가지로 엮은 바구니를 팔에 걸고 들어섰지요.

　"아유, 무슨 일이에요! 딘 부인."

　그녀가 외쳤습니다.

　"아니 글쎄, 기머튼에 당신 소문이 자자하답니다. 그래서 주인님 한테서 당신과 아가씨를 발견하고 집에 데려왔다는 말을 듣기 전에는 당신과 캐시 아가씨가 블랙호스 늪에 빠져 버린 줄로만 알았지 뭐예요! 그래도 용케 섬에 올라가 있었나 봐요, 그렇죠? 얼마나 오랫동안 수렁에 빠져 있었던 거예요? 주인님이 구해 주셨나요, 딘 부인? 그런데 그렇게 야위지는 않았네요. 그래도 고생은 별로 안 했나 봐요, 그렇죠?"

　"당신네 주인은 못 말리는 악당이로군요!"

제가 대답했습니다.

"그자가 이 모든 일에 책임을 져야 할 거예요. 거참, 그 양반 그런 터무니없는 이야기를 지어 낼 필요는 없는데. 결국 모든 일이 드러나고 말 것을!"

"대체 무슨 말을 하는 거예요?"

질라가 물었습니다.

"그건 우리 주인님이 지어 낸 이야기가 아니라 마을에 파다하게 퍼진 소문인데요. 당신이 늪에 빠졌다는 거 말이에요. 그래서 난 집에 들어오자마자 언쇼 도련님에게 이렇게 말했죠.

'헤어튼 도련님, 그동안 변고가 있었지 뭐예요. 그 귀여운 아가씨와 활달한 넬리 딘이 정말 안됐어요.'

도련님은 이 말을 듣고도 나를 멀뚱멀뚱 쳐다보고만 있더군요. 그래서 아무것도 듣지 못했나 싶어서 내가 들은 소문을 이야기해 주었어요. 그런데 주인 양반이 옆에서 듣고 있다가 혼자 빙그레 웃더니 이렇게 말하는 게 아니겠어요.

'그 사람들 늪에 빠졌었지만 지금은 무사하다네, 질라. 넬리 딘은 지금 질라 방에 묵고 있어. 방에 올라가거든 얼른 빠져나가라고 말하게. 여기 열쇠 받게. 늪의 물이 머릿속으로 들어가서 제정신이 아니었지. 그 상태로 집에 달려가려는 것을 정신이 돌아올 때까지 내가 잡아 둔 거야. 갈 수만 있으면 당장 집으로 돌아가라고 일러 줘. 그리고 캐서린은 그 댁 주인어른의 장례식에 맞춰서 가게 될 거라고 전해 주게.'"

"에드거 씨는 아직 돌아가시지 않았죠? 아! 질라, 질라!"

제가 숨을 헐떡이며 물었습니다.

"그래요, 돌아가시지 않았어요. 딘 부인, 좀 앉아 계세요. 아직도 몸이 안 좋으신 것 같은데요. 그분은 돌아가시지 않았어요. 케네스 선생이 그러는데 하루는 더 버틸 것 같대요. 길을 가다 마주쳤을 때 여쭤 봤거든요."

저는 앉는 대신에 제 외투를 얼른 집어 들고 아래층으로 달려 내려 갔습니다. 자유로이 나갈 수 있었으니까요. 거실로 들어가서 캐서린 아가씨의 소식을 전해 줄 사람이 없나 하고 둘러보았습니다. 햇빛으로 가득했고 문이 활짝 열려 있었지만 아무도 없는 것 같았지요. 곧바로 나가 버릴까 아니면 돌아가서 아가씨를 찾아볼까 하고 망설이고 있는데 벽난로 쪽에서 작은 기침 소리가 들려왔습니다. 린턴 도련님이 긴 의자를 혼자 차지하고 누워 막대사탕을 빨면서 무심한 눈으로 저의 거동을 살피고 있더군요.

"캐서린 아가씨는 어디 있어요?"

도련님이 혼자 그러고 있는 걸 보니 무섭게 몰아붙이면 겁나서라도 사실을 말하겠지 싶어서 엄한 표정으로 다그쳤습니다.

그는 어린애처럼 사탕만 빨고 있더군요.

"집에 갔나요?"

제가 물었습니다.

"아니, 위층에 있어. 캐시는 못 가. 우리가 놓아 주지 않을 거야."

그가 대답했습니다.

"놓아 주지 않는다고, 이 바보 천치 같으니!"

제가 소리쳤습니다.

"당장 아가씨가 있는 방으로 날 안내해요. 그렇지 않으면 비명을 지르게 해 줄 테니까."

"거기 가려고만 해 봐. 그러면 넬리가 비명을 지르게 될걸. 아빠가 가만히 있지 않을 테니까 말이야. 아빠가 캐서린에게 다정하게 대하지 말래. 캐서린은 내 아내니까 날 두고 떠나려는 건 괘씸한 일이야! 캐서린은 날 미워하고 내가 죽기를 바란다고 아빠가 말씀하셨어. 내가 죽으면 내 돈을 가질 수 있을 테니까 말이야. 하지만 그 애는 돈을 갖지 못할 거야. 집에도 못 갈 테고! 절대 안 보낼 거야! 제 마음껏 울다가 병이 날 테면 나라지!"

그는 다시 사탕을 빨면서 마치 잠을 자려는 듯 눈을 감았어요.

"히스클리프 도련님."

제가 다시 말을 꺼냈습니다.

"지난겨울에 캐서린 아가씨가 도련님한테 베풀어 준 친절을 모두 잊었어요? 그때 도련님은 아가씨를 사랑한다고 맹세했고, 아가씨는 도련님을 만나려고 여러 차례 눈보라를 뚫고 여기까지 와서 도련님에게 책도 읽어 주고 노래도 불러 주었잖아요. 아가씨는 하루저녁이라도 못 오면 도련님이 실망할까 봐 울기도 했어요. 도련님도 그때는 아가씨가 도련님에게 백배나 과분하다고 생각했잖아요. 그런데 아버지가 도련님과 아가씨 두 사람 모두를 미워한다는 걸 알고 있으면서도, 아버지의 거짓말을 믿는 거예요? 도련님도 아버지와 한통속이 되어서 아가씨를 못살게 굴다니, 정말 은혜를 훌륭히도 보답하시는군요."

린턴 도련님은 입술을 샐쭉대더니 물었던 막대사탕을 빼더군요.

"아가씨가 도련님을 미워하는데도 워더링 하이츠에 왔겠어요?"

제가 말을 계속했습니다.

"스스로 생각해 보세요! 그리고 도련님의 재산에 관해서 말하자면, 아가씨는 도련님이 유산을 상속받는 것조차 모르고 있어요. 게다가 도련님은 아가씨가 아프다면서 이 낯선 집에 혼자 내버려 둘 수 있는 거예요? 더구나 돌봐 주는 이 없이 혼자 있는 게 어떤 건지 누구보다 잘 알고 있는 도련님이 말이에요! 도련님은 자기 자신의 고통은 안쓰러워하면서도, 도련님이 괴로워할 때 동정해 주던 아가씨의 고통을 보고도 아무렇지도 않으세요?

도련님, 나이 먹은 하녀에 지나지 않는 저도 이렇게 눈물이 흐르는데, 그토록 아가씨를 사랑하는 것처럼 보였고 아가씨를 사랑할 이유가 있는 도련님은 자기 자신을 위해 흘리려고 저장해 두려는지 눈물한 방울 흘리지 않고 아주 태평하게 누워 있군요. 아! 도련님은 정말무정하고 이기적인 사람이에요!"

"난 캐시와 함께 있을 수 없어."

그는 뿌루퉁한 얼굴로 말했습니다.

"나 혼자서는 그 애 옆에 가지 않을 거야. 어찌나 울어 대는지 견딜수가 없단 말이야. 아버지를 부른다고 해도 울음을 그치려고 하지 않아. 한번은 진짜로 아버지를 불렀는데, 아버지가 조용히 하지 않으면목을 조르겠다고 위협했어. 하지만 캐서린은 아버지가 방에서 나가자마자 또 울기 시작하지 뭐야. 내가 잠을 잘 수 없다고 화를 내며 소리를 질러도 밤새 신음하며 슬퍼하더라고."

"히스클리프 씨는 나가셨어요?"

그 한심한 녀석에게는 자기 사촌의 정신적인 고통을 공감할 능력이 없다는 걸 깨닫고 제가 물었습니다.

"안뜰에서 케네스 선생님과 이야기를 나누고 계셔."

그가 대답했습니다.

"그분 말씀으로는 외삼촌이 정말로 돌아가시게 됐대. 잘됐지 뭐야. 외삼촌이 돌아가시면 내가 그 집 주인이 될 테니까 말이야. 캐서린은 언제나 스러시크로스 저택을 자기 집이라고 말했지만, 이젠 그애 집이 아니라 내 집이 되는 거지. 아빠가 그러시는데 캐서린이 소유한 건 모두 내 것이 되는 거래. 이제 그 애의 멋진 책들도 모두 내것이야. 캐서린이 내가 방 열쇠를 가져와서 나가게만 해 주면 그 재미있는 책이며 예쁜 새며 조랑말 미니를 모두 주겠다고 말이야. 그래서 이제 네 것은 모두 내 것이니까 넌 내게 줄 것이 아무것도 없다고 말해 줬지. 그랬더니 캐서린은 흐느껴 울다가, 목에서 목걸이를 꺼내더니 나가게 해 주면 그걸 주겠다고 했어. 그 목걸이에 달린 금 케이스 안에는 양쪽에 작은 초상화 두 점이 있었는데, 한쪽은 그 애 어머니 초상화였고 다른 한쪽은 외삼촌 초상화였지. 이건 어제 있었던 일이야. 난 그 목걸이 역시 내 것이라고 말하면서 빼앗으려고 했지. 그러자 그 고약한 애는 그걸 내주지 않으려고 날 떠밀어 아프게 했어. 내가 소리를 지르자 아빠가 올라오는 소리가 들렸어. 캐서린은 겁을 집어먹고 금 케이스의 경첩을 부서뜨려 둘로 나누더니 자기 어머니의 초상화는 나한테 주고 다른 하나는 감추려고 했어. 그러나 방에 들어온 아빠가 대체 무슨 소란이냐고 물으시기에 내가 설명했어. 아빠는 내가 갖고 있던 것을 빼앗고, 캐서린에게 다른 하나도 내놓으라고 했어. 그러나 캐서린이 그럴 수 없다고 하자, 아빠는 캐서린을 때려 쓰러뜨리고 목걸이 줄에서 케이스를 홱 잡아떼더니 발로 짓밟아서 부숴 버렸어."

"아가씨가 맞는 걸 보니까 기분이 좋던가요?"

저는 계속 말하게 할 심산으로 물었습니다.

"난 못 본 척했어."

그가 대답했습니다.

"아버지가 개나 말을 때릴 때도 나는 못 본 척하거든. 굉장히 심하게 때리시니까. 그래도 처음엔 통쾌했어. 날 떠밀고 아프게 했으니까 벌을 받아도 싸다고 생각했거든. 아빠가 가고 나자 캐서린은 창가로 날 오라고 하더니 이에 부딪혀서 입 안이 찢어지고 피가 가득 고인 걸 보여 주었어. 그러고 나서 캐서린은 찢어진 사진 조각을 주워 갖고는 벽 쪽으로 돌아앉아서 아무 말도 하지 않더라고. 그래서 나는 아파서 말을 못 하나 보다고 생각했어. 이렇게 생각하고 싶지는 않지만, 계속 울기만 하니 고집불통이지 뭐야. 그리고 얼마나 창백하고 사나워 보이는지. 난 캐서린이 무서워!"

"도련님은 마음만 먹으면 그 방 열쇠를 갖고 올 수 있죠?"

제가 말했습니다.

"그래, 내가 위층에 있으면 그럴 수 있지."

그가 대답했습니다.

"하지만 지금은 위층까지 걸어갈 수가 없어."

"어느 방에 있는데요?"

제가 물었습니다.

"이런!"

그가 소리를 질렀습니다.

"어디에 있는지 말해 줄 수 없어! 그건 비밀이야. 누구에게도 알려 줄 수 없다고. 헤어튼도 질라도 모르는걸. 에이, 넬리 때문에 피곤해 졌어. 저리 가, 가 버리란 말이야!"

그는 얼굴을 돌리고 다시 눈을 감았습니다.

저는 히스클리프 씨와 마주치기 전에 얼른 집에 가서 아가씨를 구해 줄 사람들을 보내는 게 상책이다 싶었습니다.

제가 집에 도착하자, 동료 하인들이 무척 놀라고 기뻐하더군요. 그리고 아가씨도 무사하다고 말하자, 두세 사람이 급히 뛰어가서 에드거 씨의 방문에 대고 그 소식을 큰 소리로 알리려 했지만, 그것만은 제가 직접 알리겠다고 했습니다.

며칠 사이에 주인어른의 모습이 어찌나 많이 변했던지! 비애와 체념의 화신처럼 누워서 죽음을 기다리고 계셨지요. 주인님은 아주 젊어 보였습니다. 실제 나이는 서른아홉인데 모르는 사람이라면 최소한 열 살은 더 젊게 보았을 거예요. 캐서린 아가씨의 이름을 중얼거리는 걸로 보아 따님 생각을 하고 계신 것 같았어요. 저는 주인님의 손을 잡고 말을 꺼냈습니다.

"주인님, 아가씨도 곧 오실 거예요."

제가 작은 소리로 말했습니다.

"무사하고 건강하답니다. 아마 오늘 밤엔 돌아오실 거예요."

이 말이 떨어지기가 무섭게 주인님이 보여 준 반응에 저는 소스라치게 놀랐어요. 몸을 반쯤 일으켜서 간절한 눈길로 방 안을 둘러보고는 다시 드러누우며 정신을 잃으셨거든요.

주인님의 의식이 돌아오자마자 저는 워더링 하이츠에 끌려가서 감금되어 있었다는 이야기를 했습니다. 전적으로 그런 건 아니었지만, 히스클리프가 강제로 끌고 갔다고 말했어요. 린턴에 대한 좋지 않은 이야기는 되도록 삼갔고 히스클리프의 잔인한 행동에 대해서도 가려가며 말했습니다. 저는 이미 슬픔으로 가득한 그의 운명의 잔에 되도록 슬픔을 더하고 싶지 않았거든요.

주인님은 히스클리프가 노리는 것 가운데 하나가 부동산은 물론 동산까지도 자기 아들 소유로, 아니 자기 소유로 만들려는 것임을 알아차렸습니다. 그런데 왜 그자가 당신이 죽을 때까지 기다리지 않고 지금 일을 벌이는지는 이해하지 못하는 것 같았습니다. 그건 조카도 당신과 마찬가지로 세상을 뜰 때가 되었다는 걸 몰랐기 때문이지요.

어쨌든 린턴 씨는 유서를 수정하는 게 좋겠다고 생각하셨답니다. 캐서린 아가씨의 재산을 아가씨 마음대로 처분할 수 있게 하는 대신에, 피신탁인의 손에 맡겨 아가씨가 평생 동안 쓸 수 있게 하고, 아이가 있는 경우에는 아가씨가 죽은 뒤에 아이에게 물려주도록 하게끔 고쳐야겠다고 생각하셨지요. 그렇게 해 놓으면 린턴이 죽더라도 아가씨의 재산이 히스클리프 씨에게 넘어가지는 않을 테니까요.

주인님의 분부를 받고, 저는 하인 한 사람에게 얼른 변호사를 불러 오라고 시키고, 다른 네 사람에게는 적당한 무기를 갖춰 아가씨를 감금하고 있는 자에게서 아가씨를 데려오라고 시켰습니다. 그런데 양쪽 모두 밤늦게까지 돌아오지 않았어요. 혼자 간 사람이 먼저 돌아왔더군요.

그는 변호사 그린 씨가 집에 없어서 두 시간을 기다려서 만나긴 했는데, 그린 씨는 마을에 처리해야 할 일이 있어서 스러시크로스 저택에는 다음 날 아침 식전에 오겠다고 했다는 거였어요.

네 사람도 아가씨를 데리고 오지 못했어요. 캐서린 아가씨가 너무 아파서 방에서 나올 수 없다고 말하며 히스클리프가 만나게 해 주지 않아서 그냥 돌아왔다지 뭐예요.

저는 어떻게 그 따위 거짓말에 넘어가느냐고 그 어리석은 친구들을 호되게 나무랐습니다. 주인님에게는 이 일을 차마 전하지 못했어요. 대신 다음 날 새벽에 제가 직접 패거리를 몰고 가서 아가씨를 순순히 내놓지 않으면 밀고 들어갈 결심을 했습니다.

만약 그 악마 같은 놈이 아가씨를 내놓으려고 하지 않으면 그 집 문간에서 그자를 때려죽이는 한이 있더라도 린턴 씨께 따님을 보여 드리겠다고 저는 다짐하고 또 다짐했지요. 그런데 다행히도 거기까지 가서 그런 고역을 치르지 않아도 되었습니다.

새벽 세 시쯤에 물주전자를 가지러 아래층에 내려왔는데, 주전자를 들고 현관을 지날 때 현관문을 두드리는 소리가 들려서 소스라치게 놀랐지 뭐예요.

"아하, 그린 씨로구나. 그린 씨가 온 걸 가지고."

저는 이렇게 말하며 마음을 진정시키고는, 다른 하인이 문을 열게 하려고 그냥 지나치려는데, 크게는 아니었지만 아주 줄기차게 문을 두드리는 거였어요.

저는 물주전자를 계단 난간에 내려놓고 달려가서 문을 열어 주었어요.

밖에는 한가위 보름달이 밝게 비추고 있었습니다. 그런데 문을 두

드린 이는 변호사가 아니었어요. 우리 예쁜 아가씨가 제 목을 얼싸안
으며 흐느끼는 게 아니겠어요.

"엘렌! 엘렌! 아빠는 살아 계셔?"

"그럼요."

제가 외쳤습니다.

"그럼요, 우리 착한 아가씨, 살아 계시고말고요! 이렇게 무사히 돌
아오셔서 천만다행이에요!"

아가씨는 숨이 턱에 갔는데도 위층에 있는 린턴 씨의 방으로 뛰어
올라가려고 했어요. 그러나 저는 아가씨를 의자에 앉히고 물을 마시
게 한 다음, 창백한 얼굴을 씻기고 제 앞치마 자락으로 문질러서 희
미하게나마 붉은 기운이 돌게 했습니다. 그러고 나서 저는 제가 먼저
올라가서 아가씨가 돌아오셨다는 것을 알리겠다고 했어요. 그리고
아버님께는 린턴 도련님과 행복하게 잘 살겠다고 말하도록 아가씨를
타일렀어요. 아가씨는 놀란 눈으로 쳐다보았지만, 제가 그런 거짓말
을 하라고 충고하는 이유를 곧 알아차리고는 불평은 하지 않겠다고
하더군요.

저는 부녀가 만나는 자리에 차마 있을 수가 없었습니다. 15분가량
문밖에 서 있을 뿐 침대 가까이에 갈 엄두를 못 냈지요.

그런데 모든 것이 평온했습니다. 캐서린 아가씨의 절망도 린턴 서
방님의 기쁨처럼 고요했어요. 아가씨는 적어도 겉으로 보기에는 침
착하게 아버지를 부축했고 서방님은 기뻐서 더 커진 눈을 들어 딸의
모습을 지긋이 바라보았지요.

록우드 씨, 린턴 씨는 더없이 행복하게 돌아가셨어요. 그렇게 운명
하셨지요. 따님의 볼에 입을 맞추면서 이렇게 속삭이셨습니다.

"나는 네 엄마한테 간다. 우리 귀염둥이, 너도 우리한테 오게 될
거야."

그러고는 다시 움직이지도, 말하지도 못했지만 눈은 계속 기쁨으로 빛났습니다. 그렇게 계시다 우리가 알지도 못하는 사이에 맥박이 멈추고 그의 영혼은 떠나갔답니다. 아무도 그분이 정확히 언제 숨을 거두셨는지 알지 못했을 거예요. 마지막 몸부림도 없었으니까요.

캐서린 아가씨는 눈물이 다 말라 버렸는지, 아니면 슬픔이 너무 커서 눈물도 나오지 않았는지 눈물을 흘리지 않고 날이 밝을 때까지 그 자리에 앉아 있었습니다. 아가씨는 정오까지 그러고 앉아서 생각에 잠겨 있었는데, 제가 억지로 끌어내어 쉬도록 하지 않았다면 계속 그렇게 앉아 있었을 거예요.

제가 캐서린 아가씨를 그 자리에서 떠나게 한 것은 잘한 일이었습니다. 점심때가 되자 변호사가 나타났거든요. 워더링 하이츠에 가서 어떻게 하라는 지시를 받고 왔더군요. 그는 히스클리프 씨에게 매수되어, 전날 서방님이 부르셨을 때 바로 오지 않고 그때서야 나타난 것이었지요. 다행히도 린턴 씨는 따님이 돌아온 뒤에는 이런 세속적인 일이 떠오르지 않았기 때문에 아무런 마음의 동요 없이 평온하게 세상을 떠날 수 있었습니다.

그린 씨는 집 안의 모든 물건과 하인들에 대해 명령을 내리기 시작했습니다. 저를 제외한 모든 하인에게 해고 통고를 내렸지요. 게다가 그는 위임받은 권한을 내세우며 에드거 린턴 씨를 그분 부인 곁에 매장해서는 안 되고 교회 안에 있는 가족 묘지에 매장해야 한다고 주장하기까지 하더군요. 그러나 그렇게 하지 못하도록 유언장에 명시되어 있었고, 제가 유언장의 지시를 조금도 어겨서는 안 된다고 큰 소리로 항의했지요.

장례식은 서둘러 치러졌습니다. 린턴 히스클리프 부인이 된 캐서린 아가씨에게는 아버지의 시신이 집을 떠나는 날까지 스러시크로스 저택에 머물러도 된다는 허락이 내려졌지요.

아가씨의 말에 따르면, 아가씨가 너무 괴로워하니까 린턴 도련님이 위험을 무릅쓰고 아가씨가 도망가도록 도와주었다는 것이었어요. 아가씨는 제가 보낸 하인들과 히스클리프가 실랑이하는 소리를 들었는데 히스클리프가 뭐라고 대답하는지 짐작하고는 필사적이 되었대요. 아가씨는 제가 그 집을 나온 직후에 자기 방으로 올라와 있던 린턴에게 겁을 줘서 그의 아버지가 다시 올라오기 전에 열쇠를 가져오도록 한 거예요.

린턴 도련님은 문을 닫지 않은 채 자물쇠를 채우는 꾀를 냈어요. 그리고 잘 시간이 되자 헤어튼 도련님 방에서 자게 해 달라고 졸라서 그날 하루만이라는 조건하에 그렇게 해도 좋다는 승낙을 받아 냈죠.

캐서린 아가씨는 날이 새기 전에 몰래 빠져나왔습니다. 개들이 짖을까 봐 출입문으로 나가지 않고, 빈방을 돌아다니며 창문을 살펴보았는데 운 좋게도 어머니가 쓰시던 방에서 빠져나갈 만한 창문을 발견했답니다. 그래서 쉽게 창문으로 빠져나와 창밖 가까이에 있던 전나무를 타고 내려왔다는 것이었어요. 아가씨의 공범자는 마음 졸이며 꾀를 냈건만 아가씨가 도망가는 걸 거들었다고 혼이 났다더군요.

제29장

　장례를 치른 날 저녁, 캐서린 아가씨와 저는 서재에 앉아 있었습니다. 린턴 씨를 잃은 슬픔(아가씨는 슬픔이라기보다 절망에 빠져 있었지요.)에 잠기기도 하고 암울한 미래에 대해 이런저런 예측도 해 보았습니다.

　아가씨를 위해 가장 좋은 길은 적어도 린턴 도련님이 살아 계시는 동안만이라도 이 집에서 그대로 눌러살 수 있도록 허락을 받아, 도련님도 여기로 와서 살게 하고 저도 이 집 가정부로 남아 있는 것이라는 데 우리의 의견은 일치되었습니다. 너무나 낙관적인 생각인 것 같기는 했지만 그래도 저는 꼭 그렇게 되기를 바랐고, 제가 살던 집에서 제가 하던 일을 하며 무엇보다 아가씨와 헤어지지 않으리라는 기대를 걸자 기운이 나기 시작했어요. 그때 하인 하나(해고되었지만 아직 떠나지 않은)가 황급히 뛰어 들어오더니 "그 악마 같은 히스클리프가 안뜰을 걸어오고 있는데요. 그의 면전에서 문을 닫아 걸어 버릴까요?" 하고 물었습니다.

우리가 무모하게 그러라고 했더라도 그럴 만한 시간이 없었어요. 그는 문을 두드리거나 자기 이름을 대는 예의도 차리지 않았으니까요. 그는 집주인이었고 주인의 특권을 이용하여 한마디 말도 없이 곧장 안으로 들어왔습니다.

그는 우리에게 그가 왔다는 것을 알리는 하인의 목소리를 듣고 서재로 들어와서 하인에게 나가라는 몸짓을 하여 내보낸 후 문을 닫더군요.

그곳은 열여덟 해 전에 그가 이 집에 손님으로 찾아왔을 때 안내되었던 바로 그 방이었습니다. 창문으로 그때와 같은 달빛이 비쳐 들고, 밖에는 그때와 같은 가을 풍경이 펼쳐져 있었지요. 우리는 아직 촛불을 켜지 않고 있었는데도 방 안에 있는 것들이 훤히 다 보였습니다. 심지어 벽에 걸린 초상화(린턴 부인의 아름다운 얼굴과 린턴 씨의 우아한 모습)까지 보였지요.

히스클리프는 난로 쪽으로 다가왔습니다. 세월이 흘렀지만 그의 모습 역시 거의 변한 게 없었어요. 그때와 같은 모습이었지요. 다만 가무잡잡한 얼굴이 다소 누리끼리해졌고, 좀 더 안정되어 보였으며, 체중이 아마도 6킬로그램쯤 불어 보였을 뿐 다른 변화는 없었습니다.

캐서린 아가씨는 그를 보자 일어나서 뛰쳐나가려고 했어요.

"멈춰!"

그는 아가씨의 팔을 붙들고 말했습니다

"이제 더 이상은 도망가지 마라! 어딜 가려고? 너를 집으로 데려가려고 왔다. 이제부터는 며느리로서 도리를 다해야지. 그리고 내 아들이 더 이상 나를 거역하게 해서는 안 된다. 네가 도망칠 때 린턴이 도와준 걸 알고서 녀석을 어떻게 혼내 줘야 할지 난감했다. 너무 허약한 녀석이라 조금만 건드려도 완전히 뻗어 버리잖니. 그러나 그 애 얼굴을 보면 응당 받아야 할 벌을 받았다는 걸 알 수 있을게다. 그저께 저녁에는 그 녀석을 데리고 내려와서 그냥 의자에만 앉히고는 건드리지도 않았어. 헤어튼을 밖에 내보냈기 때문에 방에는 우리 둘뿐이었지. 그리고 두 시간 후에 조셉을 불러 그 녀석을 다시 위층으로 올려 보냈어. 그런데 그때부터 내가 나타나기만 하면 귀신을 본 것처럼 무서워하더군. 게다가 내가 옆에 없어도 내 환영이 보이나 봐. 헤어튼이 그러는데, 그 녀석은 밤중에 시간마다 잠에서 깨어 비명을 지르고, 네 이름을 부르면서 아버지한테서 자기를 보호해 달라고 한다지 뭐냐. 그러니 너는 네 남편이 좋든 싫든 가야 한다. 그 녀석은 이제 네가 돌봐야 해. 그 녀석에 대해 내가 가졌던 모든 관심을 너한테 넘겨주마."

"캐서린 아가씨는 그냥 여기 두고 린턴 도련님을 이리로 보내시면 안 되나요?"

제가 애원해 보았습니다.

"두 사람을 다 싫어하니까 그리워할 일도 없을 테고, 당신의 괴팍한 마음에는 두 사람이 매일같이 만나야 하는 골칫거리에 불과할 텐데요."

"난 이 집에 세를 들 사람을 구하고 있는 중이야."

그가 대답했습니다.

"그리고 내 아이들을 옆에 두고 싶단 말이야. 게다가 저 애도 먹여주는 대신 일을 해야지. 린턴도 죽은 마당에 저 애에게 아무 일도 시키지 않고 호사스럽게 먹여 살리지는 않겠어. 강제로 끌려가고 싶지 않거든 어서 갈 준비를 해라."

"그러죠. 린턴은 제가 이 세상에서 사랑해야 하는 유일한 사람이니까요. 그리고 린턴이 저를 미워하게 하고 제가 린턴을 미워하게 하려고 갖은 방법을 다 쓰시지만 우리가 서로 미워하는 일은 없을 거예요! 제가 옆에 있을 때 어디 린턴을 괴롭혀 보세요. 어디 저한테 겁을 쥐 보시라고요."

"자신감이 넘치시는군!"

히스클리프가 대꾸했습니다.

"하지만 난 그 녀석을 괴롭힐 만큼 너를 좋아하지 않아. 고통이라면 철저히 네가 당하게 될 거다. 그 녀석이 너한테 심통을 부리는 건 나 때문이 아니야. 그 녀석 자신의 지독한 성질 때문이지. 그 애는 네가 자기를 두고 도망가 버린 것과 그 결과로 받은 벌에 대해 몹시 원통해하고 있어. 너의 그 고귀한 헌신을 그 녀석이 고마워할 거라고는 기대도 하지 마라. 아버지만큼 힘이 세다면 캐서린에게 이렇게 저렇게 하겠다며 질라에게 즐겁게 떠드는 것을 들었거든. 그럴 마음이 있으니 힘이 약해서 할 수 없으면 잔머리라도 굴려서 널 괴롭히려 들테니까."

"린턴의 성질이 고약하다는 건 저도 알고 있어요."

캐서린 아가씨가 말했습니다.

"당신의 아들이니까요. 하지만 다행히 제 성격은 좋으니까 그걸 용서할 수 있어요. 그리고 린턴이 절 사랑한다는 걸 전 알아요. 그래서 저도 그 애를 사랑하는 거죠. 히스클리프 씨, 당신을 사랑해 주는 사람은 아무도 없죠? 당신이 우리를 아무리 괴롭히더라도 우리는 당신의 그 잔인함이 당신의 더 큰 비참함에서 나온다는 것을 알기 때문에 복수를 하지 않아도 분한 마음이 들지 않아요! 당신은 몹시 불행하죠, 그렇죠? 악마처럼 외롭고 시기심도 많죠? 아무도 당신을 사랑하지 않아요. 당신이 죽어도 아무도 울지 않을 거예요! 전 당신처럼 되지는 않겠어요!"

캐서린 아가씨는 서글픈 승리감을 드러내며 말했습니다. 앞으로 가족이 될 사람들의 정신을 받아들여 원수의 고통을 즐기기로 작정한 듯했습니다.

"곧 너 자신을 불쌍히 여기게 될 거다."

아가씨의 시아버지가 말했습니다.

"1분만 더 그러고서 있으면 말이야. 꺼져, 이 요망한 것아, 가져갈 물건이나 챙겨 와."

아가씨는 냉소적인 표정을 지으며 물러갔습니다.

아가씨가 나가자, 저는 제가 이 집에서 하던 일은 질라에게 맡기고 저는 질라 대신 워더링 하이츠에서 일하게 해 달라고 간청해 보았지만 어떤 이유로도 받아들일 수 없다고 하더군요. 입을 다물라고 하더니 그제야 저음으로 방 안을 둘러보고 초상화에 눈길이 멎었습니다. 그는 린턴 부인의 초상화를 유심히 바라보더니 이렇게 말하더군요.

"저건 내가 가져가야겠어. 꼭 필요한 건 아니지만⋯⋯."

그는 갑자기 난로 쪽으로 몸을 틀면서 뭐랄까, 더 적절한 표현이 있을 텐데 떠오르지 않으니 그냥 미소라고 해 두죠. 미소를 지으며 말을 이었습니다.

"어제 내가 뭘 했는지 이야기해 주지! 린턴의 무덤을 파고 있는 묘지기에게 캐서린의 관 위에 덮인 흙을 치워 달라고 해서 뚜껑을 열어 보았어. 한때는 캐서린의 얼굴을 다시 보게 되면 거기에 함께 묻히겠다고 생각했던 적이 있었어. 캐서린의 얼굴은 여전했지. 묘지기는 날 비켜서도록 만드느라 애깨나 먹었어. 시신에 바람을 쏘이면 변한다기에 나는 관 한쪽 면(그 재수 없는 린턴이 묻힌 반대쪽으로 말이야. 그놈의 관은 납으로 땜질을 해 놓을 걸 그랬어.)을 두드려서 헐겁게 해 놓고는 다시 흙으로 덮었어. 그리고 그 묘지기에게 돈을 쥐어 주면서, 내가 거기에 묻힐 때에는 방금 헐겁게 해 놓은 캐서린의 관 한쪽 면을 들어내고 내 관의 한쪽 면도 빼내 달라고 부탁했어. 그렇게 해 놓으면 린턴의 시신이 우리가 묻힌 쪽으로 올 무렵이면 누가 누군지 분간할 수 없을 테니까 말이야!"

"히스클리프 씨, 정말 고약하군요!"

제가 외쳤습니다.

"죽은 이를 괴롭히다니 부끄럽지도 않던가요?"

"난 아무도 괴롭히지 않았어, 넬리."

그가 대답했습니다.

"나 자신의 괴로움을 좀 덜었을 뿐이야. 이제 훨씬 더 편안해지겠지. 그리고 내가 땅에 묻힐 때에는 편안히 누워 있게 될 가능성이 더 많아졌어. 내가 캐서린을 괴롭혔다고? 천만에! 캐서린이 나를 괴롭혔지. 열여덟 해 동안 밤낮으로 끊임없이 모질게 나를 괴롭혔다고. 어젯밤에야 나는 평안을 얻었어. 나는 심장이 멎은 채 차디찬 내 뺨을 그녀의 뺨에 대고 그녀 옆에서 마지막 잠(죽음_옮긴이)을 자는 꿈을 꾸었어."

"그럼 캐서린 아씨가 썩어서 흙이 되어 버렸다거나 그보다 더한 상태로 변했더라면, 무슨 꿈을 꾸었을까요?" 하고 제가 말했습니다.

"그렇다면 그녀와 함께 썩어서 더욱 행복해지는 꿈을 꾸었겠지!"

그가 대답했습니다.

"내가 그따위 변화를 두려워할 것 같아? 난 관 뚜껑을 열 때 이미 그런 변화를 예측하고 있었어. 그러나 내가 죽어서 함께 썩게 될 때까지는 변화가 시작되지 않았으면 좋겠어. 게다가 그녀의 감정 없는 얼굴에서 뚜렷한 인상을 받지 않았다면 그 이상한 느낌은 좀처럼 사라지지 않았을 거야. 그 느낌은 참 기묘하게도 시작되었지. 넬리도 알다시피, 캐서린이 죽은 뒤에 나는 제정신이 아니었잖아. 온종일 그녀가 내게 돌아오기를 빌었지. 그녀의 영혼이라도 말이야. 난 귀신이 있다는 걸 믿어. 귀신이 우리와 함께 있을 수 있고 또 있다는 것을 확신한단 말이야!

캐서린이 그곳에 묻히던 날에는 눈이 내렸어. 해가 저물자 나는 그 교회 묘지로 갔지. 겨울처럼 찬바람이 휘몰아쳤고 주위는 적막했어. 그녀의 바보 같은 남편은 그렇게 늦은 시각에 그곳까지 올라와서 어슬렁거릴 리 없었고, 그 외의 다른 사람이야 거기에 올 일이 뭐가 있겠어. 혼자 있다 보니, 우리 사이를 가로막고 있는 것은 단지 2미터밖에 안 되는 포슬포슬한 흙뿐이라는 생각이 들어서 난 이렇게 혼잣말을 했지.

'다시 그녀를 내 품에 안아 보자! 그녀의 몸이 차면 차가운 북풍 때문이라고 생각하고, 그녀가 움직이지 않으면 잠들어서 그런 거라고 생각하자.'

나는 연장 창고에서 삽을 꺼내다가 있는 힘껏 무덤을 파기 시작했어. 삽 끝에 관이 긁히는 소리가 나기에 손으로 흙을 걷어 내고 관 뚜껑을 잡아당겼어. 관 뚜껑의 못 박은 자리가 벌어지고 원하던 바가 이루어질 찰나에 묘 가장자리쯤에서 누군가 내 머리 위로 몸을 굽히며 한숨을 쉬는 것 같지 뭐야.

'이 뚜껑을 열 수만 있다면 누구든 우리를 함께 묻고 흙을 덮어 주면 좋으련만!' 하고 나는 중얼거렸어. 그리고 필사적으로 뚜껑을 잡아떼려고 했어. 그런데 이번에는 바로 내 귓전에서 다시 한숨 소리가 들리더라고. 진눈깨비와 함께 불어오는 바람 대신에 따뜻한 숨결이 느껴졌어. 살아 있는 인간이 옆에 없다는 건 알고 있었지만 어둠 속에서 누군가 다가오면 눈으로는 식별이 되지 않아도 그 느낌은 확실한 것처럼 나는 캐시가 땅속이 아니라 땅 위에 있다는 걸 분명히 느꼈던 거야.

갑자기 안도감이 심장에서 팔다리로 퍼져 나가더군. 고뇌는 금세 사라지고 말로 다 할 수 없을 정도로 위안이 되었어. 그녀는 내 곁에 있었어. 내가 묘를 다시 메우는 동안에도 내내 곁에 있다가 나를 집으로 이끌었어. 웃을 테면 웃어도 좋아. 하지만 난 집에 가면 틀림없이 그녀를 볼 수 있으리라고 확신했어. 그녀가 내 곁에 있는 게 너무나 분명해서 난 그녀에게 말을 건네지 않을 수 없었지.

워더링 하이츠에 당도하자 난 곧장 문으로 달려갔어. 그러나 문이 잠겨 있더군. 내가 기억하기로는 그 망할 언쇼란 놈과 내 아내가 나를 들어오지 못하게 하려고 일부러 수작을 벌였던 거야. 난 언쇼를 숨이 막힐 정도로 발로 차 버리고는 위층으로 뛰어 올라가서 내 방과 그녀의 방을 초조하게 둘러보았어. 그녀가 내 곁에 있는 게 느껴졌지. 그녀의 모습이 보일 듯 말 듯 했지만 결국은 볼 수 없었어! 그때 난 단 한 번이라도 그녀를 보게 해 달라는 열렬한 기도와 고뇌에 찬 갈망으로 피땀을 흘릴 정도였지! 그러나 그녀의 모습을 단 한 번도 보지 못했어. 그녀는 생전에도 자주 그랬듯이 나에게 악마 같은 짓을 한 거야! 그리고 그 이후로 어떤 때는 좀 더하기도 하고 어떤 때는 좀 덜하기도 했지만 참을 수 없는 괴로움에 시달려 왔어! 마치 지옥에 있는 것 같았다니까. 내 신경줄을 있는 대로 잡아당기는데, 그래도 내 신경줄이 장선(양 따위의 창자로 만드는 질긴 줄. 악기의 현이나 테니스 라켓의 줄 따위로 쓰임_옮긴이)처럼 질겼기에 망정이지, 그렇지 않았다면 벌써 오래전에 린턴 녀석의 신경줄처럼 늘어져서 맥을 못 추었을 거야.

내가 헤어튼과 함께 거실에 앉아 있을 때는 밖에 나가면 그녀를 만날 수 있을 것 같았고, 황야를 거닐 때는 집에 가야 그녀를 만날 수 있을 것 같았어. 집을 나서면 그녀가 하이츠의 어딘가에 있다는 확신이 들어서 서둘러 집에 돌아오곤 했어! 그리고 그녀의 방에서 잠을 자는 날에는 누워 있을 수가 없었어. 눈을 감자마자 그녀가 창문에 나타나거나 방 안으로 들어오기도 했고, 침상 판자문을 열어젖히거나 심지어 그녀가 어렸을 때 쓰던 베개 위에 그 사랑스런 머리를 누이기도 했거든. 그러면 난 그녀의 모습을 보려고 눈을 뜨지 않을 수가 없었지. 그래서 하룻밤에도 무수히 눈을 감았다 뜨곤 했어. 그래 봤자 그녀는 보이지 않았고 늘 실망만 했지! 그러니 내가 얼마나 괴로웠겠어! 난 너무 괴로워서 자주 끙끙거리며 신음을 했고, 고약한 영감탱이 조셉은 틀림없이 내 양심이 내 마음속에서 악마 대신 지옥의 형벌을 가하고 있다고 믿었을 거야.

이제 그녀를 보고 나니까 마음이 좀 편안해졌어. 그건 사람을 죽이는 방법치고는 기묘했어. 열여덟 해 동안 희망이라는 허깨비로 속여 1인치씩도 아니고 털끝만큼씩 서서히 말려 죽이는 것이었으니까 말이야!"

히스클리프 씨는 말을 멈추고 이마를 닦았습니다. 머리카락이 땀에 젖어 이마에 들러붙어 있었고 눈은 난로 안의 타다 남은 불씨를 응시하고 있었지요. 눈썹은 찌푸리지는 않았지만 관자놀이 옆까지 치켜 올라가 있었기 때문에 험상궂은 인상은 가졌어도 독특한 고뇌의 표정과 어느 한 가지에 몰입한 정신적 긴장이 고통스럽게 드러나 보이더군요. 딱히 나한테 한 말은 아니었기 때문에 나는 아무런 대꾸도 하지 않았습니다. 그의 이야기 따위는 듣고 싶지 않았거든요!

잠시 후에 그는 다시 초상화를 보며 생각에 잠기더니, 더 자세히 보려고 그림을 내려서 소파에 기대어 놓더군요. 그러고 있는 동안 캐서린 아가씨가 들어와서 말에 안장만 얹으면 준비가 다 되었다고 말했지요.

"저건 내일 보내 줘." 하고 히스클리프가 저한테 말했습니다. 그러고는 아가씨를 돌아보며 덧붙였어요.

"네 조랑말은 없어도 될 거다. 오늘 저녁은 날씨가 좋고, 워더링 하이츠에서는 말이 필요하지 않으니까. 어디 갈 데가 있으면 발을 이용하도록 해. 자, 가자."

"잘 있어, 엘렌!"

우리 사랑스런 아가씨가 속삭였어요. 제게 입을 맞출 때 아가씨의 입술은 얼음처럼 차가웠지요.

"날 보러 와야 해, 엘렌, 잊지 말고!"

"그따위 짓은 안 하도록 조심해, 넬리! 할 말이 있으면 내가 여기로 오겠어. 난 넬리가 우리 집을 기웃거리는 게 싫어!"

아가씨의 시아버지가 말했어요.

그는 캐서린 아가씨에게 먼저 가라고 손짓을 했어요. 아가씨는 가슴 저미는 눈길로 돌아보고는 그의 명령에 따랐지요. 저는 창가에 서서 그들이 정원을 걸어 내려가는 것을 보았습니다. 히스클리프는 캐서린 아가씨가 싫다고 하는 게 분명한데도 그녀의 팔을 꼭 잡았어요. 그러고는 성큼성큼 빠른 걸음으로 걸으며 캐서린 아가씨를 정원 사이의 오솔길로 급히 끌고 가더군요. 나무에 가려 더 이상은 보이지 않았어요.

제30장

저는 캐서린 아가씨가 떠난 뒤로 워더링 하이츠에 한 번 찾아간 적이 있었지만 아가씨는 만날 수 없었습니다. 아가씨의 안부가 궁금해서 갔는데 조셉이 문을 잡고 날 들여보내 주지 않았지요. 그가 말하기를 린턴 부인은 바쁘고 주인님은 안 계시다고 하더군요. 질라가 어떻게들 지내는지 조금 이야기해 주었는데, 그마저도 듣지 못했다면 누가 죽었고 누가 살아 있는지조차 모를 뻔했지요.

질라가 하는 이야기를 듣고, 그녀는 캐서린 아가씨를 건방지다고 생각하고 있는 데다 아가씨를 좋아하지도 않는다는 걸 짐작할 수 있었지요. 우리 아가씨가 처음 그 집에 가서 질라에게 무언가를 도와 달라고 청했을 때, 히스클리프 씨는 질라더러 자기가 맡은 일이나 잘하라고 하고 며느리에게도 자기 일은 자기가 알아서 하라고 못을 박았다더군요. 질라는 본래 도량이 좁고 이기적인 여자여서 얼씨구나하고 주인 말에 따랐지요. 캐서린 아가씨는 자기를 홀대한 것에 대해 어린애처럼 골을 내며 멸시하는 태도로 앙갚음했고, 질라가 마치 무

441

슨 큰 잘못이라도 저지른 것처럼 그녀를 원수 보듯 했다고 하더군요.

록우드 씨가 오시기 얼마 전에, 그러니까 지금으로부터 약 6주 전의 어느 날, 저는 황야에서 질라를 우연히 만났습니다. 그때 한참 동안 이야기를 나누었는데 질라가 이렇게 말하더군요.

"린턴 부인은 워더링 하이츠에 도착하자마자, 저와 조셉에게는 인사도 건네지 않고 바로 위층으로 뛰어 올라가더군요. 그러고는 린턴 서방님 방에 틀어박혀서는 아침까지 꼼짝도 않지 뭐예요. 그다음 날 주인님과 언쇼 도련님이 아침 식사를 할 때에야 거실에 나타나서는 부들부들 떨면서 린턴이 몹시 아프니 의사를 불러올 수 없느냐고 묻더군요.

'우리도 그건 알고 있어! 하지만 그 녀석의 목숨은 한 푼의 값어치도 없으니, 난 그 녀석을 위해 한 푼도 쓰지 않겠어.'

주인님이 대답하셨어요.

'어떻게 해야 좋을지 모르겠어요. 아무도 도와주지 않으면 린턴은 죽고 말 거예요!'

그녀가 말했지요.

'방에서 나가! 그리고 그 녀석에 관한 말이라면 한 마디도 듣고 싶지 않다! 그 녀석이 어떻게 되든 여기 있는 사람들은 아무도 걱정하지 않으니까, 네가 걱정이 되면 간호를 해 주고 그렇지 않으면 가두어 두라고!'

주인님이 큰 소리로 말했어요.

그러자 아씨는 나에게 졸라 대기 시작하더군요. 그래서 저는 그 성가신 서방님 때문에 골치를 썩을 만큼 썩어서 이제 신물이 난다고 말해 주었어요. 우리에게는 각자 주어진 일이 있고 아씨의 일은 린턴 서방님을 시중드는 것이니 그 일은 아씨에게 맡겨 두라고 히스클리프 씨가 저에게 분부했거든요.

그러고 나서 그들이 어떻게 지냈는지 모릅니다만, 아마 린턴 서방님은 몹시 보채며 밤낮으로 끙끙 앓았을 것이고, 창백한 얼굴과 나른한 눈으로 보아 아씨는 거의 잠을 못 자는 것 같았어요.

이따금 도무지 어떻게 하면 좋을지 모르겠다는 표정으로 부엌에 들어와서는 도움을 청하고 싶은 눈치를 보였지만 저는 주인님의 명령을 거스를 수가 없었어요. 딘 부인, 저는 그럴 용기가 없었답니다. 케네스 선생을 부르러 보내지 않는 게 잘못이라는 생각은 들었지만 그렇게 하라고 충고하거나 그러면 안 된다고 비판하는 것이 제가 할 일은 아니지 않겠어요. 게다가 저는 남의 일에 끼어드는 것을 좋아하지 않는답니다.

한 번인가 두 번인가, 다들 잠을 자러 자기 방으로 들어간 뒤에 제가 무슨 일인가로 다시 제 방문을 열고 나오려는데 아씨가 계단 꼭대기에 앉아서 울고 있는 걸 보게 되었어요. 안쓰러운 마음에 참견하게될까 봐서 저는 서둘러 방문을 닫고 들어왔지요. 정말이지 그때는 아씨가 불쌍한 생각이 들었어요. 하지만 일자리를 잃고 싶지는 않았답니다.

급기야 어느 날 밤에는 아씨가 대담하게 제 방에 들어와 이렇게 말하며 저를 깜짝 놀라게 하더라고요.

'히스클리프 씨에게 가서 아들이 죽어 간다고 전해. 이번에는 확실해. 당장 일어나서 그렇게 전하란 말이야!'

이렇게 말하고는 다시 나가 버리더군요. 저는 15분 동안 덜덜 떨면서 귀를 기울이고 누워 있었는데 아무 소리도 들리지 않았고 집 안은 고요하기만 했습니다.

'아씨가 잘못 안 거야. 린턴 서방님이 고비를 넘겼겠지. 자는 사람들을 깨울 필요는 없어.'

저는 이렇게 중얼거리며 다시 잠에 빠져들었지요. 그런데 종소리가 요란하게 울리는 바람에 다시 잠에서 깼습니다. 우리 집에는 종이 딱 하나 있는데, 린턴 서방님이 쓰도록 달아 놓은 것이지요. 주인님이 저를 부르더니 무슨 일인지 알아보고 다시는 종을 울리지 못하게 하라고 하더군요.

저는 캐서린 아씨의 말을 전했어요. 그러자 주인님은 혼자 욕을 중얼거리더니 몇 분 후에 촛불을 켜 들고 나와 그 방으로 가시더군요. 그래서 저도 따라가 보니, 아씨는 두 손을 무릎 위에 포갠 채 침대 옆에 앉아 있었어요. 그녀의 시아버지가 다가가서 린턴 서방님의 얼굴에 촛불을 비추며 들여다보고 만져 본 다음 아씨를 돌아보시더군요.

'자, 캐서린, 기분이 어떠냐?'

그가 말했어요.

아씨는 묵묵부답이더군요.

'기분이 어떠냐고, 캐서린?'

그가 다시 물었어요.

'린턴은 안전한 곳으로 갔고, 저는 자유로운 몸이 되었으니 제 기분이 좋아야겠지요. 하지만.'

아씨는 비통함을 감추지 못하고 말을 이었어요.

'저 혼자 죽음과 싸우도록 너무 오래 내버려 두셔서 저는 죽음만을 느끼고 죽음만을 볼 뿐이에요! 저도 죽을 것 같은 기분이란 말이에요!' 하고 아씨는 대답했어요.

정말 아씨는 그렇게 보였어요! 저는 포도주를 조금 갖다줬지요. 헤어튼 도련님과 조셉은 종소리와 발소리에 잠이 깨어서는 문밖에서 우리가 하는 소리를 듣고 그제야 방 안으로 들어왔지요. 조셉은 린턴 서방님의 죽음을 기뻐하는 것 같았고 헤어튼 도련님은 근심 어린 표정이었는데 린턴 서방님을 생각하기보다는 린턴 부인을 쳐다보는 데 더 정신이 팔려 있는 것 같았습니다. 주인님은 헤어튼 도련님에게 가서 잠이나 자라고 말했어요. 헤어튼 도련님의 도움은 필요하지 않았거든요. 그러고 나서 주인님은 조셉에게 시신을 자기 방으로 옮겨 놓으라고 이르고 저한테도 제 방으로 돌아가라고 했어요. 그래서 아씨 혼자 그 방에 남아 있게 되었지요.

다음 날 아침, 주인님은 나한테 아가씨에게 가서 내려와 아침을 먹으라고 하라고 하셨어요. 가 보니 아씨는 옷을 벗고 자려던 참이었는데 몸이 아프다고 하더군요. 그럴 만도 했지요. 히스클리프 씨에게 가서 그대로 알렸더니 이렇게 말씀하셨어요.

'그럼 장례식이 끝날 때까지 내비려 두도록 하지. 가끔 올라가서 필요한 걸 갖다주고 좀 나아진 것 같으면 내게 알려 주게.'"

질라의 말에 따르면, 캐시 아가씨는 2주 동안 위층에서만 지냈대요. 질라는 하루에 두 번씩 올라가 보았고, 좀 더 다정하게 대하고 싶었지만, 친절하게 무얼 해 주려고 할 때마다 캐서린 아가씨가 오만한 태도로 곧바로 거부하더래요.

히스클리프는 린턴 서방님의 유언장을 아가씨에게 보여 주려고 딱 한 번 2층에 올라갔답니다. 린턴 서방님은 자기의 전 재산과 캐서린 아가씨의 동산을 자기 아버지에게 상속했다지 뭐예요. 그 불쌍한 인간은 외삼촌이 돌아가시고 캐서린 아가씨가 1주일쯤 워더링 하이츠를 비운 사이, 위협을 받았든가 아니면 꾐에 넘어갔던가 봅니다. 린턴 서방님은 미성년자였기 때문에 토지에는 손을 댈 수 없었어요. 그런데 히스클리프 씨는 자기 아내와 자신의 권리를 주장하여 토지도 차지해 버렸지요. 합법적이긴 했겠지만 부당했어요. 여하튼 캐서린 아가씨는 돈도 없고 아는 사람도 없어서 그런 부당한 소유권 주장에도 어쩔 도리가 없었답니다.

"그때를 제외하고 그 방에 얼씬하는 사람은 아무도 없었어요. 저 말고는요. 그리고 아씨의 안부를 묻는 사람 역시 아무도 없었지요.

어느 주일날 오후, 아씨는 처음으로 거실에 내려왔습니다.

제가 점심을 들고 올라갔을 때 아씨가 추워서 더는 못 참겠다고 소리를 지르기에 주인님은 이제 곧 스러시크로스 저택으로 나가실 참이고 언쇼 도련님과 저야 아씨가 내려와도 상관없다고 말해 주었어요. 그래서 아씨는 주인님이 말을 타고 가는 소리가 들리자마자 곧 아래층으로 내려왔지요. 검정색 상복을 입고 금발의 곱슬머리를 마치 퀘이커 교도처럼 단정하게 귀 뒤로 빗어 넘겼더군요. 곱슬머리는 빗으로 펼 수 없었나 봅니다.

조셉과 저는 주일날이면 대개 교회에 나간답니다(딘 부인이 설명했다. 그 교회에는 지금 목사님이 안 계시고 감리교회인지 침례교회인지는 모르겠지만 어쨌든 기머튼 사람들은 그곳을 교회라고 부른다고.). 조셉은 그날도 교회에 갔지만 저는 집에 있는 편이 낫겠다고 생각하고 가지 않았습니다. 젊은 사람들이란 언제나 나잇살 먹은 어른들이 옆에서 감독해야 탈이 없는 법이고, 헤어튼 도련님은 그렇게 수줍음을 타면서도 행동거지가 모범적이라고는 할 수 없으니까요. 저는 헤어튼 도련님에게 사촌이 우리와 함께 앉아 있을 텐데 그녀는 늘 안식일을 지키는 걸 보며 자랐을 테니까 그녀와 함께 있는 동안에는 총이나 집에서 하는 일거리에는 손대지 않는 게 좋겠다고 일러 놓았지요.

제가 이 말을 하자 헤어튼 도련님은 얼굴이 붉어지더니 자기 손이며 옷을 훑어보았어요. 그러고는 냉큼 고래기름과 화약 같은 걸 안 보이는 곳에 치워 놓더군요. 아씨의 동무가 되어 주려는 것 같았어요. 그리고 그의 행동으로 미루어 보아 깨끗하고 멋있게 보이고 싶은 것 같았지요. 그래서 제가 소리 내어 웃으면서, 사실 주인님이 계시면 소리 내어 웃지도 못한답니다. 원한다면 몸단장하는 걸 도와주겠다고 제안하고는 그의 당황해하는 모습을 놀렸지요. 그러자 그는 뿌루퉁해져서 욕지거리를 내뱉기 시작하더군요. 그런데, 딘 부인."

질라는 자기의 태도를 제가 못마땅하게 여기는 걸 눈치챘는지 이렇게 말하더군요.

"부인은 아씨가 헤어튼 도련님에게는 너무 과분한 상대라고 생각하실 테고, 그 생각이 맞을지도 모릅니다. 하지만 전 솔직히 말해서, 아씨의 오만한 콧대를 좀 꺾어 놓고 싶어요. 그리고 이제는 아씨의 교양과 고상함이 다 무슨 소용이겠어요? 아씨는 부인이나 저와 마찬가지로 가난한데, 아니 틀림없이 더 가난할 텐데 말이에요. 부인도 저축을 하고 있을 테고, 저도 그쪽으로는 조금이나마 신경을 쓰고 있으니까요."

헤어튼 도련님은 질라에게 몸단장하는 걸 거들어 달라고 했고 질라가 치켜세워 주자 기분이 좋아졌다는군요. 그래서 캐서린 아가씨가 내려왔을 때에는 전에 아가씨에게 모욕당한 일은 거의 잊어버리고 자상하게 대하려고 애쓰더라고 가정부가 말하더군요.

"아씨는 얼음처럼 차갑고 공주처럼 도도하게 걸어 들어오더군요."
질라는 말했습니다.

"저는 일어서서 제가 앉아 있던 안락의자를 권했지요. 그런데 웬걸요, 아씨는 예의를 다한 제 행동을 무시하더군요. 언쇼 도련님도 일어서서, 추위에 떨었을 테니 긴 의자로 와서 불을 쬐라고 말했지요.

'난 한두 달 전부터 얼어 죽을 지경이었어.'

아씨는 단어 하나하나에 한껏 경멸을 실어 대답하더군요. 그러고는 스스로 의자를 가져다가 우리 두 사람과 멀찍이 떨어진 곳에 놓지 않겠어요.

아씨는 몸을 녹이고 나자 주위를 둘러보기 시작하더니, 장식장에 꽂힌 책을 발견하고는 곧바로 자리에서 일어나서 책을 꺼내려고 손을 뻗었는데, 너무 높은 곳에 있어서 손이 닿지 않았어요.

헤어튼 도련님은 아씨가 애쓰고 있는 모습을 얼마 동안 지켜보고 있다가 마침내 용기를 내어 도와주었어요. 아씨가 치맛자락을 펼치자 그는 손에 잡히는 대로 책을 꺼내 담아 주었지요.

　그런 행동은 그로서는 커다란 진전이었습니다. 아씨는 고맙다는 말도 안 했지만, 그래도 그는 아씨가 자기의 도움을 받아들였다는 것에 만족했어요. 그리고 아씨가 책을 뒤적거리는 동안 그 뒤에 서서 심지어 몸을 굽혀 책을 들여다보며 책에 실린 옛 그림 중에 마음에 드는 것이 있으면 손가락으로 가리키기도 했지요. 아씨가 그의 손가락이 책장에 닿지 못하도록 오만하게 책장을 홱 하고 넘겨 버려도 그는 기죽지 않고 그저 조금 뒤로 물러서서 책 대신에 아씨를 바라보는 데 만족하는 것이었어요.

　아씨는 계속해서 책을 읽고 있거나, 아니면 읽을 만한 것을 찾고 있었어요. 도련님은 아씨의 명주실 같은 숱 많은 곱슬머리를 쳐다보는 일에 차츰 정신을 빼앗겼어요. 아씨의 얼굴은 그에게 보이지 않았고, 아씨도 그의 얼굴을 볼 수 없었지요. 도련님은 아마 자기가 무슨 짓을 하고 있는지 깨닫지 못한 채, 마치 촛불에 마음이 끌린 어린아이처럼, 마침내 쳐다보는 데 만족하지 못하고 만져 보았습니다. 손을 내밀어 마치 새라도 만지듯이 부드럽게 머리카락에 손을 대더군요. 그러자 아씨는 자기 목에 칼을 들이대기라도 한 것처럼 화들짝 놀라면서 돌아보았지요.

　'저리 꺼져, 당장! 어떻게 감히 내 몸에 손을 낼 수가 있지? 왜 그러고 서 있는 거야?'

　아씨는 경멸 어린 어조로 외쳤습니다.

　'난 네가 못 견디게 싫어! 가까이 오면 다시 위층에 올라갈 거야.'

　헤어튼 도련님은 얼른 뒤로 물러나 긴 의자에 가만히 앉아 있었어요. 그러고 나서 아씨는 30분 동안 계속 책을 뒤적거렸지요. 마침내 언쇼 도련님이 저한테로 건너오더니 이렇게 소곤대더군요.

'우리도 들을 수 있게 읽어 달라고 해 봐. 아무것도 안 하고 있으려 니까 지루해 죽겠어. 캐서린이 책을 읽어 주면 좋겠는데 그럴 수는 없을까! 내가 그런다고 말하지 말고 질라가 듣고 싶다고 해야 해.'

'헤어튼 도련님이 저희들도 들을 수 있게 책을 읽어 달랍니다.'

저는 곧바로 말했습니다.

'그렇게 해 주면 무척 고맙겠다네요.'

아씨는 인상을 찌푸리더니 눈을 들어 이렇게 대답하더군요.

'헤어튼, 그리고 당신네 일낭 모두는 이 점을 알아 두는 게 좋을 거 야. 난 당신네가 위선적으로 꾸며 대는 친절을 절대 받아들이지 않을 거라고! 난 당신들을 경멸하고, 당신들과는 할 말도 없어! 내가 친절 한 말을 한 마디라도 들을 수 있다면, 심지어 당신들 중 어느 누구의 얼굴이라도 보았으면 하고 간절히 바랄 때에는 모두들 얼씬도 않았 잖아! 그렇지만 불평은 하지 않겠어! 내가 여기에 내려온 건 그저 추 워서이지 당신들을 즐겁게 해 주려고, 혹은 같이 어울리고 싶어서는 아니야.'

'내가 뭘 할 수 있었겠어?'

언쇼 도련님이 말했습니다.

'내가 뭘 잘못했다는 거지?'

'아! 너는 예외야.'

아씨가 대꾸했습니다.

'너 같은 사람의 관심 따위는 바라지도 않았으니까.'

'하지만 난 너 대신 밤을 새우게 해 달라고 히스클리프 씨에게 여 러 차례 부탁했었어.'

그는 아씨의 버릇없는 태도에 얼굴을 붉히며 말했습니다.

'조용히 해! 너의 그 불쾌한 목소리를 듣느니 차라리 밖에 나가 버리거나 다른 곳으로 가 버리겠어!' 하고 아씨가 말했지요.

헤어튼 도련님은 지옥에나 떨어지라고 욕지거리를 중얼대고는, 일요일마다 하던 일을 더 이상 자제할 필요가 없다는 듯 치워 둔 총기를 다시 꺼내 왔습니다. 그러고는 말하고 싶은 대로 아무 거리낌 없이 지껄였지요.

그러자 아씨는 자기 방에 가서 혼자 있는 게 낫다고 생각하는 것 같았어요. 하지만 서리가 내릴 만큼 추웠기 때문에 어쩔 수 없이 자존심을 굽히고 우리와 함께 더 많은 시간을 보낼 수밖에 없었지요. 한편 저는 제가 아무리 성격이 좋더라도 더 이상은 멸시를 당하지 않도록 단단히 신경을 썼어요. 그때 이후로는 저도 아씨와 똑같이 뻣뻣하게 군답니다. 우리들 중에 그녀를 사랑하거나 좋아하는 사람은 아무도 없어요. 그럴 만도 하지요. 우리 중 누가 뭐라고 한 마디만 해도 아씨는 그게 누구든 상관하지 않고 덤벼드니까 말이에요! 주인님한테도 꽥꽥거리며 때릴 테면 때려 보라고 대든다니까요. 혼이 날수록 더욱 독살스러워지지 뭐예요.'

저는 질라의 이야기를 듣고 처음에는 이 집 가정부 일을 그만두고 작은 오두막이라도 하나 얻어서 캐서린 아가씨와 함께 살아야겠다고 결심했습니다. 그러나 히스클리프 씨는 헤어튼 도련님을 따로 살게 하지 않는 것처럼 아씨가 그렇게 하도록 승낙하지 않을 거예요. 그러니 지금으로서는 아씨가 재혼을 하지 않는 한 어떻게 해 볼 도리가 없답니다. 그리고 재혼 문제야 제가 나서서 어떻게 할 수 있는 일도 아니고요.

* * *

이로써 딘 부인의 이야기는 끝났다. 의사 선생의 예측과는 달리 나는 건강이 빨리 회복되어, 아직 1월 둘째 주밖에 안 되었지만 하루나 이틀쯤 뒤에는 말을 타고 워더링 하이츠에 갈 수 있을 것 같다. 가서 주인 양반에게 다음 여섯 달 동안은 런던에서 지낼 것이고, 원한다면 10월 이후에는 이 집을 세낼 사람을 구해도 좋다는 이야기를 할 작정이다. 천만금을 준다고 해도 이곳에서 또 겨울을 나지는 않을 것이다.

제31장

어제는 맑고 바람이 잠잠했지만 서리가 내리도록 추운 날이었다. 나는 예정대로 워더링 하이츠에 갔다. 우리 집 가정부가 그 집의 젊은 부인에게 보내는 짤막한 편지를 전해 달라고 부탁했다. 그 점잖은 부인이 아무 거리낌 없이 부탁하는 걸 보니 들어줘도 될 것 같아서 거절하지 않았다.

현관문은 열려 있었지만 경계를 늦추지 않은 대문은 지난번에 방문했을 때처럼 잠겨 있었다. 문을 두드려 정원 화단에 있는 헤어튼 언쇼를 불러냈다. 그가 문고리를 풀어 줘 안으로 들어갔다. 그 친구는 시골의 농사꾼치고는 잘생긴 인물이다. 이번에는 특히 유심히 살펴보았다. 그는 자신의 좋은 면을 드러내지 않으려고 최대한 노력을 기울이고 있는 것 같았다.

히스클리프 씨가 집에 계시느냐고 물었더니, 안 계시지만 점심때에는 돌아오실 거라고 언쇼가 대답했다. 시계를 보니 열한 시였다. 그래서 나는 안에 들어가서 기다리겠다고 말했다. 그랬더니 그는 손에 들고 있던 연장을 바로 내팽개치더니 나를 따라오는 것이 아닌가. 주인 대신 접대하려는 게 아니라 감시하려는 것 같았다.

우리는 함께 들어갔다. 캐서린이 거실에서 점심 요리에 쓸 야채를 다듬고 있었다. 그녀는 처음 보았을 때보다 더 시무룩하고 기운이 없어 보였다. 내게는 눈길도 돌리지 않은 채, 하던 일만 계속하면서, 전과 마찬가지로 그 흔한 예의도 차리지 않았다. 내가 고개를 숙이며 안녕하시냐고 인사를 건네도 답례는커녕 알은체도 하지 않는 것이었다.

'딘 부인이 이야기한 만큼 상냥한 여자는 아닌 것 같군. 미인임에는 틀림없지만, 천사는 아닌가 보군.' 하고 나는 생각했다.

언쇼가 캐서린에게 하던 일을 갖고 부엌으로 가라고 무뚝뚝하게 말했다.

"직접 갖고 가."

캐서린이 말했다. 그녀는 일을 끝내자마자 그것들을 밀어내고 창가에 있는 의자로 물러가서는, 치마폭에 담긴 순무 껍질에 새와 동물 모양을 새기기 시작했다.

나는 정원 풍경을 내다보고 싶어 하는 척하면서 그녀 곁으로 다가갔다. 내 딴에는 헤어튼이 눈치를 못 채게 하려고 딘 부인의 편지를 그녀의 무릎 위에 솜씨 좋게 떨어뜨렸는데, 그녀가 큰 소리로 물었다.

"이게 뭐예요?"

그러고는 대뜸 그것을 내팽개치는 게 아닌가.

"당신의 옛 친구인 스러시크로스 저택의 가정부가 보내는 편지입니다."

나는 기껏 생각해서 몰래 전해 주었건만 그런 내 배려를 폭로해 버린 것에 화도 나고 또 그것을 내가 쓴 편지라고 오해할까 봐 얼른 대답했다.

그녀는 반가워하며 그것을 주우려고 했지만 헤어튼이 더 빨랐다.

그는 그것을 주워서 자기 조끼 속에 집어넣으며 히스클리프 씨에게 먼저 보여야 한다고 말했다.

그러자 캐서린은 말없이 얼굴을 돌리더니, 슬며시 수건을 꺼내어 눈에 갖다 댔다. 헤어튼은 그런 사촌의 모습을 보고 얼마 동안 동정심을 억누르려고 애쓰더니, 편지를 꺼내어 한껏 퉁명스럽게 캐서린 쪽으로 내동댕이쳤다.

캐서린은 편지를 집어 열심히 읽고 나서, 나한테 자기의 옛집에 살고 있는 사람이며 동물들에 대해 몇 가지를 물어보았다. 그러고는 창밖에 펼쳐진 산들을 지긋이 바라보며 혼잣말로 중얼거렸다.

"미니를 타고 저기에 갈 수 있다면 얼마나 좋을까! 저기에 올라가 보고 싶어. 아, 따분해! 답답해 죽겠어, 헤어튼!"

그녀는 한숨을 내쉬고 하품을 하면서 그 어여쁜 머리를 창턱에 기대고는, 우리가 보든 말든 알려고도 않고 개의치도 않으며 멍하니 슬픔에 잠겼다.

"히스클리프 부인."

나는 얼마간 묵묵히 앉아 있다가 말을 꺼냈다.

"제가 부인을 잘 알고 있다는 걸 모르시죠? 저는 부인이 아주 친밀하게 생각되는데, 부인께서 한마디도 안 하시니 좀 이상하군요. 우리 집 가정부는 지칠 줄도 모르고 부인에 대한 이야기며 칭찬을 늘어놓습니다. 제가 만약 부인의 편지나 소식도 없이 돌아가서 부인이 편지만 받고 아무 말도 하지 않았다는 이야기만을 전한다면 그녀가 몹시 실망할 텐데요!"

그녀는 이 말에 놀라서 물었다.

"엘렌이 당신을 좋아하나요?"

"그럼요, 무척 좋아하지요."

나는 서슴없이 대답했다.

"엘렌에게 꼭 전해 주세요."

그녀가 말을 이었다.

"답장을 하고 싶지만 편지 쓸 종이가 없어서 못 썼다고요. 책장이라도 찢어서 쓰고 싶지만 심지어 책조차 없으니."

"책이 없다니요!"

내가 큰 소리로 외쳤다.

"실례가 되는 질문일지도 모르겠습니다만, 책이 없다면 이런 데서 어떻게 지내십니까? 저는 커다란 서재가 있는데도 스러시크로스 저택에서 지내다 보면 무료할 때가 많던데요. 제 책들을 빼앗아 간다면 전 견디지 못할 거예요!"

"나도 책이 있을 때에는 늘 책을 읽었어요."

캐서린이 말했다.

"그런데 히스클리프 씨는 책을 읽지 않거든요. 그래서 내 책을 없애 버릴 생각을 한 거죠. 나는 몇 주일 동안 책을 한 권도 구경하지 못했어요. 단 한 번 조셉의 종교 서적을 뒤적거린 적이 있었는데 책 주인이 무척 화를 내더군요. 그리고 헤어튼, 어쩌다 네 방에 갔다가 네가 몰래 모아 놓은 책들을 보았어. 라틴어와 그리스어로 된 책 몇 권하고 이야기책과 시집이 몇 권 있던데. 이야기책과 시집은 내가 이곳에 올 때 갖고 온 것이니까 모두가 나의 옛 친구들인 셈인데, 너는 그것들을 마치 까치가 은수저를 모아 놓듯이 그저 훔치는 재미로 모아놓았던 거야! 아니면 네가 읽을 수 없으니까 다른 사람도 읽지 못하게 하려는 나쁜 심보로 숨겨 놓았든지. 어차피 그것들은 너한테 아무 소용도 없으니까 말이야. 혹시 너의 시기심이 히스클리프 씨에게 내 보물을 빼앗도록 부추긴 건 아냐? 하지만 책 내용의 대부분은 내 머릿속에 적어 놓았고 마음속에 새겨 놓았으니 그걸 빼앗지는 못할걸!"

언쇼는 자기가 남몰래 책을 모아 둔 사실을 사촌이 폭로하자 얼굴

455

이 빨개져서는 그것을 부인하는 몇 마디를 더듬거렸다.

"헤어튼 씨는 지식을 넓히고 싶은 거겠지요. 부인이 책을 많이 읽은 것을 시기하는 것이 아니라 부인에게 뒤떨어지지 않으려고 애를 쓰는 겁니다. 이제 헤어튼 씨도 2~3년 안에 책을 잘 읽을 수 있게 될 거예요!"

"그리고 그동안에 내가 바보가 되기를 바라겠지요."

캐서린이 대답했다.

"그래요, 헤어튼이 혼자서 더듬거리며 읽으려고 애쓰는 것을 들은 적이 있어요. 실수를 참 많이도 하더군요. 헤어튼, 어제처럼 〈체비 체이스〉(퍼시가와 더글러스가의 오터번 전투를 소재로 한 15세기 영국 민요_옮긴이)를 읊어 보지 그래. 아주 웃기던데! 그리고 네가…… 어려운 낱말을 찾아보려고 사전을 뒤적이다가 설명을 읽을 수 없어서 욕지거리를 내뱉는 것까지 다 들었어!"

그 젊은이는 글을 못 읽는다고 조소당하고 나서 글을 읽어 보려는 노력마저 비웃음을 사자 너무 심하다고 생각하는 게 분명했다. 나도 동감이었다.

그리고 그가 그렇게 길러졌기 때문에 그럴 수밖에 없던 무지몽매의 상태에서 처음으로 벗어나려고 시도했던 일화를 딘 부인에게서 들은 게 생각나서 이렇게 말했다.

"하지만 히스클리프 부인. 우리들 누구에게나 시작은 있었습니다. 그리고 시작의 문턱에서 넘어지기도 하고 비틀거리기도 했죠. 그때 선생님이 도와주지 않고 비웃었다면 우리는 아직도 넘어지고 비틀거리고 있을 겁니다."

"어머! 헤어튼이 공부하는 걸 막고 싶은 생각은 없어요……. 그러나 헤어튼이 내 책을 가로채서 터무니없는 실수와 잘못된 발음으로 우스꽝스럽게 만들 권리는 없잖아요. 그 책들은 산문이든 시든 여러 가지 추억이 깃들어 있어서 나에게는 아주 소중한 것들인데, 저 애가 입에 올려 천박하게 되고 그 신성함이 모독되는 게 싫단 말이에요! 게다가 내가 좋아해서 되풀이해 읽는 책들만 골라서 그러지 뭐예요! 마치 고의로 심술을 부리듯 말이에요!"

헤어튼은 잠시 아무 말없이 가슴만 들먹거렸다. 그는 억누르기 어려울 만큼 심한 굴욕감과 분노로 괴로워했다.

나는 그의 수치심을 덜어 줘야겠다는 신사다운 생각이 들어 일어서서 문간으로 갔다. 그러고는 거기에 서서 바깥 풍경을 내다보았다.

헤어튼도 날 따라나서더니 방에서 나갔다. 곧 손에 대여섯 권의 책을 들고 다시 나타나서는 캐서린의 무릎에 내던지며 소리쳤다.

"가져가! 다시는 그따위 것들을 듣지도, 읽지도, 생각하지도 않을 거야!"

"이젠 갖기 싫어! 그것들을 볼 때마다 네 생각이 날 테니까 싫어졌단 말이야!"

캐서린이 대꾸했다.

그녀는 손때가 묻은 걸로 보아 자주 읽은 게 틀림없는 책 한 권을 펼쳐서 글을 처음 배우는 사람처럼 더듬더듬 한 문장을 읽고 나서 깔깔거리며 책을 내던졌다.

"또 들어 봐!"

그녀는 조금 전과 같은 투로 약을 올리며 발라드 하나를 읊기 시작했다.

그러나 헤어튼도 자존심이 있는지라 더 이상의 괴로움은 참지 않았다. 그녀의 건방진 입놀림을 막으려고 손을 사용하는 소리가 들렸는데, 전적으로 부당한 것만은 아니라는 생각이 들었다. 그 고약한 아가씨는 비록 잘 다듬어지지는 않았지만 예민한 사촌의 감정을 상하게 하려고 갖은 노력을 다했다. 완력을 쓰는 것은 고통을 준 사람에게 고통을 되갚아 주고 빚을 청산하기 위해 헤어튼이 할 수 있는 유일한 방편이었던 것이다.

그러고 나서 그는 책을 모아다가 난로 속에 던져 버렸다. 그가 화풀이로 그런 희생을 치르는 걸 무척 괴로워하고 있음을 그의 표정에서 읽을 수 있었다. 책이 타들어 가는 동안 그는 이미 책에서 얻은 기쁨, 그리고 앞으로 얻으리라 기대했던 성취감과 점점 커져 갔을 기쁨 등을 돌이켜 보는 것 같았다. 그리고 그가 어떤 동기로 남몰래 공부하게 되었는지도 짐작이 되었다. 캐서린이 나타나기 전에는 그는 하루하루의 노동과 단순한 동물적인 즐거움에 만족했다. 그러나 그녀에게 무식하다고 놀림을 받아서 창피했고 그녀에게 인정받고 싶었기 때문에 그는 처음으로 공부를 해야겠다는 마음을 먹었다. 그런데 이런 노력이 비웃음을 면하고 인정을 받기는커녕 정반대의 결과를 가져오고 말았던 것이다.

"그래, 너처럼 야만스런 인간은 책에서 얻을 수 있는 게 고작해야 그 정도겠지!"

캐서린은 얻어맞아 다친 입술을 빨며 화난 눈초리로 불길을 바라보다 소리를 질렀다.

"그만 입 닥치는 게 좋을걸!"

헤어튼은 사납게 대꾸했다.

그러고는 감정이 격해져서 더는 말을 못하고 문 쪽으로 급히 달려왔다. 그래서 나는 그가 지나가도록 길을 비켜 주었다. 그러나 그는 섬돌을 지나기도 전에, 둔덕길을 걸어오던 히스클리프 씨와 마주쳤다. 히스클리프 씨는 그의 어깨를 붙잡고 물었다.

"이봐, 무슨 일이야?"

"아니에요, 아무것도 아니에요!"

그는 슬픔과 분노를 혼자 삭이려는 듯 손을 떨치고 가 버렸다. 히스클리프는 그의 뒷모습을 물끄러미 바라보면서 한숨을 내쉬었다.

"내 일을 내가 방해하다니 얄궂은 노릇이군!"

히스클리프는 뒤에 내가 있다는 것도 모른 채 중얼거렸다.

"그런데 저 녀석의 얼굴에서 제 아비의 모습을 찾아내려고 해도 나날이 그녀의 모습만 보이는구나! 빌어먹을, 왜 그렇게 그녀를 닮은 거야? 저 녀석의 얼굴은 쳐다보기조차 힘겹군."

그는 눈을 내리깔고 우울하게 걸어 들어왔다. 그의 얼굴에는 전에는 본 적 없는 불안과 근심이 어려 있었고, 몸도 여위어 보였다.

그의 며느리는 창문으로 그의 모습이 보이자 곧바로 부엌으로 달아나 버렸다. 그래서 거실에는 나 혼자뿐이었다.

"다시 이렇게 외출하실 수 있게 되어 다행이오, 록우드 씨."

그는 내 인사를 받으며 말했다.

"나한테도 좋은 일이오. 당신이 아파서 그 집을 떠나야 한다면 이런 인적 드문 곳에서는 세 들 사람을 쉽게 구할 수 없을 테니까. 당신이 어떻게 이런 곳에 오게 되었는지 여러 번 궁금했었소."

"특별한 이유는 없고 그저 변덕 때문이지요."

내가 대답했다.

"이번에는 그놈의 변덕 때문에 이곳을 떠나게 될 것 같습니다. 다음 주에 런던으로 떠날 예정이거든요. 그래서 계약 기간인 열두 달 뒤에는 스러시크로스 저택에서 살지 않을 생각이라는 걸 미리 알려드리려고요. 더는 거기서 살지 않을 것 같습니다."

"아, 그러시오! 세상과 동떨어진 곳에서 사는 데 싫증이 나신 게로군요?"

그가 말했다.

"그렇지만 이제 거기서 살지 않을 거라고 집세를 깎으러 왔다면 헛걸음하셨소. 난 내가 받아야 할 돈을 받는 데에는 어느 누구에게도 사정을 봐주지 않소."

"난 집세를 깎으러 온 게 아닙니다!"

나는 상당히 화가 나서 외쳤다.

"원하신다면 당장 지불해 드리지요."

나는 이렇게 말하며 주머니에서 지갑을 꺼냈다.

"아니, 아니오. 혹여 당신이 돌아오지 않더라도 집세를 충당할 물건을 남겨 두고 떠나실 테니 괜찮소."

그는 침착하게 대답했다.

"난 급할 거 없소. 자, 앉아서 우리와 저녁을 들고 가시오. 우리는 다시 찾아올 위험이 없는 손님에게는 대체로 후하게 대접한다오. 캐서린! 먹을 것 좀 갖고 와. 어디 있는 거야?"

캐서린이 나이프와 포크가 담긴 쟁반을 들고 다시 나타났다.

"너는 조셉과 함께 먹어. 그리고 손님이 가실 때까지 부엌에 있도록 해."

히스클리프가 캐서린에게 나직이 말했다.

그녀는 그의 지시대로 정확히 따랐다. 그의 지시를 어기고 싶은 유혹조차 느끼지 않는 것 같았다. 촌뜨기와 인간 혐오자의 틈에서 살다 보니 한층 기품 있는 사람을 만나도 알아보지 못하는 모양이었다.

나는 무뚝뚝하고 음울한 히스클리프와 벙어리처럼 아무 말도 하지 않는 헤어튼 사이에 앉아서 별로 즐겁지 못한 식사를 하고 일찌감치 작별 인사를 했다. 떠날 때 부엌 쪽으로 나가서 마지막으로 캐서린을 잠깐 보고 조셉 영감을 성가시게 하고 싶었는데, 주인이 헤어튼에게 내 말을 끌어오라고 이르고는 몸소 현관까지 바래다주는 바람에 내가 바라는 대로 할 수 없었다.

'저런 집에서 살면 얼마나 따분할까!'

나는 말을 타고 오면서 생각했다.

'캐서린을 키운 착한 유모의 소망대로 캐서린과 나 사이에 애정이 싹터 함께 번잡한 도시로 이주하게 되었다면 캐서린에게는 동화보다도 더 낭만적인 꿈이 실현된 셈이겠지.'

제32장

1802년. 금년 9월에 나는 북부 지방에 사는 친구에게서 자기 소유의 사냥터에 와서 함께 사냥을 즐기자는 초대를 받았다. 그런데 그 친구의 집으로 가는 길에 전혀 뜻하지 않게 기머튼에서 15마일도 떨어지지 않은 곳을 지나게 되었다. 길가 어느 주막에서 마부가 양동이를 들고 내 말에 물을 먹이고 있었는데, 마침 그때 갓 베어 낸 새파란 귀리를 실은 짐마차가 지나가자 마부가 말했다.

"저건 기머튼에서 오는 거로군! 그곳은 추수가 다른 데보다 3주는 늦으니까."

"기머튼이라고?" 하고 내가 되뇌었다. 그 고장에서 살던 기억이 벌써 희미하고 어렴풋해졌던 것이다.

"아하! 나도 아는 곳일세! 여기서 얼마나 먼가?"

"저 고개를 넘어서 14마일쯤 가면 되는데 길이 좀 험하지요."

마부가 대답했다. 스러시크로스 저택에 가 보고 싶은 충동이 일었다. 아직 정오도 채 안 된 무렵이어서 시간도 충분한 데다, 주막에서 하룻밤을 묵는 것보다야 세를 낸 집이기는 하나 내 집 지붕 밑에서 지내는 것이 더 낫지 않겠느냐는 생각이 들었다. 게다가 하루쯤은 시간적인 여유를 낼 수 있었으므로 가까이 온 김에 집주인을 만나 일을 마무리하면 다시 그 고장을 찾아가는 수고를 덜 수도 있었다.

잠시 쉬고 나서 하인에게 기머튼 마을로 가는 길을 알아보라고 지시했다. 그리고 말들이 애를 먹긴 했지만 우리는 약 세 시간 만에 그 마을에 도착했다.

하인은 마을에 남겨 두고 나 혼자서 골짜기를 따라 내려갔다. 잿빛 교회 건물은 더 짙은 잿빛이 되어 있었고, 쓸쓸한 교회 묘지는 더욱 쓸쓸해 보였다. 황야에 놓아기르는 양 한 마리가 무덤 위의 잔풀을 뜯고 있었다. 쾌적하고 따뜻한 날씨였다. 여행을 하기에는 좀 더웠지만, 그래도 더위 때문에 아래위로 펼쳐진 아름다운 경치를 즐기지 못할 정도는 아니었다. 8월 가까이에 그 경치를 보았다면 그 호젓한 고장에서 한 달쯤 지내고 싶은 마음을 주체하지 못했을 것이다. 겨울에는 더없이 음울한 곳이지만, 여름에는 야산에 둘러싸인 계곡들이며 깎아지른 듯 가파른 언덕에 넘실대는 히스가 더없는 절경을 이룬다.

나는 해가 저물기 전에 스러시크로스 저택에 도착하여, 문을 두드렸다. 그런데 부엌 굴뚝에서 한줄기 가느다랗고 푸른 연기가 동그라미를 그리며 솟아오르는 걸 보니 사람들이 모두 뒤채에 있어서 문 두드리는 소리를 듣지 못하는 것 같았다.

나는 말을 탄 채 안마당으로 들어섰다. 현관 아래에는 아홉이나 열 살쯤 되어 보이는 소녀가 앉아서 뜨개질을 하고 있었고, 웬 노파 한 사람이 승마 계단에 기대어 생각에 잠긴 채 담뱃대를 빨고 있었다.

"딘 부인은 안에 있어요?"

나는 노파에게 물었다.

"딘 부인이오? 없는데요!"

그녀가 대답했다.

"딘 부인은 여기 살지 않아요. 저 위, 워더링 하이츠에 살고 있지요."

"그럼 할머니가 이 집 가정부이신가요?"

나는 계속 물었다.

"그래요. 내가 이 집을 지키고 있지요."

노파가 대답했다.

"그렇군요. 나는 록우드라고 하는데, 이 집을 세낸 사람이지요. 오늘 밤엔 여기서 지내야겠는데, 내가 묵을 방이 있나요?"

"주인님이라고요!"

노파는 놀라서 소리쳤다.

"주인님이 오실 줄 누가 알았겠어요? 기별이나 하고 오실 일이지! 눅눅하지 않고 쓸 만한 방이 없는데, 이를 어쩌나!"

노파는 담뱃대를 내던지고 허둥지둥 안으로 들어갔고, 소녀도 뒤따라 들어갔다. 나도 안으로 들어갔는데, 곧 노파의 말이 사실이라는 것과, 더욱이 나의 갑작스러운 출현에 노파는 너무 당황해서 어찌할 바를 모르고 허둥대고 있다는 것을 알 수 있었다.

나는 노파에게 진정하라고 이르고는 산책을 다녀올 테니 그동안에 거실 한쪽 구석을 치워서 저녁이나 먹을 수 있게 해 주고 침실 하나에 잠자리를 마련해 달라고 했다. 그렇다고 쓸고 닦을 것까지는 없고 그저 불이나 잘 지펴 놓고 시트만 눅눅하지 않으면 된다고 했다.

노파는 최선을 다할 의향이 있는 듯 보였다. 그런데 난로 소재용 솔을 부지깽이로 잘못 알고 난로를 쑤시기도 하고, 늘 써 오던 다른 물건들도 마구 혼동하는 것이었다. 그러나 내가 돌아올 때까지는 쉴 자리야 마련해 놓겠지 싶어 노파의 성의를 믿고 물러 나왔다. 워더링 하이츠가 내 산책의 목적지였다. 안마당을 나올 때에야 뒤늦게 생각이 나서 다시 돌아가 물었다.

"하이츠 사람들은 모두 잘 있나요?"

나는 노파에게 물었다.

"네, 제가 알기론 그런 것 같던데요."

노파는 뜨거운 재가 든 재 받개를 들고 종종걸음을 치고 있었다.

나는 딘 부인이 왜 스러시크로스 저택을 떠났냐고 묻고 싶었으나, 그런 위급한 상황에 있는 노파를 더 붙들고 물어볼 수는 없는 노릇이라 그냥 나와 버렸다. 그러고는 붉게 물든 석양빛은 뒤에서, 막 솟아오르는 온화한 달빛은 앞에서 받으며 느긋하게 거닐었다. 내가 스러시크로스 저택에 딸린 숲을 벗어나서 히스클리프 씨 집 쪽으로 갈라지는 돌투성이의 샛길을 오를 때에는 석양빛은 사라지고 달빛이 환해지고 있었다.

워더링 하이츠가 보이는 곳에 다다르기도 전에 낮의 흔적은 모두 사라지고, 다만 서녘 하늘에 아슴푸레한 호박 빛만이 남아 있었다. 그러나 달빛이 워낙 환해서 길 위의 돌멩이 하나하나, 풀잎 하나하나가 다 보였다.

이번에는 담장을 넘거나 문을 두드릴 필요가 없었다. 손을 대자 곧 열렸기 때문이다.

'이거 좋아졌는데!' 하고 나는 생각했다. 후각의 도움으로 좋아진 점을 한 가지 더 발견할 수 있었다. 흔한 과일 나무들 사이에서 자라난 화와 향꽃무의 향기가 공기 중에 퍼져 있었던 것이다.

현관문이며 창문도 모두 열려 있었다. 그리고 탄광 지대에서는 흔한 광경이지만 벽난로에서 빨간 불빛이 활활 타오르고 있었다. 불꽃을 보면서 느끼는 아늑함이 있어 열이 조금 과하더라도 참을 수 있었다. 그리고 워더링 하이츠의 거실은 아주 널찍해서 열기가 닿지 않는 곳으로 물러나 앉을 수 있는 공간이 얼마든지 있었다. 그래서 그때도 그 집 사람들은 창가에서 멀지 않은 곳에 자리를 잡고 앉아 있었다.

집 안으로 들어서기 전에 그들이 이야기하는 소리가 들리고 모습도 보였다. 그래서 귀를 기울여도 보고 바라보기도 했는데 처음에는 호기심에서 그랬지만 머뭇거릴수록 질투심이 커지는 것이었다.

"컨트러리('반대'라는 뜻_옮긴이)란 말이야! 벌써 세 번째야, 이 바보야! 다시는 가르쳐 주지 않을 테야. 자, 발음해 봐. 못하면 머리카락을 잡아당겨 버릴 거야!"

은방울이 굴러가는 듯한 감미로운 목소리였다.

"그래, 컨트러리. 이번엔 잘했으니까 뽀뽀해 줘."

굵지만 부드러운 어조의 목소리가 대답했다.

"안 돼. 먼저 하나도 틀리지 말고 정확하게 다 읽어 봐."

남자가 읽기 시작했다. 그는 말쑥한 차림의 젊은이로, 탁자에 앉아 책을 앞에 놓고 있었다. 잘생긴 그의 얼굴은 기쁨으로 빛났으며 그의 눈길은 가만히 책에 머물러 있지 않고 참을성 없이 자꾸만 그의 어깨에 얹은 조그맣고 흰 손으로 옮아갔는데, 그 손의 임자는 이렇게 주의가 흐트러진 걸 볼 때마다 그의 뺨을 따끔하게 찰싹 때려 주었다.

그 손의 임자는 그 젊은이 뒤에 서 있었다. 공부를 봐 주려고 몸을 굽힐 때면 부드럽게 물결치는 그녀의 금발이 이따금 그의 갈색 머리카락과 뒤섞였다. 그녀의 얼굴을 그가 볼 수 없는 것은 다행이었다. 그렇지 않았다면 그렇게 차분하게 앉아 있을 수 없었을 테니까. 그러나 내가 서 있는 자리에서는 그녀의 얼굴이 보였다. 나는 마음을 사로잡는 그 아름다운 얼굴을 바라보기만 하는 게 아니라 무언가를 할 수도 있었을 기회를 내던지고 말았던 게 억울해서 입술을 깨물었다.

실수가 전혀 없지는 않았지만 읽기가 끝나자 학생은 상을 달라고 졸라서 적어도 다섯 번의 뽀뽀를 받았고, 그 자신도 아낌없이 되돌려 주었다. 그러고 나서 그들은 문 쪽으로 다가왔는데 그들이 주고받는 이야기를 들으니 밖으로 나와 황야를 산책할 모양이었다. 그때 내가 그들 앞에 나타나서 그들을 당황하게 하면, 헤어튼 언쇼가 말로 못하면 마음속으로라도 지옥에서도 제일 밑바닥에 떨어지라는 저주를 나한테 퍼부을 것 같았다. 그래서 나는 분하기도 하고 심술도 났지만 살그머니 돌아서 부엌이 있는 쪽으로 갔다.

그쪽도 문이 열려 있었는데, 문간에 넬리 딘이 앉아서 바느질을 하며 노래를 부르고 있었다. 노랫소리는 안쪽에서 들려오는 편협하고 멸시 어린 거친 말소리(음악적인 어조와는 거리가 먼) 때문에 이따금 멎곤 했다.

"그 노랫소리를 듣느니 차라리 아침부터 밤까지 사람들의 욕지거리를 듣는 게 낫겠어!"

부엌에 있는 사람은 넬리의 목소리가 잘 들리지 않을 텐데도 이렇게 불평을 해 댔다.

"내가 성경책을 펼치기만 하면 사탄을 찬송하는 노래나 세상의 온갖 지독한 사악함을 찬양하는 노래를 불러 대니 이렇게 망측할 데가 있나! 이런! 너는 돼먹지 못한 인간이야! 저 여자도 그렇고! 가엾은 도련님은 너희들 틈에서 타락해 가는군. 우리 도련님이 불쌍해서 어쩌지."

그는 으르렁대며 덧붙였다.

"도련님은 마귀한테 홀린 게 틀림없어! 오, 주여, 저들을 심판하옵소서. 우리를 다스리는 사람들에게는 법률도 정의도 없으니까요."

"없고말고요! 그런 게 있다면 우리는 활활 타오르는 장작더미 위에 앉아 있겠죠! 제발 영감은 기독교인답게 성경이나 읽어요. 내 일에 간섭 말고. 이 노래는 〈요정 애니의 결혼식〉이라는 건데 좋은 곡이에요. 춤을 추기에도 좋죠."

딘 부인이 다시 노래를 시작하려는 참에, 내가 앞으로 다가가자, 단박에 나를 알아보고는 벌떡 일어나며 소리쳤다.

"어머나, 이게 누구세요, 록우드 씨 아니에요! 어떻게 이렇게 갑자기 오실 생각을 하셨어요? 스러시크로스 저택의 방들은 모두 잠가 버렸는데요. 미리 기별이라도 주시지 않고."

"내가 머물 동안만 그럭저럭 잠이나 잘 수 있게 해 달라고 일러 놓았습니다. 내일이면 다시 떠날 테니까요. 그런데 부인은 어떻게 여기로 옮겨 오게 됐나요? 그 이야기나 해 봐요."

"록우드 씨가 런던으로 떠나시고 난 뒤에 얼마 안 있어 질라가 일을 그만두자, 히스클리프 씨가 저더러 이 집에 와 있으라고 하더군요. 록우드 씨가 돌아오실 때까지만 말이에요. 거기 서 계시지만 말고 어서 이리로 들어오세요! 지금 기머튼에서 걸어오시는 길인가요?"

"스러시크로스 저택에서 오는 길이에요. 그 집에서 내가 묵을 방을 치우는 동안 나는 이 집 주인 양반과 일을 마무리 지으려고 왔어요. 이곳에 다시 오기도 쉽지 않을 것 같고 해서요."

"무슨 일이신데요? 주인님은 지금 나가고 안 계신 데다 금방 돌아오실 것 같지는 않네요."

넬리는 나를 거실로 안내하면서 말했다.

"집세에 관한 일인데."

내가 대답했다.

"아, 그러세요? 그럼 우리 아가씨와 해결하셔야죠. 그렇지 않으면 저하고 하시든가요. 아가씨는 아직 그런 일을 처리할 줄 몰라서 제가 대신하고 있답니다. 아무도 대신해 줄 사람이 없으니까요."

나는 깜짝 놀랐다.

"아! 록우드 씨는 히스클리프 씨가 세상을 뜬 걸 아직 모르시나 보군요!"

그녀가 말을 이었다.

"히스클리프 씨가 세상을 떴다고요? 얼마나 됐습니까?"

내가 놀라서 소리쳤다.

"석 달 전 일이죠. 그런데 좀 앉으세요. 모자도 이리 주시고요. 제가 다 이야기해 드릴게요. 가만, 아직 저녁 안 드셨죠?"

"아무것도 먹고 싶지 않습니다. 집에다 저녁 준비를 하라고 일러놓았어요. 부인도 앉아요. 그가 죽은 줄은 꿈에도 생각하지 못했는데! 어떻게 그런 일이 일어났는지 이야기나 들어봅시다. 그 젊은이들도 곧 돌아오지는 않을 거라고 했지요?"

"그렇답니다. 아주 늦도록 돌아다녀서 밤마다 야단을 쳐야 한다니까요. 그래 봬야 제 말은 듣지도 않는답니다. 그건 그렇고 묵은 맥주가 있는데 한잔하세요. 기운이 나실 거예요. 아주 피곤해 보이시네요."

딘 부인은 내가 사양할 틈도 주지 않고 급히 맥주를 가지러 갔다. 그때 조셉의 말소리가 들려왔다.

"저 나이에 사내를 끌어들이다니 창피하지도 않은가? 게다가 주인집 지하실에서 맥주까지 퍼다 먹으려 하다니! 이런 꼴까지 보게 되다니 내가 너무 오래 살았나 보군."

딘 부인은 대꾸하기 위해 멈춰 서지 않고 곧바로 나가더니 1파인트짜리 은잔에 맥주를 가득 부어서 금방 다시 들어왔다. 나는 맥주 맛이 좋다고 진심으로 칭찬해 주었다. 그러고 나서 딘 부인은 히스클리프 씨의 후일담을 들려주었다. 그는 과연 딘 부인의 표현대로 '괴상하게' 세상을 떠났다.

딘 부인이 이야기했다.

* * *

록우드 씨가 떠나고 2주도 채 되지 않을 때 저는 워더링 하이츠로 오라는 전갈을 받았답니다. 저는 캐서린 아가씨를 위해서 흔쾌히 따라나섰지요.

469

아가씨를 처음 보았을 때 어찌나 놀라고 속이 상했는지 몰라요! 아가씨와 헤어진 뒤로 모습이 너무 많이 변하셨더라고요. 히스클리프 씨는 저를 다시 이 집에 불러들인 이유를 설명하지는 않고 그저 제가 필요했고 캐서린 아가씨를 보기가 지겨워졌다는 말만 하더군요. 작은 응접실을 거실로 삼아 아가씨를 데리고 있으라는 거였어요. 자기는 하루에 한두 번 어쩔 수 없이 봐야 할 때 보는 것만으로도 족하다고 했지요.

일이 이렇게 되자 캐서린 아가씨는 기쁜 모양이었어요. 그리고 저는 스러시크로스 저택에서 아가씨의 즐거움이었던 많은 책이며 다른 물건들을 남몰래 날라다 놓고는 이만하면 어느 정도 심심치 않게 지낼 수 있을 거라는 생각에 뿌듯해했지요.

그러나 오래지 않아 이 생각이 틀렸다는 걸 알게 되었지요. 처음에는 기뻐하던 캐서린 아가씨가 얼마 안 가서 차츰 짜증을 내고 안달을 부리는 것이었어요. 그 한 가지 이유는 정원 바깥으로는 나가지 못하도록 되어 있었는데 봄이 다가오자 좁은 울타리 안에서만 지내야 한다는 게 몹시 답답했던 거예요. 또 한 가지 이유는 저는 집안일을 돌봐야 하니까 자주 아가씨 곁을 떠나 있을 수밖에 없었는데 그러면 적적하다고 불평이었어요. 심지어 아가씨는 혼자서 조용히 앉아 있는 것보다 부엌에 와서 조셉과 말다툼을 벌이는 걸 더 좋아했답니다.

저는 두 사람이 말다툼을 벌이든 말든 신경 쓰지 않았어요. 그런데 이따금 주인어른이 거실에 혼자 있고 싶어 할 때는 헤어튼 도련님도 부엌에 와 있어야 했는데 그게 문제였습니다. 처음에는 헤어튼 도련님이 들어오면 아가씨는 부엌에서 나가거나 조용히 제 일을 거들어 주었어요. 도련님을 쳐다보거나 말을 건네는 일도 없었지요. 도련님도 언제나 시무룩하고 말이 없었어요. 그런데 얼마 후에 아가씨가 태도를 바꾸어 도련님을 가만히 놔두지 않는 거였어요. 말을 걸기도 하고 멍청하다느니 게으르다느니 하며 공연히 트집을 잡는가 하면 어떻게 저녁 내내 난롯불만 바라보고 졸기만 하며 살아갈 수 있는지 의아해했지요.

"저 사람은 마치 개 같아, 안 그래, 엘렌?"

언젠가 아가씨가 이렇게 말하더군요.

"아니면 짐마차를 끄는 말 같아. 언제나 일하고 먹고 자기만 하잖아! 저 사람 머릿속은 텅 비었을 거야! 헤어튼, 너도 꿈을 꾸니? 그렇다면 무슨 꿈을 꾸니? 설령 꿈을 꾸더라도 무슨 꿈인지 나한테 말할 수는 없을걸!"

그리고 나서 아가씨는 도련님 얼굴을 쳐다보았지만, 도련님은 다시는 말도 하지 않고 쳐다보려고도 하지 않았지요.

"저 사람은 지금 꿈을 꾸고 있을지도 몰라."

아가씨가 말을 이었어요.

"암캐 주노가 잘 때처럼 어깨를 움찔거리고 있잖아. 한번 물어봐, 엘렌."

"얌전히 굴지 않으면 헤어튼 도련님이 히스클리프 씨에게 아가씨의 행실을 일러바쳐서 위층으로 쫓아내 버릴걸요!"

제가 말했어요. 도련님은 어깨를 움찔댈 뿐 아니라 주먹을 쓰고 싶은 듯 불끈 쥐더군요.

"내가 부엌에 있으면 왜 헤어튼이 아무 말도 하지 않는지 난 알고 있어."

또 언젠가 아가씨는 불쑥 이렇게 외쳤어요.

"헤어튼은 내가 비웃을까 봐 두려운 거야. 엘렌, 어떻게 생각해? 언젠가 헤어튼은 저 혼자 읽기 공부를 시작한 적이 있었는데 내가 비웃는다고 책을 태우고 공부도 그만두지 뭐야. 바보처럼 말이야."

"아가씨가 못되게 군 거 아니에요? 대답해 보세요."

제가 말했어요.

"그럴지도 몰라. 하지만 난 헤어튼이 그렇게 바보처럼 행동할 줄은 생각도 못했거든. 헤어튼, 지금 내가 책을 주면 받을래? 한번 해 봐야지!"

아가씨는 읽고 있던 책을 헤어튼 도련님의 손에 올려놓았지요. 그러자 헤어튼 도련님은 책을 팽개치며, 그런 짓거리를 당장 그만두지 않으면 목을 분질러 버리겠다고 투덜대더군요.

"그럼, 이걸 여기 탁자 서랍에 넣어 두고. 잠이나 자러 가야겠네."

아가씨가 말했어요.

그러고 나서 아가씨는 저한테 와서 헤어튼 도련님이 그 책에 손을 대는지 잘 살펴보라고 속삭이고는 나갔습니다.

그러나 그는 책 근처에도 오지 않았어요. 제가 아가씨에게 그렇게 알리자 아가씨는 무척 실망한 표정이었어요. 아가씨는 헤어튼 도련님이 계속 시무룩하고 나태하게 사는 게 안쓰러웠던가 봐요. 자기를 향상시켜 보려는 그의 노력을 비웃어서 공부를 그만두게 한 것에 대해 양심의 가책을 느꼈겠지요. 그것도 아주 효과적으로 중단시키고 말았으니까요.

아가씨는 그 피해를 보상하려고 창의력을 발휘했답니다. 응접실에서는 하기 어려운 다림질이나 한곳에 가만히 서서 하는 다른 일을 할 때면 재미있는 책을 갖고 와서 저한테 큰 소리로 읽어 주곤 했는데, 헤어튼 도련님이 있을 때에는 대개 흥미진진한 대목에서 읽기를 멈추고는 그 자리에 책을 펼쳐 두고 나가 버리는 것이었어요. 이렇게 하기를 여러 차례 되풀이하는데도 헤어튼 도련님은 마치 노새처럼 고집이 세서 아가씨가 던진 미끼를 물지 않았어요. 비가 와서 밖에 나갈 수 없는 날이면 조셉과 난로 양쪽을 차지하고 앉아서 자동인형처럼 담배를 뻐끔거리며 지냈지요. 늙은 쪽은 다행히 귀가 어두워서 아가씨가 책 읽는 소리를 들을 수 없었고(만약 그 내용을 들을 수 있었다면 사악한 헛소리라고 했을 거예요.) 젊은 쪽은 듣지 않는 것처럼 보이려고 애를 썼어요. 날씨 좋은 날 저녁이면 그 젊은이는 사냥개를 앞세워 사냥을 나가곤 했어요. 그러면 캐서린 아가씨는 하품을 하고 한숨을 쉬다가 저한테 이야기를 해 달라고 졸라 대곤 했는데, 제가 이야기를 시작하려고 하면 안뜰이나 정원으로 사라져 버렸다가 결국에는 울음을 터뜨리며 자기는 사는 게 지겹고 자기의 삶은 가치가 없다고 말하는 것이었어요.

히스클리프 씨는 점점 더 사람들과 어울리는 걸 싫어해서 언쇼 도련님조차 거실에 얼씬거리지 못하게 했습니다.

3월 초에 언쇼 도련님은 사고를 당해서 며칠 동안 부엌에만 들어앉아 있어야 했어요. 혼자서 언덕으로 사냥을 나갔다가 총이 터지는 바람에 파편에 팔이 찢어져서 집까지 오는 동안 피를 많이 흘렸거든요. 그 결과 도련님은 회복될 때까지 어쩔 수 없이 난롯가에서 안정을 취해야 했습니다.

캐서린 아가씨는 도련님이 부엌에 있게 되어 좋은 모양이었어요. 적어도 위층 방에 있는 걸 평소보다 더 싫어했답니다. 아가씨는 제게 부엌에서 할 일을 찾아내라고 졸라서 함께 따라나서는 것이었어요.

부활절 다음 날인 월요일에, 조셉은 소 몇 마리를 이끌고 기머튼 장에 갔고, 저는 오후에 부엌에서 세탁물을 마무르느라 바빴지요. 언쇼는 여느 때처럼 뚱한 표정으로 난로 한쪽 귀퉁이에 앉아 있었고, 우리 아가씨는 심심풀이로 유리창에 그림을 그리다가 싫증이 나면 갑자기 노래를 부르거나, 뭐라고 혼자 중얼거리며 탄식을 하면서, 고집스럽게 담배를 피워 대며 난롯불을 바라보고 있는 자기 사촌을 짜증과 조바심이 섞인 눈초리로 흘끔흘끔 쳐다보는 것이었어요.

창가에서 빛을 가리고 서 있으니 어두워서 일을 못하겠다고 제가 말하자 아가씨는 난롯가로 자리를 옮기더군요. 저는 아가씨가 무엇을 하는지 별로 관심을 두지 않았는데, 곧 이렇게 말하는 소리가 들려왔어요.

"헤어튼, 난 네가 내 사촌이라는 게 기쁘고 앞으로 잘 지냈으면 좋겠어. 네가 나한테 그렇게 골을 내고 거칠게 굴지만 않으면 말이야."

헤어튼 도련님한테서는 아무 대답도 없었지요.

"헤어튼, 헤어튼, 헤어튼! 듣고 있는 거야?"

아가씨가 말했어요.

"저리 꺼져!"

도련님은 타협하지 않겠다는 듯 퉁명스럽게 으르렁댔지요.

"내가 그 담뱃대를 치워 주지!"

아가씨는 조심스럽게 손을 뻗어 그의 입에서 담뱃대를 뽑아 버렸어요.

그러고는 도련님이 도로 빼앗으려고 손을 뻗기도 전에 담뱃대를 부러뜨려 불 속으로 던져 버렸지요. 그러자 도련님은 욕을 내뱉으며 다른 담뱃대를 집어 들더군요.

"그만 피워. 우선 내 말 좀 들어 봐. 담배 연기가 얼굴에 몰려들어서 말을 할 수가 없잖아."

아가씨가 외쳤어요.

"저리 꺼지지 못해!"

도련님이 사납게 소리를 질렀어요.

"날 좀 가만 내버려 두라고!"

"싫어. 그렇게 못하겠어. 네가 나한테 말을 하게 하려면 어떻게 해야 할지 모르겠어. 너는 나를 이해하려 하지 않으니까 말이야. 내가 너한테 바보라고 했던 건 정말 아무 뜻 없이 한 말이었어. 너를 업신여겨서 그런 게 아니라고. 이봐, 나를 좀 봐, 헤어튼. 너는 내 사촌 오

474

빠니까 나를 사촌으로 인정해야 해."

캐서린 아가씨는 물러서지 않았어요.

"난 너 같은 것하고는 아무 관계도 맺고 싶지 않아. 너는 더럽게 뻐기기나 하고 돼먹지 못하게 사람을 비웃기나 하잖아! 내가 다시 너 같은 것에게 곁눈질을 하느니 내 몸과 영혼을 지옥으로 보내 버리겠어! 저리 비키지 못해! 당장 비켜!"

헤어튼 도련님이 대답했어요.

울상이 된 캐서린 아가씨는 입술을 깨물며 창가 자리로 돌아왔어요. 그러고는 울고 싶은 마음을 감추려고 이상한 곡조를 흥얼거리며 안간힘을 썼지요.

"헤어튼 도련님, 사촌하고 사이좋게 지내셔야죠. 아가씨도 건방지게 군 것을 뉘우치고 있으니까요. 아가씨와 친하게 지내면 도련님에게도 도움이 많이 되실 거예요. 몰라보게 좋아지실걸요."

제가 끼어들었습니다

"친하게 지내라고?"

그가 외쳤어요.

"저 애가 나를 싫어하고 나를 제 발싸개만도 못하다고 생각하는데! 안 돼, 나를 왕으로 만들어 준다 해도 저 애의 환심을 사려고 비웃음을 당하는 일은 더 이상 없을 거야!"

"내가 너를 싫어하는 게 아니라 네가 나를 싫어하는 거지! 너는 히스클리프 씨만큼, 아니 그보다 더 나를 싫어하잖아."

캐시 아가씨는 더 이상 괴로움을 감추지 못하고 울음을 터뜨렸습니다.

"말도 안 돼!"

린쇼 도련님이 말하기 시작했어요.

"그렇다면 내가 왜 골백번도 더 너를 두둔하다가 히스클리프 씨를 화나게 했겠니? 그것도 네가 나를 비웃거나 업신여길 때 말이야. 계속 나를 괴롭히면, 거실에 가서 네가 나를 못살게 구니 부엌에 있지 못하게 해 달라고 말할 거야!"

"난 네가 내 편을 들어준 줄은 몰랐어."

아가씨가 눈물을 훔치며 대답했습니다.

"난 너무 불행해서 모두에게 화가 나 있었거든. 하지만 지금이라도 고맙다는 말을 할게. 그리고 제발 나를 용서해 줘. 내가 뭘 더 해야겠니?"

아가씨는 난롯가로 되돌아가서 솔직하게 손을 내밀었어요.

그러자 그의 얼굴은 먹구름이 낀 것처럼 어두워지며 잔뜩 찌푸려졌어요. 주먹은 여전히 결의에 차서 굳게 쥐어져 있었고 눈은 바닥을 노려보고 있었지요.

캐서린 아가씨는 그가 그렇게 완강하게 버티는 것이 단지 고집 때문이지 자기가 싫어서 그런 건 아님을 본능적으로 알아차린 게 분명했어요. 잠시 머뭇거리다, 몸을 굽혀 그의 볼에 부드럽게 입을 맞췄으니까요.

그 귀여운 말괄량이 아가씨는 내가 못 봤을 거라 생각하고는 뒤로 물러나서 아주 새침하게 창가 자리로 돌아와 앉더군요.

저는 고개를 가로저으며 나무라는 뜻을 내비쳤지요. 그랬더니 아가씨는 얼굴을 붉히며 이렇게 속삭였어요.

"그럼, 나보고 어떡하라고, 엘렌? 악수는커녕 쳐다보려고도 하지 않는데. 내가 그를 좋아한다는 것과, 친구가 되고 싶다는 것을 어떻게든 보여 줘야 했어."

그 입맞춤이 헤어튼 도련님의 마음을 돌려놓았는지는 알 수 없지만, 도련님은 몇 분 동안 얼굴을 보이지 않으려고 몹시 신경을 썼고, 얼굴을 들었을 때에는 눈을 어디에 두어야 할지 몰라 무척 당황스러워했지요.

캐서린 아가씨는 근사한 책 한 권을 흰 종이로 포장하고는 리본으로 묶어서 '헤어튼 언쇼 씨에게'라고 쓰더군요. 그리고 나서 나한테 그 선물을 대신 전해 달라고 부탁하더군요.

"그리고 이 말도 좀 전해 줘. 이걸 받으면 글을 잘 읽을 수 있도록 내가 가르쳐 줄 것이고 받지 않으면 위층으로 올라가서 다시는 그를 귀찮게 하지 않겠다고 말이야."

부탁한 사람이 조바심을 내며 지켜보고 있는 가운데, 저는 그것을 들고 가서 그 말을 전했는데 헤어튼 도련님은 손도 펴려고 하지 않았기 때문에 저는 그것을 도련님의 무릎에 올려놓았습니다. 밀어내지는 않더군요.

저는 하던 일을 하러 돌아왔고, 캐서린 아가씨는 머리와 두 팔을 탁자에 기대고 있다가 포장을 푸는 바스락 소리가 들리자 살그머니 일어나 사촌 옆으로 가서 조용히 앉았습니다. 헤어튼 도련님은 몸을 떨며 얼굴을 붉혔어요. 무례함과 무뚝뚝한 적의가 완전히 사라졌더군요. 처음에는 아가씨의 궁금해하는 표정과 속삭이는 듯한 애원에도 한 마디 대답할 용기를 내지 못했어요.

"헤어튼, 용서한다고 말해 줘, 제발! 그 말 한 마디만 해 주면 난 아주 기쁠 거야."

마침내 헤어튼 도련님이 들리지 않는 소리로 뭐라고 중얼거리더군요.

"그리고 내 친구가 되어 줄 거지?"

캐서린 아가씨가 물었어요.

"그건 안 돼! 넌 평생 날마다 나를 창피하게 여기게 될 거야. 나를 알면 알수록 더 창피해할 거야. 난 그게 견딜 수 없어"

도련님이 대답했어요.

"그래서 내 친구가 되어 줄 수 없다는 거야?"

아가씨는 꿀처럼 달콤한 미소를 지으며 이렇게 말하고는 도련님에게 더욱 바싹 다가가 앉았지요.

그러고는 더 이상 분명한 말소리는 들리지 않았어요. 그러나 다시 돌아보았을 때 두 사람이 어찌나 환한 얼굴로 함께 선물로 받은 그 책을 들여다보고 있던지 저는 조약이 잘 체결되어 조금 전까지만 해도 원수였던 사이가 이제부터는 굳은 맹우가 되었음을 확실히 알게 되었지요.

그들이 보고 있던 책은 멋진 그림들로 가득 차 있었어요. 두 사람은 그 그림들은 물론 함께 앉아 있는 데 매료되어서 조셉이 집에 돌아올 때까지 그대로 앉아 있었습니다.

그 가련한 조셉 영감은 캐서린 아가씨가 헤어튼 언쇼 도련님과 같은 긴 의자에 앉아 한 손을 도련님의 어깨 위에 올려놓고 있는 모습을 보자 너무 놀라 입을 다물지 못하더군요. 자기가 총애하는 도련님이 캐서린 아가씨가 옆에 있는 걸 거부하지 않는다는 사실에 당황했겠지요. 충격이 어찌나 컸던지 그는 그날 밤 그 일에 대해 아무 말도 하지 않더군요. 다만 엄숙한 표정으로 탁자 위에 커다란 성경책을 펼치고는 그날 거래의 산물인 때 묻은 지폐를 지갑에서 꺼내 그 위에 올려놓으며 긴 한숨을 내쉬더군요. 마침내 그는 헤어튼 도련님을 불러 이렇게 말했습니다.

"이걸 주인님께 갖다드리고 거기 그대로 있어요. 나도 내 방으로 올라갈 테니. 여기는 우리가 있을 곳이 못 돼요. 우리는 여기서 나가 다른 방을 찾아야 한다니까요!"

조셉이 말했어요.

"캐서린 아가씨, 우리도 '나가'야겠어요. 난 다림질을 다 했는데 아가씨도 준비가 다 됐죠?"

제가 말했어요.

"아직 여덟 시도 안 됐는데!"

아가씨가 마지못해 일어서며 대답했어요.

"헤어튼, 이 책을 벽난로 선반 위에 두고 갈게. 그리고 내일은 몇 권 더 갖고 내려올게."

"놓고 가는 책이란 책은 모조리 내가 거실로 가져갈 거요. 운이 좋아야 그 책들을 다시 보게 되겠지. 그러니까 책을 보려거든 혼자 보라고!"

조셉이 말했어요.

캐시 아가씨는 자기 책을 없애기만 하면 조셉의 책도 가만두지 않겠다고 위협했습니다. 그리고 헤어튼 옆을 지나며 방긋 웃고는 노래를 부르며 위층으로 올라갔지요. 아마 아가씨가 이 집에 온 뒤로 그때보다 마음이 가볍고 즐거웠던 적은 없을 거예요. 처음에 린턴 도련님을 찾아오던 때를 제외하면 말이죠.

이렇게 시작된 두 사람의 친밀한 관계는 급속히 깊어져 갔습니다. 그러나 일시적으로 틀어질 때가 더러 있기는 했어요. 언쇼 도련님은 아가씨가 바라는 만큼 빨리 배우지 못했는데, 우리 아가씨는 철학자도, 참을성이 뛰어난 사람도 아니었으니까요.

그러나 두 사람은 같은 목표를 향하고 있었지요. 한 사람은 상대방을 사랑하고 인정해 주고 싶어 했고 다른 한 사람 역시 상대방을 사랑하고 인정받고 싶어 했으니까요. 결국 그들은 그 목표에 도달했답니다.

* * *

"록우드 씨, 히스클리프 부인의 마음을 사로잡는 것은 이처럼 쉬운 일이었다는 걸 이제 아셨죠? 지금은 록우드 씨가 그러려고 하지 않았던 게 다행이다 싶어요. 지금 제가 가장 바라는 것은 그 두 사람이 결혼하는 것이랍니다. 두 사람의 결혼식 날에는, 저는 이 세상에 부러울 것이 없을 거예요! 그때는 영국을 통틀어 저보다 더 행복한 사람은 없을 테니까요!"

제33장

　그 일이 있은 다음 날이었어요. 언쇼 도련님은 여전히 들일을 나갈 수 없는 상태여서 집 주위에 머물러 있어야 했습니다. 저는 전처럼 캐서린 아가씨를 제 곁에 잡아 두는 게 불가능하다는 걸 곧 깨닫게 되었지요.

　아가씨는 저보다 먼저 아래층으로 내려가서는, 자기 사촌이 정원에서 가벼운 일을 하고 있는 것을 보고 정원으로 나갔어요. 제가 들어와서 아침을 먹자고 부르러 가 보니 아가씨가 사촌을 설득하여 까치밥나무와 구스베리 덤불을 없애고 넓은 공터를 만든 게 아니겠어요. 두 사람은 머리를 맞대고 스러시크로스 저택에서 화초를 들여다 심을 계획을 짜느라 분주했어요.

　30분밖에 안 되는 시간 동안에 그곳을 빈터로 만들어 놓은 것을 보고 저는 경악했습니다. 가막까치밥나무들은 조셉이 가장 아끼는 것이었는데, 하필이면 그 가운데에다 화단을 만들 생각을 했는지, 원!

　"저런! 조셉이 이걸 보면 당장 주인어른께 이르고 야단이 날 텐데.

정원을 이렇게 마음대로 바꿔 놓고 뭐라고 변명하려고 그래요? 이 일로 한바탕 불호령이 떨어질 테니 두고 봐요! 아가씨가 시킨다고 이렇게 만들어 놓다니 헤어튼 도련님도 참 아가씨보다 나을 게 없네요!"

"저게 조섭 거라는 걸 깜빡했어."

언쇼 도련님은 다소 당황한 기색으로 대답했습니다.

"내가 그랬다고 말하지, 뭐."

우리는 언제나 히스클리프 씨와 함께 식사를 했습니다. 저는 차를 만들고 고기를 썰어서 나눠 주는 안주인 역할을 했기 때문에 식사할 때 꼭 필요한 사람이었지요. 캐서린 아가씨는 평소에는 제 옆 자리에 앉아 식사를 했는데 그날은 살그머니 헤어튼 옆으로 가더군요. 아가씨가 적의를 나타낼 때처럼 친밀감을 나타낼 때에도 거리낌이 없다는 것을 알고 있었죠..

"아가씨, 사촌 오빠와 너무 많이 이야기하거나 쳐다보지 않도록 주의해야 해요. 그렇지 않으면 틀림없이 히스클리프 씨의 신경을 건드려 두 분 모두에게 화를 내실 테니까요." 하고 방에 들어설 때 제가 속삭였습니다.

"알았어, 주의할게."

아가씨가 대답했어요.

그러고서 1분도 되지 않아 아가씨는 게걸음으로 살금살금 헤어튼 도련님 쪽으로 가서는 그의 죽 그릇에 앵초꽃을 꽂는 것이었어요.

도련님은 그 자리에서는 아가씨에게 말도 못하고 제대로 쳐다보지도 못했지만, 아가씨가 자꾸만 집적거려서 도련님이 하마터면 두 번이나 웃음을 터뜨릴 뻔했지 뭐예요. 그래서 제가 눈살을 찌푸리며 눈치를 주었더니 주인어른을 흘끔거리더군요. 주인어른의 얼굴을 보니 다른 문제에 골몰해 있어서 주위에 있는 우리에게 신경이 가지 않는 듯했어요. 아가씨는 그 양반의 얼굴을 살피는 잠깐 동안만 심각해졌을 뿐이었죠. 이내 다시 얼굴을 돌리고 장난을 걸기 시작했어요. 드디어 헤어튼 도련님은 참았던 웃음을 터뜨리고 말았습니다.

히스클리프 씨는 흠칫 하고 놀라며 빠르게 우리의 얼굴을 훑어보았어요. 캐서린 아가씨는 여느 때처럼 불안하지만 반항적인 표정으로 그의 눈길을 되받았지요. 그는 아가씨의 그 반항적인 표정을 몹시 싫어했습니다.

"네가 내 손이 닿지 않는 곳에 앉아 있는 걸 다행으로 여겨. 대체 어떤 악귀가 들러붙었기에 그런 지독히도 불쾌한 눈으로 나를 계속 쏘아보는 거냐? 눈을 내리깔지 못해! 네가 있다는 걸 내가 모르게 하란 말이야! 내가 너의 그 히죽거리는 버르장머리를 고쳐 준 줄 알았는데!"

"제가 웃었어요."

헤어튼이 중얼거렸습니다.

"뭐라고?"

주인이 다그쳤어요.

헤어튼 도련님은 자기 접시만 내려다볼 뿐 다시 그 말을 되풀이하지는 않았어요. 히스클리프 씨는 잠시 그를 쳐다보고 나서 묵묵히 다시 식사를 하며 중단했던 생각에 다시 잠기더군요.

식사는 거의 끝나가고 두 젊은이도 조심하여 서로 조금 더 떨어져 앉았어요. 그래서 저는 아침 식사 중에는 더 이상의 소동은 없겠구나 하고 생각했는데, 그때 조셉이 입구에 나타나서는 입술을 부들부들 떨고 눈을 부라리는 것으로 보아 자기가 애지중지하는 나무들에게 행해진 얼토당토않은 짓을 알게 된 모양이었어요.

그는 그걸 발견하기 전에 아가씨와 헤어튼 도련님이 거기에 있는 걸 보았던 게 틀림없었습니다. 소가 되새김질하는 듯 아래위 턱을 움직이며 알아듣기도 어려운 말을 이렇게 내뱉기 시작했으니까요.

"난 일한 삯이나 받아 가지고 떠나야겠어요. 60년 동안 일한 곳에서 뼈를 묻을 작정이었는데 말이에요. 그래서 내 책이며 자질구레한 소지품도 모두 다락방으로 옮겨 놓고, 부엌을 저들에게 내줄 생각이었는데. 공연히 소란을 피우지 않으려고 말이에요. 난롯가의 정든 내 자리를 포기하는 건 힘든 일이었지만 난 그렇게 하려고 했다고요! 그런데 이번에는 저 여자가 나한테서 내 정원까지 빼앗아 갔다 이 말씀입니다요. 그것도 한복판을! 주인 양반, 난 도저히 못 참겠네요! 저런 골칫거리를 그냥 놓아두려거든 주인 양반이나 그러시죠. 난 저 골칫거리에는 도저히 적응이 되지 않고 원래 노인네는 새로운 골칫거리에 금방 익숙해지지도 않는 법이니까, 차라리 거리로 나가 막노동이라도 하며 입에 풀칠하는 게 낫겠어!"

"이봐, 이봐, 이 바보 같은 영감탱이!"

히스클리프 씨가 조셉의 말을 중단하며 말했어요.

"간단히 말해! 도대체 뭐가 불만이란 말이야? 난 영감과 넬리의 싸움에는 끼어들지 않겠어. 넬리가 영감을 석탄광으로 처박는다고 해도 난 상관하지 않겠다고."

"넬리 이야기가 아니에요!"

조셉이 대답했어요.

"넬리 때문에 나가지는 않을 거라고요. 그렇다고 넬리가 고약하지 않은 건 아니지만, 하느님이 보우하사 넬리는 사람 혼은 빼가지는 않으니까요! 사내 녀석이 윙크를 하며 쳐다볼 만큼 잘생기지는 않았단 말씀입니다요. 그런데 저 끔찍하고 무례한 여왕님께서는 그 대담한 눈초리와 뻔뻔스러운 짓거리로 우리 도련님을 홀려 버렸단 말씀이지요. 아니, 이럴 수가 있습니까! 정말이지, 가슴이 미어질 지경입니다요! 도련님은 내가 저를 돌봐 주느라 애쓴 것도 깡그리 잊어버리고 정원에 있던 멋진 가막까치밥나무 한 줄을 전부 뽑아 버렸다고요!"

여기까지 말한 조셉은 너무나 속이 상한 데다 배은망덕한 헤어튼 도련님의 위태로운 처지가 떠올라서 감정을 주체하지 못하고 큰 소리로 우는 것이었어요.

"이 바보 영감이 술에 취했나?"

히스클리프 씨가 물었어요.

"헤어튼, 저 영감이 너 때문에 저 야단을 하는 거냐?"

"제가 가막까치밥나무 두세 그루를 뽑았거든요. 하지만 다시 심어 놓을 거예요."

도련님이 대답했지요.

"무엇 때문에 나무를 뽑은 거냐?"

주인어른이 물었어요.

캐서린 아가씨가 적절한 때에 끼어들더군요.

"우리는 거기다 꽃을 좀 심고 싶었어요. 제가 헤어튼에게 나무를 뽑으라고 시켰으니까 잘못은 전적으로 저한테 있어요."

아가씨가 큰 소리로 말했지요.

"그런데 대체 어느 놈이 너더러 정원의 나무에 손을 대도 좋다고 허락했단 말이냐?"

깜짝 놀란 히스클리프 씨가 아가씨를 다그쳤어요.

"그리고 누가 너더러 저 계집의 말을 따르라고 했냐?"

그는 헤어튼 도련님을 쳐다보며 덧붙였습니다.

헤어튼 도련님은 아무 말도 못했지만, 그의 사촌은 이렇게 대답했지요.

"내 땅을 모두 빼앗아 놓고 내가 꽃밭 좀 가꾸겠다는데 땅 몇 평쯤 내주는 걸 아까워해서는 안 되지요!"

"네 땅이라고? 이 건방진 계집 같으니! 네 땅은 처음부터 없었어!"

히스클리프가 말했어요.

"내 돈도 가로챘잖아요!"

아가씨는 노여움에 이글거리는 히스클리프의 눈초리를 되받으며 말을 이었어요.

그러고는 좀 전에 먹다 남은 빵을 한 입 베어 물었어요.

"닥쳐!"

그가 격분하여 소리쳤어요.

"얼른 먹고 꺼져!"

"게다가 헤어튼의 땅과 돈도 다 가로챘잖아요."

그래도 그 무모한 아가씨는 말을 계속하는 것이었어요.

"헤어튼과 나는 이제 친구가 되었어요. 그러니 당신이 한 짓을 헤어튼에게 모두 다 말해 줄 거예요!"

주인어른은 잠시 어리둥절해하다 얼굴이 새파래지더니 죽이고 싶을 정도로 증오한다는 표정으로 아가씨를 한참 동안 뚫어지도록 노려보았지요.

"나를 때리면 헤어튼도 당신을 칠 테니까 그냥 가만히 앉아 있는 게 좋을걸요!"

아가씨가 말했어요.

"헤어튼이 너를 밖으로 끌어내지 않으면 내가 녀석을 때려서 지옥으로 보내겠다."

히스클리프가 고함을 쳤습니다.

"이 망할 요물 같으니! 네까짓 게 감히. 저놈을 꾀어 나한테 맞서게 한다고? 저년을 쫓아내! 안 들려? 부엌에 처넣으란 말이야! 엘렌 딘, 저년을 다시 내 눈앞에 나타나게 했다간 저년을 죽여 버릴 테다!"

헤어튼 도련님은 작은 소리로 아가씨에게 나가자고 타일렀습니다.

"저년을 끌어내! 더 지껄이고 서 있을 테야?"

히스클리프는 사납게 외치고는, 자기가 직접 끌어내려고 아가씨에게 다가갔어요.

"헤어튼은 더 이상 당신 말을 듣지 않을 거예요. 악당 같으니! 그리고 곧 나처럼 당신을 증오하게 될 거예요!"

캐서린 아가씨가 말했습니다.

"그만뒤! 그만두란 말이야! 네가 아저씨한테 그렇게 말하는 건 못 듣겠어. 그만 해 두라고."

헤어튼 도련님이 나무라는 투로 중얼거렸습니다.

"하지만 날 때리도록 놔두지는 않을 거지?"

아가씨가 외쳤어요.

"그만 가자!"

도련님은 간절히 속삭였어요.

그러나 때는 너무 늦었습니다. 히스클리프가 아씨를 붙잡았어요.

"이제 넌 저리 비켜!"

히스클리프가 언쇼 도련님에게 말했어요.

"이 망할 년! 이번엔 참을 수 없도록 화를 솟구치게 하는군. 내 영원히 후회하게 만들어 줄 테다!"

그는 캐서린 아가씨의 머리채를 움켜쥐었어요. 헤어튼 도련님은 이번 한 번만 봐 달라고 애원하면서 히스클리프의 손을 놓게 하려고 하더군요. 히스클리프의 검은 눈이 번뜩이는 것이 마치 캐서린 아가씨를 갈기갈기 찢어 놓을 기세였어요. 그래서 저도 위험을 무릅쓰고 아가씨를 구하려고 용기를 내려던 참이었지요. 그런데 갑자기 그가 머리채를 움켜쥔 손을 놓고 아가씨의 팔을 잡더니 얼굴을 뚫어져라 쳐다보는 것이었어요. 그러고 나서 마음을 진정하려는 듯 손을 들어 자기의 두 눈을 가리고 잠시 서 있다가, 다시 캐서린 아가씨를 돌아보며 애써 차분한 어조로 이렇게 말하더군요.

"내 화를 돋우지 않도록 해라. 그렇지 않으면 언젠가는 정말로 내

손에 죽게 될 테니까! 나가서 넬리 옆에 가만히 있어. 그 건방진 소리
는 넬리와 있을 때만 하라고. 헤어튼 녀석이 네 말을 듣는 게 눈에 띄
기만 하면, 제 스스로 벌어먹도록 녀석을 내쫓을 테다! 네가 저 녀석
을 사랑하면 저 녀석은 부랑자에 거지 신세가 될 거란 말이다. 넬리,
저년을 데리고 나가. 모두 나가란 말이야! 나가라고!"

저는 캐서린 아가씨를 데리고 나왔어요. 아가씨는 빠져나오게 된
게 기뻐서 더 이상 버티지 않았지요. 도련님도 뒤따라 나오고 히스클
리프 씨만 거실에 남았는데 점심때가 될 때까지 혼자 있더군요.

저는 캐서린 아가씨에게 점심을 갖고 위층으로 올라가서 먹으라고
했습니다. 그러나 히스클리프 씨는 아가씨의 의자가 비어 있는 걸 보
더니 저더러 아가씨를 불러오라고 하더군요. 그는 우리 중 누구에게
도 말하지 않고 점심을 먹는 둥 마는 둥 하더니, 저녁에야 돌아오게
될 거라고 말하며 곧 바로 집을 나섰어요.

얼마 전에 친구가 된 캐서린 아가씨와 헤어튼 도련님은 히스클리
프 씨가 없는 동안 거실에 자리를 잡았어요. 아가씨가 히스클리프 씨
가 도련님의 아버지한테 한 행동을 말해 주겠다고 하자 헤어튼 도련
님은 엄하게 제지하더군요.

헤어튼 도련님은 히스클리프 씨를 헐뜯는 말은 듣지 않을 것이고,
설령 그가 악마라 하더라도 자기는 상관하지 않고 그의 편이 될 것이
며, 히스클리프 씨를 비난하려거든 차라리 예전처럼 자기를 욕하라
고 말하는 게 아니겠어요.

캐서린 아가씨는 이 말을 듣고 화가 치밀어 올랐지만, 도련님은 만
약에 자기가 아가씨의 아버지를 욕한다면 기분이 어떻겠느냐고 물어
아가씨의 입을 막았습니다. 아가씨는 언쇼 도련님이 히스클리프 씨
의 일을 자기 일처럼 생각하고 있다는 것, 그리고 이성의 힘으로 깨
부수지 못할 강렬한 유대로 맺어진 관계라는 것, 그 관계는 습관으로

맺어진 쇠사슬과 같아서 그 관계를 끊으려는 건 잔인한 짓임을 이해하게 되었지요.

그때 이후로 아가씨는 히스클리프 씨에 대한 불평도, 혐오감을 드러내는 표정도 삼가는 착한 마음씨를 보였습니다. 그리고 그때까지 그와 헤어튼 도련님을 이간하려고 했던 걸 후회한다고 저에게 털어놓았지요. 정말 그 뒤로는 헤어튼 도련님이 듣는 데서 자기의 압제자에 대해 일언반구도 하지 않았답니다.

이런 작은 말다툼이 해소되고 나자 두 사람은 다시 친해져서, 각각 학생과 선생이 되어 여러 가지 공부를 하느라 아주 열심이었습니다. 저도 일이 끝나고 그들과 함께 앉아 있었는데, 그들이 공부하는 모습을 보고 있자니 어찌나 마음이 흐뭇하고 기운이 나던지 시간 가는 줄도 모르겠더라고요. 두 사람 모두 제 친자식 같았으니까요. 한 명은 오래전부터 저의 자랑거리였고 이제 다른 한 명도 기쁨의 원천이 될 것이라는 확신이 들었어요. 도련님의 솔직하고 따뜻하고 총명한 천성은 그때까지 길러진 무지와 상스러움의 구름을 재빨리 걷어 냈고, 캐서린 아가씨의 진심 어린 칭찬으로 힘을 얻은 도련님은 더욱 열심히 공부했습니다. 마음이 밝아지자 얼굴도 밝아졌고 표정에 활기와 품위가 더해졌지요. 언젠가 캐서린 아가씨가 절벽으로 몰래 원정을 떠났을 때 제가 워더링 하이츠에서 보았던 바로 그 사람이라고는 도저히 생각되지 않았답니다.

그들이 공부하는 것을 보며 흐뭇해하는 동안 어느덧 어둠이 깔렸고, 주인도 돌아왔지요. 주인은 앞문으로 들어와 느닷없이 나타나서는 우리가 고개를 들어 그를 쳐다보기도 전에 우리 세 사람이 무엇을 하는지 전부 보고 말았습니다.

그런데요, 그보다 더 유쾌하고 천진한 장면은 없었을 거라는 생각이 들어요. 그때 그들을 꾸짖었다면 무척 수치스런 일이었을 거예요.

빨갛게 타오르는 벽난로 불빛이 두 사람의 사랑스런 머리를 비추어 어린아이처럼 열성적인 호기심으로 생기가 넘치는 얼굴을 드러냈습니다. 헤어튼 도련님은 스물세 살이고 캐서린 아가씨는 열여덟 살이었지만, 각자 느끼고 배우는 게 어찌나 새롭던지 성숙한 이의 냉담하고 시큰둥한 감정은 느끼지도 나타내지도 않았던 거지요.

그들은 동시에 눈을 들었고, 히스클리프 씨와 눈길이 마주쳤어요. 아마 눈여겨보신 일이 없겠지만 그 두 사람의 눈은 무척 많이 닮았답니다. 돌아가신 캐서린 언쇼 아씨의 눈을 물려받은 거죠. 눈 말고는 캐서린 아가씨는 앞이마가 넓고 콧대가 다소 휘어진 것 때문에 자기 의사와는 관계없이 좀 거만하게 보인다는 것 외에는 어머니와 닮은 데가 거의 없었어요.

오히려 조카인 헤어튼 도련님이 닮은 데가 훨씬 많았지요. 볼 때마다 그게 신기했는데 그날은 특히 더 도드라져 보였어요. 평소에는 하지 않던 이례적인 활동을 한 덕분에 도련님의 감각이 더욱 기민해지고 정신적인 능력이 깨어났기 때문이었던 것 같아요.

헤어튼 도련님의 모습이 아씨와 너무도 비슷해서 히스클리프 씨의 적의가 누그러졌나 봅니다. 그는 몹시 흥분하여 난로 쪽으로 걸어왔지만 그 젊은이를 바라보는 동안 이내 흥분이 가라앉았어요. 아니, 흥분의 성격이 바뀌었다는 게 더 정확한 표현일 겁니다. 여전히 흥분한 상태였으니까요.

그는 헤어튼 도련님의 손에서 책을 빼앗아, 펼쳐진 페이지를 흘긋 들여다보고는 아무 말없이 되돌려 주더군요. 그러고는 그저 캐서린 아가씨에게 나가라는 손짓을 할 뿐이었죠. 헤어튼 도련님도 꾸물대지 않고 뒤따라 나갔어요. 저도 막 나가려던 참이었는데 주인이 그냥 앉아 있으라고 하더군요.

"초라한 결말이군, 안 그래?"

그는 조금 전에 목격한 장면에 대해 잠시 생각에 잠겼다가 이렇게 말하더군요.

"나의 그 맹렬한 노력이 이렇게 어처구니없이 끝난단 말인가? 나는 두 집 안을 파멸시키려고 지렛대며 곡괭이를 장만하고 헤라클레스처럼 일할 수 있도록 나 자신을 단련해 왔지만, 모든 것이 준비되고 내 힘으로 할 수 있게 되자 어느 쪽 집이든 지붕의 슬레이트 한 장도 들어내고 싶은 생각이 없어져 버렸지 뭐야! 나의 옛 원수들은 날 파멸시키지 못했어. 이제야말로 그들의 후손들에게 복수를 할 때지. 하려고만 들면 할 수도 있고 아무도 나를 막지 못하니까. 그러나 그래 봐야 무슨 소용이 있지? 난 때리고 싶지 않아. 손을 들어 올리는 것조차 귀찮아졌다고! 이렇게 말하니 관대함의 미덕을 보여 주려고 여태껏 애써 온 것처럼 들리는군. 실제로는 전혀 그렇지 않은데 말이야. 그들의 파멸을 즐기고 싶은 의욕도 능력도 없어졌어. 너무 나태해져서 부질없이 남을 파멸시켜서 뭐하나 하는 생각이 든거지. 넬리, 이상한 변화가 다가오고 있어. 지금 그 변화의 그림자가 내게 드리워져 있지. 난 일상생활에 도통 흥미를 느낄 수가 없어서 먹고 마시는 것조차 잊어버릴 지경이야. 내 눈에 확실한 형체로 보이는 것은 방금 나간 저 두 사람뿐이야.

그리고 저들의 모습은 나를 고통스럽게 하지. 비참할 정도로 말이야. 캐서린에 대해서는 말하지 않겠어. 생각하기도 싫으니까. 정말이지 그 애는 내 눈 앞에 나타나지 않았으면 좋겠어. 보기만 해도 미치도록 화가 나니까. 그러나 헤어튼 녀석은 다른 감정을 불러일으키지. 그렇지만 내가 미친 것처럼 보이지 않을 수만 있다면 그 녀석도 다시는 보고 싶지 않아! 아마 넬리는 내가 미쳐 가고 있다고 생각할 거야!"

그는 애써 웃음을 지으며 말을 덧붙였습니다.

"만약 내가 저 녀석이 일깨우고 구체적으로 보여 주는 지난날의 수많은 기억이며 생각을 설명하려고 한다면 말이야. 그래도 넬리는 내가 하는 이야기를 다른 사람에게 하지 않을 테고, 내 마음은 너무 오랫동안 혼자 틀어박혀 있었기 때문에 이제는 다른 누군가에게 보이고 싶군.

5분 전에 내 눈에 비친 헤어튼은 사람이 아니라 내 젊은 시절의 화신이었어. 그 녀석이 어찌나 다양하게 느껴졌던지 녀석에게 이성적으로 말하는 건 불가능했어.

우선, 그 녀석은 죽은 캐서린과 너무 닮아서 덜컥 겁이 날 정도로 그녀를 연상시키지. 넬리는 그게 내 상상력을 가장 강력하게 사로잡고 있다고 생각할지 모르지만, 사실은 그렇지 않아. 나한테 그녀와 관련되지 않은 게 뭐가 있겠어? 무엇 하나 그녀를 떠올리지 않는 게 있어야 말이지. 바닥을 볼 때마다 깔린 돌 하나하나에서 그녀의 얼굴이 떠오르는걸! 흘러가는 구름송이마다, 나무마다, 밤이면 들이쉬는 공기마다, 낮이면 눈에 보이는 온갖 물체 속에, 나는 그녀의 모습에 둘러싸여 지낸다니까! 더없이 평범한 남자와 여자의 얼굴에서, 심지어 내 얼굴에서조차 그녀를 닮은 점이 눈에 띄어 나를 괴롭힌단 말이야!

그러니까 나는 헤어튼의 모습에서 내 불멸의 사랑, 내 권리를 지키려는 열렬한 노력, 나의 비천했던 시절, 나의 자존심, 나의 행복, 나의 고통 등을 보았던 거야.

이런 내 생각을 넬리에게 말하는 건 미친 짓이겠지. 그렇더라도 내가 늘 혼자 지내는 걸 내켜하지 않으면서도 왜 헤어튼과 함께 있는 게 도움이 되기는커녕 끊임없이 겪어온 내 고통을 더욱 심하게 하는지 설명이 되었을 거야. 그 녀석이 제 사촌과 어울리든 말든 상관하지 않는 것도 부분적으로는 그 때문이지. 난 그 애들에게 더 이상 신경을 쓸 수가 없어."

"그런데 변화가 다가오고 있다니 그건 무슨 뜻인가요, 히스클리프 씨?"

그의 태도가 위험해 보여서 저는 이렇게 물었지요. 제가 보기에 그는 아주 힘세고 건강했기 때문에 정신을 잃거나 죽을 것 같지는 않았어요. 그리고 그의 정신에 대해 말하자면, 그는 어렸을 때부터 음울한 생각에 잠기기를 좋아했고 기묘한 공상을 즐겼답니다. 죽은 애인에 관한 편집증적인 증세를 제외하면, 모든 면에서 그의 정신은 나만큼이나 정상이었습니다.

"변화가 일어날 때까지는 나도 알 수 없어. 지금은 그저 그 징후만 느낄 뿐이지."

"어디 편찮으신 건 아니고요?"

제가 물었습니다.

"아냐, 넬리, 그런 건 아냐."

그가 대답했습니다.

"그러면, 죽음이 두려우세요?"

제가 계속 물었습니다.

"죽음이 두렵냐고? 천만에!"

그가 대답했습니다.

"난 죽음에 대한 예감도, 두려움도, 희망도 가지고 있지 않아. 내가 왜 그러겠어? 몸이 이렇게 건강하고, 절제 있는 생활을 하고 있고, 위험 없는 일에 종사하고 있으니까. 난 백발노인이 될 때까지 살아 있어야 마땅하고, 또 그렇게 될 거야. 그렇지만 이런 상태로 계속 살 수는 없어! 숨을 쉬어야지 하고 나 자신을 일깨워야 하는 상태거든. 심지어 내 심장더러 뛰라고 일깨워야 할 정도라니까! 마치 빽빽한 용수철을 뒤로 젖히는 것처럼…… 한 가지 생각에서 촉발된 것이 아니면 아무리 사소한 행동이라도 억지로 해야 하고, 온 우주를 뒤덮은 한 가지 생각과 관련이 없는 것은 생물이든 무생물이든 그 어떤 것도 억지로 주의를 기울이지 않으면 내 눈에 띄지 않는단 말이야……. 내게는 오직 한 가지 소원이 있고, 내 존재와 능력 전체가 그것을 성취하기를 갈망하고 있어. 아주 오랫동안 그리고 확고하게 열망해 왔기 때문에 난 그 소원이 이루어질 거라고 확신하고 있지. 그것도 곧 말이야. 그 소원이 내 존재를 삼켜 버렸던 거야. 그 소원이 이루어질 거라는 기대에서 헤어 나오지 못하게 된 거지.

이렇게 털어 놓아도 고통이 덜어지지는 않는군. 그러나 털어놓지 않았다면 알 수 없었을 내 성격의 여러 면모를 이해하는 데 도움이 되었을 거야. 아, 제기랄! 너무도 오랜 싸움이었어. 이젠 그만 끝이 났으면 좋겠군!"

그는 끔찍한 말을 혼자 중얼거리며 방 안을 서성이기 시작했어요. 급기야는 조셉의 말처럼, 양심의 가책이 그의 마음을 생지옥으로 만들어 놓은 것 같다는 생각이 들더군요. 어떻게 끝이 날지 무척 궁금했습니다.

그때까지 그는 표정으로라도 그런 마음을 내비친 적이 없었지만, 그게 그의 평상시 마음 상태였다는 데에는 의심의 여지가 없었습니다. 본인 스스로 그렇게 말했으니까요. 그의 평소 행동으로는 아무도 이런 사실을 짐작하지 못했을 거예요. 록우드 씨도 그를 만났을 때 눈치채지 못하셨죠? 제가 지금 말씀드리는 그 무렵에도 그는 혼자 있는 걸 더 좋아하고, 사람들 앞에서 훨씬 말수가 적어진 것을 빼고는 록우드 씨가 그를 만났던 때와 달라진 게 없었으니까요.

제34장

　그날 저녁 이후 며칠 동안, 히스클리프 씨는 식사할 때조차 우리를 만나는 걸 피하더군요. 그렇지만 공식적으로 헤어튼 도련님과 캐시 아가씨가 들어오지 못하도록 하지는 않았지요. 그는 자기의 감정을 통제하지 못하는 게 싫어서 오히려 자기가 빠지는 쪽을 택했나 봅니다. 하루에 한 끼만 먹고도 충분한 것 같았어요.

　어느 날 밤인가는 식구들이 모두 잠든 뒤에 그가 아래로 내려가더니 앞문으로 나가는 소리가 들렸어요. 그리고 다시 들어오는 소리를 듣지 못했는데, 다음 날 아침에 살펴보니 아직 돌아오지 않았더군요. 그때는 4월 무렵이어서, 날씨가 쾌적하고 따뜻했답니다. 잔디는 봄비와 햇볕을 받아서 더없이 푸르렀고 남쪽 담장 가까이에 서 있는 작은 사과나무 두 그루에는 꽃이 활짝 피어났지요. 아침을 먹고 나자, 캐서린 아가씨는 저더러 집의 한쪽 모퉁이에 있는 전나무 아래에 의자와 일거리를 갖고 가서 일을 하라고 조르더군요. 그리고 사고로 다친 상처가 완전히 아문 헤어튼을 꾀어 거기에 땅을 파서 작은 꽃밭을

495

만들게 했지요. 조셉이 불평했기 때문에 그 구석으로 꽃밭을 옮겨야 했던 것이지요.

저는 머리 위에 펼쳐진 이름다운 연파랑 하늘과 사방에서 풍기는 향기로운 봄 향기를 한껏 즐기며 편안하게 앉아 있었습니다. 그때 꽃밭의 가장자리에 심을 앵초꽃 뿌리를 캐러 대문 근처로 달려갔던 캐서린 아가씨가 앵초꽃을 반만 채워 가지고 돌아와서는 히스클리프 씨가 돌아온다고 말했어요.

"그런데 나한테 말을 거는 거야."

그녀는 어리둥절한 표정으로 덧붙였습니다.

"뭐라고 하셨어?"

헤어튼 도련님이 물었습니다.

"냉큼 꺼지라고 말했어. 그런데 표정이 보통 때하고는 어찌나 다르던지. 잠깐 멈춰 서서 쳐다보고 오는 길이라니까."

아가씨가 대답했어요.

"어떻게 달랐는데?"

도련님이 물었어요.

"글쎄, 밝고 유쾌하다고 해야 하나. 아니, 그보다는, 몹시 흥분되고 열정적이고 기쁨에 들뜬 표정이었어!"

아가씨가 대답했어요.

"그럼 밤 산책이 즐거웠나 보죠."

저는 짐짓 무심한 척하며 말했습니다. 실은 저도 아가씨 못지않게 놀랐고, 아가씨의 말이 사실인지 몹시 확인해 보고 싶었어요. 주인의 기쁜 표정은 매일 볼 수 있는 게 아니었으니까요. 그래서 저는 집 안으로 들어갈 핑계를 꾸며 대고 자리를 떴습니다.

히스클리프 씨는 열린 문 앞에 서 있었는데, 안색이 창백했고 몸을 떨고 있었어요. 그러나 과연 그의 눈은 기묘한 즐거움으로 반짝였고,

그래서 얼굴 전체가 달라 보였지요.

"아침을 좀 드셔야죠? 밤새 돌아다니셨으니 시장하시겠어요!"

제가 말했어요. 저는 그가 어디에 갔다 왔는지 알고 싶었지만 직접적으로 묻고 싶지는 않았어요.

"아니야, 시장하지 않아."

그는 자기가 왜 기분 좋은 표정을 짓는지 내가 캐내려 한다는 걸 짐작한 듯 다소 경멸적인 어조로 말하며 고개를 다른 곳으로 돌려 버리더군요.

저는 난감했습니다. 한마디 충고를 하고 싶은데 때가 적절한지 어떤지 알 수 없었거든요.

"밤에 잠도 안 자고 밖을 돌아다니면 몸에 좋지 않을 텐데요. 요즘처럼 습기가 많은 시기에는 말이에요. 그러다 독감이나 열병에 걸리시면 어떡하시려고 그래요. 지금도 뭔가 탈이 나신 것 같은데요!"

"아무것도 아냐. 견딜 만하다고. 넬리가 날 좀 내버려 두면 고맙겠는데. 날 귀찮게 하지 말고 어서 안으로 들어가기나 해."

그가 대꾸했어요.

저는 그의 말대로 했지요. 그런데 그를 지나칠 때 그가 고양이처럼 가쁘게 숨을 쉬고 있다는 걸 알게 되었어요. '그러면 그렇지! 병이 난 게야. 대체 뭘 하고 다니는지 알 수가 없군!' 하고 저는 생각했어요. 그날 정오가 되자 그는 우리와 함께 점심을 하려고 자리에 앉아 제가 수북이 음식을 담아 건네주는 접시를 받아 들었습니다. 마치 그동안 못 먹은 것을 보충이라도 하려는 듯 말이죠.

"난 감기도, 열병도 걸리지 않았어, 넬리."

그는 제가 아침에 한 말에 빗대어 말하더군요.

"넬리가 주는 음식을 배불리 먹을 작정이야."

그는 나이프와 포크를 들고 막 먹으려다가 갑자기 먹고 싶은 생각이 없어졌는지, 나이프와 포크를 다시 식탁 위에 놓고 창문 쪽을 간절히 쳐다보더니 일어나서 밖으로 나가 버리는 것이었어요.

우리는 식사를 마저 하면서 그가 정원을 이리저리 거니는 것을 보았습니다. 언쇼 도련님이 가서 왜 식사를 하지 않느냐고 여쭤 보겠다고 하더군요. 도련님은 히스클리프 씨가 우리 때문에 속이 상해서 나간 거라고 생각했던 거죠.

"그래, 들어오신대?"

캐서린 아가씨는 사촌이 돌아오자 큰 소리로 물었습니다,

"아니. 그런데 화나신 건 아니었어. 정말 아주 행복해 보이던걸. 단지 내가 두어 번 말을 건넨 걸 귀찮아하던데. 그리고 너한테로 가라고 하면서 나보고 어떻게 다른 사람들과 함께 있고 싶어 하는지 신기하대."

저는 그 양반의 음식 접시가 식지 않도록 벽난로 앞 시렁에 올려놓았습니다. 한두 시간이 지나고 방에 아무도 없을 때 히스클리프 씨는 다시 들어왔는데 흥분은 조금도 가라앉지 않았더군요. 여전히 이상한 모습이었어요. 검은 눈썹 아래에 기쁨이 서려 있었는데 여전히 얼굴에는 핏기가 없고 가끔 빙긋이 웃을 때면 이가 드러났습니다. 몸은 떨고 있었는데 춥거나 쇠약해서 떠는 게 아니라 팽팽하게 잡아당긴 줄이 떨리는 것처럼 기쁨과 흥분으로 전율하는 것이었어요. 저는 무슨 일이 있냐고 물어봐야겠다고 생각했어요. 제가 아니면 누가 물어보겠어요? 그래서 큰 소리로 말했습니다.

"무슨 좋은 소식이라도 들으셨어요, 히스클리프 씨? 여느 때와는 달리 활기가 넘치시네요."

"나 같은 사람한테 좋은 소식이 올 데가 어디 있겠나? 굶어서 기운이 나는 거야. 그러니 먹지 말아야 할까 봐."

"주인어른 점심을 여기 갖다 놓았어요. 왜 안 드시려고 그러세요?"

"지금은 먹고 싶지 않아."

그는 서둘러 중얼거렸어요.

"저녁이나 먹지 뭐. 그리고 넬리, 마지막으로 부탁하겠는데, 헤어튼과 캐서린에게 내 눈에 띄지 말라고 좀 일러 줘. 누구에게도 방해받고 싶지 않으니 이 방에 아무도 들어오지 마."

"무슨 이유라도 있으세요?"

제가 물었어요.

"왜 그렇게 이상하게 구는지 말씀 좀 해보세요. 어젯밤에는 어딜 가셨었나요? 괜한 호기심으로 묻는 게 아니라……."

"그거야말로 진짜 괜한 호기심으로 물어보는 질문이군."

그는 껄껄 웃으며 제 말을 막았습니다.

"그렇지만 대답을 해 주지. 어젯밤엔 지옥의 문턱에 있었고, 오늘은 천국이 보이는 곳에 있어. 지금 천국을 보고 있다고. 불과 1미터도 떨어져 있지 않아! 자, 이제 넬리도 가 봐. 주제넘게 알려고 들지만 않으면 무서운 꼴을 보거나 듣지 않아도 될 거야."

저는 난로 주위를 쓸고 탁자를 닦고는 더욱 영문을 모른 채 방을 나왔습니다.

그는 그날 오후에 거실에서 나오지 않았고 아무도 그를 방해하지 않았습니다. 그런데 여덟 시가 되자 저는 부름을 받지는 않았지만 그래도 촛불과 저녁 식사를 갖다주는 게 도리라는 생각이 들어서 들어가 보았어요.

그는 열린 격자창의 창턱에 기대어 서 있었는데, 창밖을 내다보고 있는 게 아니라, 얼굴이 어두컴컴한 방 안쪽을 향하고 있었어요. 벽난로의 불은 다 꺼져서 연기만 피어오르고 방 안은 구름이 잔뜩 낀 저녁의 습기 많고 온화한 공기로 가득 차 있었지요. 그리고 어찌나 고요한지 저 아래 기머튼 쪽으로 졸졸 흘러내리는 시냇물 소리뿐 아니라, 찰싹거리는 잔물결 소리와 자갈 위, 혹은 물에 잠기지 않은 커다란 바위 사이로 콸콸 흐르는 물소리도 분간할 수 있을 정도였어요.

저는 불이 다 꺼져 버린 난로를 보며 불만의 탄식을 내뱉고는, 창문을 하나하나 닫기 시작했어요. 그러다 그가 서 있는 곳에 다다랐지요.

"이 창문도 닫아야겠지요?"

그가 꼼짝도 하려 들지 않자 정신이 들게 하려고 제가 물었습니다.

제가 이렇게 말할 때 불빛에 그의 얼굴이 드러났어요. 정말이지, 록우드 씨, 그 순간적인 장면에 제가 어찌나 놀랐는지요! 말로 다 할 수가 없을 정도랍니다. 깊이 팬 검은 눈, 그 미소, 유령처럼 창백한 얼굴! 히스클리프 씨가 아니라 귀신 같았어요. 저는 공포에 질려서 촛불을 벽 쪽으로 넘어뜨리고 말았어요. 그래서 방 안이 어두워져 버렸지요.

"그래, 닫아야지."

저런, 되통스럽긴! 왜 촛불을 쓰러뜨리고 야단이야? 어서 다른 촛불을 가져와."

귀에 익은 그의 목소리가 들려왔어요.

저는 겁에 질려서 허둥지둥 밖으로 나와서는 조셉에게 이렇게 말했지요.

"주인어른이 촛불을 가져오고 난로에 불을 지피래요."

그때 저는 차마 다시 거실로 들어갈 용기가 나지 않았으니까요.

조셉은 덜그럭대면서 불붙은 탄을 부삽으로 퍼 가지고 갔어요. 그러나 그는 다른 한 손에 저녁 식사 쟁반마저 들고 곧 도로 나와서는 이렇게 설명하더군요. 히스클리프 씨는 자러 가려던 참이었고, 그다음 날 아침까지는 아무것도 먹고 싶지 않다고 했다는 것이었어요.

곧이어 그가 계단을 올라가는 소리가 들렸어요. 그런데 그는 평소에 사용하는 침실로 가는 게 아니라 판자를 두른 침대가 있는 방으로 들어가는 것이었어요. 그 방의 창문은 전에도 말씀드렸듯이 누구나 빠져나갈 수 있을 만큼 폭이 넓었답니다. 그래서 저는 우리가 눈치채지 못하도록 창문으로 해서 한밤중에 산책을 나가려나 보다고 생각했지요.

'그는 시체를 파먹는 귀신인가, 아니면 흡혈귀인가!' 하고 저는 생각에 잠겼습니다. 저는 사람의 탈을 쓴 그런 무시무시한 귀신이 있다는 걸 책에서 읽은 적이 있었거든요. 하지만 곧 어린 그를 돌봐 주었던 일이며, 그가 청년으로 자라는 모습을 비롯하여 제가 그의 생애 거의 전부를 지켜보았던 사실을 떠올렸습니다. 그러자 그런 끔찍한 생각을 하는 게 얼마나 터무니없는 짓인가 하는 생각이 들었지요.

"하지만 그 가무잡잡한 아이, 착한 분이 돌봐 주다 재앙을 부른 그 아이는 대체 어디서 어떻게 태어났을까?"

저는 의식이 어렴풋해지며 잠이 드는 와중에 이렇게 중얼거렸습니다. 그리고 반쯤은 꿈을 꾸는 상태로 이 아이에게 어울림직한 혈통을 이리저리 싫증이 날 때까지 생각해 보기 시작했어요. 그러고 나서 깨어 있을 때 생각했던 걸 되풀이했는데, 이번에는 암울하게 다시 그의 일생을 되짚어가다 결국 그의 죽음과 장례식까지 생각이 미쳤지요. 그중에 지금 기억이 나는 것은 그의 비석에 뭐라고 새겨야 할지 몰라 몹시 당황한 나머지 묘지기와 그 일에 대해 의논을 했는데, 그의 성도, 나이도 정확히 알 수 없었기 때문에 그저 '히스클리프'라고 한 단어를 새길 수밖에 없었다는 것뿐이랍니다. 그 일은 실제로 그렇게 되었답니다. 우리는 그렇게 했지요. 교회 묘지에 가시면 그의 비석에는 그렇게 이름 한 단어와 죽은 날짜만이 새겨져 있는 걸 보실 수 있을 거예요.

날이 밝자 저는 이성을 되찾았지요. 일어나서는, 볼 수 있을 만큼 환해지자마자 정원으로 나가 그가 잠을 잔 방의 창문 밑에 발자국이 있는지 확인했습니다. 그러나 아무런 흔적도 없더군요.

'집에 있었구나. 그렇다면 오늘은 좀 괜찮아지겠지!' 하고 저는 생각했지요.

저는 여느 때처럼 식구들의 아침 준비를 하고는, 헤어튼 도련님과 캐서린 아가씨에게 주인은 늦잠을 자는 모양이니 먼저 먹으라고 일렀습니다. 그런데 그 두 사람이 바깥에 나가 나무 아래에서 먹고 싶다고 하기에 저는 그들의 요구대로 바깥에 자그마한 탁자를 깔고 음식을 차려 주었지요.

그러고 다시 들어와 보니 아래층에 히스클리프 씨가 와 있더군요. 조셉과 함께 농장 일에 대해 이야기를 나누고 있었는데, 분명하고 자세하게 지시를 내리긴 하면서도 무슨 일에 쫓기는 사람처럼 말이 빨랐고 연신 고개를 옆으로 돌리는 것이었어요. 게다가 여전히 흥분한 표정이었는데 그 정도가 훨씬 심해졌더군요.

조셉이 방에서 나가자 그는 자신이 늘 앉는 자리에 가서 앉았고, 저는 커피 한 잔을 그 앞에 갖다 놓았지요. 그는 그것을 가까이 끌어당기고는 탁자에 팔을 괴고 맞은편 벽을 바라보더군요. 들떠서 번쩍거리는 눈초리로 특정 부분을 아래위로 유심히 훑어보는 것 같았는데, 어찌나 열심히 쳐다보는지 30초 동안 숨을 멈출 정도였답니다.

"자, 이제, 식기 전에 이것 좀 드세요. 차려 놓은 지 한 시간이 다되어 가는데."

저는 빵을 그의 손에 닿도록 밀어 주며 큰 소리로 말했습니다.

그는 저를 쳐다보지도 않고 빙긋이 웃더군요. 아니, 웃는다기보다는 오히려 이를 악무는 것처럼 보였어요.

"히스클리프 씨! 주인님!"

제가 외쳤어요.

"제발 그렇게 헛것을 보듯이 노려보지 마세요."

"제발 그렇게 소리치지 마."

그가 대꾸했습니다.

"방 안을 둘러보고, 여기에 있는 게 우리 두 사람뿐인지 말해 줘."

"그럼요. 물론 우리 두 사람뿐이죠."

제가 대답했어요.

이렇게 대꾸하면서도, 저는 확실하지 않은 양 무심결에 그의 말대로 방을 둘러보았답니다. 그는 차려 놓은 아침을 한쪽으로 밀어내 공간을 비워 놓고는 더 잘 보기 위해 앞으로 몸을 기울이더군요.

그제야 저는 그가 벽을 쳐다보고 있는 게 아니란 사실을 알 수 있었습니다. 그만 따로 떼어서 가만히 눈여겨보니 2미터 정도 내의 무언가를 응시하고 있는 게 틀림없었어요. 그리고 그게 무엇이든, 그에게 더없는 즐거움과 함께 극심한 고통을 주는 게 분명했습니다. 고통스러워하면서도 황홀해하는 그의 표정을 보면 알 수 있었지요.

그가 보고 있는 환영이 가만히 고정된 것은 아닌 듯했습니다. 그의 눈은 지칠 줄 모르고 주의 깊게 그것을 쫓고 있었고, 심지어 저한테 말할 때에도 결코 거기에서 눈을 떼지 않았으니까요.

저는 그에게 아주 오랫동안 식사를 하지 않았다는 사실을 일깨우려 했지만 허사였습니다. 제 잔소리에 무언가 만지려고 움직이다가도, 빵 조각을 집으려고 손을 내밀다가도, 손이 닿기도 전에 무엇을 하려고 했는지 잊어버리고 손가락을 오므려 탁자 위에 그대로 올려놓는 것이었어요.

저는 넋을 잃고 생각에 잠겨 있는 그의 주의를 끌어 보려고 애쓰며 참을성의 전형처럼 앉아 있었습니다. 결국 그는 짜증을 내며 일어서더니, 식사를 하면서 혼자만의 시간을 갖도록 왜 그냥 내버려 두지 않느냐고 묻고는 다음부터는 시중을 들지 말고 먹을 것만 차려 놓고 그냥 나가라는 것이었어요.

이렇게 말하고 그는 거실을 나가 천천히 정원을 내려가더니 대문을 지나 어디론가 사라져 버렸지요.

불안한 몇 시간이 느릿느릿 흘러가서 다시 저녁이 되었습니다. 저는 늦게까지 주인을 기다리다가 잠자리에 들었는데 잠이 오지 않더군요. 그는 자정이 지나서야 돌아왔는데, 침실로 올라가지 않고 아래층 거실에 들어가서 틀어박혀 있는 것이었어요. 저는 아래층에 귀를 기울이며 이리저리 몸을 뒤척이다, 결국 옷을 입고 아래층으로 내려갔습니다. 온갖 쓸데없는 걱정에 머리가 지끈거리고 진저리가 나서 가만히 누워 있을 수가 없었거든요.

초조하게 방 안을 왔다 갔다 하는 히스클리프 씨의 발걸음 소리가 들렸어요. 그리고 신음에 가까운 깊은 한숨 소리가 자주 정적을 깨고 들려왔지요. 그는 띄엄띄엄 나직이 말하더군요. 제가 분명히 알아들을 수 있는 말은 오직 캐서린이라는 이름뿐이었는데, 그는 그 이름을 격정적인 사랑 혹은 고뇌의 단어와 함께, 마치 실제로 옆에 사람이 있는 것처럼 말하는 것이었어요. 영혼 깊숙한 곳에서부터 비틀어 짜내듯이 나직하지만 열정적인 어조로 말이죠.

저는 그 방으로 곧장 들어갈 용기는 나지 않았지만, 그를 환영에서 벗어나게 해 주고 싶었어요. 그래서 부엌에 있는 벽난로로 가서는 난롯불을 한바탕 들쑤시고 타다 남은 석탄 부스러기를 득득 긁어 대기 시작했어요. 그는 제가 예상했던 것보다 빨리 밖으로 나오더군요. 그러고는 대뜸 문을 열더니 이렇게 말했지요.

"넬리, 이리 와. 날이 샜나? 불을 갖고 이리 좀 와."

"시계가 네 시를 치고 있네요. 위층으로 갖고 갈 촛불이 없으셨군요. 이 불에다 붙여도 됐을 텐데."

제가 대답했어요.

"아니야. 위층으로 가고 싶지 않아. 들어와서 난로에 불을 지피고 이 방에서 할 일을 하도록 해."

그가 말했어요.

"불을 옮기려면 우선 석탄에 불을 붙여야겠네요."

저는 의자와 풀무를 가져오며 말했어요.

그 사이에 그는 산만하게 왔다 갔다 하며 한숨을 쉬었는데 어찌나 연속적으로 쉬어 대던지 일반적인 숨은 들어설 자리가 없었지요.

"날이 밝으면 그린 씨를 부르러 사람을 보내야겠어."

그가 말했습니다.

"차분히 생각하고 행동할 수 있을 때 법률적인 문제에 대해 좀 자문을 구하고 싶어. 난 아직 유언장도 쓰지 않았고, 내 재산을 어떻게 처리해야 할지 결정을 못 했거든! 이 세상에서 완전히 없애 버릴 수 있으면 좋으련만."

"그런 말씀 마세요, 히스클리프 씨."

제가 말을 가로막았어요.

"유언 같은 건 좀 있다 해도 돼요. 적어도 당신이 저지른 수많은 죄를 뉘우칠 시간은 주어질 테니까요! 당신의 정신에 이상이 생길 거라고는 생각도 못 했는데, 지금 보니 믿을 수 없을 만큼 이상해지셨군요. 이렇게 된 것은 거의 전적으로 당신 자신의 잘못이에요. 지난 사흘 동안 당신이 한 것처럼 몸을 혹사한다면 타이탄 같은 거인도 뻗어 버렸을 테니까요. 뭘 좀 드시고 좀 주무세요. 거울에만 비춰 봐도 당신에게 이 두 가지가 얼마나 필요한지 아실 수 있을 거예요. 마치 굶주림에 죽어 가고 잠을 못자서 눈이 멀어 가는 사람처럼 두 볼이 푹 꺼지고 두 눈에 핏발이 섰다니까요."

"내가 먹지도 자지도 못하는 건 내 잘못이 아니야."

그가 대답했어요.

"고의로 그러는 게 아니라고. 할 수만 있으면 언제든 먹기도 하고 잠도 자겠어. 지금 넬리가 나에게 이런 말을 하는 건 마치 물에 빠져 허우적대는 사람에게 한 팔만 뻗으면 기슭에 닿는 상황에서 쉬라고 말하는 거나 같아! 난 우선 기슭에 도착하고 나서 쉬어야겠단 말이야. 그린 씨를 부르는 것은 그만두지. 그리고 내 죄를 뉘우치라고 하는데, 난 지은 죄가 없어. 그러니 뉘우칠 것도 없지. 난 너무 행복하지만 아직 충분하지 못해. 내 영혼의 환희가 내 몸을 죽이고 있는데 아직도 만족하지 못하는 거야."

"행복하다고요? 그것 참 괴상한 행복도 다 있군요!"

제가 외쳤어요.

"화내지 않고 듣겠다면 더욱 행복해질 수 있는 충고를 해 드릴 텐데……."

"그게 뭔데? 얘기해 봐."

그가 말했어요.

"히스클리프 씨. 당신이 열세 살 때부터 이기적이고 경건하지 못한 생활을 해 왔다는 건 당신 자신도 잘 알고 계실 거예요. 아마 그동안 성경책에는 손도 거의 안 대 보셨겠죠. 성경책 내용이 무엇인지도 다 잊어버리셨을 테고, 이제는 그걸 뒤적거릴 여유조차 없으시겠죠. 교파에 상관없이 아무 목사님이나 한 분 모셔다가 성경 말씀을 들어 보세요. 그러면 당신이 성경 말씀을 얼마나 어기며 생활해 왔고, 죽기 전에 마음을 고쳐먹지 않으면 천국에 갈 수 없다는 사실을 알게 되실 거예요. 해가 될 건 없지 않겠어요?" 하고 제가 말했습니다.

"화가 나기보다는 오히려 고마운걸."

그가 말했어요.

"내가 죽어서 어떻게 묻히고 싶은지 생각나게 해 주었으니까. 내 시신은 저녁에 교회 묘지로 옮겨질 거야. 넬리와 헤어튼이 따라와 주면 좋겠어. 넬리가 싫지 않다면 말이야. 그리고 특히, 묘지기가 두 개의 관에 관한 내 지시 사항을 잘 따르는지 주의 깊게 지켜봐 줘! 목사는 참석할 필요 없고 내 일생에 대해 이러니저러니 하고 이야기할 필요도 없어. 정말이지 난 거의 천국에 다다랐거든, 그래서 남들이 원하는 천국은 나한텐 전혀 중요하지도 부럽지도 않아!"

"그런데 그렇게 고집을 부리며 아무것도 안 드시다가 돌아가시게 되면 교회에서 경내 묘지에 묻어 주려고 하지 않을 텐데요. 그래도 좋으시겠어요?"

저는 그의 신에 대한 무관심에 분개하며 말했습니다.

"그렇지 않을 거야. 혹시 교회에서 거부하면 넬리가 내 시신을 몰래 옮겨 줘야 해. 만약에 그 일을 잘 처리하지 않았다간 죽은 사람이 아주 사라지는 게 아니란 사실을 실제로 보여 주겠어!"

다른 식구들이 깨어나 움직이는 소리가 들리자, 그는 곧 자기 방으로 물러갔고, 저는 좀 더 자유로워졌지요. 그러나 오후에 조셉과 헤어튼 도련님이 일을 나가고 없을 때 그는 다시 부엌으로 들어와 열에 들뜬 표정으로 저에게 거실에 와서 앉아 있으라고 하는 것이었어요. 누군가 자기 옆에 있어 주기를 바란다는 것이었지요.

저는 그의 이상한 말과 행동에 겁이 나서 그와 함께 있어 줄 용기도, 그러고 싶은 의지도 없다고 노골적으로 말하며 거절했습니다.

"넬리는 날 악마라고 생각하는군."

그가 음울한 웃음을 웃으며 말했습니다.

"점잖은 집 지붕 아래에 살기에는 너무나 끔찍한 무언가로 여기고 있는 거야!"

그러고 나서 그는, 부엌에 있다가 그가 다가올 때 내 뒤에 숨은 캐서린 아가씨를 보며 냉소적인 어조로 덧붙였습니다.

"그럼 네가 올래, 아가야? 너를 해치지는 않을 테니 안심해. 하긴 너한테는 내가 악마보다 더 지독하게 보이겠지. 이런! 그렇다면 나와 함께 있는 걸 피하지 않으려는 존재는 단 하나뿐이로군! 그런데 그녀는 정말 잔인하단 말이야. 에이, 젠장! 어찌나 지독한지 살아 있는 사람은, 심지어 나조차 견디지 못할 정도라니까."

그는 더 이상 함께 있어 달라는 말을 하지 않더군요. 땅거미가 질 때 그는 자기 침실로 갔지요. 그리고 밤새도록, 그리고 아침이 되어서까지 그가 혼잣말로 중얼거리며 신음하는 소리가 들려오지 뭐예요. 헤어튼 도련님이 방 안에 들어가 보겠다고 했지만, 저는 케네스 선생을 모셔 와서 진찰을 받게 하는 편이 낫겠다고 말했어요.

케네스 선생이 오셨을 때, 저는 히스클리프 씨의 방문 앞에서 들어가도 되냐고 묻고는 문을 열어 보았지만 잠겨 있더군요. 히스클리프 씨는 안에서 우리에게 욕을 해 대며 자기는 좋아졌으니 그냥 혼자 있게 놔두라고 말하더군요. 그래서 의사 선생은 그냥 되돌아갔지요.

그날 저녁에는 비가 많이 내렸어요. 정말이지, 날이 샐 때까지 마구 퍼부어 대더군요. 그런데 제가 집 주위에서 아침 산책을 할 때 보니까, 주인의 침실 창문이 열려서 퍼덕거리고, 방 안으로 비가 들이치고 있는 게 아니겠어요.

'그가 침대에 누워 있을 리 없지. 이 비에 흠뻑 젖을 테니까! 일어났거나 밖에 나갔을 거야. 그렇더라도, 더 이상 미루지 말고 용기를 내서 들어가 봐야겠어!' 하고 저는 생각했지요.

여벌 열쇠로 문을 열고 들어가 보니 방이 비어 있었어요. 그래서 얼른 침대로 달려가서 판자 미닫이를 열고 안을 들여다보았지요. 거기에 히스클리프 씨가 누워 있더군요. 제 눈을 쏘아보는 그의 눈초리가 어찌나 날카롭고 강렬하던지 저는 소스라치게 놀랐답니다. 게다가 그는 빙긋 웃는 듯 보였어요.

그가 죽었다고는 생각하지 못했어요. 그런데 얼굴이며 목에 빗물이 흐르고 침대 시트에서도 물방울이 뚝뚝 떨어지는데도 그는 꼼짝도 하지 않는 것이었어요. 퍼덕거리며 열렸다 닫혔다 하는 격자창에 창턱 위에 올려놓은 그의 손이 쓸려서 살갗이 찢어졌지만 피도 흐르지 않았지요. 제 손으로 그 상처를 만져 보았을 때 의심의 여지가 없어졌습니다. 그는 죽어서 뻣뻣하게 굳어 있는 것이었어요!

저는 걸쇠를 걸어 창문을 닫고는, 앞이마로 늘어진 그의 긴 검은 머리카락을 뒤로 넘겨준 뒤, 두 눈을 감기려고 해 보았어요. 마치 살아 있는 듯 환희에 들떠 응시하는 그 무시무시한 눈을 되도록이면 다른 사람들에게 보이고 싶지 않았으니까요. 그러나 눈은 감기지 않았어요. 두 눈은 그런 나의 시도를 비웃는 듯했고, 열린 입으로 드러난 눈부실 정도로 새하얀 이도 나를 비웃는 것 같았어요. 저는 다시 왈칵 겁에 질려서 조셉을 큰 소리로 불렀어요. 조셉은 발을 질질 끌며 올라와서는 소란만 피워 댈 뿐 시신에는 손도 대려고 하지 않더라고요.

"악마가 저 사람의 혼을 빼앗아 갔어. 기왕이면 송장까지 갖고 갈 일이지. 내 알 바 아니야! 에이! 죽으면서 히죽대다니 못 말리게 흉악한 몰골이야!"

그 못된 영감탱이는 이렇게 말하며 이를 드러내어 웃는 흉내까지 내더군요.

그 영감탱이는 침대 주위에서 그렇게 방정을 떨어 댈 작정인 것 같았어요. 그런데 갑자기 정신을 가다듬더니 무릎을 꿇고 두 손을 들어 감사 기도를 드리더군요. 정당한 주인과 오랜 가문의 권리를 되찾게 해 주어서 감사하다는 것이었지요.

저는 이 끔찍한 일에 어찌나 놀랐는지 망연자실했고, 가슴을 짓누르는 듯한 슬픔과 함께 옛 기억이 되살아나는 것을 피할 수 없었어요. 그런데 정말 비통해한 유일한 사람은 히스클리프 씨에게 가장 부당한 대우를 받았던 가엾은 헤어튼 도련님이었지요. 그는 밤새 시신 옆에 앉아 애절하게 울면서, 망자의 손을 만지기도 하고, 다른 사람들은 쳐다보기조차 꺼리는 그 빈정대는 듯한 험상궂은 얼굴에 입을 맞추더군요. 단련된 강철처럼 단단하면서도 너그러운 마음에서 자연스럽게 우러난 깊은 슬픔으로 그의 죽음을 애도하는 것이었죠.

케네스 선생은 주인이 무슨 병으로 죽었다고 진단을 내릴지 몰라 당혹스러워했어요. 저는 말썽이 날까 봐 염려가 되어 주인이 나흘 동안 아무것도 먹지 않았다는 사실을 의사 선생에게 알리지 않았거든요. 그리고 저는 그가 고의로 음식을 먹지 않았다고는 생각하지 않았습니다. 그런 그의 행동은 괴이한 병의 결과였지 원인이 아니었다고 믿었지요.

우리는 온 이웃들이 수군대든 말든 개의치 않고, 그가 원하는 대로 장례를 치러 주었습니다. 장례식에 참석한 사람이라고는 언쇼 도련님과 저, 그리고 묘지기와 관을 나르는 인부 여섯 명이 전부였지요.

인부 여섯 명은 묘혈에 관을 내려놓고 가 버렸어요. 우리는 관을 묻을 때까지 남아 있었는데, 헤어튼 도련님은 눈물을 줄줄 흘리며 푸른 잔디를 떠다가 손수 갈색 흙 둔덕 위에 떼를 입혔어요. 지금은 그의 무덤도 그 옆의 다른 봉분들처럼 푸른 잔디가 매끈하고 고르게 퍼졌답니다. 저는 그 안에 있는 이도 고이 잠들기를 기원하고 있습니다. 그런데 마을 사람들에게 물어보면 아시겠지만, 그들은 그의 유령이 나온다고 성경에 걸고 맹세를 한답니다. 교회 근처에서 보았다는 사람도 있고, 황야에서 보았다는 사람, 심지어 이 집에서 보았다는 사람도 있답니다. 록우드 씨는 허황된 이야기라고 하실 거예요. 저도 그렇게 말하거든요. 그러나 부엌 난롯가에 앉아 있는 저 노인은 히스클리프 씨가 죽은 뒤로 비가 오는 밤마다 그의 침실 창문에서 두 사람의 유령이 내다보고 있는 걸 보았다고 우긴답니다. 그리고 한 달 전쯤에 저한테도 이상한 일이 있었어요.

어느 날 저녁에 스러시크로스 저택으로 가는 길이었는데, 천둥이

칠 것처럼 날이 어두웠어요. 워더링 하이츠를 막 돌아 나오려는 데 어미 양 한 마리와 새끼 양 두 마리를 앞세워 걸으며 몹시 울고 있는 어린 소년 한 명을 만났습니다. 저는 새끼 양들이 말을 안 듣고 제멋 대로 까불어 대서 그러나 보다고 생각했지요.

"애야, 왜 우니?"

제가 물었어요.

"저기 저 산모퉁이에 히스클리프 씨와 웬 여자가 있어요. 무서워 서 지나갈 수가 없어요."

그 소년은 엉엉 울면서 말했지요.

저는 소년이 가리키는 쪽을 살펴보았지만 제 눈에는 아무것도 보이 지 않았어요. 그러나 양들도, 소년도 절대 그 길로는 가려고 하지 않 더군요. 그래서 저는 소년에게 아랫길로 해서 가라고 일러 주었지요.

아마도 그 소년은 혼자서 황야를 지나다 보니 전에 부모나 친구들 에게 유령이 나온다는 허튼소리를 되풀이해 들었던 생각이 나서 마 치 유령을 본 것처럼 느꼈을 거예요. 그러나 저 역시 요즘은 어두워 지면 밖에 나가기가 꺼려져요. 이 음산한 집에 혼자 있기도 싫고요. 헤어튼 도련님과 캐서린 아가씨가 스러시크로스 저택으로 이사하면 좋겠어요!

"그럼 그들은 그 저택으로 이사할 건가요?"

내가 물었다.

"그럼요, 결혼하자마자 곧 이사할 거예요. 그리고 결혼식은 정월 초하루에 올릴 거랍니다."

"그럼 여기에는 누가 살게 되지요?"

"그야 조셉이 이 집을 돌보게 되겠죠. 그리고 아마 젊은이 한 명이 함께 있게 될 거예요. 부엌만 쓰고 나머지는 다 잠가 둘 거예요."

"그 귀신들이 마음껏 들어가 살 수 있도록 말이죠."

내가 말했다.

"아니에요, 록우드 씨."

넬리가 고개를 가로저으며 말했다.

"저는 죽은 사람들이 편안히 잠들었다고 믿어요. 그들에 대해 경솔하게 이야기하는 건 옳지 못하다고 생각해요."

그때 대문이 휙 열리며, 산책을 나갔던 두 젊은이가 들어왔다.

"저 사람들은 두려운 게 없어 보이는군."

나는 창 너머로 그들이 걸어 들어오는 것을 보며 불만스런 어조로 말했다.

"둘이 함께 있으면 악마는 물론이고 그 군단도 다 무찌르겠는걸."

그들은 현관 앞 섬돌에 발을 디디다가 멈춰 서서는 마지막으로 달을 쳐다보았는데, 아니, 더 정확히 말하면 달빛에 비친 서로의 얼굴을 바라보았는데, 그 순간 나는 또 그들을 피하고 싶은 마음을 억제할 수가 없었다. 나는 기념으로 딘 부인의 손에 돈 몇 푼을 억지로 쥐어 주고는, 나의 무례함을 나무라는 딘 부인의 충고는 들은 척도 하지 않고, 그들이 거실 문을 열고 들어오는 것과 동시에 부엌으로 해서 빠져나왔다. 나오면서 조셉의 발 앞에 1파운드짜리 금화를 던져 주었다. 다행히 조셉이 그 금화가 떨어지는 쨍그랑 소리에 나를 점잖은 사람으로 알아 모셨기에 망정이지, 그렇지 않았다면 그는 딘 부인이 바람이 나서 사내를 끌어들였다고 확신했을 것이다.

오는 길은 교회 쪽 길로 멀리 돌아서 왔기 때문에 갈 때보다 한참 더 걸렸다. 교회 담장 밑에 다가가서 보니 불과 일곱 달 만에 부쩍 퇴락해 있었다. 창문은 유리가 빠져 검은 공백이 되어 버린 곳이 많았고, 지붕의 슬레이트도 여기저기 제자리에서 밀려나 있어 가을 폭풍이 불면 떨어져 나갈 듯 보였다.

무덤을 찾아보니 곧 황야 쪽 비탈에 비석 세 개가 눈에 띄었다. 가

운데 비석은 회색이었고 히스에 반쯤 묻혀 있었다. 에드거 린턴의 것
만 비석 발치에서 기어 올라가는 이끼와 잔디가 조화를 이루고 있었
다. 히스클리프의 비석은 아직 맨 비석이었다.

　나는 온화한 하늘 아래에서 그 비석들 주위를 어슬렁거리며, 히스
와 초롱꽃 사이를 날아다니는 나방들을 지켜보기도 하고, 풀잎 사이
로 불어오는 부드러운 바람소리에 귀를 기울여보다가, 이런 생각이
들었다. 저렇게 고요한 땅에 묻힌 사람들이 평온하게 잠들지 못하리
라고 누가 상상이나 할 수 있겠는가.

격정적이고 강렬한 사랑이 존재하는 곳, 폭풍의 언덕

    무더위가 채 가시기 전에 이 작품의 번역을 시작했는데, 번역을 끝내고 보니 어느덧 은행잎도 다 떨어지고 시원하기만 하던 바람도 몸을 움츠릴 만큼 차갑다. 이제 겨울이 오려나 보다. 차갑고 매서운 바람에 잎사귀를 다 떨구고도 나무들은 참 굳건하고 의연하게 서 있다.

평화와 음울이 공존하는 공간, 폭풍의 언덕

    차가운 바람을 대하니 《폭풍의 언덕》 작품 속 배경이 더욱 생생하게 떠오른다. 영국 요크셔 지방의 황량한 들판. '여름에는 푸른 초목과 보라색 히스 꽃 사이로 산들바람이 불어오는 더없이 평화로운 곳이지만, 겨울에는 걸핏 하면 먹구름이 끼고 눈보라가 휘몰아치는 황량하고 음울한 곳'이다. 그 언덕에 '워더링 하이츠'라는 저택이 있다.

    이 작품은 실제 브론테 자매가 살았던 요크셔 주를 연상시키는 황량한 언덕을 배경으로 삼았다. 이곳에 있는 일명 폭풍의 언덕이 주 무

대이며 히스클리프의 격정적인 사랑이 주제다. 거칠다 못해 악마성까지 띤 인간의 애증을 강렬한 필치로 묘사한 이 작품은 작가가 가명으로 발표한 1847년에는 큰 비난을 받았다. 소설에서 느껴지는 음산함과 등장인물들의 야만성, 사랑에 대한 집착이 불러온 반도덕성이 거부감을 불러일으켰기 때문이다. 그러나 오늘날에는 인간의 정열을 극한까지 보여 준 고도의 예술성을 가진 작품으로 평가된다.

언쇼가의 저택 폭풍의 언덕으로 꾀죄죄한 집시 아이, 히스클리프가 입양되면서부터 모든 사건이 시작된다. 언쇼 씨가 죽자 그의 아들 힌들리는 히스클리프를 학대한다. 히스클리프는 온갖 고초를 겪으면서도 힌들리의 아름다운 여동생 캐서린과 함께하는 즐거운 시간과 그녀에 대한 사랑의 힘으로 자신이 처한 환경을 감내할 수 있었다.

그런데 비바람이 치는 어느 날, "히스클리프와 결혼한다는 것은 내가 타락한다는 것이나 다름없다."라는 캐서린의 말을 엿들은 히스클리프는 워더링 하이츠를 뛰쳐나간다. 그 후에 근처의 부유한 지주 린턴가의 아들인 미남 청년 에드거와 결혼한 캐서린은 3년이 지난 어느 날, 말쑥한 신사 한 명을 만난다. 바로 히스클리프다.

이때부터 히스클리프는 언쇼가와 린턴가 사람들을 잔인하게 파괴한다. 히스클리프 복수극의 서막이 오른 것이다. 그는 두 집 안을 파멸시키고 자신이 그토록 사랑했던 캐서린까지 죽음으로 몰고 간다. 캐서린이 죽고 나서 격정에 못 이겨 그녀의 무덤을 파헤치는 히스클리프의 섬뜩한 광기는 인간의 영역을 초월한 것처럼 보이기까지 한다. 이 작품에서는 죽은 캐서린의 유령이 등장하기도 하면서 현실을 초월해 초자연계와 영원의 세계에까지 이르는 사랑이 그려진다. 비이성적이고 가공할 만한 이 사랑은 순수하고 아름다운 정념(情念)으로 느껴진다.

히스클리프의 육체와 영혼을 불태운 증오와 사랑은 요크셔의 자연과 닮아 있다. '비바람이 몰아치는 모습'을 지칭하는 이 작품의 원제 '워더링(Wuthering)'이라는 형용사가 암시하듯 《폭풍의 언덕》의 배경인 황야에는 거친 폭풍이 그칠 날이 없다. 그 거센 북풍에 나무나 풀들이 모두 한쪽으로만 가지를 뻗을 정도다.

이 혹독하고 강한 바람을 가진 그곳은 순수하고 청정할 수밖에 없으며, 인위적인 것이라고는 조금도 찾아볼 수 없다. 이는 히스클리프의 사랑을 상징하는 평화와 음울이 공존하는 공간이다.

탄탄한 서사력, 장르 콘텐츠로 큰 가치

폭풍의 언덕에 살고 있는 언쇼 씨는 어느 날 리버풀에 갔다가 거리에 버려진 고아 소년을 집에 데려와 '히스클리프'라는 이름을 지어 주고 자신의 아이들과 다름없이 사랑으로 키운다. 그러나 자기 몫의 사랑을 빼앗겼다는 생각에 앙심을 품고 있던 그 집의 아들 힌들리는 아버지가 세상을 뜨자 히스클리프를 학대한다. 그러나 그 집의 딸 캐서린은 그런 히스클리프를 가엾어 하며 자신이 배운 것을 가르쳐 주고 황야에서 함께 뛰놀며 친하게 지낸다. 그러면서 히스클리프와 캐서린은 자연스럽게 서로를 사랑하게 된다.

하지만 캐서린마저 근처의 지주 린턴가의 아들 에드거와 결혼한다고 하자 히스클리프는 집을 나가고 복수하기 위해 3년 후 폭풍의 언덕으로 돌아온다. 히스클리프는 힌들리를 도박으로 유인하여 그의 모든 재산을 빼앗기 시작한다.

복수의 그림자는 린턴가에도 미친다. 에드거의 여동생 이사벨라는 히스클리프의 유혹에 넘어가 그와 함께 도망친다. 그러나 히스클리프에게 이사벨라는 복수를 위한 수단에 지나지 않았고, 그의 학대에 못 이겨 도망친 이사벨라는 린턴이라는 허약한 아들을 낳고 세상을 떠난

다. 한편 캐서린 또한 히스클리프와 에드거 사이에서 고통스러워하다가 자신과 같은 이름의 딸을 낳고 죽는다. 에드거까지 생을 마감하자 히스클리프는 자신의 아들 린턴을 캐서린의 딸 캐시와 강제로 결혼시켜, 그의 모든 재산을 손에 넣는다.

자신이 계획했던 복수를 한 치의 오차도 없이 철저히 마무리했지만 히스클리프는 말할 수 없는 공허감에 사로잡힌다. 밤마다 캐서린의 무덤 근처를 방황하던 그는 번뜩이는 눈을 감지 않은 채 세상을 떠난다. 그 후, 히스클리프는 캐서린의 묘 옆에 묻힌다. 히스클리프의 집에 갇혀 우울한 나날을 보내던 캐시는 히스클리프가 데리고 살던 힌들리의 아들 헤어튼과 미래를 약속한다.

줄거리를 읽는 것만으로도 탄탄한 서사를 확인할 수 있는 《폭풍의 언덕》은 1939년 W. 와일러 감독이 영화화했고 이후로도 끊임없이 영화화되어 1940년에는 아카데미상 최우수작으로 선정되기도 했다. 또한 연극, 드라마, 오페라 등으로 끊임없이 재탄생하며 작가가 죽은 지 150여 년이 훨씬 지난 현재까지 전 세계 독자들의 뜨거운 사랑을 받고 있다. 우리나라에서는 2013년에 방영한 화제의 드라마 〈비밀〉의 모티프이자 드라마 속에서 주요 소재로 활용되어 극의 재미를 불러일으켰다.

앞서 1847년에 이 작품은 윤리적 규율에 묶여 인정받지 못했다고 언급했다. 그런데 20세기 이후에는 작품의 매력이 재조명되었고 탄탄한 서사력을 갖춘 덕분에 어느 장르로 선보이든 큰 인기와 명성을 얻었다.

오늘날 《폭풍의 언덕》은 세기의 명작으로뿐만 아니라 훌륭한 장르 콘텐츠로 대단한 가치를 지니고 있다.

그만큼 《폭풍의 언덕》은 현재에도 통용될 수 있는 이야기 전개와 개성 있는 등장인물을 갖춘 불멸의 고전으로 우뚝 자리매김했다. 공포와 더불어 연민을 불러일으키는 히스클리프의 사랑은 200년이 지난 지금까지도 여전히 읽는 이의 마음에 파문을 일으킨다. 이 책은 원작의 매력을 그대로 살린 완역본이다.

시대를 거슬러 사랑받는 《폭풍의 언덕》의 매력

이 작품은 서른 해의 짧은 생을 살다 간 에밀리 브론테가 세상을 떠나기 1년 전에 남긴 유일한 장편소설이다. 《달과 6펜스》를 남긴 위대한 작가 서머싯 몸에게서 '세계 10대 소설' 중 하나라고 극찬을 받기도 했다. 아울러 셰익스피어의 《리어 왕》, 멜빌의 《모비 딕》과 더불어 영문학 3대 비극이자, 가장 아름다운 문학 작품 중 하나로 꼽힌다. 이처럼 이 작품이 시대를 통틀어 전 세계의 수많은 사람에게 사랑을 받는 이유는 무엇일까?

히스클리프와 캐서린의 사랑을 중심으로 펼쳐지는 이 작품은 인간의 생과 사, 자연과 초자연, 환상과 현실, 자아와 타자, 혼돈과 조화를 모두 아우르는 광대한 상상력을 바탕으로 인간의 성격과 본질을 꿰뚫는 통찰력까지 보여 준다. 게다가 이야기 전개가 흥미진진해서 읽는 이의 마음을 사로잡는 매력이 있다. 그래서 위대한 고전이라는 명성에 걸맞게 책장을 덮는 순간 수많은 장면이 머릿속에서 메아리치고, 읽으면 읽을수록 새로운 통찰을 얻게 되는 것이다.

이성이나 논리로는 설명할 수 없지만 사랑을 해 본 사람이라면 사랑의 한 가지 속성으로 이해할 만한 히스클리프의 집착에 가까운 사랑과 복수, 히스클리프를 사랑하면서도 에드거를 택하고 나서 겪게 되는 캐서린의 정신분열증, 그리고 새로이 돋아나는 파란 싹과 같은 후대의 천진한 사랑 등의 이야기가 비극적이면서도 섬뜩하게, 그러나 아름다운 문체로 흥미진진하게 펼쳐진다.

이 과정에서 드러나는 저자 에밀리 브론테의 인간 본성과 실존에 대한 통찰력, 그리고 순간순간 만나게 되는 시적인 문장은 읽는 맛을 더한다.

에드거에게 청혼을 받은 캐서린이 넬리에게 고민을 털어놓는 대목, 캐서린이 정신 착란을 일으켜 어린 시절의 기억을 중얼거리는 대목, 캐서린이 죽었다는 말을 듣고 히스클리프가 탄식하는 대목, 헤어튼과 캐시가 화해하는 대목 등 가슴에 시무치는 장면이 무수히 많다. 이 중에 한 부분을 소개하고자 한다.

머리에 계속 남아 생각을 변화시키는 꿈이 있어. 그 꿈들은 마치 물에 포도주를 섞듯 내 안으로 샅샅이 스며들어 내 마음의 빛깔을 바꿔 놓지. 내가 지금 말하려는 것도 그런 꿈 가운데 하나인데 웃지 말고 들어야 해. (중략) 천국이 나한테 맞지 않았던 것처럼 에드거 린턴과 결혼해서는 안 되는 거 아닌가 하는 생각이 자꾸만 들어.

저 고약한 술주정꾼이 히스클리프를 저렇게 비천하게 만들지만 않았어도 나는 에드거 린턴과 결혼할 생각 따위는 하지도 않았을 거야. 하지만 이제는 히스클리프와 결혼하는 건 내 격을 떨어뜨리는 일이 되고 말았어. 그래서 내가 얼마나 사랑하는지 히스클리프에게 알릴 수가 없어. 내가 그를 사랑하는 이유는 잘생겼기 때문이 아니라, 넬리, 그가 나보다도 더 나 자신이기 때문이야. 우리의 영혼이 무엇으로 만들어졌든 그의 영혼과 내 영혼은 똑같아. 하지만 린턴의 영혼은 달빛과 번개, 서리와 불이 다르듯 우리와는 다르지.

이 작품은 곁에서 모든 사건을 지켜보았던 가정부 엘렌이 그 고장에 와서 살게 된 록우드 씨에게 이야기를 들려주는 액자식 구성으로 되어 있어, 담담하고 차분하게 이야기가 전개되는 듯 느껴지지만 그

속에 등장하는 장면 하나하나는 휘몰아치듯 격정적이고 강렬하다.

역자로서 원작을 대할 때 느꼈던 그 감동과 전율을 독자들 역시 함께 느꼈으면 하고 바랐다. 그래서 원작의 단어 하나 문장 하나를 옮기는 데 심혈을 기울였다. 아무쪼록 이 책을 읽는 모든 독자의 마음에 깊은 울림을 줄 수 있었으면 좋겠다.

김명신

1818년　7월 30일 영국 요크셔 주의 손턴에서 영국 국교회 목사의 넷째 딸로 태어났으며, 샬럿 브론테의 동생이자 앤 브론테의 언니이다.

1820년　아버지 패트릭이 요크셔의 시골 마을인 하워스로 전근 가면서 에밀리 자매들은 황량한 벽지의 목사관에서 자란다.

1821년　어머니가 죽고 큰어머니 밑에서 자란다.

1824년　에밀리와 샬럿은 위의 두 언니들과 함께 랭커셔 주의 코언브리지 사립 기숙학교에 입학하지만 이듬해 열악한 환경 탓에 맏이 마리아 브론테와 둘째 엘리자베스 브론테가 사망한다. 후에 이 기숙학교는 샬럿의 대표 소설 《제인 에어(Jane Eyre)》에서 묘사되기도 한다.

1838년　로힐의 미스 패칫 학교에서 6개월간 교사 생활을 한다.

1842년　사립학교 설립을 위해 샬럿과 함께 벨기에 브뤼셀에 있는 기숙학교에 입학하지만, 이모의 죽음으로 10월 영국으로 돌아온다.

1846년　샬럿, 에밀리, 앤 세 자매가 합저(合著) 시집《커러, 앨리스, 액턴 벨의 시집(Poems by Currer, Ellis, and Acton Bell)》을 자비로 출간한다. 이 책에는 훗날 시인으로서 에밀리 브론테의 지위를 높인 〈죄수(The Prisoner)〉〈내 영혼은 비겁하지 않노라(No Coward Soul is Mine)〉 등의 시편이 실려 있다.

1847년　샬럿의《제인 에어》가 출간되어 호평을 받는다. 이해 에밀리 브론테의 유일한 소설인《폭풍의 언덕(Wuthering Heights)》이 출간되지만 큰 성공을 거두지 못한다.

1848년　12월 19일 폐결핵으로 짧은 생을 마친다.

폭풍의 언덕

옮긴이 김명신

이화여자대학교 영어교육학과를 졸업하고 중·고등학교 영어 교사로 재직했다. 현재 전문 번역가로 활동하고 있다. 번역한 책으로는 《한편이라고 말해》《탐정 레이디 조지아나》《미스터 핍》《더버빌가의 테스》《야만적 불평등》 등이 있다.

폭풍의 언덕

개정 1쇄 펴낸 날 2020년 12월 1일
개정 2쇄 펴낸 날 2021년 1월 30일

지 은 이   에밀리 브론테
옮 긴 이   김명신
펴 낸 이   장영재
펴 낸 곳   (주)미르북컴퍼니
자 회 사   더클래식
전   화   02)3141-4421
팩   스   02)3141-4428
등   록   2012년 3월 16일(제313−2012−81호)
주   소   서울시 마포구 성미산로32길 12, 2층 (우 03983)
E-mail   sanhonjinju@naver.com
카   페   cafe.naver.com/mirbookcompany

* (주)미르북컴퍼니는 독자 여러분의 의견에 항상 귀 기울이고 있습니다.
* 파본은 책을 구입하신 서점에서 교환해 드립니다.
* 책값은 뒤표지에 있습니다.

더클래식

세계문학
컬렉션

* 더클래식 세계문학 컬렉션은 계속 출간될 예정입니다.